DE SCHEEPSDOCHTER

Ook verschenen van Anne Jacobs bij Xander Uitgevers

Het weesmeisje (2019)
De moed van het weesmeisje (2019)
De erfenis van het weesmeisje (2020)
De terugkeer van het weesmeisje (2021)
De belofte van het weesmeisje (2022)

Het landhuis (2020)
Storm rond het landhuis (2021)
Hoop voor het landhuis (2022)

Liefde op de savanne (2022)
Geluk op de savanne (2023)

Arlettes lot (2023)

ANNE JACOBS

De scheepsdochter

XANDER

Uitgegeven door Xander Uitgevers
www.xanderuitgevers.nl

Oorspronkelijke titel: *Danzig – Tage des Aufbruchs*
Oorspronkelijke uitgever: Penguin Verlag, a division of Verlagsgruppe
Random House GmbH, München, Germany.
Vertaling: Trieke Scholtens
Omslagontwerp: zero-media.net, Munich
Omslagbeeld: Alamy © Olena Serditova en FinePic®, Munich
Afwerking omslag: Select Interface
Auteursfoto: Marlies GbR
Zetwerk: Michiel Niesen, ZetProducties

Eerste druk 2024

ISBN 978 94 0162 117 5 | NUR 302

Johanna

Oktober 1860

ZE SPRINGT OP VAN HAAR zitplaats om beter uit het treinraampje te kunnen kijken. Aanvankelijk ziet ze slechts een flauwe grijze streep aan de horizon, waar de kerktorens puntig uit omhoogsteken. Maar al snel laat de herfstzon de kleuren oplichten: donkerrode baksteen, witte muren en het glinsterende blauw van de Mottlau, die om het eiland waar de magazijnen zich bevinden heen loopt. O, en de Marienkerk met de dikke vierkante toren zonder spits en vlak daarnaast het sierlijke, slank oprijzende torentje van het gemeentehuis.

'Kom, ga weer zitten, juffrouw Berend. Zo mooi is het oude Danzig nou ook weer niet dat u de hele tijd bij het raam moet staan.'

Lachend draait ze zich om naar haar medereiziger, met wie ze al sinds de overstap in Dirschau in een levendig gesprek is verwikkeld. Een zwaargebouwde oudere man met een vriendelijk gezicht die zich als Berthold Forster, eigenaar van een kleine scheepswerf, heeft voorgesteld.

'Danzig is de mooiste stad van de wereld, meneer Forster,' roept ze uit. 'Ik kan er niet genoeg van krijgen om al die lieflijke oude huizen, het gewemel van masten en zeilen op de Mottlau en de groene tuinen en bosjes rondom de stad te zien.'

De trein schokt en ze houdt zich gauw vast. De locomotief laat een schril geluid horen, grijze rookwolken drijven langs het raam. Vast weer een voertuig dat kalmpjes en zonder rekening te houden met de naderende trein over het spoor hobbelt.

'De mooiste stad van de wereld,' zegt meneer Forster en hij schudt twijfelend zijn hoofd. 'Het verbaast me dat u dat zegt, juffrouw Berend, terwijl u toch zo veel beroemde plaatsen en landen hebt gezien.'

Ze heeft hem verteld dat ze door heel Europa gereisd heeft. En dat is ook de waarheid. De verdere omstandigheden tijdens die reizen heeft ze enigszins aangepast. Ze was zogenaamd met een goede vriendin en haar ouders op studiereis. Haar begeleiders zijn verder gereisd naar Königsberg, maar omdat zij in Danzig woont, moest ze in Dirschau overstappen en het laatste stuk in haar eentje afleggen. Dat heeft hij zonder verdere vragen te stellen van haar aangenomen en omdat het ongebruikelijk is dat een jong meisje helemaal alleen onderweg is, heeft hij een beetje de vaderrol op zich genomen. Ze vindt het vervelend hem voor te liegen, want hij is een aardige, openhartige man die ze meteen vertrouwde. Maar juist daarom kan ze hem in geen geval de waarheid vertellen.

'Ach, het komt zeker doordat ik na zo'n lange tijd eindelijk weer naar huis terugkeer,' zegt ze glimlachend.

'Dat begrijp ik,' zegt hij en hij knikt naar haar. 'Je eigen vaderland is toch altijd het mooist, nietwaar? Zoals het spreekwoord luidt, oost west, thuis best.'

'Precies,' antwoordt ze en ze gaat weer op haar plaats zitten. Thuiskomen. In het oude patriciërshuis aan de Lange Straat, dat ze een half jaar geleden in het grauwe ochtendlicht stiekem had verlaten. Ze was weggeslopen. Zonder erover na te denken. Ze was gewoon weggegaan, tegen de wil van haar familie in. Ze had weliswaar een brief voor papa achtergelaten waarin ze alles heeft uitgelegd. Maar toch...

Opeens is haar opwinding verdwenen en krijgen de twijfels weer de overhand. Hoe zullen ze haar thuis ontvangen? Ze zal zeker het een en ander te horen krijgen. Papa is streng, hij zal boos op haar zijn, zijn stem verheffen, straffen uitdelen. Maar uiteindelijk, als zijn woede vervlogen is, zal hij haar in zijn armen sluiten. Want zij is zijn lievelingskind. Zijn kleine meisje. Zijn Johanna. Hanneke.

De locomotief laat opnieuw een schril gefluit horen en mindert vaart om het station van Danzig binnen te rijden. Hij schudt en schokt zodat ze bijna tegen haar medereizigers aan geslingerd wordt. Voor in de coupé gilt een dame.

'Mijn hoed! Mijn kapsel!'

'Wind je nou maar niet op, lieveling. Hier is je hoed, nog helemaal gaaf,' antwoordt een mannenstem.

'Helemaal gaaf? Hij is helemaal uit model. Het is ook het werk van de duivel, die trein,' kreunt de dame en ze trekt aan de ingedeukte hoed. 'Alleen al die snelheid. Als je uit het raam kijkt, word je er duizelig van. En dan de stank van die vieze rook. Dat is vast niet goed voor de longen.'

'Het resultaat is wel dat we meer dan zestig kilometer per uur afleggen, mijn engel. Dat zie ik een postkoets nog niet doen.'

Johanna luistert verstrooid en ze pakt het hengsel van haar tas vast. Die mensen komen vast uit Berlijn. Waarschijnlijk is hij een Pruisisch ambtenaar die aan een nieuwe baan in Danzig begint. De stad staat helaas onder Pruisisch gezag en herbergt veel Pruisische ambtenaren, officieren en soldaten. Papa heeft er vaak over gescholden. 'Waar zijn de Danzigers?' zei hij. 'We zien alleen nog maar vreemdelingen in de straten.'

Wanneer de trein het station van Danzig binnenrijdt en het oorverdovende geknars van de remmen alle andere geluiden overstemt, krijgt ze opeens heftige hartkloppingen. Daar op het perron heeft ze gestaan en op Andrzej gewacht in het eerste ochtendlicht. Ze verging van angst dat hij niet zou komen opdagen, dat hij tegen haar gelogen had en haar nu uitlachte. Pas een paar minuten voor de trein zou vertrekken verscheen hij in een grijs geruite jas en met een grijze hoed op, gevolgd door twee bedienden van zijn hotel die zijn koffers droegen. Buiten adem van geluk was ze naar hem toe gehold, maar hij nam haar maar heel even in zijn armen om zich vervolgens met het inladen van zijn koffers bezig te houden. Daar zat immers zijn muziek in. En ook de draagbare piano, die toetsen zoals een echte piano heeft, maar geen geluid maakt. Waarom heeft ze zich toen niet gerealiseerd wat voor man hij is? Ach, ze is zo dom geweest.

Ze wacht totdat de andere reizigers zijn uitgestapt. Het zijn er niet veel, omdat de trein slechts twee personenwagons heeft, de rest zijn goederenwagons. Op het perron staan de kooplieden en hun medewerkers al klaar met kruiwagens om de goederen in te vervoeren, aan de overkant wachten hun wagens.

Als ze haar wijde rok aan de voorkant bij elkaar pakt om gemakkelijker uit te kunnen stappen, steekt de vriendelijke meneer Forster zijn hand uit. 'Zal ik een stuk met u meelopen, juffrouw Berend?' biedt hij aan. 'Ik woon in de Paradiesstraat bij de Jakobspoort, dus we moeten dezelfde kant op.'

Ze wijst zijn voorstel vriendelijk van de hand. Het laatste stuk naar huis wil ze alleen afleggen. Het valt haar moeilijk en ze moet erover nadenken wat ze gaat zeggen. Dat heeft ze tijdens de lange reis al ontelbare keren doorgenomen, maar nu, nu ze de overbekende huizen en straten weer ziet en ze de geur van de stad inademt, kan ze zich ineens geen enkele van de mooi geformuleerde zinnen meer herinneren. Ze neemt haastig afscheid en wacht tot Forster weggegaan is. Dan loopt ze voorbij de nieuwe wapenopslagplaats en volgt het pad langs de rivier om hem niet nog een keer tegen te komen. Er zijn veel mensen op straat. Ze komt vissers, zeelui, arbeiders en dienstmeisjes tegen. Voor de huizen hebben eenvoudige handelaars hun kramen neergezet en bieden allerlei spullen en levensmiddelen aan. Daartussen hurken bedelaars en kreupelen en ze steken hun gehavende handen uit naar de voorbijgangers. Johanna schenkt geen aandacht aan ze.

'Daar ben ik weer, papa,' mompelt ze in zichzelf. 'Ik ben heel dom geweest, maar jij zegt toch altijd: van ervaring leert men? Ik heb veel geleerd en ik zweer bij alles wat me lief is dat ik van nu af aan…'

Nee, denkt ze en ze blijft staan. Het is beter als ik me stilhoud en hem laat praten. Zweren kan ik altijd nog. Ze kijkt naar de rivier, die niet meer blauw in het zonlicht sprankelt, maar vies en langzaam voorbijstroomt. Er liggen kleine zeil- en vissersbootjes aan de kade. De grote handelsschepen mijden Danzig, omdat de Mottlau steeds verder verzandt, wat voor de scheepvaart en de handel een slechte zaak is. Ze pakt het hengsel van haar tas steviger vast en loopt vastberaden verder. Als ze het nou maar achter de rug had.

Ach, het is goed dat mama dit niet meer meemaakt, ze zou zich de ogen uit haar hoofd gehuild hebben. En de rest van de familie? Haar oudere broer, Theodor, zal wel voor eeuwig boos op haar blijven. Hij is een bekrompen, kleingeestige man met wie ze nooit heeft kunnen opschieten. Maar Ernst, haar lievelingsbroer die altijd aan haar kant staat, zal haar vergeven en steunen.

Op de Buttermarkt gaat ze de oude stad in en merkt meteen dat ze wordt aangestaard. Is dat niet Friederike Blott, met wie ze vroeger naar school ging? Johanna glimlacht naar haar, maar de jonge blonde vrouw kijkt gauw een andere kant op en loopt verder. Was ze het toch niet? Of wilde ze haar niet kennen? Johanna zet zich met boosheid over het nare gevoel heen. Wat verbeeldt dat mens zich wel? Tenslotte is ze nog altijd een Berend, niet zomaar iemand. Ook al heeft ze iets stoms gedaan, ze behoort nog steeds tot een van de voornaamste families van Danzig. Men hoort respect voor haar te hebben.

Daar is de Lange Markt met het eerbiedwaardige gemeentehuis, de Artushof en de hoge vijf verdiepingen tellende patriciërshuizen die herinneren aan de rijkdom van de stad in de Hanzetijd. Alles ziet eruit zoals het altijd geweest is, alleen de lindes die de brede straat sieren vertonen al een paar gele bladeren. Nog een paar passen de Lange Straat in, langs de bordessen, die eenvoudige uitbouwen aan de huizen waar je 's avonds zo aangenaam kunt zitten en de voorbijgangers groeten. En dan is ze op de plaats van bestemming.

Het huis van de Berends is van de straat af gezien niet breder dan andere gebouwen. Aan beide kanten van de voordeur bevindt zich een raam. Wel is het van boven tot onder met figuurtjes en medaillons van wit stucwerk versierd. Vijf treden voeren omhoog naar het bordes, dat met een kunstig gesmeed hek is omgeven.

Ze haalt nog een keer diep adem om het bonzen van haar hart te temperen, dat nu als een razende tekeergaat. Moedig zijn, zegt ze tegen zichzelf. Over twee of drie dagen is het achter de rug en ziet de wereld er weer heel anders uit.

De zware messing deurklopper laat een dof dreunend geluid horen, dat haar nu extra hard in de oren klinkt.

Danuta opent de deur op een kiertje en kijkt erdoorheen. Johanna ziet de verbazing in de ogen van het Poolse dienstmeisje en haar mond die van pure verbluftheid half openhangt. Dan hoort ze de zachte uitroep. 'Jezus, Maria!'

'Stel je niet zo aan, Danuta,' zegt ze. 'Doe open. Ik ben weer thuis.'

Danuta trekt de zware huisdeur verder open en stapt naar achteren. Ze kijkt geschrokken, maar haar gezicht vertoont ook een spoortje medelijden. Danuta is een lief jong meisje en ze leeft mee met het wel en wee van het gezin Berend als was het haar eigen familie.

'O, juffrouw,' zegt ze. 'Ik ben helemaal in de war. Het is zo plotseling. Geef me uw tas... U ziet er moe uit. Ik zal tegen mevrouw Döppel zeggen dat ze iets te eten voor u moet brengen...'

Mevrouw Döppel is de huishoudster die na de dood van haar moeder in dienst is gekomen. Johanna mag haar niet erg omdat de kleine, taaie vrouw zo vreselijk bazig is. Die is er dus nog steeds.

'Dat hoeft niet, Danuta. Hier, neem mijn sjaal. Maar wees er voorzichtig mee, ik heb hem in Parijs gekocht. Zet de tas in mijn kamer, ik pak hem zelf uit. Is papa in zijn kantoor? Je hoeft me niet aan te kondigen, ik ga zo naar binnen.'

Maar in plaats van met sjaal en tas de trap op te gaan die naar de privévertrekken van de familie leidt blijft Danuta aarzelend onderaan de trap staan. De hal van het oude huis is hoog en indrukwekkend, met een zwart-wit geblokte marmeren vloer. Hoog aan de muur kijkt een olieverfschilderij in een kunstig besneden houten lijst op de bezoekers neer. En daar is de grote oude kast die een van haar voorouders ooit ontworpen heeft en die haar zo vertrouwd is. Als klein meisje kroop ze eronder om zich voor haar kinderjuffrouw te verstoppen. De kantoren bevinden zich op de begane grond. Daar achter die dikke houten deur zit papa achter zijn grote zware bureau en hij heeft er geen vermoeden van dat zijn Hanneke hem zo meteen in de armen zal vliegen.

'Uw broer Theodor is in het kantoor, juffrouw,' zegt Danuta zacht. 'En ik denk echt dat het beter is als ik u eerst aankondig.'

'Theodor?' zegt ze met tegenzin. 'Nee, je hoeft me niet bij hem aan te kondigen. Is papa ergens naartoe? Dan ga ik naar boven, naar Ernst.'

Danuta bijt op haar lip. De terugkeer van de verloren dochter lijkt haar helemaal van slag te brengen.

'Uw broer Ernst is niet hier, juffrouw. Hij is in Königsberg om te studeren.'

Dat is goed nieuws. Dan heeft papa eindelijk toegegeven en haar broer Ernst toegestaan om een studie te volgen. Toch is het jammer dat hij er niet is. Juist nu had ze hem graag gezien.

Danuta heeft intussen zelfstandig een besluit genomen. Ze draait zich om, opent de deur die naar de kantoren leidt en verdwijnt in de lange, schemerige gang waar meerdere deuren op uitkomen.

'Waar ga je heen, Danuta?' roept Johanna haar geïrriteerd na.

Ze krijgt geen antwoord. Chagrijnig gaat ze de trap op naar de familievertrekken en kijkt besluiteloos door het raam naar de binnenplaats beneden, waar duizendknoop en wilde wingerd omhoogklimmen. Misschien is papa in het huis hiernaast waar de goederen worden opgeslagen en dat doorloopt tot aan de Jopenstraat. Ja, vast. Danuta is naar hem toe gegaan om hem het goede nieuws te vertellen.

Beneden waar de kantoren zijn wordt een deur dichtgeslagen. Direct daarop hoort ze de stem van haar broer Theodor, die hard en snijdend door het huis galmt.

'Johanna?'

Er is niets aan te doen, ze moet naar beneden, het zou kinderachtig zijn zich voor hem te verstoppen. Laat hem lekker boos zijn, hij heeft niets over haar te zeggen. Papa komt er zo aan, Danuta haalt hem op.

Theodor is in het zwart gekleed, wat zijn gezicht er nog bleker doet uitzien. Zijn grote neus steekt naar voren en zijn ogen worden overschaduwd door borstelige donkerblonde wenkbrauwen. Hij blijft staan en kijkt haar zonder iets te zeggen aan. Zijn gezicht verraadt niets. Johanna kent dat van haar oudere broer, met Theodor weet je nooit waar je aan toe bent.

'Hallo,' zegt Johanna zo ongedwongen mogelijk. 'Daar ben ik weer.'

'Dat zie ik, kom in het kantoor.'

'Ik wacht liever op papa.'

Hij staart haar aan. Nu is er toch iets van emotie zichtbaar, ze ziet hoe zijn kin beweegt. Hij klemt zijn kaken op elkaar, haar nijdige broer.

'Naar het kantoor, Johanna,' beveelt hij. 'Ik heb je iets te zeggen.'

Hij wacht niet op haar, maar loopt weg en verdwijnt achter de eikenhouten deur. Met tegenzin besluit ze hem te volgen. Bah, wat irritant. Nu krijgt ze om te beginnen een preek van Theodor. Ze heeft zich haar thuiskomst heel anders voorgesteld.

Het kantoor is groot en kijkt uit op de binnenplaats. Tegen de hoge, in vele ruitjes verdeelde ramen klimmen groene ranken omhoog. Toch maakt de ruimte een sombere indruk, wat veroorzaakt wordt door de donkere eikenhouten wandpanelen en de zware met houtsnijwerk versierde meubels.

Theodor heeft aan het bureau van haar vader gewerkt. Er liggen meerdere opengeslagen kasboeken op, waarin hij notities heeft gemaakt. Waar haalt hij het recht vandaan? Heeft papa hem toestemming gegeven om zijn bureau te gebruiken?

'Als je soms van plan bent me verwijten te maken,' zegt ze brutaal. 'Ik leg alleen aan papa verantwoording af.'

'Dat zal niet mogelijk zijn,' zegt hij ijzig kalm. 'Onze vader is drie maanden geleden overleden.'

Johanna is niet in staat de betekenis van zijn woorden te bevatten. Het gewicht van dit nieuws komt hard aan. Overleden? Papa? Dat kan toch helemaal niet! Vaders sterven niet zomaar. Die blijven altijd in leven. Papa kan niet dood zijn.

'De verdere omstandigheden van zijn overlijden zal Luise je vertellen,' gaat Theodor verder. 'We hebben onze vader in het gezelschap van alle mensen die hem na stonden op de Hagelsberg in het familiegraf van de Berends bijgezet. Sindsdien leid ik het bedrijf.'

Haar hoofd is gevuld met watten, ze moet zich aan een van de overvolle dossierkasten vasthouden. Het is waar. Ze heeft haar vader verloren. Haar strenge, goeiige, liefdevolle vader aan wie ze de afgelopen maanden zo vaak en vol heimwee gedacht heeft. Vertwijfelde wroeging welt in haar op. Ze was niet bij hem toen hij voor altijd zijn ogen sloot. Hij zal nooit weten dat ze teruggekomen is. Ze zal hem nooit om vergeving kunnen vragen en hij zal haar nooit meer in zijn armen nemen.

Haar broer observeert de uitwerking van zijn woorden met kille voldoening. Hij loopt naar een open raam, doet het dicht en blijft daar staan met zijn armen over elkaar.

'Onze vader stierf aan een hartkwaal waar hij al een tijdje last van had. Jouw ondoordachte vlucht, die voor de familie van een niet te bevatten wreedheid was, heeft zijn ziekte verergert. Je kunt ook zeggen dat dat hem het laatste duwtje heeft gegeven en zijn vroegtijdige dood heeft veroorzaakt.'

De laatste zin spreekt hij uit met stemverheffing, om zich vervolgens om te draaien en op de bureaustoel te gaan zitten. Papa's stoel, die nu van hem is. Johanna is zo geschokt dat ze niets kan terugzeggen. Het is haar schuld! Papa is gestorven van verdriet omdat zij weggelopen is.

'Nadat je de familie voor de hele stad voor gek hebt gezet, ben je nu dus teruggekomen om in huize Berend een schuilplaats te zoeken,' gaat Theodor onaangedaan verder. 'Nou ja, er zit niets anders op dan je onderdak te verschaffen.'

Plotseling dringt het tot haar door dat ze volledig aan hem overgeleverd is. Papa is er niet meer en Theodor heeft als oudste zoon zijn plaats ingenomen. Ze is op haar tweeëntwintigste nog niet meerderjarig, haar broer is haar wettelijke voogd en ze heeft zich naar hem te schikken.

'Ik zal je zeker niet lang tot last zijn,' zegt ze uitdagend. 'Vroeg of laat zal ik trouwen, dan ben je van me af.'

Hij reageert niet op haar opmerking, maar om zijn mond is een spottend trekje verschenen. Denkt hij soms dat ze geen echtgenoot kan vinden? Ze is knap, en buiten dat een Berend. Er waren al een paar aanzoeken door bevriende families gedaan, die papa echter allemaal afgewezen had. De man die met zijn Hanneke mocht trouwen moest heel speciaal zijn. Ook omdat ze een aanzienlijke bruidsschat zou meebrengen.

'Dan nu het zakelijke gedeelte,' zegt Theodor streng. 'Je was zo onbeschaamd om bij je nachtelijke vlucht vijftig taler uit de geldkist te ontvreemden.'

Dat is helaas waar. Ze wilde niet totaal van Andrzej afhankelijk zijn en een beetje geld in haar portemonnee had haar verstandig geleken.

'Dat geld heb ik geleend en zal ik terugbetalen,' zegt ze snel. 'Dat staat ook op het briefje dat ik in de geldkist heb achtergelaten.'

Hij pakt een opgevouwen blaadje papier, vouwt het open en leest de paar haastig opgeschreven zinnen. 'Inderdaad. De rente die je me eigenlijk schuldig bent zal ik laten zitten. Wanneer denk je het geld terug te betalen?'

Ze heeft nog krap tien taler over. Andrzej is gul geweest, hij heeft alles betaald, haar cadeautjes gegeven en haar ook het geld voor de terugreis toegestopt. Hij kan het zich veroorloven, want hij ontvangt grote bedragen voor zijn optredens.

'In de komende weken,' beweert ze stoutmoedig.

Haar broer neemt haar serieus en hij maakt een aantekening in het kasboek. Wat is hij toch vrekkig. Papa was ook heel precies als het om zaken ging, maar binnen het gezin was hij royaal.

'Je gaat nu naar je kamer,' zegt Theodor en hij slaat het kasboek dicht. 'Danuta zal je daar de maaltijden brengen. De komende weken blijf je binnenshuis en je doet wat ik zeg.'

'Ik wil naar het kerkhof om papa's graf te bezoeken,' zegt ze bedrukt. 'Dat kun je me niet verbieden.'

'Later, als het zo uitkomt.'

Met die woorden richt hij zich weer op zijn werk en negeert haar verder. Besluiteloos blijft ze staan en kijkt toe hoe hij boeken opent en weer dichtslaat, aantekeningen maakt, documenten raadpleegt en daarbij papa's kroontjespen en zijn barnstenen inktpot gebruikt. Ze is te terneergeslagen om ruzie met hem te maken. Zwijgend loopt ze naar de deur en verlaat het kantoor. Ze gaat de trap op zonder echt te weten wat ze nu moet doen. Waarom komt het huis waar ze zo'n heimwee naar heeft gehad nu zo somber op haar over? Het zijn zeker de donkere wandpanelen die al het licht opslokken. De zware gordijnen voor de kleine ramen. Het kraken van de oude vloerdelen onder haar voeten.

In de hal op de eerste verdieping blijft ze staan, ze hoort Danuta's stem in de woonkamer. Blijkbaar vertelt ze Luise het grote nieuws dat Johanna teruggekomen is. Johanna herinnert zich dat Luise zwanger was toen ze wegging uit Danzig. Het kind zou nu geboren moeten zijn. Ze besluit zachtjes op de deur te kloppen en Luise gedag te zeggen. Waarschijnlijk is ze nog verzwakt door de bevalling. Ze is niet een van de sterksten en moest daarom in het begin van de zwangerschap vaak in bed blijven.

'Binnen.'

Zoals verwacht klinkt Luises stem zwak, bijna als gefluister. Danuta doet de deur open en blijft staan met de deurknop in haar hand.

Luise ligt op de bank met een kussen in haar rug en een deken over zich heen. Alleen haar bleke gezicht, dat door de kanten witte muts nog grauwer lijkt, de smalle schouders en de blauwige handen zijn zichtbaar. Haar grote lichtblauwe ogen zijn bijna angstig op Johanna gericht.

'Ik wens je een goedendag, Luise,' zegt Johanna schuchter. 'Ik hoop dat het goed met je gaat. Was het een zware bevalling?'

Luise doet even haar ogen dicht en Johanna realiseert zich dat ze iets verkeerds heeft gezegd. O jee, Luise heeft in de afgelopen jaren twee miskramen gehad. Het is deze keer zeker weer misgegaan.

'Ik knap langzaam op,' zegt Luise. 'Hoe komt het dat je zo onverwachts naar Danzig bent teruggekeerd?'

'Ik... ik heb ingezien dat het een grote stommiteit was,' zegt Johanna kort en bondig.

'Een stommiteit... zozo...' fluistert Luise met een zweempje spot in haar stem. 'Wel, ik voel me niet lekker, dus laat me alsjeblieft alleen.'

'Natuurlijk... Beterschap.'

Op weg naar de tweede verdieping, waar haar kamer zich bevindt, wordt Johanna geplaagd door tegenstrijdige gevoelens. Dus Luise heeft weer een miskraam gehad. Dat is erg en ze heeft het blijkbaar heel slecht verwerkt, vooral omdat Theodor op een stamhouder hoopt. Maar daarom hoeft ze toch niet zo onvriendelijk te zijn en haar meteen weg te sturen? Tenslotte is het niet haar schuld dat haar schoonzus niet in staat is kinderen op de wereld te zetten.

Ze treft haar kamer afgesloten aan, de sleutel steekt in het slot en knarst wanneer ze hem beweegt. Het kost moeite hem om te draaien. Een muffe lucht komt haar uit de kleine kamer tegemoet. Geen wonder, de kamer is waarschijnlijk een half jaar niet gelucht. Ze loopt snel naar het raam, doet de gordijnen opzij en opent het raam. Dat lukt pas na een paar pogingen, want bij de vensterbank is water naar binnen gedrongen, waardoor het hout is uitgezet. De frisse lucht inademend leunt ze naar buiten en kijkt naar de binnenplaats beneden, waar de mussen vrolijk in de wilde wingerd rondhuppen en vechten om de kleine zwarte bessen. Ze zijn de enigen die geluid maken, in het buurhuis waar de goederen worden opgeslagen lijkt geen bedrijvigheid te zijn.

Er wordt op de deur geklopt. Danuta komt haar sjaal en haar tas brengen, gaat dan weer naar buiten en keert terug met een dienblad. Daarop staan een beker koffie en een bord met brood, boter en twee stukken metworst.

'Alstublieft,' zegt ze en ze maakt een kleine kniebuiging. 'Ik breng zo meteen water om u te wassen.'

Het oude hemelbed is fris opgemaakt, maar op alle oppervlakken en de kast ligt een dikke laag stof en in de gordijnen van het bed zitten spinnenwebben. Johanna gaat op een stoel zitten, ze voelt hoe de pijn in haar binnenste groeit en dreigt haar te verzwelgen. Papa leeft niet meer. Niemand zal haar in zijn armen nemen en haar troosten. Het ouderlijk huis is zijn ziel kwijt. Papa, haar geliefde papa, ligt op de Hagelsberg in de koude aarde begraven.

Auguste

EEN AARZELEND OCHTENDZONNETJE SCHIJNT DOOR de ramen van de eetkamer in het huis van de Pruisische gezagvoerder Von Kleiwitz. Wolken trekken in hoog tempo aan de hemel voorbij, een koele wind kondigt de herfst aan. Het dienstmeisje brengt de koffie binnen op een zilveren dienblad en zet de kan op het lichtje van Meissner-porselein. Vervolgens trekt ze zich zachtjes terug, want het echtpaar is diep in gesprek met elkaar.

'Hoe weet je dat?'

'Anton heeft het me verteld, mijn hartje. Hij heeft het vanochtend vroeg van het dienstmeisje van de Blotts gehoord bij de put.'

Auguste von Kleiwitz is zo geschrokken van het onverwachte nieuws dat ze de koffiekan, waarmee ze net koffie in het kopje van haar echtgenoot wilde schenken, weer terugzet op het lichtje. Ze is een levendige jonge vrouw, altijd in beweging, altijd klaar om iets te ondernemen en het komt niet vaak voor dat woorden haar tekortschieten. Door dit bericht is ze echter sprakeloos.

'Je weet toch, mijn hartje, dat de bedienden bij de put altijd de laatste nieuwtjes over hun werkgevers uitwisselen,' voegt Klaus von Kleiwitz eraan toe.

Auguste is inmiddels over de schok heen. Terwijl ze koffie inschenkt, stelt ze de ene na de andere vraag, die haar echtgenoot naar eer en geweten beantwoordt. Maar het blijft een verhaal vol hiaten en onzekerheden dat de twee alleen maar meer zorgen baart.

'Mijn arme, lieve Hanneke,' kreunt Auguste en ze strijkt met haar hand over haar voorhoofd. 'Ik ben in elk geval blij dat ze gezond en wel weer terug is. Dat is het belangrijkste, Klaus. Al het andere zal wel loslopen. Mijn god, ik zal vandaag nog naar haar toe gaan om haar ervan te verzekeren dat ik haar niets verwijt. Het arme meisje. Ze is vast niet op de hoogte geweest van haar vaders overlijden. Ze moet wel helemaal wanhopig zijn. En dan is ze ook nog overgeleverd aan die onaangename man, dat krenterige handelaartje. Heb ik je verteld dat Theodor Berend geen pfennig aan het weeshuis gegeven heeft? Terwijl ik die beste Luise nog wel uitdrukkelijk heb gevraagd een goed woordje bij haar man te doen.'

Klaus von Kleiwitz wijdt zich glimlachend aan zijn ontbijt zonder de spraakwaterval van zijn geliefde vrouw te onderbreken. Hij vindt het leuk als ze met blozende wangen en stralende ogen voor hem zit en zich ergens druk over maakt. Zo heeft hij haar ook voor het eerst gezien in het landhuis van haar ouders in Brandenburg en hij is ter plekke verliefd geworden op de enigszins mollige blonde bundel energie. Hij zelf is in alles het tegenovergestelde van zijn knappe Auguste. Een lange, slanke man, plichtsbewust officier en ernstig van karakter. Zijn opvoeding heeft hem geleerd emoties nooit tot onderwerp van gesprek te maken, maar zich altijd aan de feiten te houden en deze bondig en zakelijk af te handelen. Deze eigenschap gaat uitstekend samen met Augustes uitbundigheid, die hij van tijd tot tijd met een paar vriendelijke opmerkingen in goede banen weet te leiden.

'Misschien is het beter niet overhaast te handelen. Je weet toch nog wel hoe je vriendin Johanna Berend ons een half jaar geleden in verlegenheid heeft gebracht,' merkt hij op als Auguste even stil is om een hap van haar broodje te nemen.

'Ach, die losgeslagen, gewetenloze kerel,' roept ze uit en ze moet een slokje koffie nemen omdat ze zich verslikt heeft. 'Had ik hem maar nooit voor mijn salon uitgenodigd. Maar ja, al mijn vriendinnen stonden te trappelen om de wereldberoemde Andrzej Zalewski te horen en vooral te zien. Beter gezegd, aan zijn voeten te liggen, smachtend naar hem op te kijken en dan flauw te vallen. O, als ik er maar een vermoeden van had gehad hoeveel ongeluk die afschuwelijke vent mijn lieve Johanna zou brengen, dan had ik hem nooit in ons huis verwelkomd.'

'Dat kon je van tevoren niet weten, lieveling,' zegt haar echtgenoot. 'Des te vervelender was het voor ons toen bekend werd dat Johanna Berend deze man uitgerekend tijdens jouw salon heeft leren kennen.'

Er zijn zelfs geruchten geweest dat Auguste von Kleiwitz bij deze geschiedenis als koppelaarster had opgetreden door geheime ontmoetingen voor de twee mogelijk te maken. Dit was absoluut niet waar, maar de roddel heeft Klaus wel een ernstig gesprek met zijn leidinggevend officier opgeleverd.

'Wat doet het er nog toe,' wuift ze zijn opmerking luchthartig weg. 'Het is nu eenmaal gebeurd en er valt niets aan te veranderen. O, hoe ze over dat arme ding heen gevallen zijn. De o zo goed bedoelende vriendinnen en schijnheilige dametjes. Vooral degenen die altijd al jaloers op haar geweest zijn, waren gemeen. Nu kunnen ze opnieuw hun mond opentrekken over de verdorven Johanna en zich voor laten staan op hun eigen deugdzaamheid, die ze alleen maar hebben verworven doordat geen enkele man ooit belangstelling voor ze heeft gehad...'

Klaus von Kleiwitz kijkt op de klok boven de open haard en veegt met zijn witte linnen servet een restje jam uit zijn mondhoek. Hij moet gaan, de plicht roept. Punctualiteit is een van de belangrijkste eigenschappen van Pruisische officieren.

'In het geval dat je vandaag al naar de Berends toe wilt, schatje...' zegt hij terwijl hij opstaat en de stoel weer op zijn plaats zet. 'Dan is het beter dat je jezelf aankondigt voor een bezoek aan Luise Berend, want ik ben bang dat ze je niet bij Johanna zullen toelaten.'

Daar heeft Auguste in haar opwinding nog helemaal niet aan gedacht. Natuurlijk, dat zou net iets voor Theodor Berend zijn.

Ze staat op om afscheid van haar man te nemen. 'Als ik jou niet had, mijn slimme man. Goed, ik was toch al van plan om die arme

Luise op te zoeken en haar aan te moedigen om volgende week naar mijn salon te komen. Zo sla ik twee vliegen in één klap, nietwaar? Doe een jas aan, liefste, er waait een koude noordoostenwind. En vergeet niet dat we vanavond gasten hebben. Ik heb de heer en mevrouw Ostertag en hun twee dochters uitgenodigd. Je weet dat Elias Ostertag van plan is een literair tijdschrift te gaan uitgeven?'

Hij kust teder haar wangen en voorhoofd, belooft op tijd thuis te zijn en zich niet te laten ophouden. Vervolgens gaat hij de trap af naar de voordeur, waar huisbediende Anton al klaarstaat met zijn jas en sjako.

Auguste schenkt zichzelf nog een kop koffie in, bedient zich rijkelijk van de lekkere aardbeienjam en peinst erover hoe ze Luise zover kan krijgen dat ze haar een kort onderhoud met Johanna toestaat. Ze houden het arme ding voorlopig uiteraard onder huisarrest, ze is een schande voor de familie. Waarschijnlijk zouden ze liever hebben gehad dat ze helemaal niet teruggekomen was en ergens in den vreemde, in bittere armoede ellendig was gestorven. O, ze zijn verwaand en arrogant, de Berends. Ze denken dat ze beter zijn dan anderen omdat ze tot een van de oudste patriciërsfamilies van de stad behoren en een huis in de Lange Straat vlak bij de Lange Markt bezitten. Maar ondertussen weet de hele stad dat het bergafwaarts gaat met de grote handelshuizen. Ook Theodor Friedrich Berend, die drie maanden geleden ten grave gedragen werd, had het voor zijn dood moeilijk gehad. Hoe zijn zoon Theodor het nu moet redden, zal moeten blijken. De oude heer Berend was in elk geval nog prettig in de omgang en geliefd in de stad, wat je van zijn oudste zoon echt niet kan zeggen. De jongste zoon, Ernst, aardt gelukkig naar zijn vader en is een uitgesproken beminnelijke jongeman die haar salon al met allerlei literaire voordrachten verrijkt heeft. Helaas verblijft hij nu in Königsberg, waar hij studeert aan de Albertus-Universität.

Ze belt voor het dienstmeisje zodat ze het ontbijt kan afruimen en begeeft zich naar een zijkamer waar haar sierlijke damessecretaire staat. Voor ze op weg gaat naar de Berends wil ze nog een paar brieven schrijven. Dat is een taak waar ze zich dagelijks mee moet bezighouden, want ze correspondeert met verscheidene goede vriendinnen, oudere tantes en vooral jonge kunstenaars die ze ondersteunt. Als haar geliefde man af en toe zijn hoofd schudt over haar intensieve correspondentie en voorzichtig op de kosten wijst, zegt ze altijd heel onbevangen: 'Deze getalenteerde jonge mensen zullen op een zekere dag beroemde auteurs zijn, mijn engel, en dan zullen deze brieven veel waard zijn.'

Tegen elf uur gaat ze naar haar kleedkamer om zich klaar te maken om uit te gaan. Ze kiest zorgvuldig een hoed en handschoenen uit en brengt haar blonde haar in model.

'Grete, ik ga uit en jij gaat met me mee. Pak de brieven, we gaan bij het postkantoor langs.'

Grete is blij, want ze gaat graag met haar mevrouw uit. Ze slaat een wollen sjaal om haar schouders en legt de post in haar mandje om vervolgens haastig de deur voor haar bazin open te doen.

'Bah, wat een vervelende wind,' verzucht Auguste. 'Ach, Grete, de zomer is voorbij. Dat maakt me zo verdrietig. Kijk, de eerste herfstbladeren vliegen al door de straat.'

'Ja, mevrouw. We zullen weer moeten gaan stoken.'

Wat een nuchter meisje, denkt Auguste. Ik mijmer over de teloorgang van de zomer en zij denkt er alleen maar aan dat ze nu elke ochtend weer met kolen moet slepen en de kachels moet aansteken. Daarbij grijpt ze elke gelegenheid aan om dit werkje op Anton af te schuiven.

Auguste kiest de weg over de Kolenmarkt, langs haar geliefde theater, dat door de Danzigers een beetje oneerbiedig de Koffiemolen wordt genoemd. Sowieso geven ze weinig om kunst, de burgers van Danzig. Goed eten en een volle portemonnee vinden ze veel belangrijker. Toen de jonggetrouwde Auguste von Kleiwitz een paar jaar geleden haar intrek nam in het huis in de Heiligen-Geist-straat, geloofde ze aanvankelijk in een culturele woestijn terecht te zijn gekomen. Godzijdank heeft ze beetje bij beetje een kring gelijkgezinden opgebouwd en inmiddels is haar maandelijkse 'salon' een hooggewaardeerde ontmoetingsplaats voor dichters, componisten en andere kunstenaars. Daar is Auguste von Kleiwitz heel trots op. Ze moet onderweg steeds even blijven staan om met een kennis of huisvriend een kort gesprek te voeren, waarbij ze erop wijst dat ze elkaar zeker overmorgen op het gebruikelijke tijdstip in huize Von Kleiwitz zullen zien. Twee jonge violisten van het theaterorkest zullen een paar stukken uitvoeren en daarnaast zal de bekende dichter dr. Arthur Hempel uit zijn werk voordragen…

Voor ze richting huize Berend gaat, loopt ze nog snel een winkel binnen waar snoepgoed en zoete specialiteiten worden aangeboden en ze koopt een mooi doosje met bonbons van marsepein. De arme Luise kan het zich veroorloven om zoetigheid te eten, ze is veel te mager en moet absoluut een paar pondjes aankomen. Auguste heeft van haar naaister gehoord dat Luise Berend twee jurken heeft laten innemen.

Zoals gewoonlijk doet Danuta de deur open, maakt beleefd een kleine kniebuiging en vraagt haar op de eerste verdieping in een kleine voorkamer te wachten tot Danuta Auguste bij haar mevrouw heeft aangekondigd. Auguste kan het gefluister achter de deur horen.

'O god, wacht ze hiernaast?'

'Ja, mevrouw.'

'Laat haar dan maar binnen.'

Haar bezoek lijkt geen grote blijdschap uit te lokken, maar Auguste kan Luises reserve in de huidige situatie wel een beetje begrijpen.

'Kom binnen alstublieft, mevrouw,' zegt Danuta en ze houdt de deur open.

De woonkamer biedt een merkwaardig tafereel. Luise zit achterovergeleund in een hoge stoel met een kussen in haar rug en haar voeten in een teiltje water. Ze ziet er inderdaad uit alsof ze lijdt, de arme ziel. Ze heeft haar kap afgedaan, zodat haar dunne haar te zien is, dat in een vlecht naar beneden hangt. Waarschijnlijk heeft ze hoofdpijn, want net als Auguste binnenkomt haalt ze een vochtige doek van haar voorhoofd, waarmee ze haar slapen verkoeling heeft gegeven. In de kamer ruikt het sterk naar kamille en eucalyptusolie.

'Mijn lieve Luise! Je bent er niet best aan toe,' roept Auguste vol medelijden uit. 'Kom ik heel ongelegen? Ik wilde je per se opzoeken om je een klein cadeautje te brengen, we hebben elkaar zo lang niet gezien.'

Luise glimlacht gedwongen en zegt dat het niets ernstigs is, alleen migraine, waar ze af en toe last van heeft.

'Dan zal ik zeker niet te lang beslag op je leggen, mijn lieve vriendin. Ik weet hoe akelig dergelijke aanvallen zijn. Gelukkig overkomt het mij niet zo vaak, maar als het me te pakken krijgt, moet ik de hele dag in een donkere kamer doorbrengen, omdat het licht mijn zenuwen te zwaar belast.'

'O, ik ben blij met je bezoek, mijn beste,' zegt Luise mat. 'Voor een kort gesprek moet er altijd tijd zijn, ondanks dit ongemak, nietwaar?'

Ze legt het doosje met de bonbons achteloos naast een kom waar vermoedelijk kamillethee in zit.

Auguste praat over de nare wind die door de stad waait en zonder enige twijfel verantwoordelijk is voor Luises migraine, over het beginnende theaterseizoen waar ze zich zo op verheugt en dat ze hoopt weer dezelfde loge te kunnen huren om maar zo ver mogelijk verwijderd te zijn van de plaatsen waar tegenwoordig helaas het plebs rondhangt. Vervolgens begint ze over haar salon, waar ze Luise hartelijk voor uitnodigt.

'Een beetje afleiding zal je goeddoen en je helpen je gedachten te verzetten.'

'Ik kan niets beloven,' zegt Luise zorgelijk. 'Maar ik denk dat ik me overmorgen wel beter zal voelen. Lief dat je aan me gedacht hebt, Auguste.'

'Natuurlijk, lieve vriendin. Ik weet toch dat je een beetje opmontering nodig hebt, nu je er weer een extra zorg bij gekregen hebt.'

Luise, die net de vochtige doek weer op haar voorhoofd wil leggen, stopt abrupt in haar beweging. 'Een extra zorg? Wat bedoel je, Auguste?'

'Nou, ik heb gehoord dat Johanna terug is,' antwoordt Auguste heel onschuldig. 'Als het waar is, zou dat me oneindig verheugen. Je weet dat ik Johanna in mijn hart gesloten heb.'

Zoals te verwachten viel, kijkt Luise helemaal niet blij. Het onderwerp 'Johanna' is om bekende redenen lang niet tussen hen aan de orde gekomen.

'Ze is sinds gisteren weer thuis,' geeft Luise toe. 'Het verbaast me dat je dat nu al te weten bent gekomen.'

'Dergelijke nieuwtjes doen vaak snel de ronde, liefje. Je kent me toch. Ik ben een open en eerlijk persoon die een vriendin de dingen liever recht in haar gezicht zegt dan achter haar rug om over haar te praten. Je kunt van me aannemen dat ik me het lot van Johanna ten zeerste aantrek en altijd bereid ben het mijne te doen om haar te helpen in Danzig weer voet aan de grond te krijgen.'

Luise legt de doek op haar voorhoofd en zucht eens diep. 'Dat zal nog wel even duren. Allereerst omdat Theodor beschikt heeft dat mijn schoonzus het huis niet mag verlaten. Dat is niet alleen om de goede naam van de familie te beschermen, maar ook voor haar eigen bestwil.'

'Natuurlijk,' haast Auguste zich te verzekeren. 'In zo'n geval moet je behoedzaam te werk gaan en vooral niets overhaasten. Ik zou Johanna heel graag even willen spreken, lieve Luise...'

'Dat zal helaas niet gaan, Auguste,' zegt Luise prompt. 'Theodor wil niet hebben dat Johanna contact met iemand heeft. Dat is noodzakelijk, zodat ze zich van haar situatie bewust wordt en niets ondoordachts onderneemt. Je weet hoe snel nare praatjes zich in de stad verspreiden, beste Auguste.'

'Juist daarom wilde ik op Johanna inpraten,' probeert Auguste het nog een keer. 'Tenslotte zijn we nauw bevriend en heb ik een zekere invloed op haar.'

'Later misschien,' zegt Luise en ze tast met haar linkerhand naar de bel voor het dienstmeisje. 'Voorlopig mag ik je helaas niet bij haar laten.'

Danuta komt haastig binnen.

'Giet er meer warm water bij,' beveelt haar bazin en ze wijst naar het teiltje waarin ze haar voeten heeft. 'En breng me nog een hoofdpijnpoeder. Schiet op.'

Auguste beseft dat haar bezoek ten einde is. Hoe irritant. Klaus heeft meer dan gelijk gekregen. Ze sluiten het arme meisje op en laten niemand bij haar. Natuurlijk is discretie hier op zijn plaats, maar ze kan toch wel een vriendin ontvangen! Zoals het er nu naar uitziet zouden die verwaande patriciërs het meisje het liefst helemaal laten verdwijnen, zodat er geen smetje aan hun goede naam zal blijven kleven.

'Ik wens je beterschap, lieve Luise,' zegt ze vleierig. 'Overmorgen voel je je vast beter.'

'Dat hoop ik ten zeerste, lieve Auguste. Veel dank voor je bezoek en het alleraardigste cadeautje.'

'Geniet ervan, lieve vriendin,' antwoordt Auguste, terwijl ze ondertussen heel zondig wenst dat Luise stikt in de marsepein.

Omdat Danuta met iets anders bezig is, loopt ze alleen naar de hal. Ze komt bijna in de verleiding om snel de trap op te lopen en Johanna even troostend in haar armen te nemen. Helaas komt juist op dat moment de magere gestalte van Theodor haar tegemoet en is ze verplicht hem vriendelijk te begroeten en te vertellen dat ze net zijn lieve vrouw bezocht heeft.

'Heel attent van u,' zegt hij kortaf. Hij buigt beleefd en wacht tot ze de trap naar beneden af is gelopen. Achterbakse kerel. Hij heeft haar voornemen doorzien en heeft er koelbloedig een stokje voorgestoken. Laat hem stikken in zijn eigendunk, die droogkloot.

Nijdig staat ze in de donkere hal en roept Grete, die niet met haar naar boven is gegaan, maar beneden in de bediendenvertrekken is gebleven. Waar zit ze nu? Is ze op de binnenplaats aan het kletsen met de kokkin? Auguste besluit om brutaal via de kantoren op de begane grond naar de binnenplaats te lopen en te kijken waar het meisje is. Met boosaardige tevredenheid stelt ze vast dat er niet veel activiteit is in de burelen van Berend. Ze hoort een pen krassen, dat moet de kantoorklerk zijn. Hij hoest en rochelt. Walgelijk! Ze vindt de deur naar de binnenplaats en slaakt een zucht van verlichting. Het is heerlijk om vanuit die muffe ruimtes weer in de frisse lucht te komen. Had ze het niet gedacht: daar staat haar dienstmeisje Grete te flirten met een roodharige jongen die er verlegen uitziet en zijn muts ronddraait in zijn handen.

'Grete, waar blijf je nou?' roept ze ongeduldig. 'We moeten nog naar het postkantoor.'

Opeens gaat op de tweede verdieping een raam open en het volgende moment ziet ze het hoofd van Johanna verschijnen. Ze ziet er knap uit, zoals ze met blozende wangen en los honingblond haar uit het raam hangt en naar haar zwaait.

'Auguste! Wat fijn om je te zien,' roept ze naar beneden. 'Ik heb zo vaak aan je gedacht. Kom boven, ik heb je zo veel te vertellen…'

Wat een vervelend dilemma. Boven staat de duistere bewaker, ze kan haar vriendin met geen mogelijkheid bereiken.

'Een andere keer, lieve Hanneke,' roept ze naar boven. 'Ik heb helaas haast, want het postkantoor gaat zo dicht.'

'O, wat jammer,' klinkt het teleurgesteld van boven. 'Dan kom ik morgen meteen bij je langs. Je bent 's ochtends toch thuis?'

'Thuis… ja, natuurlijk,' stottert Auguste. 'Ik verheug me erop… Ik denk aan je. Ik zal je schrijven, Hanneke.'

'Je hoeft me toch niet te schrijven als ik je morgen zie,' roept Johanna vrolijk terug. '*À demain, ma chérie*. Duizend groeten aan je echtgenoot.'

'Duizend groeten terug, lieve Hanneke. Tot snel. Zo snel mogelijk. Ik ben en blijf je vriendin. Dat mag je nooit vergeten. Dag, dag…'

Boven verdwijnt het hoofd van Johanna en het raam wordt dichtgeslagen. Auguste vraagt zich onbehaaglijk af wat zich nu in Johanna's kamer afspeelt, maar het is vrijwel zeker dat haar broer zich naar boven heeft gehaast om haar op haar nummer te zetten.

O god. Het arme ding. Johanna is zo lief. Zo argeloos. Auguste krijgt tranen in haar ogen als ze eraan denkt wat haar vriendin de komende maanden moet doormaken. Kon ze haar maar helpen. Ze zal het allemaal met Klaus bespreken, hij heeft altijd een helder inzicht en geeft haar verstandig advies.

'Heb je me niet gehoord, Grete?' zegt ze geërgerd tegen haar dienstmeisje. 'Laten we onmiddellijk gaan. Als ik hier nog langer blijf, krijg ik zelf migraine.'

Johanna

HIJ IS STERKER DAN ZIJ. Dat is altijd al zo geweest. Ook toen ze nog kinderen waren maakte ze geen kans tegen Theodor. Later spanden zij en haar jongere broer Ernst met elkaar samen, maar ook met z'n tweeën konden ze niet tegen hem op. Nu is hij haar kamer binnengedrongen, heeft haar bij haar schouder gegrepen, van het raam weggetrokken en op het bed geslingerd. Overweldigend groot torent hij boven haar uit, kille woede fonkelt in zijn ogen.

'Je hebt het zeker niet goed begrepen, Johanna,' zegt hij met sissende stem. 'Ik heb je gezegd dat contact van welke aard dan ook verboden is. Je blijft in je kamer en je komt er niet uit totdat ik anders bepaal.'

Ze ligt als verdoofd in de kussens en beseft amper wat haar is overkomen. Heeft hij het echt gewaagd haar vast te grijpen en bijna haar schouder te ontwrichten? Ze staart in zijn onbeweeglijke gezicht en ze schrikt van de haat die hij uitstraalt.

'Dat kun je niet doen,' protesteert ze. 'Ik ben je zuster, niet je slavin.'

'Dwing me niet strengere maatregelen te treffen,' waarschuwt hij haar.

Ze gaat overeind zitten en veegt het losse lange haar uit haar gezicht. Nee, zo mag hij niet met haar omgaan.

'Je hebt het recht niet,' roept ze kwaad. 'O, leefde papa nog maar, dan had hij je terechtgewezen. Maar omdat hij dood is, denk jij dat je kunt doen wat je wilt.'

Ze begint te snikken omdat de gedachte aan haar vader haar de tranen in de ogen brengt. Zo stom dat ze moet huilen, nu wint hij. Maar ze kan niet anders, de pijn om haar verloren vader gaat te diep.

'Papa heeft je in zijn testament onterfd,' zegt Theodor koel. 'Je bezit niets en bent op mijn goedertierenheid aangewezen, zo heeft hij het bepaalt. In het geval je moeilijk wilt doen kan ik je ook zonder geld of goed op straat zetten.'

Met die woorden draait hij zich om en verlaat de kamer. Johanna blijf totaal van haar stuk gebracht achter, de kamer draait om haar heen en het wordt haar even zwart voor de ogen.

Zonder aan te kloppen komt haar broer de kamer weer binnen, zet een houten gereedschapskist op de grond en begint het raam dicht te timmeren.

'Wat doe je? Ik moet de kamer toch kunnen luchten?'

Hij ramt de spijker in het hout zonder acht te slaan op haar protest, bekijkt tevreden zijn werk, rammelt ter controle aan de greep van het raam en pakt uiteindelijk zijn gereedschap bij elkaar.

'Je hebt het aan jezelf te danken.'

Hij verlaat de kamer en ze hoort hoe hij de sleutel aan de buitenkant omdraait. Hij waagt het zelfs om haar op te sluiten als een klein kind dat kamerarrest krijgt. Nooit eerder is haar iets dergelijks aangedaan. Zelfs de strenge kinderjuf die vroeger voor haar zorgde nam niet zulke straffe maatregelen. Dat zou mama ook verboden hebben. En papa zou de kinderjuf het huis uit gejaagd hebben. Ze vermant zich, rukt aan de deurknop en omdat de deur niet opengaat, hamert ze er met beide vuisten tegenaan.

'Doe open! Maak meteen die deur open! Je hebt het recht niet om me op te sluiten!'

Maar niemand komt haar te hulp. Ze roept om Luise. Beveelt Danuta de sleutel om te draaien. Wanhopig loopt ze in de kamer rond, snakt naar lucht, rammelt aan het raam, gaat naar de deur terug en trapt met haar voeten tegen het hout. Helaas is de deur van dik stevig eikenhout, ze kan bonzen en trappen zo veel als ze wil, er komt geen beweging in. Ten slotte zit ze met bloedende handen en zere voeten op de grond en snikt in hevige vertwijfeling. Waarom is ze ook naar huis teruggegaan? Als ze een vermoeden had gehad in wat voor hel ze hier terecht zou komen, was ze bij Andrzej gebleven. Maar hoe had ze kunnen bedenken dat ze door Andrzej te verlaten terecht zou komen in een huis waar ze door haar broer zou worden geslagen en opgesloten. Ach, ze had gedacht naar papa terug te keren, die haar alles zou vergeven. Hoe bitter heeft ze zich vergist.

Moeizaam staat ze op en giet water in de waskom om haar bezeerde handen te wassen. De sneden in haar handpalmen branden door het contact met het water. Ze droogt ze af met de handdoek, er blijven bloedvlekken achter op het witte linnen. Wat heeft Theodor gezegd? Papa heeft haar onterfd? Dat kan alleen maar een leugen zijn, zoiets zou haar vader nooit doen. Het ouderlijk huis van haar moeder in de Frauentorstraat is haar bruidsschat, dat heeft haar moeder zo gewild en papa heeft het bij de notaris laten vastleggen. Daar kan ook Theo niets aan veranderen. Wat is hij toch een leugenaar! Maar ze heeft hem door. Hij wil haar bang maken zodat ze doet wat hij wil. O, hij heeft haar altijd al gehaat omdat zij papa's lievelingskind was, zijn oogappel, zijn kleine goudlokje, zijn Hanneke…

Opnieuw krijgt ze tranen in haar ogen. Het verdriet vermengt zich met de woede over hoe oneerlijk ze behandeld wordt, de gemene vrijheidsberoving, de boosaardige leugens. Maar het zal hem niet lukken, ze is harder dan hij denkt. Ze zal hem het hoofd bieden en uiteindelijk doen wat ze zelf wil.

Uitgeput drinkt ze wat water uit de kruik en begint haar tas uit te pakken, die nog onberoerd op de commode staat. Het is niet veel wat ze van haar lange reis heeft meegebracht. Een zijden nachtpon die Andrzej voor haar in Rome heeft gekocht, twee kleurige doeken van zacht katoen uit Amsterdam, de kleine hond van bruin fluweel die hij op een markt in Londen voor haar bemachtigd heeft. Al het andere, de kleren, ondergoed, schoenen en hoeden heeft ze achtergelaten, alleen het rode doosje met de gouden hanger heeft ze op het laatste moment toch ingepakt. Hij heeft haar het sieraad ten afscheid gegeven, als een eeuwig aandenken, zoals hij theatraal beweerde. Een gouden hart met daarin een kleine diamant en de ingegraveerde woorden '*mon amour*'. Ze was woedend geworden en had hem het doosje voor de voeten gegooid. Wat een goedkoop cadeau. Het was vast van een van zijn vele bewonderaarsters geweest, die hem deze liefdesgift had geschonken. Maar ten slotte had ze het doosje van de vloer opgeraapt en in haar reistas gestopt. Het is nu eenmaal goud. Ze komt uit een koopmansgeslacht en dan gooi je zoiets niet weg, maar je maakt het te gelde. Ach ja, geld. Daar is ook de leren buidel die hij voor haar in Florence op de Ponte Vecchio heeft gekocht. Negen taler, twee silbergroschen en acht pfennig zitten er nog in en verder nog wat buitenlandse munten waar ze de waarde niet van weet. Het is niet meer dan kleingeld, maar misschien vindt ze op de markt een handelaar die de vreemde munten wil aannemen.

Tenminste, als ze binnen afzienbare tijd de mogelijkheid krijgt om naar een markt in Danzig te gaan. Wel, Theodor kan haar niet voor eeuwig hier opsluiten, ooit zal hij de deur weer moeten openmaken. Voor de zekerheid verstopt ze de geldbuidel onder een loszittende vloerplank, de plek waar ze ook als kind al haar schatten bewaarde. Ze loopt naar het raam en kijkt door de kleine ruitjes naar buiten. Ze kan niet veel zien. Als ze zich uit het raam buigt, kan ze net op de binnenplaats kijken. Wat overblijft is de muur van het buurhuis, waarin meerdere smalle vensters zitten. Daarboven is een stukje hemel te zien. Er trekken donkergrijze wolken voorbij, de wind waait vanuit het noordoosten, het licht dat de kamer binnenvalt is vaal en diffuus.

Met dit weer zou ik sowieso niet naar buiten hebben gewild, denkt ze koppig en ze gaat kleumend op het bed liggen.

Het middaguur is allang verstreken en ze heeft behalve een paar slokjes water sindsdien niets meer gegeten of gedronken. Willen ze haar laten verhongeren? Daarnaast moet ze haar behoefte doen, maar omdat ze niet naar het toilet kan, moet ze de po gebruiken. Ze kan hem echter niet leeggooien. Wat walgelijk gemeen om zo met haar om te gaan. Wanneer komt Danuta eindelijk om de kamer schoon te maken, de po te legen en haar iets te eten te brengen?

De uren gaan langzaam voorbij. Bij elk geluid op de trap komt ze overeind in de hoop dat ze eindelijk uit haar gevangenschap verlost zal worden, maar er gebeurt niets. Het licht neemt af, de dag loopt ten einde, de schemering gaat over in nachtelijk duister. Ze steekt de olielamp aan en loopt als een opgesloten dier in de kamer heen en weer, houdt haar oor tegen de deur, komt in de verleiding om Danuta te roepen en doet het dan toch niet. Nee, die overwinning gunt ze hem niet, ze zal niet smeken of bedelen, daar is ze te trots voor. De gedachten tollen rond en rond in haar hoofd. De vreemde antwoorden van Auguste vanochtend vroeg op de binnenplaats schieten haar weer te binnen.

Ik ben en blijf je vriendin… ik zal je schrijven…

Wist ze wat ze haar wilden aandoen? Waarom heeft ze haar dan niet gewaarschuwd? Ze wil haar schrijven? Wat stelt ze zich daarbij voor als alle brieven bij Theodor in het kantoor belanden? En hoe komt ze eigenlijk op het idee haar te willen schrijven? Betekent dat dat ze haar misschien wel maandenlang in huis willen opsluiten? Maar wat heeft ze dan gedaan? Ze is toch geen misdadigster? Ze heeft niets gestolen en ze heeft niemand vermoord. Ze is heus niet van plan om morgen meteen al met opgeheven hoofd door de stad te lopen en al haar kennissen op te zoeken om over haar reis te vertellen. Ze weet heus wel dat ze zich een tijdje gedeisd moet houden en alleen die vriendinnen kan opzoeken van wie ze weet dat ze haar nog steeds welgezind zijn. Zoals Auguste, die zou haar zeker hartelijk ontvangen.

Misschien is het allemaal slechts een ongelukkig misverstand, denkt ze als ze ten slotte moe en verslagen in haar bed ligt. Ik zal met Theodor praten en we zullen het eens worden. Ook als hij me haat en ik hem niet uit kan staan, er zal een verstandige oplossing gevonden worden. Papa zou dat ook zo gewild hebben.

Ze slaapt onrustig die nacht, hoort de wind rond het huis waaien, de planken en houten wandpanelen kraken en later slaan er regendruppels tegen het raam. Eén keer denkt ze het knarsen van een sleutel te horen, maar het is donker in de kamer doordat de lamp opgebrand is en omdat ze verder niets meer hoort, slaapt ze weer in.

Wanneer ze wakker wordt van het blauwige ochtendlicht, ontdekt ze een dienblad met brood, worst en een beker melk op de commode. De po is geleegd, de waskom is schoongemaakt en er staat een kruik met fris water klaar. Danuta is dus terwijl ze sliep in haar kamer geweest om deze klusjes te doen? Wat belachelijk. Denkt Theodor misschien dat ze er als een wilde vandoor zou gaan zo gauw de deur opengedaan wordt? Het karige ontbijt is ondanks alles aanlokkelijk, ze heeft sinds eergisteravond niets meer te eten gekregen en haar maag knort vreselijk. Haastig schrokt ze het brood en de worst naar binnen, de melk laat ze staan, die lust ze niet. Wat zou ze niet overhebben voor een kop koffie. Dan voelt ze de behoefte om zich te wassen en schoon ondergoed aan te doen. Ze maakt gebruik van de po en giet water in de waskom. Net als ze haar lange nachthemd wil uittrekken hoort ze stemmen. Dat zijn Danuta en Theodor. En dan is er nog iemand anders met zware schoenen en een vaste tred.

Haar eerste reactie is opluchting. Ze zal onderhandelen, zich verstandig tonen, op een paar van zijn eisen ingaan, maar ook op haar rechten staan. Dan hoort ze een vrouwelijke stem.

'Weet u zeker dat ze geen toestand zal maken?'

'Ze zal volmaakt rustig zijn, mevrouw Göttler. We hebben een middel in haar melk gedaan.'

De vroedvrouw. Ze herkent de naam omdat ene mevrouw Göttler

Luise heeft verzorgd na haar miskraam. Een forse, resolute vrouw van ongeveer vijftig jaar die geen tegenspraak duldt en niet met zich laat sollen. Wat moet ze hier? En wat voor middel wilden ze haar toedienen?

De sleutel wordt omgedraaid, Theodor komt als eerste de kamer binnen. Als hij haar in haar nachtpon bij het kastje met de waskom ziet staan, vertrekt hij geïrriteerd zijn gezicht.

'Heb je niet ontbeten?' vraagt hij zonder haar goedemorgen te wensen. 'Wel, ik heb mevrouw Göttler gevraagd je te onderzoeken.'

'Waarom?' stamelt ze ontzet. 'Ik ben niet ziek.'

'Maar het is mogelijk dat je zwanger bent. Als dat het geval is heb ik het recht daarvan op de hoogte te zijn. Dus ga op het bed liggen. Mevrouw Göttler verstaat haar vak, het zal niet lang duren.'

'Ik denk er niet aan,' schreeuwt ze woedend. 'Ik ben niet zwanger. En zelfs als ik het wel zou zijn, gaat je dat niets aan.'

Hij wisselt een blik met de vroedvrouw, die een bedenkelijk gezicht trekt. Dan gaat hij op Johanna af en grijpt haar bij een arm.

'Op het bed,' beveelt hij en hij trekt haar ernaartoe. 'Liggen.' Dit keer verzet ze zich uit alle macht. Ze trapt met haar voeten, pakt zijn oor en scheurt het er bijna af, spuugt naar hem. Maar hij heeft een ijzeren greep, duwt haar naar beneden en als ze niet wil blijven liggen, slaat hij haar met de vlakke hand in het gezicht.

'Begin,' beveelt hij de vroedvrouw. 'Geen zorg, ik heb haar vast.'

De vroedvrouw kijkt koel naar Johanna, die wanhopig probeert zich uit de greep van haar broer los te rukken en schrille kreten slaakt.

'Iemand moet haar benen vasthouden,' zegt mevrouw Göttler ter zake kundig.

'Danuta!'

Het meisje is bij de deur blijven staan. Bij het horen van het bevel maakt ze een geschrokken, afwerend gebaar met haar armen. 'Dat kan ik niet doen, meneer. Ik smeek u...'

'Je hebt te gehoorzamen.'

Danuta komt aarzelend dichterbij. Ze is doodsbleek, maar ze weet dat ze ter plekke op straat kan worden gezet als ze weigert het bevel van haar baas op te volgen.

'Heilige moeder van God, vergeef me deze zonde,' fluistert ze.

'Pak het rechterbeen,' verordent de vroedvrouw. 'Vasthouden, zo ja.'

Johanna beseft dat er geen ontkomen aan is. De vroedvrouw stroopt het nachthemd op tot aan haar borst, drukt overal op haar blote buik en steekt een harde vinger in haar geslacht. Het doet pijn, maar Johanna geeft geen kik meer. Ze ligt verdoofd op het bed, een ijzige verstarring heeft haar in zijn greep genomen, een onverschilligheid, alsof ze haar lichaam heeft verlaten en niet meer in de kamer aanwezig is. Als in een droom ziet ze de witte haren van de vroedvrouw, de zweetdruppels die zich op haar voorhoofd gevormd hebben en Danuta's starende, ontzette ogen. Haar nachthemd wordt weer naar beneden getrokken en ze hoort Theodor vragen: 'En?'

'Ze is geen maagd meer.'

'Dat weten we. En verder?'

'Ze is niet zwanger, ze heeft haar periode.'

'Iets anders?'

'Geen aanwijzingen voor de Franse ziekte.'

'Zeker?'

'Ik zeg het toch,' antwoordt de vroedvrouw onwillig. 'Dat is dan drie taler en vijf silbergroschen.'

'Danuta brengt u naar het kantoor.'

Johanna ligt stil als een dode. Ook wanneer Theodor haar loslaat, beweegt ze zich niet. Hij blijft even bij haar bed staan en neemt haar afkeurend op.

'Je had jezelf veel kunnen besparen als je me gehoorzaamd had.'

Ze zwijgt. Iets in haar is gebroken. Voor altijd kapot. Een gordijn is naar beneden gevallen en de wereld daarachter toont zijn ware, wrede gezicht.

'Je hebt jezelf tot hoer gemaakt,' hoort ze haar broer zeggen. 'Wees dus niet verbaasd dat je ook als zodanig behandeld wordt. Je blijft hier opgesloten totdat je belooft te doen wat ik je zeg.'

Hij loopt naar de deur, stapt de gang in en meteen daarna hoort ze de sleutel knarsen in het slot. Dan zijn haastige voetstappen de trap af naar het kantoor.

De verstarring houdt aan. Ze ligt onbeweeglijk op haar rug, hoort hoe de losgeslagen ranken van de wingerd tegen het raam slaan, haar hoofd is dof en leeg. Kou neemt bezit van haar ledematen. Ze kruipt in elkaar, slaat haar armen om haar knieën en begint te trillen. Haar hele lichaam beeft, ze kan er niets tegen doen. Haar hart gaat tekeer, haar tanden klapperen, haar vingers zijn doof en zo koud als ijspegels. Pas na een tijd houdt de aanval op. Ze is in staat rechtop te gaan zitten, haar verwarde haar naar achteren te strijken en haar koude handen en voeten te wrijven. Moeizaam staat ze op en ze begint zich te wassen. Ze trekt een hemd en korset aan, neemt maatregelen ter verzorging van haar menstruatie, stapt in een lange onderbroek met binnensluiting en strikt haar onderrokken in de taille. Elke beweging is routinematig. Met elk kledingstuk dat ze aantrekt wint ze een deel van zichzelf terug. Ze kiest een van de oude huisjurken uit die in de kast hangen, trekt sokken en schoenen aan en slaat een warme sjaal om haar schouders.

Staande bij het raam kijkt ze naar de donkere wolkenflarden die aan de grijze hemel voorbijdrijven. Als een roedel zwarte wolven op jacht naar een prooi trekken ze langs, een duister spel van schaduwen, zonder genade en dodelijk.

Ze draait zich om en kijkt naar het overhoop gehaalde bed. In haar stijgt iets op wat ze tot nu toe niet van zichzelf kende. Een hardheid die eerder breekt dan buigt. Er komt geen overeenstemming, geen verzoening. Er is alleen het gevecht en ze zal het met het enige wat tot haar beschikking staat aangaan. Onverbiddelijk en zonder rekening te houden met zichzelf.

Ze giet de melk in de po en gooit de laatste stukjes brood erbij. Nu zal duidelijk worden wie de langste adem heeft.

Ernst

ERNST BEREND GAAT OVEREIND ZITTEN in bed en houdt kreunend zijn hoofd vast. Verdomme, dat Löbenichter bier! Hij had gisteravond na de ontmoeting met de vriendengroep al een deel van de inhoud van vijf kroezen eruit gegooid. Natuurlijk tot groot plezier van zijn kameraden van de studentenvereniging Germania, die hem ironisch geadviseerd hadden nooit een oneven aantal kroezen bier te drinken omdat een maag daar niet tegen kan. De goede raad om nog een volgende kroes te nemen om op een even aantal te komen had hij gelukkig niet opgevolgd, hij was al misselijk genoeg geweest. Hij had zich met moeite naar zijn studentenkamer op de vierde verdieping gesleept en was daar in bed gevallen zonder zelfs maar zijn schoenen uit te trekken.

Er is niks aan te doen, hij moet opstaan en allereerst de natte schoenen en sokken uittrekken. Hij moet eigenlijk ook een schone broek aantrekken, maar dat zal niet gaan, want hij heeft geen andere voorradig. Een van zijn drie broeken is bij de kleermaker, de andere zit in de was en de derde heeft hij aan. Het is zo vervelend dat Theodor zo'n krent is en hij elke pfennig die hij uitgeeft moet noteren. Voor de vijf kroezen bier van gisteravond moet hij nog iets verzinnen. Die kan hij niet naar waarheid in de lijst van zijn uitgaven opvoeren, want dan zal Theodor hem korten in zijn maandelijkse toelage. Hij mag al blij zijn dat papa hem voor zijn overlijden toestemming had gegeven te gaan studeren. Helaas niet het vak filosofie dat hij zo graag wilde volgen, maar een studie aan de juridische faculteit. Filosofie is nu eenmaal overbodig gefantaseer, terwijl een jurist van nut kan zijn voor het handelshuis Berend.

'Meneer Berend?' klinkt het van beneden. 'Ik heb uw ontbijt op de commode in de gang gezet. Ik hoorde u snurken in uw kamer en wilde u niet wekken.'

Dat mens! Ze moet een uitstekend gehoor hebben, want ze hoort alles wat er zich in het trappenhuis afspeelt.

'Dank u,' roept hij naar beneden. 'Kunt u me zeggen hoe laat het is, mevrouw Kabbert?'

'Al elf uur, meneer Berend. Het is zeker laat geworden gisteravond, nietwaar?'

Elf uur, wat een ellende. Hij had om tien uur precies bij Schallerman moeten zitten, tenslotte heeft hij voor het college betaald. Het heeft geen zin meer om er nu nog heen te lopen.

'Gisteren?' roept hij. 'Ja, het was aan de late kant. Ik hoop dat ik u niet gestoord heb, mevrouw Kabbert. Wilt u zo goed zijn me een beker cider te brengen? Ik kom om van de dorst.'

'Cider? Ik zal eens kijken of er nog wat is. Dun bier heb ik zeker voor u...'

'Ook goed,' bromt hij, al is de gedachte aan bier op dit moment niet erg aantrekkelijk. Helaas is het water uit de pomp vreselijk slecht, het smaakt naar bederf.

Hij neemt de beker en het bord mee zijn kamer in, zet ze op de kleine tafel tussen zijn papieren en kijkt uit het raam. Het regent alweer. Dan zou hij sowieso kletsnat geworden zijn en bij het college tussen zijn dampende studiegenoten hebben gezeten, wat geen plezier is als je een gevoelige neus hebt. Hij kan beter genoeglijk op de bank gaan zitten en nadenken over zijn verhandeling over *Antigone* van Sophocles.

Net als hij een rake formulering op wil schrijven, klopt de hospita op de deur.

'Binnen.'

Ze heeft een beker met twijfelachtige inhoud in haar hand en hij moet plaats op de tafel maken zodat ze haar last kan neerzetten.

'Dank u voor de cider… of wat is het?'

'Appelcider, meneer Berend. We hadden nog wat afgevallen appels die verwerkt moesten worden, ze begonnen al te rotten.'

Hij wil net vragen om een emmer kolen voor de kachel om zijn sokken en jas te drogen als ze een verfrommelde envelop uit haar schortzak trekt.

'Dat zou ik bijna vergeten,' zegt ze en ze vertrekt haar mond in een suggestief lachje. Het ziet er niet erg aantrekkelijk uit omdat ze scheve tanden heeft. 'Van een zekere Auguste von Kleiwitz uit Danzig. Dat is zeker uw verloofde, nietwaar?'

Hij steekt zijn hand uit naar de brief en verheugt zich. Auguste heeft zich bereid verklaard twee van zijn artikelen aan een goede kennis door te geven, een zekere Elias Ostertag, die een literair tijdschrift wil gaan uitgeven.

'Mijn verloofde?' zegt hij lachend. 'Nee, hoor. Mevrouw Von Kleiwitz is een lieve vriendin van de familie.'

'Och,' zegt ze teleurgesteld. 'Ik dacht alleen… omdat ze zo vaak aan u schrijft.'

'Dat doet ze inderdaad,' bevestigt hij en hij ergert zich aan zichzelf omdat hij haar tekst en uitleg geeft, terwijl deze dingen haar helemaal niet aangaan. Hij is blij wanneer ze eindelijk naar beneden gaat. Als ze de trap al af is, schiet hem te binnen dat hij om kolen wilde vragen. Nou ja, dat komt dan later wel.

Nieuwsgierig verbreekt hij het zegel van de brief en ontvouwt het papier. Auguste heeft het hele blad tot onderaan toe volgeschreven, zodat er nauwelijks plaats voor haar naam is overgebleven. Toch heeft de Z aan het eind van de naam een sierlijke krul gekregen.

Mijn beste jonge vriend,
Nog helemaal onder de indruk van de bijeenkomst van de salon, gisteren in ons huis, grijp ik naar de pen om u erover te vertellen. We hadden twee geweldige vertolkers van de edele kunst der muziek te gast, die ons met de unieke klanken

van de grote Johann Sebastian Bach hebben verblijd. Verder heeft de jonge pianist Sebastian Sonntag Beethovens 'Appassionata' op een prachtige, emotioneel meeslepende manier ten gehore gebracht. Hij zag zich genoodzaakt meerdere toegiften te geven, anders hadden de dames hem waarschijnlijk gestenigd.

Ernst neemt een slok cider. Bah, het spul is bijna net zo zoet als de mierzoete lofredes waarmee Auguste haar gasten bewierookt. Hij is vaak genoeg bij haar uitgenodigd geweest om te weten dat je van haar gevoelvolle loftuitingen minstens tachtig procent moet aftrekken om bij de waarheid te komen. En daarbij vindt hij pianisten die jonge dames in vervoering brengen uiterst verdacht. Daarvoor heeft hij een persoonlijke reden. En verder gaat de brief.

Ook de literaire optredens waren van een zeldzame schoonheid en welsprekendheid. Dr. Arthur Hempel droeg enkele van zijn romantische gedichten voor, die grote bijval kregen, en daarna las Elias Ostertag de tweede akte van zijn drama 'Christus op Golgotha' voor, wat vooral de dames tot tranen toe ontroerde en ons allen aanleiding gaf de auteur om een volgende lezing van dit indrukwekkende werk in de volgende maand te verzoeken. Het stuk heeft vijf akten!

Grote god. Dan zou hij zich pas op zijn vroegst in februari weer op een van haar salons laten zien. Tranentrekkende, religieuze drama's zijn niets voor hem.

Wat betreft uw uitmuntende artikel kan ik u berichten dat Elias Ostertag het met veel plezier heeft gelezen en de grootste waardering heeft voor uw heldere en pakkende stijl. Publicatie in het nog op te richten literaire tijdschrift lijkt hem echter op grond van de politiek getinte inhoud niet aanbevelingswaar-

dig, omdat zijn blad enkel en alleen aan de schone literatuur gewijd is en hij elke politieke stellingname wil vermijden.

Ernst gooit de brief geïrriteerd op zijn bureau, waar die bij gebrek aan een zeker gewicht weer vanaf zeilt en naast de kachel blijft liggen. Ook goed. Dan kan hij hem zo meteen oprollen en als aansteekmateriaal voor het vuur gebruiken. De vrome meneer Ostertag wil geen politieke artikelen publiceren. Wat een laffe, brave sukkel. Nou ja, wat kun je ook van een man verwachten die langdradige religieuze drama's schrijft. Hij staat boos op om het venster open te trekken, waarna hij de regen tegen zijn gezicht laat striemen en zijn in de grond geboorde hoop te boven probeert te komen. Hij heeft zijn artikelen al aan meer tijdschriften gestuurd, maar tot nu toe alleen maar afwijzingen ontvangen.

Helaas komen de ingezonden teksten niet overeen met het karakter van ons blad... Te politiek... Te weinig literair... Te sterk geformuleerd... Stuur ons een mooi gedicht of een geschiedkundige verhandeling...

Het is om wanhopig van te worden. Als hij nou maar geld had, dan zou hij zelf een tijdschrift oprichten. Een vooruitstrevend blad dat niets tegen goede literatuur heeft, maar ook teksten afdrukt die zich sterk maken voor vrijheid en burgerrechten. Geld, altijd maar dat geld. Hij bezit nog geen pfennig, is volledig afhankelijk van zijn broer, die de enige erfgenaam van het nalatenschap van de Berends is.

Woedend slaat hij het raam weer dicht en droogt zijn gezicht en haar met een handdoek af. Hij neemt nog een slok van de zoete cider, maar spuugt het spul nijdig weer uit, waarna hij op de bank gaat zitten om verder te schrijven. De teleurstelling heeft hem echter alle lust ontnomen. Wat een ongeluksdag. Hij kan beter weer in bed gaan liggen en daar tot de volgende ochtend blijven. Alles wat hij vandaag nog onderneemt, kan alleen maar mislukken.

Zijn verstandige voorzorgsmaatregel wordt door een klopje op de deur verhinderd. Studiegenoot Alfred Riechert staat op de gang, een kletsnatte mantel om zijn schouders, een druipende muts in zijn hand.

'Alfred, ouwe makker,' roept Ernst blij. 'Geef toe, jij hebt vandaag ook bij Schallerman gespijbeld.'

'Wat maakt het uit?' zegt Alfred schouderophalend. 'Julius Schammes zet mijn naam op de presentielijst en later ga ik sowieso naar Kugelmann om alles in te halen. En hoe zit het met jou, ouwe jongen? Geen zin? Dat snap ik. Dat eentonige juridische gebrabbel gaat op je zenuwen werken...'

'Geef me je mantel en ga op de bank zitten, vriend. Leg je muts maar op de vensterbank.'

Alfred is echter niet bereid zijn mantel af te staan. Hij beweert dat het stervenskoud is in de kamer en vraagt zich af waarom Ernst de kachel niet heeft aangestoken.

'De hospita moet me eerst de kolen brengen, dan kunnen we opwarmen,' belooft Ernst.

'Hoe gaat het met je plan om een tijdschrift op te richten?' vraagt Alfred grijnzend, omdat Ernst zijn geweldige idee al aan iedereen verteld heeft.

'Als je een geldschieter voor me hebt, begin ik meteen!'

'Misschien kan ik de oude heer nog wat geld uit de zak kloppen,' schertst Alfred, die welgestelde ouders heeft. 'Maar ik ben bang dat hij zijn geld liever in zijn wapenfabriek investeert.'

Riecherts wapenfabriek is in de buurt van Danzig gevestigd en de zaak loopt geweldig. Ernsts vader heeft eens sarcastisch gezegd: 'Wapenleveranciers en doodgravers hebben altijd werk.'

Ze horen de zware stappen van de hospita op de trap.

'Uw middageten, meneer Berend,' zegt ze terwijl ze binnenkomt. 'En zal ik deze jongeman een glas cider brengen?' Ze kijkt Alfred uitnodigend aan.

Alfred bedankt haar. 'Een emmer kolen zou fijn zijn, beste vrouw,' zegt hij zelfverzekerd. 'Je haalt je een longontsteking op de hals in deze ijskoude tent.'

Ernst is altijd weer stomverbaasd over hoe bereidwillig zijn anders zo gierige hospita op Alfreds wensen ingaat. Vermoedelijk ligt het aan de nonchalant bevelende toon van zijn vriend, waaraan het hemzelf volledig ontbreekt.

'Kolen, maar natuurlijk,' roept mevrouw Kabbert overijverig. 'Ik zei vanmorgen nog tegen meneer Berend dat de kamer absoluut verwarmd moet worden...'

En met deze woorden loopt ze weg om de opdracht uit te voeren.

Alfred kijkt intussen naar het bord, beweegt welwillend zijn neusgaten en vraagt of Ernst honger heeft.

'Nee, als je zin hebt in dat voer, ga je gang.'

'Dat sla ik niet af,' zegt zijn vriend en hij pakt het bord en de lepel. 'Burgerkost. Maar niet te versmaden. Het vult de maag, mijn beste. Hoe komt het eigenlijk,' zegt hij met volle mond, 'dat je helemaal geen geld hebt? Heeft je oude heer je niets nagelaten?'

Ernst knielt voor de kachel en veroorzaakt een grijze wolk met zijn poging de oude as weg te vegen. Thuis in Danzig is het de taak van Danuta, hier moet hij het zelf voor elkaar zien te krijgen.

'Daar heb ik me bij de opening van het testament ook over verbaasd,' zegt hij en hij hoest. 'Vooral omdat ik me meen te herinneren dat hij iets dergelijks heeft gedicteerd toen het testament werd opgesteld.'

'O ja?' zegt Alfred en hij neemt een slok cider om de kool weg te spoelen. 'Hij heeft het gedicteerd? En wie heeft het opgeschreven?'

'Mijn broer Theodor...'

De hospita verschijnt met een houten emmer vol kolen en een schep met sintels. Ze maakt een hoop drukte over het roet dat Ernst heeft laten opdwarrelen.

'O, die jonge mannen,' kreunt ze en ze knielt voor de kachel. 'Met oude kachels moet men voorzichtig omgaan, meneer Berend. In geen geval er zo in rondpoken, de pijp is al wat roestig, hij kan zomaar lek raken.'

'Een studiegenoot, Johannes Meyer, is drie maanden geleden gestikt door een rookvergiftiging,' merkt Alfred op. 'Zijn hospita is daarvoor aangeklaagd omdat de kachel lek was.'

'Heilige Moeder van God,' fluistert mevrouw Kabbert met een angstig gezicht. 'Misschien moet ik de kachel toch laten nakijken.'

'Doe dat, beste vrouw,' antwoordt Alfred in alle rust en hij kruist zijn armen in zijn nek terwijl hij achteroverleunt op de bank.

'Zo ga je met haar soort om, mijn beste,' zegt hij tegen Ernst als de hospita weg is. 'Jij bent veel te slap en laat over je heen lopen. Maar terug naar het testament. Je zei dat je broer de laatste wil van je vader heeft opgeschreven? Kon de oude man zelf geen pen meer vasthouden?'

'Nee, hij was te zwak en daarbij had hij vreselijk veel pijn.'

Ernst kan slechts met afgrijzen terugdenken aan de laatste dagen van zijn vader. Iemand had een koerier naar Königsberg gestuurd met de boodschap dat hij meteen naar huis moest komen, omdat zijn vader op sterven lag. Het bericht trof hem als een mokerslag. Hij had het niet voor mogelijk gehouden dat zijn vader, die een paar weken eerder nog gezond en sterk leek te zijn, nu met de dood worstelde. Halsoverkop was hij met de postkoets naar Danzig gereden en trof zijn vader bleek en uitgeteerd, liggend in de kussens, aan. Hij had zichzelf ertoe moeten dwingen naar het bed te gaan en zijn vaders hand te pakken, maar hij herinnert zich dat zijn vader naar hem glimlachte en spijtig opmerkte dat hij nu vanwege hem zijn studie moest onderbreken. Dezelfde avond verscheen ook Theodor in de sterfkamer en hij verzocht zijn vader zijn laatste wil te dicteren. Ernst vond deze eis onbehoorlijk en respectloos, gezien hoe hij leed, maar zijn vader stemde toe. Hij dicteerde zelfs vloeiend en in begrijpelijke taal, alsof hij deze beschikkingen al langer in zijn hart meedroeg.

'Wie was er verder nog in de kamer aanwezig?' wil Alfred weten.

'Mijn schoonzus Luise. Ze heeft de zieke thee te drinken gegeven en kompressen voor hem gemaakt,' herinnert Ernst zich.

'En wie nog meer?'

'Niemand. Dat wil zeggen, Danuta kwam af en toe binnen om fris water te brengen of de po te legen.'

'Het dienstmeisje?'

'Ja. Ze is Pools en al meerdere jaren bij ons in dienst.'

Alfred trekt zijn wenkbrauwen op en laat zijn oogleden een beetje zakken. Zo ziet hij er altijd uit als hij iets spannends op het spoor is. In principe is hij met hart en ziel jurist, interesseert zich voor gecompliceerde gevallen en komt vaak met spitsvondige oplossingen voor de dag. De taaie studie van wetteksten is niets voor hem, hij maakt alleen gebruik van juridische geschriften wanneer hij aan een concreet geval puzzelt.

'En jij hebt het idee dat jouw broer mogelijkerwijs verscheidene passages in het testament, laten we zeggen, heeft vergeten op te schrijven?'

Ernst heeft zichzelf tot nu toe verboden over dergelijke dingen na te denken. Hij is niet bijzonder op zijn broer gesteld, maar hij heeft hem nooit voor een bedrieger gehouden. Onder de vorsende blik van Alfred schieten hem nu echter allerlei details te binnen.

'Zo kwam het in elk geval op me over. Ik meen gehoord te hebben dat ik twee percelen grond bij Neufahrwasser zou krijgen. En ja, vader heeft ook iets met betrekking tot mijn zus gezegd, vanwege haar bruidsschat...'

'En dat kwam niet terug in het testament?'

Ernst schudt zijn hoofd. Het wordt hem langzaam duidelijk dat Theodor inderdaad niet alles heeft opgeschreven wat zijn vader heeft gezegd. Hij heeft alleen datgene genoteerd wat hem goed uitkwam. Onvoorstelbaar! Zijn broer heeft hem en zijn zus gewoon een oor aangenaaid en hij heeft het niet eens gemerkt. Hij heeft in die kamer gezeten en in heftige vertwijfeling naar de stervende man gestaard, alles in hem in beroering, huilend van verdriet en medelijden.

'En je vader heeft het testament niet nog een keer nagekeken voor hij het ondertekende?' dringt Alfred genadeloos aan.

'Nee, hij was totaal uitgeput.'

'Laat me raden, jij hebt het vervolgens braaf als getuige ondertekent zonder de tekst te lezen,' zegt zijn gesprekspartner met een spottend gezicht.

'We hebben het allebei meteen ondertekend, Luise en ik,' geeft Ernst toe. 'We vertrouwden Theodor.'

'Heel dom,' zegt Alfred en hij gooit zijn natte, dampende mantel van zich af. Het is in de kamer intussen zo warm geworden dat het zweet Ernst op het voorhoofd staat.

'Je hebt een kans het testament aan te vechten als je schoonzus voor je getuigt,' legt zijn vriend uit. 'Misschien ook het dienstmeisje, maar zij telt niet echt mee voor het gerecht. Geef me pen en papier, dan schrijf ik de naam en het adres op van een goede advocaat hier in Königsberg. Je moet niet een advocaat uit Danzig nemen, die werkt misschien samen met je broer.'

Ernst pakt inkt en een pen en kijkt om zich heen op zoek naar papier. Daar op de vloer ligt Augustes brief nog, op de achterkant is plaats genoeg voor een aantekening.

'Het belooft een spannende herfst te worden, oude vriend,' hoort hij Alfred zeggen. 'Hou me op de hoogte.'

Ernst bedankt zijn studiegenoot voor zijn moeite. Hij is blij dat hij vervolgens opstaat om zijn muts van de vensterbank te pakken.

'Ik laat je nu alleen, mijn beste,' zegt Alfred minzaam. 'Ik heb nog een afspraak. Het ga je goed. Met een beetje geluk ben je binnenkort een welgesteld man.'

Als hij weg is legt Ernst nog een paar kolen op het vuur en gaat peinzend op de bank zitten. Het is allemaal een illusie. Hij kent Luise. Ze zal nooit tegen haar echtgenoot getuigen.

Terwijl hij besluiteloos het vel papier met het adres van de advocaat in zijn handen ronddraait, realiseert hij zich dat hij Augustes brief niet helemaal uitgelezen heeft. Wat schrijft ze nog meer?

Er is nog een delicate aangelegenheid waarbij ik op uw broederlijke liefde en christelijke instelling vertrouw. Tot mijn enorme vreugde is uw zuster Johanna een paar dagen geleden in Danzig teruggekeerd. Ze verblijft in uw ouderlijk huis en heeft heel zeker de hulp nodig van iemand die haar welgezind is, want ze is heel ongelukkig. Helaas heeft uw broer mij verboden contact met haar te onderhouden. Daarom vraag ik u met mijn hele hart naar Danzig te komen en u over haar te ontfermen...

Hij moet de alinea twee keer lezen om er zeker van te zijn dat hij zich niet vergist heeft. Johanna is terug! In eerste instantie is hij opgelucht dat ze niet is omgekomen, zoals Theodor had voorspeld, maar dat ze de weg naar Danzig heeft teruggevonden. Dan komt echter de woede weer omhoog, de teleurstelling dat ze hem niet in haar plannen ingewijd had. De jaloezie op die charmeur met wie ze er halsoverkop vandoor was gegaan. Ze is ongelukkig en heeft ondersteuning nodig? Ja, Theodor zal haar waarschijnlijk niet al te vriendelijk ontvangen hebben. Maar hij gaat zelf ook niet alles uit zijn handen laten vallen om zich naar zijn zus te haasten. Laat haar maar voelen hoezeer ze hem heeft gekwetst!

Theodor

'HET IS VANDAAG AL DE vijftiende dag, Theodor.'

Luise ligt bleek en lusteloos op de bank, de zwangerschap valt haar heel zwaar. Theodor worstelt met het lot dat hem een echtgenote heeft bezorgd voor wie het zo moeilijk is kinderen te krijgen. Andere vrouwen bevallen van de ene zoon na de andere, hun huis is gevuld met het geschreeuw van opgroeiend grut, alleen hier in huize Berend heerst een grafstilte. Maar goed, hij is bereid om op God te vertrouwen dat die hem vroeg of laat een erfgenaam zal geven.

'Ze kan water drinken,' zegt hij. 'Van twee weken zonder voeding gaat ze heus niet dood. Vrome monniken vasten aanzienlijk langer zonder daar lichamelijke schade van te ondervinden.'

Luise zucht en komt een beetje overeind om een slok thee te drinken. De schaal met gebak heeft ze niet aangeraakt. De zwangerschap slaat haar op de maag. Nauwelijks heeft ze iets gegeten of ze moet overgeven. Hij kan alleen maar hopen dat het kind dat ze draagt genoeg voeding krijgt om zich normaal te ontwikkelen.

'Johanna is koppig, Theodor,' merkt Luise op. 'Ze zal het niet zo gauw opgeven.'

Hij maakt een ongeduldige beweging. Ook hij kent zijn zus en hij weet zeker dat ze het tot het uiterste zal doordrijven. Maar hij laat zich niet dwingen.

'Ze zal uiteindelijk wel weer gaan eten,' zegt hij kortaf en hij maakt aanstalten om weg te gaan.

'Wil je niet nog even bij me blijven?' vraagt ze zacht. 'Ik voel me echt eenzaam nu ik geen bezoek meer krijg.'

'Vanavond, Luise. Nu heb ik het druk op kantoor. Ik zal Danuta naar je toe sturen.'

Hij draait zich om en kust haar op haar voorhoofd, dat koud en met zweet bedekt is. Hij moet zich ertoe zetten, maar ze is zijn echtgenote. Hij heeft haar nodig en hij houdt van haar op zijn manier. Lichamelijke hartstocht is er nooit tussen hen geweest. Als hij met haar vrijt, ligt ze stijf als een dode onder hem, zonder geluid te maken, en laat het gebeuren als een soort christelijke beproeving over zich heen komen. Ze is nu eenmaal calvinistisch opgevoed, wat ook voordelen met zich meebrengt. Daarbij komt ze uit een welgestelde Danziger familie en haar bruidsschat heeft het handelshuis in moeilijke tijden gered.

'Tot later, lieve.'

Hij hoort haar antwoord niet meer, omdat hij al op de trap is. Danuta komt hem met een dienblad waarop een schaal met havermout staat tegemoet. Het is het enige wat Luise nog naar binnen krijgt.

'Mijn vrouw heeft gezelschap nodig, Danuta,' zegt hij en hij blijft staan op de trap. 'Ga een poosje bij haar zitten.'

'Met plezier, meneer. Ik moet toch nog de woonkamer vegen en de tapijten uitkloppen. Zal ik het middageten bij u op kantoor brengen?'

Hij heeft zich aangewend beneden in het kantoor te eten omdat het voortdurende gekokhals van Luise hem de eetlust beneemt.

'Doe dat,' zegt hij en hij blijft staan terwijl ze langs hem heen de trap op gaat. Ze is verhit en hij kan de geur van haar kleren en warme lichaam ruiken. Het treft hem aangenaam en laat verlangens omhoogkomen waaraan hij niet toe mag geven. Om zichzelf af te leiden gedraagt hij zich streng.

'Danuta?'

'Ja, meneer?' zegt ze en ze blijft staan op de onderste trede.

'Je kletst toch niet met andere bedienden wanneer je boodschappen doet of water haalt?'

'Nooit, meneer,' verzekert ze hem met nadruk. 'Er komt geen woord over mijn lippen, dat zweer ik bij de heilige maagd Maria.'

Danuta is Pools en katholiek. Ze roept de heilige maagd Maria veelvuldig aan.

'Goed,' zegt hij koeltjes. 'Je weet dat ik anders maatregelen moet nemen.'

'Ja, meneer.'

'Je kunt gaan.'

Er doen allerlei geruchten de ronde in Danzig over zijn zuster, waar hij niet blij mee is. Natuurlijk heeft haar praatgrage vriendin Auguste von Kleiwitz daar een groot aandeel in. Die vrouw staat hem tot in het diepst van zijn ziel tegen, maar helaas kan hij weinig tegen haar uitrichten. Gezagvoerder Klaus von Kleiwitz heeft goede contacten in Danzig en het zou niet verstandig zijn het met de Pruisische autoriteiten en officieren aan de stok te krijgen. Dat Johanna zich niet in het openbaar vertoont, begrijpt iedereen. Het is vooral dat vervelende gepraat over 'afgrijselijke maatregelen' en 'het gebrek aan christelijke naastenliefde' dat hem geweldig stoort. Zo circuleert in vrome kringen zelfs de opvatting dat men de arme zondares moet vergeven omdat ook Jezus Christus de echtbreekster heeft beschermd. Wie zonder zonde is, werpe het eerst een steen.

Theodor was woest geworden toen Luise hem dit heel onschuldig vertelde. 'Heb ik soms de intentie laten blijken haar te willen stenigen?' was hij tegen haar uitgevallen.

'Natuurlijk niet, Theodor. Het is volkomen gerechtvaardigd wat je doet, dat heb ik ook tegen Anna Ernestine gezegd. Ongehoorzaamheid en vooral de zonde verdienen straf, geen twijfel mogelijk. Johanna moet bij zichzelf te rade gaan en oprecht berouw tonen, pas dan kan ze vergiffenis krijgen. Het is alleen...'

'Alleen?' had hij met dreigende stem aangedrongen.

'Ach, niets...' Ze zucht.

Daarna heeft hij ervoor gezorgd dat ook Luise geen bezoek meer krijgt. Zijn vrouw is te naïef, laat zich door al dat vrouwengeklets beïnvloeden. Door de week gaat ze toch al niet veel uit omdat ze te moe is en zo vaak moet overgeven. Op zondag gaan ze samen naar de kerk, dat moet volstaan. Dan blijft hij in haar buurt en schermt haar af voor nieuwsgierige vriendinnen. Die sensatiebeluste vrouwtjes storten zich op elke argeloze uitlating om die vervolgens te verdraaien. Er zou zelfs over een gedwongen abortus gepraat zijn, omdat iemand de aanwezigheid van de vroedvrouw in huis had opgemerkt en Johanna's geschreeuw had gehoord. Het kan eigenlijk alleen Danuta zijn geweest, hij gelooft niet in dat zweren van haar. Tenzij Oskar, de nieuwe knecht, Johanna's gegil had gehoord en de vroedvrouw had gezien. Het is verder een heel geschikte jongen, een roodharige knaap met zomersproeten die met zijn zestien jaar al heel sterk is en moeiteloos met zware kisten sleept. Hij zal hem nog een keer onder handen nemen. De al lang in dienst zijnde kantoorklerk Stefan Korbitz kan hij vertrouwen. Die praat zeker niet omdat hij ouders, een vrouw en twee zoons heeft die er zonder zijn baan bij de firma Berend slecht aan toe zouden zijn.

'Heeft iemand tijdens mijn afwezigheid naar mij gevraagd?' informeert hij bij Korbitz.

'De heer Gropius wil later langskomen vanwege een bestelling.'

Hans Gropius heeft een kleine winkel in de Hinterstraat, waar hij kettingen, armbanden en mooie kistjes van barnsteen vervaardigt en aan toeristen verkoopt. Waarschijnlijk wil hij nieuwe grondstoffen bestellen, maar dan heeft hij pech. Handelshuis Berend is uit de handel in barnsteen gestapt, het levert geen winst meer op. De grote tijden van 'het goud van de zee' zijn voorbij. Onderzoekers hebben inmiddels uitgevonden dat barnsteen geen edelgesteente is, maar slechts versteende hars, wat de waarde aanzienlijk vermindert. Edelen en vorsten rusten hun paleizen nu met andere materialen uit, schilders en stukadoors doen goede zaken, de barnsteenslijpers hebben het nakijken. Gropius is een van de vele handelaren die in Danzig zijn producten aan toeristen en bezoekers verkoopt, maar de kleine hoeveelheden die hij nodig heeft leveren het bedrijf te weinig op.

Het gaat niet al te best met het handelshuis Berend. Net als alle andere kooplieden in Danzig hebben ze nog steeds te lijden onder de bittere jaren van recessie die volgden op de overname van de stad door Pruisen in 1793 en daaropvolgend de verwoestende napoleontische oorlogen. Het trotse Danzig, dat onder de Poolse koningen zo rijk en machtig was geweest, had veel moeten inleveren. Intussen gaat het weer bergopwaarts, maar andere steden zoals Elbing en Königsberg zijn sneller geweest en zijn Danzig voorbijgestreefd. Een paar van de vroeger zo invloedrijke Danziger handelshuizen hebben gelukkig weer voet aan de grond gekregen en zijn op de goede weg. Dat geldt echter niet voor het oude koopmansgeslacht Berend. Theodors vader had zijn best gedaan, maar helaas hadden zich een paar fiasco's voorgedaan, waardoor de grote deals wat betreft steenkool en graan aan hun neus voorbij waren gegaan. Ook de verscheping van Russisch hout naar Nederland en Engeland leverde problemen op. Ze hebben de focus verlegd naar andere waren zoals zout, wijn en koloniale goederen, maar die zijn allemaal onderworpen aan hoge belastingen. Tijdens zijn ziekte had zijn vader zich zelfs helemaal uit de zaak teruggetrokken, wat een fatale uitwerking op het bedrijf heeft gehad.

Theodor is er vast van overtuigd dat de huidige, hachelijke stand van zaken allereerst de schuld van Johanna is. Haar vlucht en het daaraan verbonden schandaal hadden zijn vader volledig doen instorten. Theodor had toen wanhopig geprobeerd de zaak voort te zetten, maar zonder de benodigde volmachten bleef hem niets anders over dan lijdzaam toe te zien hoe alles ten onder ging.

Nog steeds wordt hij woedend wanneer hij eraan terugdenkt met welke blinde liefde zijn vader aan Johanna was gehecht. Zijn Hanneke, zijn oogappel, zijn kleine meisje. Terwijl hij, de oudste zoon en erfgenaam, zijn hele leven tevergeefs zijn best had gedaan om bij zijn vader in de gunst te komen, hoefde zij alleen maar te glimlachen of onschuldig haar ogen op te slaan en papa nam haar in zijn armen. En hoe had ze haar vader voor die liefde bedankt? De verwende hoer was er stiekem vandoor gegaan, had eerst nog even een greep in de kas gedaan en was toen vrolijk met haar Poolse pianist door Europa gaan reizen. Dat ze haar vader met deze ondoordachte, egoïstische daad de dood in zou drijven was niet in haar opgekomen. In plaats daarvan verschijnt ze, zich van geen kwaad bewust, weer in Danzig en denkt alles net zo terug te vinden als ze het achtergelaten heeft. Maar de tijden waarin zijn kleine zus zich dergelijke spelletjes kon veroorloven zijn voorbij. Hij was degene die de scherven moest oprapen. En daarom zal de verwende Hanneke van nu af aan naar zíjn pijpen dansen. Voor zijn part hongert ze totdat ze niet meer op haar benen kan staan, hij zal haar trots breken.

Danuta verschijnt met het middagmaal, maar hij krijgt geen tijd om het op te eten, want Hans Gropius klopt aan de deur.

'Kom ik gelegen?' vraagt hij met schijnheilige onderdanigheid.

'Komt u binnen.'

Gropius loopt tegen de veertig. Met zijn gedrongen bovenlijf en lange, dunne ledematen doet hij denken aan een langbenige kever. Theodor neemt niet de moeite op te staan om zijn cliënt te begroeten, hij knikt alleen en gebaart met zijn hand naar de stoel voor zijn bureau.

'Hartelijk dank,' zegt Gropius en hij klopt zijn natte hoed uit en gaat zitten. 'Wat een vreselijk weer. Niet goed voor het humeur, nietwaar? Dan moet men aan prettige dingen denken, anders gaat men...'

Theodor vertrekt geen spier. Mensen die op deze onhandige manier over koetjes en kalfjes beginnen vindt hij hinderlijk.

'U komt vermoedelijk voor het barnsteen,' zegt hij. 'Ik moet u helaas teleurstellen. Mijn voorraad is op en ik koop geen nieuwe in.'

Gropius is bij lange na niet zo teleurgesteld als Theodor verwacht heeft. Hij slaakt een theatrale zucht en verklaart hier al bang voor te zijn geweest, maar hij wilde het voor de zekerheid en vanwege de jarenlange zakelijke betrekkingen toch even navragen.

'Dan moet ik naar een andere leverancier uitkijken,' zegt hij met een spijtig gebaar. 'Kerstmis komt eraan en dan kopen veel heren een mooi kistje voor hun lieve echtgenote of een ketting voor hun dochter. Ook briefopeners, pennensets en kleine beeldjes doen het heel goed...'

'Daar ben ik blij om,' onderbreekt Theodor hem. 'Kan ik verder nog iets voor u doen?'

Zijn gast doet alsof hij de hint niet opmerkt. Hij blijft zitten en bazelt over de dingen in het algemeen, de vervelende controles door de Pruisische ambtenaren, de hoge belastingen, de herfststormen die de overzeese handel hinderen en hopelijk geen overstromingen veroorzaken...

'Het zijn moeilijke tijden, meneer Berend. We moeten allemaal op de kleintjes letten. De grote handelshuizen en de kleine winkels, we zitten in hetzelfde schuitje. En als daar dan ook nog een familietragedie bovenop komt, is alles meteen twee keer zo zwaar, nietwaar?'

Hij kijkt hem argeloos aan en ook al kookt Theodor vanbinnen, hij laat niets merken. Wanneer Gropius denkt dat hij zal happen, dan vergist hij zich.

De bezoeker is echter niet onder de indruk van Theodors zwijgen. Hij schuift een beetje op zijn stoel heen en weer en komt dan met zijn verzoek voor de dag.

'Neem me niet kwalijk, meneer Berend, dat ik over deze dingen spreek. Ik doe het alleen omdat we elkaar al zo lang kennen en ik al zo veel jaar met huize Berend verbonden ben. Vooral uw vader is altijd een aardige en oprechte vriend en begunstiger geweest. Een man die de kunst van het barnsteen verwerken op waarde wist te schatten en voor mij altijd als een goede vriend...'

'Kunt u het kort houden, meneer Gropius,' onderbreekt Theodor hem geïrriteerd. 'Mijn tijd is beperkt.'

Gropius wordt een beetje verlegen. Hij glimlacht en strijkt over zijn snor en komt dan eindelijk ter zake.

‘Goed dan, ik zal vrijuit praten. Mij is ter ore gekomen dat uw zuster weer in Danzig is. Zeker, ze heeft een grote fout begaan en naar men hoort boet ze daar meer dan een beetje voor…’

Alweer die geruchten. Hij zal een hartig woordje met Danuta moeten spreken.

‘Ik weet niet waar u het over hebt, meneer Gropius. Kunt u zich wat duidelijker uitdrukken?’

Gropius verbergt zijn ongemakkelijkheid onder een onderdanig glimlachje.

‘De zaak is deze: zoals u misschien wel gemerkt hebt, koester ik al lang een grote bewondering voor uw zuster, een eerbare genegenheid die ondanks de spijtige gebeurtenissen niet verminderd, maar op zijn best in stand is gebleven… Kort en goed, ik ben bereid, ondanks alles wat er gebeurd is, een huwelijk met uw zuster aan te gaan.’

Deze keer valt het Theodor zwaar zich te beheersen. Wat een ongelooflijke brutaliteit. Daar verbeeldt deze kerel zich, deze waardeloze barnsteenkrabber, deze armoedzaaier, deze ouwe geile bok, met een Berend te kunnen trouwen. Waarbij hij grootmoedig door de vingers wil zien dat de bruid geen maagd meer is. Een gelegenheidskoopje. Goedkope waar wegens lichte beschadiging.

‘Het is u waarschijnlijk niet bekend dat mijn zus onterfd is en geen bruidsschat meekrijgt?’ vraagt hij op een geforceerd rustige toon.

Hij heeft de juiste snaar getroffen, want de verwachtingsvolle glimlach van de man die tegenover hem zit verbleekt en de snor zakt naar beneden.

‘Geen bruidsschat?’ kreunt hij. ‘Een Berend? Dat geloof ik niet.’

‘Geen geld, geen onroerende goederen en geen andere bezittingen. Zo heeft mijn vader het bepaald en ik zal me daaraan houden, meneer Gropius.’

'Dat is hard,' zegt Gropius bezorgd. 'Dat arme meisje. Dan zal ze nooit trouwen.'

'Ze heeft het aan zichzelf te wijten,' antwoordt Theodor en hij doopt zijn pen in de inkt om verder te werken. 'Ik neem aan dat uw verzoek hiermee van tafel is.'

Gropius staat langzaam op, de teleurstelling is hem goed aan te zien. Bij de deur zet hij zijn hoed op en hij maakt een terloopse buiging.

'Het was me een eer, meneer Berend. Ik wens u alle goeds.'

'Hetzelfde, meneer Gropius. Tot ziens.'

Nadat de deur achter de bezoeker is dichtgevallen, kijkt Theodor scherp naar zijn kantoorklerk, die alles gehoord heeft.

'Hoe vrijpostig, meneer Berend,' zegt Korbitz met plichtmatige verontwaardiging. 'U zou zo iemand er meteen uit moeten gooien.'

'Dweil die plas op, Korbitz,' beveelt Theodor en hij wijst naar een natte plek voor zijn bureau die door de natte schoenen van Gropius is veroorzaakt. Daarna gaat hij naar de zijkamer om zijn middagmaal, dat intussen koud geworden is, op te eten.

In principe zou hij blij moeten zijn Johanna middels een huwelijk kwijt te raken. Omdat hij niet bereid is haar een bruidsschat mee te geven, zal daar echter wel niets van komen. Dat zijn vader het op zijn sterfbed anders bepaald heeft, weet hij maar al te goed, maar hij heeft deze passage, net als andere, laten verdwijnen. Het is zijn opdracht het zo rijk aan traditie zijnde huis Berend te laten voortbestaan en weer tot bloei te brengen en daarvoor heeft hij alle bezittingen nodig die hem nog overgebleven zijn. Als hij Johanna de erfenis geeft die zijn vader voor haar bedacht heeft, dan is hij het met haar huwelijk kwijt. Hetzelfde geldt voor de twee percelen die voor zijn spilzuchtige kleine broertje bestemd waren. Ze zouden zonder enige twijfel binnen de kortste keren verkocht en verloren zijn. Hij ziet geen reden om rekening te houden met de sentimentele bevliegingen van zijn oude heer. Het testament is ondertekend en volgens de voorschriften bij de notaris geopend. Noch Johanna, noch Ernst kunnen ook maar enige aanspraak doen gelden.

Wanneer Korbitz zijn dienst beëindigd heeft en Theodor de kantoorruimtes afsluit, komt Danuta in het gezelschap van dokter Sternberg naar beneden. Sternberg is al jaren de huisarts van de familie. Hij heeft zijn vader en moeder behandeld en later de overlijdensverklaringen geschreven. Hij wordt er ook altijd bij geroepen als Luise ziek is, wat vaak het geval is.

'Kan ik u even spreken, meneer Berend?' zegt Sternberg. 'Ik werd bij uw echtgenote geroepen...'

Theodor opent het kantoor en wil de arts laten binnenkomen om hem te betalen. Maar de arts wuift het weg.

'Het is niet de moeite waard, meneer Berend. Ik kom morgen toch weer langs. Uw echtgenote had helaas een bloeding en heeft absolute rust nodig. Opwinding of emotionele belasting kan met haar zwakke constitutie ernstige gevolgen voor haar zwangerschap hebben. U begrijpt wat ik bedoel?'

Dus toch! De angst dat zijn hoop opnieuw tevergeefs zal zijn slaat door hem heen. Waarom moet juist hem dat overkomen? Waar heeft hij dit ongeluk aan verdiend?

'Had ze... een miskraam?' vraagt hij bedrukt.

'Nee, nee,' verzekert de arts hem. 'Maar dat is niet uit te sluiten als ze zich erg opwindt. Uw vrouw heeft een gevoelig, meelevend karakter en ik heb de indruk dat er iets is wat zwaar op haar gemoed drukt... Wel, dat is wat ik u wilde vertellen, beste meneer Berend. Alle goeds. Ik heb haast. Een hartaanval en twee zware verkoudheden die op de longen dreigen te slaan... We zien elkaar morgen op dezelfde tijd.'

Theodor blijft even als verdoofd staan. Wat is er gebeurd? Wat kan er zwaar op haar gemoed drukken? Toch niet soms...

'Danuta!'

Het meisje heeft de arts via de binnenplaats naar de voordeur begeleid. Hij hoort haar haastige voetstappen en hijgende adem als ze de trap op komt.

'Meneer?'

'Wat is er vanmiddag gebeurd?'

Haar wangen zijn rood en ze ademt zwaar, haar boezem gaat snel op en neer onder het korset. 'Vergeef me, meneer. Ik kon het niet verhinderen.'

'Wat, verdomme?'

'Mevrouw is naar boven gegaan en heeft de deur opengemaakt...'

Hij kan het niet bevatten. Luise is bij Johanna geweest.

'Waarom heb je mij niet geroepen?' snauwt hij tegen het meisje.

Danuta is door spijt en wanhoop de tranen nabij.

'Dat kon ik niet, meneer. Ze was al op de trap toen ik het merkte en ik moest haar ondersteunen, anders was ze gevallen...'

'Ze had op de trap kunnen gaan zitten. Dan had jij naar beneden kunnen lopen om mij te halen.'

Danuta knikt, de angst voor haar baas snoert haar keel dicht.

'Wat is er boven gebeurd?' wil hij weten.

'Uw... uw zuster... ze lag op het bed... helemaal bleek... als een dode. Er hing een verschrikkelijke stank in de kamer, we zijn bijna gestikt... En toen... toen is mevrouw op het bed gaan zitten en...'

'En?' vraagt hij met een kwaad vermoeden.

'Ik weet het niet, meneer. Ze hebben gefluisterd. Daarna heb ik mevrouw weer heel langzaam naar beneden gebracht...'

Naar het schijnt was Luise totaal van slag. Ze had een tijdje op de sofa gelegen, wilde eerst dat Danuta haar man ging halen, hield haar toen weer tegen en beval een maaltijd naar Johanna te brengen met wijn en versterkende middelen. Danuta had deze opdracht nog maar net uitgevoerd toen Luise om de dokter riep.

'Ik smeek u, meneer...' jammert Danuta ongelukkig. 'Wat moest ik dan doen? Ik kon toch geen geweld tegen haar gebruiken?'

Hij laat haar staan, neemt de trap met twee treden tegelijk om sneller boven te zijn en opent de deur naar de woonkamer. Luise zit in haar stoel, haar wangen zijn onnatuurlijk rood en van onder de kap pieken blonde strengen naar buiten.

'Theodor,' roept ze en ze steekt haar armen naar hem uit. 'Ik heb iets verschrikkelijks gezien. Ik smeek je...'

Hij haast zich naar haar toe, buigt zich over haar heen en grijpt haar handen. Ze gloeien alsof ze koorts heeft.

'Kalmeer, Luise. Er is geen reden om je zo op te winden. Ze speelt toneel, dat is alles.'

'O nee,' steunt ze. 'Ze ligt op sterven, Theodor. Ik weet wat ik heb gezien. Deze zonde zal voor eeuwig op ons geweten drukken.'

Ze laat zich niet tot rust brengen. Hoe meer hij op haar inpraat, hoe geagiteerder ze wordt. Hij vreest voor het ergste en hij vervloekt innerlijk zijn zus, die deze nieuwe ellende veroorzaakt heeft.

'Stil, Luise. Ze gaat niet dood. Ik ga naar boven en zal me met haar verzoenen,' belooft hij tandenknarsend.

Johanna

AANVANKELIJK DENKT ZE DAT HET gemakkelijk zal zijn. Ze laat de maaltijden die Danuta rond het middaguur brengt onaangeroerd staan en drinkt alleen wat water. Maar het pompwater is gevaarlijk, dat weten ze intussen. Je krijgt er diarree van of zelfs cholera. Dus geeft ze na een tijdje de voorkeur aan de thee die Danuta in een kan bij haar zet. Meer niet.

'U zult nog verhongeren, juffrouw,' zegt Danuta bezorgd als ze de deur opendoet en het onaangeraakte bord ziet.

'Waarschijnlijk,' antwoordt Johanna schouderophalend.

'U bent nog zo jong. Waarom wilt u dood?'

'Mijn broer wil het zo, Danuta.'

Daarop schudt Danuta zuchtend haar hoofd en draagt de po naar buiten. Ze sluit zorgvuldig af voor ze de trap af gaat, komt dan weer terug, zet de po neer en verwisselt de niet opgegeten maaltijd van gisteren voor een nieuwe. Ze vergeet nooit de sleutel om te draaien als ze weggaat.

Op de derde dag lijkt ze nieuwe instructies te hebben gekregen, want ze laat de maaltijd die Johanna niet opgegeten heeft gewoon staan zonder iets anders te brengen. Johanna gooit er een doek overheen omdat er vliegen op afkomen. In de kleine kamer is de lucht om te snijden. Ze heeft hoofdpijn en voelt zich uitgeput. Wanneer ze Danuta de trap op hoort komen, gaat ze op het bed liggen en beweegt zich niet terwijl het dienstmeisje haar taken uitvoert. Laat haar maar denken dat het slecht met haar gaat en het aan Theodor melden. Dan kan hij erover nadenken of hij haar wil laten creperen. Zij zal in geen geval opgeven.

Op de zesde dag gaat het echt slecht. Het is niet zozeer de honger waar ze last van heeft, het is de walging die de weerzinwekkende rotzooi die onder de doek verschimmelt oproept. Nog erger zijn de maagkrampen en de kou. Ze heeft het vreselijk koud, blijft de hele tijd in bed, wikkelt het dekbed om zich heen en toch wil haar lichaam niet warm worden. Als ze opstaat om wat thee te drinken wordt het haar zwart voor de ogen. Ze moet weer gaan zitten en pas bij de tweede poging lukt het om een paar passen te zetten. Ze voelt zich onzeker, de kamer lijkt te schommelen en ze is blij als ze weer in haar bed ligt.

Het is de bedorven lucht, denkt ze. Hij heeft het raam dichtgetimmerd. Als het zo doorgaat, zal ze nog stikken. Ze ligt in elkaar gekropen in bed en luistert naar de geluiden die gedempt tot haar doordringen. Danuta's houten klompen op de trap die ijverig naar boven en weer naar beneden klepperen. De stemmen op de binnenplaats wanneer er kisten arriveren en naar het buurhuis worden gebracht of als een klant goederen laat ophalen. Theodors beknopte bevelen, de korte zinnen van de kooplui die hun medewerkers instrueren. 'Kijk uit, pak het aan de voorkant. Dat eerst. Niet zo, domkop. Andersom.'

De meeste stemmen kent ze. Het zijn handelaren die wijn, koloniale waren, zalf en bietsuiker inkopen. Een stem die steeds opnieuw te horen is, hoort bij een jonge man die blijkbaar recent als magazijnknecht is aangesteld. Hij klinkt jong en sterk en maakt haar nieuwsgierig. Jammer genoeg is ze te zwak om naar het raam te gaan en daarbij kan ze de binnenplaats toch niet zien.

Ze slaapt veel. Ook overdag als ze soezerig in bed ligt, glijdt ze vaak in een onrustige slaap, doortrokken van dromen.

Wanneer ze wakker wordt voelt ze zich afschuwelijk. Haar maag krimpt in elkaar bij het inademen van de bedompte lucht en ze komt moeizaam uit bed om wat thee te drinken. Ze zet voor elke dag die voorbijgaat met een potlood een streep op het behang zodat ze haar besef van tijd niet kwijtraakt. Eén keer, het is de achtste dag, hoort ze Theodors voetstappen op de trap en haar hart begint zo heftig te kloppen dat haar hele lichaam ervan trilt. Hij doet de deur open en blijft staan op de drempel.

'Heb je me iets te zeggen?' vraagt hij.

Ze zou graag haar kussen naar hem toe hebben gegooid, maar daarvoor is ze te zwak.

'Nee!'

Ze hoort hoe hij de deur weer op slot doet en naar beneden gaat. Hij geeft niet toe, de tweede ronde begint. Als ze het vol wil houden moet ze iets ondernemen om frisse lucht in de kamer te krijgen. Ze scharrelt uit bed, elke beweging een krachtsinspanning, het flikkert voor haar ogen. Ze vindt een kleine schaar in de commode bij haar naaispullen en gaat daarmee zo zachtjes mogelijk naar het raam. De raamhelften bestaan elk uit zes kleine ruitjes die met kit zijn vastgezet, daarop zijn echter smalle houten latjes getimmerd die ze eerst weg moet halen. Het zou veel eenvoudiger zijn een van de ruitjes in te slaan, maar dat zou van buitenaf te zien zijn en zoals ze haar broer kent, zou hij onmiddellijk naar boven komen en er een plank voor timmeren.

Het kost veel tijd om de latjes los te krijgen. Ze heeft geluk dat sommige spijkers al verroest zijn en breken, de andere laten zich er des te moeilijker uit trekken. Uitgeput sleept ze zich weer naar het bed, ze slaapt echter niet. Ze ligt op haar rug en wacht tot het donker is. Pas dan kan ze voorzichtig beginnen de kit weg te schrapen en zo mogelijk een van de kleine ruitjes verwijderen. Dit werkje moet ze zo zacht als een muis uitvoeren, want Luise en haar broer slapen op dezelfde verdieping als zij. Het licht is armzalig. Er is geen olie meer voor de lamp en de maan geeft maar af en toe licht omdat die achter de wolken zit. Toch maakt ze vorderingen. De kit is oud en brokkelt, het ruitje laat zich met de punt van de schaar loswurmen. Het duurt niet lang voor frisse, koele nachtlucht de kamer binnendringt. Ze ademt die in met diepe teugen en voelt direct de stimulerende werking. Voorlopig is ze gered, ze zal nog een tijdje volhouden. Ze trekt een stoel bij het raam en blijft daar zitten, ademt de geur in van de nachtelijke stad en de rivier, de zoutige lucht van de zee, die vanaf de kust hiernaartoe waait. Er schiet haar een vermetel idee te binnen. Zou het niet mogelijk zijn een bericht op een papiertje te schrijven en aan de wind mee te geven? Het is gevaarlijk, want het papier kan gemakkelijk op de binnenplaats terechtkomen, waar Theodor het zal vinden. Ook regent het vaak, waardoor het papier misschien kapotgaat. Toch moet ze het proberen. Ze weigert om stil en lijdzaam in dit kamertje te creperen, zoals Theodor vermoedelijk hoopt. Ze verzet zich. De hele stad mag weten hoe haar eigen broer haar behandelt.

> *Alleen God is mijn rechter. Niet mijn broer die me straft met gevangenschap en marteling. Help me, vrienden en christenen, voor ik van honger omkom of door vertwijfeling wegkwijn!*
>
> *De ongelukkige Johanna Berend*

Ze schrijft de tekst drie keer over, vouwt de blaadjes op en wacht op een windvlaag die haar kreet om hulp over de daken van de oude stad in de nacht kan verspreiden. Zo, meer kan ze op het moment niet doen. Voor ze weer in bed kruipt zet ze het ruitje terug op zijn plek en drukt de latjes vast. En nu maar zien wat er gebeurt.

De volgende dagen voelt ze zich beter. De hoofdpijn trekt weg, ze is alleen nog een beetje duizelig wanneer ze in haar kamertje rondloopt en haar handen beven. 's Nachts vertrouwt ze haar schriftelijke hulpkreten aan de wind toe, overdag luistert ze naar de geluiden op de binnenplaats. Ze verneemt echter alleen de bekende stemmen. Van haar vriendin Auguste von Kleiwitz, op wier hulp ze heeft gehoopt, is niets te horen en ook niet van haar andere vriendinnen. Heeft dan niemand haar vliegende post gelezen? Als Danuta's houten klompen op de trap dichterbij komen, gaat ze snel in bed liggen, trekt de deken omhoog en doet alsof ze bijna dood is.

'Juffrouw?' zegt Danuta zacht. 'Wat is er, juffrouw?'

Johanna geeft geen antwoord. Danuta blijft besluiteloos bij de deur staan, ze durft niet naar het bed te gaan om haar aan te raken. In plaats daarvan doet ze de dingen die haar opgedragen zijn, zucht diep en sluit de kamer weer af. Soms hoort ze Theodors voetstappen op de eerste verdieping en is ze bang dat hij naar boven zal komen omdat hij een van haar papiertjes heeft gevonden. Maar er gebeurt niets. Wachten, altijd maar wachten. Volhouden en hopen. Dromen, doelloos soezen, strepen op het behang zetten. Het zijn er al veertien. Twee weken. Hoe lang nog?

En dan opeens is het zover. Stemmen op de trap. Dat is Luise, en Danuta is bij haar. Ze maken ruzie. Luise huilt, Danuta schijnt wanhopig. Johanna heeft nog net tijd om haar bed in te glippen voordat de sleutel wordt omgedraaid.

'Johanna? Heilige Moeder Gods! Johanna!'

Luise zit op de rand van het bed, betast haar voorhoofd, grijpt haar pols om haar hartslag te voelen. Johanna's hart bonkt van opwinding, ze beweegt zich niet, geeft slechts fluisterend antwoord op de vragen van Luise.

'Hoe gaat het met je? Wat ben je bleek. Praat met me, alsjeblieft.'

'Ben jij het, mama?' stamelt Johanna. Laat Luise maar denken dat ze ijlt.

'Ik ben het, Luise...'

'Luise,' fluistert ze. 'Ik heb van mama gedroomd... Ze heeft bij me gezeten en mijn voorhoofd gekoeld...'

'Mevrouw,' bemoeit Danuta zich ermee. 'U moet weer naar beneden gaan. U bent niet in orde. Meneer zal boos op me zijn dat ik u niet heb tegengehouden...'

En dan zijn ze allebei weer weg en Danuta vergeet niet de deur weer op slot te doen. Johanna zit rechtop in bed, buiten adem van opwinding. Er heeft zich iets voorgedaan. Luise was wel de laatste persoon op wiens hulp ze gerekend had, maar dat haar schoonzus tegen de wil van Theodor naar boven is gekomen om haar te zien, kan alleen maar een goed teken zijn. Hij ontmoet weerstand in eigen huis. Zal hij eindelijk toegeven? Of zal hij zijn vrouw verdere bezoekjes aan Johanna verbieden en hard blijven?

Ze moet tot de avond op antwoord wachten. Ze staat op het punt om het ruitje weg te nemen omdat ze snakt naar frisse lucht als ze hoort hoe beneden de deur van de rode salon wordt dichtgeslagen en Theodor de trap op komt. Haastig gaat ze weer liggen en trekt de deken omhoog. Ze is op alles voorbereid. Zelfs dat hij zich buiten zichzelf van woede op haar stort en haar slaat.

Hij draait de sleutel om, de deur gaat krakend open. Ze knippert tegen het licht van de lamp die hij in zijn hand houdt en waarvan het schijnsel op het bed valt.

'Hou maar op met die spelletjes,' zegt hij.

Ze zegt niets. Ze wacht op wat komen gaat. Ze kan horen hoe hij met zijn tanden knarst.

'Ik sta je toe om je vrij in huis te bewegen. Meer niet. Geen contacten. Geen bezoeken. Niet naar buiten.'

'Nee,' sist ze.

Hij ademt hoorbaar. Ze kan zijn woede voelen.

'Het gaat niet goed met Luise,' zegt hij nu. 'Ze is weer in verwachting en ze heeft je hulp nodig.'

Aha. Daarom is hij gekomen. Hij maakt zich zorgen over het kind dat Luise draagt. Nu gaat het om onderhandelen.

'Ik wil mijn vriendin Auguste kunnen ontvangen, naar de kerk en het kerkhof gaan en bezoeken afleggen.'

'Naar de kerk en het kerkhof als ik erbij ben,' geeft hij toe.

'En mijn vriendin Auguste ontvangen,' eist ze. 'Anders blijf ik hierboven.'

Hij zwijgt, worstelt met zichzelf. De lamp in zijn hand trilt, hij barst bijna uit elkaar van nijd.

'Auguste von Kleiwitz, goed,' zegt hij uiteindelijk. 'Maar verder niemand. En je verlaat het huis alleen onder mijn begeleiding.'

Ze twijfelt. Zal ze meer eisen? Maar beter één vogel in de hand dan tien in de lucht. Als ze eenmaal vrij in huis kan rondlopen, zal ze ook naar de binnenplaats, het buurhuis en het bordes aan de voorkant gaan. Dat is bijna net zo goed als door de Lange Straat wandelen.

'Je hand erop,' eist ze.

Hij neemt haar uitgestoken hand niet aan, maar draait zich om en gaat weer naar beneden. De deur laat hij open, de lamp neemt hij mee. Ze blijft achter in volledige duisternis.

Is dat de vrijheid die ze met zo veel moeite bevochten heeft? Een klein deel, in elk geval. Ze staat op en loopt langzaam naar de deur, stapt over de drempel en tast naar de olielamp die altijd op de gangtafel staat. Een vuursteen en tondel liggen ernaast. Ze slaat een vonk vlak bij het kousje en ontsteekt de lamp. Naast de lamp vindt ze een dienblad met daarop een bord stoofpot en een glas rode wijn. Ze eet twee lepeltjes, nipt van de wijn en neemt dan de lamp in haar hand om langzaam naar beneden te gaan. Bah, wat is ze wankel.

Wanneer ze haar voet op de onderste trede zet, komt Danuta haar tegemoet lopen. 'Juffrouw!' zegt ze opgewonden. 'Kom snel. Mevrouw laat zich niet kalmeren. We hebben dokter Steinberg moeten laten halen. Het gaat niet goed met haar.'

'Ik kom al,' bromt Johanna.

Eigenlijk gaat het met haar net zo slecht en toch moet ze nu verpleegster spelen voor Luise. Maar goed, alles is beter dan eenzaam en geïsoleerd daarboven opgesloten zitten. Ze herpakt zich en gaat de woonkamer binnen, waar meerdere olielampen branden. De donkerrode tapijten en de schilderijen in hun vergulde lijsten verspreiden een warme atmosfeer, haar zo vertrouwd sinds haar vroegste jeugd. Ze hebben de tegelkachel aangestoken, natuurlijk. De arme Luise heeft warmte nodig, zwak en zwanger als ze is.

'Goedenavond, Luise,' zegt ze. 'Men zegt dat het niet goed met je gaat. Hopelijk kan ik je een beetje opbeuren.'

Luise kijkt haar met een starende blik aan. Wat is er mis met haar? Dacht ze soms dat haar schoonzus boven in haar kamer al verhongerd was?

'Je ziet er goed uit,' zegt Luise. 'Toen ik eerder bij je was, leek het of je laatste uur geslagen had.'

'Ik voelde me inderdaad heel slap. Maar de rode wijn die Danuta voor me had neergezet, heeft me opgekikkerd.'

'Heb je gegeten?' vraagt Luise streng.

'Een beetje.'

Luise wenkt Johanna om dichterbij te komen en wijst op de stoel naast haar. Het lijkt een beetje op het gebaar van de bazin des huizes tegenover een arm familielid. Johanna ergert zich, maar aangezien het haar door het lange staan zwart voor de ogen wordt, neemt ze het aanbod aan.

'Ondanks alles ben ik heel opgelucht je hier te zien,' zegt Luise. 'En ik hoop dat je nu je koppigheid zult begraven en tot inkeer komt. Je hebt zware zonden op je geladen, Johanna, maar ik heb er vertrouwen in dat je door een kuise levensstijl vergeving kunt verwerven. Gods genade en het bloed van onze Heer Jezus Christus zullen ook jouw arme ziel redden, daar ben ik zeker van.'

'Theodor heeft beloofd met mij naar het kerkhof te gaan, ik wil graag het graf van papa bezoeken,' reageert Johanna ontwijkend.

'Dat is een goed voornemen,' oordeelt Luise. 'Er is veel waarvoor je je vader om vergiffenis moet vragen. Als God je genadig is, zal je berouw de zware schuld die je op je geladen hebt verminderen...'

Johanna windt zich innerlijk op. Ja, ze voelt zich schuldig. Vooral tegenover haar vader, die ze niet meer om vergeving kan vragen. Ze heeft vaak en lang gehuild en ze zal op het kerkhof voor hem bidden. Maar diep vanbinnen voelt ze dat haar vader haar heeft vergeven. Hij heeft van haar gehouden en die liefde is sterker dan schuld, sterker dan de haat die haar hier in huis tegemoet slaat, sterker zelfs dan de dood. Daar gelooft ze heel zeker in en dat geeft haar de kracht om, ondanks alle narigheid, verder te leven.

'Rust nu maar een beetje uit, zodat je weer op krachten komt,' adviseert haar schoonzus. 'Morgen gaan we samen met Theodor naar de kerk.'

Johanna

GEEN VAN HAAR VOORMALIGE VRIENDINNEN wil nog iets met haar te maken hebben. Alleen Auguste blijft haar steunen, maar ook haar zeldzame bezoekjes beginnen op haar zenuwen te werken. Gelukkig heeft Theodor ingezien dat hij niet steeds bij deze bezoeken aanwezig kan zijn, hij heeft tenslotte zijn werk. Luise is inmiddels aan het bed gekluisterd, omdat ze het risico loopt haar kind te verliezen als ze zich niet ontziet. Maar wat die beste Auguste haar onder vier ogen op het hart drukt, is niet naar haar zin. Ze moet trouwen, het is de enige mogelijkheid om aan haar beperkende omstandigheden te ontkomen. Grote goedheid, ze wil helemaal niet trouwen. En zeker niet met de huwelijkskandidaten die Auguste in gloedvolle bewoordingen aanprijst. 'Denk eraan, liefje, dat je niet te kieskeurig kunt zijn nu je geen bruidsschat te bieden hebt.'

Haar bruidsschat. Het ouderlijk huis van haar moeder in de Frauentorstraat, dat haar ouders al bij haar geboorte als haar bruidsschat hadden bestemd. Ze wil niet geloven dat papa haar harteloos zou hebben onterfd en het mooie huis aan Theodor zou hebben gegeven. Ze heeft Theodor ter verantwoording geroepen. Ze wilde het testament met haar eigen ogen zien en tot haar verrassing weigerde hij dat niet, maar legde haar het document voor.

'Dat is niet het handschrift van papa!'

'Hij kon niet meer schrijven, dus ik heb opgeschreven wat hij dicteerde,' legt Theodor onbewogen uit. 'Daar staat zijn handtekening. Luise en Ernst waren getuigen en hebben medeondertekend.'

De handtekening van papa ziet er raar uit, kriebelig, bijna onleesbaar. Misschien was hij al niet meer helemaal bij zijn verstand toen hij dit testament dicteerde. Of misschien heeft Theodor alleen opgeschreven wat voor hem gunstig was en het toen ter ondertekening aan papa voorgelegd. Maar Luise en Ernst moeten het toch hebben gelezen, want ze hebben de inhoud als getuige bekrachtigd. Luise is een gehoorzame echtgenote. Maar Ernst? Ook hij is in dit testament niet bedacht, waarom heeft hij het dan ondertekend? Ach, die dagdromer. Wanneer komt hij nou eindelijk naar Danzig, zodat ze hem op zijn kop kan geven?

Het dagelijks leven in huize Berend is voor Johanna met pesterijen gevuld. Luise ligt meestal in bed en laat haar elke ochtend bij zich roepen om haar te instrueren in hoe de huishouding gevoerd moet worden.

'Ik heb Danuta nodig om mij te bedienen, dus is het noodzakelijk dat je een paar van haar taken overneemt.'

Johanna moet op aanwijzing van de huishoudster, mevrouw Döppel, de slaapkamers schoonmaken, de was doen en in de keuken helpen.

'Van dergelijke dingen weet ik niets af,' heeft ze geprotesteerd.

'Mevrouw Döppel zal het je leren. Wij moeten je voeden en kleden en daarbij de schande dragen die je over dit huis hebt gebracht.'

Haar vrome schoonzus werpt zich op als meesteres van het huis. Een ongetrouwde zuster is een lastig aanhangsel, niet veel meer waard dan een bediende, ze heeft te gehoorzamen.

Johanna is woedend. Als Luise denkt dat ze op de vloer gaat rondkruipen om de plavuizen te poetsen, dan vergist ze zich. En in de keuken komt ze niet. De huishoudster, die ook als kokkin fungeert, mag zelf haar uien snipperen, Johanna is geen keukenmeid. Eens per week komt de wasvrouw langs, dan moet Johanna de was op de zolder ophangen en later weer naar beneden brengen om te strijken. Het strijkijzer wordt boven de gloeiende kolen verhit, het is loodzwaar en verschroeit de was als je niet uitkijkt. Luise heeft al een keer een vreselijk drama over een iets verbrand nachthemd gemaakt, maar Johanna heeft haar doodkalm laten weten dat beginners nu eenmaal fouten maken.

'Hoe kun je nu zo dom zijn?' heeft mevrouw Döppel zich ermee bemoeid. 'Als die arme mevrouw zich zo moet opwinden, is dat schadelijk voor het ongeboren kind.'

'Houdt u zich maar bij uw pannen,' heeft Johanna nijdig geantwoord.

Maar de huishoudster heeft rugdekking van Luise en grijpt elke gelegenheid aan om Johanna te vernederen. Ook Danuta is veranderd. Zei ze vroeger 'juffrouw' en maakte ze een lichte kniebuiging, nu loopt ze Johanna zonder te groeten voorbij en als ze haar aanspreekt noemt ze haar juffrouw Johanna.

Er is één lichtpuntje in haar troosteloze bestaan. Dat is Oskar, de pas in dienst genomen knecht wiens stem ze vanaf de binnenplaats heeft gehoord toen ze boven in haar kamer opgesloten zat. Al op de tweede dag, als Theodor voor zaken onderweg is, gaat ze naar de binnenplaats, waar de herfstrode bladeren van de wilde wingerd door de wind in het rond geblazen worden. Daar staat Oskar met een bezem. Hij heeft de ondankbare taak de bladeren bij elkaar te vegen. Ze vindt hem leuk, de roodharige jongen met de vele zomersproeten op zijn gezicht en armen. Daarom glimlacht ze vriendelijk naar hem en merkt op dat bladeren vegen bij deze wind net zo veel zin heeft als een zak vlooien proberen te vangen.

'Nauwelijks is er een in de mand of er springen er tien uit,' zegt ze plagend.

'Ik krijg ze wel te pakken,' zegt hij met een schuchtere glimlach. 'De rode en ook de witte blaadjes.'

'De... witte blaadjes?'

Dan bekent hij haar dat hij elke ochtend in alle vroegte haar vliegende hulpkreten op de binnenplaats heeft verzameld.

'Vaak zaten ze boven in de wingerdranken vast en moest ik er een ladder bij halen om ze te verwijderen.'

'Waarom heb je dat gedaan?'

Hij kijkt haar trouwhartig aan. Zijn ogen hebben de kleur van de zee, met korte roodblonde wimpers.

'Het zou niet goed geweest zijn als uw broer die briefjes zou hebben gelezen.'

'Maar jij hebt ze gelezen?'

Hij knikt. Ze vindt het pijnlijk dat haar vertwijfelde pamfletten uitgerekend bij deze aardige jongen zijn terechtgekomen. Wat zal hij wel niet van haar denken? Aan de andere kant was het heel netjes van hem om de briefjes niet aan haar broer te geven.

'En wat heb je er toen mee gedaan?' informeert ze verder.

'Ik heb ze verbrand in de kachel,' bekent hij.

Ze is even stil. Een windvlaag blijft steken op de binnenplaats en wervelt het wingerdloof omhoog, de puntige bladeren fladderen om hen heen als een zwerm rode vogels.

'Bent u nu boos op me?' vraagt hij onzeker.

'Nee, nee,' zegt ze glimlachend. 'Ik moet je bedanken, Oskar. Maar vergeet alsjeblieft de onzin die ik geschreven heb, ja? Je hebt het toch aan niemand verteld?'

'Nee, juffrouw. Ik heb het voor me gehouden en dat zal ik ook blijven doen.'

Het klinkt ontroerend, bijna als een liefdesbetuiging. En ineens wordt ze zich ervan bewust dat ze jong en knap is en dat maakt haar blij. Ach, ze heeft haar hele leven nog voor zich. Ooit zal de hemel haar weer gunstig gezind zijn. De hemel, waar papa nu is en vol liefde op haar neerkijkt.

Die hoopvolle gedachten verdwijnen algauw door het sombere leven van alledag. In de daaropvolgende weken valt de winter in, mist hangt boven de stad en vult de straten met grijze damp. Ze moeten 's ochtends al de olielampen aansteken, in de gangen en kamers van het oude huis heerst een permanente schemering. Begin december wordt het zo koud dat de was op zolder tot een harde plank bevriest. De huid van haar handen is gebarsten, haar rug doet zeer, maar het ergste is de kou in huis die door merg en been gaat. Er wordt bespaard op hout en kolen, alleen in het kantoor en in de woonkamer, waar Luise nu op de bank ligt, worden de kachels aangestoken, in de andere ruimtes groeien ijsbloemen op de ramen. Vaak staat ze, gewikkeld in een wollen omslagdoek, op het bordes om naar het gewemel op de Lange Straat te kijken, waar nu de kerstmarkt wordt opgebouwd. Het is begonnen te sneeuwen, op de daken en vensterbanken ligt een wattige witte laag. De koopvrouwen hebben zich dik ingepakt en hier en daar kringelt damp van een ketel of rook van een rooster omhoog. Lekkere geuren die haar aan haar jeugd doen denken vullen de straten. Ach, ze zou zo graag tussen de kramen rondlopen, een zak gesuikerde amandelen of een braadworst kopen, net als vroeger. Maar ze schrikt terug voor de afkeurende blikken van de vrouwen en de boosaardige kreten van de straatkinderen, die vrijmoedig alles nabauwen wat er in de stad over haar gezegd wordt.

Opeens ontdekt ze tussen de marktbezoekers een jonge man met een studentenmuts op waar het blonde haar slordig onderuit piekt. Hij blijft staan bij een kraam, bekijkt de kerstpeperkoek, kiest er een uit en telt de munten uit in de hand van de koopvrouw. Direct daarop draait hij zich om en kijkt naar het huis van de Berends.

Het is Ernst. Haar kleine broertje. Eindelijk is hij naar Danzig gekomen. Nu maakt niets haar meer uit. Ze zwaait opgewonden naar hem en hij haast zich met grote passen de treden naar het bordes op.

'Jeetje, wat ben je mager geworden, zusje,' zegt hij terwijl ze elkaar omhelzen. 'Eigenlijk wilde ik niet komen, want ik was boos op je. Maar nu is alles weer goed. Hier, die heb ik voor jou gekocht.'

Hij drukt de peperkoek in haar hand, een klein hart versierd met drie amandelen.

'Ga nou niet meteen huilen,' foetert hij als ze tranen in haar ogen krijgt van geluk. 'Zullen we naar binnen gaan? Het is ijskoud, straks breken mijn oren nog af. Hoe gaat het met Luise? En met die inktvlek Korbitz? Zeg toch wat, Hanneke. Anders ben je ook niet op je mondje gevallen.'

'Ik ben zo blij dat je er bent, Ernst,' fluistert ze. 'Het is net of iemand in een donkere nacht een lichtje aangestoken heeft.'

'Zo dramatisch,' schertst hij. 'Ja, Auguste heeft me al het een en ander geschreven. Theodor is niet echt aardig tegen je, toch?'

In de loop van de middag vergaat hem de lust tot scherts evenwel. Johanna ziet hem pas 's avonds weer, want hij brengt verscheidene uren bij Theodor in het kantoor door en het ziet ernaar uit dat het geen aangenaam samenzijn is. Tijdens de avondmaaltijd zitten ze met z'n drieën in de eetkamer aan de lange tafel. De flakkerende kaarsvlammen werpen bewegende schaduwen, de stemming is net zo ijzig als de temperatuur in de onverwarmde kamer. Theodor zwijgt en hij kijkt grimmig. Ernst kauwt bedachtzaam op zijn brood met worst en wisselt af en toe een snelle blik met Johanna, die ondanks haar wollen omslagdoek rilt van de kou.

'Ik ben van plan om morgen naar het graf van vader te gaan,' zegt Ernst ten slotte. 'Ik zal Johanna meenemen.'

'Johanna gaat niet uit.'

'Het is haar christenplicht,' antwoordt Ernst, niet onder de indruk. 'Ik heb het er met Luise over gehad, ze is het met me eens.'

Johanna is verbaasd. Van tijd tot tijd kan haar broer, de vrijbuiter, behoorlijk slim zijn.

Theodor laat niet blijken of hij zich ergert aan de zet van zijn broer. 'Eén uur,' geeft hij toe. 'Je weet dat ik je op kantoor nodig heb.'

De volgende dag moeten ze tot de middag wachten voordat hun eindelijk wordt toegestaan om naar het kerkhof te gaan. Het is de eerste keer dat Johanna, behalve om naar de kerk te gaan, het huis verlaat. Ze is verheugd en bezorgd tegelijkertijd, want ze weet dat ze zullen worden aangestaard.

'Maak je er niet druk om,' zegt Ernst. 'Ik ben bij je. Wat heb je een afschuwelijke mantel om, je ziet eruit als een vogelverschrikker.'

'Hij is van Luise.'

'Zo ziet hij er ook uit. Waarom moet je stoffen en strijken?'

'Ik ben het dienstmeisje van de familie.'

Ze lopen over de kerstmarkt en ze geeft hem een arm. De blikken die hen volgen kunnen haar niet meer schelen. Ernst, haar lieve broer Ernst, is bij haar. Bij een kraam kopen ze braadworst die Johanna betaalt, ze heeft twee taler van haar verstopte geld meegenomen.

'Waarom heeft Theodor je nodig op kantoor?' wil ze weten.

'Hij laat me lijsten maken en papieren archiveren,' bromt hij en hij veegt met de mouw van zijn jas het vet van zijn mond. 'Ik ben de domkop op kantoor.'

'Dan passen we goed bij elkaar.'

'Hij heeft ons bedrogen, Hanneke,' zegt Ernst. 'Jij had het huis in de Frauentorstraat moeten krijgen en ik twee stukken grond bij Neufahrwasser. Dat heeft papa gedicteerd, maar Theodor heeft het niet opgeschreven.'

'Zoiets dacht ik al. Waarom heb je het testament ondertekend?'

'Omdat ik een idioot ben. Ik vertrouwde hem.'

'Je leest zoiets door voordat je het ondertekent.'

'Ik was mezelf niet. Het was zo vreselijk om vader te zien sterven...'

'Ik snap het...' zegt ze bedrukt en ze geeft een kneepje in zijn arm. Hij vertelt dat hij een vriend heeft die hem een goede advocaat in Königsberg heeft aangeraden. Maar om het testament aan te vechten hebben ze ten eerste geld en ten tweede een getuigenis van Luise nodig.

'En beide zijn niet eenvoudig te verkrijgen,' zegt hij zuchtend.

Ze lopen langs een muur tot aan de Hagelsberg, aan de voet waarvan de garnizoensbegraafplaats zich uitstrekt. Het familiegraf van de Berends ligt aan het eind van het complex, nog op de oude Heiligen Leichnam-begraafplaats, die men een paar jaar geleden heeft uitgebreid. Het graf is getooid met een hoog monument van donker marmer dat een gewelfd portiek verbeeldt waaronder een gevleugelde engel knielt. Zwijgend staan ze ervoor, houden elkaars hand vast en lezen de inscriptie die Theodor onder de naam van hun gestorven moeder heeft laten beitelen.

Theodor Friedrich Berend 1794-1860
Ik heb jullie niet verlaten, ik ben alleen een stuk vooruitgegaan.

'Als hij ons kon zien, zou hij met ons meehuilen,' zegt Johanna verdrietig.

'Misschien ziet hij ons wel,' merkt Ernst op.

'Je hebt gelijk. Ik ben er zelfs zeker van dat hij nu bij ons is en ons met zijn liefde omringt.'

'Jij altijd met je romantische bevliegingen,' zegt hij spottend. 'We kunnen beter gaan voordat je me gaat vertellen dat je hem daar op het bankje ziet zitten.'

De bank is bedekt met witte sneeuwkussentjes. Vroeger had ze daar met papa gezeten als ze het graf van moeder bezochten. Ach, die pijnlijke herinneringen die je hart zo zwaar maken. Het is maar goed dat de spotgrage Ernst bij haar is, anders had het verdriet haar overmand. Hij pakt haar hand en ze spreken een kort gebed uit, waarna ze samen weer over het stille kerkhof naar de stad lopen. Bij het riviertje de Radaune blijft Ernst staan, doet de kraag van zijn jas omhoog en drukt zijn muts steviger op zijn blonde haar.

'Zou het ijs al houden?'

Het is niet helemaal ongevaarlijk om over de dichtgevroren Radaune te glijden, maar natuurlijk doet iedereen het toch. Richting de stad zien ze een paar schoolkinderen die al op het ijs rondglibberen, voorzichtig met stokken op het ijs kloppen om te kijken of het stevig is en elkaar duwen. Vroeger, toen ze alle twee nog kinderen waren, deden ze vaak mee.

'Je bent te zwaar,' zegt ze lachend als hij zich voorzichtig op het ijs waagt. Hij glijdt uit op zijn gladde leren zolen, zwaait met zijn armen en kan nog net zijn evenwicht bewaren. Het ijs kraakt niet, het lijkt sterk genoeg te zijn.

'Wacht, ik kom ook,' roept ze en ze laat zich naar beneden glijden. 'Vooruit,' commandeert ze overmoedig. 'Tot aan de brug, ik ga voorop, jij achter me aan.'

Bij het lage bruggetje moeten ze zich bukken. Het lukt Johanna nog net onder de balken door te glijden, maar dan botst ze tegen een ingevroren tak op, verliest haar evenwicht en valt zijdelings tegen de besneeuwde oever.

'In hemelsnaam,' roept iemand van boven op de brug. 'Juffrouw Berend, hebt u zich pijn gedaan?'

Ze hoort de kreet slechts met een half oor doordat Ernst op hetzelfde moment hard naast haar neerkomt. Dan voelt ze hoe iemand haar hand pakt en voorzichtig zijn arm om haar middel legt om haar omhoog te helpen. Een man knielt naast haar in de sneeuw, zijn brede gezicht is rood van de kou, witte ademwolkjes verlaten zijn mond.

'Meneer... Forster?' stottert ze geschrokken. O jee, wat gênant. Dat is die vriendelijke, gemoedelijke man die ze tijdens haar terugreis in de trein heeft leren kennen en die ze, hoe dom, van alles wijsgemaakt heeft.

'Ik ben blij dat u mijn naam hebt onthouden,' zegt hij. 'Probeer eens of u zich kunt bewegen, juffrouw Berend. Voorzichtig, ik help u. Hopelijk hebt u niets gebroken.'

'Dank u. Het... het gaat al.'

Naast haar haalt Ernst zijn neus uit de sneeuw, proest, huivert en kijkt verbluft naar de galante helper die Johanna ondersteunt bij het opstaan.

'Een goedendag,' zegt hij onvriendelijk. 'Wat aardig dat u zich om mijn zuster bekommert.'

'Ach, u bent haar broer... wacht even, ik help u zo. Staat u mij toe... Mijn naam is Berthold Forster. Mijn werkplaats bevindt zich verderop aan de Paradiesstraat...'

'Hartelijk dank, meneer Forster,' bromt Ernst en hij kijkt zoekend om zich heen, op zoek naar zijn muts die hij bij zijn val heeft verloren.

Johanna voelt zich ongemakkelijk bij de zorgzaamheid van Forster. Hij is krachtig gebouwd, zijn handen zijn hard als van een arbeider, zijn armen zijn sterk. Een ambachtsman dus. Maar in zijn uitdrukking ligt zo veel mildheid en genegenheid, hoe is dat mogelijk? Zijn de roddels nog niet tot hem doorgedrongen? Ze staat nu naast hem op de straat, klopt de sneeuw van haar rok en overlegt bij zichzelf wat ze moet doen. Nee, het zou schandalig zijn hem verder voor te liegen.

'Ik heb u in de trein niet de waarheid verteld, meneer Forster,' begint ze aarzelend. 'Dat spijt me vreselijk, maar ik...'

'Dat weet ik toch allang, juffrouw Berend,' onderbreekt hij haar. 'Tja, dat is een gevoelige zaak die men niet graag aan een vreemde vertelt. Ik verwijt u niets. Ik ben een ervaren man en ik heb al heel veel gezien in mijn leven.'

Hij glimlacht naar haar en kijkt toe hoe ze de wollen sjaal, die ze over haar haar droeg, afdoet en uitschudt. En dan begroet hij Ernst, die ondertussen zijn muts heeft gevonden en naar boven klimt.

'Neem me niet kwalijk, meneer Berend. Uw zuster is zo'n teer schepsel, ik kon niet anders dan toesnellen om haar te helpen.'

'Ze mag dan teer zijn, ze is ook taai,' zegt Ernst, niet onder de indruk, en hij zet zijn muts weer op. 'Ik hoop dat we u niet al te lang hebben opgehouden, meneer Forster.'

'Nee, hoor,' verklaart Forster, zonder zijn blik van Johanna af te wenden. 'Het was me een genoegen.'

Hij maakt een kleine buiging die alleen voor haar bedoeld is.

'Misschien zien we elkaar nog eens...' zegt hij langzaam. 'Ik ben af en toe zakelijk betrokken bij de firma Berend, omdat ik hout nodig heb voor mijn werkplaats.'

'Dat zou fijn zijn, meneer Forster,' antwoordt Johanna beleefd.

Ze nemen afscheid. Hij loopt verder naar de Hagelsberg om te kijken of alles in orde is met het graf van zijn vrouw. Johanna en Ernst vervolgen hun weg nu braaf over het pad dat langs de graven naar de Hoge Poort leidt.

'Je hebt die man behoorlijk het hoofd op hol gebracht, Hanneke,' zegt Ernst verwijtend als ze een stuk verder zijn.

'Ik mag hem graag,' zegt ze nadenkend. 'Weet je? Hij doet me aan papa denken.'

Johanna

DRIE DAGEN VOOR KERSTMIS SCHUDT Johanna net de plumeau uit buiten het raam als ze hoort dat beneden op de binnenplaats naar haar geroepen wordt.

'Goedemorgen, juffrouw Berend.'

Daar staat Berthold Forster in een donkere schippersjas. Hij heeft zijn muts afgedaan en zwaait ermee naar haar. Ze verstopt snel het vreselijke ding, gemaakt van kippenveren, dat eigenlijk alleen dienstmeisjes gebruiken en buigt zich uit het raam om terug te zwaaien.

'Ik hoop dat het goed met u gaat,' zegt hij. 'Het is al behoorlijk koud.'

'Aardig dat u het vraagt, meneer Forster. Inderdaad, de winter laat zich van zijn onvriendelijke kant zien. Bent u voor zaken hier?'

'Ja,' knikt hij glimlachend naar haar. 'Maar uw oudere broer is helaas weg, dus ik ben voor niets gekomen.'

Hij heeft zijn blik nog steeds omhooggericht en lijkt ergens op te wachten. Of te hopen.

'Kan ik misschien iets voor u doen?' vraagt ze impulsief.

'Dat kunt u zeker, juffrouw Berend.'

Ze denkt niet lang na, pakt haastig haar omslagdoek en loopt de trappen af naar de binnenplaats. In het buurhuis is Oskar bezig kisten op te stapelen en hij kijkt achterdochtig naar de vastberaden scheepsbouwer die nu zijn hand ter begroeting naar Johanna uitsteekt. Ook van achter de ramen van het kantoor worden ze gadegeslagen,

Johanna herkent de blonde haardos van Ernst achter de ruitjes.

'Ik hoop dat u niets heeft overgehouden aan de val,' zegt Forster en hij houdt haar hand vast.

'Alleen een paar blauwe plekken,' zegt ze en ze lacht. 'Maar dat was het me waard.'

Hij voelt de blikken die op hen gericht zijn, schraapt verlegen zijn keel en haalt dan een kleurig pakje uit zijn jaszak.

'Ik ben zo vrij geweest,' zegt hij omstandig. 'Voor beterschap... En omdat ik het fijn vond u terug te zien, juffrouw Berend...'

'Dat is heel aardig van u,' stottert ze verrast. 'Heel hartelijk dank. U maakt me beschaamd, meneer Forster. Eerst bent u mijn redder in de nood en dan geeft u me ook nog een cadeautje.'

'Wel, het is bijna Kerstmis, nietwaar? Dan vind ik het leuk om geschenken uit te delen, vooral als het om zo'n beminnelijke jonge vrouw gaat. Ziet u, ik ben helemaal alleen en heb verder niemand om cadeautjes aan te geven. Mijn lieve vrouw is vijf jaar geleden overleden en mijn zoon is in Engeland om het vak van scheepsbouwer te leren.'

'Dat spijt me voor u,' zegt ze en ze neemt het kleine pakje uit zijn hand. 'Ik bedoel, uw gestorven vrouw. Uw zoon zal op een dag terugkeren naar Danzig, toch?'

'Dat heeft hij beloofd,' knikt Forster. 'Maar hij neemt de tijd.'

Ze stelt zich voor hoe hij tijdens de kerstdagen helemaal alleen thuis zit en dat vindt ze vervelend omdat hij zo'n aardige man is. In het buurhuis valt krakend een kist om en ook in het kantoor is beweging. Ernst probeert het raam open te doen, maar het klemt doordat het hout is uitgezet.

'Ik zal u niet langer ophouden,' zegt Forster. Hij zet zijn muts weer op. 'Als u me toestaat, kom ik morgen tegen elf uur weer langs. Misschien kunnen we dan met elkaar praten.'

'Als het zo uitkomt, graag,' antwoordt ze verbouwereerd. 'Morgen is mijn broer Theodor er waarschijnlijk wel, dan komt u niet voor niets.'

'Dat hoop ik ten zeerste, juffrouw Berend, dat het niet voor niets is. Dat hoop ik werkelijk.'

Hij gaat naar de zijdeur die de binnenplaats met de kantoren verbindt en stuit daar op Ernst. Ze begroeten elkaar kort en wisselen slechts een paar woorden voordat Forster vertrekt.

'Wat wilde hij van je, Hanneke?' informeert Ernst bezorgd. 'Je hebt toch geen geschenken van hem aangenomen?'

'Waarom niet? Het is bijna Kerstmis.'

'Wat een naïviteit,' kreunt hij en hij rolt met zijn ogen. 'Heb je niet in de gaten dat die kerel bijbedoelingen heeft? Zijn ogen vallen bijna uit zijn hoofd als hij je aanstaart.'

'Wat voor bijbedoelingen zou hij moeten hebben?' vraagt ze geïrriteerd.

'Hij is niets voor jou, zusterlief. Ik heb inlichtingen ingewonnen. Hij is een Polenvriend. Zijn vrouw was de dochter van een van die adellijke grootgrondbezitters die na de napoleontische oorlogen alles kwijtgeraakt zijn.'

De Poolse adel en de rooms-katholieke kerk hebben meer dan driehonderd jaar een niet onbelangrijke rol in Danzig gespeeld. Maar sinds de stad Pruisisch geworden is, wordt hun invloed meer en meer beperkt. Huwelijken tussen Duitsers en Polen worden niet toegejuicht, maar slechts getolereerd.

'Nou en?' protesteert ze koppig. 'Was jij niet degene die zich inzet voor vrijheid en het recht van inspraak voor alle burgers? Of zijn dat alleen maar loze woorden?'

'Dat is iets heel anders, Hanneke. De Polen zijn fanatieke nationalisten. Ze willen de Russische overheersing afschudden en dromen van een koninkrijk Polen op Pruisisch grondgebied.'

'Maar toch niet hier in Danzig?'

'Waar anders?'

Ze moet naar binnen, omdat de huishoudster boven haar hoofd uit het raam steekt en haar roept.

'Mevrouw wil niet dat u op de binnenplaats met vreemde mannen praat,' krijgt ze in het trappenhuis te horen.

Ze geeft geen antwoord. Ooit was er een tijd dat zij de bedienden riep, opdrachten gaf en gehoorzaamheid verwachtte. Nu is het de omgekeerde werkelijkheid. Maar ze is nog niet zo diep gezonken dat ze verantwoording aflegt aan mevrouw Döppel. Noch aan haar, noch aan Luise. En al helemaal niet aan Theodor. Het is irritant genoeg dat Ernst nu ook al op haar loopt te vitten.

Ze brengt het pakje naar haar slaapkamer en verstopt het onder haar hoofdkussen. Dan gaat ze naar de woonkamer, waar Luise op de bank ligt en bevelen uitdeelt voor de kerstschoonmaak.

's Middags komt Theodor terug en neemt Ernst in beslag. Ook na het avondeten moet haar lievelingsbroer op kantoor werken, ze krijgen nauwelijks de tijd een paar woorden met elkaar te wisselen. Als het zo doorgaat, denkt ze bezorgd, dan gaat Ernst meteen na het kerstfeest terug naar Königsberg om aan het regime van hun oudere broer te ontkomen. Hoe gemakkelijk is het leven als je een man bent. Zij heeft alleen de keus tussen eindeloze vernedering en het vooruitzicht zonder middelen van bestaan op straat gezet te worden.

Ze ligt in bed met een warme kruik en wil het licht al uitdoen als ze het pakje onder haar kussen voelt. Ze haalt het tevoorschijn en bewondert het mooie, kleurige papier voor ze het groene lint lostrekt en een doosje bonbons aantreft. Er zit een kaartje bij waarop een paar regels in een steil, enigszins ongeoefend handschrift geschreven zijn.

Zeer geachte juffrouw Berend,

Ik ben geen man van mooie woorden en romantische uitspraken. Maar ik ben de bezitter van een kleine scheepswerf, goed in mijn werk en niemand verantwoording schuldig. Daarom vraag ik via deze weg ronduit:

Zou u tot het besluit kunnen komen om mijn vrouw te worden?
Ik ben niet op jacht naar een bruidsschat. Ik heb alles wat ik nodig heb en ik heb niet de intentie me te verrijken door een huwelijk. Ik beloof daarentegen u als mijn echtgenote lief te hebben en te respecteren zolang ik leef.

Hopende op een gunstig antwoord, verblijf ik tot morgen,

Uw toegenegen
Berthold Forster

Hij wil inderdaad met haar trouwen! Maar wat een vreemde manier om een aanzoek te doen. Kort en bondig met zwarte inkt op wit karton.

Ze is niet echt blij met deze onhandige hofmakerij, die niet eens door een persoonlijk gesprek is voorafgegaan. En als het waar is wat Ernst heeft gezegd, dan wil ook Theodor niets met een Polenvriend te maken hebben. Papa heeft vaak gefoeterd op gemengde huwelijken, omdat de kinderen katholiek gedoopt worden, wat voor een protestantse christen een slechte zaak is. Met dergelijke mensen deed hij liever geen zaken.

Forster heeft gelogen, bedenkt ze. Hij is helemaal niet gekomen voor zaken zoals hij heeft gezegd en hij is ook niet in het kantoor geweest, want Danuta zou hem meteen aan de voordeur hebben verteld dat meneer Berend niet aanwezig was en hem hebben weggestuurd. Hij moet via de dienstingang gekomen zijn, die zich links onder het bordes bevindt. Wat slim. Ach, dat heeft hij voor mij gedaan. Omdat hij naar mijn hand wilde dingen, heeft hij zich brutaal in het hol van de leeuw gewaagd.

Dat vindt ze leuk. Eigenlijk zitten Berthold Forster en zij in hetzelfde schuitje. Ze zijn alle twee buitenstaanders voor wie de verwaande Danzigers hun neus ophalen en die ze links laten liggen.

Waarom zou ze niet met hem trouwen? Hij is een fatsoenlijk, goedhartig mens die veel van zijn vrouw moet hebben gehouden als hij haar graf bezoekt. Is dat niet veel belangrijker dan status? Nee, als een huwelijk de enige manier is om aan haar huidige misère te ontkomen, dan wil ze Berthold Forster als echtgenoot.

Theodor zal het vast niet eens zijn met dit huwelijk, want het lijkt erop dat hij haar nu liever als goedkope arbeidskracht in huis wil houden. Maar dat kan haar niet schelen. Ze is vastbesloten dit huwelijk ook tegen zijn wil aan te gaan. Dat ze daardoor wettelijk gezien alle aanspraken op een erfenis verliest, doet niet ter zake, ze heeft toch al niets te verwachten.

Met een bonzend hart schuift ze het snoepgoed en het kaartje weer onder haar kussen. Ze zal vannacht vast geen oog dichtdoen. Net zoals ze wakker heeft gelegen nadat ze het besluit had genomen om met Andrzej uit Danzig weg te lopen. Wat later een enorme stommiteit gebleken is. Is ze intussen verstandiger geworden? Heeft ze de gevolgen van haar voornemen goed doordacht? Of raakt ze van de regen in de drup? Ach wat, denkt ze en ze komt overeind en blaast de kaars uit. Alles is beter dan hier in dit huis te verpieteren tot ik een oude vrijster ben en niemand me meer wil hebben. Ze schuift haar hand onder het kussen, houdt de kaart met het huwelijksaanzoek vast en tot haar eigen verrassing glijdt ze snel en zonder moeite het land der dromen in.

De volgende morgen wordt ze zoals altijd wakker van het schrapen en gerammel dat Danuta veroorzaakt als ze de tegelkachel in de woonkamer uitveegt. Johanna komt op haar gemak uit bed en begint zich te wassen. Zo meteen zal Luise om haar roepen, maar ze laat zich door haar schoonzus niet opjagen. Laat Theodor zijn geliefde vrouw maar helpen met aankleden en haar op de trap naar beneden begeleiden. Dat zal hij van nu af aan vaker moeten doen en zo kan hij er alvast aan wennen.

Wanneer ze met een kalm gezicht aan het ontbijt verschijnt, treft ze alleen haar oudere broer in de grote eetkamer aan. Ernst lijkt weinig zin te hebben om vroeg op te staan.

'Luise had je nodig,' zegt hij in plaats van haar een goede morgen te wensen. 'Waarom ben je niet gekomen? Van nu af aan krijg je alleen nog maar ontbijt als je je inschikkelijk en gehoorzaam gedraagt.'

'Een heel goede morgen, beste broer. Ik hoop dat je goed geslapen hebt.'

'Ik ben niet gediend van je spotternij.'

Ook Ernst, die tien minuten later in de eetkamer opduikt, krijgt te horen dat punctualiteit en ijver in huize Berend voor ieder familielid essentieel zijn.

'Natuurlijk, beste Theodor,' kletst Ernst zich er gladjes uit. 'Stel je voor, ik was al op de trap toen ik me realiseerde dat ik vergeten was mijn gilet aan te doen. Dus ben ik teruggelopen om het ding te halen, heb de hele kamer overhoop gehaald om me uiteindelijk te herinneren dat Danuta het naar de kleermaker heeft gebracht.'

'Naar de kleermaker, waarom?'

'Nou, ik draag papa's gilet af, maar het is me te wijd,' beweert Ernst met een onschuldige glimlach.

'Dan hoop ik dat je de kleermaker kunt betalen. Ons budget is niet berekend op dergelijke extra uitgaven.'

'Vanzelfsprekend,' zegt Ernst, die vermoedelijk nog geen pfennig op zak heeft. 'Ik ben trouwens van plan om de dag na kerst weer terug naar Königsberg te gaan. Daarvoor heb ik reisgeld nodig.'

'In dat geval verwacht ik dat je je studie zo snel mogelijk succesvol afrondt en je met je opgedane kennis ter beschikking van de zaak stelt.'

'Maak je geen zorgen, beste Theodor. Alles zal tot je tevredenheid uitwerken.'

Aan Theodors gezicht is niet te zien wat hij van deze verzekering vindt. Terwijl ze verder eten wordt er weinig gesproken. Ernst informeert bij Johanna of ze goed geslapen heeft, wat ze met een 'ja, dank je' beantwoordt. Theodor hult zich in stilzwijgen. Johanna zit op hete kolen. Zal Forster weer via de dienstingang de binnenplaats op glippen? Of zal hij brutaal door de hal het huis binnenkomen? Wist ze het maar. Straks komt hij helemaal niet, omdat hij van gedachten is veranderd. Maar nee, zo iemand is hij niet. Berthold Forster is een man van zijn woord.

Luise is vandaag meer dan onuitstaanbaar. Er hangt nog was op de zolder. Die moet voor kerst afgehaald, gestreken en in de kast geruimd worden, want tussen kerst en nieuwjaar mag je niet wassen.

'Dat is een heidens bijgeloof, Luise, en een christen onwaardig.'

'Het is een volkswijsheid, Johanna. Ga naar boven en kijk of het wasgoed droog is, zo ja, dan kun je gaan strijken. Beneden in de hal moet nog voor de kerst gedweild worden, de kast moet in de was, de kroonluchter gestoft en van nieuwe kaarsen worden voorzien. De entreehal is het visitekaartje van de firma. Waar blijft Danuta? Ik heb mijn druppels nodig en koele kompressen. Mijn slapen branden...'

'Ik zal het tegen haar zeggen.'

Dat ze de grote kast in de hal met was moet behandelen is niet verkeerd, want dan kan ze zowel via het bordes als via de kantoorruimtes de binnenplaats bereiken om Berthold Forster op te vangen en hem haar beslissing te vertellen.

Ze ziet hem aankomen uit de richting van de Holzmarkt. Met de laatste slag van de kerkklok loopt hij stipt op tijd door de Lange Straat op het huis van de Berends toe, blijft staan voor een kraam en kijkt. Had hij gehoopt dat ze hem op het bordes opwachtte? Vermoedelijk, want nauwelijks heeft hij haar gezien of hij dringt zich haastig tussen de marktbezoekers door en komt zonder omhaal de trap op naar haar toe.

'Een goedendag,' begroet ze hem. 'U hebt geluk, mijn broer is op kantoor. Niets staat u in de weg om uw zaken met de firma Berend af te handelen.'

‘Dat hangt ervan af…’ zegt hij langzaam.

Hij kijkt haar onzeker aan, niet wetende of ze een grapje maakt of serieus is.

‘Waar hangt het van af, meneer Forster?’

Hij schudt de sneeuw van zijn schoenen, schuift dan zijn muts naar achteren en ze is geroerd omdat hij van opwinding niet weet waar hij zijn handen moet laten.

‘Het hangt af van het antwoord dat ik krijg, juffrouw Berend. Maak het me niet al te moeilijk, alstublieft. Ik neem het u niet kwalijk als u me afwijst. Dat heeft iemand van over de vijftig verdiend die een jong meisje begeert…’

Ze heeft plezier in dit spelletje. Ze zou hem graag nog een beetje langer hebben geplaagd als ze niet de sloffende voetstappen van de huishoudster in de hal achter zich had gehoord.

‘Het antwoord is gemakkelijk gegeven, meneer Forster,’ zegt ze en ze gaat dicht bij hem staan. ‘Het luidt ja.’

Ze ziet de blijdschap over zijn gezicht trekken en vervolgens haalt hij diep adem alsof hij van een zware last bevrijd is.

‘In dat geval, juffrouw Berend…’ zegt hij en hij wrijft in zijn ooghoeken, ‘ben ik de gelukkigste mens op de wereld. Ik weet amper hoe ik…’

‘Juffrouw Johanna,’ kijft mevrouw Döppel, de huishoudster, achter haar. ‘Mevrouw heeft verboden dat u met vreemde mannen praat. Ga naar binnen en doe uw werk.’

Johanna krijgt geen kans om antwoord te geven, want Berthold Forster schuift haar zacht opzij en kijkt de huishoudster aan.

‘Gelijk hebt u, beste vrouw,’ zegt hij met zo’n diepe, krachtige stem dat de mensen op de kerstmarkt zich nieuwsgierig omdraaien. ‘Een belangrijke taak moet men niet voor zich uit schuiven. Het ijzer moet gesmeed worden als het heet is.’

Mevrouw Döppel is zo verbluft dat ze even woorden tekortkomt. Angstig wijkt ze achteruit als hij langs haar de hal in loopt.

‘U hoeft me niet aan te kondigen,’ zegt hij en hij stevent op de deur naar de kantoorruimtes af. 'Ik weet de weg.'

'Wat heeft dit te betekenen, juffrouw Johanna?' fluistert de huishoudster bangelijk. 'Wat wil die grote kerel in het kantoor?'

'Een belangrijke klant, mevrouw Döppel. U kunt maar beter naar de keuken gaan om wat hartige hapjes te maken.'

'Hartige hapjes? Voor hem?'

'Doe wat u wilt,' zegt Johanna en ze trekt haar schouders op alsof ze eraan wil toevoegen dat het niet haar schuld is als de vrouw op haar kop krijgt.

Daarop trekt de huishoudster zich voor de zekerheid terug in de keuken en Johanna loopt haastig naar de deur die achter Forster is dichtgevallen. Ze opent hem zo zachtjes mogelijk, glipt door de kier en stapt de donkere gang in. Ze hoeft niet verder te gaan, want het gesprek in het kantoor is vanaf hier te verstaan.

'Heel verrassend...' zegt Theodor op koele toon. 'Ik ben niet voornemens mijn zuster uit te huwelijken. Met name omdat ze geen bruidsschat met zich meebrengt...'

'Dat is mij bekend,' antwoordt de diepe bas van Forster. 'Uw zuster en ik zijn het eens geworden en ik vraag om haar hand.'

'Spijtig...'

'Wel,' hoort ze Forster gedempt zeggen. 'U weet dat een huwelijk ook zonder uw toestemming mogelijk is...'

'Wilt u mij bedreigen?'

'Nee, meneer Berend. Kijk, het is belangrijk voor me geen ruzie te ontketenen. Helemaal niet met een familie met zo veel aanzien, zoals de uwe. Laten we het in der minne schikken...'

'Ik zie geen mogelijkheid, meneer Forster. Mijn zuster is in mijn huis onmisbaar.'

'En voor mij is ze als echtgenote onmisbaar, meneer Berend. Laten we zaken doen met elkaar, zodat we allebei tevreden uit elkaar kunnen gaan.'

'Ik zou niet weten...'

'Luister eerst eens naar me, daarna kunt u altijd nog toestemmen of weigeren,' onderbreekt Forster hem. 'Ik kom niet met lege handen bij u, meneer Berend.'

Niet te geloven! Johanna knapt bijna uit elkaar van woede. Hij ziet niet alleen af van een bruidsschat, hij doet zelfs nog een aanbod. Bovendien is het totaal zinloos. Wat hij Theodor ook aanbiedt, hij zal het afslaan. Als ze verder luistert wordt het haar bijna zwart voor de ogen.

'Zoals u weet,' begint Forster op zijn bedachtzame manier, 'bezit ik een stuk grond bij Neufahrwasser dat uw vader zaliger graag van me wilde kopen. Toentertijd had ik daar geen haast mee.'

Johanna kent het terrein. Het ligt precies tussen de twee percelen die vader voor Ernst had bestemd en die Theodor door bedrog heeft ingepikt. Wanneer Forster dit terrein als een soort huwelijksgeschenk prijsgeeft, dan bezit Theodor daarmee een aanzienlijk stuk grond waarop hij een magazijn en zelfs een aanlegplaats kan laten bouwen.

'En nu is het te koop?' vraagt Theodor met plotselinge interesse.

'Voor een geschikte prijs zou ik het aan mijn zwager kunnen overdragen.'

'Daar valt over te praten. Ik wil in elk geval dat het huwelijk in stilte wordt voltrokken. Wat mij betreft komende zomer, na afloop van het rouwjaar.'

'Daar ga ik mee akkoord. Van mijn kant wil ik mijn verloofde kunnen bezoeken zo vaak als het mij goeddunkt en haar ook mee de stad in nemen om haar haar nieuwe omgeving te laten zien.'

'Zolang het goede fatsoen het toelaat, is u dat toegestaan.'

'De verkoop van het perceel wordt geldig op de dag van het huwelijk, meneer Berend.'

'Waarom dan pas? Vertrouwt u me niet?'

'We doen zaken met elkaar, meneer Berend. Als we de huwelijksdatum naar voren halen, bijvoorbeeld februari, dan zijn we beiden geholpen.'

'In dat geval eis ik dat eventuele nakomelingen die u met mijn zuster krijgt, worden uitgesloten van de familie-erfenis.'

'Daar heb ik niets op tegen en ik zou het omgekeerd ook zo willen vastleggen. Als mij iets overkomt, gaat mijn erfenis naar mijn vrouw en kinderen.'

'Goed. Ik zal het contract opstellen en aan u doen toekomen, meneer Forster.'

'Niet nodig, meneer Berend. Ik heb al een document voorbereid dat ik ter goedkeuring bij u achterlaat.'

'Voor mijn part. U hoort van mij, meneer Forster.'

'Ik sta overmorgen op hetzelfde tijdstip weer voor u, meneer Berend.'

'Zo, u hebt haast.'

Johanna hoort Forster gemoedelijk lachen. 'Op mijn leeftijd moet je niet te lang aarzelen, meneer Berend. We zien elkaar overmorgen. Tot dan wens ik u goede zaken.'

'Dank u.'

De kantoordeur vliegt open en Berthold Forster komt haar tegemoet. Hij is niet erg verrast om haar in de gang aan te treffen, blijft staan en kijkt haar fijntjes glimlachend aan.

'Dat moet u niet doen,' fluistert ze geschokt. 'U geeft een goed stuk grond op en u krijgt er niets voor terug.'

Hij schudt zijn hoofd. 'Wat ik ervoor terugkrijg is uw hand, juffrouw Berend. En dat geluk is meer waard dan al het goud in de wereld.'

Omdat hij er zo gelukkig uitziet, kan ze niets anders doen dan hem impulsief om de hals vallen. Ze wil een goede en trouwe echtgenote voor hem zijn. Dat heeft hij verdiend, omdat hij van haar houdt en haar verlost uit haar ellende.

'Nou, nou,' zegt hij verrast en hij houdt haar in zijn armen. 'Zo onstuimig? Kalm aan een beetje, ik ben geen jonge hond meer.'

Hij kust haar teder op haar wangen en voorhoofd, strijkt over haar haar en duwt haar dan zacht van zich af.

'Tot overmorgen, mijn kleine verloofde.'

Luise

HET KERSTFEEST IS DIT JAAR heel stilletjes verlopen in huize Berend. Ze zijn naar de kerk geweest en hebben kleine cadeautjes uitgedeeld. De huishoudster heeft voor eerste kerstdag een vette gans gebraden, waar Luise maar heel weinig van heeft gegeten. Daarmee zijn de feestdagen alweer voorbij en keerde de dagelijkse sleur terug. Een ijzige winter houdt de stad in zijn greep. De Mottlau is dichtgevroren, er ligt sneeuw op de straatstenen en aan de huizen en kerken hangen ijspegels die glinsteren in de zon.

'Trouwen?'

Luise zit in haar gebruikelijke stoel in de woonkamer en ze heeft net een kop thee gedronken. Ze voelt zich beter, goddank. De vreselijke maagklachten zijn verdwenen, ze kan weer eten. Weliswaar kleine beetjes en absoluut niets vets of pittigs, maar toch. Het gaat vooruit. Als God het wil zal ze dit keer een gezond kind ter wereld brengen.

'Je hebt het goed gehoord, Luise. Johanna zal in februari met Berthold Forster trouwen. Ik hoop dat je mijn beslissing goedkeurt.'

Theodor zit zoals elke avond een poosje bij Luise om te informeren hoe het met haar gaat en haar van nieuwe ontwikkelingen in de zaak en in de familie op de hoogte te brengen.

'Natuurlijk ben ik het eens met je beslissing, Theodor,' haast ze zich hem te verzekeren. 'Berthold Forster, wie is dat? Moet ik hem kennen?'

'Nauwelijks,' zegt Theodor en hij schuift een geborduurd kussen opzij dat hem in de weg zit. Het kussen heeft Johanna jaren geleden geborduurd en aan papa gegeven voor kerst. Het is tijd dat die rommel het huis uit gaat.

'Natuurlijk is het een huwelijk beneden onze stand,' gaat hij verder. 'Maar wat kunnen we anders verwachten, na alles wat mijn zuster de familie heeft aangedaan? Forster bezit een kleine werkplaats waar hij vissersboten bouwt. Mijn verwende zus zal zich aan een andere, minder comfortabele levensstijl moeten aanpassen. Ik zie dat als passende gerechtigheid.'

Luise knikt instemmend. Natuurlijk, na alles wat er is gebeurd kan Johanna niet verwachten nog langer de privileges van een Berend te genieten. Een huwelijk beneden haar stand was niet te vermijden, vooral omdat ze geen bruidsschat heeft. Wat Luise wel vreemd vindt is de vroege datum van dit huwelijk. Al in februari. Lieve hemel. Dat is nog voor het einde van het rouwjaar.

'We zullen noch de verloving, noch het huwelijk aan de grote klok hangen. Alles gebeurt in stilte. Ik zal haar toestaan wat persoonlijke spullen mee te nemen en ook wat tafellinnen en beddengoed. Daar zul jij je mee bezig moeten houden, Luise. Kies eenvoudig linnengoed uit dat bij het huishouden van een ambachtsman past. Niemand zal kunnen beweren dat ik mijn zuster als een armoedzaaier ten huwelijk heb gegeven. Je weet hoe de mensen kletsen...'

'Ik weet het, Theodor. Het is schandalig, maar God zal deze lasteraars straffen, daar ben ik zeker van.'

Hij kijkt haar aan met zijn gebruikelijke, uitdrukkingsloze gezicht, waardoor ze nooit weet of hij geloof hecht aan haar woorden of ze gewoon in de lucht laat hangen omdat het niet de moeite waard is ze tegen te spreken. De uitzet die Johanna in de loop der jaren van haar ouders en peetouders cadeau heeft gekregen is op aanwijzing van Theodor al in de huishouding van de Berends opgegaan. Dat kwam Luise goed uit, omdat verschillende stukken in huis versleten waren en vervangen moesten worden. Vooral het kostbare damasten tafellaken met het geborduurde familiewapen, waarbij vijftig bijpassende servetten van het fijnste linnen horen, hebben ze zelf nodig, evenals het beddengoed van goede kwaliteit, want de financiële situatie van het bedrijf laat op het moment geen grote aankopen toe. Maar er zijn wel wat versleten stukken waar Johanna de gescheurde plekken uit kan knippen en de goede delen aan elkaar kan naaien. Voor de echtgenote van een ambachtsman is dat nog steeds vorstelijk, uiteindelijk waren die lakens ooit heel duur. Toch bevalt het Luise helemaal niet dat Johanna al zo snel het huis zal verlaten.

'Als het zo besloten is,' zegt ze tegen haar man, die zich door Danuta een beker thee met kandij en een scheut rum laat serveren, 'dan wil ik er verder niets tegen inbrengen. Ik weet toch, lieve, hoe weloverwogen je beslissingen zijn...'

'Als je je zorgen over de huishouding maakt,' valt hij haar in de rede. 'Ik denk dat we haar gemakkelijk kunnen missen nu jij weer beter bent en je taken als huisvrouw weer op kunt nemen.'

'Dat zal ik ook met plezier doen, en ik dank God dat hij me daar weer de kracht voor gegeven heeft.'

Ze wacht even terwijl hij met veel lawaai van zijn thee slurpt en de kop dan weer op het schoteltje zet.

'Ik maak me eerder zorgen over het zielenheil van je zuster,' vervolgt ze. 'Het schijnt me toe dat ze nog steeds niet echt heeft begrepen wat voor een zware zonde ze op haar geweten heeft. Daarom vond ik het nodig haar regelmatig tot boetedoening te manen, want alleen op die manier kan ze op vergiffenis hopen.'

Ze hoort haar man spottend lachen. Het klinkt hard, als het knetteren van geweerschoten.

'Daarover hoef je je hoofd niet te breken, Luise. Het huwelijk zal haar wel nederigheid en gehoorzaamheid leren. Tenslotte is deze Berthold Forster slechts een eenvoudig ambachtsman, ongeletterd en onbehouwen. In zo'n huis gelden heel andere regels, mijn beste.'

Luise is het met hem eens. Ze pakt haar naaiwerkje op, terwijl Theodor de olielamp dichterbij trekt om de *Danziger Anzeigen* te lezen. Het wordt stil. Je kunt de oude staande klok horen tikken en af en toe zijn Danuta's houten klompen op de trap te horen, die de koperen kruiken gevuld met heet water naar het bed van haar baas en bazin brengt. Luise denkt na over de woorden van haar man. Hij heeft zeker geen ongelijk. Het huwelijk is een beproeving van God die lijdzaam verdragen moet worden. Johanna zal met deze ambachtsman het huwelijksbed moeten delen, alleen dat is al straf genoeg.

Alleen met een huivering van afschuw kan Luise aan haar eigen huwelijksnacht terugdenken, die alles overtrof wat ze zich ooit aan gruwelijkheid en schaamteloosheid had kunnen voorstellen. Ze is blij dat haar man haar op het moment met rust laat omdat hij bang is het kind schade toe te brengen als hij geslachtsgemeenschap met haar heeft.

Al de volgende dag krijgt ze de gelegenheid de aanstaande van haar schoonzus beter te bekijken, want Berthold Forster kondigt aan een kennismakingsbezoek aan de familie van zijn verloofde te willen afleggen.

'Moet dat nou?' heeft ze Theodor onwillig gevraagd toen hij het bezoek aankondigde.

'We handelen alles beneden in het kantoor af,' antwoordt hij. 'Als je wilt verontschuldig ik je vanwege je toestand.'

'Nee, nee,' zegt ze snel. 'Ik kom naar beneden. Ik wil geen praatjes achter onze rug om.'

Hij haalt zijn schouders op en verdwijnt. Ze moet maar komen wanneer ze zover is.

Natuurlijk is het een belediging voor Berthold Forster dat ze hem niet in de woonkamer van de familie ontvangen, maar uiteindelijk is hij maar een ambachtsman die daar niets te zoeken heeft. Ondanks alles is Luise nieuwsgierig naar deze man, die ze alleen van horen zeggen kent en die nu, het is godgeklaagd, haar zwager wordt. Ook omdat ze hoopt een lompe, lelijke man met brede handen en een simpel verstand aan te treffen, want zo'n echtgenoot heeft Johanna, naar haar mening, verdiend.

Ze doet geen moeite voor haar uiterlijke verschijning, haar huisjurk en oude kap moeten volstaan.

'Breng me mijn wollen omslagdoek, Danuta. Niet de mooie, de oude. Loop voor me uit op de trap.'

Ze voelt het kind bewegen in haar buik terwijl ze de trap af gaat en een onverwachte golf van warmte en geluk welt in haar op. Het leeft, het groeit en als God de Heer haar genadig is, zal het een jongen zijn.

Danuta klopt op de deur van het kantoor en kondigt de vrouw des huizes aan om vervolgens de deur voor Luise open te doen. Berthold Forster is een krachtig gebouwde, wat oudere man met het brede gezicht van iemand die uit het noorden van Duitsland komt. Zijn ogen worden overschaduwd door borstelige wenkbrauwen, zijn neus is groot en rood van de kou, zijn lippen smal. Hij heeft met de kantoorklerk gepraat, maar nu draait hij zich om naar de vrouw die binnenkomt en glimlacht naar haar. De brede, onbeholpen glimlach van een eenvoudig ambachtsman, denkt Luise.

'Goedemorgen,' groet ze en ze knikt uit de hoogte. 'Aangenaam u te leren kennen, meneer Forster.'

'Het genoegen is geheel aan mijn kant, mevrouw Berend,' zegt hij met een krachtige, diepe stem die gewend is boven het lawaai van een werkplaats uit te komen. 'Aangezien we nu familie worden, verheugt het me mijn toekomstige schoonzus te begroeten. Ik heb een klein cadeautje voor u meegebracht...'

Hij trekt een pakje uit zijn jaszak en overhandigt het haar. Ze neemt het aan met spitse vingers, omdat de oude schippersjas die hij draagt haar tegenstaat.

'Heel aardig van u... Dank u wel.'

'Laat het u smaken, mevrouw Berend. Het is fijne melkchocolade, het allerbeste voor een aanstaande moeder.'

Hij duidt op haar zwangerschap. Niet te geloven hoe vertrouwelijk die man met haar praat. En daarbij kijkt hij haar zo onschuldig en vriendelijk aan alsof ze zijn gelijke is. Luise kijkt hulpzoekend naar haar man, die achter zijn bureau zit en een ijzige uitdrukking op zijn gezicht heeft.

'Wat sta je daar, Korbitz?' snauwt hij nu tegen zijn medewerker. 'Breng een stoel voor mijn vrouw.'

Korbitz krimpt ineen en stormt weg om een stoel voor Luise te halen. Men heeft Berthold Forster nog niet eens een kruk aangeboden, wat zelfs Luise nogal onbeleefd vindt.

'Ik zie dat u het druk hebt,' zegt Forster tegen Theodor. 'Zo mag ik het graag zien. Ik zal u niet verder storen. Als u zo vriendelijk wilt zijn, meneer Berend, om mijn jonge verloofde naar beneden te sturen, dan gaan we samen een kleine wandeling door de stad maken.'

Luise gelooft haar oren niet. Hij wil met Johanna door de stad gaan lopen? Zich met haar in het openbaar vertonen? Nee, dat kan Theodor in geen geval toestaan.

'Natuurlijk,' zegt haar man tot haar grote ontsteltenis. Dan begint hij over zakelijke dingen die ze niet begrijpt.

'We hebben nog een kleine formaliteit af te handelen, meneer Forster. Ik heb het contract nagekeken en slechts een paar onbelangrijke passages veranderd. Hier kunt u tekenen.'

Berthold Forster begeeft zich naar het met houtsnijwerk versierde bureau en pakt een bril uit zijn borstzak.

'Laten we eens kijken,' zegt hij joviaal en hij houdt het papier in de lucht. Terwijl hij leest, beweegt hij langzaam zijn lippen, als iemand die niet gewend is om te lezen.

'U kunt de kopie meenemen en later thuis doorlezen,' zegt Theodor. Hij houdt hem uitnodigend de ingedoopte pen voor. 'Mijn zuster wacht vast al ongeduldig op u.'

Maar Forster laat zich niet van zijn stuk brengen en leest verder. Voor een simpele ambachtsman heeft hij behoorlijk wat zelfvertrouwen, denkt Luise. Of zou je eerder moeten zeggen dat hij koppig en onverbeterlijk is?

'Nee, beste Berend, zo doen we dat niet,' verklaart hij ten slotte en hij gooit het blad op het bureau. 'Hier moeten we nog een keer over praten. Zo kan ik het niet ondertekenen.'

'Dan gaat de wandeling ook niet door,' reageert Theodor koel.

'Dat zou me spijten, want uw zuster verheugt zich er erg op.'

'Ze zal geduld moeten hebben. Pas als dit contract is ondertekend...'

Luise krimpt geschrokken ineen als op datzelfde moment de deur opengegooid wordt en de kantoorklerk die ervoor heeft gestaan een harde klap in zijn rug krijgt.

'Goedemorgen, lieve meneer Forster,' roept Johanna de kamer in. 'Ik ben klaar om uit te gaan, geef me uw arm alstublieft.'

Ze heeft aan de deur geluisterd, dat achterbakse mens, anders zou ze niet uitgerekend op dit moment het kantoor komen binnenvallen. Luise is buiten zichzelf van boosheid en ze kijkt gespannen naar haar echtgenoot, die nu toch zeker een krachtig veto uit zal spreken.

Theodor maakt daar inderdaad een begin mee, maar Berthold Forsters diepe stemgeluid overstemt het zijne. 'Met het grootste plezier, mijn lieve verloofde,' roept hij en hij loopt met ferme passen op Johanna af, zonder acht te slaan op Luises ontzetting.

'Mevrouw Berend, ik neem afscheid van u,' zegt hij vriendelijk. 'Beste Berend, ik kom morgen langs, dan brengen we deze vervelende kwestie tot een goed einde.'

'U hebt het blijkbaar niet goed begrepen...' roept Theodor boos.

Maar Forster pakt kalmpjes zijn schippersmuts van de schrijftafel van de klerk en zet hem terwijl hij naar buiten stapt op zijn hoofd.

'Er waait een vervloekt koude noordenwind, lieveling,' hoort Luise hem tegen Johanna zeggen. 'Dit manteltje zal je nauwelijks warm kunnen houden. Maar geen zorg, voordat mijn knappe verloofde verstijft tot ijs, zal ik met liefde een paar taler laten rollen...'

Zijn gelach dreunt zo hard door de hal dat het stucwerk bijna van het plafond springt. Het is een vrolijke lach die Luise om de een of andere reden schokt tot in het diepst van haar wezen. Heeft hij nu net gezegd dat hij een mantel voor Johanna wil laten maken? Of misschien zelfs een bontjas? Dat zou... dat zou toch ongehoord zijn. Hoe kan hij zich zoiets permitteren? Zelfs Luises eigen echtgenoot heeft nog nooit een mantel voor haar laten maken, ze draagt de met bont gevoerde mantel van haar moeder, die de naaister indertijd voor haar vermaakt heeft.

'Je kunt weer naar boven gaan, Luise,' zegt Theodor kortaf. 'Helaas heeft dit bezoek zich nogal onverkwikkelijk ontwikkeld, je had beter boven kunnen blijven.'

Onzeker staat ze op en ze merkt nu pas hoe koud het in het kantoor is. De ruimte wordt slechts spaarzaam verwarmd. Het is een wonder dat kantoorklerk Korbitz zijn vingers kan bewegen in deze kou.

'Gaat het om een huwelijkscontract?' informeert ze.

'Inderdaad,' zegt hij nors. 'We komen er wel uit. Maak je er niet druk om.'

Ze knikt gehoorzaam en verlaat het kantoor, terwijl Korbitz de deur voor haar openhoudt. Maar in plaats van naar de warme woonkamer te gaan kan ze het niet laten om via de hal naar buiten het bordes op te lopen. Het sneeuwt weer. De voorbijgangers zijn in warme mantels en jassen gehuld, in de verse sneeuw liggen dampende paardenvijgen, die zijn achtergelaten door een rijtuig. Ze trekt haar omslagdoek dichter om zich heen en rekt haar hals uit. Ja, daar gaan die twee. Ze hangt aan zijn arm en kletst vrolijk als een klein meisje. En hij draait steeds zijn hoofd naar haar toe en geeft glimlachend antwoord. Wat een vreemd stel. Mijn god, hoe pijnlijk. Ze zullen vrienden en kennissen van de familie Berend tegenkomen en de vreselijkste geruchten de wereld in brengen... Zal hij echt een mantel voor haar laten maken? Misschien koopt hij alleen een warme omslagdoek voor haar. Vast geen bontjas, dat kan zo'n arme ambachtsman zich niet veroorloven. Johanna zal het niet weigeren, ze is het gewend zich te laten onderhouden en cadeaus aan te nemen.

Als Luise de hal weer binnenkomt, staat Danuta daar met de mantel van haar bazin over haar arm.

'Ik wilde u net uw warme mantel brengen, mevrouw,' zegt ze en ze kijkt haar met verschrikte ogen aan. 'U mag in geen geval kouvatten met deze ijzige wind.'

'Dank je, Danuta,' antwoordt Luise. 'Hier, dit is voor jou, omdat je zo voorkomend bent.'

Met een diepe kniebuiging neemt Danuta het kleine pakje in de hand van haar werkgeefster aan. Chocolade is een zeldzaam genot voor het meisje. Ze neemt zich voor het tablet in kleine stukjes te verdelen en elke dag een stukje op te eten, zodat ze er langer mee kan doen.

De volgende weken brengen een hoop onrust en ergernis in huis. Het lijkt erop dat Johanna het aanstaande huwelijk naar het hoofd gestegen is. Ze geeft de huishoudster brutale antwoorden en ze weigert categorisch de vloerdelen in de woonkamer te boenen.

'Dat is niet mijn taak,' verklaart ze resoluut. 'Ik ben verloofd en mijn aanstaande echtgenoot wil niet dat ik het werk van een dienstbode doe.'

Ze beschouwt zich als verloofd! Terwijl er niet eens een officiële verloving is geweest, wat vanwege het rouwjaar ook niet passend zou zijn geweest. Geschenken krijgt ze echter rijkelijk van haar aanstaande. Je kunt je er alleen maar over verbazen hoe dit verliefde haantje haar overlaadt met cadeaus. Trots loopt ze te koop met een gouden armband en een ring met robijn. Hij heeft opdracht gegeven voor een jurk en schoenen voor de trouwdag en er wordt ook een mantel van goede Engelse tweed met een bontkraag voor haar gemaakt. Luise denkt eraan terug hoe haar ouders haar toentertijd van alles hebben voorzien hebben voor de bruiloft. En daarnaast heeft ze ook zilverwerk, linnen- en beddengoed ingebracht, om maar niet te spreken van de stukken grond, het magazijn bij de haven en het geldbedrag dat bij haar bruidsschat inbegrepen was. Van Theo kreeg ze op haar trouwdag een smalle gouden ring uit het bezit van haar schoonmoeder. Dat was alles. Ze heeft zich niet beklaagd en haar schoonouders hebben haar liefdevol opgenomen. Maar nu Theodor Friedrich Berend en zijn vrouw Marie Sophie niet meer leven en alleen Theodor overgebleven is, voelt ze zich vaak eenzaam. Haar man neemt haar nooit mee de stad in en maakt ook nooit een tochtje naar het platteland met haar, zoals andere families doen. Waarom staat hij dan toe dat Forster meerdere malen per week komt opdagen om Johanna naar de naaister te vergezellen, inkopen te doen of met haar te gaan wandelen? In plaats van berouw voor haar zonden te tonen en nederig en gehoorzaam boete te doen vertoont Johanna zich onbeschaamd met haar verloofde in de openbaarheid en slaat geen acht op de verontwaardigde blikken en het gefluister van hun kennissen.

Hoogmoed komt voor de val, troost Luise zichzelf ten slotte. Als ze eenmaal getrouwd is, zal ze wel merken hoe diep ze gezonken is. Jammeren en klagen zal haar niet helpen, ze moet de straf dragen die ze verdiend heeft. Het getuigt van Theodors christelijke instelling dat hij clementie betracht en haar nog een paar lichte dagen gunt. Zo moet ik me ook gedragen, bedenkt ze, want haar lot is beklagenswaardig.

Haar goede intentie is succesvol, waarbij Luise moet toegeven dat Johanna het haar gemakkelijk maakt. Tegenover Theodor blijft ze net als eerder vijandig en ook de huishoudster laat ze voelen dat ze niet bereid is naar haar pijpen te dansen, maar ten opzichte van Luise is ze steeds aardig, ze zoekt haar af en toe op in de woonkamer en vraagt hoe het met haar gaat.

'Je hebt weer blozende wangen gekregen, Luise,' zegt ze tegen haar. 'Ik denk dat het kind een jongetje is, want je benen zijn gezwollen. Mama heeft altijd gezegd dat een vrouw een jongen verwacht als haar benen dik worden...'

Het lukt haar soms zelfs om Luise aan het lachen te krijgen. Weliswaar glijden de goedbedoelde vermaningen om zich van haar zonden bewust te worden en vergeving te zoeken ongehoord van haar schoonzusters schouders af, maar daartegenover schikt ze zich verbazingwekkend gewillig in de verordeningen die Theodor wat betreft haar uitzet uitgevaardigd heeft.

'Het is jammer van het zilver en het mooie linnengoed dat mijn ouders voor mij bestemd hadden,' zegt ze kalm als Luise haar de spullen laat zien die ze voor het huwelijk apart gelegd heeft. 'Maar ik weet dat het niet jouw schuld is, Luise. Theodor heeft het van me afgepakt en ik wil er niet over onderhandelen. Ook omdat Bertholds huishouden door het huwelijk met zijn eerste vrouw nog compleet is en ik de spullen niet per se nodig heb.'

Het beddengoed en tafellinnen die Luise voor haar verzameld heeft wil ze niet hebben. 'Dat mag je houden,' zegt ze, haar neus optrekkend. 'Ik zou me schamen met zulke gescheurde lakens naar mijn echtgenoot te gaan. Wat moet hij dan wel van ons denken?'

Luise zoekt naar een antwoord, maar het valt haar zwaar, want in de grond van haar hart moet ze Johanna gelijk geven. Theodor had de uitzet van zijn zus niet mogen inpikken, het was geen onderdeel van de erfenis. Die spullen zijn haar gegeven door haar ouders, vrienden en kennissen met het oog op haar toekomstige huwelijk. Maar Theodor heeft het zo bepaald en zij kon niets anders doen dan gehoorzamen. En op dat moment was het ook niet te verwachten dat Johanna ooit naar Danzig zou terugkeren.

'Neem dan in elk geval dit tafellaken mee, als een cadeau van mij,' zegt ze in een opwelling van medelijden. 'Dat heeft je moeder voor jou met fijne open steekjes omzoomd en in het midden heeft ze een witte ster van zijdedraad geborduurd.'

'O, Luise,' roept Johanna geroerd en ze neemt haar impulsief in haar armen. 'Wat lief van je. Duizendmaal dank. Ik zal altijd aan jou en mijn moeder denken als ik dit laken gebruik.'

Luise voelt zich ongemakkelijk, want ze geeft Johanna dit cadeau achter de rug van Theodor om. Bedrukt kijkt ze toe hoe Johanna het tafellaken van fijn linnen zorgvuldig opvouwt en als een schat tegen zich aan drukt.

'Het spijt me bijna dat ik je niet kan meenemen,' zegt Johanna met een tedere glimlach. 'Ik weet dat jij papa en mama ook vreselijk mist. Toen zij hier nog in huis waren, was het warm en licht in de kamers, er heerste liefde en hartelijkheid onder ons. Maar sinds mijn broer hier de scepter zwaait, is dat allemaal verdwenen. God behoede je, lieve Luise.'

Dat is te veel. Luise draait zich verontwaardigd om en raadt Johanna aan geen zonde op zich te laden. 'Vergeet niet dat jijzelf de dood van je vader veroorzaakt hebt,' zegt ze boos. 'Je kunt maar beter je eigen schuld berouwen dan kwaad over je broer te spreken.'

Tevreden constateert ze dat Johanna verbleekt en dan zwijgend de kamer verlaat. Hoe sluw dat meisje de dingen weet te verdraaien. Nee, ze heeft zichzelf niets te verwijten. Ze is de wensen van haar man nagekomen, zoals het een trouwe echtgenote betaamt. Er is geen reden om een slecht geweten te hebben.

's Nachts ligt ze slapeloos naast Theodor, die zoals altijd laat naar de echtelijke slaapkamer gekomen is en zachtjes naast haar is gaan liggen om haar niet wakker te maken. Er zijn nog maar een paar dagen tot de bruiloft. Ze zou willen dat het al voorbij was. Zeker, het zal stiller worden, eenzamer, want Johanna's lach, haar heldere stem, haar snelle passen zullen niet meer te horen zijn. Maar daar kan ze zonder. Alleen het geklets van de mensen, dat is echt ondraaglijk. Het lijkt erop dat hun vrienden en kennissen, nu het winter is, niets beters te doen hebben dan samen thee te drinken en roddels te verspreiden. Het huwelijk, dat eigenlijk in alle stilte in de Katharinenkerk voltrokken zou worden, schijnt het belangrijkste gespreksonderwerp in de stad te zijn. De een trekt zijn mond open over het feit dat ze die arme Johanna zelfs haar uitzet hebben geweigerd mee te geven. De ander weet te vertellen dat ze zwanger is van haar Poolse pianist en dat Theodor Berthold Forster een hoog bedrag heeft betaald om snel met zijn zuster te trouwen. Weer een ander beweert dat het om een koehandel gaat. Theodor Berend heeft zijn zuster voor een stuk grond bij Neufahrwasser verkocht. O, die leugenaars en kwaadsprekers. Gelukkig dat er, met het oog op het rouwjaar, geen bruiloftsfeest zal zijn. Luise zucht zachtjes. Nee, ze moet alle beproevingen lijdzaam en geduldig verdragen. Dat is haar plicht als trouwe metgezel van haar echtgenoot. Uitgeput draait ze zich op haar zij en strijkt met haar hand over haar gezwollen buik. Wat raar dat het kind niet beweegt. Ze heeft de lichte trapjes en bewegingen al een paar dagen niet gevoeld. Ach, het slaapt vast, het is tenslotte midden in de nacht.

Johanna

HIJ KAN HET NIET LATEN haar nog een laatste keer te vernederen. Op de ochtend van haar trouwdag draagt Johanna samen met Danuta een koffer met haar bezittingen naar de entreehal, want Forster wil haar spullen laten ophalen. Maar in de hal staat haar broer Theodor, stijf en onverzoenlijk als een politieagent, en hij eist dat ze de koffer openmaakt.

'Waarom? Wil je mijn onderrokken en hemden tellen?'

'Ik wil me ervan verzekeren dat je je aan mijn bepalingen hebt gehouden en niets meeneemt wat niet van jou is.'

Hij is onverbiddelijk. Ze moet de koffer opendoen en toekijken hoe hij de inhoud kritisch naloopt. Hij voelt zich niet te min om haar ondergoed te ontvouwen, evenals de nachtponnen en onderrokken van wit katoen. Ook de kousen en sokken kijkt hij na, de hoofdkapjes, de zakdoeken, de lange onderbroeken. Wanneer de jongen die Forster heeft gestuurd aanbelt, moet Danuta naar buiten gaan om hem te vertellen dat hij moet wachten.

'Wat is dit?' vraagt Theodor en hij houdt het tafellaken dat Luise haar cadeau heeft gedaan omhoog.

'Dat heeft mama voor mij omgezoomd en geborduurd.'

'Je aanspraak op dergelijke dingen heb je verspeeld,' krijgt ze te horen. 'Dat is je bekend, ik wist echter wel dat je me zou bedriegen.'

Johanna zegt niets en wenst hem in gedachten hel en verdoemenis toe. Nee, ze zal Luise niet verraden. Haar schoonzus is weliswaar gemeen tegen haar geweest, maar als het erop aankomt, heeft

Johanna vreselijk veel medelijden met haar. Met zo'n man te moeten leven is de hel op aarde.

'Ben je nu eindelijk klaar? Die jongen staat buiten in de kou,' dringt ze boos aan.

'Hij moet maar geduld hebben. Laat je handtas zien.'

Het kleine zijden tasje bevat haar portemonnee met drie taler en vijftien silbergroschen, een flesje parfum, een zakdoek met geborduurde randen en het kleine fluwelen hondje van Andrzej. Theodor schudt alles uit op de zitting van een stoel, voelt aan het fluwelen hondje om te controleren of er geen sieraad of muntstukken in genaaid zijn en neemt het geld uit de portemonnee.

'Je weet dat je een schuld bij me hebt die nog lang niet is afbetaald,' zegt hij en hij stopt het geld weg. 'Ik zal deze kleine afbetaling noteren, de rest zal ik van je echtgenoot opeisen.'

Omdat ze een schuldbekentenis heeft ondertekend, kan ze het niet verhinderen. O, wat haat ze die gierige vrek. En vandaag zal hij ook nog het stuk grond krijgen dat hij zo goed kan gebruiken. In elk geval krijgt hij het niet voor niets, Berthold Forster heeft een passende prijs bedongen.

'Boven zijn alleen nog mijn mantel en nieuwe schoenen, beide betaald door mijn verloofde,' zegt ze met een ijzig gezicht. 'Je mag het gerust controleren.'

Hij bekijkt haar van top tot teen. Ze draagt de jurk die Forster voor haar voor deze dag heeft laten maken. Hij is van blauwe zijde. De lange rok staat enigszins wijd uit, het bovenlijfje loopt van voren spits toe en de met kant versierde mouwen vallen losjes in drie lagen naar beneden. Hij lijkt de jurk niet mooi te vinden, want hij fronst spottend zijn voorhoofd. Even is ze bang dat hij zal opmerken dat ze onder de jurk de gouden hanger draagt die ze van Andrzej heeft gekregen. De armband en ring van haar verloofde kan hij niet opeisen, hoe graag hij het ook zou willen.

'Je kunt inpakken.'

Boos stopt ze haar overgebleven bezittingen terug in haar handtas, doet de koffer dicht en roept naar Danuta dat Forsters medewerker nu kan binnenkomen. De jongen is buiten op straat bij Oskar gaan staan. Als hij de hal binnenkomt doet hij zijn muts af en het is te zien dat zijn oren rood zijn van de kou.

'Is dat alles?' vraagt hij en hij schudt verbaasd zijn hoofd. 'Daarvoor hadden we geen kar hoeven huren.'

Met een lichte zwaai tilt hij Johanna's gehele bezit op zijn schouder en draagt het de treden van het bordes af om het buiten op de wagen te laden. Als hij het paard met een paar tikken aanspoort, glibbert er een jonge man vlak voor de neus van het paard langs naar het huis van de Berends.

'Kijk uit,' roept hij en hij probeert het geschrokken paard te kalmeren.

'Ik kan er niets aan doen,' zegt Ernst lachend. 'De straat is net een ijsbaan, alleen op de Mottlau kun je nog beter schaatsen.'

'Dat is waar, meneer.'

'Dus neem me niet kwalijk.'

'Het is al goed.'

Johanna is het bordes op gelopen om haar lievelingsbroer te begroeten. Ze is blij en opgelucht dat hij op tijd uit Königsberg is vertrokken, want hij is haar getuige. Het geld voor de reis heeft ze hem moeten toesturen. Hij is weer eens blut en heeft moeite zijn hospita rustig te houden, die hij een maand huur schuldig is.

'Zusterlief, jij trouweloos schepsel! Wat zie je er mooi uit!' begroet hij haar en hij neemt haar in zijn armen. 'Ik wist wel dat die oude knaap verliefd op je was, maar moet je daarom meteen met hem trouwen? Je had op zijn minst naar mijn mening kunnen vragen. Maar nee, je beslist gewoon zoals het je uitkomt. Dat is respectloos, Hanneke. Als ik niet zo'n grootmoedig mens was, dan zou ik vandaag niet voor jou mijn college laten lopen...'

'Ach, Ernst,' zegt ze en ze drukt zich tegen hem aan. 'Je weet heel goed waarom ik zo'n haast heb om te trouwen. Berthold Forster is een beminnelijk mens, je zult hem aardig vinden.'

'Ik ken hem toch van onze glijpartij op de Radaune,' bromt hij en hij wimpelt haar af. 'Laten we naar binnen gaan, zusje. Ik moet me nog mooi maken om als een fatsoenlijke getuige te verschijnen. Poeh, heb je de lucht gezien? Er komt slecht weer aan, mogelijk krijgen we een echte storm.'

Er wordt inderdaad al sinds gisteren over een naderend noodweer gesproken. In huis is het nog donkerder dan gewoonlijk doordat Theodor heeft bevolen alle luiken gesloten te houden en te vergrendelen. Johanna vindt het niet erg. Door de duistere, akelige atmosfeer valt het haar gemakkelijker dit huis, dat zo veel herinneringen herbergt, voor altijd te verlaten.

Ernst haast zich naar zijn kamer om zich te verkleden en verschijnt even later in een lichte broek en een net jasje die allebei al enige jaren oud zijn, maar die hem gelukkig nog goed passen. Daaroverheen trekt hij zijn studentenjas aan, een overjas bezit hij niet meer, die heeft hij verkocht. Theodor heeft verordonneert dat hij zich direct na de ceremonie naar het station moet haasten en teruggaan naar Königsberg om niet nog meer colleges te missen.

Johanna gaat nog een laatste keer naar de woonkamer om Luise gedag te zeggen. Haar schoonzus zit in het schijnsel van een lamp met opgetrokken knieën op de bank en kijkt zorgelijk voor zich uit. Wanneer Johanna binnenkomt kijkt ze verstrooid op en trekt de deken vaster om zich heen.

'Ik wens je Gods zegen voor dit huwelijk,' zegt ze. 'Je zult begrijpen dat ik niet naar de kerk kom. Helemaal met dit weer.'

'Natuurlijk... Ik wens jou ook veel geluk en de zegen van de Heer,' antwoordt Johanna stijfjes.

'Dank je.'

Theodor heeft zich in zijn kantoor teruggetrokken en Johanna is niet van plan hem daar op te zoeken. Ook de huishoudster laat zich niet zien, maar als Johanna de hal in loopt om haar ouderlijk huis voor altijd te verlaten, wachten Danuta en Oskar haar daar op.

'Ik kan niet geloven dat u nu bij ons weggaat, juffrouw Berend,' snikt Danuta. 'Wilt u zo goed zijn en me vergeven, alstublieft?'

Johanna is ontroerd, neemt haar hand en strijkt er zachtjes over.

'Ik heb je niets te vergeven, Danuta,' zegt ze vriendelijk. 'Ik weet toch dat er veel is wat je niet vrijwillig hebt gedaan. Moge God je beschermen, mijn lieve meisje.'

Danuta begint nog harder te huilen en schudt vertwijfeld haar hoofd, waardoor Johanna niet weet wat ze moet doen. Oskar staat naast haar, ook bij hem lopen de tranen over zijn gezicht. Hulpeloos draait hij zijn muts rond in zijn handen en brengt geen woord uit.

'Laten we gaan,' zegt Ernst en hij neemt Johanna bij de arm. 'Voor het hier ook tot een overstroming komt.'

Buiten kunnen ze geen hand meer voor ogen zien. Een sneeuwstorm raast over de stad en blaast ijzige vlokken in dichte wolken door de straten. Ze horen tonnen omvallen, terwijl ijspegels van de dakranden breken en als spitse projectielen naar beneden schieten. Mens en dier vluchten angstig naar de beschutting van hun huizen om niet omvergeblazen of gespietst te worden.

'Ik heb altijd al geweten dat een trouwerij een gevaarlijke aangelegenheid is,' zegt Ernst en hij grijpt naar zijn muts die de wind van zijn hoofd wil rukken. Hand in hand bereiken broer en zus met fladderende kleren de Kohlenmarkt, waar ze te midden van de wervelende vlokken blijven staan om zich te oriënteren.

'Hierheen,' roept een krachtige stem die Johanna goed kent.

Een huurrijtuig wacht aan het einde van de Lange Straat, het paard wit bepoederd. De koetsier is diep in zijn jas weggekropen en heeft zijn hoge hoed over zijn voorhoofd getrokken. Als de deur van het rijtuig opengaat, zien ze de brede gestalte van Berthold Forster, die hen wenkt.

'Wat een weer,' zegt hij. 'Stap in. U bent de jongere broer, nietwaar? Hartelijk gegroet. De hemel bestrooit ons op onze trouwdag met ontelbare witte sterren.'

'Heel poëtisch, meneer Forster,' mompelt Ernst, terwijl Johanna aan de hand van haar verloofde in het rijtuig klautert. 'Ik zou eerlijk gezegd liever gouden sterren hebben, vooral in de vorm van dukaten. Maar we mogen niet te kieskeurig zijn.'

In het rijtuig zit een oude vrouw met een spitse neus en donkere ogen die Johanna aan een waakzame kraai doet denken. Forster stelt haar kort voor als 'mijn trouwe Barbara', die vandaag zijn getuige zal zijn.

Langzaam zet de koets zich in beweging, de wielen glijden vervaarlijk over de met sneeuw bedekte kasseien en ook de met ijzer beslagen paardenhoeven vinden geen grip. Echt eng wordt het als ze langs de grachten van de oude stad via de smalle Mühlerstraat naar de Katharinenkerk rijden en een losgeraakte handkar hun tegemoetkomt. Het geschrokken paard maakt een sprong, de ingezetenen van het rijtuig vallen over elkaar heen en de koetsier heeft zijn handen vol om het beest weer tot rust te brengen.

'Dat was een hellevaart,' kreunt Ernst, die bij de botsing tegen de oude Barbara aan gevallen is en twee knopen van zijn jas verloren heeft.

'Daarom ben je na de plechtigheid in de Paradiesstraat uitgenodigd, beste zwager,' zegt Forster, kalm als altijd. 'Daar woon ik namelijk.'

'In de Paradiesstraat? Wat zondig,' antwoordt Ernst. Hij trekt zijn muts diep over zijn oren voor hij uit het rijtuig stapt.

In de kerk is het stikdonker. Alleen de kaarsen voor het altaar werpen een flakkerend licht op het drieluik dat de schilder Anton Müller lang geleden zo levendig en in prachtige kleuren vervaardigd heeft. De kruisiging van Jezus aan de linkerkant, het Laatste Avondmaal in het midden en aan de rechterkant de dag des oordeels. Dominee Blech wacht hen op bij de ingang. Hij is bleek en kijkt met verschrikte ogen naar het woeden der elementen voor de kerkdeur, die de koster gauw weer dichtdoet zo gauw iedereen binnen is. Langzaam lopen ze over het middenpad naar het altaar en wanneer hun ogen aan de zwakke verlichting gewend zijn, beseffen ze dat sommige plaatsen op de voorste rijen bezet zijn. Auguste, haar trouwe vriendin, zit in haar Russische bontjas gehuld naast haar echtgenoot. Achter hen zit een rillende Grete in een wollen mantel. Aan de andere kant hebben drie mannen plaatsgenomen. Een van hen is de jongen die Johanna's koffer opgehaald heeft, de andere twee kent ze niet.

'Helaas heeft onze voorzanger niemand zover kunnen krijgen om het orgel te bespelen,' legt dominee Blech uit. 'We zullen de liederen a capella moeten zingen.'

'Dat geeft niet,' zegt Forster. 'De Here God zal ons ook zonder orgel wel horen. Laten we beginnen.'

Terwijl ze de eerste psalm 'Een vaste burcht is onze God' zo goed mogelijk ten gehore brengen, rammelt de wind aan het oude kerkgebouw. De in lood gevatte ruitjes knarsen, losgerukte dakpannen storten vanaf het dak naar beneden en vallen rinkelend te pletter op de uitstekende gedeelten van de muren.

'Veel lawaai voor een huwelijk dat in stilte moet plaatsvinden,' hoort Johanna haar broer Ernst naast zich mompelen.

Ach, wat is ze blij dat hij bij haar is en zelfs in deze troosteloze situatie zijn droge humor niet verloren heeft. Ze heeft van te voren geweten dat het geen glanzende bruiloft zou worden, maar op deze zielige ceremonie in de donkere, lege kerk was ze niet voorbereid. De duisternis in de grote ruimte is zo intimiderend en de woorden van de dominee klinken zo onverschillig en gejaagd, terwijl de grafkou die opstijgt van de kale stenen vloer iedereen in de botten kruipt. Ze vraagt zich bedrukt af of het brullen en razen van de wind niet een teken van de hemel is dat die dit huwelijk niet wil zegenen.

Sneller dan gevreesd loopt de plechtigheid ten einde. Met haar jawoord is ze nu de echtgenote van Berthold Forster geworden. De dominee zal hun nieuwe status in het kerkelijk register optekenen en een afschrift naar de Pruisische autoriteiten sturen.

De geestelijke heeft haast om van het kleine trouwgezelschap af te komen. Hij wenst het prille paar geluk in het huwelijk en Gods zegen en verwijdert zich dan om snel naar het warme domineeshuis te vluchten. De koster, wiens taak het is de deur af te sluiten, moet geduld oefenen, want Auguste en Klaus von Kleiwitz laten zich niet de kans ontnemen om de bruid en bruidegom van harte te feliciteren.

'Wat een akelige bruiloft,' kreunt Auguste, terwijl ze Johanna teder omhelst en haar wangen kust. 'Ik ben ondanks mijn bontmantel en warme laarzen bijna bevroren. Als Klaus zich maar niet de dood op de hals gehaald heeft, zijn officiersjas is niet eens gevoerd. Ach, liefste vriendin, ik hoop van ganser harte dat je geen spijt zult krijgen van deze keuze...'

'Dat zal ik zeker niet, Auguste. Wat lief van jullie dat jullie gekomen zijn. Ik weet gewoon niet hoe ik jullie moet bedanken...'

Klaus von Kleiwitz schudt de handen van het kersverse echtpaar met een ernstig gezicht om vervolgens zijn handschoenen weer aan te trekken en aan te kondigen dat het tijd is om te vertrekken.

'Wacht nou even, liefste. We hebben hun nog niet eens ons huwelijkscadeau gegeven,' windt Auguste zich op.

Grete heeft het geschenk onder haar hoede gehouden. Het is verpakt in wit papier en heeft ongeveer de afmetingen van een tafellamp.

'Pak het uit, Johanna,' dringt Auguste ongeduldig aan, terwijl haar echtgenoot al naar buiten gelopen is om te kijken of het bestelde rijtuig gearriveerd is.

Johanna opent de verpakking met klamme vingers en slaakt een verrukte kreet. Een schip. Een ouderwetse driemaster uit de Hanzetijd, met alle zeilen gehesen en helemaal gemaakt van barnsteen. Ook Berthold Forster is enthousiast over het cadeau. Hij drukt Augustes handen zo krachtig dat Johanna bang is dat hij haar bezeert.

'Wat een goed voorteken,' roept hij uit en hij slaat een arm om Johanna heen. 'Dit betekent dat zowel dit jonge huwelijk als mijn zaak zal bloeien en gedijen.'

‘Zo hadden we het bedacht,’ antwoordt Klaus von Kleiwitz, die zich weer bij hen gevoegd heeft. ‘Nu, excuseer ons, het rijtuig wacht.’

Buiten is de storm iets gaan liggen, wat echter nog lang niet betekent dat het noodweer voorbij is, waarschijnlijk duurt het nog de hele nacht. Ernst merkt aarzelend op dat hij het gezelschap nu eigenlijk moet verlaten, maar hij laat zich er dan door Berthold Forster van overtuigen dat de trein bij dit weer sowieso niet rijdt en dat hij beter in Forsters huis kan overnachten.

‘Het is niet ver,’ verzekert Forster hun. ‘Alleen even over de Radaune, dan zijn we er.’

Op de smalle Radaunebrug slaat de storm nog een keer onverbiddelijk toe. De mannen nemen Johanna en de oude Barbara tussen hen in om hen met hun lichamen tegen de aanval van de sneeuwjacht te beschermen. Bij de voordeur van het huis hebben zich hoge sneeuwduinen gevormd die opzijgeveegd moeten worden voordat Forster de deur kan opendoen.

‘Welkom in mijn bescheiden huis, mijn lieve vrouw,’ zegt Forster. Hij steekt zijn hand uit om haar over de drempel te helpen.

Warmte komt haar tegemoet, het ruikt naar hout en lijm. Een ruigharige witte hond komt overeind van het zaagsel bij de kachel en bekijkt de nieuwkomers wantrouwig. Op de werkbanken liggen half afgewerkte planken, sommige zijn verlijmd en vastgezet met een bankschroef. Het gereedschap hangt netjes in rijen aan de wanden.

‘Dit is de werkplaats,’ krijgt ze uitgelegd. ‘Daarachter is de keuken met daarnaast de provisiekamers. Maar dat zijn vrouwenzaken, daarin zal mijn trouwe Barbara je wel wegwijs maken. Jouw rijk is vooral boven, mijn zoete Johanna. Het is niet zo luxueus als je gewend bent, maar het zal je vast wel bevallen…’

De trap is smal, de treden zijn van ruw hout, de muren alleen gepleisterd en op sommige plekken beschadigd. Forster gaat met Johanna en een lantaarn voorop, de oude Barbara volgt en Ernst, aan wie Johanna het barnstenen schip heeft toevertrouwd, vormt de hekkensluiter. Boven is een donkere gang waar drie deuren op uitkomen. Een tweede, nog smallere trap leidt naar de zolder.

De woonkamer is ruim met ramen die uitkijken op twee straten en een tegelkachel. De muren zijn fris gewit en ook de planken op de vloer lijken nieuw. De inrichting is eenvoudig. Er is een tafel met stoelen van donker hout, want de ruimte wordt ook als eetkamer gebruikt. Verder staat er een enorme ouderwetse kast en een dressoir in dezelfde stijl, waarboven een kruisbeeld hangt. Een doorgezakte, met fluweel beklede bank en twee kleine leunstoelen completeren het geheel. Al met al is Johanna opgelucht, ze had het zich erger voorgesteld.

Barbara haast zich om de kachel op te stoken en meer kolen toe te voegen. De warmte doet goed, langzaam voelt Johanna haar benen weer, die in de kerk bijna bevroren waren. Ook Ernst slaakt een zucht van welbehagen en hij zegt welwillend tegen Forster dat het een heel prettige kamer is. Ze komen overeen om Augustes huwelijkscadeau op het dressoir onder het kruisbeeld te zetten, waar het in het schijnsel van de lamp veelbelovend blinkt. De kamer ernaast is de slaapkamer. Daar bevinden zich, behalve een niet al te breed tweepersoonsbed, alleen een kledingkast en twee krukken. Er hangen donkergroene gordijnen voor de ramen en er is een schilderij van het Laatste Avondmaal, waarvan de lijst met vergulde ornamenten opgesmukt is. De derde kamer bevat alleen een chaise longue met een deken erover en een met krullen versierd dressoir met daarop allerlei goedkope prullaria. Naast een kleine gietijzeren kachel staat Johanna's koffer.

'Dit is jouw kamer, mijn lieve Johanna,' verklaart Forster trots. 'Je mag hem inrichten zoals je wilt, zodat je je er prettig voelt.'

Ze heeft een eigen kamer! Zelfs mama had geen eigen kamer en ook Luise beschikt niet over een dergelijk toevluchtsoord. Wat heeft Forster liefdevol voor haar gezorgd. Ach, ze heeft de goede keuze gemaakt. Haar man is weliswaar een eenvoudig ambachtsman, maar hij heeft een goed hart. Hij waardeert en houdt van haar en hij doet alles wat hij kan om haar gelukkig te maken. Is dat niet belangrijker dan rijkdom en aanzien?

Forster heeft haar tijdens de bezichtiging van de woning bezorgd gadegeslagen en het lijkt erop dat hij opgelucht is dat ze aan zijn huis genoegen beleeft. De tafel wordt gedekt, borden en bestek worden uit de kast gehaald. Er zijn slechts drie wijnglazen, maar Barbara verzekert hun dat ze nooit wijn drinkt, alleen water. Het bruiloftsmaal dat ze opdient bestaat uit rundvlees dat zo lang op het vuur heeft gestaan dat het bijna uit elkaar valt, daarbij kool en aardappelen. Johanna houdt zich niet in. Ze heeft trek, want ze heeft sinds de vorige avond nauwelijks iets gegeten. Ook Ernst tast gretig toe, waarbij hij vertelt dat zijn hospita hem de laatste tijd alleen nog maar rapen met aardappelpuree te eten geeft. 'Een gemene streek, tenslotte wordt ze ervoor betaald,' moppert hij.

'Wie werkt, moet ook eten,' zegt Forster instemmend. 'Ook denken en leren is werk dat je niet met een lege maag kunt doen.'

Terwijl Ernst op zijn ongedwongen manier het woord voert, weet Johanna zich de hele tijd geobserveerd door de oude Barbara. Wat ze ook doet, of ze nou praat of stil is, steeds zijn die kleine, waakzame ogen van het oudje op haar gericht. In die blik liggen wantrouwen en vijandigheid. Het is overduidelijk dat Barbara de tweede vrouw van haar werkgever afkeurt en liever zou hebben gezien dat Forster weduwnaar gebleven was.

Waarschijnlijk is ze Pools, denkt Johanna bij zichzelf. Dan is ze vast en zeker katholiek en heeft ze daarom niet meegezongen met de psalmen in de kerk.

Wanneer de maaltijd beëindigd wordt, ruimt Barbara de tafel af en brengt het vaatwerk naar beneden. Ernst heeft rode wangen van de wijn die Forster gul geschonken heeft en knippert slaperig voor zich uit. Buiten rammelt de wind aan de luiken.

'Mijn lieve vrouw...' zegt Forster en hij pakt haar hand.

Ze wordt plotseling bang. Het is avond geworden, wil hij dat ze nu met hem naar de echtelijke slaapkamer gaat om de huwelijksnacht te voltrekken? Ze is geen maagd meer en ze weet wat haar te wachten staat. Er gaapt alleen een enorme kloof tussen de liefdesnachten met de slanke, tedere Andrzej en geslachtsgemeenschap met Berthold Forster. Een afgrond die haar angst aanjaagt. Maar tot haar grote opluchting heeft hij iets anders in zijn hoofd dan haar echtelijke plichten op te eisen.

'Ik ga een poosje naar beneden,' zegt hij verlegen en hij staat op uit zijn stoel. 'De leerjongens en de gezel hebben gegeten, nu wachten ze op een borrel om de gebeurtenis van vandaag te vieren, zoals te doen gebruikelijk is. Dat wil ik hun niet onthouden. Jij kunt ondertussen nog een beetje met je broer praten, ik zal jullie niet al te lang alleen laten.'

Hij wil alleen naar beneden gaan. Waarom? Zij is toch zijn echtgenote en de meesteres van het huis? Denkt hij soms dat ze hierboven blijft zitten en zich laat bedienen als een prinses, alleen omdat ze een Berend is? O nee, dan vergist hij zich toch in haar.

'Ik ga mee naar beneden,' zegt ze beslist.

Dat had hij niet verwacht. Het brengt hem in de war en hij zoekt naar uitvluchten.

'Het zijn eenvoudige knapen, lieve Johanna. Ze zullen lawaaierig zijn en zich niet kunnen gedragen als ze wat gedronken hebben.'

'Dat vind ik niet erg.'

'Nu, het is aardig van je,' zegt hij uiteindelijk. 'Ze zullen zich er zeker over verheugen en er trots op zijn zo door jou begroet te worden.'

Ook Ernst verklaart halfslachtig mee naar beneden te willen gaan, ook al kan Johanna aan hem zien dat hij liever een dutje op de bank zou doen. Forster pakt de wodkafles uit de kast en dan gaan ze met z'n drieën naar beneden, de werkplaats in.

De drie jonge mannen hebben naast de kachel bij elkaar gezeten en ongeduldig op de beloofde borrel gewacht. Nu springen ze snel overeind en staren naar de jonge echtgenote die in haar mooie jurk naar hen toe gekomen is en hun zonder omwegen een hand geeft.

‘Het doet me plezier met jullie allemaal kennis te maken,’ zegt ze vriendelijk. ‘En om jullie te bedanken dat jullie het in de kerk hebben uitgehouden met die vreselijke storm zal ik jullie inschenken. Waar zijn de bekers? Wie helpt me deze fles te ontkurken?’

Haar vrolijke stem en lach heffen de verstarring op, hun gezichten ontspannen zich, de tongen komen los.

Forster brengt de eerste toost uit.

‘Op voorspoed voor onze geliefde stad Danzig. Moge God ons vaderland beschermen en het vrede en welstand brengen.’

Ze drinken de eerste slok bedachtzaam. Johanna, die nog nooit wodka heeft gedronken, moet moeite doen om niet te hoesten. Hemel, wat is dat spul scherp!

‘Op onze meester en de jonge meesteres,’ roept dan de oudste van de jongens. ‘Mogen ze honderd jaar leven.’ Nu krijgt Johanna ook de namen van de drie knapen te horen. Forster laat ze een voor een naar voren komen en hij heeft voor alle drie een lovend en een kritisch woord.

‘Dat is Karl Anton Nowak, hij is al gezel en doet het heel goed. Alleen is hij soms nogal eigenwijs en denkt hij het beter te weten dan de meester. Dat moet ik er nog uit krijgen.’

Karl Anton Nowak is lang en mager, hij heeft donker krullend haar en grote oren. Hij reageert goedmoedig op de woorden van Forster, grijnst en zegt heel goed te weten dat er geen betere meester te vinden is in heel Danzig en omstreken.

De twee anderen zijn de gebroeders Wrobel, vijftien en zeventien jaar oud. Stefan zit in zijn tweede leerjaar, Marek in zijn derde. Ze lijken erg op elkaar, zodat je ze gemakkelijk door elkaar haalt. Allebei hebben ze lichtblond haar, ronde gezichten en blauwgrijze ogen. Forster looft Marek voor zijn ijver en maakt alleen de aanmerking dat hij soms te haastig is. Zijn broer Stefan gaat gelijkmatiger te werk, maar is niet altijd zo netjes als hij zou moeten zijn in de werkplaats.

‘Nu ben ik wat jullie betreft helemaal op de hoogte,’ zegt Johanna blij. 'En wat mij betreft, ik zal mijn best doen om een goede meesteres te zijn. Of me dat lukt moet nog duidelijk worden.'

Daarmee neemt ze afscheid en wenst hun een goede nacht. Boven treft ze Ernst snurkend op de bank aan. Hij heeft zich al eerder uit de werkplaats teruggetrokken om uit te rusten. Forster dekt hem zorgzaam toe met een deken en keert zich dan naar Johanna.

'Ga alvast naar de slaapkamer, liefje. Ik wacht tot je klaar bent.'

Nu is het dus zover. Ze kan het niet vermijden of zeggen dat ze ziek is, maar dat wil ze ook niet. Met een zwaar hart neemt ze de lamp mee de kleine slaapkamer in, opent haar koffer en maakt zich klaar voor de nacht. Het bed is niet zo zacht als de bedden die ze thuis gewend was en het dekbed is loodzwaar. Ze moet er met afschuw aan denken dat ook haar voorgangster hier met Forster onder gelegen heeft. Maar het is koud, buiten giert de wind rond het huis en van haar nachtpon wordt ze ook niet warmer, dus ze glipt onder het dekbed, trekt haar benen op en wrijft haar koude voeten. Het zal geen aangename nacht worden, maar ze wil zich bewijzen als een trouwe en gewillige echtgenote, want Berthold Forster heeft haar uit een hachelijke situatie bevrijd en daarvoor is ze hem dank verschuldigd.

Ze laat de lamp branden en ze kijkt toe hoe hij de slaapkamer binnenkomt, zijn schoenen en jasje uittrekt en dan het licht uitdoet. Het oude bed kraakt als hij op de rand gaat zitten, het dekbed optilt en langzaam en voorzichtig naast haar gaat liggen. Met kloppend hart wacht ze af. Wat zal hij doen? Zal hij ruw zijn? Zich op haar storten, haar nachtpon opstropen en doen wat een man met een vrouw doet? Waarschijnlijk zal ze er geen genot bij ondervinden, zoals met Andrzej. In elk geval is ze niet onwetend, zoals haar vriendinnen in hun huwelijksnacht. Zij weet wat er op haar afkomt.

Forster steekt tastend zijn hand naar haar uit, streelt haar haar, haar wangen, haar schouders.

'Ik heb bedacht dat het nu niet het goede moment is, lieve Johanna,' zegt hij zacht. 'Ik heb gedronken en stink naar wodka en jij bent vast heel moe. Laten we dus wachten.'

Ze zegt niets, weet niet wat ze daarop antwoorden moet. Hij schrikt ervoor terug haar aan te raken, dat zou ze nooit gedacht hebben.

'Ben je nu teleurgesteld?' vraagt hij na een poosje.

'Nee,' fluistert ze en ze pakt zijn hand. 'Mag ik wel tegen je aan komen liggen?'

'Zo lang en zo dicht als je maar wilt, mijn kleine lieve echtgenote.'

Theodor

EINDELIJK IS ZE WEG. THEODOR had gehoord hoe hartverscheurend Danuta en Oskar afscheid van zijn zuster hadden genomen en hij neemt zich voor die twee goed te laten merken hoe boos hij daarover is. De enige betrouwbare persoon in dit huis is de huishoudster, mevrouw Döppel, die zijn instructie Johanna in alle stilte en zonder afscheid te laten gaan heeft opgevolgd. Helaas is ze zo lelijk als de nacht en heeft ze een onaangenaam schrille stem, maar daar kan ze ook niets aan doen. Danuta daarentegen zal hij onder handen nemen. Het lijkt erop dat het meisje denkt zich vrijheden te kunnen veroorloven omdat hij haar meerdere malen 's avonds in haar kamer heeft opgezocht. Dat moet hij zo snel mogelijk in de kiem smoren.

Nu Luise weer met migraine in bed ligt, draagt hij de huishoudster op zijn eten in het kantoor te brengen. Dat vindt hij niet erg, hij is toch liever alleen. De maaltijden met Luise en Johanna waren de laatste tijd niet te verdragen. Alleen met inzet van al zijn zelfbeheersing had hij Johanna's geklets en opgewekte stemming kunnen tolereren. Niet te geloven welke onbeschaamdheden ze zich tijdens haar verlovingstijd had veroorloofd. Meer dan eens had hij op het punt gestaan het huwelijk te verbieden. Hij had het niet gedaan omdat hij met een dergelijk verbod het perceel bij Neufahrwasser zou hebben verspeeld, dat voor zijn zakelijke vooruitgang van zo'n groot belang is.

Hij heeft er duur voor betaald. Terwijl hij eenzaam in de zijkamer naast de kluis zit en erwtenstoofpot met rookworst oplepelt, komt de herinnering aan het gesprek bij de bank weer bij hem boven. Forster had zich als een hard zakenman bewezen, die heel goed wist wat het terrein bij de buitenhaven Neufahrwasser waard was. Hij had hem om familiaire redenen een korting van tien procent gegeven, meer was er niet uit te halen. Theodor kon afdingen en dreigen zo veel hij wilde, Forster bleef onwrikbaar. Het was een hoog bedrag en omdat Forster niet bereid was een cheque te accepteren, was Theodor gedwongen geweest een krediet op te nemen. Dat was in de tijd van zijn vader, toen de zaken nog goed liepen, louter een formaliteit, geen enkele bank zou een Berend een krediet weigeren, hun goede naam sprak voor zichzelf. Intussen was de wind echter gedraaid. Geruchten over verliezen voor zijn onderneming en ook andere praatjes hadden de bank aanleiding gegeven tot onbegrijpelijke, zelfs beledigende terughoudendheid.

Het gesprek was meer dan onplezierig verlopen. Weliswaar was het krediet niet geweigerd, maar men had hem erop attent gemaakt dat een cheque voor een houtlevering naar Engeland niet gedekt was en men dus voor een volgend krediet een waarborg nodig had. Zo had hij zich gedwongen gezien een hypotheek op het huis aan de Frauentorstraat te nemen, een maatregel die hij als beschamend ervoer, maar die onvermijdelijk was geweest omdat Forster erop stond het geld nog voor de trouwdag op zijn rekening te hebben. Onbegrijpelijk dat een ambachtsman tegenwoordig over een rekening beschikt, dat zou vroeger ondenkbaar zijn geweest.

Een hard geklepper doet hem opschrikken uit zijn gedachten. Hij loopt het kantoor in en constateert dat een van de luiken door de storm is losgerukt en nu heen en weer geslagen wordt. Stefan Korbitz, de stomkop, heeft het raam opengedaan om het luik vast te grijpen, maar nu dringen wind en sneeuwvlokken uit alle macht het kantoor binnen en de papieren op zijn bureau dwarrelen door de ruimte.

'Doe dat raam dicht, stomme ezel,' brult hij tegen Korbitz.

Hij moet zelf mee aanpakken, omdat het de tengere klerk niet lukt om het raam in het geweld der elementen dicht te doen.

'Verdomde puinhoop,' vloekt hij als ze het met vereende krachten eindelijk voor elkaar hebben gekregen. Korbitz is helemaal van slag door zijn onhandigheid en begint de papieren te verzamelen die overal in het kantoor verspreid liggen.

'Blijf er met uw vingers van af,' beveelt Theodor nijdig. 'Loop naar het buurhuis en waarschuw Oskar. Hij moet het luik aan de buitenkant vasttimmeren.'

Dat ontbrak er nog maar aan, dat papieren, zoals de overeenkomst met de bank, in Korbitz' handen zouden terechtkomen. Hij rukt de lamp naar zich toe en begint zijn papieren op te rapen. Er zitten sneeuwvlokken op die de inkt doen uitlopen. Dat is irritant, hij zal ze bij de kachel moeten laten drogen. Toch komt hem deze sneeuwstorm goed uit, want het zal alle nieuwsgierige roddelaars ervan weerhouden de huwelijksvoltrekking in de Katharinenkerk bij te wonen. Met boosaardige tevredenheid denkt hij eraan dat zijn zus waarschijnlijk een heel sombere, deprimerende bruiloft zal beleven. Om in deze helse storm in een koude kerk zonder bruiloftsgasten te trouwen is precies wat ze verdient. Als hij even later hamerslagen hoort, weet hij dat zijn magazijnknecht buiten in de ijzige wind staat en zal bevriezen van de kou omdat hij geen warme jas bezit. Ook dat is gepaste gerechtigheid, zo boet hij voor zijn ongehoorzaamheid.

Theodors stemming klaart een beetje op. Waarom is hij eigenlijk zo geïrriteerd? Het stuk grond bij Neufahrwasser is in zijn bezit. Samen met de twee andere percelen vormt het een uitstekende plek om een grote opslaghal te bouwen. Daarmee kan hij op grote schaal participeren in de handel van Russisch graan en hout en zo het handelshuis Berends in zijn oude glorie herstellen. Waar het hem tot nu toe aan ontbreekt, zijn contacten met de Russische groothandelaren, maar als de hal eenmaal staat zullen die contacten ook wel komen.

Wanneer Danuta hem later in de gang met een lantaarn tegemoetkomt, pakt hij haar bij de arm en duwt het geschrokken meisje tegen het ouderwetse fonteintje.

'Waarom is je gezicht zo opgezet, Danuta?'

Ze is bijna verlamd van angst, hij kan voelen hoe haar borst snel op en neer gaat. Ze heeft mooie, volle borsten, deze Poolse. Sowieso heeft ze een heel verleidelijk lichaam dat zijn bloed sneller doet stromen als hij er alleen maar aan denkt.

'De kachel in de keuken rookt heel erg, meneer,' praat ze zich eruit. 'Dat komt door de storm die op de schoorsteen slaat.'

'Niet door zoiets als verdriet omdat mijn zuster het huis heeft verlaten?' dringt hij aan en hij knijpt zo hard in haar arm dat het wel pijn moet doen.

Ze kreunt zachtjes en werpt dan haar hoofd naar achteren. 'Natuurlijk niet, meneer. Hoe komt u daarbij? We zijn allemaal blij en opgelucht dat ze weg is.'

O, wat kan ze goed liegen.

'Heel goed,' sist hij zacht. 'Zeg tegen de huishoudster dat de maaltijd niet te eten was en breng me thee in de rode salon.'

Gnuivend kijkt hij haar na als ze de trap af loopt en met haar vrije hand haar kap rechtzet.

Het is niet echt verstandig iets met een bediende te beginnen, want het kan gemakkelijk tot problemen leiden. Ook heeft hij ten opzichte van Luise een slecht geweten, ze is immers een trouwe echtgenote voor hem. Toch is hij met zichzelf in het reine. Uiteindelijk is hij als heer des huizes de baas over familie en personeel. Luise verwacht een kind, dat is reden genoeg om haar met rust te laten en omdat hij niet van plan is als een monnik te leven, moet hij wel elders bevrediging zoeken. Hij is niet de enige die dat doet. Het is overal in de welgestelde families heel gebruikelijk en uiteindelijk komt het zijn vrouw ten goede, die zich ongehinderd en in alle rust aan haar zwangerschap kan wijden. Natuurlijk zal hij deze delicate aangelegenheid voor haar geheimhouden. Hij wil haar in geen geval krenken. En in het geval er toch verdenkingen ontstaan of gevolgen duidelijk worden die niet te ontkennen zijn, wel, er zijn manieren om dergelijke dingen onopgemerkt te regelen.

Hij treft Luise op de bank in de woonkamer aan, een kussen in haar rug, een warme deken over haar benen. Haar gezicht lijkt in het zwakke schijnsel van de lamp vol schaduwen te zijn. Ze heeft donkere kringen onder haar ogen en haar lippen zijn droog en gebarsten. Het stoort hem dat ze zich zo laat gaan. Ook als ze vanwege de zwangerschap nauwelijks uitgaat en slechts zelden bezoek ontvangt, heeft ze naar zijn mening toch de plicht voor hem een beetje moeite te doen. Hij schrijft haar treurige toestand toe aan de storm die over de stad raast. Waarschijnlijk wordt ze bang van het gerammel van de luiken en de dakpannen, heel moedig is ze nooit geweest.

'Hoe gaat het, lieve?' vraagt hij op vriendelijke toon. 'Je ziet er een beetje zorgelijk uit. Maak je niet ongerust, de storm gaat vast gauw liggen.'

'Dat denk ik ook,' zegt ze. 'Ik hoop alleen dat de Weichsel niet overstroomt en we hoogwater krijgen.'

Hij laat zich in een leunstoel zakken en constateert dat ze de kachel flink heeft laten opstoken. Dat ergert hem, want kolen zijn duur en hijzelf laat het kantoor uit spaarzaamheid amper verwarmen. Waarom heeft ze een dergelijke warmte nodig? Tenslotte heeft ze een deken en zachte kussens.

'Dat gebeurt niet,' stelt hij haar gerust. 'Sinds de Weichsel een paar jaar geleden die nieuwe monding bij Neufahrwasser heeft gekregen, is het gevaar van hoogwater voor de stad voor altijd geweken. Je zult zien, morgen ziet de wereld er weer vriendelijk uit, dan hoef je de kachel ook niet zo hoog op te stoken.'

Ze slaat haar blik neer. Ze heeft zijn kritiek begrepen, maar ze maakt geen aanstalten zich te verontschuldigen voor de verspilling. Danuta komt binnen met de thee. Ze zet het blad op het dressoir en serveert haar baas sterke zwarte thee met room en kandijsuiker.

Voor mevrouw heeft ze kamillethee, die Luise ongezoet in grote hoeveelheden drinkt.

'Wenst u anders nog iets?'

'Dank je, op het moment niet.'

Danuta bloost onder zijn doordringende blik en trekt zich met een kniebuiging terug. Ze heeft hem niet vrijwillig in haar kamer toegelaten, hij heeft streng moeten aandringen, maar uiteindelijk heeft ze zich erin geschikt. Intussen weet ze dat hij bijna elke avond een uurtje bij haar komt en ze ontvangt hem vriendelijk. Gisteren heeft ze zelfs haar lange haar voor hem los laten hangen en geen drama gemaakt toen hij het nachthemd van haar lijf heeft getrokken.

Luise lijkt weinig zin in praten te hebben. Ze nipt van haar thee en trekt rillend de deken omhoog. Waarom is ze zo zwijgzaam? Toen Johanna nog bij hen zat, kletste ze er vrolijk op los, haar wangen waren rozig, en ja, nu herinnert hij het zich, ze had een mooie jurk aan en een sierlijk kanten kapje op. Hij ergert zich eraan. Mist ze haar schoonzus? Dat zou wel het toppunt van ondankbaarheid zijn.

'Ik heb trouwens moeten constateren dat Johanna me listig heeft geprobeerd te bedriegen,' zegt hij. 'Stel je voor, ze had een tafellaken van mijn moeder in haar koffer verstopt.'

Luise kijkt hem met grote, bange ogen aan.

'Een tafellaken?'

'Precies. Een wit tafellaken van kostbaar linnen dat mama blijkbaar voor haar omgezoomd heeft. De brutaliteit, dit mooie stuk uit het huis te willen smokkelen, terwijl ze het linnengoed dat wij haar wilden meegeven hooghartig geweigerd heeft.'

Het theekopje in Luises hand trilt bedenkelijk. Ze buigt zich naar voren om het serviesgoed op tafel te zetten. Haar gezicht is vertrokken alsof ze pijn heeft. Hij wordt plotseling bezorgd. Is er iets mis met het kind? Het leek zo goed te gaan de afgelopen weken.

'Heeft ze nog iets over het tafellaken gezegd?' informeert Luise zacht.

'Geen woord. Haar slechte geweten was overduidelijk. Ze wist heel goed dat ze me wilde bedriegen.'

Luise leunt zwijgend achterover in de kussens. Hij staat op om de deken op te rapen die van haar schoot is gegleden.

'Dat tafellaken had ik haar cadeau gegeven, Theodor,' stoot Luise opeens uit. 'Het was niet juist van je het van haar af te pakken.'

Hij is totaal verbluft. Vooral omdat ze hem bij deze woorden recht aankijkt en haar blik niet verlegen of schuldbewust is, maar verwijtend.

'Cadeau? Jij hebt mijn zuster cadeaus gegeven?' stuift hij op. 'Hoe kom je erbij en nog belangrijker, waarom weet ik daar niets van?'

Nu worden haar wangen rood. Maar zeker niet uit schaamte voor haar ongehoorzaamheid. Hij kan het nauwelijks bevatten. Zijn zachte echtgenote kijkt hem met fonkelende, halfgesloten ogen woedend aan.

'Ik vond het alleen maar juist om haar dat tafellaken mee te geven, Theodor.' Ze ademt snel alsof ze moeilijk lucht kan krijgen.

Hij gaat weer in zijn leunstoel zitten en doet zijn best ondanks alles rustig en beheerst te blijven. Ook omdat hij Luise in haar toestand niet overstuur wil maken, dat zou het kind kunnen schaden.

'Jij vond het "juist" om haar een cadeau te geven?' zegt hij en hij slaat zijn benen over elkaar. 'Na alles wat ze ons heeft aangedaan, denk jij Johanna nog te moeten belonen? Ik vind dat je de christelijke vergiffenis ook te ver kunt doordrijven.'

Ze schudt koppig haar hoofd. 'Johanna heeft niets van ons gevraagd, Theodor. Geen meubelstuk, geen linnengoed, geen zilver. Toen ik haar vertelde wat jij had besloten, heeft ze zich daar zwijgend in geschikt. Daarom vond ik het juist haar in elk geval dat tafellaken te geven, dat je moeder nog in haar laatste levensdagen voor Johanna's uitzet omzoomd en geborduurd heeft...'

De herinnering aan het langdurige ziekbed en de dood van zijn moeder vliegt hem aan. Indertijd woonde Johanna nog thuis. Ze had dagenlang aan het bed van haar moeder gezeten, met haar gepraat, kompressen gegeven, haar teder verzorgd. Ook toen was 'Hanneke' weer het lievelingskind. Zelf had hij het niet kunnen verdragen zijn moeder te zien lijden. Hij had de ziekenkamer gemeden en was pas naar haar toe gegaan toen het op het einde liep. Het maakt hem kwaad dat Luise hem uitgerekend nu daaraan herinnert.

'Je had mij om toestemming moeten vragen, in plaats van achter mijn rug om te handelen.'

'Daar is geen tijd voor geweest, Theodor,' antwoordt ze en ze haalt hijgend adem alsof ze net drie trappen beklommen heeft. 'En verder vind ik dat het niet goed was je zuster haar uitzet te onthouden. Auguste von Kleiwitz, die bij me op bezoek is geweest, was daar heel verontwaardigd over.'

Hij moet zich met beide handen aan de stoelleuningen vasthouden om niet woedend op te springen. Ze waagt het zijn beslissing te bekritiseren en komt daarbij uitgerekend met Auguste von Kleiwitz aanzetten, de ergste van alle roddeltantes en boezemvriendinnen van zijn zuster. Het is schandalig!

'Je weet niet wat je zegt, Luise,' zegt hij op dreigende toon. 'Ik zal de schuld bij je toestand leggen, die blijkbaar je verstand heeft aangetast. Maar ik waarschuw je, in het geval je van plan bent een mens als Auguste von Kleiwitz nog meer familiegeheimen toe te vertrouwen, zal ik maatregelen treffen die je niet leuk zult vinden.'

Nu staat hij toch op. Hij wil de kamer verlaten om zich niet tot verdere woede-uitbarstingen te laten verleiden, maar hij is nog niet bij de deur of de schrille stem van zijn vrouw doet hem omdraaien.

'God is mijn getuige dat het onrechtvaardig van je was om alles van haar af te pakken. Ik heb je gehoorzaamd en daarmee schuld op mij geladen. Maar de Heer laat niet met zich onderhandelen, hij zal ons straffen omdat we ons spullen hebben toegeëigend waar we geen recht op hadden.'

Nog nooit heeft hij haar zo gezien. Ze is bleek en heeft gloeiend rode vlekken op haar wangen. Haar ogen zijn opengesperd, haar mond is vertrokken. Het is zo'n afschuwelijk gezicht dat hij zich haastig afwendt en de deurknop vastgrijpt.

'Zwijg!' beveelt hij. 'Je bent buiten zinnen.'

Hij slaat de deur achter zich dicht en gaat de eetkamer binnen om alleen te zijn. Geagiteerd loopt hij heen en weer, wrijft zijn koude handen en luistert naar de geluiden in de kamer ernaast. Hoort hij haar huilen? Doordat de wind nog steeds hard door de Lange Straat fluit en het oude huis kraakt en kreunt, weet hij het niet zeker. Hij pakt een lantaarn en gaat naar beneden. De voordeur laat zich met moeite openen, omdat er veel sneeuw op het bordes ligt. Een ijzige wind dringt door de deurspleet de hal in. In de straat is het donker, iedereen heeft zijn luiken gesloten. Een enkele straatlantaarn geeft nog wat licht, hij kan de sneeuwvlokken voorbij zien dwarrelen in het schijnsel.

Het is Johanna's schuld, denkt hij vervuld van haat. Die duivelin heeft mijn zachte Luise volkomen het hoofd op hol gebracht, haar rebelse ideeën van verzet ingefluisterd, die haar in principe vreemd zijn. Morgen zal ik ernstig met haar praten en haar aan haar plichten als mijn echtgenote herinneren. Dan komt ze wel tot bezinning en zal ze om vergeving vragen. Hij doet de deur dicht, vergrendelt hem zorgvuldig, klopt de sneeuw van zijn jasje en gaat weer naar boven.

Al op de trap hoort hij Luises vertwijfelde gesnik. Het raakt hem, hij is geneigd naar haar toe te gaan om haar tot rust te brengen. Maar dan verneemt hij Danuta's stem, die kalmerend op Luise inpraat. Daarom draait hij zich om en zet koers naar het kantoor, om te controleren of de documenten droog zijn. Laat haar maar rustig huilen en spijt hebben, des te volgzamer is ze morgen.

Hij wacht tot het stil is geworden in huis en Danuta Luise naar de slaapkamer gebracht heeft. Dan pakt hij de lamp en gaat hij zachtjes naar de zolderverdieping, waar de bedienden zijn ondergebracht. Danuta's deur zit niet op slot en hij gaat zonder aan te kloppen naar binnen. Vandaag hoeft hij zichzelf niets te verwijten, Luise heeft het meer dan verdiend dat hij elders zijn vertier zoekt.

Danuta zit aangekleed op het bed en lijkt niet gelukkig te zijn met zijn bezoek. 'Het gaat niet goed met haar,' fluistert ze.

Hij trekt zijn jasje en schoenen uit, gaat naast haar zitten en pakt haar vast. Ze voelt warm aan. Hij trekt de kap van haar hoofd en frunnikt aan de haarspeld waarmee ze haar mooie donkere haar heeft vastgezet.

'Ik maak me zorgen, meneer...'

'Kleed je uit.'

Haar donkere ogen glanzen in het schijnsel van de lamp. Ze lijkt hem ergens om te smeken, maar juist deze aanzet tot weigering maakt hem woest. Hij helpt haar haar jurk los te maken, wacht tot ze haar onderrokken, onderbroek en lange hemd heeft uitgedaan en alleen nog haar korset aanheeft, dan werpt hij zich op haar. Ze stelt zich niet aan zoals zijn vrome Luise. Danuta heeft vuur in zich, ze ervaart genot als hij haar aanraakt, wat zijn eigen hartstocht alleen maar aanwakkert. Hij heeft voor zijn huwelijk slechts een paar onbelangrijke ervaringen met vrouwen gehad. Precies genoeg om zich in zijn huwelijksnacht als heer en meester te kunnen gedragen.

Met Danuta is het anders. Als hij uit haar kamer komt en de donkere trap naar de echtelijke slaapkamer af sluipt, is zijn hoofd als bedwelmd en de geur van haar huid en haar vergezelt hem.

Vandaag gedraagt ze zich ingehouden. Ze fluistert rare dingen terwijl hij haar vasthoudt en de haakjes van het korset openmaakt.

'Heilige Moeder Maria, wees mij zondares genadig...'

'Wat klets je nou?' mompelt hij.

Dan verstijft ze onder hem en ook hij staakt zijn inspanningen. Beneden in de echtelijke slaapkamer wordt gebeld.

'Laat me gaan... Ik smeek het u.'

Het komt hem niet uit dat Luise uitgerekend nu haar bediende bij zich roept. Hij pakt Danuta nog steviger vast, rukt nijdig aan de vervloekte haakjes die zich zo lastig laten openmaken.

'Ze moet maar geduld hebben,' bromt hij.

'Ze heeft weeën, meneer. Al sinds gisteren.'

Hij schrikt hevig en zijn hartstocht is op hetzelfde moment verdwenen. Het is te vroeg, Luise is pas in de vijfde of zesde maand.

'Ga naar haar toe,' beveelt hij en hij laat haar los. 'Haast je. Schiet op.'

Danuta schiet onderbroek en onderrokken aan, haar vingers raken verstrikt in de banden. Hij vloekt omdat ze zo onhandig is en gooit haar jurk naar haar toe. Ze neemt niet de tijd om sokken en schoenen aan te doen en loopt op blote voeten naar beneden. Snel kleedt hij zich ook weer aan, maar hij moet nog even op haar kamer wachten omdat nu ook de huishoudster en Oskar door de smalle gang en de trap af naar beneden rennen en hij ze in geen geval wil tegenkomen. Zo irritant om in eigen huis verstoppertje te moeten spelen. Al snel hoort hij roepen: 'Meneer, meneer.'

Woedend gaat hij de dienstbodentrap af en treft de huishoudster en Oskar in hun nachtkleren in de gang voor de echtelijke slaapkamer aan. De huishoudster houdt de lamp omhoog als hij van de onderste tree af stapt, zodat hij voor iedereen zichtbaar is. Het maakt hem niet meer uit. Hij is de heer des huizes en hij kan doen en laten wat hij wil.

'Wat is er aan de hand?'

'Mevrouw is aan het bevallen. Alles zit onder het bloed...' jammert de huishoudster.

Luises gekerm en gesteun is op de gang te horen. Daartussendoor horen ze Danuta zachtjes tegen haar praten.

'Rustig maar, mevrouw. Dit gaat voorbij. Ik haal een schoon laken en natte doeken.'

Hij was er al bang voor. Waarom heeft de hemel hem met een vrouw gestraft die niet in staat is een gezond kind ter wereld te brengen? Had zijn moeder hem indertijd niet gewaarschuwd?

'Ze is niet sterk, Theodor,' had ze meermaals gezegd. 'Ik weet niet of ze een goede keus is.'

Maar de connectie met de welgestelde familie Färber leek hem belangrijk en Luises zachte, onderdanige aard beviel hem, dus heeft hij de waarschuwing in de wind geslagen.

'Pak mijn oude overjas en ga naar de Nonnenstraat om de vroedvrouw te halen,' beveelt hij Oskar, die met trillende knieën en een bleek gezicht in de gang staat.

'Ja, meneer,' stamelt hij en hij loopt naar boven om zijn broek, schoenen en jas aan te trekken. De huishoudster stampt de trap af. Ze zal in de keuken de haard aansteken. Men zal heet water nodig hebben en ze moet iets te eten maken voor de vroedvrouw. Tenminste, als die al komt met dit weer.

Hij overwint zichzelf en klopt op de deur van zijn slaapkamer. Danuta doet de deur op een kiertje open, de lucht van bloed en andere akelige dingen slaat hem tegemoet. Het gekreun van Luise klinkt beangstigend.

'Vergeef me, meneer. Mevrouw wil niet dat u binnenkomt,' zegt Danuta. 'Dit is geen aanblik voor een echtgenoot.'

Hij is er niet boos om. Ziekte en alles wat erbij hoort zijn hem een gruwel. Toch spreekt zijn geweten. Ze lijdt zo erg. Ze heeft al sinds gisteren weeën en heeft niets tegen hem gezegd. Wat een kwelling moet het zijn geweest.

'Zeg tegen haar dat het me spijt, Danuta. En dat ik haar vergeef,' murmelt hij door de kier.

'Ja, meneer,' antwoordt ze en ze sluit de deur.

De pijnkreten klinken nu gedempt op de gang. Achter hem loopt Oskar de trappen af naar de hal en hij gaat hem haastig achterna om de voordeur open te doen.

'Hier, pak de lantaarn. Haast je.'

Hij hoort het antwoord al niet meer, ziet alleen hoe het licht in de duisternis van de straat verdwijnt en constateert opgelucht dat het is opgehouden met sneeuwen. De storm wil de stad echter nog niet opgeven. De wind raast met verontrustende vlagen door de straten en laat de luiken klapperen.

Luises kwellingen duren voort tot de ochtenduren. De vroedvrouw verschijnt pas na middernacht. Snuivend en halfbevroren moet ze eerst in de keuken opwarmen voor ze zich naar Luise begeeft. Theodor zit stijf van spanning en zorgen in het kantoor aan zijn bureau, luistert naar de haastige voetstappen, het gefluister van de vrouwen, het heen en weer dragen van allerlei dingen die de vroedvrouw nodig heeft. Af en toe drijft het hem de hal in, dan roept hij naar boven en vraagt hoe het is.

'Niet goed, meneer,' krijgt hij te horen.

Hij vertrouwt de vroedvrouw niet en stuurt Oskar nog een keer op pad om dokter Sternberg te alarmeren. Nu vreest hij ineens voor het leven van zijn vrouw. Wat als ze bij deze vroeggeboorte doodbloedt? Ze was na de laatste miskraam al zwak en herstelde slechts langzaam. Here God, help mij, smeekt hij innerlijk. Ik zal mijn leven lang zacht en vriendelijk voor haar zijn, dat zweer ik. Als ze maar in leven blijft.

De arts komt pas tegen de ochtend. Hij blijft maar heel even bij Luise en komt dan naar het kantoor.

'Ik kon niets meer doen,' zegt hij ernstig. 'Het is een jongen. Welgevormd van lijf en leden. Maar te vroeg uit het moederlichaam gekomen en overleden. Mijn deelneming.'

'En… mijn vrouw?' fluistert Theodor.

Dokter Steinberg haalt hulpeloos zijn schouders op. 'Ze slaapt nu… We kunnen alleen maar voor haar bidden.'

Danuta

ER WORDT ZACHTJES OP DE deur van de slaapkamer geklopt. Danuta, die naast het bed op de grond in slaap is gevallen, komt geschrokken overeind. Haar mevrouw ligt zo wit als een laken in de kussens, haar gesloten ogen liggen diep in hun kassen, haar mond is halfopen. Ze ademt. Heilige Moeder Gods, dank u.

Meneer is aan de deur. Zijn haar hangt over zijn voorhoofd. Wangen en kin zijn bedekt met baardstoppels. Het gekijf van de vroedvrouw is in het hele huis te horen geweest, omdat ze slechts een deel van haar geëiste loon gekregen heeft.

'Hoe gaat het?' fluistert hij.

'Ze ademt. Als God het wil zal ze genezen.'

'Blijf bij haar. Ik reken op je, Danuta. Als er iets is, wek me dan. Ik ben hiernaast.'

Hij bedoelt de logeerkamer, wat ooit de slaapkamer van zijn overleden ouders is geweest.

Danuta knikt en ze doet zachtjes de deur dicht. De lamp is bijna opgebrand. Door de spleten van de gesloten luiken komt het blauwachtige ochtendlicht binnen, maar ze schrikt ervoor terug de luiken open te doen, uit angst haar bazin te wekken. Ze gaat op een stoel zitten om niet opnieuw in slaap te vallen en staart naar de zieke, die uitgeput van de nachtelijke kwellingen in de kussens ligt. Ze moeten haar sterke thee met suiker geven, heeft de dokter gezegd. En vleesbouillon. Sap van rode bieten en rode wijn met eigeel. Alles waar ze sterker van wordt. De rest is aan God, haar leven ligt in zijn handen.

Danuta's ogen vallen van vermoeidheid weer dicht. Ze knijpt zichzelf in haar arm om wakker te blijven, staat stilletjes op om het dekbed van mevrouw recht te trekken en streelt haar teder over haar ingevallen wangen. Nee, ze zal niet slapen. Hoe moe ze ook is, ze zal wakker blijven om er te zijn als mevrouw haar nodig heeft. Zondag na de mis wil ze te biecht gaan, als haar werk het toelaat. Ze wil haar zonden aan de priester toevertrouwen en hopen op vergeving.

Ze heeft haar bazin bedrogen. Ze heeft meneer in haar kamer toegelaten en zelfs genot ervaren terwijl ze de liefde bedreven. Ze is een gevallen vrouw, die vriendelijk voor haar arme mevrouw is geweest en tegelijkertijd achter haar rug om van al de genoegens heeft genoten waar niet zij, maar alleen mevrouw recht op heeft. Hoe is het mogelijk een man te vrezen en te verafschuwen en tegelijk zo veel hartstocht te voelen als hij met haar vrijt? Het kan alleen maar betekenen dat zij een volkomen verdorven zondares is.

De olielamp dooft met een laatste flikkering. Ze moet nu toch echt de luiken opendoen, want ze is bang om in het donker te zitten. Sneeuw valt vanaf de vensterbank naar beneden op de binnenplaats als ze de houten luiken terugslaat. Beneden is Oskar bezig een pad vrij te maken naar het magazijn. Hij kijkt naar boven, zegt echter niets en werkt verder. De arme jongen heeft rode handen van de kou doordat hij geen handschoenen bezit. Wanneer ze ook het tweede raam opent, hoort ze achter zich een lichte zucht en draait zich snel om.

'Mevrouw?'

De patiënt hoest, komt voorzichtig overeind, maar valt meteen terug in de kussens.

'Danuta. Geef me thee. Ik ben heel erg duizelig.'

'Ogenblikkelijk, mevrouw.'

Ze moet de zieke vrouw ondersteunen terwijl ze dorstig een paar slokken drinkt. De thee is koud geworden en smaakt bitter, ook al heeft ze er suiker in gedaan.

'Ik breng u zo direct verse thee, mevrouw. De huishoudster zal een goede bouillon voor u maken, die moet u opdrinken, het zal u goeddoen.'

Haar bazin knikt onverschillig. Ze kijkt in de kamer rond, waar nog allerlei kommen staan en haastig uit de kast getrokken lakens op een hoop liggen.

'Het is dood, nietwaar?' vraagt ze zacht.

Danuta voelt haar hart breken. Ze zou zo graag ander nieuws brengen. Maar ze mag niet liegen, de onderzoekende blik van haar bazin eist de harde waarheid.

'God de Heer heeft het tot zich genomen, mevrouw.'

De zieke doet haar ogen dicht. Geen klacht komt over haar lippen. Ze ligt daar zwijgend, haar hoofd een beetje opzijgedraaid, haar gezichtsuitdrukking gesloten.

Danuta staat hulpeloos voor het bed en weet niet hoe ze haar moet troosten. Ach, er bestaat geen troost voor een moeder wier kind bij de geboorte is gestorven.

'Ik wil het zien.'

Danuta schrikt. Men heeft het arme, levenloze wezentje in doeken gewikkeld en in de grote woonkamer in de met houtsnijwerk versierde wieg gelegd, die Oskar van de zolder naar beneden heeft gedragen. Ze griezelt ervan om het dode kind op te tillen en hiernaartoe te dragen, want het is ongedoopt gestorven en misschien in bezit van het kwaad. Maar ze kan het bevel van haar bazin niet weigeren. Wanneer ze het dode kind uit de wieg haalt, voelt ze dat het nog niet stijf is. Zijn ledematen voelen zacht aan, bijna net als bij een levend kind, behalve dat de bundel koud en zwaar is.

'Laat zien,' eist mevrouw en ze komt moeizaam overeind in bed. 'Haal die doek weg. Het is een jongen, toch?'

'Ja, mevrouw.'

De vroedvrouw heeft de dode baby gewassen en hem een hemdje aangedaan. Het hoofdje is sierlijk en met een donker waas bedekt, zijn kleine handen zijn tot vuisten gebald.

‘Hij ziet eruit alsof hij elk moment zijn ogen zal opendoen, vind je niet?’ zegt haar bazin, die volledig opgaat in de aanblik van het kleine wezen.

‘Ja, mevrouw. Het is een mooie jongen.’

‘Hij heeft donker haar zoals zijn vader. Kijk, Danuta, ik geloof dat hij glimlacht. Misschien is het een geluk niet eerst in deze wereld geworpen te worden. Ja, vast. Hij heeft het betere gedeelte gekozen en gaat terug naar de eeuwigheid waar hij vandaan is gekomen.’

Danuta is niet in staat te antwoorden. Knielend voor het bed houdt ze haar bazin de bundel voor, kijkt toe hoe de ongelukkige moeder het dode knaapje teder over zijn wangen en voorhoofd streelt en voelt hoe de tranen over haar gezicht lopen.

‘Breng hem nu weer weg, Danuta. Ik wil nog een beetje uitrusten.’

Moeizaam staat ze op. Haar knieën trillen terwijl ze met haar last de trap af loopt en de grote woonkamer binnengaat. Ze legt het kleine wezen zacht in de wieg, dekt het toe en doet het gordijn dicht, dat de oude mevrouw Berend zo kunstig met gehaakte kant versierd heeft. Dan slaat ze snel een kruis. Als ze weer naar boven wil lopen, komt de grote, donkere gestalte van meneer haar in de gang tegemoet.

‘Wat doe je hier?’ snauwt hij. ‘Heb ik niet gezegd dat je bij haar moest blijven?’

‘Ze wilde het kind zien, meneer.’

‘En jij hebt het haar gebracht?’ vraagt hij met een ontstelde blik.

‘Ze was heel beheerst, meneer.’

Hij mompelt iets wat ze niet kan verstaan en kijkt met een schuwe blik naar de woonkamer. ‘Ze is dus wakker?’

‘Net nog wel, meneer.’

Hij komt dichterbij en ze is al bang dat hij haar vast wil pakken, maar hij blijft voor haar staan en kijkt haar indringend aan. ‘Heb je geslapen? Je ziet er moe uit. Rust een beetje uit, ik ga nu naar haar toe. Als ik je nodig heb, roep ik je.’

‘Dank u, meneer.’

Zijn zorgzaamheid komt vreemd op haar over. Vermoedelijk wil hij zonder getuigen erbij met zijn vrouw praten om haar te vergeven, zoals hij gisteren heeft gezegd. Danuta heeft de ruzie die de dag ervoor is uitgebroken tussen de echtelieden in de gang goed kunnen horen. Ach, mevrouw was zo moedig. En ze had gelijk. Natuurlijk heeft ze niets bereikt, dat was van tevoren al duidelijk. Het moet de innerlijke vertwijfeling zijn geweest die mevrouw tot dergelijke woorden heeft gedreven, want ze moet allang aangevoeld hebben dat het kind in haar lichaam niet zou overleven.

Danuta is nog te zeer van slag om boven in haar kamer te gaan slapen, vooral omdat ze algauw weer geroepen zal worden. Ze gaat liever naar de keuken om iets te eten en hete thee te drinken, die haar wakker zal houden. Het is benauwd in de keuken. De huishoudster heeft de haard aangestoken, maar de rook wil nog steeds niet goed door de brede schoorsteen wegtrekken. Boven het vuur hangt een ketel waarin een stuk rundvlees suddert, de huishoudster zit aan de keukentafel en snijdt uien.

'Thee?' vraagt ze, zonder van haar werk op te kijken. 'Die is alleen voor meneer en mevrouw. Drink maar water, dat is goed genoeg voor jou.'

Danuta is gewend aan de onvriendelijkheid van de huishoudster. Mevrouw Döppel is door meneer Berend aangenomen nadat haar voorgangster te oud werd voor dit werk en moest vertrekken. Onder de bedienden gaat het gerucht dat mevrouw Döppel vóór ze deze betrekking kreeg al meerdere keren was ontslagen, er zou zelfs diefstal in het spel zijn geweest. Of het waar is of slechts geroddel kan Danuta niet beoordelen. Maar ze weet dat meneer de huishoudster een lager loon betaalt dan haar voorgangster en dat ze hem desondanks heel trouw is.

Danuta vult een ketel met water en hangt die boven het vuur.

'Heb je me niet gehoord?' kijft de huishoudster en ze wrijft in haar ogen omdat de uien zo scherp zijn. 'Jij krijgt geen thee.'

'Het is voor mevrouw.'

'Zozo, voor mevrouw,' zegt mevrouw Döppel spottend. 'Heel handig hoe je bij haar in de gunst probeert te komen. Terwijl we toch allemaal weten voor wie jij 's nachts je deur opendoet.'

Hoe had ze kunnen geloven dat de bezoekjes van meneer onopgemerkt waren gebleven? Mevrouw Döppel hoort alles en hoewel er uit haar kamer 's nachts harde snurkgeluiden komen, is het mogelijk dat ze alleen maar doet alsof ze slaapt.

'Bemoei je met je eigen kamerdeur,' reageert Danuta woedend.

'Die zit stevig op slot,' zegt de huishoudster met een hooghartig gezicht. 'Omdat ik geen hoer ben zoals jij. Daarom.'

'Pas maar op dat je het achtste gebod niet overtreedt. Gij zult geen valse getuigenis spreken tegen uw naaste,' verdedigt Danuta zich.

De huishoudster laat een schel gelach horen en staat op om de uien in de soep te doen.

'Over wat ik met mijn eigen ogen heb gezien, kan ik rustig in het openbaar praten,' zegt ze en ze pakt een pollepel om in het brouwsel te roeren. 'En te horen is het ook. Oskar zal wel nieuwsgierig geluisterd hebben naar al dat gezucht dat vanuit jouw kamer doordrong.'

'Je leugens zullen je in de hel doen belanden.'

Als dat water nou maar eens kookte. Ze houdt het nauwelijks meer uit hier in de keuken met dat kwaadaardige mens. Het is zeker dat de huishoudster niets gezien heeft, maar het lijkt erop dat ze op de gang geweest is en aan de deur heeft geluisterd.

Net als het water eindelijk begint te borrelen, gaat de deur open en strompelt Oskar naar binnen. Hij is blauw van de kou. Hij heeft niet alleen de binnenplaats, maar ook het bordes vrij van sneeuw moeten maken. Terwijl hij zijn handen uitstrekt naar het vuur, vertrekt hij zijn gezicht omdat het pijn doet als de warmte zijn ledematen binnendringt.

'Ach, jij arme jongen!' roept de huishoudster. 'Ga aan de tafel zitten, jij hebt een goed ontbijt verdiend.'

Tegen Oskar is mevrouw Döppel altijd even lief, omdat ze een oogje op hem heeft. Meteen haalt ze de koffiekan uit de provisiekamer, die ze daar in een warme doek gewikkeld verstopt heeft, zet een beker op de tafel en pakt er room, boter en worst bij. Ze snijdt twee dikke sneden brood af en legt ze op zijn bord.

'Dat is voor jou, kleine. Eet maar lekker op.'

Oskar wrijft in zijn koude handen en gaat aan tafel zitten.

'Wil jij niks?' vraagt hij aan Danuta, die de thee voor haar bazin inschenkt.

'Zij heeft al gegeten,' zegt mevrouw Döppel snel.

Danuta haalt zonder iets te zeggen een beker uit de kast en schenkt zichzelf koffie in. 'Alleen een kleinigheid,' zegt ze tegen Oskar. 'Ik moet direct weer naar boven.'

Hij besmeert een van de boterhammen met boter, snijdt de worst in plakken en schuift alles naar haar toe. Danuta eet zonder zich iets aan te trekken van de nijdige blikken van de huishoudster. De warme koffie doet haar maag goed, maar verdrijft de vermoeidheid niet.

'Zo'n meisje hoef je geen eten te geven,' merkt mevrouw Döppel op en ze stoot Oskar met haar elleboog in de zij. 'Ze ligt warm en genoeglijk bij meneer, terwijl onze mevrouw vannacht bijna is overleden.'

'Ach, hou toch uw mond,' zegt Oskar zacht.

'De waarheid mag gezegd worden,' houdt de huishoudster vol.

Oskar drukt zijn neus in de beker en kijkt Danuta niet aan. Ze begrijpt dat het niet de eerste keer is dat de huishoudster dergelijke dingen zegt. Wie weet wat ze de arme jongen al allemaal over de verdorven Danuta heeft verteld? Ze schaamt zich tegenover Oskar, die altijd vriendelijk voor haar is. Nu zit hij zwijgend in elkaar gedoken naast haar aan de keukentafel, kauwt op zijn boterham en weet duidelijk niet wat hij moet zeggen.

Er moet een eind aan komen, denkt ze ongelukkig. Ik wil niet langer in deze schande leven. Ik zal vandaag nog ontslag nemen en een nieuwe betrekking zoeken. Ze zet de theepot samen met de suikerpot, het theelichtje en een kopje op een dienblad en verlaat daarmee de keuken. Ze hoort nog hoe de huishoudster op Oskar inpraat, maar ze kan en wil de woorden niet verstaan.

Het zal moeilijk worden om midden in de winter een nieuwe betrekking te vinden. Ze zal het eerste het beste wat zich aandient moeten aannemen om niet bij deze kou dakloos op straat te staan. Maar alles is beter dan in dit huis te blijven, waar ze moet liegen en bedriegen en waar ze gezondigd heeft ten opzichte van haar bazin.

Meneer is niet lang bij zijn vrouw gebleven. Wanneer Danuta met de thee de slaapkamer binnenkomt, is de zieke alweer alleen. Haar gezicht is rood aangelopen, ze kreunt zachtjes en kijkt Danuta hulpzoekend aan.

'De druppels, Danuta. Ik heb zo'n pijn.'

Dokter Sternberg heeft een bruin flesje achtergelaten. Ze moeten Luise vijf druppels van de inhoud ervan op een lepel geven als de pijn te erg wordt. Danuta haast zich de wens van haar bazin te vervullen, telt nauwkeurig de druppels af op een theelepel en reikt haar een kop thee met suiker aan om het medicijn mee weg te spoelen.

'Kom bij me zitten,' vraagt ze Danuta. 'Hier, op de stoel.'

Ze is nu opgewonden en spraakzaam. Ze kijkt omhoog naar het plafond van de kamer en glimlacht alsof daar iets heel moois te zien is.

Is dat de bijwerking van het medicijn, vraagt Danuta zich af. Gehoorzaam gaat ze op de stoel zitten, maar ze voelt dat de slaap haar zal overmannen...

Hoe lang ze heeft geslapen, weet ze niet. Ze wordt wakker van een doffe klap en vindt zichzelf terug op de vloer. Ze is in haar slaap van de stoel gevallen. Geschrokken krabbelt ze overeind en kijkt naar haar bazin. De zieke ligt met wijd open ogen en gloeiende wangen in de kussens. Danuta voelt aan haar handen en raakt haar voorhoofd aan. Ze heeft koorts. O god, ze moet kompressen maken, verkoelende dranken geven. De dokter laten halen. Dat is het belangrijkste. Haastig helpt ze Luise een beetje omhoog en probeert haar wat thee te geven, maar mevrouw slikt de vloeistof niet door, de thee loopt uit haar mond op het kussen.

Danuta rent de kamer uit, alarmeert de huishoudster dat ze lauw water voor kompressen moet brengen en roept meneer, die in zijn kantoor aan het werk is.

'Ze heeft koorts?' zegt hij geschrokken. 'Oskar moet de dokter halen. Snel. Ga naar haar toe, Danuta. Zorg voor haar.'

Nee, ze kan niet opzeggen. Niet nu, nu haar bazin haar zo nodig heeft. Ze zal bij haar blijven, niet van haar zijde wijken, dat is ze haar verschuldigd. Ze zal het opzeggen tot later uitstellen, wanneer mevrouw haar niet meer zo hard nodig heeft. Maar ze gaat weg, dat is zeker. Ze is vastbesloten.

De dag verloopt in grote zorgen om het leven van Luise. Weliswaar zakt de koorts iets door de werking van de vochtige kompressen rond haar kuiten en polsen, maar ze wordt steeds zwakker en praat nauwelijks nog. Haar hoofd doet pijn, haar lippen zijn droog en gebarsten. Dokter Sternberg schrijft koortsverlagende druppels voor. Hij blijft een poosje aan het bed van de patiënt zitten, voelt haar pols en neemt dan afscheid om naar een geval van kinkhoest te gaan in de benedenstad. Danuta, die volledig uitgeput is, wordt voor een paar uur afgelost door de huishoudster.

Tegen acht uur 's avonds klopt Oskar op haar kamerdeur om haar te wekken. 'Opstaan, Danuta. Meneer heeft gezegd dat je vannacht bij de zieke moet zitten.'

'Ik kom eraan.'

Ze is nog duizelig van vermoeidheid als ze door de gang naar de trap loopt. In de slaapkamer treft ze meneer aan bij het bed van zijn vrouw. Hij houdt haar hand vast en praat zachtjes tegen haar.

'Alles zal gebeuren zoals jij het wilt, lieve. En nu moet je beter worden, Luise. Beloof me dat je weer beter wordt, ik smeek het je...'

Wanneer Danuta binnenkomt, houdt hij op met praten. Het lijkt erop dat hij het vervelend vindt dat ze hem op zo'n zwak moment betrapt. Nooit eerder heeft ze hem zo zacht en bezorgd tegen zijn vrouw horen praten.

'De koorts is gestegen, Danuta,' zegt hij tegen haar. 'Je mag haar niet alleen laten. Als zich... iets voordoet, moet je me roepen.'

'Ja, meneer.'

Ze is op zichzelf aangewezen. Oskar en de huishoudster zijn naar hun kamers gegaan, meneer is in de logeerkamer hiernaast. Of hij slaapt of waakt weet ze niet en ze wil het ook niet weten. Danuta verwisselt de vochtige kompressen met geregelde tussenpozen. Ze gaat naar de keuken om verse thee te zetten, telt koortsverlagende druppels af, geeft de zieke te drinken en verschoont de met zweet doordrenkte kussensloop. Het is beter bezig te zijn dan op de stoel naast het bed te zitten en in slaap te vallen. Af en toe slaat Luise wartaal uit. Ze praat over haar gestorven ouders, roept om Johanna en één keer wil ze zelfs het bed uit komen om in het washok ergens naar te zoeken. Het kost Danuta de grootste moeite haar daarvan af te houden. Pas tegen de ochtend zakt de koorts en slaapt de zieke in. Haar ademhaling is rustiger, haar pols zwak maar regelmatig. Danuta gaat op de vloer naast het bed zitten en leunt achterover om een paar minuten uit te rusten, maar de behoefte aan slaap is zo sterk dat ze bijna direct indut.

'Welja, dat is ook wat moois. Dus zo zorg jij voor onze mevrouw, jij vuil kreng.'

Versuft realiseert ze zich dat de huishoudster de kamer is binnengekomen om de patiënt haar ontbijt te brengen. Nu loopt ze door de kamer, doet de ramen open en klapt met veel lawaai de luiken terug.

'Meneer zal verbaasd staan als ik hem zo meteen vertel dat je hebt geslapen in plaats van bij de bazin te waken. Dan zwaait er wat voor je.'

De schuine zonnestralen dringen glinsterend de kamer binnen. Het is een heldere, koele wintermorgen. Danuta knippert met haar ogen en komt dan overeind.

'Doe de ramen dicht,' zegt ze en ze trekt het dekbed van de zieke omhoog.

'Jij hebt mij niets te vertellen,' antwoordt de huishoudster snerend. Ze begint in de kamer te rommelen, brengt gebruikte handdoeken naar buiten, leegt de waskom in een emmer en zet het dienblad met het ontbijt naast het bed.

'En jij blijft eraf,' zegt ze dreigend tegen Danuta. 'Ik heb vastgesteld dat er suiker mist, dat zal ik meneer ook gelijk melden.'

'Doe wat je niet laten kunt.'

Laat Döppel vooral haar boosaardige plannetjes smeden, het maakt haar niet uit. Ze is alleen maar blij dat haar zieke bazin rustig ademhaalt en niet wakker is geworden. De koorts is ook niet teruggekomen. Met Gods genade zal ze weer beter worden.

Ze hoort de huishoudster op de gang tekeergaan en het duurt niet lang of meneer komt de kamer binnen. Hij is bleek en ziet er oververmoeid uit, maar hij is al gekleed om uit te gaan. Waarschijnlijk moet hij iets zakelijks regelen, wat geen uitstel duldt. Hij kijkt heel even naar het bed, ziet dat zijn vrouw slaapt en wendt zich tot Danuta.

'Heeft ze nog koorts?'

'Op het moment niet, meneer.'

Hij is opgelucht en wijst naar het blad.

'Zie erop toe dat ze behoorlijk eet. Ze moet ook wat bouillon drinken.'

'Ja, meneer.'

Hij wil zich omdraaien om weg te gaan, stopt en kijkt haar met gefronst voorhoofd aan.

'Is het waar dat je geslapen hebt in plaats van voor haar te zorgen?' vraagt hij dreigend.

‘Ik ben pas tegen de ochtend in slaap gevallen toen zij ook eindelijk sliep.’

‘Ik had je bevolen wakker te blijven,’ zegt hij boos. ‘Pas op, Danuta. Als je denkt dat je je om zekere redenen vrijheden kunt veroorloven, dan vergis je je.’

Hij werpt haar een dreigende blik toe en ze schrikt van de kilte die erin verscholen ligt. Wat is dit voor een man? O nee, ze is niet meer bereid zich zo door hem te laten behandelen. Haar besluit staat vast.

‘Het is nooit in me opgekomen me wat voor vrijheden dan ook te veroorloven, meneer. Maar ik verzoek u me de eerste van de volgende maand uit dienst te laten gaan,’ zegt ze en ze kijkt hem daarbij rustig en open in de ogen.

Daar heeft hij niet op gerekend. Hij staart haar aan alsof hij niet kan geloven wat hij zojuist heeft gehoord.

‘Wat klets je daar?’ snauwt hij. ‘Ben je niet goed bij je hoofd? Hoe kun je zo ongevoelig zijn je baas juist nu in de steek te laten terwijl je zo hard nodig bent?’

‘Het duurt nog twee weken, meneer. Tegen die tijd hebt u wel een ander dienstmeisje gevonden.’

De vastberadenheid waarmee ze aan haar besluit vasthoudt maakt hem nog bozer.

‘Heeft mijn zuster Johanna je op dit idee gebracht?’ sist hij woedend. ‘Ik weet heel goed hoe ze mijn huis heeft vergiftigd met haar opstandige manier van doen. Pas op je tellen, Danuta. In het geval je echt ontslag neemt, zul je met het getuigschrift dat ik voor je zal schrijven geen nieuwe betrekking vinden.’

Dat dreigement komt aan. Als hij dat daadwerkelijk doet, zal ze gedwongen zijn terug te keren naar haar familie in het dorp Nenkau. En ook dat is onzeker. Haar moeder leeft niet meer en haar vader is met een andere vrouw getrouwd. Haar stiefmoeder heeft ervoor gezorgd dat Danuta al op haar dertiende in Danzig in dienst ging en ze zal zeker niet blij zijn als ze haar te eten moet geven.

'Dat maakt me niet uit,' zegt ze koppig. 'Ik verlaat uw huis in elk geval en ik vertrouw erop dat u alleen opschrijft wat de waarheid is.'

Hij snuift honend en gooit het over een andere boeg.

'Als het om je salaris gaat, dan denk ik dat we het wel eens kunnen worden. Je hebt het weliswaar niet verdiend dat ik je meer betaal, vooral nu de tijden zo zwaar zijn, maar ik zou...'

'Nee, meneer,' onderbreekt ze hem snel. 'Het gaat me niet om het geld. Het zijn de zonde en de schande die me meer dan alles beangstigen. Daarom staat mijn besluit vast.'

Nu begrijpt hij waarom ze weg wil. Het schijnt hem te raken, want hij doet een stap naar achteren en neemt haar onderzoekend op. 'Dat siert je, Danuta,' zegt hij met een opeens heel andere stem. 'Maar ik wil je toch vragen om je beslissing te heroverwegen. Hoe kun je het met je geweten in overeenstemming brengen je zieke bazin in haar nood te verlaten? Mijn vrouw heeft je nodig, Danuta. Jij bent de enige die ze om zich heen kan verdragen. Gisteren nog heeft ze de huishoudster de kamer uit gestuurd.'

O, hij is zo geslepen. Hij raakt haar precies op haar gevoelige plek. En ineens is hij zo lief. Nee, ze kan hem niet vertrouwen.

'Dat weet ik wel,' zegt ze onzeker. 'Maar het is niet anders. Ik moet gaan, dat is nu eenmaal zo.'

Plotseling is zijn gezicht getekend door vertwijfeling. Hij komt naar haar toe, pakt haar hand en hoewel ze zich probeert los te trekken, houdt hij haar stevig vast. 'Ik smeek het je, Danuta,' zegt hij zacht. 'Je kunt me nu niet in de steek laten. Je bent de enige persoon die ik vertrouw...'

'Nee,' zegt ze smekend en ze rukt zich los. 'Dat is voorbij. Die zonde wil ik nooit meer begaan.'

'Dat bedoel ik niet, Danuta,' fluistert hij angstig, omdat hij bang is dat zijn vrouw even verderop in het bed hem zou kunnen horen. 'Als dat is wat je wilt, dan zal ik je nooit meer aanraken. Dat zweer ik bij alles wat me heilig is. Laat je hart spreken, Danuta. Zie je dan niet hoe radeloos en verloren ik ben?'

Is hij oprecht of speelt hij het alleen? Ze geeft geen antwoord en loopt in plaats daarvan naar het bed van de zieke om het dekbed glad te strijken en aan Luises pols te voelen. Haar bazin slaat haar ogen op en kijkt haar glimlachend aan.

'Danuta? Geef me iets te drinken, alsjeblieft. Ik voel me wat beter nu.'

Terwijl Danuta thee inschenkt, hoort ze hoe hij zacht de deur achter zich dichttrekt.

Johanna

ALS ZE WAKKER WORDT, BEVINDT ze zich alleen in het tweepersoonsbed. De storm is gaan liggen en een zwak zonnetje filtert door het gordijn. Hoe laat zou het zijn? In elk geval lijkt men beneden in de werkplaats al aan het werk te zijn, want ze hoort gehamer en gestommel. O jee, ze heeft zich verslapen. En dat al op de eerste dag van haar prille huwelijk. Haastig stapt ze uit bed, giet water in de kom en wast zich. Daarna trekt ze een van haar oude huisjurken aan. De mooie bruidsjurk zal ze in de kast hangen, die is niet geschikt voor het dagelijks leven in haar nieuwe omgeving.

In de woonkamer is de kachel al aangemaakt en op de tafel wacht een uitgebreid ontbijt op haar. Haar echtgenoot is nergens te bekennen, alleen Ernst ligt nog op de bank en slaapt gelukzalig als een klein kind. Ze maakt hem niet wakker, gunt hem zijn slaap en schenkt zichzelf koffie in. Ze heeft niet veel eetlust, vermoedelijk een gevolg van de wodka die ze gisteravond heeft gedronken. Wat een smerig spul. Ze zal nooit meer sterkedrank drinken. Liever een Frans wijntje, dat heeft ze altijd lekker gevonden.

Met het koffiekopje in de hand loopt ze naar het raam en kijkt naar buiten. De huizen in de omgeving zien er armoedig uit. Ze zijn laag, veel daken zijn ingezakt, van sommige huismuren brokkelt het pleisterwerk af, zodat je de balken van het vakwerk daaronder kunt zien. Ook de mensen op straat hebben niks gemeen met de goedgeklede voorbijgangers die ze van de Lange Straat kent. De kinderen die hier en daar in de sneeuw spelen, zien er mager en hongerig uit. Ze dragen haveloze kielen die vast weinig warmte geven. Wat een treurige buurt. Maar ze heeft het zelf gewild, ze zal er het beste van maken.

Hij is dus beneden in de werkplaats, denkt ze. Waarschijnlijk is hij in alle vroegte opgestaan, zoals te doen gebruikelijk is onder ambachtsmensen, en heeft zich zachtjes aangekleed om mij niet wakker te maken. Heel zorgzaam van hem. Toch is ze enigszins teleurgesteld, want ze had eigenlijk verwacht dat hij de huwelijksnacht 's ochtends zou inhalen. Niet dat ze er vurig naar verlangde, maar dat haar echtgenoot haar zo volkomen links laat liggen, bevalt haar ook niet. Wil hij misschien een huwelijk zonder lichamelijke liefde? Dat zou vreemd zijn. Ze neemt zich voor een paar nachten af te wachten en hem er dan op aan te spreken.

De deur gaat krakend open en Barbara komt binnen. Hemel, wat heeft ze een antieke kap op haar hoofd. Over haar jurk heeft ze een schort vol vlekken aangedaan, haar voeten steken in dikke wollen sokken in houten klompen.

'Kan ik het ontbijt afruimen?' wil ze weten.

Een goedemorgen kan er niet af voor Johanna. Ook spreekt Barbara haar niet aan met 'mevrouw' zoals ze het van de bedienden thuis gewend is. Is ze eigenlijk wel een bediende? In elk geval lijkt ze hier in huis een belangrijke plaats in te nemen, dus is het beter vooralsnog verstandig en voorzichtig op te treden.

'We zijn nog niet klaar,' antwoordt ze kortaf en ze wijst naar haar slapende broer op de bank. 'Is mijn echtgenoot beneden in de werkplaats?'

'Waar moet hij anders zijn?' krijgt ze als reactie.

Barbara loopt naar de tafel en trekt de koffiewarmer weer over de kan. Ze kijkt Johanna met een geringschattende, bijna minachtende blik aan en verlaat de kamer. Vriendelijkheid is voor deze vrouw blijkbaar een onbekend woord. Johanna ergert zich. Wat heeft ze haar misdaan? Waarom deze vijandigheid? Had het vrouwtje het in haar hoofd gehaald dat ze zelf op een dag mevrouw Forster zou worden? Wel, als dat het geval is, heeft Berthold Forster een streep door haar rekening gehaald. Wacht maar af, ouwe heks, denkt ze. Ik krijg je wel klein.

Ze drinkt haar koffie op en constateert dat haar broer nog steeds diep in slaap is, dus loopt ze naar de gang en kijkt in de kleine kamer die alleen voor haar bestemd zou zijn. Het ziet er niet bijzonder uitnodigend uit, wat ook komt doordat de gordijnen nog gesloten zijn. Ze trekt het textiel opzij en stelt vast dat de wanden met ouderwets behang zijn beplakt, maar dat de vloerplanken zijn vernieuwd. De chaise longue maakt nogal een bejaarde indruk. Als ze de deken van het meubelstuk weghaalt, ziet ze een groot aantal mottengaten in de ooit dure fluwelen bekleding en ook de vulling is aangetast. Het dressoir is niet verkeerd, een sierlijk meubel in Franse stijl uit de voorgaande eeuw, die je hier in Danzig niet vaak aantreft. Alleen de rommel die erop staat is afschuwelijk. Rare potjes en kroezen, een ouderwetse kandelaar, bont beschilderde tinnen soldaatjes. Dat gaat ze allemaal weghalen. En ook die lelijke gehaakte dekens, waarvan er een hele stapel in de la ligt. Die heeft haar voorgangster vast gemaakt. Ze doet de la weer dicht en bedenkt dat ze in elk geval een spiegel wil hebben en een secretaire, zo een als Auguste bezit. Een mooi kleed voor op de houten vloer zou ook niet misstaan.

Ze keert terug naar de gang en neemt de trap naar de zolder. Boven komt ze bij een gammele houten deur zonder slot of grendel. De ruimte erachter is ijzig koud, de wind waait er ongehinderd doorheen. Je kunt de dakbalken zien, die aan beide kanten schuin naar beneden lopen, daarop liggen de dakspanten. Links is een ruimte met houten wanden afgeschut, waarschijnlijk is dat de slaapruimte van de leerjongens en de gezel. Maar nu het zo koud is, blijven ze 's nachts liever beneden in de werkplaats, waar een kachel is. De rechterkant van de zolder wordt als droogruimte gebruikt. Daar zijn waslijnen van de ene kant naar de andere gespannen.

Onder het schuine dak staan allerlei spullen opgeslagen, die met oude lappen afgedekt zijn. Nieuwsgierig tilt ze er een paar op en begint gelijk te hoesten door het opdwarrelende stof. Kisten, twee kapotte stoelen, een met houtsnijwerk versierde dekenkist en, o wonder, een ouderwetse secretaire met prachtig inlegwerk, die vast in Italië is gemaakt. Waarom zou zo'n prachtstuk staan weg te rotten op de vochtige zolder? Is het van haar voorgangster geweest en heeft Berthold gedacht dat ze het daarom niet mooi zou vinden? Nou, ze zal hem de ogen openen. Ook de dekenkist is niet slecht. Hij doet haar denken aan de mooi besneden kist waar ze haar uitzet in bewaarde en die Theodor haar zo boosaardig heeft afgepakt. Afgezien van de prullaria en de gehaakte dekens had Bertholds eerste vrouw geen slechte smaak.

Rillend van de kou gaat ze weer naar beneden. Ze verlangt naar de lente, deze kou is amper uit te houden. Opeens voelt ze zich eenzaam en ze overweegt Ernst wakker te maken, zodat ze iemand heeft om mee te praten. Maar dan hoort ze de geluiden en stemmen die vanuit de werkplaats naar boven komen. Het gaat er daarbeneden luidruchtig en levendig aan toe. Heeft ze gisteren niet beloofd een goede meesteres te zullen zijn? Dan is het belangrijk om te weten hoe het er in de werkplaats aan toegaat.

Een aangename warmte komt haar vanuit de ruimte tegemoet, samen met de geur van hout, lijm, rook en mannenzweet. Dat vindt ze niet erg. Het is nu eenmaal een werkplaats, waar ook echt gewerkt wordt. Dan kan het niet naar rozen ruiken.

'Johanna?' hoort ze de stem van haar man, die in een jas en met een dikke muts op vanaf de binnenplaats de werkplaats binnenkomt. 'Heb je iets nodig, lieverd? Daar hoef je toch niet voor naar beneden te komen. Ik heb tegen Barbara gezegd dat ze naar je wensen moet informeren.'

Kijk aan. Deze opdracht is de beste Barbara meteen weer vergeten.

'O, ik kom graag in de werkplaats,' zegt ze vrolijk. 'Ik vind het opwindend hoe hard hier gewerkt wordt en ik wil graag even toekijken.'

Hij schudt lachend zijn hoofd en hangt zijn muts aan een haak. 'Toekijken wil je? Nou ja, als dat je plezier doet, kijk maar. Maar daarna moet je weer gauw naar boven gaan en het je daar gemakkelijk maken. Ik zal tegen Barbara zeggen dat ze de kachel moet opstoken, zodat je het warm en gezellig hebt.'

'Dank je,' zegt ze vriendelijk. 'Maar ik kan de kachel ook zelf opstoken.'

Voordat ze zich van deze vrouw afhankelijk maakt, steekt ze liever zelf de handen uit de mouwen. Ze heeft vaak genoeg toegekeken hoe Danuta de kachel aanmaakt, zo moeilijk kan het niet zijn. Haar echtgenoot lijkt dit geen goed idee te vinden. Hij schudt afkeurend zijn hoofd en hij haast zich naar de keuken, waar ze hem met Barbara hoort praten. Wel, hij zal weinig succes boeken.

Ondertussen loopt ze rond in de werkplaats en kijkt over de schouders van de werkende mannen heen. Marek is met een schaaf aan het werk, die hij met forse halen over het hout duwt. Uit het binnenste van de schaaf komen mooi opgerolde houtkrullen tevoorschijn, die op de grond vallen. Zijn broer Stefan loopt rond met een bezem om de krullen en spaanders bij elkaar te vegen. Een deel ervan stopt hij in de kachel, de rest schuift hij op een hoop.

'Die zijn handig voor als we morgen het vuur aanmaken,' legt hij uit. 'En Sultan ligt er graag op, omdat ze warm zijn.'

'Ah, Sultan heet hij dus,' zegt ze. 'Moet hij de werkplaats bewaken?'

'Dat is zijn taak,' zegt Stefan grijnzend. 'De meester heeft hem het afgelopen jaar van de vilder gered en dacht een goede waakhond gevonden te hebben. Maar Sultan is een slaapkop en vriendelijk tegen iedereen.'

Een brave hond, denkt ze. Als hij nou maar niet zo vies was. Sowieso moet ze wennen aan deze kleine, stoffige werkplaats. Waarschijnlijk zagen ze hier het hout op maat waarmee de boten op de binnenplaats worden gebouwd. Wat zijn het eigenlijk voor scheepjes? Tussen het gereedschap aan de wanden hangen verschillende tekeningen en bouwplannen. Vissersboten met één zeil en twee roeibanken, hoogstens drie tot vier meter lang. Er zijn er ook bij waarmee alleen maar geroeid kan worden. Notendoppen die uitsluitend voor de visvangst aan de kust of op de rivier geschikt zijn. Die zijn natuurlijk nodig en ze verkopen, maar het grote succes bereik je daarmee niet.

'Nu moet je weer naar boven gaan, lieverd,' zegt Berthold tegen haar. 'Barbara heeft me verteld dat je nog niet eens ontbeten hebt. Ze brengt verse koffie voor je naar de woonkamer.'

'Waarom bouw je geen grotere schepen?' wil ze weten. 'Boten die de zee kunnen bevaren. Handelsschepen die goederen vervoeren.'

Hij streelt haar vaderlijk over haar schouder.

'Daar is mijn werkplaats niet op berekend, Johanna. Zulke schepen worden op een werf gebouwd. Bij Klawitter op de Brabank of in Elbing bij Schichau. En nu ook op de nieuw gevestigde koninklijke Pruisische werf.'

'Dan moet jij ook een werf vestigen,' raadt ze hem aan.

Hij lacht gemoedelijk en duwt haar zacht richting de gang.

'Dat laat ik aan anderen over, mijn lieve Johanna. De werven bovenaan de Weichsel kunnen grote schepen bouwen en te water laten. Ik doe wat ik geleerd heb. Dat is mijn ambacht, daar ben ik goed in. Wie bij mij een boot koopt, geef ik goed advies en er is nog nooit iemand ontevreden geweest. Zo staan de zaken, mijn schat. En ga nu braaf naar boven en drink je koffie.'

'Maar zei je niet dat je zoon in Engeland scheepsbouw studeert?' houdt ze koppig vol.

'Pawel?' zegt hij schouderophalend. 'Zeker, die heeft grote plannen. Als hij nu eindelijk...'

Hij stopt met praten, omdat Ernst de werkplaats binnenkomt. Johanna's broer kijkt met een gefronst gezicht rond in de ruimte, maar dan ontdekt hij zijn zus en haar man.

'Goedemorgen, bruidspaar,' groet hij en hij knippert verbaasd naar Johanna. 'Wil je leren schepen te bouwen, Hanneke? Je hebt trouwens houtwol aan je rok hangen.'

Hij heeft al ontbeten. Hij schudt zijn zwager de hand en bedankt hem beleefd voor de overnachting en het goede ontbijt. Vervolgens verkondigt hij meteen naar Königsberg te moeten, want hij heeft schriftelijke tentamens.

'Doe de groeten aan Auguste von Kleiwitz van mij als je haar ziet,' zegt hij tegen Johanna als hij haar ten afscheid omhelst. 'En hou op mevrouw de meesteres te spelen, Hanneke. Dat is niets voor jou.'

'Een verstandige jongeman, je broer,' merkt Forster tevreden op en hij legt een arm om haar heen. 'Laten we naar boven gaan, mijn kleine vrouw. Ik heb nog iets met je te bespreken.'

Hij kijkt nog een keer bij zijn gezel, controleert zijn werk en knikt.

'Het is mooi dat je je zo voor mijn werk interesseert, Johanna,' zegt hij als ze in de woonkamer zijn gaan zitten. 'Dat had ik niet verwacht, omdat je uit een voorname familie komt en zeker bent opgevoed om een groot huishouden te leiden. Dat kan ik je helaas niet bieden, mijn lieve vrouw, maar het zal je in mijn huis aan niets ontbreken.'

Hij schenkt koffie voor haar in, doet er suiker bij en rust niet voor ze een boterham met jam besmeerd heeft. Er is niets meer over van de worst en de ham die eerder op een bord lagen, haar altijd hongerige broer heeft er korte metten mee gemaakt. Terwijl ze eet, drinkt Forster een kop koffie en vertelt haar wat hij allemaal van plan is om haar het leven aangenaam te maken.

'Allereerst zullen we twee of drie nieuwe jurken laten naaien, ondergoed en alles wat je nodig hebt. Je moet ook naar de schoenmaker gaan. Ik wil zijden sjaals voor je kopen, mooie handschoenen en andere accessoires die geschikt zijn voor zo'n aantrekkelijke vrouw. Ik wil dat je je overal kunt laten zien, mijn lieve Johanna. Nee, niet je hoofd schudden. Ik beleef er veel plezier aan je mooi en gelukkig te zien.'

Hij wil tafels en stoelen, tapijten en leunstoelen voor haar kopen, zoals ze die van huis uit gewend is, nieuwe gordijnen laten naaien en ook schilderijen aanschaffen, die ze aan de wanden kan hangen.

'We zullen naar de boekhandel gaan en je moet uitkiezen wat je hartje begeert. Als je het leuk vindt, kan ik ook een abonnement op een tijdschrift voor je nemen, want ik weet dat je geschoold bent en houdt van lezen.'

Hij kijkt haar bij het benoemen van deze voornemens zo gelukkig aan dat ze ontroerd is. Hij houdt onbaatzuchtig en als een vader van haar, wil haar in de watten leggen en vorstelijk uitdossen. Ze moet hierboven in haar kamertje zitten en goede boeken lezen, theedrinken en mooie kleren dragen. Hoe moet ze hem duidelijk maken dat ze zich dan stierlijk zal vervelen?

'Wel, eerst wil ik hier nog een beetje wennen,' zegt ze voorzichtig. 'En één nieuwe jurk is genoeg voor me. Bovendien staat er boven op zolder een heel mooie secretaire en een dekenkist die ik graag in mijn kamer wil zetten, zodat je voor mij niets nieuws hoeft te kopen.'

'Op zolder?' vraagt hij langzaam. 'Ach, dat zijn de meubels van mijn gestorven vrouw. Ik heb ze naar boven gebracht, omdat ik dacht dat je ze niet mooi zou vinden.'

Dat dacht ze al.

'Nee, nee. Precies zo'n secretaire heeft mijn vriendin Auguste von Kleiwitz ook en ik heb haar er altijd om benijd. Is er een sleutel van de dekenkist?'

'Natuurlijk,' zegt hij aarzelend. 'Barbara zal hem wel hebben. Er zitten alleen oude spullen in. Maar als je erin wilt kijken zal ik Barbara opdragen je de sleutel te geven.'

Hij maakt een ontstemde indruk, wrijft met zijn handen over het tafellaken en veegt een kruimel op de grond. Ineens wordt het Johanna duidelijk dat hij de meubels misschien om een heel andere reden heeft weggeborgen.

'Heb je misschien liever niet dat ik de meubels van je eerste vrouw gebruik?' vraagt ze. 'Dat begrijp ik heel goed. Als dat zo is laten we alles staan waar je het neergezet hebt.'

'Nee, nee,' roept hij haastig en hij streelt haar arm. 'Dit huis is van jou en je mag erin doen wat je wilt. En je hebt gelijk, het is jammer van die goede meubels om ze op de zolder te laten wegrotten. Vandaag nog moeten Stefan en Marek ze naar beneden halen en Barbara zal je de sleutel van de dekenkist geven.'

Ze is tevreden en is blij dat ze doorgezet heeft. Ze zal hem ook zo vriendelijk mogelijk duidelijk maken dat ze niet van plan is het decoratieve poppetje te spelen dat hij zo graag in haar wil zien. Ook al niet omdat ze vermoedt dat hij uit louter verliefdheid uitgaven wil doen die hij amper kan betalen. Natuurlijk, hij bezit een huis en een werkplaats, hij heeft een goede naam als botenbouwer en werkt van 's ochtends vroeg tot 's avonds laat. Maar zij is een koopmansdochter, ze kan rekenen. Hij moet hout aanschaffen, de gezel en de leerjongens betalen en ze te eten geven. Daar komen kosten bij voor gereedschap, lijm, kolen, verlichting in de winter en belasting. Hoeveel houdt hij over? Hij kan goed rondkomen, heeft hij beweerd. Maar de luxe die hij zijn jonge vrouw wil gunnen, zal hij waarschijnlijk van het geld betalen dat Theodor hem voor het stuk grond moest geven.

Vooral daar zit ze mee in haar maag. Juridisch gezien zouden de beide percelen bij Neufahrwasser van Ernst moeten zijn. Theodor heeft ze door bedrog in zijn bezit gekregen en nu heeft Forster hem zelfs een derde stuk grond erbij gegeven, waardoor uit drie afzonderlijke percelen één groot terrein is ontstaan. Daar zal haar broer een grote opslaghal laten bouwen en met de Oostzeehandel mee gaan doen. En hij alleen zal het bedrijf leiden, want die arme Ernst heeft hij vanaf het begin buitenspel gezet, net zoals hij haar de erfenis van haar moeder onthouden heeft. O nee! Ze zal niet hierboven in het poppenkamertje gaan zitten en Franse tijdschriften lezen. Het geld dat haar echtgenoot zo royaal voor haar wil uitgeven moet hij voor betere doeleinden aanwenden.

Forster houdt woord. Nog dezelfde dag slepen Stefan en Marek de twee meubelstukken naar beneden en zetten ze in haar kamertje.

‘Eerst naar boven, dan weer naar beneden,’ zegt Stefan grijnzend. Hij wrijft over zijn elleboog, die hij aan de deurpost heeft gestoten. ‘Geeft niets, meesteres. Wanneer u de spullen niet meer wilt, dragen we ze gewoon weer naar de zolder.’

‘Je kletst te veel,’ bromt zijn broer. ‘Laten we gaan, anders krijgen we van de meester op onze kop.’

Johanna houdt wel van Stefans open manier van doen. Ze geeft hun allebei een tinnen soldaatje, dat lijkt haar verstandiger dan een fooi. De twee leerjongens zijn buiten zichzelf van vreugde over zo'n mooi cadeau. Ze stoppen de kleine figuurtjes in hun broekzak en bedanken haar met diepe buigingen.

Moeilijker is het om de oude Barbara over te halen de sleutels terug te geven, want het blijkt dat ook de secretaire op slot zit.

‘Ik weet niet waar ze zijn,’ zegt ze onbeschaamd.

‘Kijk dan maar eens goed. Mijn man zegt dat u de sleutels in uw bezit heeft.’

‘Dan heeft hij zich vergist.’

Johanna weet zeker dat ze liegt. Ze is niet van zins zich door dit mens te laten ringeloren. Als ze ook maar een beetje toegeeft heeft ze voor altijd verloren.

‘Dan moeten we de meubels maar met een breekijzer openmaken,’ zegt ze schouderophalend.

Barbara staart haar vol haat aan en dan barst ze uit.

‘Het was beter geweest als die spullen in het vuur waren gegooid,’ schreeuwt ze. ‘Maar hij is als was in uw handen. Als u zou zeggen “Spring in de Mottlau”, zou hij het zonder te aarzelen doen.’

‘De sleutels,’ houdt Johanna met een ijzige stem vol.

‘Die meubels zijn niet van u,’ tiert de oude vrouw. ‘Mijn goede mevrouw heeft ze hier in huis gebracht. Het was alles wat ze had overgehouden toen het landgoed werd geveild.’

‘Ze kwam van een landgoed?’ vraagt Johanna verbaasd. ‘Was ze van adel?’

De gezichtsuitdrukking van de oude vrouw verstart. Ze bedwingt haar boosheid en wendt zich af. 'Wat gaat u dat aan?' zegt ze verbitterd en ze zet haar kap goed. 'De sleutels liggen in de onderste la van de secretaire,' vervolgt ze met schorre stem. 'Ik bid tot God dat hij u straft voor uw begerigheid en hebzucht.'

Dat gezegd hebbende verlaat ze de kamer en slaat de deur achter zich dicht. Johanna is woedend. Nu heeft ze haar ware gezicht laten zien, dat boosaardige mens. Niet te geloven wat ze zich ten opzichte van haar aanmatigt. Ze verwijt haar begerigheid en hebzucht. En zelf is ze van jaloezie vervuld, omdat ze niet tot vrouw des huizes opgeklommen is. Waarom mogen deze meubels niet gebruikt worden? Tenslotte is haar voorgangster gestorven en heeft zij ze niet meer nodig. Zij zal ze in ere houden. Daarmee bewijst ze alleen maar haar respect voor de overledene.

Ze ontdoet de secretaire en de dekenkist van stof en maakt dan als eerste de dekenkist open. Er ligt linnengoed in: kleine hemdjes, kieltjes, bestemd voor kinderen, katoenen luiers, gebreide sokjes, meerdere paren kinderschoenen in verschillende maten. Ach, dit heeft hun zoon lang geleden gedragen. Pawel, die nu in Engeland is en leert hoe je boten bouwt.

Wat moet ze hiermee doen? Ze zal alles zorgvuldig in een doos opbergen en die op zolder zetten, zodat ze de dekenkist voor zichzelf kan gebruiken.

Het blad van de secretaire klemt een beetje als ze het naar beneden klapt. Dat moet door de vochtigheid op zolder komen, die het hout heeft doen uitzetten. Het blad is van gepolijst hout. Er zit een inktpot in waarvan de inhoud is opgedroogd, daarbij meerdere ganzenveren die allemaal onbruikbaar zijn, maar ook een penhouder met een goede stalen veer. De drie kleine laatjes boven het schrijfblad zijn gevuld met brieven. Ze werpt er slechts een korte blik op en legt dan alles weer terug. Ook de brieven zal ze weer naar de zolder brengen. Ze gaan haar niet aan en ze wil ze ook niet lezen. Onder in het mooie kleine meubelstuk bevinden zich twee grotere lades, die niet op slot zitten. Daarin treft ze ingelijste tekeningen en een paar kleine schilderijen aan: landschappen, velden en bossen, grazende koeien, boerenmeisjes, kleine dorpjes.

De prenten bevallen haar en ze kiest er een paar uit om aan de wanden te hangen. Waarom niet? Ze zijn niet door slechte kunstenaars gemaakt, daar heeft ze wel wat verstand van. Het is zonde deze tekeningen en schilderijtjes op zolder te laten beschimmelen.

's Avonds laat ze de opnieuw ingerichte kamer aan Berthold zien. Ze prijst de afbeeldingen en kondigt aan briefpapier en inkt te willen kopen. Hij bekijkt alles goed, luistert naar haar uitleg en knikt tevreden. 'Als het zo naar je zin is, dan is het goed,' zegt hij een beetje terughoudend. 'Maar een mooi tapijt en nieuwe gordijnen moeten er komen. En de chaise longue moet opnieuw bekleed worden.'

'Dat komt wel,' zegt ze. 'Alles op zijn tijd.'

Bij het avondeten probeert ze van alles te weten te komen. Voor welke klanten hij op het moment werkt. Hoeveel hij voor zijn werk betaald krijgt. Hoe lang het duurt voordat een boot klaar is. De antwoorden zijn bij lange na niet bevredigend. Hij ontwijkt veel vragen, dwaalt van het onderwerp af en het kost hem moeite precieze bedragen te noemen.

'Je hoeft je over dit alles geen zorgen te maken, Johanna. Als je geld nodig hebt, dan geef ik het je. Laten we morgen samen naar de markt en de naaister gaan en bij Langlau in de Hinterstraat briefpapier en inkt kopen.'

Daar gaat ze mee akkoord, maar niet zonder zich voor te nemen zijn portemonnee zo min mogelijk te belasten.

Later, wanneer ze samen een glas wijn drinken, informeert ze voorzichtig naar zijn eerste vrouw. Nu is hij spraakzaam. Ze heette Stanislawa, haar meisjesnaam was Jewelowski. Nee, de familie was niet van adel, wel in goeden doen. Ze bezaten een landgoed bij Klein Kelpin, fokten paarden en verkochten hout uit hun bossen.

'De cholera rukte haar ouders en broer weg,' vertelt hij. 'Ze was toen nog maar net twintig en opeens alleen op de wereld. Het landgoed zat al een tijd in de schulden, de verkoop dekte ze maar net.'

Stanislawa was als kindermeisje in dienst in de stad toen hij haar leerde kennen. 'Ze werd niet goed behandeld. Ik ging naar haar toe toen haar bazin haar midden op straat klappen gaf. Ik was jong en opvliegend, dus ik nam het voor haar op en incasseerde een paar grove beledigingen. Daar trok ik me niets van aan en de volgende keer dat ik haar tegenkwam vroeg ik haar of ze mijn vrouw wilde worden...'

Johanna moet glimlachen. Het lijkt erop dat hij toen ook al een man van snelle beslissingen was. Hij ziet een meisje twee keer en wil meteen met haar trouwen.

'Ze had het goed bij mij en ze klaagde nooit, maar gelukkig is ze pas geworden toen onze Pawel werd geboren. Ze was erg aan hem gehecht. Te erg.'

Heeft ze een moederskindje van haar Pawel gemaakt? Zo klinkt het wel een beetje.

'Hoe komt het dat ze zo jong is gestorven? Was ze ziek?' wil ze weten.

'Ze had last van haar longen,' zegt hij voorzichtig. 'Daar heeft ze twee jaar mee getobd... Laten we ergens anders over praten, mijn kleine Johanna. Deze oude verhalen maken me treurig.'

'Dan zal ik je iets grappigs vertellen,' roept ze en het lukt haar al snel hem aan het lachen te krijgen. Hij is een goede luisteraar, heeft overal wat aan toe te voegen en uiteindelijk komt hij ook met een paar amusante voorvallen. Johanna bedenkt dat het heel prettig is om samen met hem te zijn en te kletsen. Wanneer heeft ze zich voor het laatst zo behaaglijk gevoeld, zo vrij en op haar gemak? Ach, dat is al heel lang geleden.

Die nacht neemt hij haar in zijn armen en kust haar teder. Hij doet ook andere dingen die ze prettig vindt en is daarbij zacht en voorzichtig alsof hij bang is haar pijn te doen. Ze is ontroerd en laat hem zien dat ze niet afkerig van hem is. Ze komt hem tegemoet en beantwoordt zijn tederheden. Maar hij dringt niet bij haar binnen.

'We hebben geen kinderen nodig,' zegt hij terwijl hij haar in zijn armen houdt. 'Jij bent alles wat ik nodig heb. Mijn kleine, lieve vrouw. Mijn grote schat. Slaap lekker, mijn engel. Ik wens je een goede nacht.'

Ernst

DE TREINREIS TERUG NAAR KÖNIGSBERG was een ritje door de hel. Elke tien minuten was de trein stil blijven staan, omdat de rails van sneeuw ontdaan moesten worden. Ondertussen was het ijskoud in de coupé en doordat hij geen overjas meer heeft was hij volkomen verstijfd van de kou in Königsberg aangekomen. Hij denkt met weemoed terug aan het goede ontbijt dat hij bij Berthold Forster had genoten. Het ziet ernaar uit dat het zijn zus bij Forster aan niets zal ontbreken, tenminste wat lichamelijk welzijn betreft. Verder gaat het er daar helaas nogal eenvoudig aan toe, wat natuurlijk heel gewoon is voor een ambachtsbedrijf. Berthold Forster mag dan een vriendelijke oudere kerel zijn, voor zijn knappe zus had Ernst zich wel een betere echtgenoot kunnen indenken. Hij had vooral jonger moeten zijn, uit een goede familie met aanzien moeten komen, welgesteld en vrijgevig moeten zijn. Vooral dat laatste. Hijzelf zou nu bijvoorbeeld heel goed een financiële bijdrage kunnen gebruiken, want hij is totaal blut.

In zijn studentenkamer is het allesbehalve behaaglijk. De kachel is koud, het water in de kruik bevroren en zelfs zijn kussen en dekbed voelen hard en ijzig aan. Als hem niet snel iets slims te binnen schiet, gaat hij een heel onaangename nacht tegemoet.

Tegen zijn zin begeeft hij zich naar beneden en klopt op de deur van zijn hospita. Mevrouw Kabbert doet meteen open, alsof ze op hem gewacht heeft.

'U krijgt alleen kolen als u ze direct betaalt,' verkondigt ze. 'Wie nog huur schuldig is, hoeft er niet op te rekenen dat ik zijn kamer verwarm.'

'Ik betaal heus wel, mevrouw Kabbert. Volgende week hebt u het geld, dat beloof ik. Tenminste, als ik niet voor die tijd bevroren en verhongerd ben...'

Ze zet haar kap recht en kijkt hem met een sluwe blik van opzij aan. 'Ik weet wel hoe u aan wat kolen en een kleine maaltijd kunt komen, meneer Berend. Ik ben alleen bang dat het niet echt een werkje is voor zo'n fijne meneer als u...'

Er blijken kolen geleverd te zijn, die de handelaar op de binnenplaats heeft gestort. Als hij het spul in haar kelder schept, wil ze hem wel een emmer kolen geven en iets te eten klaarmaken. Ernst overwint zichzelf en bekijkt de berg kolen op de binnenplaats. Een half uurtje, schat hij. Het is goed voor de spieren en daarbij wordt het al donker en zal niemand me zien.

Na de ongewone krachtsinspanning valt hij uitgeput in bed en hij slaapt nog voor hij zijn hoofd goed en wel op het kussen heeft gelegd.

Pas tegen de middag de volgende dag dwingt een behoefte hem uit bed te komen en ook zijn maag laat alweer van zich horen. Gedeprimeerd houdt hij zijn broek omhoog en borstelt het kolengruis er zo goed als het gaat af. Hij is blij dat zijn jasje van een donkere stof is gemaakt waarop je niets kunt zien van zijn avondlijke inspanning. Hij stookt de kachel op en doet er wat kolen bij, waarna hij de dunne ijslaag in de waskom breekt en zich wast. Daarbij wordt hij achtervolgd door sombere gedachten wat betreft zijn toekomst aan de eerbiedwaardige Albertus-Universität. De rechtenstudie is niets voor hem, dat heeft hij van het begin af aan geweten en het is bewaarheid. Aanvankelijk heeft hij echt zijn best gedaan om de vele wetten en regelgevingen, de gecompliceerde juridische zaken en de interpretaties van de paragrafen in zijn hoofd te prenten. Maar hij had het algauw opgegeven. Het algemene Pruisische recht kan hem niet in vervoering brengen. Eigenlijk interesseert hem deze verzameling wetteksten alleen voor zover het de censuur van de pers en andere schriftelijke publicaties betreft. En dat komt doordat hij in wezen een mens van de pen is. Hij houdt van geslepen formuleringen en geestige essays. Ook heeft hij zich door de werken van de grote Immanuel Kant geworsteld, zich aan Rousseau en Descartes gewaagd en zelf enkele pamfletten over filosofische thema's geschreven. Hoewel niemand die tot nu toe heeft willen publiceren. Hetzelfde geldt voor zijn essays over een liberale staatsorde die de absolute zeggenschap van de overheid inperkt door de scheiding der machten en vergaande bevoegdheden voor het parlement.

Wel, met dergelijke ontboezemingen zal hij weinig indruk maken op zijn broer. Die denkt alleen maar aan goede studieresultaten en een spoedig afstuderen. Wat dat betreft ziet het er op het moment slecht uit. Hij had maar twee schriftelijke tentamens gemaakt, waarvan hij het ene totaal had verknoeid en het andere, hoe is het mogelijk, met hangen en wurgen had gehaald. De rest van de tentamens had hij gemist of beter gezegd, hij was er niet eens naartoe gegaan. In plaats daarvan had hij gretig de bijeenkomsten van de studentenvereniging Germania bezocht en had daar met groot succes zijn artikelen voorgelezen. Nadat hij de vorige maand de jaarlijkse bijdrage had betaald, was er niets meer over geweest voor de huur.

Hij piekert over wat hem te doen staat. Hij heeft nog genoeg kolen voor twee dagen, maar als hij ook wil eten zal zijn hospita waarschijnlijk meer pesterijen voor hem bedenken. Daar heeft hij weinig zin in. Wat houdt hem eigenlijk hier in Königsberg, waar hij het alleen maar koud heeft en honger lijdt? Helemaal niets. De laatste tentamens kan hij net zo goed laten zitten, hij zal zeker zakken. En dan het geschreeuw van zijn hospita, die volgende week de huur wil hebben. Nee, het is veel slimmer terug naar Danzig te gaan. Hij zal tegen Theodor zeggen dat hij alle tentamens heeft gemaakt en dat hij daarom zijn kamer opgezegd heeft om geld te besparen. Zijn broer zal hem weliswaar op kantoor meteen met werk overladen, maar hij zal heus wel tijd vinden om bij zijn zus langs te gaan en vooral een bezoek af te leggen aan Auguste von Kleiwitz.

Omdat hij geen geld heeft voor de trein en niet van plan is de hele afstand naar Danzig in sneeuw en ijs te voet af te leggen, gaat hij bij een studiegenoot langs en verkoopt zijn kolen voor een voordelige prijs. Vervolgens pakt hij zijn spullen bij elkaar en hijst de tas op zijn rug. Helaas is die behoorlijk zwaar, wat komt door de vele boeken die hij heeft aangeschaft en in geen geval wil achterlaten. Hij wacht het moment af waarop mevrouw Kabbert met haar echtgenoot aan het middagmaal zit om ongezien het huis uit te kunnen glippen. Als ze hem met de tas op zijn rug zou opmerken, dan zou ze zeker weten hoe laat het was en zou ze hem achternakomen om de beloofde huur op te eisen. En dat zou hem mogelijk een paar boeken kosten.

Gelukkig is het traject naar Berlijn vrij. Hij stapt over in Dirschau en komt precies volgens de dienstregeling om 16.33 uur aan in Danzig. Hij is geen fan van de Pruisische punctualiteit, maar van tijd tot tijd heeft het zeker voordelen. Opgewekt loopt hij met de tas op zijn rug langs de bevroren Mottlau en beleeft plezier aan de bedrijvigheid van de kooplui, die kleurige gebreide kleren, warme wijn, gebak en allerlei snuisterijen te koop aanbieden. Uit voorzorg gaat hij aan de Groene Poort voorbij en gebruikt de Vrouwenpoort om eerst in de Heiligen-Geist-straat bij Auguste von Kleiwitz langs te gaan, want hij koestert de niet ongegronde verdenking dat zijn broer Theodor hem vandaag niet meer het huis uit zal laten gaan. Voor hij het bordes op loopt, klopt hij zijn jasje nog een keer af en veegt zijn beschadigde laarzen met een handvol sneeuw enigszins schoon. Hij vindt het vervelend in deze versleten kleren een bezoek af te leggen, maar helaas is zijn garderobe niet in een beste staat doordat er na de dood van zijn vader geen geld voor nieuwe aankopen geweest is.

Het dienstmeisje Grete doet de deur open. Ze kijkt eerst verbaasd en glimlacht dan naar hem.

'Goedendag, Grete,' groet hij. 'Wat staat dat nieuwe kapje je mooi. Ik ben vanaf Königsberg hiernaartoe gekomen om bij mevrouw Von Kleiwitz mijn opwachting te maken. Ik hoop dat ik niet ongelegen kom...'

Zijn glimlach heeft succes. Het is altijd handig om goed met het personeel te kunnen opschieten, want zij weten meer over hun werkgevers dan die zelf vermoeden.

'Natuurlijk niet, meneer Berend,' zegt ze blozend. 'Kom toch binnen. Ik zal navragen of mevrouw Von Kleiwitz u kan ontvangen. Ze is net teruggekomen van de begrafenis, dus ze moet zich eerst omkleden.'

'Een begrafenis? O, dat spijt me. Iemand uit de kennissenkring?'

Grete is al op de trap, maar nu blijft ze staan en draait zich om.

'O, ik dacht dat u daar ook geweest was, meneer Berend. Want het is toch een sterfgeval in uw naaste familie...'

Hij verstijft van schrik. Grote god, toch niet Johanna, zijn zus? In dat geval had het beter Theodor kunnen overkomen. Of is het uiteindelijk toch de arme Luise?

'Niemand heeft me op de hoogte gebracht,' stottert hij. 'Wie is er dan... gestorven?'

'Wacht alstublieft, meneer. Ik ga naar mevrouw Von Kleiwitz. Zij zal het u op een passende manier vertellen.'

Ze verdwijnt de trap op en laat hem met duizend angsten en vragen in de hal staan, waar de beelden van zeegoden vanaf hun gedraaide sokkels op hem neerkijken. Van boven hoort hij de gedempte stem van Auguste die met haar dienstmeisje praat.

'Ach, lieve hemel. Rillend van de kou, zeg je? De arme jongen. Zeg tegen de kokkin dat ze wat stevigs te eten voor hem klaarmaakt. En warme koffie met room en suiker. Wacht! Help me met deze rok. Trek hem over mijn hoepelrok. En maak mijn enkellaarsjes los, mijn voeten zijn bevroren...'

Zo vreselijk kan het niet zijn als ze me koffie met suiker laat serveren, denkt hij. Ook al weet je het met Auguste von Kleiwitz nooit helemaal zeker, ze is een nogal onconventionele vrouw.

Direct daarop verschijnt het dienstmeisje weer en nodigt hem uit in de eetkamer plaats te nemen.

'Geef me uw jas, meneer Berend. Maak het u gemakkelijk, mevrouw komt er zo aan. Wat een vreemde samenloop van omstandigheden. En dat u helemaal niets van dit ongeluk weet...'

Mevrouw laat op zich wachten. Daarvoor in de plaats krijgt hij een uitgebreide maaltijd voorgezet, die hij hongerig soldaat maakt. Door de sterke koffie klaart zijn hoofd langzaam op. Nee, Johanna kan niet gestorven zijn. Hij heeft gisterochtend vroeg nog afscheid van haar genomen en toen was ze springlevend en stond beneden in de werkplaats toe te kijken hoe de ambachtslieden aan het werk waren. Niet helemaal naar de zin van haar kersverse echtgenoot, die haar liever op de bank in de woonkamer had zien zitten. Dan kon het hoogstens...

'Mijn beste vriend,' onderbreekt de binnenkomende Auguste zijn gedachten. 'Ik verheug me over uw bezoek. Eet gerust verder. Ik weet toch dat studenten altijd honger hebben.'

Hij staat beleefd op om haar te begroeten. Auguste glimlacht naar hem, laat zich door hem koffie inschenken en neemt ook wat van het kostelijke gebak dat met amandelen en rozijnen gevuld is om hem gezelschap te houden.

'O god, die arme Luise,' verzucht ze al kauwende. 'Ze was zo gelukkig dat het met deze zwangerschap eindelijk leek te lukken om een gezond kind ter wereld te brengen. Maar het mocht niet zo zijn. Eergisternacht, toen die zware storm over de stad raasde, heeft ze opnieuw een miskraam gehad. Is het niet afschuwelijk? O, ik ken zo veel vrouwen die gemakkelijker kinderen krijgen dan hun lief is. En uitgerekend Luise, zo'n zacht, goedhartig mens, krijgt zo'n ongeluk te verduren...'

Hij komt erachter dat ze vandaag de doodgeboren zoon van zijn broer op het kerkhof hebben bijgezet in het familiegraf. Nu, dat is triest, maar het had erger kunnen zijn. Het spijt hem voor Luise. Ze is weliswaar vreselijk vroom en afhankelijk van haar echtgenoot, maar hij had het haar gegund eindelijk een zoon op de wereld te zetten. De kwestie is ook voor hem niet voordelig, want Theodor zal niet in een al te beste stemming zijn als hij vandaag in huize Berend opduikt. Met name omdat Auguste hem op haar omstandige manier laat weten dat het met Luise na de miskraam niet goed gaat.

'De arme ziel ligt al twee dagen met hoge koorts in bed,' verzucht ze. 'Grete heeft het van Oskar gehoord, die bij de put water kwam halen. Danuta is dag en nacht bij haar bazin en naar men zegt is ze heel bleek en is haar huid bijna doorschijnend. Vanmorgen wilde ik die arme Luise bezoeken om naar haar gezondheid te informeren en haar een potje honing ter versterking te brengen. Maar denkt u dat ze mij ontvangen hebben? Nee dus. Het is geen manier van doen! Dat ik toch naar de begrafenis ben gegaan, was een grote zelfoverwinning. Maar ik heb het voor Luise gedaan, dat ben ik mijn lieve vriendin verschuldigd, ook als haar man geen manieren heeft. Mijn lieve Klaus heeft gezegd dat het gebeuren het niet waard is dat ik op het kerkhof een longontsteking zou oplopen. Maar zo ben ik nu eenmaal. Als ik iemand in mijn hart heb gesloten, dan zet ik me voor hem of haar in, voor zover mijn beperkte krachten het toelaten...'

'Dat is mooi van u, beste mevrouw Von Kleiwitz,' onderbreekt Ernst haar, die de gelegenheid wil aangrijpen om zijn eigen verzoek ter sprake te brengen. 'Ook mij is uw onbaatzuchtige vriendschap en vooral uw enthousiaste inzet voor kunst en literatuur terdege bekend en ik hoop nadrukkelijk op uw ondersteuning. Ik ben in de eenzaamheid van mijn studentenkamer niet opgehouden met mijn literaire werk en heb, indachtig uw vriendschappelijke verwijzing naar de totstandkoming van het nieuwe tijdschrift, enkele artikelen geschreven die ik graag ter lezing en welwillende goedkeuring aan u wil overdragen...'

Hij gaat zichzelf te buiten aan ingewikkelde zinnen, omdat hij weet dat Auguste het op prijs stelt als een dichter zijn woorden goed weet te kiezen. Hij heeft het manuscript boven op zijn tas gelegd, zodat hij het bij de hand heeft om het aan zijn mecenas te geven. Auguste is inderdaad helemaal opgewonden weer een jonge kunstenaar te mogen steunen. Glimlachend pakt ze de papieren aan en belooft zijn teksten nog vanavond te lezen.

'Dan eindigt deze dag, die me zo veel ongemak heeft bezorgd, toch nog op een aangename manier, meneer Berend. Nee, echt, ik voel me vereerd dat zo'n jonge, ambitieuze auteur me zijn werk toevertrouwt. En ik ben vastbesloten dat vertrouwen waar te maken. Neem nog wat van het amandelgebak, het is hemels.'

Hij doet haar dat plezier, al zou hij liever een stuk worst of gebraden vlees hebben dan dat zoete spul. In elk geval heeft hij zijn belangrijkste doel bereikt: ze heeft zijn manuscript aangenomen. Hij heeft zich in bochten gewrongen om iets te schrijven wat onder de strenge blik van dat burgermannetje Ostertag genade zou kunnen vinden. Hij gruwt bijna van de onbenullige rotzooi die hij op papier heeft gezet, maar hij wil per se gedrukt en gelezen worden.

Geduldig hoort hij aan hoe ze verder kletst. Ze springt van de hak op de tak, beklaagt zich over het slechte water in de stad dat, naar men zegt, de cholera verspreid zou hebben. Vervolgens vertelt ze over een jonge violist, die tijdens haar salon alle vrouwen heeft betoverd, om ten slotte op Johanna uit te komen.

'De arme ziel heeft een vreselijk ongeschikte echtgenoot uitgezocht,' oordeelt ze. 'O, ze zal intussen wel inzien dat mijn voorstellen veel beter waren. Maar nu is het te laat. U bent zeker pas de volgende ochtend bij uw zus weggegaan, nietwaar? De trein kon met die storm niet rijden.'

Natuurlijk wil ze weten hoe de huwelijksnacht is verlopen. Daarover kan Ernst echter weinig vertellen, om die tijd was hij al vast en diep in slaap.

'Ik denk dat het wel goed komt met mijn zus,' zegt hij vaag.

'Vooral omdat ze op uw onverbrekelijke vriendschap kan rekenen, beste mevrouw Von Kleiwitz.'

'Dat kan ze, zo God weet. Ik zal er altijd zijn voor mijn lieve Johanna, onverschillig met wie ze getrouwd is.'

Hij propt het laatste stuk gebak naar binnen en verklaart dan niet langer beslag op haar tijd te willen leggen, vooral ook omdat het er in het huis van zijn broer niet goed voorstaat en ze hem misschien nodig hebben.

'Natuurlijk, natuurlijk. Van harte beterschap gewenst voor die arme Luise. En mag ik hopen op uw komst bij mijn volgende salon komende week, beste meneer Berend? Ik denk dat Elias Ostertag aanwezig zal zijn.'

'Niets kan me tegenhouden.'

Als hij weer op straat staat en zijn tas over zijn schouder gooit, bedenkt hij dat hij deze publicatie met veel pijn en moeite moet verdienen. Ostertag is al een dikke kikker om door te slikken, maar meteen dan ook nog de volgende pad in de vorm van Augustes salon. Het is maar goed dat hij een sterke maag heeft.

In de Lange Straat hopen de sneeuwbergen zich op die de bewoners vanaf hun bordessen op straat geveegd hebben. Het is niet gemakkelijk voor de voetgangers tussen alle hindernissen door hun weg te vinden. De koetsjes en rijtuigen volgen het spoor dat zich in het midden van de straat gevormd heeft. Het dooit, de bovenste sneeuwlaag wordt doorzichtig en vanaf de daken druppelt het gestaag. Dat kan morgen nog ergernis opleveren, want waarschijnlijk gaat het 's nachts weer vriezen. Aangekomen bij het huis van de Berends haalt hij nog een keer diep adem en stampt de sneeuw van zijn laarzen voor hij de trap naar het bordes op gaat. Nu komt het erop aan verstandig en diplomatiek op te treden, denkt hij. Theodor moet in geen geval vernemen dat ik net bij Auguste von Kleiwitz vandaan kom, zij werkt als een rode lap op hem. Dus ik zal me nietsvermoedend opstellen en diep bedroefd zijn bij het horen van het nieuws…

Verder komt hij niet met zijn gedachten. Net als hij aan de deurbel wil trekken, gaat de deur plotseling open en een oudere man met een borstelige snor stormt hem tegemoet. Ernst heeft de tegenwoordigheid van geest om opzij te springen, anders zou de man tegen hem op zijn gebotst.

'O, neem me niet kwalijk,' stoot de man uit, die het huis zo haastig verlaten heeft dat hij zijn hoed nog in zijn hand heeft. Dan kijkt hij verrast op en ziet Ernst nu pas goed.

'De jonge meneer Berend,' zegt hij verheugd. 'Wat een toevallige ontmoeting. Herinnert u zich mij nog?'

Natuurlijk weet Ernst wie er voor hem staat. Het is Gropius, die in de Hinterstraat een kleine winkel en een slijperij heeft. Vroeger kocht hij altijd barnsteen in bij zijn vader, maar dat is nu voorbij doordat Theodor uit de barnsteenhandel is gestapt. Het lijkt erop dat zijn broer hem bits afgepoeierd heeft, hij ziet er zorgelijk uit.

'Goedendag, meneer Gropius,' zegt hij. 'Hoe gaan de zaken?'

'Bedankt voor de belangstelling, meneer Berend. Ze zouden beter gaan als het barnsteen niet zo duur geworden was.'

'Ja, dat is waar,' stemt Ernst in. 'De prijzen stijgen en we moeten allemaal maar zien hoe we het redden. Ik wens u het beste.'

Gropius knikt, maar lijkt nog niet bereid het bordes te verlaten. In plaats daarvan kijkt hij Ernst met listige ogen aan alsof hij iets in zijn schild voert.

'Als uw broer tenminste even naar me had geluisterd,' zegt hij zachtjes tegen hem. 'Ik zou een goede handel voor hem kunnen regelen. Maar hij heeft laten weten geen tijd voor me te hebben. Dat is in zijn eigen nadeel, meneer Berend.'

Ernst gelooft niet echt dat deze langbenige kever zijn broer een goede handel kan verschaffen, maar tenslotte is hij ook een Berend en hij vindt het wel leuk door Gropius in vertrouwen genomen te worden.

'Misschien kan ik helpen?' biedt hij aan. 'Ik kan natuurlijk niets beloven...'

Gropius komt iets dichter bij hem staan. 'Daar hoopte ik op, meneer Berend. U weet toch dat ik nauw bevriend was met uw vader en in zakelijk opzicht steeds mijn oren en ogen openhield om het welslagen van het handelshuis Berends te bevorderen.'

'Dat is me bekend. Kom ter zake, meneer Gropius.'

'Het zit zo, vanmorgen verscheen een klant in mijn winkel, een Rus met zijn jonge echtgenote. De dame heeft smaak. Ze heeft een van de duurste beeldjes uitgezocht en haar man trok zonder te aarzelen zijn portemonnee. Een goed opgeleide man, meneer Berend. Hij spreekt Duits en Frans en ook Engels. Een groothertog die met zijn jonge vrouw door Europa reist. Naar Berlijn, naar Parijs en misschien Italië. Geld speelt geen rol, hij is erg rijk...'

'Dat is fijn voor hem,' zegt Ernst afgunstig. 'Maar wat is die handel waarover u sprak?'

Gropius knijpt zijn ogen samen en strijkt over zijn grijze snor. 'Deze heer handelt in hout en graan, op grote schaal, meneer Berend. Hij bezit uitgestrekte landerijen. Tot morgen is hij nog in de stad. Hij logeert in het Englisches Haus in de Brotbankenstraat.'

Nu heeft Ernst het door. Het lijkt hem weliswaar een nogal twijfelachtige kwestie, maar toch. Zijn broer heeft in elk geval contacten nodig als hij in de graanhandel wil stappen. En Russisch hout is ook geen slechte zaak.

'Ik zal kijken wat ik kan doen,' zegt hij en hij trekt aan de bel.

De huishoudster doet open en staart hem verbaasd aan.

'De jonge meneer Berend, wat een verrassing. Is de studie al beëindigd? We verwachtten u pas in de komende weken...'

Wat stom dat niet Danuta de deur heeft opengedaan. Mevrouw Döppel is een vervelend mens, ze zal het hem moeilijk maken.

'Wat men het minst verwacht, gebeurt vaak toch,' zegt hij ongedwongen en hij gaat naar binnen. 'Ik moet mijn broer even spreken. Is hij in zijn kantoor? Meneer Gropius wacht ondertussen in de hal.'

'Meneer Gropius is hier in huis niet gewenst,' hoort hij haar achter zich kijven. 'Meneer uw broer heeft hem zojuist...'

Hij slaat geen acht op haar gejammer, doorkruist de hal en doet de deur naar de kantoorruimtes open. Het is een gok. Het is goed mogelijk dat Theodor er niets van wil weten en een woedeaanval krijgt.

In het kantoor treft hij vooralsnog alleen de klerk Korbitz aan, die bij de kachel staat en over zijn koude vingers wrijft. Theodor is in de zijkamer, waar hij de kluis heeft geopend en er net een ordner in legt.

'Jij?' snauwt hij en hij doet de kluis dicht. 'Wat heb jij hier te zoeken? Heb je je studie eraan gegeven?'

Zijn broer heeft een onmiskenbare intuïtie. Ernst is blij dat hij een reden heeft om niet meteen tekst en uitleg te moeten geven.

'Mijn studie? Nee, hoor. Het is alleen... ik heb net even met meneer Gropius gesproken, die ik op het bordes trof...'

'Je staat dus op het bordes en voert gesprekken,' reageert Theodor spottend. 'Ik dacht dat je in Königsberg was en tentamens deed.'

'Gropius heeft een Russische klant, Theodor. Een groothertog die in graan en hout handelt. De Rus verblijft nog tot morgen in het Englisches Haus.'

Theodor vertrekt zijn gezicht en snuift. 'Gewauwel. Een groothertog! Uitgerekend bij Gropius.'

'Misschien is het gewauwel,' zegt Ernst en hij haalt zijn schouders op. 'En misschien zit er toch wat in. Hij wacht in de hal.'

Theodor staart hem even aan. Hij is in elk geval geïnteresseerd, anders zou hij meteen woedend zijn geworden.

'Ga naar boven,' beveelt hij. 'We zien elkaar bij het avondeten, dan wil ik een verklaring horen.'

Ernst heeft het kantoor amper verlaten of daar snelt Korbitz hem voorbij in de hal.

'Meneer Gropius? Meneer Berend heeft nu tijd voor u.'

Theodor is laat voor het avondeten, want hij heeft nog iets zakelijks af te handelen. Ernst zit aan de gedekte tafel en durft niet te beginnen voordat zijn broer aan tafel zit. Hij is kort bij Luise geweest, maar heeft ervan afgezien haar de groeten van mevrouw Von Kleiwitz over te brengen. De arme ziel is vreselijk zwak, is nauwelijks in staat haar hoofd op te tillen en moet door Danuta gevoerd worden. Sowieso heerst er in zijn ouderlijk huis een uitgesproken sombere stemming nu Johanna er niet meer woont.

Theodor komt binnen zonder iets te zeggen, gaat op zijn plaats zitten en schenkt zichzelf wijn in.

'Ook een blinde kip vindt weleens een graantje,' zegt hij tegen Ernst en hij heft zijn glas in een toost.

Theodor

HIJ HEEFT ZIJN EVENWICHT HERVONDEN. De in de bodem geslagen hoop op een mannelijke nakomeling en de ongebruikelijke weerspannigheid van zijn vrouw hebben hem erg van streek gemaakt, maar een man moet beproevingen kunnen verduren. Het leven heeft ze voor iedereen in petto, je moet er alleen niet aan onderdoor gaan. Luise is nog maar nauwelijks op de weg naar genezing en toch is hij er al mee begonnen haar weer in het gareel te krijgen.

'Ik ben blij dat je eindelijk het ziekbed hebt kunnen verlaten,' zegt hij tegen haar en hij komt bij haar zitten in de salon. 'Ik heb dagelijks gebeden voor je herstel, lieve Luise.'

Dat heeft hij echt gedaan, al was het niet dagelijks. Het idee haar te verliezen heeft hem danig van zijn stuk gebracht. Hij houdt van zijn vrouw. Hij heeft haar zachte, deemoedige bewondering nodig, haar bereidwillige instemming met alles wat hij doet, haar stille aanwezigheid in dit grote, lege huis.

'Duizendmaal dank, Theodor,' zegt ze glimlachend. 'God de Heer heeft je gebeden verhoord. Ik ben nog wat zwak, maar ik zal snel weer helemaal beter zijn.'

Ze is erg vermagerd. Haar wangen zijn ingevallen, haar lippen vaal en blauwig. De kanten rand van haar kap werpt schaduwen over haar gezicht, dat daardoor een misvormde indruk maakt. Het tere, onschuldige wat hij zo aantrekkelijk aan haar vond toen ze nog een jong meisje was is verdwenen. Met haar ruim zesentwintig jaar ziet ze er al verwelkt uit.

'Dat is mooi, lieve Luise. Ik zal mevrouw Döppel opdracht geven versterkende maaltijden voor je klaar te maken en ze hoeft daarbij op niets te bezuinigen. Geloof me, ik was echt vertwijfeld toen je in de greep van de koorts zulke onbegrijpelijke en dwaze dingen zei.'

Ze heeft een handwerkje opgepakt, zo'n soort borduurwerkje waar vrouwen zo graag hun tijd mee vullen. Nu laat ze het ronde borduurraam op haar schoot zakken en kijkt hem vragend aan. 'Heb ik dat? Wel, de koorts liep hoog op en ik kan me amper herinneren wat ik heb gezegd.'

Ze ontwijkt hem, dat had hij al verwacht. Dat betekent niets meer dan dat ze spijt heeft van haar ongehoorzaamheid. Dat is echter niet voldoende voor hem. De duivel van rebellie moet helemaal worden uitgedreven.

'Je hebt in je koortsdromen daadwerkelijk geloofd dat je Johanna een tafellaken hebt gegeven. Herinner je je dat niet, lieve?'

Hij ziet de tweestrijd waarin ze nu verkeert. Hij heeft een brug voor haar gebouwd om haar terug te leiden naar echtelijke gehoorzaamheid. Ze zal iets bij zichzelf moeten overwinnen om erop te stappen, maar zoals hij haar kent, zal ze het doen.

'Ik herinner me het slechts heel vaag,' zegt ze onzeker. 'Ja, er was iets met een tafellaken. Weet je, ik had zo'n medelijden met haar, omdat ze helemaal niets mee mocht nemen van de spullen die haar moeder voor haar had bestemd.'

'Medelijden is een mooie emotie,' merkt hij met een ernstig gezicht op. 'Het moet je tot in je koortsdromen hebben achtervolgd, zodat je ten slotte fantasie voor waarheid hield. Ik weet zeker, mijn lieve Luise, dat je nooit tegen mijn wil in zou handelen. Is dat niet zo?'

Ze knikt, slaat haar ogen neer en pakt haar borduurwerk weer op. 'Zo is het, Theodor,' fluistert ze.

Nog is hij niet tevreden en dramt verder. 'Des te boosaardiger was het van Johanna om je valselijk van zo'n daad te beschuldigen.'

'Heeft ze dat gedaan?'

'Ik zeg het je toch. Je weet zelf hoe meedogenloos en achterbaks

Johanna kan zijn. Met deze gemene laster heeft ze opnieuw ongeluk over dit huis gebracht, mijn arme Luise. De opwinding die deze geschiedenis bij jou teweeggebracht heeft, was zonder twijfel de aanleiding tot de vroeggeboorte.'

Ze heeft haar ogen neergeslagen en wriemelt met het materiaal op haar schoot. Ze zwijgt een poosje en haar zware ademhaling doet hem vrezen dat er nog een restje weerspannigheid in haar over is.

'Het is mogelijk dat die opwinding mede de oorzaak was,' zegt ze uiteindelijk. 'Maar het zou niet eerlijk zijn Johanna alleen de schuld van dit ongeluk te geven...'

'Ze heeft je valselijk beschuldigd van een daad die, als je hem werkelijk begaan zou hebben, mijn woede gewekt en ons huwelijksleven aanzienlijk belast zou hebben,' onderbreekt hij haar met harde stem.

'Alleen God is onze rechter,' zegt ze zacht en ze kijkt naar hem op. 'Je weet toch dat ik altijd en eeuwig trouw aan jouw zijde sta en dat niets voor mij erger is dan jou verdriet te doen.'

'Dat weet ik en daar vertrouw ik op.' Hij gunt haar een verzoenende glimlach en buigt zich naar voren om zacht met zijn vinger over haar wang te strijken. 'En ik ben er blij om,' voegt hij er zachter aan toe. 'Juist in deze moeilijke tijden heb ik je ondersteuning harder nodig dan ooit tevoren. Maar we zullen vol goede moed de toekomst tegemoet zien. Wanneer je weer op krachten bent, zullen we opnieuw hopen op een erfgenaam, en ik weet zeker dat God onze wens zal vervullen.'

Ze glimlacht naar hem en ze pakt zijn hand vast om hem tegen haar wang te drukken. Wat is ze knokig! Ze moet absoluut beter eten en hij zal wandelingen met haar moeten maken, de frisse lucht zal haar goeddoen. Versterkende middeltjes kunnen ook helpen, hij zal Danuta en mevrouw Döppel ernaar vragen. Vrouwen zijn van dergelijke dingen op de hoogte. Hij blijft nog even bij haar zitten en vertelt over zijn voornemen om zo gauw mogelijk weer op grote schaal aan de handel in graan en hout deel te nemen. Details laat hij zoals altijd achterwege. Ze begrijpt toch al niet veel van zaken en buiten dat zou ze er uit onwetendheid dingen uit kunnen flappen die beter niet hardop gezegd kunnen worden. Dus laat hij zich liever uitleggen waar het mooie borduurwerkje waar ze mee bezig is voor bestemd is en hij belooft voor het komende seizoen een abonnement op het theater te nemen, zodat ze een beetje afleiding heeft.

'Nachts slaapt hij weer in het echtelijke bed, dat hij tijdens haar ziekte heeft gemeden. Hij past er echter wel voor op om haar aan te raken. Dat zou tot een te vroege zwangerschap kunnen leiden. De gelegenheid doet zich ook niet voor, ze slaapt allang als hij naar bed komt.

Hij is nu ook weer vaker in de Artushof te vinden, waar de goederen verhandeld worden. Voorlopig heeft hij alleen kleine hoeveelheden aan te bieden. Graan, koloniale waren of wijn. Kleine partijen die snel verkocht zijn en niet heel veel opleveren. Afgunstig kijkt hij toe hoe sommige handelaren hele scheepsladingen hout, kaliumcarbonaat en graan per opbod voor de hoogste prijs verkopen en daarmee schaamteloos hoge winsten opstrijken. Vroeger, toen zijn vader nog gezond en wel was, nam hij hem hiermee naartoe. Theodor hij toegekeken hoe zijn vader zijn zaken afhandelde en hoeveel aanzien het handelshuis Berend genoot. Theodor Friedrich Berend was overal graag gezien en niet alleen wat betreft zaken. Hij had verschillende persoonlijke vrienden onder zowel handelaren als klanten, mensen die hem vertrouwden en kind aan huis waren in huize Berend. Het lag aan zijn aimabele manier van doen. Mensen voelden zich op hun gemak in zijn nabijheid, dronken 's avonds gezamenlijk een wijntje of ontmoetten elkaar in de raadszaal om te eten. Dan werden ook zaken besproken en afgerond die anders misschien helemaal niet tot stand waren gekomen. Bij hemzelf ontbreekt het aan deze flair. Hij is serieuzer van aard en hij weigert om tegen iemand te slijmen. Toch zal hij, als God het wil, op zijn eigen manier succes hebben.

Uitgerekend zijn broer Ernst, die windbuil, heeft voor hem de deur geopend naar een veelbelovende zakenrelatie. Nog dezelfde avond hij de Russische groothertog in het Englisches Haus opgezocht. De adellijke heer zat met zijn jonge vrouw in een zijkamer, waar ze rustig en zonder door andere gasten gestoord te worden konden dineren. Natuurlijk kon hij het echtpaar niet storen tijdens de maaltijd. Hij heeft zijn visitekaartje laten bezorgen en de kelner een fooi gegeven om het hem te laten weten als de Russische gast klaar was met eten. Na een uur werd hij inderdaad bij het echtpaar toegelaten, die nog aan de wijn en de likeur zaten, en de groothertog nodigde hem minzaam uit bij hen te komen zitten. De jonge vrouw was een exotische schoonheid met een tenger figuur, enigszins schuinstaande ogen, haar trekken streng en lieftallig tegelijk. De jonge echtgenoot kwam over als een levendige en spraakzame man. Ze praatten met elkaar in het Engels over de stad Danzig en de haven, waarbij Theodor kon schitteren met zijn kennis. Hij kwam te weten dat de jonge man twee huizen in Sint-Petersburg had geërfd en daarnaast uitgestrekte landgoederen bezat, waar het werk door lijfeigenen werd verricht. Aangezien hij zijn studie in Engeland had genoten en in de geest van de westelijke cultuur was opgevoed, zou hij zijn boeren binnenkort de vrijheid geven. Kortom, het lukte Theodor zich als vertegenwoordiger van een van de grootste handelshuizen in Danzig te presenteren en hij ontving een brief van aanbeveling van de groothertog voor zijn handelsagent in Königsberg, een man genaamd Grigorij Orloff, die de zaken in het buitenland voor zijn jonge baas leidt. Ondertussen is gebleken dat deze aanbevelingsbrief inderdaad de deur voor hem naar de groothandel heeft geopend, want hij heeft met deze Orloff nu al twee middelgrote transacties afgesloten en een grotere hoeveelheid hout besteld die in de zomer geleverd zal worden.

Daarvoor is het noodzakelijk de opslaghal bij Neufahrwasser zo snel mogelijk te laten bouwen. De basis moet van steen zijn, de rest zal in vakwerkstijl worden opgetrokken. Vooral het dak moet stevig en duurzaam zijn. Daarboven aan de kust waait een heel andere wind als beneden in de stad op het Speichereiland. De hal zal in elk geval van nut zijn. De goederen hoeven dan niet eerst per schip de stad in gebracht te worden, maar kunnen meteen in Neufahrwasser opgeslagen en opnieuw verladen worden.

Theodor is trots op zijn vooruitziende blik. Zijn vader heeft het belang van de kusthaven Neufahrwasser nooit goed ingeschat. Hij wilde alles bij het oude houden, de goederen naar de haven bij de Mottlau laten transporteren en ze op het Speichereiland stallen. Maar voor de groothandel in hout, graan, kaliumcarbonaat of bietsuiker is dat te omslachtig. Daarvoor moet je snel en praktisch denken, nieuwe mogelijkheden vinden en risico's nemen.

Wanneer Theodor binnenkomt in de Artushof wordt hij slechts terloops begroet. De vrienden die zijn vader zo gemakkelijk voor zich innam, hebben niet veel op met zijn zoon. Wel, ze zullen moeten leren hem in de toekomst te respecteren. Het lukt hem een partij zout voor een aanvaardbare prijs kwijt te raken. Van het geld koopt hij overzeese goederen waar hij in de stad afnemers voor heeft. De winst is niet al te groot, hij kan geen grote bedragen investeren, omdat hij het geleende geld voor de opslaghal en toekomstige zaken moet achterhouden. Net als hij wil vertrekken, spreekt tot zijn verrassing August Blott, een vriend van zijn vader, hem aan.

'Mijn beste Berend. Het verheugt me te zien hoe ijverig u de traditie van uw vader voortzet. U weet toch dat uw vader en ik nauw bevriend waren, mijn vrouw is de peettante van uw lieve zuster Johanna.'

Het vermelden van zijn zuster stoort Theodor enorm, maar desondanks blijft hij staan om wat beleefdheden uit te wisselen.

'Er is een kwestie, beste Berend,' kletst Blott verder. 'Als uw vader nog in leven was geweest zou ik hem erover aangesproken hebben.

Zoals u vast wel weet waren we heel goede vrienden, dan wast de ene hand de andere.'

'Staat u me toe, ik heb nogal haast...'

Blott geeft het echter niet op. Hij wil een stuk grond verkopen, een smalle landtong tussen de Mottlau en de Weichsel, tegenover de Milchpeter. Maar Johannes Klawitter, die het wil kopen, biedt te weinig. 'Als u nu eens een goed bod zou doen, beste Berend,' stelt hij voor. 'Dat zou de prijs opdrijven.'

Aha, dus zo heeft dit sluwe heerschap het in zijn hoofd. Dan heeft hij pech. Theodor is niet geïnteresseerd in dat stukje verwilderd land. Als hij zich met dergelijke praktijken inlaat, blijft hij er op het eind nog mee zitten en moet hij het stuk nutteloze grond alsnog kopen.

'We zouden het eens kunnen worden, beste Berend,' gaat Blott verder, terwijl hij aan zijn dunne grijze bakkenbaarden plukt. 'Ik ken iemand die een grote partij bakstenen voor een gunstige prijs wil verkopen.'

Hij heeft bakstenen nodig voor de bouw van zijn hal. En de prijs is inderdaad goed. Maar hij wil het spul eerst met zijn eigen ogen zien voor hij een beslissing neemt. Straks is het gewoon brokkelig puin dat voor geen muur meer bruikbaar is.

'Kom morgen naar mijn kantoor,' beëindigt hij het gesprek. 'Dan kunnen we het er in alle rust over hebben.'

'Het is me een genoegen, beste Berend. Tot morgen.'

Blott schudt hem tevreden de hand, zet zijn hoed op en haast zich naar de uitgang. Theodor volgt hem in afgemeten passen. Somber denkt hij eraan dat hij nu vaker naar Neufahrwasser moet. Eerst om de bouw van zijn magazijn te overzien en daarna moet hij het overladen van zijn goederen in de gaten houden. Tot aan de kusthaven is het minstens zeven kilometer. Als hij de stomer over de Weichsel neemt, duurt de reis weliswaar niet al te lang, maar het kost geld en in zijn afwezigheid ligt het werk op kantoor stil. Vroeger heeft hij dergelijke klusjes voor zijn vader gedaan. Hij is naar de Mottlau gelopen wanneer er een schip arriveerde, heeft de dragers aan het werk gezet en de opslag in het pakhuis geregeld. Nu is hij alleen. De schrale Stefan Korbitz is alleen goed voor schrijfwerk, andere opdrachten zijn hem niet toe te vertrouwen. En Oskar deugt hoogstens voor magazijnwerk en simpele klusjes in huis. De laatste tijd is de knaap ook erg gesloten en tegendraads, hij moet nog bedenken of hij hem aanhoudt. Zijn enige hoop is uiteindelijk dat zijn luie kleine broertje snel zijn studie afrondt om hem bij zijn zaken te helpen. Helaas heeft Ernst tot nu toe weinig interesse voor het beroep van koopman getoond, dus is het noodzakelijk hem zijn literaire grillen af te leren en hem duidelijk te maken waarvoor hij op deze wereld is. Hij is de zoon van een koopman, hoort op kantoor en heeft daar zijn oudere broer te gehoorzamen.

Thuis op kantoor zit Korbitz met gezwollen ogen bij de kachel en snuit luidruchtig in zijn zakdoek. De kachel is aangestoken, wat bij de gestegen temperaturen helemaal niet nodig is. Zijn broer Ernst heeft het zich brutaal gemakkelijk gemaakt aan zijn bureau. Als Theodor binnenkomt schuift hij haastig een vel papier opzij en pakt de lijst waar hij boekingen op moet bijschrijven.

'Denken jullie dat hout en kolen gratis zijn?' vraagt Theodor geïrriteerd.

'Neem me niet kwalijk, meneer Berend,' zegt Korbitz met een hese stem. 'Ik heb een akelige verkoudheid opgelopen en uw broer dacht dat het beter was de kachel aan te steken.'

'Zozo,' bromt Theodor en hij werpt Ernst een boze blik toe. 'Wanneer de kat van huis is, dansen de muizen op tafel.'

Hij loopt naar het bureau en graait naar het vel papier waarop zijn broer aan het schrijven was. Zijn ogen vliegen over de regels, maar hij begrijpt er niet veel van doordat het handschrift van zijn broer betreurenswaardig onleesbaar is.

'Wat moet dit voorstellen?' wil hij weten.

'Een korte tekst die bij me opkwam. Je weet dat ik af en toe artikelen en andere geschriften vervaardig.'

Het ongedwongen glimlachje van zijn broer doet hem aan Johanna denken. Ook zijn zus kon op die manier harten winnen. Zo heeft ze ook zijn vader betoverd en hem, Theodor, zijn vaders liefde ontnomen.

'Geschriften met een opruiende inhoud,' antwoordt hij streng. 'Het is mij ter ore gekomen dat je dergelijke artikelen schrijft. Ik wil niet hebben dat je dat soort onzin op papier zet en daarmee onze familie in opspraak brengt.'

'Natuurlijk niet,' roept Ernst. 'Dat doe ik niet meer, beste broer. Dit is een mooie kleine tekst over onze prachtige geboortestad Danzig.'

Hij kan hem nog meer vertellen, zijn broer de fantast. Wie van zijn geld leeft, heeft zich naar zijn wensen te voegen.

'Je moet je tijd voor betere dingen gebruiken,' zegt hij afkeurend. 'Binnenkort wil ik met de bouw van een grote opslaghal in Neufahrwasser beginnen, dan heb ik hier op kantoor een plaatsvervanger nodig als ik onderweg ben.'

Dit nieuws lijkt bij zijn broer weinig enthousiasme op te wekken, desondanks knikt hij ijverig en verzekert hem deze taak graag op zich te willen nemen.

'Deze kleine teksten schrijf ik alleen af en toe, als ik tijd overheb,' beweert hij. 'Ze worden, tenminste dat hoop ik, binnenkort in een literair tijdschrift gepubliceerd dat door veel inwoners van Danzig gelezen wordt.'

Wil hij daarmee indruk op hem maken? In Theodors opinie worden literaire tijdschriften alleen gelezen door geëxalteerde dametjes van gevorderde leeftijd. De gedichten die sinds kort in de *Danziger Anzeigen* worden afgedrukt, vindt hij pure plaatsverspilling, hem interesseren alleen de zakelijke aankondigingen en advertenties.

'Ik hoop ten zeerste dat je geen geld hoeft te betalen voor die publicaties,' waarschuwt hij hem.

'Nee, nee, integendeel. Een auteur die graag en veel gelezen wordt kan daarvoor veel geld vragen,' kletst Ernst verder en hij begeleidt zijn uiteenzetting met brede armgebaren.

Theodor gelooft er geen woord van. Wie voor dergelijke onzin geld wil betalen kan niet helemaal goed bij zijn hoofd zijn.

'Mijn grootste hoop is dat je je studie binnen korte tijd afsluit om je daarna met je juridische kennis aan ons handelshuis te wijden,' kapt hij zijn broertjes dromerijen af.

'Natuurlijk, natuurlijk, beste Theodor. Daar zal het niet aan ontbreken. Nog één of twee semesters, dan sta ik tot je beschikking.'

De verzekering komt wat al te gemakkelijk op hem over. Theodor heeft een onbestemd gevoel dat er ergens iets niet klopt. Deze studie, die veel geld kost, was een van de onbegrijpelijke zwakheden van zijn vader, die zijn jongste zoon deze hartenwens niet wilde weigeren. Tegenover hemzelf is zijn vader nooit zo toegeeflijk geweest. Theodor neemt zich voor bij de Albertus-Universität in Königsberg te informeren naar de vorderingen van zijn broertje. In het geval Ernst hem wat wijs probeert te maken zal dat consequenties hebben.

Tussen de middag eten ze samen met Luise in de eetkamer. Het is in elk geval prettig om naar het ongedwongen geklets van zijn broer te luisteren, die zich vooral tot Luise richt en het voor elkaar krijgt een glimlach op haar ingevallen gezicht te toveren. Zelf is hij zwijgzaam, geeft zich over aan zijn eigen gedachten en antwoordt alleen wanneer hij aangesproken wordt. Dit talent om mensen voor zich in te nemen heeft Ernst van hun vader geërfd. Hij mag het niet aan zijn nutteloze artistieke ambities verspillen, maar moet het in dienst stellen van het handelshuis Berend. Theodor neemt zich voor zijn broer in de toekomst vaker mee te nemen naar de handelsbeurs in de Artushof om zijn gevoel voor koopmanschap aan te scherpen en te zien hoe men zaken doet. Daarnaast zal Ernst door zijn vriendelijke manier van doen veel kennissen naar zich toe trekken, oude vriendschappen hernieuwen en ook nieuwe vrienden maken. Dat kan voor de zaken van grote waarde zijn. Op die manier zullen ze elkaar aanvullen, ieder met zijn eigen vaardigheden, wat ten goede komt aan de firma. Hij zal zijn broer daarvoor een salaris betalen en hem in zijn huis laten wonen, er is plaats genoeg. Ernst kan hem dankbaar zijn.

De middag is onaangenaam. Bij nadere bestudering van de kostenraming voor de opslaghal moet hij concluderen dat de bouw waarschijnlijk duurder zal uitvallen dan aanvankelijk gedacht, wat ligt aan de zanderige bodem. Het is noodzakelijk dat het fundament extra wordt verankerd om te voorkomen dat er scheuren in het gebouw komen of dat het zelfs helemaal instort.

Vlak voordat hij het kantoor wil afsluiten, kondigt Danuta een bezoeker aan die hij niet heeft verwacht.

'Dokter Sternberg wil meneer graag even spreken.'

Ze maakt een kniebuiging en kijkt daarbij naar de grond. Het is jammer dat ze zich momenteel zo preuts voordoet, hij verlangt hevig naar haar hartstochtelijke overgave. Maar dat komt wel weer, hij moet alleen een beetje geduld hebben. Danuta is niet iemand die aan een voornemen vasthoudt, daarvoor is ze te zwak. Vroeg of laat zal ze haar kamerdeur weer voor hem opendoen.

Dokter Sternberg bedankt voor de stoel die hij hem beleefdheidshalve aanbiedt.

'Ik wil uw tijd niet langer dan nodig in beslag nemen, beste Berend,' zegt hij en hij schudt hem de hand. 'Er is alleen een kwestie die ik niet uit mijn hoofd kan zetten. Vermoedelijk is het ten overvloede, maar ik ben een nauwgezet mens wanneer het om mijn patiënten gaat en ik wil er zeker van zijn dat ik alles heb gedaan wat binnen mijn macht ligt.'

'Dat siert u, dokter Steinberg. Spreek vrijuit, ik sta tot uw beschikking.'

'Het gaat om uw echtgenote, meneer Berend. Ik ben net even bij haar geweest en tot mijn tevredenheid is ze op weg naar herstel.'

Alleen maar op weg naar herstel? Theodor heeft eigenlijk aangenomen dat ze alweer helemaal beter is.

'Is er aanleiding tot bezorgdheid?' informeert hij. 'Ze lijkt me gezond te zijn en moet alleen nog wat meer op krachten komen.'

Dokter Sternberg knikt nadenkend en voelt aan zijn sikje. 'Dat moet ze in elk geval, beste meneer Berend. Uw vrouw heeft behalve goed eten en frisse lucht, vooral de liefdevolle zorg nodig van de mensen die haar na staan. Ze moet ook bezoeken afleggen en uitgaan, van de aangename kanten van het leven genieten, vreugde beleven aan mooie dingen... U weet wat ik bedoel, nietwaar? Zulke dingen die het gemoed verlichten zijn zeer belangrijk voor haar genezing.'

Theodor is van mening dat de arts aan het bazelen is geslagen. Wat gaat het dokter Sternberg aan of zijn vrouw uitgaat en bezoeken aflegt? Hij moet gewoon zijn werk doen: zieken behandelen en medicijnen voorschrijven.

'Daar zal het niet aan ontbreken, dokter Sternberg. Luise zal in de zomer zonder twijfel zo ver hersteld zijn dat we eindelijk weer op nakomelingen kunnen hopen.'

De arts kijkt hem onderzoekend aan, vervolgens knikt hij alsof hij een bevestiging heeft ontvangen.

'Wat dat betreft moet ik u helaas de hoop ontnemen,' zegt hij op ernstige toon. 'In het geval dat uw vrouw nog een keer zwanger wordt, zal ze het mijns inziens niet overleven.'

Theodor voelt hoe deze zin zich als een zwaar gewicht op hem legt. Ze zal het niet overleven. Ze mag nooit meer een kind dragen, anders zal ze eraan sterven.

'Dat... dat is toch niet mogelijk,' stamelt hij. 'Een zwangerschap is voor een vrouw toch iets... heel normaals.'

'Het is de vrouwelijke natuur om kinderen te baren,' bevestigt de arts. 'Maar helaas is niet iedere vrouw in staat haar bestemming te vervullen. In het geval van uw lieve vrouw is er sprake van een duidelijke zwakte in het onderlijf, die onvermijdelijk tot een te vroege geboorte van het kind leidt. Deze keer heeft ze het ternauwernood overleefd, meneer Berend. Bij een volgende miskraam bestaat het gevaar dat ze doodbloedt.'

Moet hij de arts geloven? Zeker, Sternberg leest wetenschappelijke artikelen, hij heeft al veel meegemaakt, is een ervaren, goede arts. En toch kan hij zich vergissen.

'Hebt u dit ook aan mijn vrouw verteld?'

Dokter Sternberg glimlacht een beetje en knikt dan met een somber gezicht.

'Al een paar dagen geleden, beste meneer Berend. Ik vreesde echter al dat ze het voor u zou verzwijgen. Vrouwen doen zoiets vaak, ze hebben de neiging het noodlot uit te dagen. Maar als verstandige echtgenoot zult u zeker de juiste beslissing nemen, nietwaar?'

Auguste

O, DIE ONBUIGZAME ELIAS OSTERTAG. Hij heeft twee weken de tijd genomen voor zijn antwoord en uitgerekend vanochtend dwarrelt dit bericht haar huis binnen. Auguste leest de korte tekst voor de tweede keer en brengt uit kwaadheid haar zojuist opgestoken haar in de war.

Beste en zeer geëerde mevrouw Von Kleiwitz,

Zo even heb ik de artikelen van de jonge meneer Berend gelezen, die u zo vriendelijk aan mijn oordeel hebt toevertrouwd. Helaas moet ik u mededelen dat deze absoluut vlot geschreven pamfletten niet in mijn 'Literarischen Boten' kunnen worden opgenomen. Daarvoor ontbreekt het de auteur te zeer aan diepgang en levenservaring, wat op zijn jonge leeftijd heel begrijpelijk is. Wat ik echter vooral mis is christelijke nederigheid en de erkenning van de beloftes van het evangelie.

Het is mijn nadrukkelijke hoop dat ik u met deze afwijzing niet al te zeer heb misnoegd. Maar u kent me, hooggewaardeerde vriendin, ik ben in alle dingen die de kunst en literatuur aangaan een rechtlijnig mens, die niet met zich laat marchanderen.

Hoe dan ook zal ik met grote vreugde vanavond uw salon bijwonen en enkele exemplaren van de eerste twee nummers van mijn tijdschrift meenemen, die voor een bescheiden prijs verworven kunnen worden.

Tot vanavond verblijf ik in diepe eerbied,

Elias Ostertag

Die kleingeestige gewichtigdoener. Wat is hij nou helemaal? Ambtenaar bij de rechtbank. Een bekrompen burgermannetje dat vrome heldendichten in elkaar flanst en zich ertoe zet jonge, opkomende schrijvers waar hij niet aan kan tippen te veroordelen. Auguste heeft beide tijdschriften gelezen die hij tot nu toe heeft uitgebracht en is van boosheid bijna uit elkaar gebarsten. Afgezien van twee of drie lyrische ontboezemingen van de hand van Anna Ernestine Becker heeft hij in zijn blad uitsluitend zijn eigen werk gepubliceerd.

Ze vindt het erg jammer dat haar man niet thuis is, ze had deze kwestie graag met hem besproken. Maar de zaak heeft haast. Vanavond al zal Ernst Berend hoopvol bij haar salon verschijnen en het zou haar hart breken hem dit gemene antwoord te moeten mededelen. Auguste pakt pen en papier om krachtige actie te ondernemen.

Beste geëerde vriend,

Zo even ontving ik uw schrijven dat me, vrijuit geschreven, een bittere teleurstelling heeft bezorgd. Maar natuurlijk heb ik veel respect voor uw integere oordeel, ook als het niet met het mijne overeenkomt.
Ik heb veel plezier beleefd aan het lezen van de eerste twee nummers van uw gewaardeerde tijdschrift. Mijn respect en mijn bewondering voor de auteurs en de welwillende uitgever kennen geen grenzen. Dat is de reden dat ik heb besloten uw

literaire tijdschrift met een royale financiële bijdrage te ondersteunen. We zullen vanavond gelegenheid hebben dit punt nader met elkaar te bespreken.
Ondertussen vraag ik u oprecht, indachtig onze langdurige vriendschap, de teksten van de pen van mijn jonge vriend nogmaals te lezen en nog eens over uw oordeel na te denken.

In diepe verbondenheid
Uw vriendin en weldoenster
Auguste von Kleiwitz

Ze leest de regels nog eens door en is tevreden. Ostertag is een krent. Hij geeft zelden meer dan een paar pfennig als ze een inzameling voor een goed doel organiseert. Ze is vol vertrouwen hem op het juiste punt aangesproken te hebben.

'Grete!' roep ze energiek.

Het dienstmeisje verschijnt pas na een paar minuten. Ze is bezweet en verhit doordat ze de ontvangstruimtes voor de salon van vanavond moet klaarmaken en tegelijkertijd de kokkin een handje moet helpen, die de hapjes voor die avond voorbereidt.

'Dit moet Anton naar Elias Ostertag brengen. Niet naar zijn huis, hij is al op de rechtbank. Zeg hem dat er spoed bij is, hij moet zich haasten.'

'Natuurlijk, mevrouw. De kokkin heeft een goede cognac nodig voor de kreeftsaus.'

'Pak de Franse uit de kamer van meneer. De aangebroken fles. En laat de kokkin niet denken dat ze zichzelf ervan kan bedienen.'

'Ik zal de boodschap overbrengen, mevrouw.'

Auguste slaakt een diepe zucht. Altijd weer die irritaties over het personeel. Vorige week moest ze de kokkin ontslaan, omdat die stiekem levensmiddelen en zelfs wijn achterovergedrukt had. De nieuwe lijkt eerlijk te zijn, maar ze heeft voortdurend het een of ander nodig en de maaltijden staan niet op tijd op tafel. Dit tot grote ergernis van de heer des huizes, voor wie punctualiteit een essentiële eigenschap is.

Eigenlijk moet ze nog één of twee brieven schrijven, ze stelt het echter uit omdat ze zich verplicht voelt een snel ziekenbezoek af te leggen. De arme Luise lijkt eindelijk aan de beterende hand te zijn en heeft haar gisteren door Danuta een bericht laten brengen.

Mijn beste Auguste,

Hartelijk dank voor je warme belangstelling toen ik aan mijn ziekbed was gekluisterd. Het gaat inmiddels wat beter met me en het zou me een plezier doen jou, mijn lieve vriendin, bij mij thuis te ontvangen.

Hartelijke groet,
Luise Berend

Het ziet ernaar uit dat Luises echtgenoot, die vervelende kerel, zich heeft laten overhalen een bezoek toe te staan. Auguste heeft enerzijds weinig zin Theodor Berend tegen te komen, want de afwijzing die ze onlangs van hem heeft ondervonden was meer dan beledigend. Klaus zou haar waarschijnlijk van dit bezoek willen afbrengen. Aan de andere kant heeft Auguste medelijden met die arme Luise en bovendien is ze altijd een trouwe bezoekster van haar salon geweest. Daarnaast is Auguste erg nieuwsgierig. Hoe zou het er in huize Berend aan toegaan sinds Johanna is vertrokken?

Ze kiest uit de drank die voor die avond bestemd is een fles rode wijn. Luise kan wel wat versterkends gebruiken, ze ziet er altijd uit alsof ze bloedarmoede heeft. Auguste roept Grete om haar bij het omkleden te helpen. Ze verwisselt haar huisjurk voor een van haar uitgaanstoiletten en besluit niet haar bontmantel maar een mantel van Engels tweed aan te doen. Het is inmiddels maart. De lente laat weliswaar op zich wachten, maar de temperaturen zijn gestegen en ook de sneeuw is gesmolten. Dat heeft helaas in veel straten voor overstromingen gezorgd, zodat je nauwelijks naar buiten kunt gaan zonder op allerlei viezigheid of zelfs een dode rat te stappen.

Omdat Grete vanwege de voorbereidingen voor de avond niet beschikbaar is, moet Auguste alleen de straat op. Gelukkig is het niet ver. Ze snijdt een stuk af door de Ketterhagerstraat te nemen, die weliswaar smal en donker is, maar haar snel naar haar bestemming leidt. Voor het huis van de Berends ziet ze een rijtuig waar allerlei kisten en vaten van afgeladen worden. Waarschijnlijk goederen die Berend heeft ingekocht om door te verkopen. Echt grote zaken kan hij met deze rommel niet doen, denkt ze en ze gaat de treden naar het bordes op.

In de hal stuit ze tot haar grote verlegenheid op Ernst Berend, die de binnenkomende kisten controleert en afvinkt op een lijst. Hij begroet haar met een elegante buiging en roept Danuta om de bezoekster aan te kondigen. Vervolgens richt hij zich weer op zijn taak.

'Openmaken,' beveelt hij Oskar, die de kisten voor hem neerzet. 'Als daarin ook alleen maar kleine brokken zitten gaat het terug.'

Auguste constateert met een nieuwsgierige blik dat de kist vol zit met bruine en gele klompen barnsteen. Had iemand haar niet verteld dat Berend niet meer in barnsteen handelt? Nou ja, vermoedelijk grijpt hij elke strohalm aan, zijn zaken zouden slecht gaan volgens de geruchten.

Theodor Berend is goddank nergens te bekennen, dus gaat ze opgewekt de trap op naar de eerste verdieping, waar Danuta op de deur van de rode salon klopt.

'Dat doet me plezier,' hoort ze Luises stem. 'Breng thee en van die beignets die de huishoudster heeft gebakken, Danuta.'

Luise lijkt inderdaad weer hersteld te zijn van haar miskraam. Ze zit aangekleed op de bank met haar voeten op een krukje en haar huid is lang niet zo bleek en doorschijnend als Auguste had verwacht. Ook haar haar is elegant gekapt. Alleen de donkere kringen onder haar ogen getuigen van de hel die ze heeft doorgemaakt.

'Mijn lieve Luise,' roept Auguste en ze haast zich naar haar toe. 'Wat ben ik blij om te zien dat je weer beter bent. Nu kan het verder alleen maar opwaarts gaan. De lente komt eraan, de tijd van bloesem en knoppen, vrolijke plattelandsuitjes en tuinfeesten.'

Luise glimlacht mat. Plattelandsuitjes en tuinfeesten zijn haar strenge echtgenoot een gruwel. Waarschijnlijk zal ze amper de gelegenheid krijgen om van de mooie natuur in de omgeving te genieten.

'Kom bij me zitten, lieve,' zegt ze tegen Auguste en ze wijst naar de leunstoel. 'Wat fijn dat je de tijd hebt genomen om me op te zoeken. Ik weet toch dat je vanavond weer je salon houdt en vast nog van alles moet voorbereiden.'

Ze wisselen beleefdheden uit. Auguste benadrukt dat de voorbereidingen geen naam mogen hebben en haar er niet van konden afhouden om haar lieve vriendin te zien. Luise bedankt haar hartelijk voor de rode wijn en informeert naar het welzijn van gezagvoerder Klaus von Kleiwitz.

'Het gaat uitstekend met hem, lieve Luise. Klaus wenst je van harte beterschap. We hopen allebei je snel weer bij ons te zien. Ook tijdens de salon wordt vaak naar je gevraagd.'

'Ach ja, zo gauw het beter met me gaat, zal ik in elk geval weer komen,' verklaart Luise en ze schenkt thee in. 'De voordrachten van meneer Ostertag zijn zo prachtig stichtend dat ik het jammer vind ze gemist te hebben.'

Auguste kan de versgebakken beignets niet weerstaan. Heerlijk. Het is opmerkelijk dat die afschuwelijke huishoudster zulke lekkere beignets kan bakken. Terwijl ze eet vertelt Luise enthousiast dat een lieve vriendin, Anna Ernestine Becker, twee afleveringen van de nieuwe *Literarischen Boten* heeft langsgebracht.

'Echt een heel goed tijdschrift,' dweept ze. 'Er is een dominee verloren gegaan aan Elias Ostertag. Zijn woorden hebben me diep geraakt. De gedichten van Anna Ernestine zijn ook mooi, maar niet zo stichtend.'

Dat de teksten van Ostertag Luise zouden bevallen, wist Auguste van tevoren. Omdat ze geen zin heeft nog langer de lofredes over de vrome dominee aan te horen, merkt ze op dat het toch fijn is dat haar zwager Ernst zo flink meehelpt in de zaak.

'Ja, hij toont zich goed inzetbaar,' zegt Luise onverschillig. 'We moeten maar afwachten hoe lang zijn ijver aanhoudt.'

Nu besluit Auguste een gewaagde vraag te stellen.

'Het is vast prettig dat hij in de vakanties thuis is, nietwaar?' vraagt ze onschuldig. 'Sinds Johanna weg is moet het wel heel stil zijn in huis.'

Het wordt meteen duidelijk dat ze het heeft verbruid.

Luises glimlach verstart en ze roert onnodig lang in haar theekop. 'Dat Johanna dit huis heeft verlaten, ervaren we allemaal als een grote zegen,' zet ze het misverstand recht. 'Mijn schoonzus heeft haar familie alleen maar verdriet en zorgen gebracht, dat weet je zelf het best, Auguste.'

Auguste weet dat ze beter haar mond kan houden, het lukt haar echter niet. 'Als dat al zo is, dan is het zeker niet Johanna's bedoeling geweest, lieve Luise.'

Ze hoort een zacht, spottend lachen. 'Mijn beste Auguste,' zegt Luise langzaam. 'Je sympathie voor mijn schoonzus is me bekend. Maar je moet weten dat Johanna ook aan mijn ongeluk niet onschuldig is. Stel je voor, ze heeft heimelijk een geborduurd tafelkleed dat niet van haar is in haar koffer gesmokkeld en tegen Theodor gezegd dat ik het haar cadeau had gegeven. Wel, ik heb me over deze kwaadaardige belastering vreselijk opgewonden en dat is heel zeker de oorzaak van de miskraam geweest.'

Auguste weet hier niets op te zeggen. Behalve dat het haar belachelijk voorkomt om over een tafellaken zo'n ophef te maken. Tenslotte was Johanna's uitzet, die ze van haar hebben afgepakt, niet echt bescheiden, dus ze hadden vast en zeker wel genoeg tafellakens in huis.

'Dat mijn schoonzuster met een eenvoudig ambachtsman heeft

moeten trouwen, is Gods gerechte straf voor haar misdaden,' gaat Luise verder. 'Sinds ze weg is, leef ik weer op, Auguste. En ook Theodor kan nu eindelijk de schade die Johanna dit huis heeft toegebracht herstellen. Weet je al dat hij een grote opslaghal bij Neufahrwasser laat bouwen? We stappen in de hout- en graanhandel met Rusland.'

'Wat fijn voor hem,' zegt Auguste en ze drinkt haar kopje leeg. 'Hij handelt ook weer in barnsteen, nietwaar?'

'Ach, dat doet hij alleen om Gropius een plezier te doen. Je weet wel, de man heeft een slijperij en een winkel in de Hinterstraat.'

Auguste heeft ondertussen allang spijt van haar bezoek. Ze heeft gedacht 'de arme Luise' te moeten troosten en bemoedigen, maar in plaats daarvan jammert deze onnozele vrouw over een tafellaken en beweert dat Johanna schuldig is aan haar miskraam.

'Ik moet nu helaas gaan, lieve. Je weet, ik heb gasten vanavond.'

'Doe alsjeblieft de groeten aan al mijn lieve vriendinnen en kennissen,' zegt Luise terwijl Auguste opstaat. 'Vooral aan meneer Elias Ostertag. Zo gauw ik me sterk genoeg voel, zal ik graag weer zelf aanwezig zijn.'

'Dat zou me een groot plezier doen, lieve Luise.'

Auguste is blij het huis van de Berends te kunnen verlaten. Het enige wat haar spijt is dat ze niet naar het recept van die lekkere beignets heeft gevraagd. Ze zal Grete aansporen ernaar te informeren.

Er zijn mensen die door ongeluk worden gelouterd, denkt ze terwijl ze door de smalle straat naar huis snelt. En er zijn andere mensen die er alleen maar boosaardiger door worden. Luise lijkt bij de laatste soort te horen.

Tegen zes uur die avond laat ze de lampen bij de entree van haar huis aansteken, want om die tijd arriveren meestal de eerste bezoekers van haar salon. Haar man is intussen thuis en laat zich nog snel een maaltijd serveren in zijn werkkamer omdat hij, zoals hij altijd schertsend beweert, een goede ondergrond nodig heeft om de lyrische en muzikale bijdragen van de avond te verwerken.

Auguste begroet iedere gast hartelijk, vraagt naar hun welzijn, kletst over ditjes en datjes en zorgt er met slimme diplomatie voor dat iedereen daar plaatsneemt waar zij ze gepland heeft. Ook Ernst Berend verschijnt en hij wordt door veel dames vrolijk begroet. Hij is altijd een verrijking voor de salon met zijn charmante manier van doen en buiten dat is hij een aantrekkelijke jonge man. Kort voordat Auguste met het programma wil beginnen, gaat er een gefluister door de kamer. De dames steken de koppen bij elkaar en wisselen spottende en beledigende opmerkingen uit. Sommigen moeten hun lorgnet gebruiken om de binnenkomende vrouw beter te kunnen opnemen.

'Ik ben helaas aan de late kant, lieve Auguste,' roept Johanna met een ongedwongen glimlach. 'Maar ik wilde in geen geval je salon missen.'

Onder de starende blikken van de andere gasten omhelst ze Auguste onstuimig, begroet haar broer Ernst, knikt vriendelijk naar een paar van de dames en gaat dan zitten op de stoel die Anton vlug voor haar heeft gehaald. De jurk die ze draagt moet fonkelnieuw zijn. Een gewaad van donkergroene zijde, eenvoudig en hooggesloten, maar toch schandelijk, want de rok reikt niet tot aan de vloer en laat de voeten vrij zodat haar geknoopte enkellaarsjes te zien zijn.

Auguste wacht tot de opwinding is weggeëbd, houdt dan haar gebruikelijke, hartelijke welkomsttoespraakje en kondigt de pianist aan die de avond zal openen met een improvisatie van de componist Frans Schubert. Hierna laat Auguste wat tijd verstrijken voor ze het volgende optreden aankondigt. Ze praat met de pianist Sanftleben en houdt tegelijk haar oren open om de opmerkingen te kunnen horen die in haar buurt gemaakt worden.

'De voeten vrij! Als een boerin. Je kon een stuk van haar kuit zien toen ze ging zitten.'

'Ze is getrouwd met een simpele ambachtsman en komt hier opdagen als een prinses.'

'Wie zou die jurk betaald hebben? Vast niet haar echtgenoot.'

'O nee, dat kan hij zich niet veroorloven. Nou, ze zal inmiddels wel weten hoe ze aan het geld moet komen om haar wensen te vervullen.'

O, die gemene roddeltantes. Ook al wist Auguste dat Johanna's optreden zekere dames niet zou bevallen, toch ergert ze zich aan het kwaadaardige geklets. Johanna is te bewonderen. Ze begroet dapper haar voormalige vriendinnen, heeft voor iedereen een vriendelijk woord en schijnt de koele antwoorden niet op te merken. Een poosje is ze in gesprek met Rebecca Ostertag, de vrouw van Elias, en dan keert ze zich zonder te aarzelen naar Anna Ernestine Becker. Dat lijkt ze handig aan te pakken, want Anna Ernestines trekken verzachten en uiteindelijk glimlacht ze zelfs. Vermoedelijk heeft de slimme Johanna haar gedichten geprezen en haar daarmee op haar zwakke plek geraakt.

Het volgende programmapunt is voor iedereen een verrassing. Auguste vraagt Ernst Berend een van zijn nieuwe teksten voor te lezen. Ernst twijfelt niet lang, trekt een manuscript uit zijn tas en neemt zijn positie in naast de piano.

'Mijn lieve vrienden,' begint hij gloedvol. 'Aangezien onze bekoorlijke gastvrouw zo goed was mij geheel onverwachts voor een voordracht uit te nodigen, wil ik u graag een werk presenteren dat ik nog maar net heb geschreven. De inkt is nog nat, om het zo maar eens te zeggen...'

Hij oogst gelach als hij het papier openvouwt en eroverheen blaast alsof hij de inkt moet drogen. Auguste weet dat hij nu al de harten van alle aanwezige dames gewonnen heeft. Ze ontdekt zelfs verliefde blikken die op de goed uitziende jonge man gericht zijn. Als hij nou maar niet over politiek begint, denkt ze bezorgd. Maar gelukkig gaat de tekst over de schoonheid van zijn geliefde geboortestad Danzig, die hij welbespraakt en niet zonder subtiele humor ten gehore brengt. Hij bezit de gave zijn publiek te boeien, laat zijn stem stijgen en dalen, begeleidt zijn voordracht met gebaren en kijkt steeds opnieuw even van zijn papier op om naar deze of gene dame te glimlachen. Wanneer hij bij het einde gekomen is en beleefd voor de welwillende aandacht en het applaus bedankt, wordt hij direct omringd door vrouwelijke vereerders.

'Wat een geslaagd optreden. Ik had tranen in mijn ogen, meneer Berend.'

'Wat een verrijking voor onze salon! Ik hoop dat u de volgende keer weer voorleest, dan zal ik mijn moeder en een vriendin meenemen.'

'Een geweldig succes, beste Berend,' roept boekhandelaar Langlau uit. 'Gefeliciteerd. Krijgen we uw werk ook gedrukt te lezen?'

Auguste reageert met tegenwoordigheid van geest. 'Zover ik weet heeft onze vriend Elias Ostertag het voornemen om enkele teksten van onze jonge auteur te publiceren. Nietwaar, beste meneer Ostertag?'

Ostertag verzekert zijn omstanders dat hij dat zeker van plan is en dat hij al een selectie heeft gemaakt uit de in aanmerking komende artikelen. Dit heeft als gevolg dat er nog meer bestellingen voor het volgende nummer worden gedaan, die hij zorgvuldig noteert.

Kijk aan, denkt Auguste tevreden. Ik kan mijn beloofde financiele bijdrage via een abonnement op zijn tijdschrift regelen.

Auguste richt zich heel bewust tot haar vriendin Johanna en praat een poosje met haar. De kwaadspreeksters mogen weten dat zij achter Johanna staat en wie dat niet bevalt hoeft niet meer te komen. Haar lieve man Klaus doorziet haar bedoeling en voegt zich bij hen om Johanna een compliment te maken.

'Wat een prachtige jurk, mijn beste mevrouw Forster.'

'Dank u wel, meneer Von Kleiwitz,' zegt ze blij. 'Ik weet uw oordeel op waarde te schatten. Ik heb het naar een ontwerp van mijzelf laten naaien. Die ouderwetse jurken met rokken tot op de grond zijn vreselijk onpraktisch, je veegt er alleen maar de straten mee aan.'

Ze was altijd al zo dapper, denkt Auguste. En juist daarom hou ik van haar.

Wanneer de eerste gasten vertrekken, krijgt Auguste te horen dat haar salon weer een geweldige belevenis was, waar ze nog dagen over zullen napraten. Ze gelooft hen op hun woord. De praatjes over Johanna zullen in heel Danzig de ronde doen en de bloeddruk van zekere dames in de hoogte doen schieten. Ernst Berend en Johanna nemen als laatste afscheid. De jonge man is zo blij met zijn succes en de geplande publicatie van zijn werk dat hij Auguste voor de ogen van haar echtgenoot om de hals valt en haar kust op beide wangen.

'U bent een engel, lieve vriendin,' roept hij uit. 'En een engel mag men kussen, ze zijn boodschappers uit de hemel en geen aardse wezens.'

Klaus vertrekt geen spier, maar Auguste ziet aan zijn blik dat hij niet helemaal ontspannen is. Hij is jaloers, haar echtgenoot. Wat fantastisch. Deze nacht nog zal ze hem bewijzen dat ze geen engel, maar een door en door aardse vrouw is.

Johanna komt ongebruikelijk opgewonden op haar over als ze gedag zegt. 'Het was een prachtige avond, lieve Auguste. Ik ben zo blij dat je me uitgenodigd hebt. Wanneer we elkaar weerzien moet ik je iets vertellen en je om advies vragen...'

Ze wil niet zeggen waar het over gaat. In plaats daarvan neemt ze haastig afscheid en loopt de treden van het bordes af naar de straat. Anton heeft haar verteld dat de echtgenoot van Johanna, Berthold Forster, al sedert een half uur op haar wacht.

'Waarom heb je hem niet gevraagd om binnen te komen?' vraagt Klaus von Kleiwitz streng aan zijn bediende.

'Neem me niet kwalijk, meneer, dat heb ik gedaan. Maar hij weigerde beleefd. De hogere kunsten zijn niet aan hem besteed, zei hij. Hij wilde alleen zijn lieve vrouw veilig thuisbrengen.'

Johanna

ZE HEEFT HAAR MAN ONDERSCHAT. Hij is zeker niet zo gemoedelijk en meegaand als ze heeft gedacht. Onder zijn vaderlijke welwillendheid bevindt zich een hard pantser van onverzettelijke koppigheid.

'Dat is een leuk idee, mijn kleine Johanna.'

'Dus wil je het proberen?'

'We zullen zien. Ik ben blij dat je zo'n fijne avond hebt gehad. Laten we gaan slapen, het is al laat.'

Ze heeft de hele terugweg over haar project gezwegen om niet gelijk met de deur in huis te vallen. Terwijl ze aan zijn arm door de smalle straten liep, die door de gaslantaarns slechts spaarzaam verlicht werden, had ze braaf zijn vragen beantwoord. Berthold verheugde zich oprecht over het grote succes van haar broer Ernst, maar merkte wel op dat hij zich beter aan zijn studie kon wijden dan zijn tijd met schrijverij te verlummelen.

Eenmaal thuis had haar man zich meteen klaargemaakt voor de nacht, wat ze hem niet kwalijk kon nemen, want het was laat geworden en hij moest morgen in alle vroegte weer in de werkplaats zijn. Desondanks had ze haar mond niet kunnen houden en hem met haar plannen overvallen toen ze samen in bed lagen.

'Een stuk grond, Berthold. Op de Strohdijk, waar de Mottlau in de Weichsel stroomt. Tegenover de Milchpeter.'

'Juist. Vroeger heeft boer Piepke daar zijn koeien laten grazen. Nu liggen de velden braak en het struikgewas is hoog opgeschoten.'

'Het is precies de goede plaats voor een werf,' zegt ze opgewonden. 'Direct aan het water, Berthold. Aan de ene kant de Mottlau en aan de andere kant de Weichsel. De een voert naar de stadshaven, de ander naar Neufahrwasser.'

'Dat klopt, lieve Johanna,' zegt hij en hij trekt zijn kussen recht. 'Een mooi stukje aarde.'

Waarom begrijpt hij haar nou niet? Ze wordt gek van zijn onverschilligheid. Heeft ze niet verteld wat een geluk ze heeft gehad dat ze dat gesprek in de rookkamer had kunnen afluisteren? O, ze heeft heel goede oren, die moeiteloos gefluisterde woorden kunnen opvangen, ook als ze niet voor haar bestemd zijn. Terwijl zij met boekhandelaar Langlau over een Franse roman praatte, had ze kunnen horen hoe koopman August Blott zich druk maakte over de werfbezitter Johannes Klawitter. Het ging om een landtong tussen de Weichsel en de Mottlau die Klawitter absoluut van Blott wil kopen om er meer werkhallen op te laten bouwen. Maar het lijkt erop dat ze het niet eens kunnen worden.

'Een gierige vrek, die Klawitter,' had Blott zacht tegen zijn gesprekspartner gezegd. 'Vertelt me over zijn verliezen, klaagt over de onkosten, het dure hout, de opdrachten die uitblijven. Als hij echter denkt op die manier het land voor een spotprijs te krijgen, vergist hij zich.'

Johanna had meteen begrepen dat zich hier een eenmalige kans voordeed. Ze wist om welk stuk land het ging en ze zag direct de waarde ervan in. Het stond te koop. Je hoefde alleen maar hoger te bieden dan Klawitter om het in handen te krijgen.

'Je moet met August Blott onderhandelen, Berthold,' dringt ze bij haar man aan. 'Als je het slim speelt, kaap je het terrein voor de neus van Klawitter weg. Je kunt het geld dat je van mijn broer hebt gekregen voor het stuk grond bij Neufahrwasser investeren.'

Ze krijgt geen antwoord en concludeert dat hij al in slaap is gevallen. Neemt hij haar niet serieus? Hoe kan hij slapen als het om zoiets belangrijks gaat?

Nou ja, denkt ze gelaten. Hij is moe en moet vroeg opstaan. Het was lief van hem mij zo laat nog op te komen halen. Hij had ook de gezel of een van de leerjongens kunnen sturen. Hij is mij van ganser harte toegewijd. Ik zal morgen met hem praten, hij zal naar me luisteren en inzien dat het een spoedkwestie is.

De volgende ochtend zit ze nog voor Berthold is opgestaan aangekleed aan de ontbijttafel. De oude Barbara laat bijna de koffiekan uit haar handen vallen als ze Johanna op dit vroege uur ziet zitten. Maar ze herstelt zich snel, mompelt 'goedemorgen' en verdwijnt weer in de keuken.

'Je bent al op,' zegt Berthold verbaasd wanneer hij binnenkomt. 'Kon je niet slapen, lieve Johanna? Wel, het is prettig de ochtendkoffie in jouw gezelschap te drinken.'

Hij schenkt koffie in, schuift suiker en room naar haar toe en zegt glimlachend dat ze later nog wel een beetje kan slapen.

'Misschien,' zegt ze. 'Maar eerst wil ik het met je over de kwestie hebben die ik gisteren heb aangeroerd.'

'Welke kwestie, lieve Johanna?'

Doet hij alsof of is hij het inderdaad vergeten? Hij besmeert in alle rust een sneetje brood met boter en legt het op zijn bord.

'Het stuk grond bij de Strohdijk. Ik ben er vast van overtuigd dat we het moeten kopen voor Klawitter het inpikt.'

'Ach, dat verhaal. Ik denk dat je je iets in je hoofd hebt gehaald, Johanna. Zo'n avond met vrienden en kunstenaars prikkelt de fantasie en laat wilde dromen ontstaan.'

De grens van haar geduld is bereikt. Waarom behandelt hij haar alsof ze een dom gansje is?

'Ik ben geen droomster, Berthold,' maakt ze met een ferme stem duidelijk. 'Ik ben de dochter van een zakenman. Ik kan rekenen en met een helder hoofd aan de toekomst denken. Dit stuk grond is goud waard. In heel Danzig en omgeving is er geen betere plek om een scheepswerf te vestigen.'

Hij kijkt haar verbaasd aan, want ze heeft op een toon gesproken die hij nog niet van haar kent. Dan glimlacht hij gemoedelijk en streelt haar hand. 'Mijn lieve vrouw,' zegt hij teder. 'Je moet je hoofdje niet met zulke nutteloze plannen belasten, die je alleen maar opwinden en nergens toe leiden. Waarom ontwerp je niet een mooie jurk of een mantel die ik dan voor je laat naaien? Je zag er gisteren zo mooi uit in dat zijden gewaad. Ik zou willen dat je het elke dag voor me droeg.'

Nu heeft ze er echt genoeg van. Nijdig gooit ze het koffielepeltje op de tafel.

'Eens en voor altijd, Berthold,' zegt ze met fonkelende ogen. 'Ik ben geen sierpoppetje dat hierboven in de kamer zit en voor jouw genoegen mooie kleren draagt. Ik heb noch tapijten, noch nieuwe gordijnen nodig en al helemaal geen zijden gewaden en soortgelijke onzin. Ik wil dat je dat stuk land koopt, zodat we daar een werf kunnen vestigen. Heb je me nu eindelijk begrepen?'

Hij staart haar aan, slaat dan zijn ogen neer en zwijgt. Stilte breidt zich uit in de kamer. Ze hoort planken kraken in de gang. Natuurlijk, daar staat de oude Barbara met haar oor tegen de deur. Beneden in de werkplaats klinkt geschraap, dat is een van de leerjongens die de kachel opstookt.

Ze wacht, kijkt naar de zwijgende man die met gebogen hoofd en rug voor haar zit, onbeweeglijk alsof het noodlot hem een slag heeft toegebracht. Het duurt lang voordat hij zich opricht en haar aankijkt. Zijn gezicht staat ernstig, zijn blik is zorgelijk, maar als hij spreekt is het met vaste stem.

'Mijn lieve vrouw, ik voel me genoodzaakt iets tussen ons beiden duidelijk te maken. Ik doe het niet graag, maar het moet hier en nu gezegd worden, want ik wil geen ruzie. Dus luister naar me. Hierboven in huis ben jij de bazin, je kunt doen en laten wat je wilt. Wat je ook wenst of wilt aanschaffen, ik zal het je geven, voor zover het binnen mijn mogelijkheden ligt. De werkplaats, zaken en financiën zijn echter mijn afdeling. Ik ben je echtgenoot en deze taken komen mij toe. Zo heb ik het altijd gedaan, zo hoort het te zijn en zo moet het blijven.'

Johanna begrijpt dat ze te ver is gegaan. Ze heeft hem willen dwingen en nu krijgt ze de rekening gepresenteerd. Hij heeft haar vriendelijk, maar duidelijk op haar plek gezet. Zij is de echtgenote en organiseert de dingen binnenshuis. Hij is de man die de zaken regelt en haar naar de buitenwereld vertegenwoordigt. Alleen de echtgenoot kan contracten afsluiten en zakendoen, voor een vrouw is dat wettelijk niet mogelijk. Zo is het nu eenmaal geregeld in de wereld. Waarom is ze altijd zo voorbarig? Ze praat en handelt impulsief zonder de voor- en nadelen tegen elkaar af te wegen. Haar oude fout. Blijkbaar heeft ze niets bijgeleerd.

'Een verstandige raad aannemen heeft nog geen enkele echtgenoot schade toegebracht,' zegt ze zachtmoediger en ze kijkt hem betekenisvol aan. Zijn trekken ontspannen zich, hij glimlacht naar haar en komt daarbij bijna schuldbewust over.

'Daar heb je gelijk in, mijn lieve vrouw,' zegt hij vergevingsgezind. 'Ik wil het graag horen als je denkt mij raad te moeten geven.'

'En over die raad nadenken?' houdt ze vol.

'Natuurlijk... Ik moet nu naar beneden. Zo meteen komt er iemand langs die een nieuwe roeiboot nodig heeft en we gaan bespreken hoe die gebouwd moet worden.'

Een roeiboot, denkt ze gelaten nadat hij de kamer verlaten heeft. Waarom geen houten scheepje dat de kinderen op de Radaune laten varen? Ach, hij wil hardnekkig en koppig een kleine botenbouwer blijven. Zijn werkplaats is zijn universum, daarbuiten kan en wil hij niet denken.

'Kan ik de tafel afruimen?'

De oude Barbara laat een tevreden, bijna triomfantelijk gezicht zien. Ze heeft zonder twijfel gehoord hoe haar geliefde baas zijn jonge echtgenote terecht heeft gewezen. Zonder Johanna's antwoord af te wachten begint ze borden, kopjes en etenswaren op haar dienblad te zetten. Ook de overgebleven koffie neemt ze mee, alleen de broodkruimels en het tafellaken laat ze liggen.

Johanna wil de hoop nog niet opgeven. Ineengedoken zit ze op de bank en piekert erover hoe ze haar doel kan bereiken. Als hij nou maar wilde luisteren. Iedere verstandige zakenman zou zijn geld liever winstgevend willen inzetten dan voor zijn mooie vrouw kleren en andere prullaria te kopen. Een werf is een winstgevende investering, dat weet ze zeker, schepen zijn altijd nodig. Natuurlijk moet je klein beginnen. Kustzeilboten bouwen. Vervolgens moet er een ervaren scheepsbouwer bijkomen die ook grotere schepen kan construeren. Niet de echt heel grote schepen, zoals oorlogsschepen of oceaanzeilers. Die worden gebouwd door de koninklijke Pruisische werf, daar kan niemand omheen. Iets daartussen. Een gat in de markt vinden. Handelsschepen die lichte goederen vervoeren. Snel moeten ze zijn, goed voor de wind varen, gemakkelijk te bedienen. Misschien ook kleinere stoomboten, die de kustplaatsen met elkaar verbinden en reizigers over de Mottlau vervoeren. De stoomboten hebben de toekomst, daar moet je in meegaan.

Ze zucht eens diep. Als haar broer haar niet met haar erfenis had bedrogen, was het gemakkelijker geweest haar plannen door te zetten. Dan zou ze het huis aan de Frauentorstraat mee in het huwelijk hebben gebracht en zou ze zich anders ten opzichte van Berthold kunnen opstellen. Maar ze heeft niets, niet eens een bruidsschat. Ze is totaal afhankelijk van zijn goedheid.

Zou het een idee zijn om Auguste tot deze koop over te halen? Ze weet dat haar vriendin een niet onaanzienlijk bezit in haar huwelijk heeft ingebracht. Het bestaat uit landerijen in Brandenburg, die haar broer voor haar beheert en waarvan de inkomsten bij Auguste terechtkomen. Stel dat Auguste in dit geval wil helpen, dan zal ze er geen problemen mee hebben haar man te overtuigen. Gezagvoerder Von Kleiwitz respecteert en houdt van zijn vrouw, hij zal doen wat zij wil.

Dan moet ze snel zijn. Nu twijfelt August Blott nog of hij op het bod van Klawitter moet ingaan, maar de tijd dringt. Het is heel goed mogelijk dat Blott en Klawitter het binnenkort eens worden of er duikt een andere geïnteresseerde op die Klawitter overbiedt.

De klokkentoren van de kerk heeft net zeven uur geslagen. Ach, ze moet haar ongeduld beteugelen. Auguste staat gewoonlijk niet voor acht uur 's ochtends op en daarbij is het meer dan onbeleefd om vóór tienen bij iemand op bezoek te gaan.

Ze zal haar tijd nuttig besteden. Heeft Berthold niet gezegd dat zij de bazin in huis is? Dan zal ze in elk geval het huishoudgeld gaan beheren en Barbara op de vingers kijken. Van nu af aan worden alle uitgaven genoteerd, zodat ze weet waar het geld blijft. Zo heeft mama het ook altijd gedaan en zo zal zij het ook doen. Haar echtgenoot zal moeten leren dat ze geen mooi speelgoed, maar een gedegen en behoedzame huisvrouw is.

Beneden in de werkplaats treft ze alleen Stefan en Marek aan, die haar begroeting vrolijk beantwoorden. Of ze een opdracht heeft, wil Marek hoopvol weten.

'Op het moment niet. Waar is de meester?'

'Hij is op de binnenplaats met de gezel, mevrouw. Herrmann Drews wil een boot gebouwd hebben en ze kijken naar het hout.'

'Wat voor boot? Een roeiboot?'

'Nee, nee, iets groters. Herrmann Drews is visser.'

Een vissersboot dus. Heel groot zal hij niet worden. Als Berthold nou maar vrachtzeilboten zou bouwen, die de goederen van Neufahrwasser naar het Speichereiland in de stad brengen. Maar daarvoor is deze werkplaats waarschijnlijk te klein. Ze kijkt op de binnenplaats en ziet de mannen bij elkaar staan. Drews rookt een pijp. De gezel legt iets uit met wijde armgebaren. Berthold knikt instemmend en hij laat de ochtendzon in zijn gezicht schijnen. Het ziet ernaar uit dat ze alle tijd van de wereld nemen om deze opdracht te bespreken.

Een poosje kijkt ze toe hoe Marek en Stefan planken bijschaven, tot het haar gaat vervelen en ze zich met de witte hond bezighoudt. Hij is een vriendelijke knaap. Hij lijkt het prettig te vinden door haar geaaid en achter zijn oren gekrabd te worden. Vertrouwelijk legt hij zijn krullerige kop op haar knie en heeft er niets op tegen dat ze houtkrullen uit zijn vacht trekt.

'Brave hond, Sultan,' mompelt ze. 'Ten minste één wezen in dit huis dat me neemt zoals ik ben.'

Buiten wordt de opdracht met een krachtige handdruk bezegeld. De visser stopt zijn pijpje opnieuw en verdwijnt dan door de poort. Berthold komt met de gezel de werkplaats in. Wanneer hij Johanna ziet, geknield bij de hond, fronst hij zijn voorhoofd.

'Zo wordt je jurk vies, Johanna,' berispt hij haar. 'Waarom ga je niet naar boven, naar je mooie kamer? De werkplaats is niet de juiste plek voor jou.'

'Als je een paar minuten tijd voor me hebt,' zegt ze en ze veegt de houtkrullen van haar rok. 'Ik wil je een voorstel doen.'

Hij haalt diep en onwillig adem, en aangezien ze hem zo warm en verwachtingsvol toelacht, kan hij niet weigeren.

'Laten we naar boven gaan. Ik moet eigenlijk dringend aan het werk, maar het zij zo.'

Ze houdt het kort en bondig. Ze wil het huishoudgeld beheren en een huishoudboekje gaan bijhouden. Daarnaast biedt ze aan hem bij lastige administratieve klussen, zoals rekeningen, contracten, loonlijsten of orderboeken behulpzaam te zijn.

'Daar moet ik eens rustig over nadenken,' zegt hij. 'Het is waar dat ik geen goede administrateur ben, ik doe het ook niet graag. Jij hebt zonder twijfel een beter handschrift en kunt je beter uitdrukken, omdat je een goed opgeleide vrouw bent.'

'Ik zou het fijn vinden je op deze manier bij je werk te helpen,' voegt ze eraan toe.

Hij streelt glimlachend haar wangen. 'Mijn lieve, kleine Johanna, dat is lief van je. Als je er plezier in hebt, dan neem ik je aanbod graag aan. Wat betreft het huishoudgeld ligt het anders.'

Er is geen vast bedrag dat aan het begin van de maand voor de huishouding ter beschikking staat. Forster heeft zijn vrouw altijd geld gegeven als er iets nodig was. Hoeveel en waarvoor het gebruikt werd heeft ze nooit ergens opgeschreven. Met Barbara gaat het net zo. Als ze boodschappen gaat doen, krijgt ze van hem een klein of groter bedrag en als het geld helemaal op is, komt ze naar hem toe en houdt haar hand op. Een afrekening over de inkopen is er nooit geweest.

'In een groot handelshuis zal het er anders aan toegaan,' zegt hij tegen haar. 'Maar hier in mijn huis ging het zo altijd goed en we zijn nooit iemand iets schuldig gebleven.'

'Dan verzoek ik je om in de toekomst mij het geld voor de huishouding te overhandigen. Ik zal Barbara uitbetalen wat ze nodig heeft.'

Dat lijkt hem niet erg te bevallen, aangezien hij wel aanvoelt dat deze regeling de woede van Barbara zal wekken. Waar hij ongetwijfeld gelijk in heeft. Maar omdat ze hem zo vol vertrouwen toelacht, stemt hij in.

Voorlopig is ze tevreden, omhelst hem teder en zoent hem dankbaar op de wangen.

'Het is fijn dat we het nu eens zijn, mijn lieve Johanna,' zegt hij verheugd en hij houdt haar vast om haar kussen te beantwoorden. 'Ik wil niets anders dan dat je bij mij gelukkig bent, mijn engel.'

Daar ontbreekt nog het een en ander aan, denkt ze als hij weer naar beneden gaat. Maar het begin is gemaakt. Ze stelt de confrontatie met het boosaardige oudje uit tot later, verkleedt zich, pakt haar mantel en gaat op weg naar Auguste.

Het weer is aangenaam. Tussen de witte wolken komt steeds de zon tevoorschijn, de wind voelt bijna lenteachtig aan en brengt de geur van de rivier met zich mee. Bij de Radaunebrug, vlak bij de werkplaats, valt haar een jonge arbeider op, die peinzend op de brug staat met zijn hand op de leuning. Het is een knappe man, lang, met regelmatige trekken. Onder zijn ronde hoed komt krullerig haar tevoorschijn. Hij draagt een bundel aan een stok over zijn schouder. Het lijkt erop dat hij rondtrekt, op zoek naar een nieuwe baas. Johanna vindt het wat vroeg in het jaar om voor werk onderweg te zijn, maar omdat hij zo indringend naar haar kijkt, groet ze hem met een glimlach.

Hij licht zijn hoed en maakt een kleine buiging. Hij staart haar daarbij echter zo donker met toegeknepen ogen aan dat ze een akelig gevoel krijgt.

Dat krijg je ervan, denkt ze geïrriteerd. Hoe kom ik op het idee die kerel te groeten, straks beeldt hij zich iets in en komt hij me achterna.

Op de Heiligen-Geist-straat zijn allerlei koetsen en huurrijtuigjes onderweg, zodat de voetgangers moeten oppassen om niet onder de wielen te komen.

'Die verdomde bordessen maken de straat onbegaanbaar,' foetert een koetsier luidkeels. 'Die moeten ze allemaal wegbreken, zodat we elkaar kunnen passeren.'

Johanna stapt handig over de verse paardenvijgen die her en der op de weg liggen en brengt zich in veiligheid op het bordes van huize Von Kleiwitz.

Grete doet de deur voor haar open en verklaart dat mevrouw zich net heeft klaargemaakt om uit te gaan.

'Zeg tegen haar dat ik haar niet wil ophouden, alleen kort iets wil bespreken.'

'Natuurlijk, mevrouw Forster.'

Auguste ontvangt haar in de woonkamer met haar gebruikelijke hartelijkheid. Ze heeft haar hoed al op haar kapsel vastgezet en trekt nu haar handschoenen aan. 'Mijn lieve vriendin, wat een verrassing. Ik wilde net naar Anna Ernestine gaan, ze heeft nieuwe gedichten geschreven. En daarna wil ik bij Friederike op bezoek om haar over te halen een abonnement op de *Literarischen Boten* te nemen. Ik hoop dat ze het doet. Men zegt in de stad dat haar man een verlies heeft geleden doordat een van de boten met zijn graan bij de storm onlangs is vergaan…'

Wil August Blott het land verkopen om met het geld zijn dochter en schoonzoon te ondersteunen? Dan moet ze snel handelen.

'Ik heb je hulp nodig, lieve vriendin,' valt Johanna de praatgrage Auguste in de rede. 'Het is een kwestie die heel belangrijk voor me is.'

Auguste heeft even tijd nodig om het onwaarschijnlijke voorstel te begrijpen. Ze moet een stuk land kopen en het dan aan Johanna verpachten.

'Dat... dat moet ik eerst met Klaus bespreken,' zegt ze aarzelend. 'Ik weet echt niet of hij dit wel verstandig vindt. Het gaat niet om een klein bedrag.'

'Het perceel is een uitstekende investering, Auguste,' verzekert Johanna haar. 'Klawitter wil het heel graag hebben, maar er zullen ook andere geïnteresseerden zijn. Als we onze werf op poten hebben, kopen we het land voor een goede prijs. Zo zul je er zeker winst op maken.'

Auguste trekt haar schouders op. Ze heeft weinig gevoel voor zaken, haar hartstocht geldt de kunst en de kunstenaars.

'Ik zou je graag een plezier willen doen, lieve vriendin. Maar dat je echtgenoot meteen een werf wil vestigen, lijkt mij toch heel gewaagd.'

'Waarom?' reageert Johanna onbevangen. 'Schepen zijn altijd nodig.'

Daar geeft Auguste haar gelijk in. Schepen zijn absoluut noodzakelijk. Vooral hier in Danzig, waar er op de Mottlau een heleboel te zien zijn. Een prachtige warboel van zeilen en masten, daartussen de kleinere roeiboten en het stoombootje dat met een donkere rookpluim boven de schoorsteen vooruitpuft.

'Goed, ik zal het met Klaus bespreken en je onze beslissing mededelen, Johanna.'

'Zeg hem dan ook dat er haast bij is. Morgen kan het te laat zijn.'

'Jaja. Meteen na het theater vanavond zal ik het hem vertellen.'

Op de terugweg voelt Johanna zich niet erg optimistisch. Zelfs als de gezagvoerder op haar verzoek wil ingaan, zal het hem waarschijnlijk niet lukken de koop tijdig af te sluiten. Maar nog veel waarschijnlijker is het dat hij het niet eens probeert, omdat hij het een onzinnig idee vindt. En daarmee zou ook de hoop verloren zijn om van de kleine werkplaats van haar man iets groters en beters te maken. Johannes Klawitter zal het land kopen en zijn werf uitbreiden. Hij is een gewiekste zakenman en hij krijgt wat hij wil.

Wanneer ze de werkplaats binnenloopt, komt Sultan kwispelend overeind en loopt haar tegemoet. De gezel en de leerjongens daarentegen lijken haar amper op te merken. Ze zitten bij elkaar en lepelen hun soep naar binnen, dopen het brood in de kommen en smakken hoorbaar.

'Eet smakelijk!'

Ze bedanken haar schuw en met verlegen gezichten, zodat ze verwonderd de trap op gaat. Wat is er nu weer aan de hand? Heeft haar echtgenoot er iets op tegen dat ze in de stad bezoeken aflegt? Had ze hem eerst om toestemming moeten vragen? Ach, onzin. Dergelijke dingen hebben hem tot nu toe niet eerder gestoord.

Ze is nog niet boven als ze harde stemmen vanuit de woonkamer hoort en ze blijft staan. Het zijn mannenstemmen, een daarvan is van Berthold, de andere, jongere stem kent ze niet.

'Je hebt het recht om te doen en te laten wat je maar wilt,' zegt de onbekende stem op boze toon. 'Je kunt de nagedachtenis van mijn moeder met voeten treden en een jong meisje als echtgenote nemen. Denk alleen niet dat ik zoiets goedkeur...'

'Kalmeer, Pawel. Ook als het je niet bevalt wat hier tijdens jouw afwezigheid is gebeurd, ik ben nog steeds je vader en dit is mijn huis.'

'Dat klopt. Het is jouw huis en er is geen plaats meer voor mij. Het is jouw werkplaats, maar denk niet dat ik er ooit nog een voet zal binnenzetten.'

'Ik dacht wel dat mijn werkplaats te klein voor je zou zijn geworden, nu je in Engeland zo veel geleerd hebt en op je vader kunt neerkijken. Vergeet alleen niet dat ik je drie jaar lang geld heb gestuurd, zodat je het daar in den vreemde niet koud zou hebben en geen honger hoefde te lijden.'

'Dat geld krijg je terug!'

'Hou het maar, ik wil het niet. Het respect dat je mij als mijn zoon verschuldigd bent, dat moet je me echter wel betuigen.'

'Ik zal je alles tot de laatste cent terugbetalen. En ook aan respect zal het je niet ontbreken, ook niet als mijn vader zich in ieders ogen belachelijk heeft gemaakt. Weet je niet wat ze over je zeggen? Een verliefde oude dwaas, word je genoemd. Er zijn ook ergere dingen gezegd, die zal ik je besparen. Maar het is niet plezierig die kwaadaardige hoon aan te horen en ik heb me voor je geschaamd.'

'Als jij je voor je eigen vader schaamt, ben je niets meer dan een beklagenswaardig kereltje.'

Johanna luistert doodstil en ontzet naar de woordenwisseling. De stemmen zijn hard en boos, de zinnen volgen kort, als slagen, op elkaar. Nu hoort ze dat er een stoel wordt omgegooid en direct daarop rukt iemand de deur van de woonkamer open. Ze verstijft. Dat is toch... Dat is de jonge arbeider die ze eerder bij de Radaunebrug gegroet heeft.

Ook hij blijft geschrokken staan als hij haar zo onverwachts op de trap ziet. Even kijken ze elkaar aan, dan mompelt hij een korte groet, legt de stok met de bundel over zijn schouder en gaat langs haar heen de trap af.

Ernst

NA ZIJN GROTE SUCCES TIJDENS Augustes salon zweeft Ernst dagenlang in een roes van gelukzaligheid. Hij is een dichter! Zijn werk had de toehoorders verrukt. Ze hadden hem bejubeld, hem met lof overladen, hem voor allerlei kunstkringen en avondevenementen uitgenodigd. Ja, hij had altijd geweten dat er een groot talent in hem schuilde. Hij had het schrijven van zijn literaire en essayistische artikelen nooit laten versloffen. Boven in zijn kamer liggen nog stapels van zijn vroegere werk, dat hij stiekem had moeten schrijven omdat men in huize Berend geen gevoel had voor literatuur en de kunst van het verfijnde woord. Ook zijn vader, God hebbe zijn ziel, had voor de schrijfpogingen van zijn jongste zoon geen goed woord overgehad. Hij had Ernst verboden filosofie en literatuur te gaan studeren en hem verordonneerd de saaie rechtenstudie te gaan volgen. Alleen zijn zus Johanna had hem aangemoedigd, wat hij altijd erg had gewaardeerd.

Wat had Friederike Albertus op die onvergetelijke avond ook alweer tegen hem gezegd? 'Ach, beste Ernst, wat een prachtige voordracht. Met warmte en geestdrift geschreven en gloedvol voorgelezen. Tussen ons gezegd en gezwegen, ik was nooit op het idee gekomen die doodsaaie *Literarischen Boten* te kopen, laat staan een abonnement te nemen. Maar als ik jouw teksten daarin kan lezen, is het me dat waard.'

Friederike tutoyeerde hem omdat ze samen met Johanna naar school was gegaan en vroeger vaak bij hen te gast was geweest. Als 'Rieke' op bezoek was werd hij door de meisjes altijd uit de kamer geweerd, waar hij zich erg aan had geërgerd. Intussen is ze mollig geworden en getrouwd met Eugen Albertus, die net als zijn vader koopman is, maar naar het schijnt, weinig succes met zijn ondernemingen heeft.

'Ik heb altijd geweten dat je iets bijzonders zou worden, lieve Ernst,' was ze verdergegaan en ze had hem zo stralend aangekeken dat hij had gedacht dat ze hem om de hals wilde vallen. 'Maria en Annemarie zeggen dat ook. Je herinnert je Maria Gebauer toch nog wel, die altijd haar poesiealbum bij zich had?'

'Ja, natuurlijk,' had hij gezegd.

In zijn hoofd duikt het vage beeld van een klein mollig meisje met een rood gezicht op, dat altijd haar hand voor haar mond hield als ze moest lachen. Annemarie Jonkers herinnert hij zich beter. Slank en lenig, donker haar en kuiltjes in haar wangen. Helaas was ze drie jaar ouder dan hij en ze had indertijd vaak de spot met hem gedreven en hem een 'domme jongen' genoemd. Dat ook Annemarie hem waardeert, stemt hem tevreden.

De avond heeft zijn leven veranderd. Hij weet nu heel zeker wat hij met zijn leven wil doen en hij zal die weg ondanks alle hindernissen blijven volgen. Al de volgende ochtend vraagt hij zich af waar hij eigenlijk die vervelende Elias Ostertag met zijn vrome blaadje voor nodig heeft. Goed, hij zal hem een of twee keer een paar van zijn kostbare teksten laten drukken, maar daarna is het afgelopen. Dan wil hij het hogerop zoeken. Hij zal zijn artikelen naar literaire tijdschriften in Hamburg, Lübeck en ook Berlijn sturen. Of nog beter, hij zal zijn eigen literaire tijdschrift oprichten.

Dat idee bevalt hem nog het best. Als hij zelf een tijdschrift uitgeeft, is hij zijn eigen baas. Hij kan beslissen wat afgewezen en wat gedrukt wordt. Natuurlijk zal hij vooral de werken van zijn eigen hand publiceren, maar hij zal ook andere auteurs de mogelijkheid tot publicatie bieden. Degenen die slimme, moderne en goed geschreven teksten vervaardigen en degenen die op grond van hun maatschappelijke positie voor de verspreiding van zijn blad zorgen. En wie weet? De stap van een tijdschrift naar een boek is niet groot. Had de in Königsberg geboren auteur E. T. A. Hoffmann ook niet talloze boeken met zijn bizarre en fantastische verhalen gepubliceerd? Een ervan speelt zelfs in Danzig, waarbij de Artushof en de handelslui worden beschreven. Ernst heeft veel zin om ook dergelijke literaire romans te schrijven. Hij zou zo hele boekdelen met griezelige en hartverwarmende geschiedenissen uit zijn mouw kunnen schudden die in de straten van Danzig zouden zijn gesitueerd.

Het probleem bij de uitvoering van al deze grandioze plannen is dat ellendige geld. Een tijdschrift moet gedrukt worden en dat kost geld. Ook bestaat de mogelijkheid dat de eerste nummers slecht verkopen, omdat veel lezers dom zijn en een goed blad niet van een slecht kunnen onderscheiden. Dan moet je een lange adem hebben en erop toeleggen tot het lezersaantal groot genoeg is en de baten de kosten overschrijden. Nee, hij is geen 'broeder fantast', zoals Theodor hem graag noemt. Ook hij kan rekenen, tenslotte komt hij uit een koopmansgeslacht en is bekend met het voeren van een boekhouding. Dus het is hem duidelijk dat hij een behoorlijk bedrag nodig heeft om de eerste nummers van zijn tijdschrift de wereld in te brengen. De vraag is alleen hoe hij aan dat geld moet komen.

Bitter stuit hij weer op het besef dat zijn broer hem heeft bedrogen. Die twee stukken land die nu als bouwgrond voor die verdomde opslaghal in Neufahrwasser dienen zouden nu van hem moeten zijn. Als hij zijn erfenis had gekregen, zoals zijn vader het had gewild, dan zou hij nu die percelen te gelde kunnen maken en met een goede financiële buffer zijn tijdschrift kunnen oprichten en misschien zelfs boeken kunnen uitgeven.

Maar zoals de zaken er nu voor staan bezorgt de van hem gestolen grond hem alleen maar ergernis. Theodor heeft een of andere overeenkomst met August Blott afgesloten die hem een enorme hoeveelheid bakstenen heeft opgeleverd, waarmee hij zijn opslaghal wil bouwen. Onlangs wilde hij de stenen gaan bekijken om te controleren of ze deugden. Ernst moest met hem mee en Theodor had er ook een metselaar bij gehaald, die zijn oordeel moest geven. Kostbare uren had hij op deze manier verknoeid, uren waarin hij had kunnen schrijven. Hij was in de buurt gebleven en had moeten wachten tot Theodor en de metselaar elke steen hadden omgedraaid, gewogen en uiteindelijk geschikt hadden bevonden.

'Heb je gezien hoe zorgvuldig je bij een dergelijke aanschaf te werk moet gaan?' had Theodor hem op de terugweg gevraagd. 'Nu weet ik dat de stenen goed zijn en ik betaal maar de helft van wat ze bij de steenfabriek kosten.'

Wat een vreselijke krent is zijn broer toch! Hij koopt deze lelijke, vlekkerige donkerrode bakstenen om een nieuwe hal te bouwen. Is een mooie hal niet ook een visitekaartje voor een handelshuis? Het zij zo. Laat Theodor beknibbelen wat hij wil, hij zal daarover geen ruzie met hem maken. En hij zal hem ook zeker niet vragen hem het geld te lenen voor een nieuw op te richten literair tijdschrift. Dan zou hij alleen maar weer te horen krijgen dat hij dergelijke dwaze ideeën eens en voor altijd moet vergeten, omdat hij al zijn krachten moet inzetten om het handelshuis Berends te dienen.

Met deze en soortgelijke volzinnen kwelt Theodor hem intussen dagelijks. Het bezoek aan de salon van Auguste von Kleiwitz doet hij af als tijdverspilling, Ernst heeft wel wat beters te doen. Ook heeft Theodor de gewoonte ontwikkeld hem 's ochtends mee te slepen naar de Artushof om te leren hoe hij moet onderhandelen en zaken moet doen. Een vreselijk saai gebeuren dat hem totaal niet interesseert. Hij komt er wel oude bekenden tegen, onder wie Jan Jonkers, de vader van Annemarie, die hem meteen vriendelijk begroet en een praatje met hem maakt. Hij wil onder andere weten of Ernst zijn rechtenstudie al heeft afgesloten.

'Bijna,' antwoordt Ernst voorzichtig. 'Ik zal binnenkort als compagnon in de firma van mijn broer beginnen, maar ook een deel van mijn tijd aan de literatuur en het schrijven wijden. Ik ben van plan binnen afzienbare tijd een literair tijdschrift op te richten.'

'Wat een dapper waagstuk, beste Ernst. Ik mag u toch wel zo noemen? Mijn dochter heeft het vaak over u. Blijkbaar hebt u onlangs tijdens de salon van Auguste von Kleiwitz alle jongedames het hoofd op hol gebracht.'

'U mag me uitlachen, meneer Jonkers,' zegt Ernst bescheiden, terwijl de triomf over zijn succes in zijn innerlijk brandt. 'Ik heb alleen maar een korte, door mij geschreven tekst voorgelezen, waar de aanwezigen heel enthousiast over waren.'

'Heel goed, jongeman,' zegt Jonkers joviaal en hij slaat hem op de schouder. 'We geven donderdag een kleine soiree, als u tijd hebt zou het ook mijn vrouw zeer verheugen u bij ons te ontvangen.'

O jee, denkt Ernst. Je zou bijna denken dat hij van zins is mij zijn dochter aan te bieden. Ja, ze is knap en ze valt bij mij in de smaak. Ik ben echter nog te jong om te trouwen. Een echtgenote en een schare schreeuwende kinderen zouden al mijn plannen tenietdoen.

'Heel hartelijk bedankt voor de vriendelijke uitnodiging. Ik ben alleen bang dat mijn broer donderdag beslag op me zal leggen,' praat hij zich eruit. 'U weet, we bouwen een nieuwe opslaghal in Neufahrwasser. Theodor heeft daarbij dringend mijn vakkundige advies nodig.'

'Dat begrijp ik, beste Ernst,' zegt Jonkers. Hij haalt zijn gouden horloge uit zijn vestzak om te kijken hoe laat het is. 'Wellicht een andere keer.'

'Heel graag, meneer Jonkers.'

Tot zijn verrassing wordt hij door Theodor, die vanuit de verte heeft toegekeken, zeer geprezen voor dit gesprek. 'Het is mooi dat je contacten legt en zo ongedwongen met vrienden en bekenden praat. Hou daarbij wel je oren open voor dingen die onze firma van nut kunnen zijn. Heeft Jonkers niet een afnemer van Russisch hout in Holland met wie hij goede zaken doet?'

'Geen idee. Ik weet alleen dat hij een knappe dochter heeft, die hij graag aan de man wil brengen.'

'Dat weet de hele stad,' bromt Theodor knorrig. 'Allemaal geklets waar we niets aan hebben.'

'Ik ben uitgenodigd voor een soiree donderdag bij Jonkers,' vertelt Ernst.

'Ga erheen, wat mij betreft. Maar kijk uit dat je niet in de val loopt. Zijn dochter is een kattig mens, wat het moeilijk maakt haar uit te huwelijken.'

Ze is dus niet veranderd, denkt Ernst geamuseerd. Hij belooft zijn broer om donderdag het welzijn van huize Berend voor ogen te houden. Vervolgens loopt hij naar de binnenplaats om Oskar met een boodschap naar Auguste von Kleiwitz te sturen.

Beste vriendin!

Hebt u aanstaande donderdag rond 18.00 uur een paar minuten tijd voor me? Ik heb uw advies nodig voor een kwestie die met kunst en literatuur te maken heeft.

Uw toegenegen,
Ernst Berend

Oskar is een slimme jongen. Hij reikt hem het antwoord aan terwijl Theodor op het gemeentehuis wat zaken afhandelt.

Voor u, beste vriend, maak ik graag tijd vrij. Ik zal niet aarzelen om u met raad en daad terzijde te staan.

In gespannen afwachting,
Auguste von Kleiwitz

Goedgekleed, met een lok haar kunstig over zijn voorhoofd gekruld, begeeft hij zich op de afgesproken tijd naar de Heiligen-Geist-straat. Geweldig, zijn weldoenster heeft koud vlees en belegde broodjes op tafel laten zetten. Dat komt hem goed uit, omdat hij weinig zin heeft later nog naar Jonkers te gaan. Hij wil zijn avond liever in een goeie kroeg besluiten.

'Het gaat over mijn grootste wensdroom, beste vriendin. Een idee waar ik al jaren mee rondloop…'

Hij hoeft niet veel moeite te doen om Auguste voor zijn plan te winnen. Ze staat al in vuur en vlam nog voor hij goed en wel begonnen is. Ja, zij heeft ook al met de gedachte gespeeld een literaire krant uit te geven om jonge dichters te steunen.

'Een tijdschrift dat tot de harten van de mensen spreekt en aan de lieflijke kunsten en poëzie gewijd is. Geen vrome opstellen over de zegeningen van het evangelie, maar onderwerpen die ons allemaal raken. De macht van de liefde, de verwarrende kracht van hartstocht, de kwellingen en dwalingen van het menselijk noodlot. Het is misschien ook een idee om een feuilleton op te nemen om onze lezers aan het blad te binden…'

Zo romantisch heeft hij zich de inhoud van zijn tijdschrift niet voorgesteld. Hij heeft meer de bedoeling de geest van de vrijheid en de kracht van het verstand het woord te geven. Hij kijkt echter wel uit om haar tegen te spreken. Integendeel, hij sterkt haar in haar ideeën en beweert dat hij het zich precies zo heeft gedacht.

'Helaas is mijn broer niet bereid een dergelijk plan financieel te ondersteunen…' stipt hij het gebrek aan geld aan.

Ze valt hem opgewonden in de rede. 'Dat was ook niet te verwachten, beste vriend. Uw broer Theodor is, sta me toe, een bekrompen man met geen enkel gevoel voor de schone kunsten. Ook deugden als warmte, goedheid en medemenselijkheid zijn bij hem ver te zoeken. Als ik er alleen maar aan denk hoe hardvochtig hij uw lieve zus heeft behandeld, krijg ik een vieze smaak in mijn mond.'

Ernst bevestigt dat door heftig met zijn hoofd te knikken. Johanna heeft hem weliswaar niet alle details van haar martelaarschap beschreven, maar hij heeft intussen het een en ander van Danuta gehoord en is behoorlijk geschrokken. Afgezien daarvan heeft Theodor hun allebei hun erfenis afgepakt, al kan hij dat beter niet tegen Auguste zeggen.

'Ik denk dat het ons zonder zijn steun ook wel zal lukken,' gaat Auguste verder. 'Ik zal zelf graag een bedrag voorschieten en ik denk dat ik gelijkgezinden kan vinden die zo'n voornemen graag zullen steunen. Ik zal meteen een korte tekst opstellen die ik aan mijn uitverkoren vriendinnen zal doen toekomen en bij mijn volgende salon een aanzet voor een inzameling geven. Zo'n tijdschrift is zeker een verrijking van het culturele leven in onze mooie stad Danzig. We kunnen er trots op zijn dat een burger uit onze stad...'

Ernst laat haar nog een tijdje doorpraten, eet de aangeboden gerechten, drinkt twee glazen goede wijn en begint in zijn hoofd al het artikel te formuleren waarmee hij zijn lezers in de eerste aflevering van zijn tijdschrift wil verwelkomen. Hij begint bedenkingen te krijgen als Auguste op het idee komt hem bij de keuze van de bijdragen met 'vreugdevolle ijver' te willen helpen en ook andere redactionele taken over te nemen.

Voorzichtig probeert hij haar enthousiasme wat af te remmen. 'Daar kunnen we het later nog over hebben, beste mevrouw Von Kleiwitz, als het zover is. Vooralsnog is het belangrijker de financiele middelen voor de eerste uitgave te vinden.'

Ze drinkt het laatste beetje uit haar glas en glimlacht hem daarbij bemoedigend toe. 'Laat mij mijn gang maar gaan, beste meneer Berend. Ik zal de kwestie met mijn lieve man bespreken en onmiddellijk een begin maken.'

Om de saaie gezagvoerder Klaus von Kleiwitz zal hij helaas niet heen kunnen. Auguste heeft de gewoonte zo goed als alles met haar echtgenoot te overleggen. Hij kan alleen maar hopen dat Von Kleiwitz geen streep door zijn rekening haalt. Maar aangezien Auguste zo volkomen begeesterd is over zijn voorstel, geeft Ernst zichzelf een goede kans.

Met een volle maag en vervuld van hoopvolle verwachtingen neemt hij afscheid en gaat de koele, regenachtige avond in. Bah, wat een rotweer. Hij trekt de kraag van zijn jas omhoog en loopt dicht langs de huizen om niet nat gespat te worden door de voorbijrijdende koetsen. Een smalle zijstraat wordt verlicht door het uithangbord van de Grünen Kakadu, een nette kroeg waar je niet alleen de gegoede burgerlui en ambachtslieden tegenkomt, maar ook reizigers uit verschillende landen kunt treffen. Gelukkig schiet hem te binnen zijn portemonnee te checken voor hij naar binnen gaat, want hij komt tot de ontdekking dat hij zich niet eens een biertje kan veroorloven. Verdorie, onlangs had hij nog een halve taler, waar is die gebleven? O ja, daar heeft hij twee kroontjespennen en nieuw schrijfpapier voor gekocht plus een potje inkt. De rest moet hij bij de bakker hebben uitgegeven, hij kon de zoete suikerkransjes niet weerstaan. Hoe komt hij zo laat op de avond nog aan geld voor een paar kroezen bier? Hij kijkt door het raam van de taverne, maar hij kan geen bekende ontdekken van wie hij wat geld kan lenen. Hij heeft echter een zusje dat met een goed gesitueerde botenbouwer getrouwd is. Natuurlijk, Johanna zal hem zeker uit de brand helpen.

Hij trekt zijn muts dieper over zijn voorhoofd en loopt richting de Paradiesstraat. Op de Radaunebrug hoort hij onder zich het water gorgelen, het eerste hoogwater van de lente kondigt zich aan. Nat en koud klopt hij op de deur van de werkplaats. Hij hoort de hond aanslaan en ziet hoe boven een raam wordt opengedaan. Er wordt een lantaarn naar buiten gestoken en hij herkent het gezicht van zijn zwager Berthold.

'Ik ben het, Ernst Berend,' roept hij naar boven.

'Zo laat nog! Wacht, ik kom naar beneden.'

Meteen daarop hoort hij ferme voetstappen, de grendel wordt teruggeschoven en daar staat Forster voor hem, de blaffende hond aan zijn halsband vasthoudend.

'Kom snel binnen. Stil, Sultan. Jezus, je lijkt net een verzopen kat.'

'Zo erg is het niet, dat droogt wel weer. Ik hoop dat ik niet al te erg stoor. Ik was in de buurt en wilde even een kijkje nemen…'

'Prima,' zegt Forster joviaal en hij gaat hem voor de trap op. 'Johanna zal wel blij zijn. Mij moet je verontschuldigen, ik ga om deze tijd gewoonlijk naar bed.'

Natuurlijk, hij is een ambachtsman en gaat met de kippen op stok. Ernst vindt het niet erg. Integendeel, het komt hem goed uit. Forster hoeft niet per se te weten dat hij geld wil lenen van Johanna.

Johanna zit in een oude huisjurk aan de tafel en lijkt aan het schrijven te zijn. Ze is oprecht verheugd hem te zien, omhelst hem hartelijk en geeft dan een gil omdat zijn jas helemaal nat is.

'Trek dat druipende ding uit. Je zult het niet koud krijgen, de kachel is nog warm.'

De kamer is inderdaad goed op temperatuur, wat heel aangenaam is omdat Theodor op kolen bezuinigt en alleen in de woonkamer, waar Luise meestal zit, de kachel aan is. Berthold Forster laat zich niet kennen, hij pakt de jeneverfles uit de kast en schenkt zijn gast en zichzelf een welkomstborrel in. Zo hoort het als er prettig bezoek komt, ook als het al laat is. Ze wisselen wat beleefdheden uit. Hij verneemt dat er aan de oever van de Weichsel overstromingen zijn en dat een vissersboot omgeslagen is doordat de domkop zijn vangst verkeerd had gestouwd. Vervolgens neemt Forster met een handdruk afscheid, waarbij hij Ernsts vingers in elkaar drukt en gaat slapen.

Johanna kijkt hem met knipperende ogen aan. Ze kent hem en ze weet dat hij iets in zijn schild voert.

'Wat is er aan de hand, broertje? Je komt vast niet toevallig midden in de nacht aanwaaien. Heeft Theodor je eruit gegooid?'

'Onzin,' zegt hij lachend. 'Ik ben zijn rechterhand, hij kan niet meer zonder mij in de zaak.'

'Echt waar?' zegt ze spottend. 'Dus je hebt je nu op de handel en het zakendoen gericht en het schrijven opgegeven?'

'Je zult je verbazen, zusje,' zegt hij opschepperig. 'Binnenkort zal ik een literair tijdschrift oprichten, dat in heel Danzig voor grote ophef zal zorgen.'

Ze kijkt hem geamuseerd aan en lijkt er geen woord van te geloven. Dat irriteert hem. 'Het is in kannen en kruiken,' verzekert hij haar. 'Auguste wil een bedrag voorschieten en daarnaast onder haar salonbezoekers een inzamelingsactie houden.'

Johanna's gezicht drukt naast ongeloof ook boosheid uit. Waarom is hem een raadsel. Ze zou blij voor hem moeten zijn.

'Kijk aan,' zegt ze knorrig. 'Daarvoor kan ze geld vrijmaken, terwijl de koop van een stuk grond...' Weliswaar heeft ze de laatste dagen niets meer van Auguste gehoord, maar toch heeft ze de moed nog niet opgegeven en verder haar ogen en oren opengehouden voor het geval er zich een andere mogelijkheid zou aandienen om haar plannen door te zetten. 'Nou ja, haar enthousiasme gold altijd al de literatuur. Heeft ze gezegd hoeveel geld ze je geven wil?'

Hij haalt zijn schouders op. Hij is niet zo indiscreet dat hij meteen naar de hoogte van het bedrag heeft gevraagd.

'Ze is royaal als het om kunst gaat,' zegt hij optimistisch. 'En de inzameling onder haar salonbezoekers zal ook het nodige opleveren. Je weet dat ze heel overtuigend kan zijn als ze zich ergens voor inzet. Nu we het er toch over hebben, lieve Johanna, ik heb een verzoek...'

'En je krijgt het geld handje contantje?' onderbreekt ze hem.

'Natuurlijk. Ik moet de kosten voorschieten. Het zetten, het papier, het drukwerk...'

'Maar als er meer binnenkomt dan je voor de volgende aflevering nodig hebt...'

'We zullen zien.'

'En wanneer krijg je het geld?'

Nu begint haar verhoor vervelend te worden. Waarom wil ze dat allemaal zo precies weten? Ze doet hem op het moment denken aan zijn broer Theodor, de krentenkakker.

'Waarschijnlijk volgende week tijdens haar salon,' zegt hij onwillig. 'Dat duurt nog een paar dagen en daarom wilde ik je vanavond om een paar taler...'

'Leen me het geld,' stoot ze onverwachts uit.

'Hoe? Wat?' vraagt hij geïrriteerd.

'Ik vraag je mij het geld te lenen.'

Hij begrijpt er niets van. Is ze opeens gek geworden? Ze wil geld van hem lenen? Geld dat hij nog niet eens bezit?

'Waar heb jij geld voor nodig?'

Dan komt het hele verhaal eruit. Met zachte stem, zodat haar man boven in de slaapkamer het niet kan horen, vertelt ze over een stuk land tussen de Weichsel en de Mottlau, dicht bij de Strohdijk, tegenover de Milchpeter. Ze wil dat Forster het koopt, omdat ze daar een werf wil vestigen. Haar echtgenoot vindt het echter maar niets en heeft geweigerd.

'Het water is gestegen,' fluistert ze opgewonden. 'Er is al land ondergelopen, misschien krabbelt Klawitter terug, begrijp je? Blott moet verkopen, hij kan niet langer wachten omdat zijn schoonzoon in de penarie zit. Als ik nu een bod doe, heb ik een kans...'

Wat een warrig verhaal. Zijn zus stort zich echt van de ene dwaasheid in de andere.

'Je kunt helemaal geen bod uitbrengen, zusje. Dat moet je man doen en omdat hij geen voorstander is van de koop...'

Ze trekt zich niets aan van zijn terechte bezwaren. In plaats daarvan beweert ze stoutmoedig dat als ze eenmaal wat contant geld heeft, ze Forster wel kan overtuigen.

Hij schudt zijn hoofd. 'Je fantaseert, Johanna. Ik heb het geld zelf nodig.'

'Je hebt niet alles in één keer nodig, alleen maar zo veel als het drukken van het volgende nummer kost. En daarnaast komt door de verkoop van het tijdschrift ook weer geld binnen. Alles wat je overhoudt kun je tegen rente uitlenen. Daarmee doe je niets anders dan elke bank doet. Ze gebruiken het geld van spaarders om te investeren en daarmee meer geld te genereren.'

Hij zwaait met zijn armen en woelt door zijn haar. Het lijkt erop dat zijn zus haar verstand nu helemaal heeft verloren.

'Denk erover na! Ik zou je tot aan mijn dood dankbaar zijn.'

Ze kijkt hem met zulke brandende ogen aan dat hij er bijna niet meer tegen kan.

'Ik zou wel een volkomen idioot zijn om aan deze waanzin mee te doen.'

'Ernst! Ik smeek het je. Je bent de enige persoon die me kan helpen.'

Hij vecht met zichzelf. Lieve help, ze is helemaal buiten zichzelf, zo meteen barst ze nog in tranen uit. Blijkbaar heeft ze zich helemaal in dit idiote plan vastgebeten.

'We weten nog niet eens of er een noemenswaardig bedrag op tafel komt,' relativeert hij.

Ze kijkt hem hoopvol aan. 'Maar als het wel zo is?'

'Dan kunnen we erover praten,' bromt hij. 'Maar ik kan niets beloven.'

'Ach, Ernst! Je bent een engel!'

Ze springt op van haar stoel, loopt om de tafel heen en omhelst hem stormachtig. 'Een aartsengel die de poort van het paradijs met zijn zwaard bewaakt. Ik zal het nooit vergeten. We zullen je bij de werf betrekken, broertje. Dan ben je op een dag rijk.'

'Het is al goed,' bromt hij en hij drukt haar tegen zich aan. 'Als je misschien één of twee taler voor me zou hebben? Als voorschot op komende inkomsten, zullen we maar zeggen...'

'Dat moet ik van het huishoudgeld afnemen. Maar dat doe ik graag voor je, mijn allerliefste broer. Hoeveel heb je nodig? Twee taler is wel genoeg, toch?'

'Liever drie.'

Later, als hij in de kroeg aan het bier zit en luistert naar het geklets van een zeeman die zijn gage verzuipt, bedenkt hij dat hij een volslagen idioot is. Bij zijn derde pul is hij er vast van overtuigd dat hij alles heeft gedroomd.

Luise

HAAR GEZONDHEID GAAT VOORUIT, ZE voelt zich met de dag sterker. Gisteren heeft ze zich aan de arm van haar zwager Ernst aan een korte wandeling gewaagd, die haar goed heeft gedaan. Ze zijn langs het stadhuis naar de Neptunusfontein gelopen, waar ze opeens de behoefte voelde haar handen in het water te steken.

'Gaat het wel goed met je?' heeft Ernst bezorgd gevraagd, omdat hij dacht dat ze duizelig was geworden en zich aan de rand van de fontein moest vasthouden.

Ze glimlachte. 'Ja hoor, laten we tot aan de Groene Poort gaan, ik wil graag de boten op de Mottlau zien.'

Ernst was een opmerkzame en prettige begeleider. Hij nam haar bij de arm, keek uit of er geen hindernissen op haar weg kwamen en maakte haar met zijn grapjes steeds weer aan het lachen. Af en toe kwamen ze een kennis tegen, dan bleven ze even staan om een paar vriendelijke woorden te wisselen, spraken over het lenteachtige weer, over een nieuwe winkel die gekonfijte vruchten van overzee aanbood of over de buitensporige kosten die gasverlichting in huis met zich meebracht.

Wat zijn de broers toch verschillend, dacht ze bij zichzelf. Wanneer ik met Theodor uitga, wat zelden voorkomt, dan loopt hij zwijgzaam naast me, groet beleefd als we een bekende zien, maar hij neemt nooit de tijd om een praatje te maken. Hij is nu eenmaal een ernstig man, die zijn verantwoordelijkheden serieus neemt, terwijl zijn broer weliswaar een charmante begeleider is, maar ook een losbol.

Ze is weer in staat haar taken als meesteres van het huis op te pakken. Ze bespreekt de menu's en het werk dat gedaan moet worden met de huishoudster, controleert de uitgaven en het huishoudboekje, betaalt het personeel hun loon uit aan het eind van de maand. De dag is met karweitjes gevuld.

's Avonds zit Theodor vaak een poosje bij haar in de salon. Hij is vriendelijk, vertelt over in- en verkopen, over de ophanden zijnde bouw van de opslaghal en informeert naar haar gezondheid. Maar na een tijdje verstomt het gesprek en wijdt hij zich aan de krant of een tijdschrift. Het gaat er levendiger aan toe wanneer Ernst hen gezelschap houdt. Hij is veel aan het woord en vertelt over grappige voorvallen uit het studentenleven in Königsberg, waarbij ze nooit zeker weet of het echt zo gebeurd is of dat Ernst het verzint. Beide mannen trekken zich echter al snel terug. Theodor heeft vaak nog werk te doen, en Ernst beweert steevast vroeg te willen gaan slapen om de volgende morgen weer fris te zijn. Wat waarschijnlijk niet de hele waarheid is, want ze heeft Theodor op de gang boos horen fluisteren: 'Hou nou eindelijk eens op met die verdomde schrijverij. Denk je soms dat de lampolie die je 's nachts verbruikt niets kost?'

Zelf gaat ze eveneens vroeg naar bed, omdat dokter Sternberg heeft gezegd dat naast goed eten en frisse lucht, rust en slaap haar genezing bevorderen. Wat hij haar daarnaast met een ernstig gezicht heeft meegedeeld, wil ze niet geloven. Een nieuwe zwangerschap zou haar dood kunnen betekenen? Ach, dokters. Ze denken dat ze alwetend zijn, terwijl ze zich zo vaak vergissen. Had ene dokter Neunmalschlau niet ooit haar moeder verteld dat ze onvruchtbaar was en nooit een kind ter wereld zou brengen? En al een jaar later had ze een gezonde dochter gekregen. Nee, Luise zal op geen enkele arts, maar alleen op God vertrouwen. De Heer zal haar behoeden en beschermen. In het komende jaar zal ze haar echtgenoot een stamhouder in de armen leggen en om de domme arts lachen die haar zulke onzin heeft verteld.

Ze verlangt echter niet naar de 'daad' die noodzakelijk is om zwanger te worden. Die behoort tot de echtelijke plichten en moet verdragen worden. Haar moeder had haar geleerd dat een fatsoenlijke echtgenote nooit genot ervoer wanneer haar man geslachtsgemeenschap met haar had. Dat kwam alleen bij hoeren voor. Een les waarvan Luise het waarheidsgehalte in de loop van haar huwelijk bevestigd had gezien. Noch zij, noch Theodor ondervonden bij de daad veel vreugde. Ze deden het, omdat het nu eenmaal noodzakelijk was om nakomelingen te krijgen. Hoewel ze wat betreft Theodor niet helemaal zeker is, want iets in zijn gedrag duidde erop dat hij toch iets van genot ervoer. Maar hij is tenslotte een man en men zegt dat de driften van de man sterker zijn dan die van de vrouw.

Helaas wil de slaap die ze zo hard nodig heeft niet altijd komen. Tegen negen uur 's avonds voelt ze zich doodmoe en gaat naar bed. Dan zinkt ze meteen weg in een diepe slaap alsof ze in een donkere put valt. Als ze daaruit wakker wordt hoort ze de torenklok middernacht slaan en moet ze overeind gaan zitten, omdat haar hart zo heftig bonst. Iets woelt er in haar, een hevige schrik of een angst waarvan ze de oorzaak niet weet. Pas als haar hart weer tot rust is gekomen, kan ze zich weer in bed uitstrekken. Dan ligt ze wakker en luistert Theodors regelmatige ademhaling naast zich, terwijl duistere gedachten als een zwerm kraaien over haar heen vallen. Zal de cholera opnieuw uitbreken in de stad, zoals zo vaak gebeurd is, en haar haar man ontnemen? Heeft ze een hartkwaal die haar vroegtijdig uit het leven zal rukken? Wat moet er van hen worden als een nieuwe oorlog de handel verstoort, een schip met goederen vergaat of een springvloed de nieuwe hal in Neufahrwasser wegspoelt? Ach, je moet 's nachts niet te veel nadenken, het is bekend dat je dan tot irreële angsten geneigd bent. Wanneer het haar niet lukt de kwellende gedachten van zich af te zetten, staat ze zachtjes op om Theodor niet wakker te maken en gaat een poosje in de woonkamer zitten. Ze doet daar de lampen aan, waarvan het licht de duisternis in haar ziel verdrijft, en pakt haar handwerk. Na een poosje komt ze tot rust, wordt slaperig en sluipt terug naar de slaapkamer om weer naar bed te gaan.

Ook deze nacht wordt ze wakker met hartkloppingen en gaat rechtop in bed zitten met haar hand op haar borst. Pas dan merkt ze dat ze alleen is. Is Theodor nog aan het werk in het kantoor? Maar het is middernacht, ze heeft net de torenklok gehoord. Nou ja, hij zal nog wel bezig zijn, de arme ziel. Ze ligt een tijdje slapeloos in de kussens en besluit dan naar de woonkamer te gaan om bij het licht van de lamp wat verstelwerk af te maken.

Op de gang blijft ze staan omdat ze een zachte stem hoort op de bovenverdieping. Is dat Danuta? Waarom slaapt het meisje op dit tijdstip niet?

'Nee,' hoort ze fluisteren. 'U moet me met rust laten. Ik wil nooit meer een dergelijke zonde begaan…'

Luise kan het amper geloven. Danuta, altijd zo zacht en vroom, die bij elke gelegenheid de heilige maagd aanroept, heeft een minnaar. Hoe is dat mogelijk? Ze heeft 'u' tegen hem gezegd, dus dan kan het hier in huis alleen maar haar zwager Ernst zijn. O, die losbol.

'Wees nou niet zo harteloos,' hoort ze een mannenstem fluisteren. 'Zie je niet hoe hard ik je nodig heb? Ik verga van verlangen naar je, mijn schatje…'

Hij maakt van de gelegenheid gebruik dat Theodor nog beneden in het kantoor is. Moet ze naar boven gaan en hem tot de orde roepen? Is dat niet haar plicht als meesteres van het huis? Ze twijfelt. Ze vindt het niet prettig om in haar nachtjapon, met alleen een sjaal om haar schouders, door hem gezien te worden. Ook zou ze eerst licht moeten maken, want het is donker op de trap. Ze zou naar beneden kunnen vallen.

'Ik smeek u,' hoort ze Danuta's stem. 'God heeft onze zonde bestraft. Denk aan uw vrouw die bijna gestorven is.'

'Ach wat. Het gaat beter met haar, ze is bijna weer helemaal gezond. Stel je nu niet zo aan, je wilt het zelf ook, Danuta. Een paar minuten maar, ik beloof je dat ik dan weer wegga.'

'Nee... alstublieft... nee.'

Boven gaat knarsend een deur dicht, daarna hoort ze alleen nog haar eigen hart hameren.

Het is niet waar, zegt ze tegen zichzelf en ze zoekt steun tegen de muur. Mijn fantasie is met me op de loop gegaan. Theodor zit beneden in zijn kantoor te werken. Hij zou nooit op het idee komen in Danuta's kamer...

Ze voelt dat haar benen het bijna begeven en ze houdt zich vast aan de gedraaide stijl van de linnenkast om niet te vallen. Er is niets meer te horen. Ze moet zich vergist hebben. Of toch? Hoort ze daar niet iets kraken en knarsen? Een zucht? Het zachte, onderdrukte lachen van een man? Ze draait zich om en vlucht de slaapkamer in, zinkt als verdoofd op het bed en slaat haar handen voor haar gezicht. Duizenden gestoorde, tegennatuurlijke en zondige beelden schieten door haar hoofd alsof iemand de poorten van de hel voor haar heeft geopend.

Hij is boven, denkt ze in verstarde ontzetting. Hij ligt in haar armen. Ze doen verdorven dingen met elkaar. Wat kan hij vleien. *Ik verga van verlangen naar je, mijn schatje...* Heeft hij ooit zoiets tegen haar gezegd? Zulke vurige woorden, zulke smeekbeden. Niet dat ze dat gewild zou hebben, natuurlijk. Zij is een fatsoenlijke vrouw. Maar toch... *Mijn schatje...*

Ze weet niet hoe lang ze daar zit, vechtend met vertwijfeling, afschuw, ontzetting. Op een zeker moment hoort ze zijn voetstappen in de gang en ze schrikt zich dood. Hij komt zachtjes de slaapkamer binnen zonder de lamp aan te steken, kleedt zich uit in het donker en gaat naast haar liggen. Hij gromt tevreden, draait nog wat en meteen daarna hoort ze zijn regelmatige ademhaling. Wordt er niet gezegd dat men alleen met een gerust geweten goed kan slapen? Hoe kan het dan zijn dat Theodor na dit bedrog vast en rustig naast haar slaapt, terwijl zijzelf, misleid en vernederd, geen oog dichtdoet? De rest van de nacht draait ze zich slapeloos van de een op de andere zij, vergiet vele tranen om haar ongeluk en vraagt zich af waaraan ze dit heeft verdiend heeft. Pas als ze hoort hoe hij opstaat, zich wast en zijn kleren aantrekt, dut ze uitgeput in.

Wanneer ze wakker wordt, staat Danuta in haar kamer.

'Zal ik mevrouw ontbijt brengen? De anderen hebben al gegeten.'

Wat glimlacht ze vals, deze verdorven vrouw. Luise moet zich beheersen om niet te schreeuwen: Verdwijn, ga uit mijn ogen! Je hebt met mijn man weerzinwekkende, zondige dingen gedaan. Maar ze houdt zich in en zegt in plaats daarvan: 'Ik ontbijt in de eetkamer. Zeg tegen de huishoudster dat ik graag verse koffie wil.'

Ze kleedt zich zonder hulp aan. Ze zou het niet kunnen verdragen om door Danuta's handen aangeraakt te worden. In de eetkamer is ze alleen. Ze drinkt haar koffie, maar krijgt verder nauwelijks een hap naar binnen. Wat moet ze doen? Hem erop aanspreken? O, ze kent hem. Hij zal alles ontkennen en beweren dat ze het alleen maar heeft gedroomd. Hij zal haar vertellen dat ze zwakke zenuwen heeft en lijdt aan waanvoorstellingen, en uiteindelijk zal hij haar boos verwijten dat zo'n buitenissige verdenking hem diep beledigt. Ook de arme Danuta heeft haar wantrouwen niet verdiend...

Het is een lot dat ik verdragen moet, zegt ze ten slotte tegen zichzelf. Ik ben niet de eerste en niet de laatste echtgenote die zoiets overkomt. De aantrekkingskracht van keukenmeisjes op mannen is spreekwoordelijk, iedereen weet het, maar niemand maakt er veel ophef over. Waarom ook? Het zijn maar bedienden. Laat hij zijn behoeften maar door haar bevredigen, ooit zal ze hem gaan vervelen. En als ik hem eenmaal zijn stamhouder in de armen kan leggen, zal hij helemaal op andere gedachten komen.

Gemoedsrust vindt ze hiermee niet. Ze voelt zich oneindig uitgeput en moedeloos. Het is alsof een donkere sluier zich over haar bestaan heeft gelegd die al het lichte, alle vreugde wegneemt. Toch is ze vastbesloten niets te laten merken. Vooral de achterbakse Danuta mag niet te weten komen hoe diep ze haar bazin heeft gekwetst. Ze doet haar best het meisje vriendelijk te behandelen, ze kan het echter niet laten haar aandachtig te observeren. Toont ze berouw? Of is ze triomfantelijk? Noch het een, noch het ander is zichtbaar. Het valt haar alleen op dat het meisje bleek is en donkere kringen onder haar ogen heeft. Zonder twijfel een gevolg van de zondige nachten. Luise moet aan zichzelf toegeven dat Danuta zekere kenmerken heeft waar mannen nu eenmaal van houden. Vermoedelijk verbergt ze mooie, volle borsten onder haar schort en ook de manier waarop haar bediende zich beweegt komt nu opwindend op haar over. De donkere ogen, die ze meestal heeft neergeslagen, kunnen zonder twijfel vurige blikken uitzenden.

Vroeg in de middag, als ze zich moe voelt en erover denkt een uurtje te gaan rusten, komt haar zwager Ernst de salon binnen. 'Theodor laat vragen of je je bij ons wilt aansluiten, lieve Luise,' zegt hij met een vrolijke glimlach. 'We willen naar Neufahrwasser gaan om te kijken hoe de bouw van de hal vordert en aansluitend een mooie wandeling over de Westerplatte maken. Frisse zeelucht zal je goeddoen, lieve schoonzus.'

Het is de eerste keer sinds lange tijd dat Theodor haar voor een uitje uitnodigt. Doet hij dat nu omdat hij een slecht geweten heeft? Ach, ze moet dergelijke gedachten niet laten bovenkomen, ze vergiftigen haar leven en zijn niemand tot nut.

'Zeg hem dat ik me erop verheug en graag meega.'

'Prachtig,' roept hij. 'Over een half uurtje gaan we weg.'

Ze verkleedt zich, steekt haar haar opnieuw op en bindt een sluier over haar hoed, ze weet hoe het kan waaien daar bij de zee.

Het gezicht dat haar in de spiegel aankijkt is niet opwekkend. Wat een verschil tussen haar slappe, ouwelijke trekken en Danuta's bloeiende jeugd.

Theodor wacht haar op in de hal. Hij is ongebruikelijk vriendelijk en beweert dat haar jurk haar goed staat, dat ze er jong en ontspannen uitziet.

'Nu de lente zijn intrede doet, zullen we vaker samen naar buiten gaan, lieve. Het bevalt me sowieso niet dat je de hele ganse dag binnen zit en geen afleiding hebt.'

Luise glimlacht zwakjes. Hij is een zorgzame echtgenoot. Haar gezondheid gaat hem aan het hart en hij doet zijn best attent te zijn. Heeft ze reden zich te beklagen? Niemand van ons is zonder zonde. Ze loopt aan zijn arm door de straten naar de haven, waar Ernst bij de aanlegsteiger van de stoomboot wacht. Hij is vooruitgelopen om haar op de lijst te zetten, want het kleine schip kan maar een beperkt aantal passagiers herbergen.

'Je hoeft niet bang te zijn, lieve,' zegt Theodor. 'Het is eenzelfde machine als die een treinlocomotief aandrijft. Het sist en rookt een beetje, maar daar wen je snel aan.'

Er is niet veel ruimte op de boot. De stoelen voor de passagiers staan dicht naast elkaar in het midden van het schip. De meeste mensen geven er echter de voorkeur aan bij de reling te staan. Benedendeks maakt de machine een hoop lawaai. Je voelt het schip trillen, al vaart het verbazingwekkend snel. De huizen op de oever, de magazijnen op het eiland, de kraan, alles glijdt vlug voorbij. Ze staat naast Theodor aan de reling, houdt zich vast aan zijn arm en heeft het gevoel over het water te vliegen.

Hij is zwijgzaam, staart over de velden en bossen die zich op de oever uitstrekken en lijkt in zijn eigen gedachten verzonken.

Hoe dichter ze bij Neufahrwasser komen, hoe duidelijker de vele schepen te zien zijn die daar voor anker liggen. Het zijn twee- en driemasters die goederen uit verschillende landen vervoeren. Ja, het is slim van haar man hier een opslaghal te bouwen, veel handelswaar wordt zonder twijfel hier in Neufahrwasser overgeladen.

Wanneer ze aan land gaan, loopt Theodor haastig weg. Hij lijkt haar vergeten te zijn. Ernst komt naast haar staan, biedt haar zijn arm en wijst naar de vuurtoren die in de verte op het havenhoofd staat. Een eenzame wachter, omgeven door wind en golven.

'Is de zee niet geweldig?' roept hij en hij maakt een brede armbeweging. 'Die oneindige weidsheid! Kijk hoe de golven schitteren in het zonlicht. En toch kan ze ook wild en schuimend tegen het land beuken, hele dorpen verzwelgen en grote schepen naar de diepte trekken.'

Ze moet glimlachen om zijn overdreven beschrijvingen, maar ze is hem dankbaar dat hij zich om haar bekommert en haar opvrolijkt.

De bouw van de hal is nog maar net begonnen. Het fundament wordt gelegd en Theodor loopt onrustig tussen de arbeiders door, heeft overal wat op aan te merken en geeft lucht aan zijn ergernis in harde, boze bewoordingen. Wel, hij heeft gelijk om zo streng te zijn, uiteindelijk betaalt hij deze mensen en mag hij gedegen werk eisen. Ze moeten lang wachten voor hij eindelijk van de bouwplaats terugkeert. Zijn goede bui is verdwenen, zijn gezicht staat donker.

'Wat sta je hier te luieren?' snauwt hij tegen zijn broer. 'Ik had je daar goed kunnen gebruiken. Die stommelingen doen alles fout. Als je ze niet op de vingers kijkt, maken ze zich er gemakkelijk van af.'

'Ik wilde Luise niet alleen laten,' verdedigt Ernst zich. 'Tenslotte hebben we haar een uitje beloofd.'

'Jij hebt overal een smoesje voor,' bromt Theodor geïrriteerd.

Hij drukt zijn hoed dieper over zijn voorhoofd en loopt vooruit naar de aanlegsteiger van de veerpont die ze nodig hebben om op de Westerplatte te komen. Wat is hij toch ongeduldig. Heeft hij er eigenlijk wel plezier in om met haar langs de zee te wandelen? Ze betwijfelt het. Rillend van de kou volgt ze hem de veerpont op. Ze zit tussen hem en haar zwager op de smalle bank en voelt hoe de stuurman al roeiend tegen het op en neer gaan van de golven vecht. Ze had beter thuis kunnen blijven. Ook al komt de zon steeds weer tussen de wolken door en laat het water van de rivier oplichten, uiteindelijk is alles hier grijs en triest. De wind doet haar huiveren en de meeuwen, die zich krijsend op een plek bij de haven verzamelen, jagen haar angst aan.

'Je moet de zeelucht diep inademen, Luise. Daar worden je longen sterker van,' zegt Theodor dringend.

'Ja...'

'Kun je niet wat sneller lopen? We moeten de stoomboot ook nog halen.'

Iets koppigs welt in haar op. Wat is dit voor een wandeling als ze zo tot haast wordt gedwongen?

'Ik wil graag een eindje de steiger op lopen,' zegt ze. 'Zodat ik de wind goed in mijn gezicht kan voelen.'

De steiger steekt ruim vijftig meter de zee in en is de aanlegplaats voor de grotere vissersboten. Hij is stevig gebouwd en heeft al menige storm getrotseerd.

Theodor vindt haar wens totaal overbodig. Hij haalt zijn zakhorloge tevoorschijn, kijkt haar geïrriteerd aan, maar zegt dan: 'Voor mijn part. Maar daarna moeten we ons haasten.'

Ze loopt naar voren. Ze voelt de wind, die aan haar jurk rukt, de golven naar haar toe stuwt en ze bruisend tegen het hout laat slaan. Ze beseft hoe sterk deze krachten zijn, hoe wild en vrij de meeuwen boven het water zweven, hoe handig ze zich met de wind naar boven en beneden laten voeren, waarna ze pijlsnel over de golven scheren zonder ze ooit aan te raken. Plotseling voelt ze een hevig verlangen naar deze vrijheid. Aan het eind van de steiger blijft ze staan, spreidt haar armen uit, strekt ze uit naar de wind, als waren het vleugels waarmee ze kon wegvliegen.

'Ga niet zo dichtbij... Luise! In godsnaam...'

Daar grijpt de wind haar wieken, komt het wilde opgezweepte water haar tegemoet. Ze vliegt, zweeft tot de koude grijze golven haar te pakken krijgen. Ze gaat kopje-onder, vecht met het ijskoude water en voelt de zuiging die haar verder de zee in wil trekken.

'Help!' hoort ze zichzelf schreeuwen, maar haar kreet wordt door het geraas van de golven overstemd. Onduidelijk ziet ze Theodor op de aanlegsteiger staan, zwaaiend met zijn armen, dan sluit het water zich weer boven haar. Ze maait wanhopig in het rond, maar haar lange jurk belemmert haar bewegingen en zuigt haar de diepte in.

Opeens is daar een ander lichaam naast haar. Iemand pakt haar bij de schouder, klauwt met zijn hand in de kledingstof, krijgt uiteindelijk haar arm te pakken en houdt haar vast.

'Blijf rustig,' roept Ernst haar toe. 'Ik trek je naar de steiger. Hou op met trappelen, daar maak je mij het alleen maar moeilijker mee.'

Ze begrijpt dat hij gelijk heeft en gehoorzaamt. Ze probeert haar gezicht boven water te houden om niet zo veel zout water binnen te krijgen en laat zich drijven. Ernst worstelt, want de zuigkracht van de zee wil haar niet loslaten. Ze houdt zich aan zijn jas vast, zodat hij beide armen vrij heeft om te zwemmen. Bij de steiger klampt hij zich aan een van de met schelpen bedekte steunpalen, terwijl Theodor Luise omhoogtrekt. Hij lijkt wel buiten zinnen, droogt haar gezicht en haar af met zijn jas en praat tegelijkertijd boos en vertwijfeld op haar in. 'Wat bezielde je, Luise? Waarom heb je niet naar mijn waarschuwing geluisterd? Mijn god, je bent helemaal doorweekt. Sla mijn jas om je heen, die zal in elk geval de wind tegenhouden. Ernst, waar blijf je? We moeten naar de aanlegplaats. Help me haar dragen...'

Ernst wringt nog vlug zijn druipende jas uit en dan nemen de mannen haar tussen zich in, dragen haar in ijltempo naar het strand en van daaruit naar de aanlegplaats van de stoomboot. De terugreis komt vreemd kort op haar over. Ze zit gehuld in mantels en dekens die men voor haar opgescharreld heeft, houdt haar ogen dicht en denkt maar aan één ding.

Het was niet Theodor die in het water sprong om haar leven te redden. Ernst, haar zwager, heeft dat gedaan. De losbol, broeder fantast. Hij heeft de moed en de vastberadenheid daarvoor gehad. Theodor heeft niets gedaan, hij zou haar hebben laten verdrinken.

Later kan ze zich nauwelijks herinneren hoe ze vanaf de stoomboot het huis bereikt hebben. Ze vindt zichzelf terug in haar slaapkamer, waar Danuta haar de natte kleren uittrekt, haar nachtpon over haar hoofd laat glijden en haar van wollen sokken en warme dekens voorziet. Hete thee met rum brengen ze haar, runderbouillon met ei, zoete rijstebrij met kaneel. Ze eet maar weinig en valt al snel in de diepe slaap van volledige uitputting.

Wanneer ze wakker wordt, schijnt helder daglicht de kamer in. Ze heeft de hele nacht doorgeslapen. Tot haar verrassing voelt ze zich goed. Geen koorts, geen keelpijn. Ze heeft het bad in de koude Oostzee zonder gevolgen doorstaan. Ook haar stemming is verbeterd. Ze voelt zich rustig, de doffe wanhoop is gedurende de nacht opgelost. God heeft beschikt dat ze gered is. Dat moet een bedoeling hebben.

Danuta komt binnen met het ontbijt. Ze doet alsof ze blij en opgelucht is om haar bazin wakker en in goede gezondheid aan te treffen. 'Wat hebt u nou uitgehaald, mevrouw?' jammert ze en ze wringt haar handen.

'Zwijg,' beveelt Luise. 'Roep mijn echtgenoot. Zeg tegen hem dat ik iets met hem te bespreken heb.'

Ze is vervuld van een nieuwe helderheid en vastbeslotenheid. Nee, ze is niet weerloos. Er zijn manieren om haar man op het rechte pad terug te brengen. Ze stapt vlug uit bed, slaat een sjaal om en staat verbaasd over zichzelf hoe rustig en doelgericht ze haar plan in daden omzet. Als ze van de zolder terugkomt, hoort ze zijn voetstappen al op de trap. Ze moet zich haasten om tijdig terug in de slaapkamer te zijn.

Hij komt binnen zonder aan te kloppen en is verrast haar rechtop in bed zittend aan te treffen. Waarschijnlijk dacht hij dat ze weer koorts zou hebben.

'Ik zie dat het goed met je gaat, lieve,' zegt hij. 'Daar ben ik heel opgelucht om, want je had gisteren wel dood kunnen zijn.'

'Ik moet het ergens met je over hebben, Theodor,' zegt ze en ze gebaart hem dichterbij te komen. 'Het is helaas een zeer onaangename kwestie, die we echter niet kunnen negeren.'

'Waar gaat het over?' wil hij met enig ongeduld weten.

'Het gaat om Danuta.'

'Om... Danuta?'

Er flitst iets in zijn ogen. Is dat zijn slechte geweten? O, hij zal lijden, maar het is voor zijn eigen bestwil.

'Ze moet weg uit dit huis, Theodor. Ze heeft een kostbare broche gestolen. Die met de parels, die ik van mijn moeder heb geërfd.'

Pawel

PAWEL FORSTER ZIT BIJ DE haven op een bolder en staart over het water van de Mottlau dat tussen de vastgelegde boten klotst en gorgelt. Twee meeuwen zitten vlak bij hem op de kade, fixeren hem met starre ogen en lijken op een lekker hapje te hopen. Pawel slaat geen acht op ze, hij is verzonken in sombere gedachten.

Hij had zich zijn terugkeer naar Danzig heel anders voorgesteld. Hij wilde bij zijn vader zijn meesterschap halen en dan de werkplaats overnemen. Zoals het een goede zoon betaamt die als gezel de wereld intrekt om het ambacht te leren en dan terug naar huis komt om het geleerde in de vaderlijke onderneming in de praktijk te brengen. Daar komt nu echter niets meer van, want hij heeft ruziegemaakt met zijn vader. Een diepe zucht ontsnapt hem. Met een schop jaagt hij de begerig starende meeuwen weg, vloekt zachtjes en steunt dan gelaten met zijn ellebogen op zijn knieën.

Waarom had hij zich zo boos gemaakt? Hij is niet iemand die bij het minste of geringste uit zijn vel springt. Hij is eerder iemand die rustig blijft, zijn woorden en daden afweegt, die liever zwijgt dan te vroeg zijn mond opendoet. Maar als hij eenmaal in woede ontsteekt, dan is hij niet meer te houden en doet dingen waar hij later spijt van heeft. Wat voor den duivel had hem zo kwaad gemaakt dat hij zijn vader meteen zo had aangevallen? Kwam het door het geklets dat hem ter ore was gekomen toen hij in de haven aan land kwam? Hij was met een Engels koopvaardijschip meegevaren, wat hem geen geld had gekost omdat hij de kapitein goed kende en een scheepstimmerman aan boord altijd handig was. Ze hadden bij het

Speichereiland aangemeerd. Hij had nog geholpen bij het uitladen en had toen zijn bundel over zijn schouder gelegd om naar zijn vader te gaan. Wat zou hij zeggen als ik zo plotseling in de werkplaats opduik, had hij gedacht. Hij zou blij zijn, maar hij zou hem ook verwijten dat hij wel erg lang in den vreemde had rondgezworven. Hij was eerst naar Hamburg gegaan. Toen had de reiskoorts hem te pakken gekregen en was hij via Nederland naar Engeland gereisd. Daar was hij het langste gebleven, meer dan drie jaar, en misschien was hij helemaal niet meer naar huis gekomen, maar zo was het gelukkig niet gelopen. Hij denkt niet graag aan die geschiedenis terug. Hij was verliefd geworden en had moeten ondervinden dat ze wel zijn hoofd op hol bracht, maar uiteindelijk voor een ander koos. De pijn zit nog diep. Die verdringt hij, want het maakt hem treurig en moedeloos. Sindsdien heeft hij geen vrouw meer aangekeken. Een meisje voor één nacht wil hij niet en hij is nog geen vrouw tegengekomen die hem beviel. Dus had hij tegen zichzelf gezegd dat aan het zwerversbestaan een einde moest komen. Zijn vader was alleen sinds de dood van zijn moeder. Hij werd er niet jonger op en zou blij zijn als zijn zoon eindelijk zou thuiskomen. Wat heeft hij zich vergist.

Op weg naar huis had hij een stukje langs de Lange Brug geslenterd, de vele winkels bekeken en geconstateerd dat sommige bedrijfjes die hij van vroeger kende er niet meer waren en daarvoor andere in de plaats waren gekomen. Juist toen hij voor een slijterij stond en bedacht of hij misschien een welkomstgeschenk voor zijn vader moest kopen, hoorde hij achter zich een heldere stem.

'Kijk, moeder. Is dat niet Pawel? De zoon van scheepsbouwer Forster?'

'Die daar?' zei een andere vrouwenstem. 'Dat is Pawel niet, die ziet er heel anders uit.'

Hij dacht hen te kennen. Was de ene vrouw niet Lene? De dochter van schoenmaker Grauholm uit de Böttcherstraat? Geamuseerd wilde hij zich omdraaien om te vragen of hij dan zo was veranderd, maar toen hoorde hij ze verder praten.

'De arme kerel. Als die eenmaal terugkeert en erachter komt dat hij een stiefmoeder heeft…'

Hij bleef staan. Wat zei ze daar? Een stiefmoeder? Nee, hij moest het verkeerd hebben verstaan.

'En wat voor een,' zei Lene tegen haar moeder. 'Een heel uitgekookte. Maar die ouwe Forster, die verliefde dwaas, is met haar getrouwd en nu laat ze hem naar haar pijpen dansen.'

'Ja, die heeft het goed te pakken,' zei de moeder.

De laatste zin hoorde hij slechts half, omdat de twee vrouwen verder waren gelopen. Daar stond hij, starend naar de jeneverflessen in de etalage. Hij kon niet bevatten wat er over zijn vader was gezegd. Kon het waar zijn? Zijn vader had van zijn moeder gehouden. Hij was doodongelukkig toen ze ziek werd en ontroostbaar toen ze overleed. Hijzelf was niet in staat geweest zijn vader te troosten, omdat het verlies van zijn moeder hem erg had aangegrepen. Dat was vijf jaar geleden. En nu zou zijn vader ondertussen een jonge vrouw genomen hebben?

Hij had besloten de zaak tot op de bodem uit te zoeken en was op weg gegaan naar de Paradiesstraat. Ja, hij was boos, maar vooral op de twee vrouwen die zo minachtend over zijn vader hadden gesproken. Dat had hem diep gekwetst. Toen had hij zichzelf nog in de hand. Hij kon zich nog beheersen, rustig met zijn vader praten, zijn redenen aanhoren, de kwestie vriendelijk met hem oplossen.

Waarom had hij dat niet gedaan?

Het was de vrouw die de werkplaats uit kwam net toen hij over de Radaunebrug liep. Hij was stokstijf blijven stilstaan en had beseft dat zij het moest zijn. De jonge echtgenote van zijn vader. Zijn stiefmoeder. Ze was knap. Levendig en kwiek was ze op hem afgekomen. Ze had hem met haar grijze ogen nieuwsgierig opgenomen en toen naar hem geglimlacht en hem goedemorgen gewenst.

Op dat moment was er iets in hem geknapt. Waarom weet hij niet precies. Misschien was het haar onbevangen glimlach, die schalkse trek om haar mond. Wist ze wie hij was? Had ze hem daarom met zo'n bitse glimlach gegroet om vervolgens trots weg te lopen?

Woede was in hem opgeweld. Hij was de werkplaats in gelopen, had kort de gezel gegroet, die hij nog van vroeger kende, en toen stond hij voor zijn vader. Het weerzien was slecht verlopen. Het ene woord lokte het andere uit en ten slotte was hij de kamer uit gestormd. En daar stond zij ineens op de trap. Ze keek hem met grote geschrokken ogen aan, zodat hij zich helemaal ongemakkelijk had gevoeld. Hij had niets tegen haar gezegd, maar was haar voorbijgelopen en eenmaal buiten op straat had hij eerst op adem moeten komen. Vervolgens had hij zijn werkkist gepakt en was er haastig vandoor gegaan.

De woede was net zo snel verdampt als die was opgekomen. Algauw had hij zich afgevraagd welke duivel hem gedreven had om zich zo onbeheerst en respectloos jegens zijn vader te gedragen. Hij had erover gedacht om te keren en zijn verontschuldigingen aan te bieden. Maar toen kwam de vrouw met de grijze ogen hem weer voor de geest en was hij toch niet teruggegaan, omdat hij haar niet wilde tegenkomen. In plaats daarvan had hij bij de haven een goedkope herberg gezocht om een plek voor de nacht te hebben en iets te eten besteld. Het is een vervelende bijkomstigheid bij alle andere ellende dat hij nu voor eten en onderdak moet betalen, zodat het geld dat hij zo moeizaam heeft gespaard zijn zak uit vliegt. Hij had het aan zijn vader willen geven om te bewijzen dat hij geen verkwister was en het geld dat zijn vader hem af en toe had gestuurd niet had uitgegeven, maar had gespaard. Bijna had hij het in zijn woede op de tafel gesmeten. Nu is hij blij dat hij dat niet heeft gedaan. Zoals de zaken er op het moment voorstaan zal hij zijn geboortestad algauw weer verlaten en naar Bremen of Hamburg gaan om daar zijn meesterschap te halen. Dat zal nog een jaar of iets langer duren. Het is niet anders, hij wil het zo. Zelfs als hij ooit nog vrede met zijn vader zal sluiten, wil hij in geen geval met zo'n stiefmoeder in hetzelfde huis wonen.

De eerste avond in de herberg had hij geprobeerd zijn zorgen en boosheid te verdrinken. Twee biertjes en drie jenevers. Het had echter niet geholpen. De gedachten bleven onophoudelijk in zijn hoofd rondcirkelen en het werd zelfs erger naarmate hij meer dronk. Ook de nacht was niet echt prettig, want hij moest de kamer met drie andere gasten delen. Twee ervan waren zeelui die hun gage al verbrast hadden, de derde was een haveloze knaap die Pawels bundel met een scherpe blik in de gaten hield. Pawel had die daarom onder zijn hoofd gelegd, maar hij was gedurende de nacht steeds opnieuw wakker geworden om te voelen of de buidel er nog was, terwijl hij zich zorgen maakte om zijn werkkist, waar al zijn gereedschap in zat. Hij was door schade en schande wijs geworden. In Nederland had iemand drie gulden uit zijn broekzak gestolen en in Engeland was hij een passer, een duimstok en drie goede handzagen kwijtgeraakt.

Nu zit hij dus op een bolder in de haven, staart over het water en probeert de nutteloze gedachten van zich af te schudden. Hij heeft vanochtend al wat rondgelopen en de bemanning van de zeilschepen gevraagd waar ze naartoe gaan en of ze een passagier, die scheepstimmerman is, zouden willen meenemen. De vooruitzichten zijn goed, hij zou naar Hamburg of Lübeck kunnen meevaren, zelfs naar Sint-Petersburg.

Maar voor hij een definitief besluit neemt, wil hij afscheid nemen. Niet van zijn vader, die zal hij een brief schrijven vanuit den vreemde. Hij wil naar het kerkhof, het graf van zijn moeder bezoeken en haar vaarwel zeggen. Hij koopt een krans van klimop en sleedoorn om niet met lege handen aan te komen en denkt er verbitterd aan dat zijn vader haar niet trouw is gebleven.

De wandeling door de stad bezorgt hem geen plezier, er komen te veel herinneringen boven.

Het graf van zijn moeder ligt vlak bij de helling waar de minderbedeelden hun familieleden begraven. Hij kan het al zien liggen, doordat de bomen nog geen blad dragen. Er staat een vrouw bij het graf. Ze is klein en in het zwart gekleed. Haar kap bedekt een deel van haar gezicht, maar desondanks herkent hij haar meteen. Het is Barbara, de bediende en vriendin van zijn moeder, die haar bazin indertijd, toen het landgoed onder de hamer kwam, niet in de steek wilde laten. Barbara had geholpen bij zijn opvoeding en vertegenwoordigde na de dood van zijn moeder het gezonde verstand in het huis van de Forsters. Ze heeft de plaats van de huisvrouw ingenomen en zich om zijn vader bekommerd toen Pawel wegging. Het is fijn dat hij haar hier tegenkomt, dan kan hij haar nog een keer voor alles bedanken en afscheid nemen.

'Ik heb op je gewacht,' zegt ze als hij zijn hand uitsteekt ter begroeting. 'Ik wist dat je hiernaartoe zou komen, want je hield van je moeder.'

'Dat klopt, Barbara. Ik kan Danzig niet verlaten zonder haar vaarwel te zeggen.'

Het graf is nog bedekt met dennennaalden, op de onversierde grijze steen staan de woorden die hij vanbuiten kent, maar die hij zo graag nog een keer wil zien.

Hier rust in Gods vrede
Stanislawa Forster, geboren Jewelowski
1807-1856

Hij legt de krans dicht bij de steen op de dennennaalden en zegt zachtjes een Onzevader op voor de gestorvene. Daarna zwijgt hij en denkt aan zijn moeder, die altijd de zachte invloed in huis was geweest en die ervoor zorgde dat zijn vader en hij het bijlegden als ze elkaar in de haren waren gevlogen. Alsof ze zijn gedachten kan lezen hoort hij Barbara naast hem zeggen: 'Je moeder zou het er niet mee eens zijn dat je weggaat, Pawel.'

'Er zit niets anders op, Barbara.'

Ze kijkt omhoog om zijn ogen te kunnen zien. 'Dat denk je nu, omdat je boos bent, Pawel. En daar heb je alle reden toe, dat weet niemand beter dan ik. En toch moet je blijven om je vader van het ongeluk te redden.'

Hij kijkt in haar kleine, donkere ogen en hij beseft dat ze de ruzie tussen hem en zijn vader heeft afgeluisterd . Des te onbegrijpelijker is het wat ze van hem eist.

'Ik moet mijn vader van het ongeluk redden?' vraagt hij en hij moet bijna lachen. 'Van welk ongeluk? Hij is met een mooie, jonge vrouw getrouwd en leeft gelukkig en in vreugde met haar samen. Het kan hem niets schelen dat de mensen in de stad over hem praten.'

Ze zucht diep en trekt haar omslagdoek strakker om haar schouders. 'Je hebt het geroddel dus gehoord? Ach, het is slecht zoals de mensen praten. Helaas hebben ze geen ongelijk. Ik wil je vader geen verwijten maken, hij is verblind en weet niet wat hij doet. Maar de vrouw die hij uitgekozen heeft, is een echte duivelin. Ze heeft hem het hoofd op hol gebracht, zijn hart gestolen en uiteindelijk zal ze hem te gronde richten.'

Diep in zijn hart is hij er ook van overtuigd dat dit huwelijk op den duur niet goed kan gaan. De nieuwe vrouw van zijn vader is jong en knap, ze zal eisen stellen die zijn vader veel geld en inspanning zullen kosten. En ooit, misschien al snel, zal ze zijn vader ontrouw zijn. Maar Pawel heeft niet al te veel medelijden met zijn vader. Wie zijn billen brandt, moet op de blaren zitten.

Toch is hij nieuwsgierig. 'Hoe is ze eigenlijk bij hem terechtgekomen?'

'Weet je dat niet?' zegt Barbara gretig. 'Dan zal ik je vertellen wat voor een vrouw het is met wie je vader uit medelijden is getrouwd.'

Hij staat versteld. Ze is een Berend. Dat is een van de meest vooraanstaande koopmansfamilies in Danzig. Patriciërs noemt men deze mensen, die sinds eeuwen de toon aangeven in de stad, hun zakken vullen door op grote schaal handel te drijven en hooghartig neerkijken op de eenvoudige mensen. Barbara weet ook te vertellen hoe het gekomen is dat Johanna zo diep is gevallen dat ze met een eenvoudig ambachtsman moest trouwen.

Johanna, denkt hij onwillekeurig. Ze heet Johanna.

Wat Barbara verder vertelt, bevalt hem niet erg. Ze is met een knappe Poolse musicus weggelopen, tegen de wil van haar vader in. Ze hebben door Europa gereisd. Ze heeft in zijn bed gelegen. Tot hij op een gegeven moment genoeg van haar heeft gekregen, haar heeft weggestuurd en zij berouwvol naar Danzig is teruggekeerd.

'Niemand uit de betere kringen wilde nog met haar trouwen. Ze had oud en grijs moeten worden, zonder man en kinderen. Ze heeft je arme vader echter betoverd met haar heksenkunsten, zijn blik vertroebeld om maar een echtgenoot te krijgen.'

'Als ze een Berend is, dan heeft ze zeker een aanzienlijke bruidsschat meegebracht,' merkt Pawel op.

'Niets heeft ze meegebracht,' hoont Barbara. 'Geen geld, geen huis, geen bezit. Alleen een koffer met gebruikt linnengoed en een paar oude jurken. Maar ze heeft direct de schade ingehaald. Mooie zijden kleren moesten er komen, een mantel met bevervel aan de kraag en dure leren laarsjes. Dat alles heeft hij voor haar gekocht, hij heeft er veel geld aan uitgegeven, de erfenis van zijn zoon voor dergelijke prullen verkwist...'

Nu krijgt hij dingen te horen die hem echt raken. Zijn vader heeft de kamer die vroeger van Pawel was voor de jonge stiefmoeder ingericht. De wanden zijn opnieuw behangen, er is een nieuwe vloer gelegd. Dat was voor de kieskeurige dame echter nog niet genoeg, ze wilde ook de meubels van zijn moeder hebben. Ze heeft haar dekenkist uitgeruimd, de secretaire opengemaakt en alle brieven gelezen die zijn moeder daarin had opgeborgen.

'Je tinnen soldaatjes die je moeder had bewaard, heeft ze aan de leerjongens gegeven. Iedereen in huis moet naar haar pijpen dansen. Ze loopt overal rond, kijkt in alle hoeken en gaten en komt zelfs in de werkplaats om bij het werk toe te kijken.'

De tinnen soldaatjes kunnen hem niet schelen, denkt hij. Maar om de spullen van zijn moeder in te pikken en al haar brieven te lezen, dat is boosaardig, dat vergeef ik haar niet. Het is maar goed dat ik daar niets van wist toen we elkaar tegenkwamen op de trap. Misschien had ik me niet kunnen beheersen en had ik haar heel onvriendelijk verteld wat ik daarvan vind.

'Genoeg, Barbara,' zegt hij. 'Ik wil niets meer horen, ik word er alleen maar boos van. Mijn vader moet doen en laten wat hij wil, het gaat mij niet aan. Morgen reis ik verder en ik zal niet snel in Danzig terugkeren.'

Ze pakt hem bij de arm. 'Nee, Pawel. Je bent zijn zoon, je mag hem niet in de steek laten. Ik vraag het je hier bij het graf van je moeder, en ik weet dat zij je er ook om gesmeekt zou hebben. Je moet hier blijven en de ramp afwenden die deze duivelin aan het plannen is.'

Hij voelt de knellende greep van de oude vrouw en zou zich er graag van bevrijden, maar hij is bang dat hij haar dan omverduwt, want Barbara is klein en zo licht als een vogeltje.

'Wat plant ze dan dat zo duivels is?' vraagt hij ongeduldig.

'Ze wil hem al zijn geld afnemen,' fluistert Barbara en ze trekt hem nog dichter tegen zich aan. 'Hij moet een nutteloos stuk grond voor haar kopen. Een strook land aan de Weichsel, bij de Strohdijk. Daarvoor moet hij al zijn spaargeld aanspreken en ik ben bang dat hij ook het huis en de werkplaats moet verpanden. Nu weigert hij nog, Pawel. Een beetje verstand heeft hij godzijdank nog over. Maar ze laat het er niet bij zitten, die heks. Ze wil dat land per se hebben, het is haar enige wens. Steeds opnieuw begint ze erover. O, ze is koppig en het zal niet lang duren voor hij toegeeft en doet wat zij wil...'

Buiten adem houdt Barbara haar mond en hij maakt van de gelegenheid gebruik zich uit haar greep los te maken. Wat ze hem vertelt, komt hem absurd voor. Dat ze mooie kleren, zijden stoffen en andere prullaria waar vrouwen van houden wil hebben, kan hij zich voorstellen. Maar een stuk land?

'Wat wil ze met dat stuk land gaan doen?'

Barbara lacht spottend. Het klinkt schel en ongepast op het stille kerkhof. 'Ze wil een werf vestigen. Je vader moet geen vissersboten meer bouwen, maar grote zeilschepen. Ze beweert dat hij daarmee rijk kan worden, dat idiote mens.'

'Een... werf?' zegt hij verbaasd. 'Ze wil dat mijn vader een werf vestigt?'

'Dat is wat ze zegt. Ik geloof het echter niet. Ze is een koopmansdochter, ze heeft vast iets verzonnen om aan geld en bezit te komen. Wie weet? Misschien wil ze hem overhalen het land op haar naam te zetten? Dan heeft hij niets meer behalve schulden en als hij uit wanhoop sterft, kan zij het land met winst doorverkopen.'

Dat klinkt wel erg ongeloofwaardig, denkt hij. Maar je weet het nooit. Je kunt geen enkele vrouw vertrouwen, vooral niet als ze jong en knap zijn. Daar kan hij over meepraten.

'Ik denk dat je je onnodig zorgen maakt, Barbara,' probeert hij haar gerust te stellen. 'Ik ken mijn vader en weet dat hij niet zo verblind kan zijn. Hij is heel erg aan het huis en de werkplaats gehecht, die zal hij zeker niet op het spel zetten.'

'Jij hebt gemakkelijk praten,' zegt ze en ze kijkt hem boos aan. 'Ga dan maar de wereld in en zoek je geluk. Ik zal tot God bidden dat je er geen spijt van krijgt.'

Daar weet hij geen antwoord op en dat hoeft ook niet, want Barbara slaat een kruis en maakt aanstalten om te vertrekken.

'Ik dank je voor alles, Barbara,' zegt hij verlegen en hij wil haar een hand geven.

'Je hoeft mij niet te bedanken,' zegt ze geïrriteerd. 'Ik wilde je de ogen openen, Pawel. Maar blijkbaar wil je het gewoon niet zien.'

Hij blijft onthutst achter terwijl zij tussen de graven door naar de andere kant van het kerkhof loopt. Ze neemt de weg naar de Jakobspoort, daarvandaan is het nog maar een paar passen naar de werkplaats in de Paradiesstraat. Hij zal in tegenovergestelde richting naar de stad teruggaan, zodat hij in geen geval de buren of zelfs zijn vader tegenkomt. Na alles wat hij heeft gehoord, loopt zijn hoofd over. Hij moet erover nadenken wat waarheid kan zijn en wat de oude vrouw zich in haar opwinding slechts heeft verbeeld.

Zo erg zal het allemaal toch niet zijn, overweegt hij terwijl hij langs de Radaune naar de Hoge Poort loopt. Ze heeft een hekel aan de jonge vrouw, omdat zij het nu in huis voor het zeggen heeft. Dat begrijp ik, maar zo is het nu eenmaal. Daarom hoeft ze nog niet zulke onwaarschijnlijke verhalen te verzinnen. Waarom zou Johanna op zijn vaders geld uit zijn? Wat moet ze ermee?

Hij beseft dat hij haar in gedachten bij haar voornaam genoemd heeft. Johanna. Een Berend. Ze is zijn vaders huis binnengevallen en ze wil dat hij een stuk land koopt om daar een werf te vestigen. Waar was het ook alweer? Bij de Strohdijk. Die omgeving kent hij goed, het is een brede strook land tussen de Weichsel en de Mottlau dat heel geschikt is voor een werf. Als dat werkelijk haar voornemen is, is de plek in elk geval goed gekozen.

Hij loopt richting de Groene Poort en overweegt of hij de bootreis voor morgen zal vastleggen. Om de een of andere reden wordt hij echter naar de Brabank getrokken, waar Klawitter zijn werf heeft. Het bedrijf heeft zich uitgebreid, er is een kantoor bij gekomen. Het lijkt erop dat het Klawitter voor de wind gaat. Hij ziet twee driemasters en een kleiner schip in aanbouw op de kiel liggen. Het zijn koopvaardijschepen van gemiddelde grootte, die net als vroeger van hout en niet van ijzer gebouwd worden.

Omdat hij er nu toch is, loopt hij door de velden naar de Mottlau en kijkt om zich heen. Links liggen de gebouwen van de koninklijke werf, die tijdens zijn afwezigheid enorm is gegroeid. Dan dwalen zijn ogen naar rechts, waar de Mottlau in de Weichsel uitmondt, en hij bekijkt de smalle landtong die zich een stuk verderop tussen de rivierlopen uitstrekt. De punt is op het moment overstroomd, dat gebeurt bijna elk jaar weleens wanneer de Weichsel hoog staat. Anders groeit daar struikgewas. Er staan ook veel dennenbomen en zelfs een paar loofbomen.

De bomen zou je moeten kappen, denkt hij. Het hout kun je opslaan en later als brandhout gebruiken. Maar de ligging is goed en verder naar boven is de grond stevig. Allereerst zou er een helling moeten komen die schuin afloopt naar de rivier, waar de schepen te water worden gelaten. Twee- en driemasters zou je kunnen bouwen, handelsschepen die altijd nodig zijn.

Hij beseft dat hij hersenschimmen aan het najagen is. Zonder meesterdiploma kan hij geen bedrijf vestigen. En zelfs als hij al meester zou zijn, heeft hij het geld niet. Hij zou het land nooit kunnen kopen.

Als dat werkelijk is wat ze van plan is, bedenkt hij meesmuilend, dan staat haar een teleurstelling te wachten. Grondwerk, voorraad, magazijn en ook gereedschap moeten betaald worden. Hout is ook niet gratis. Opdrachten moeten binnengehaald worden. Je hebt goede arbeiders nodig, mensen die iets van het ambacht afweten, die hun loon waard zijn. Zijn vader zal zich nooit tot een dergelijk waagstuk laten overhalen. Waarom zou hij ook? Hij heeft nog nooit iets groters dan een vissersboot gebouwd.

Danuta

DANUTA WEET NIET WAT HAAR overkomt. Ze is in de keuken om het ontbijt voor mevrouw klaar te maken, giet net koffie in het porseleinen kannetje, als de bel uit de echtelijke slaapkamer schelt. Nietsvermoedend gaat ze de trap op, denkend dat ze mevrouw bij het aankleden moet helpen, als het onheil met volle kracht op haar neerdaalt.

Meneer is in de kamer en hij kijkt haar met toegeknepen ogen aan. Mevrouw zit overeind in bed met haar nachtmuts nog op, haar wangen zijn onnatuurlijk rood.

'Kom binnen en doe de deur achter je dicht,' beveelt meneer.

Zijn toon is streng, bijna dreigend. Ze voelt zich duizelig worden en houdt zich een ogenblik vast aan de deurklink om niet te vallen. Het is uitgekomen, denkt ze vertwijfeld. Mevrouw weet alles. Nu zullen ze me wegsturen. O, waarom heb ik het zover laten komen?

'Je moet niet schrikken,' zegt hij en hij wenkt haar dichterbij. 'Zeg me of je je een broche kunt herinneren die mijn vrouw vaak draagt. Ze is van goud, bezet met parels en er zit een blauwe aquamarijn in het midden.'

Eerst is ze opgelucht. Het gaat alleen maar om een broche die mevrouw niet kan vinden.

'Natuurlijk herinner ik me die, meneer,' zegt ze vrijmoedig. 'U bedoelt de broche die mevrouw van haar moeder heeft geërfd. Ik ken hem goed.'

Nu mengt ook mevrouw zich in het gesprek. Danuta schrikt van de ongewoon harde klank van haar stem.

'Dan weet je zeker ook wel waar die broche is, Danuta.'

Nu begrijpt ze het. Ze zal als dievegge worden bestempeld. Dat heeft mevrouw bedacht om haar het huis uit te krijgen.

'Hij moet in uw juwelenkistje liggen, mevrouw.'

'Daar ligt hij niet.'

'Het spijt me, mevrouw. Misschien zit hij nog op de jurk die u laatst hebt gedragen, toen uw vriendinnen op de thee waren?'

Ze weet dat ze geen enkele kans maakt. Maar ze zal zich verdedigen zolang ze kan. Meneer gaat op de suggestie in en beveelt haar de jurk erbij te pakken.

'Misschien heb je de broche op een andere jurk laten zitten,' zegt hij zacht tegen zijn vrouw, terwijl Danuta de grote kast opendoet en de jurk eruit haalt. 'Laten we eerst goed zoeken, Luise.'

De broche zit natuurlijk niet op de jurk, daar zal ze voor gezorgd hebben. 'Kijk, hij zit er niet op,' zegt mevrouw triomfantelijk. 'Maar laten we alle kleren nakijken, zodat we niets over het hoofd zien.'

Ze stapt uit bed, trekt haar kamerjas aan en samen doorzoeken ze de kledingkast.

'Het is zinloos,' verzucht mevrouw even later. 'Ik weet zeker dat ik de broche noch verloren, noch ergens vergeten ben. Ik doe hem altijd in mijn juwelenkistje nadat ik hem heb gedragen.'

De sleutel van het kistje draagt ze altijd om haar hals, maar gisteren...

'Danuta heeft me geholpen om mijn natte kleren uit te trekken. Ik was doodmoe en ben in slaap gevallen zo gauw ik in bed lag. Vanochtend vond ik de sleutel op mijn nachtkastje.'

'Dat kan ik uitleggen, mevrouw,' zegt Danuta, ook al weet ze dat ze daarmee haar eigen graf graaft. 'Ik heb de sleutel van uw hals gehaald omdat het fluwelen lint waar hij aan zat nat was geworden.'

De val klapt dicht. Mevrouw beweert dat ze wantrouwig was toen ze de sleutel zag liggen en dat ze daarom het kistje heeft geopend. Ze heeft meteen vastgesteld dat de broche ontbrak.

Meneer perst zijn lippen boos op elkaar. Als het zo is als ze vermoedt, bevindt hij zich nu in een heel lastige positie.

'Heb je daar een verklaring voor, Danuta?' vraagt hij.

'Nee, meneer.'

'Je hebt het juwelenkistje niet opengemaakt en de broche eruit gepakt?'

Ze zou nu moeten huilen en schreeuwen, wanhopig haar onschuld betuigen, de moeder van God en alle heiligen aanroepen, maar ze is als verlamd van afschuw en vertwijfeling. Ze zou nooit geloofd hebben dat haar vrome bazin tot zo'n kwaadaardige daad in staat is.

'Nee, meneer. Dat zou nooit in mijn hoofd opkomen,' zegt ze zacht en ze kijkt hem daarbij smekend aan. Gelooft hij haar? Misschien. Maar beschermen zal hij haar niet. In zulke gevallen is het altijd de vrouw des huizes die wint en de bediende die geofferd wordt.

'Ik eis dat ze wordt gefouilleerd. Er moet ook in haar kamer worden gekeken,' roept mevrouw. 'Het kan alleen Danuta geweest zijn, zij is de enige die op onze slaapkamer mag komen. En zij was het die de sleutel van het juwelenkistje van mijn hals heeft gehaald...'

'Kalmeer, Luise,' zegt meneer. 'We zullen alles controleren. Maar waarom juist Danuta? Ook de huishoudster komt af en toe in onze kamer.'

'Het duldt geen uitstel,' schreeuwt mevrouw. 'We moeten van allebei de kamers doorzoeken.'

Mevrouw Döppel wordt erbij geroepen, die onwillig verschijnt omdat ze met het middageten bezig is. Wanneer haar gezegd wordt dat men haar kamer wil doorzoeken, slaat ze ontzet haar handen in elkaar. 'Nog nooit in mijn leven ben ik zo schandelijk behandeld,' jammert ze. 'Maar ik weet wel wie me zwartgemaakt heeft. Jij vals kreng, jij verdorven loeder...'

Ze wil zich op Danuta storten, maar meneer grijpt haar arm en trekt haar aan de kant.

'Pas op,' zegt hij dreigend. 'Jij bent wel de laatste die zo'n ophef moet maken. Denk aan het getuigschrift dat je me hebt laten zien.

Verder is het allemaal zo voorbij. Laten we gaan.'

Ze beginnen in Danuta's kamer. De huishoudster heeft de opdracht het bed, de kast en de commode open te maken en meneer te tonen wat zich daarin bevindt. Ze hoeft niet lang te zoeken, de broche ligt onder Danuta's hoofdkussen. De huishoudster stort zich erop met een kreet van triomf, neemt de broche tussen duim en wijsvinger en brengt hem naar haar bazin.

'Ik wist het,' zegt mevrouw. 'Het is maar goed dat we niet geaarzeld hebben, Theodor. Anders had ze dit kostbare stuk aan een handelaar verkocht en hadden we het nooit meer teruggezien.'

Ze moet die ochtend vroeg naar boven zijn gegaan, terwijl zij beneden in de keuken was, denkt Danuta ongelukkig. O, wat heeft ze het sluw aangepakt. Nu is mijn lot bezegeld.

'Ik heb geen idee hoe de broche daar terecht is gekomen,' zegt ze zacht. 'Ik heb hem niet gestolen, dat zweer ik bij alles wat mij...'

'Het zou beter zijn om geen leugens te zweren,' valt mevrouw haar in de rede. 'Je schuld is bewezen en de straf zal er direct op volgen.'

'Aangeven moet u die stelende ekster,' eist de huishoudster, die nu in het voordeel is. 'In de gevangenis moet ze boeten voor haar daad, op water en brood. Ze heeft een onschuldige vrouw verdacht gemaakt, terwijl ze zelf de dievegge is. Maar ik heb het altijd al gedacht...'

'Hou je mond,' beveelt meneer boos. 'Hoe we hier verder mee omgaan gaat je niets aan. En als je baan je lief is, dan zeg je niets over wat hier voorgevallen is. Heb je me begrepen?'

De huishoudster krimpt meteen in elkaar, trekt haar hoofd in en verzekert hem dat het niet haar gewoonte is de aangelegenheden van haar werkgevers in de stad rond te bazuinen.

'En jij blijft hier in je kamer, tot we je roepen,' zegt hij tegen Danuta.

Hij verlaat als laatste het kamertje en trekt de deur met een boze ruk achter zich dicht. Danuta blijft als verdoofd achter. Terwijl ze hoort hoe de voetstappen zich verwijderen, wordt het haar opeens zwart voor de ogen. Het lukt haar nog net zich op het bed te laten vallen. Een poosje is ze van de wereld, verzonken in reddende duisternis tot ze haar ogen opslaat en boven zich de ruwe balken van het dak herkent, het kleine raam, de krakkemikkige kast, de stoel waarop het wasstel staat.

Het is mijn eigen schuld, denkt ze wanhopig. Ik wilde dit huis verlaten, mijn baan opzeggen en ik heb het niet gedaan. Ik was laf, heb het voor me uit geschoven en steeds nieuwe uitvluchten gevonden. Eerst zei ik tegen mezelf dat ik mijn zieke bazin niet in de steek mocht laten, omdat ze me nodig had. Later bedacht ik dat ik beter op de lente kon wachten, als de bomen weer bladeren en de mensen vrolijke gezichten hadden. Dan zou het gemakkelijker zijn een nieuwe betrekking te vinden. En toen...

En toen merkte ze dat er iets niet in orde was met haar. 's Ochtends verdraagt ze haar ontbijt niet en laatst, toen ze de mand met nat wasgoed naar de zolder droeg, moest ze snel op de trap gaan zitten, omdat ze opeens duizelig werd. Ze zei tegen zichzelf dat ze vast iets verkeerds had gegeten. Het was vast het restje erwtenstoofpot dat al drie dagen in de provisiekamer had gestaan en dat de huishoudster haar had opgedrongen. En dat haar menstruatie uitbleef, dat was vroeger ook weleens gebeurd. Dan was ze soms meerdere dagen over tijd en kwam alles toch weer in orde. Maar nu heeft ze al meerdere weken niet meer gebloed. Hoeveel? Drie? Vier? Ze weet het niet meer precies.

Ik moet het tegen hem zeggen, heeft ze al een paar keer gedacht. Maar pas als ik het zeker weet, want ik wil niet tegen hem liegen. Hij zal boos zijn en me vast en zeker terugsturen naar mijn geboortedorp om daar het kind te krijgen, zodat er hier geen schandaal van komt. Heel misschien geeft hij me wat geld mee, omdat het toch zijn kind is. Daar heeft ze weleens over gehoord, de bedienden praten over zulke dingen onder elkaar. Sommige vrouwen hebben geluk en komen goed terecht, verhuren zich als voedster en geven hun eigen kind aan een familielid. Er zijn echter ook vrouwen die met schande overladen weggestuurd worden en zelfmoord plegen.

Nu is het te laat, denkt ze ongelukkig. Ze zullen me sowieso wegsturen, misschien moet ik zelfs de gevangenis in voor een diefstal die ik niet heb begaan. Wanneer ik meneer beken dat ik een kind verwacht, zal hij denken dat ik lieg om hem geld af te dwingen. Dus ik hou liever mijn mond en wacht af wat ze besluiten. O nee, ik zal me niet in de Weichsel storten. Als de bazin daarop hoopt, dan vergist ze zich. Ik zal voor mijzelf en mijn kind vechten en als God het wil zal ik het ook zonder geld van meneer redden.

Het is al middag en ze heeft opeens erge honger, maar ze durft haar kamer niet te verlaten. Dan hoort ze de zware voetstappen van de huishoudster op de trap en direct daarop bonst haar vuist op de deur.

'Je moet naar de woonkamer komen.'

Mevrouw Döppel wacht haar op buiten haar kamer, grijnst kwaadaardig naar haar en geeft haar een stomp in de zij als ze haar voorbijloopt.

'Jij hebt je pleziertje gehad, loeder. Ik heb vaak meegeluisterd als je met hem neukte. Nu betaal je de prijs.'

Ze loopt achter Danuta aan. Op de eerste verdieping doet ze alsof ze naar de keuken gaat, maar waarschijnlijk keert ze meteen weer om, zodat ze aan de deur kan luisteren.

De bazin zit zoals gewoonlijk op de bank. Ze zit echter niet in elkaar gedoken, zoals anders. Nu heeft ze een rechte rug en glanzende ogen.

'We hebben besloten dat je morgen in alle vroegte het huis verlaat,' kondigt ze aan. 'Je kunt me op je blote knieën danken dat mijn man ervan afziet om je voor deze diefstal bij de politie aan te geven. Ik heb hem verzocht dat niet te doen en hij heeft gehoor gegeven aan mijn verzoek.'

Wat een doortrapte leugen. Meneer zou haar nooit bij de politie aangeven, dat weet ze zeker.

'We zijn barmhartig voor je,' vervolgt mevrouw en ze kijkt op haar neer. 'Je mag deze nacht nog in ons huis doorbrengen en iets eten in de keuken. Je getuigschrift krijg je morgenvroeg.'

Ze wacht en staart Danuta uitdagend aan. 'Heb je nog iets te zeggen?' vraagt ze en ze trekt haar wenkbrauwen op.

Wat verwacht ze? Een verontschuldiging? Tranen van spijt? Misschien zelfs dat ze smeekt om haar niet weg te sturen? Dat genoegen zal ze haar niet geven.

'Nee,' zegt ze rustig. 'Ik heb u gehoord en zal ernaar handelen.'

Ze verlaat zonder een kniebuiging te maken de kamer. Op de gang voelt ze hoe haar benen trillen. Ze is bang dat ze weer zal flauwvallen, maar de duizeling trekt weg. Ik moet iets eten, denkt ze. Die stomme Döppel zal me wel weer aanvallen in de keuken, maar het kan me niet schelen. Morgen ga ik weg en zie ik haar nooit meer terug.

Helaas is mevrouw Döppel niet alleen in de keuken. Oskar is er ook en hij lepelt zijn middageten naar binnen, dat bestaat uit restjes van gisteren. Wanneer Danuta binnenkomt tilt hij zijn hoofd omhoog en kijkt haar met zijn grote blauwe ogen aan. Hij zegt echter niets en eet verder. Het spijt haar voor Oskar. Hij is de enige fatsoenlijke en sympathieke persoon in dit huis, maar hij zal haar des te meer verachten nu ze ook nog schuldig is bevonden aan diefstal. Mevrouw Döppel slaat geen acht op Danuta. Ze zweet van inspanning, omdat ze het eten moet opdienen in de eetkamer, iets wat ze niet gewend is. Als ze met het dessert naar boven loopt, pakt Danuta een bord, legt er wat aardappelen op en schraapt de overgebleven kool uit de pan. Ze snijdt een stuk rookworst af en begint hongerig te eten.

'Ik heb het niet gedaan,' zegt ze zacht tegen Oskar.

Hij lepelt verder en zegt niets.

'Geloof je me niet?'

Hij kijkt bezorgd naar de deur of de huishoudster al terugkomt. Omdat alles stil blijft, glimlacht hij schuchter naar Danuta. 'Jawel, ik geloof je. Maar hoe is het dan gebeurd? Hebben ze het ding niet in jouw kamer gevonden?'

'Dat wel, maar ik heb het er niet neergelegd.'

'Wie dan?'

Ze bijt op haar lippen. Wat voor nut heeft het om hem de waarheid te vertellen? Hij zal het niet geloven.

'Ik weet het niet, Oskar.'

Hij schudt verdrietig zijn hoofd en wil iets zeggen, maar aan de andere kant van de deur schreeuwt de huishoudster of hij alsjeblieft de deur wil opendoen, omdat ze een zwaar dienblad bij zich heeft.

Ze heeft het hoofdgerecht afgeruimd en de borden en schalen zo onhandig opgestapeld dat een sauskom van het blad glijdt en op de vloer in stukken valt.

'Jij, stomkop,' kaffert ze Oskar uit. 'Dat is jouw schuld. Laat me een beetje voor de deur staan in plaats van op tijd op je plek te zijn. Veeg dat op. Misschien kan het nog gelijmd worden.'

Hijgend zet ze het blad neer, zet haar kap recht en veegt het zweet van haar voorhoofd.

'Zit je je vol te vreten?' kijft ze tegen Danuta. 'Eet maar, morgen is het gedaan met je, dan moet je maar zien hoe je iets te eten krijgt.'

Ze pakt een vork en prikt daarmee in de worst op Danuta's bord. 'Die is niet voor jou. Eet maar aardappels. In de provisiekamer staan ook nog grutten, die moeten op, anders worden ze zuur.'

Danuta laat haar begaan, maar ze ziet dat Oskar de huishoudster boos nakijkt als die het stuk worst naar de provisiekamer brengt. De moed ontbreekt hem om haar het hoofd te bieden, maar terwijl ze in de provisiekamer is, schuift hij Danuta het stukje vlees toe dat nog op zijn bord lag.

'Neem het maar,' fluistert hij. 'Ik heb genoeg gehad.'

Danuta bedankt hem met een glimlach en schrokt het vlees op. Morgenvroeg zal ze vast niets krijgen en op proviand voor onderweg hoeft ze ook niet te hopen.

Ze eet haar bord leeg, knikt Oskar vriendelijk toe en gaat de trap op naar haar kamer om haar spullen te pakken. Op de gang van de eerste verdieping hoort ze stemmen uit de eetkamer komen.

'Danuta? Dat geloof ik niet. Is het zeker?'

Dat is de jonge meneer. Nu zullen ze hem ook tegen haar opzetten. Ze kan maar beter doorlopen en niet luisteren.

'Zo zeker als het amen in de kerk, Ernst,' antwoordt mevrouw. 'We hebben de broche onder haar hoofdkussen gevonden.'

'Onder haar hoofdkussen?' zegt de jonge meneer verbaasd. 'Dat is toch raar. Als je zo'n sieraad steelt, leg je het toch niet onder een hoofdkussen?'

'Je schijnt ervaring te hebben met dergelijke dingen,' merkt meneer spottend op.

'Ik denk alleen maar na,' zegt de jonge meneer. 'Ze moet toch geweten hebben dat iemand naar de broche op zoek zou gaan. Dus zou ze een goede verstopplek zoeken waar niemand hem zou vinden. Een scheur in de muur of ergens op zolder in een oude kist...'

'Jij hebt altijd al een buitenissige fantasie gehad, beste Ernst,' valt mevrouw hem in de rede. 'Het is mooi dat je deze treurige geschiedenis met enige humor kunt bekijken. Mij lukt dat helaas niet.'

'Eerlijk gezegd geloof ik niet dat het Danuta was. Ik zou eerder geloven dat die Döppel erachter zit...'

'Genoeg nu,' onderbreekt meneer hem met een snijdende stem. 'De zaak is afgehandeld. Denk eraan dat getuigschrift voor haar te schrijven, Luise. Ik geef het haar morgenochtend mee, zodat jij niet verder met deze onzalige geschiedenis wordt belast.'

'Ik heb het al geschreven, Theodor. Je kunt het meteen meenemen.'

'Des te beter.'

Nu heeft ze toch langer geluisterd dan ze eigenlijk wilde. En zoals verwacht heeft ze niets goeds te horen gekregen. Alleen de jonge meneer heeft haar versteld doen staan. Hij is zo slim! Hij heeft meteen aangevoeld dat er iets niet klopt. Helaas kan hij niets voor haar doen. Hij heeft het zelf ook niet gemakkelijk, omdat hij zijn broer moet gehoorzamen.

Verdrietig gaat ze naar boven, waar ze de versleten reistas waarmee ze tien jaar geleden gekomen is uit de kast pakt. De oude mevrouw Berend heeft haar indertijd aangenomen, zij was een goede en rechtvaardige bazin. Toen had de oudste zoon het niet gedurfd om bij haar op de kamer te komen, want zijn moeder was streng en zou het niet hebben getolereerd. Die tijd is echter voorbij en ze is zelf medeschuldig aan haar ongeluk. Dus zoekt ze haar linnengoed bij elkaar, de kousen en nachthemden, de wollen omslagdoek die de oude mevrouw haar een keer met kerst heeft gegeven en de paar kledingstukken die ze zelf heeft gekocht om te dragen op haar vrije dagen. Het is meer dan ze dacht, de reistas is amper groot genoeg. Dat is geen wonder, toen ze hier voor het eerst in huis kwam, had ze slechts twee hemden en een paar sokken bij zich. Ze zit lange tijd op haar bed en vraagt zich af hoe de vrouw van haar vader haar zal ontvangen. Ze zullen haar daar niet goed behandelen en als ze doorkrijgen dat ze in verwachting is, zal het er niet beter op worden. Ze weet niet eens zeker of haar vader nog leeft, want ze heeft al heel lang niets van hem gehoord. Maar als hij gestorven zou zijn, hadden ze haar toch bericht moeten sturen...

Ze wacht totdat het donker is en de huishoudster de trap op komt. Pas wanneer ze haar hoort snurken, gaat ze op blote voeten de trap af naar de keuken. De provisiekamer zit zoals altijd op slot, maar ze vindt nog wat brood in de kast en de pot met pruimenjam die de huishoudster is vergeten op te ruimen. Met een gevulde maag gaat ze weer naar boven en valt meteen in slaap.

Ze wordt vroeger wakker dan anders doordat ze misselijk is en moet overgeven. Buiten is het nog donker, ze hoort de huishoudster rommelen in de naastgelegen kamer. Na haar mond gespoeld te hebben, kleedt ze zich aan en neemt de reistas in haar hand.

Oskar staat bij de zoldertrap. Het lijkt erop dat hij op haar heeft gewacht, want hij steekt een hand naar haar uit.

'Vaarwel, Danuta,' zegt hij treurig. 'Neem dit, je zult het nodig hebben. Moge God je behoeden.'

In zijn hand liggen twee talermunten.

'Dat kan ik niet aannemen, Oskar. Je hebt zelf al zo weinig.'

'Neem ze nou maar.'

Hij drukt de munten in haar hand en springt met grote sprongen de trap af, alsof hij op de vlucht is.

Beneden in de hal staat meneer al klaar om haar het getuigschrift te overhandigen. Zijn gezichtsuitdrukking is ondoorgrondelijk. Ze weet niet of hij het betreurt haar te verliezen of dat hij blij is haar kwijt te zijn. Het doet pijn, omdat er uren zijn geweest waarin ze elkaar heel na waren. Maar baas en bediende kunnen elkaar nooit echt na staan, dat weet ze heus wel. Zo is het nu eenmaal geregeld in de wereld.

Zwijgend geeft hij haar het opgevouwen papier, schraapt zijn keel en zegt: 'Het is triest dat het zover met je gekomen is, Danuta.'

Ze geeft geen antwoord. Zou hij iets anders hebben gezegd als de huishoudster niet net overijverig de hal was binnengekomen om hem de lantaarn te brengen? Hoe dan ook, het maakt niet uit. Danuta draait zich zonder iets te zeggen om en daalt de treden van het bordes af en de nog schemerige straat op, waar het eerste rijtuig al voorbijkomt. Op de Kohlenmarkt hebben de eerste paardenhandelaren zich al verzameld en meerdere huurrijtuigjes wachten op klanten. Niemand slaat acht op haar als ze met haar tas in de hand het plein oversteekt. Bij de Hoge Poort blijft ze nog een keer staan en kijkt achterom. De zon komt op in het oosten boven de stad. Helder, vrolijk ochtendlicht vloeit over de daken en torens en ze bedenkt somber dat de zon haar het afscheid moeilijk maakt. Ze draait zich weer om en volgt de weg naar Schidlitz, die verder naar Nenkau leidt.

Ze is nog niet ver wanneer ze voetstappen achter zich hoort en iemand haar naam roept.

'Danuta! Wacht nou! Danuta!'

Verbluft herkent ze Oskar, die haastig op haar afloopt en haar arm pakt.

'Hij heeft me gestuurd,' zegt hij buiten adem. 'Ik moest het op een lopen zetten en je terughalen. Geef mij je tas, die draag ik voor je.'

Ze schrikt. Terug? Waarom? Hebben ze haar toch aangegeven? Wacht de politie op haar?

'Ik ga niet terug.'

'Kom op,' dringt hij aan. 'Meneer was helemaal opgewonden en is bijna zelf achter je aan gerend.'

Ze snapt er niets van en iets zegt haar dat het beter is om niet terug te gaan. Maar Oskar heeft haar tas al van haar aangepakt en loopt voor haar uit, zodat ze gedwongen is hem te volgen.

'Wat heeft hem dan zo opgewonden?' wil ze weten.

'Het was iets wat de huishoudster zich liet ontvallen. Ik heb het zelf niet verstaan, maar hij heeft haar bij de arm gegrepen en zo hard door elkaar geschud dat haar kap bijna van haar hoofd viel.'

In de Lange Straat zijn nu meer mensen op pad. Ambtenaren in donkere jasjes en grijze broeken haasten zich naar het stadhuis, dienstmeisjes dragen boodschappenmanden met zich mee, een knecht laat een gevlekte hond uit. Meneer staat op het bordes met zijn armen over elkaar en steekt zijn nek uit. Wanneer hij haar tussen de voorbijgangers opmerkt, verdwijnt hij door de voordeur.

Onderaan de trap is het gejammer van de huishoudster al te horen.

'Waarom had ik het tegen u moeten zeggen, meneer? Dat zijn mijn zaken niet. Ik doe mijn werk en...'

'Het is al goed,' hoort Danuta meneer zeggen. 'Ga nu.'

Met trillende knieën gaat ze de trap op. Ze is nog maar net in de hal als meneer naar haar toe rent, haar beide handen pakt en haar zo indringend aankijkt dat ze er bang van wordt.

'Waarom heb je het niet tegen me gezegd?' valt hij uit.

'Wat... wat bedoelt u?'

‘Is het waar dat je in verwachting bent?’
Ze knikt. Hij weet het. Waarom zou ze nu nog liegen?
‘Goed,’ zegt hij, opeens heel rustig. ‘Ga naar je kamer, Danuta. Ik wil dat je blijft. Oskar, zeg tegen de huishoudster dat ze Danuta ontbijt op haar kamer brengt.’

Ernst

AUGUSTES VOORSTEL IS HELEMAAL NOG niet zo slecht. Dus heeft Ernst besloten een feuilleton voor zijn tijdschrift te schrijven. Geen ordinair romantisch verhaaltje, maar er moet natuurlijk wel een liefdespaar in voorkomen. Bijvoorbeeld een molenknecht, die verliefd wordt op de dochter van de molenaar. Ach nee, dat is te afgezaagd. Een arme student en een adellijke dame dan. Ook niet goed. Tegen middernacht krijgt hij het gouden idee: een jonge man, teleurgesteld in de liefde, monstert aan op een schip en keert na vele avonturen rijk en in hoog aanzien terug om zijn aanbedene te trouwen. Hij begint meteen aan de eerste aflevering, die vlot uit zijn pen vloeit. Pas tegen drie uur gaat hij slapen. Natuurlijk voelt hij zich de volgende ochtend geradbraakt en wankelt hij slaapdronken naar de eetkamer. O jee, nu komt hij weer te laat voor het ontbijt, en beneden in het kantoor zal hij wel weer een preek van zijn broer krijgen.

Als hij echter in de buurt van de eetkamer komt, hoort hij tot zijn opluchting dat binnen een gesprek wordt gevoerd. Ze zitten dus nog aan tafel, hij is nog op tijd.

'Ik heb het zo besloten,' zegt zijn broer. 'En ik verwacht dat je dat accepteert.'

O jee, denkt Ernst. Er lijkt weer iets mis te zijn. Arme Luise. Eergisteren is ze in de Weichsel gevallen en gisteren hebben ze Danuta moeten ontslaan. Ze heeft geen gemakkelijk bestaan.

Zijn verlate verschijning wordt nauwelijks opgemerkt, doordat zijn schoonzus, geheel tegen haar gewoonte in, weerwoord geeft.

Ze is onnatuurlijk geagiteerd, ademt zwaar en haar handen trillen. Er lijkt zich een drama te voltrekken.

'Ik begrijp het niet, Theodor,' zegt ze. 'Ik dacht dat we het eens waren over hoe we haar zouden aanpakken.'

Zijn broer heeft weer die koude blik. Die kent Ernst uit zijn kindertijd. Als Theodor zo kijkt, is hij vastbesloten zijn zin door te drijven.

'Ze verwacht een kind, Luise,' zegt Theodor. 'Je zult begrijpen dat ik haar in die toestand niet op straat kan zetten. Het zou onchristelijk zijn dat te doen.'

Het gaat om Danuta, denkt Ernst. Kijk aan, ze is zwanger. Een boef die daar iets slechts van denkt. Hij schenkt zo onopvallend mogelijk koffie in en besmeert een broodje met boter.

Luise is na dit nieuws nog bleker geworden dan ze altijd al is. Hij vreest dat ze zo flauwvalt en van haar stoel kiepert.

'Zwanger,' fluistert ze met een wegstervende stem. 'Dat... dat liegt ze, Theodor. Dat is een brutale leugen om niet weggestuurd te worden.'

'Het is de waarheid,' brengt hij ertegen in. 'Ik heb het niet van haar gehoord, maar van mevrouw Döppel.'

'Dan spannen ze samen.'

'Zeer zeker niet.'

Daar is Ernst ook van overtuigd. Döppel zou wel de laatste zijn om Danuta terzijde te staan. Hij voelt zich behoorlijk ongemakkelijk als getuige van deze delicate aangelegenheid tussen zijn broer en schoonzus. Aan de andere kant is het ook zo spannend dat hij geen zin heeft zich discreet terug te trekken.

Nu barst Luise in tranen uit, gooit haar servet op de tafel en staat op.

'Jij verwacht dus van mij dat ik met een crimineel onder hetzelfde dak verkeer,' zegt ze met bevende stem. 'Ben je vergeten dat ze me heeft bestolen?'

Theodor is niet onder de indruk. 'Je hebt die broche toch teruggekregen? Wat wind je je op? Ze blijft hier tot het kind geboren is, daarna zien we verder.'

'En dat de mensen over ons zullen praten, vind je niet erg?' snikt zijn schoonzus. 'We maken ons totaal belachelijk. Ik durf de straat niet meer op te gaan...'

'Daar heb je geen reden voor, Luise. Kalmeer en denk na, dan zul je inzien dat ik de juiste beslissing heb genomen.'

Zijn schoonzus laat daarop een geluid horen dat zowel een harde snik als ook een vertwijfelde lach kan zijn. Ze draait zich om, om naar de deur te lopen, maar blijft dan plotseling staan en drukt een hand tegen haar borst. Een hartaanval? Ernst springt geschrokken op en wil haar ondersteunen. Hij heeft zijn arm al om haar middel gelegd als ze verstrakt en fluistert: 'Het is al goed, ik red me wel. Laat me...'

Zonder zijn hulp verlaat ze de eetkamer en gaat naar de woonkamer. Waarschijnlijk zal ze zo meteen de huishoudster roepen om haar een van haar vele middeltjes te brengen.

'Wat sta je daar?' snauwt Theodor, die rustig op zijn plaats is blijven zitten. 'Doe de deur dicht en ga weer zitten.'

Nu krijgt hij te horen dat hij over dit gesprek absoluut zijn mond moet houden.

'En let vooral op je woorden als je de salon van mevrouw Von Kleiwitz bezoekt. Het bevalt me toch al helemaal niet dat je daar heen gaat. Er zijn veel belangrijkere contacten die je moet onderhouden ...'

Vanaf de gang is de onaangename stem van de huishoudster te horen. 'Koude kompressen, natuurlijk, mevrouw. En het kleine bruine flesje met het groene etiket...'

Theodor laat op geen enkele manier zien wat hij hiervan vindt. In plaats daarvan stuurt hij Ernst naar beneden om de kantoorruimtes en het magazijn te openen. Zelf heeft hij eerst nog iets anders te doen.

'Ik ben al onderweg,' zegt Ernst en hij drinkt haastig zijn koffie op. Op de trap hoort hij hoe Theodor van de eetkamer naar de woonkamer gaat. Ah, dus toch, denkt hij. Hij maakt zich absoluut zorgen om zijn vrouw. Maar hij laat het niet merken.

Beneden in de hal staat Korbitz te wachten tot iemand de deur van het kantoor opent. Ernst gaat aan Theodors bureau zitten. Hij pakt wat vellen papier uit de la, rolt ze op en laat ze discreet onder zijn jasje verdwijnen. Die zal hij bij de eerstvolgende gelegenheid naar zijn kamer brengen, zijn roman wacht op vervolg. De inzameling voor zijn literaire tijdschrift heeft het ongelooflijke bedrag van bijna vijftig taler opgebracht en mevrouw Von Kleiwitz heeft in haar enthousiasme nog eens vijftig taler bijgelegd, waarna ze nogmaals heeft had benadrukt hoe graag ze bereid is deel uit te maken van de redactie. Hij heeft niet gereageerd op deze wens en hij hoopt dat ze er niet op terugkomt. Het belangrijkste is dat zijn project nu financieel zeker is gesteld. Mevrouw Von Kleiwitz heeft hem het geld in goed vertrouwen gegeven. Als Theodor hem vandaag voor de een of andere boodschap de stad in stuurt, zal hij naar een drukkerij uitkijken en naar de prijzen informeren.

Korbitz heeft de post meegenomen. Hij staat achter zijn lessenaar en sorteert de brieven. Eén stapel voor de zakelijke post en een andere voor de privécorrespondentie die Theodor later mee naar boven zal nemen. Ernst leunt achterover in zijn stoel. Het gebrek aan slaap doet zich gelden, zijn ogen vallen dicht. Theodor heeft vast wel even tijd nodig om zijn boze echtgenote gerust te stellen, dan kan hij even een dutje doen. Waarom wil zijn broer Danuta per se in huis houden? Er zijn tehuizen voor ongehuwde vrouwen die zwanger zijn. Daar zou ze haar kind ter wereld kunnen brengen en niemand zou… Maar zijn gedachten raken in de war en hij sluimert in.

'Meneer Berend,' zegt iemand dicht bij zijn oor. 'Pas op, meneer Berend, uw broer is al op de trap.'

In één klap is hij klaarwakker en grijnst samenzweerderig naar Korbitz. Prima kerel, die Korbitz. Hij is altijd zo onderdanig en gesloten, maar Ernst heeft naar zijn familie en kinderen geïnformeerd en toen is hij ontdooid en heeft hem van alles verteld. Nu doet hij op zijn manier iets terug.

'Dank u, Korbitz,' fluistert hij en hij gaat gauw naar de kleine tafel die als zijn werkplek fungeert. 'Dan zijn we vlijtig aan het werk, nietwaar?'

Theodors gezicht staat ijzig. Hij trekt de deur onnodig hard achter zich dicht en kijkt fronsend de ruimte rond. O jee, het is niets geworden met de verzoening. Nu zal hij zijn misnoegen over hem en de arme Korbitz uitstorten.

'Waar zijn de rekeningen voor de goederen die er vandaag uit gaan?' snauwt hij tegen Korbitz. 'Ze moesten vanochtend op mijn bureau liggen.'

'Neem me niet kwalijk, meneer Berend. Ik heb ze geschreven, maar u wilde nog de bedragen invoegen.'

'Hier ermee,' bromt Theodor en hij heeft ook meteen een opdracht voor zijn broer. Ernst moet naar de haven gaan en navraag doen naar een Nederlands zeilschip dat te laat is.

'Als het heeft aangelegd, controleer je de lading nauwkeurig en zorg je ervoor dat de goederen naar ons magazijn op het Speichereiland worden gebracht. Hier, neem de lijsten mee.'

Weer zo'n vervelende levering. Ernst heeft er een enorme hekel aan om bij de haven te zitten en te wachten tot het spul dat Theodor heeft gekocht wordt uitgeladen. Als je pech hebt, word je als laatste opgeroepen omdat ze de zooi helemaal onder in het ruim hebben gestouwd. En dan dat pietluttige natellen, controleren van de lijsten, de ergernis als er iets ontbreekt. Nee, uit hem zal nooit een koopman groeien, hij is een schrijver. Hij brengt nog vlug zijn schrijfpapier in veiligheid en gaat dan in een slecht humeur de trappen af om de onaangename opdracht uit te voeren.

In de hal stuit hij op August Blott, de vader van Friederike Albertus, een van zijn vurigste bewonderaarsters. Hij groet hem vriendelijk, schudt hem de hand en informeert naar zijn welzijn.

'Ach, beste Berend,' verzucht Blott. 'Wat fijn u hier te zien. Mijn dochter is helemaal idolaat van uw literaire werk.'

'Uw dochter is een cultureel ontwikkelde jonge vrouw, beste meneer Blott. Daarnaast kan ik u vertellen dat ik binnenkort een literair tijdschrift zal uitgeven, dat uniek in...'

'Prachtig, prachtig,' onderbreekt Blott hem nerveus. Hij komt dichter bij hem staan en Ernst kan ruiken dat Blott zo vroeg in de ochtend al een paar borrels heeft gedronken.

'Ik heb een verzoek aan uw broer, waarbij ik op uw ondersteuning hoop,' zegt hij met gedempte stem. 'Het gaat om die ellendige kwestie van dat stuk grond. Klawitter heeft zich teruggetrokken omdat het land momenteel deels overstroomd is, maar uw broer heeft een bod gedaan en ik hoop ten zeerste dat hij zich daaraan houdt.'

Juist, het perceel bij de Strohdijk dat Johanna per se wil hebben is dus nog beschikbaar. Het is echter hoogst onwaarschijnlijk dat Theodor het wil kopen.

'Wel, beste meneer Blott,' verzekert hij zijn gesprekspartner. 'Ga gerust naar binnen en praat met mijn broer. Ik zal uw verzoek graag ondersteunen.'

'Heel hartelijk dank, jonge vriend. De zaak sleept zich al veel te lang voort en dat is enkel de schuld van die Klawitter, die me veel te lang aan het lijntje heeft gehouden.'

Blott klopt hem vaderlijk op de schouder. Ze nemen afscheid en Ernst gaat er haastig vandoor.

Aangekomen bij de haven ziet hij het Nederlandse schip al aan de kade van het Speichereiland liggen. Hij wenst het naar de hel en laat zich door een roeiboot overzetten om toezicht op het uitladen van de goederen te houden. Natuurlijk komt de levering niet overeen met de lijsten, er zijn onduidelijkheden doordat een andere koopman dezelfde spullen heeft besteld. Ze onderhandelen, waarbij Ernst aan het kortste eind trekt, omdat hij geen zin heeft om over drie kisten koloniale waren ruzie te maken. Wanneer alle lijsten eindelijk afgevinkt zijn en de goederen in het magazijn opgeslagen liggen, is het al middag en hij stelt het zoeken naar een drukkerij uit tot later, want hij rammelt van de honger.

De middagmaaltijd vindt zonder zijn schoonzus plaats. Ze heeft zware migraine en kan geen eten verdragen. Als hij echter op een rustige maaltijd had gehoopt, komt hij bedrogen uit. Theodor benut de afwezigheid van zijn vrouw om Ernst met een brief van de Albertus-Universität te confronteren.

'Op mijn verzoek heeft men bij meerdere professoren voor wier colleges je je had ingeschreven inlichtingen ingewonnen. Ik hoef je zeker niet te vertellen wat de resultaten zijn.'

Een ramp! Waarom heeft hij die brief eerder niet bij de post zien liggen en laten verdwijnen? Theodor heeft alle reden zich op te winden. Sommige professoren konden zich niet eens herinneren de student Ernst-Georg Berend ooit gezien te hebben en andere deelden mee dat hij slechts zelden aanwezig was en niet op het examen is verschenen. Verder krijgt hij te horen dat er een klacht is ingediend door zijn hospita, mevrouw Greta Kabbert, omdat hij haar geld schuldig is.

Theodors geconcentreerde woede ontlaadt zich over zijn arme hoofd. Hij rekent hem de kosten van zijn studie tot op de laatste pfennig voor, inclusief het bedrag dat nog van zijn vader afkomstig is, en wijst erop dat het geld, als het in zaken was geïnvesteerd, zich inmiddels verdubbeld en verdrievoudigd zou hebben. Het resultaat is een duizelingwekkend bedrag van duizenden taler, die hij nu van zijn broertje terugeist.

'Daar zul je in onze firma voor werken,' deelt Theodor hem mee. 'Een salaris krijg je niet, natuurlijk. Ik bied je kost en inwoning plus een klein bedrag voor noodzakelijke uitgaven. Om te garanderen dat je je tijd volledig aan de zaak wijdt is de overbodige, nachtelijke schrijverij van nu af aan verboden. Inkt en papier hebben in jouw kamer niets te zoeken, dat zal ik controleren. Bovendien verwacht ik van je dat je de nutteloze boeken die je van mijn geld hebt aangeschaft naar de boekhandel brengt om ze te verkopen. De opbrengst zal ik van je schuld aftrekken.'

Deze laatste maatregel komt bijzonder hard aan. Hij moet zijn geliefde boeken verkopen! Daarbovenop worden inkt en papier hem verboden. Hoe moet hij dan de teksten voor zijn tijdschrift voltooien? 'Dat doe ik niet,' vliegt hij op. 'Als je zo met me omgaat, Theodor, dan ga ik weg. Dan ga ik de wereld in en moet je maar zien hoe je het redt zonder mij.'

'Zonder een pfennig op zak?' zegt zijn broer spottend. 'Wil je op een zeilschip als matroos aanmonsteren? Dekken schrobben en kakkerlakken eten? Veel plezier.'

Hij heeft me klem, denkt Ernst wanhopig. Hij weet heel goed dat ik niet iemand ben die kan aanpakken als een arbeider. Maar ik laat me niet zo behandelen. O, nu begrijp ik Johanna pas echt goed. Ze heeft met het huwelijk met Forster ingestemd om aan de tirannie van Theodor te ontkomen. Slimme meid!

'Na het eten kijk ik de lijsten na die je hebt meegenomen. Daarna pak je je boeken bij elkaar en verkoopt ze. Ik wil een afrekening zien, zodat ik weet dat je niets voor me achterhoudt.'

Ernst reageert niet en eet zwijgend verder. De boeken zal hij in veiligheid brengen, die verkoopt hij niet. Hij zal zeggen dat boekhandelaar Langlau ze niet wil hebben. Ook pen en papier moet hij ergens bewaren waar Theodor ze niet kan vinden. Dan schiet hem opeens met een schok het geld te binnen dat boven in zijn secretaire ligt. Vervloekt! Als Theodor die buidel vindt, is hij het geld kwijt. Hij moet het onopgemerkt het huis uit smokkelen en ergens deponeren waar Theodor geen toegang heeft. Bij Auguste? Nee, dat is geen goed idee. Als zij het geld voor hem beheert, wil ze ook zeggenschap over de redactie hebben. Waar dan?

Theodors ergernis over de drie ontbrekende kisten valt onverwacht mild uit. Hij trekt het bedrag gewoon van de rekening af. Daarna verzamelt Ernst een paar van zijn boeken en verdeeld de taler zo onopvallend mogelijk over zijn laarzen en jaszakken.

Ongelooflijk hoe zwaar dat spul is. Gelukkig zijn de laarzen hem iets te groot omdat hij gedwongen is Theodors afgedankte schoeisel af te dragen. Toch moet hij de pijn verbijten, want zijn tenen en hielen komen bij het lopen in de verdrukking, maar hij is bang dat Theodor het geld van hem afpakt als hij het in een buidel bij zich draagt. Hij gaat het kantoor binnen en laat de boeken zien die hij zogenaamd wil verkopen en oogst een tevreden knikje.

'Ik ben blij dat je langzaam bij zinnen komt,' prijst Theodor hem.

Ernst ervaart deze lof als hoon, waardoor hij zich nog verbitterder voelt. Terwijl hij met grote stappen op zijn schat door de Lange Straat loopt, voelt hij zich meer en meer verbonden met zijn zus.

Theodor heeft hen allebei bedrogen. Hij heeft hun hun erfenis afgenomen, hen onmenselijk behandeld, van zich afhankelijk gemaakt en hen gedwongen de laagste klusjes uit te voeren. Ze zijn alle twee slachtoffer van hem, ze moeten elkaar bijstaan net als ze vroeger als kinderen deden. Waarom zou hij het geld niet aan Johanna geven? Ze heeft het verdiend dat hij haar helpt. Bovendien wil ze het terugbetalen.

Johanna is beneden in de werkplaats. Hoewel ze daar eigenlijk niets te zoeken heeft, is ze zowaar met een schaaf of iets dergelijks aan het werk. Als ze hem ziet laat ze de schaaf liggen en loopt hem tegemoet om hem in de armen te sluiten.

'Daar ben je eindelijk,' zegt ze opgewonden. 'Ik was al bang dat je me vergeten was. Ga alvast naar boven, ik kom zo met Berthold.'

Hij voelt zich een beetje ongemakkelijk bij zo veel enthousiasme. Blijkbaar heeft haar hartsvriendin Auguste het resultaat van de inzameling meteen aan Johanna verteld en rekent ze al op het geld. Hij kan zich eigenlijk niet herinneren dat hij haar iets heeft beloofd, niet echt. Nou ja, het maakt niet uit, het is zo gelopen. Boven komt hij de oude vrouw tegen die hier zoiets als een huishoudster is. Hoe heet ze ook alweer? O ja, Barbara. Ze vertrekt haar gezicht als hij de trap op strompelt en vraagt of hij zijn voet heeft bezeerd.

'Nee, nee,' zegt hij met een innemende glimlach. 'Ik ben alleen wat moe. Die warme wind vind ik niet prettig, ik heb liever een noordenwind.'

Ze kijkt hem met haar sluwe oogjes aan en hij voelt aan dat ze er geen woord van gelooft. Toch is ze vriendelijk en glimlacht met haar tandeloze mond.

'Ik zal u direct een lekkere kop koffie brengen, dat helpt vast,' zegt ze en ze verdwijnt.

Hij heeft niets tegen een kop koffie. In de kamer rukt hij de laarzen van zijn voeten en leegt ze op de bank, het geld uit zijn jaszakken legt hij erbij. Hij gaat ernaast zitten om zijn zere voeten te masseren. Johanna mag hem wel heel dankbaar zijn, voor haar heeft hij helse pijnen geleden.

Ze laat niet lang op zich wachten. Triomfantelijk komt ze binnen met haar man in haar kielzog. Ze geeft een geestdriftige gil als ze de munten ziet liggen en begint ze meteen te tellen.

Forster kijkt heel even met een onwillige blik naar de rijkdom. Dan schudt hij zijn zwager de hand en gaat aan tafel zitten.

'Wat een onverwachte meevaller,' merkt hij op. 'En die wil je in zo'n onzinnige zaak investeren?'

Eigenlijk niet, denkt Ernst bij zichzelf, maar hardop zegt hij: 'Ik denk dat mijn zus het geld goed zal besteden.'

'Het zijn negenennegentig reichstaler, achtentwintig silbergroschen en drie pfennig,' meldt Johanna. 'Ik leg er negen pfennig en één silbergroschen bij, dan hebben we een rond bedrag.'

Op dat moment komt Barbara binnen met de koffie. Ze zet grote ogen op bij het zien van de munten die Johanna in kleine torentjes op de tafel heeft gestapeld.

'Wat is dat voor geld?'

'Dat gaat je niets aan,' antwoordt Johanna kortaf.

De huishoudster staart naar de munten en begint over haar hele lijf te trillen. 'Doe het niet, meneer,' zegt ze op smekende toon tegen Forster. 'U stort zich in het ongeluk. In de naam van mijn lieve bazin, die niet meer in leven is, smeek ik u...'

'Hou je mond,' beveelt Forster. 'Wat hier gebeurt, is niet jouw zaak.'

'Nee, ik hou mijn mond niet,' roept ze al handenwringend. 'Moet ik mede aanzien hoe u met open ogen uw eigen graf graaft?'

Die Barbara is werkelijk een merkwaardige verschijning. Ongelooflijk hoe aanmatigend ze zich ten opzichte van haar baas gedraagt. Forster moet haar meerdere malen tot de orde roepen voor ze zich eindelijk al jammerend terugtrekt. Ze horen haar op de gang nog zuchten en de heilige Maria aanroepen om haar lieve baas te beschermen.

Zijn zus heeft ondanks dit pijnlijke optreden niets van haar vastberadenheid verloren.

'We moeten snel zijn, Berthold. Nu is het perceel nog beschikbaar. Ik was vandaag bij Auguste, zij weet het van Anna Ernestine, de boezemvriendin van Friederike Albertus. Klawitter heeft zich teruggetrokken en Blott is helemaal wanhopig.'

Wat er allemaal niet onder die vrouwen besproken wordt.

Wel, hij heeft informatie uit de eerste hand en kan een bijdrage leveren. 'Als Theodor het tenminste niet heeft gekocht,' zegt hij.

De uitwerking is enorm. Johanna spert haar ogen open en kijkt hem aan alsof ze hem naar de keel wil vliegen.

'Theodor? Waarom zou hij dat stuk land willen kopen?'

'Hij heeft op Blotts verzoek een bod gedaan. Alleen voor de schijn om de prijs op te drijven. Hij zal het zeker niet kopen.'

Naar de hel met zijn bijdehante geklets. Nu heeft hij deze domme koop alleen maar aangemoedigd. Johanna pakt een doek uit het dressoir, knoopt het geld erin en schuift het naar haar man. 'Je moet er meteen naartoe gaan, Berthold. Ik smeek het je. Je hebt het beloofd.'

'Deze honderd taler zijn maar een klein deel van het bedrag dat het zal kosten,' verzet hij zich halfslachtig.

'Als aanbetaling zal het genoeg zijn,' houdt ze vol.

'Het land is overstroomd. Als Klawitter het niet wil hebben, heeft hij daar vast een goede reden voor.'

'Hij vergist zich, Berthold.'

Hij zucht diep, alsof hij een zware last te dragen heeft. 'Goed dan. Ik ga naar Blott en informeer naar de prijs...'

'Je moet afdingen, Berthold,' roept ze opgewonden. 'Hij zal te veel vragen. Wat heeft Theodor geboden, Ernst?'

'Geen idee, ik was er niet bij,' antwoordt hij.

'Laat me meegaan, ik heb er verstand van,' eist ze van haar echtgenoot.

Forster pakt het geld en staat omstandig op van zijn stoel. Nee, hij gaat alleen, dit zijn mannenzaken, daar kan ze niet bij zijn.

Hij knikt naar Ernst, trekt zijn jas aan en gaat de trap af. Ernst blijft naast zijn zus aan de tafel zitten met het gevoel iets verschrikkelijk doms te hebben gedaan. Daar gaat het dan, dat mooie geld, het kapitaal waar hij eigenlijk zijn literaire tijdschrift mee zou financieren. Hij had het beter kunnen begraven, of het toch aan Auguste kunnen geven. Maar hij is geen koopman en beslist dergelijke dingen op zijn gevoel.

'Ik zal een schuldbekentenis voor je schrijven,' zegt Johanna.

'Laat maar zitten. Als Theodor die vindt, zal hij het geld direct opeisen.'

'Ik bewaar het hier voor je.'

'Goed,' bromt hij. 'Maar ik heb echt het geld voor het drukken van het eerste nummer van mijn tijdschrift nodig. Heb je daaraan gedacht?'

'Natuurlijk,' beweert ze. 'Je krijgt het morgen.'

'Zeker weten?'

'Heel zeker.'

Hij besluit haar te geloven. Iets anders blijft er ook niet voor hem over.

'Tot morgen dan, zusje. Adieu.'

Johanna

JOHANNA HEEFT EEN SLECHT GEWETEN. Ze had het geld niet van Ernst moeten aannemen. Er was echter geen andere mogelijkheid. Auguste, haar altijd behulpzame vriendin, heeft geweigerd haar een bedrag te lenen. Haar echtgenoot, de 'lieve Klaus', heeft het haar afgeraden, omdat hij het geen goed idee vond. Woedend is ze geweest. Als het erom gaat een dubieuze kunstenaar te ondersteunen, toont haar vriendin zich altijd royaal. Maar als het om een zaak gaat die toekomstgericht en winstgevend is, is Auguste niet geïnteresseerd.

Forster is eerder terug dan ze had verwacht. Hij komt echter niet naar de woonkamer, maar gaat in de werkplaats aan de slag. Ze kan haar opwinding niet beheersen en gaat naar beneden om hem apart te nemen en te vragen wat hij heeft bereikt. Hij weert haar af, ze moet wachten tot vanavond, want het werk dringt. Op de binnenplaats, waar de vissersboot op het zaagblok ligt, moeten de spanten gezet worden en dat duldt geen uitstel. Ze zit een poosje bij de hond Sultan, krabt hem achter de oren en kijkt toe hoe de mannen aan het werk zijn. Wat betekent dit gedrag? Heeft Theodor het perceel voor haar neus weggekaapt? Dat zou hem wel toevertrouwd zijn. Zelfs als hij het niet kan gebruiken, zou hij het kopen, zodat zij het niet krijgt. Is Forster daarom zo afwijzend? Durft hij haar het slechte nieuws niet in de werkplaats tussen schaven en spanten te brengen?

Omdat ze hierbeneden niets kan doen, gaat ze terug naar de woonkamer. Ze loopt onrustig in kringetjes rond en gaat dan weer aan de tafel zitten zonder een zinnige gedachte vast te kunnen houden. Het wordt al donker, wanneer begint eindelijk zijn vrije avond? Ongeduldig gaat ze bij het raam staan en ziet dat vanuit de werkplaats licht op de straat schijnt. Wil hij de hele nacht doorwerken? Net als ze het gordijn wil dichttrekken, kijkt ze toevallig naar de Radaunebrug… en ze schrikt. Daar staat een onbeweeglijke gestalte, zonder twijfel een man, maar in de schemering kan ze noch zijn gezicht, noch zijn kleding goed onderscheiden. Hij kijkt naar de werkplaats, dan draait hij zich abrupt om en loopt weg. Wie kan het geweest zijn, denkt ze zorgelijk. Een dief die een gelegenheid zoekt om in te breken? Dat zou er nog aan ontbreken, een ongeluk komt zelden alleen.

De kerkklok heeft al negen uur geslagen wanneer Forster eindelijk naar boven komt. Hij gaat zwijgend aan tafel zitten en richt zich op de maaltijd die Barbara met een grafgezicht opdient.

'Nou?' vraagt Johanna als hij niet van plan lijkt tegen haar te praten. 'Hoe is het gegaan bij Blott?'

'We zijn het eens geworden,' zegt hij zonder haar aan te kijken.

Haar hart slaat een slag over. Eens. Dat betekent…

'Je hebt het perceel gekocht?'

Nu tilt hij zijn hoofd omhoog en hij glimlacht omdat ze zo opgewonden is en haar stem zo trilt. 'We hebben een contract opgesteld. Morgen moeten de formaliteiten op het stadhuis afgehandeld worden, zodat het in het register kan worden opgenomen. Dus jij hebt je zin.'

Hij heeft het gekocht! Alle spanning valt van haar af en een groot, heerlijk geluksgevoel stroomt door haar heen. Ze springt op en slaat haar armen om hem heen, waarna ze hem stormachtig kust en hem verzekert dat ze hem voor eeuwig dankbaar zal zijn.

'Je zult het zien, liefste, daar zal iets groots ontstaan. Schepen die over de oceaan zeilen. Tot aan Amerika. Naar Zanzibar. En naar Indië…'

'Wat een wilde dromen heb je,' zegt hij zonder haar enthousiasme te delen. 'Maar als je nu eindelijk tevreden bent, is het mij om het even.'

Ze pakt hem lachend bij zijn oren en zoent hem op zijn mond. 'Hoeveel heb je betaald?'

'Veel.'

'Vertel me hoeveel.'

Hij aarzelt. Hij heeft haar ook niet verteld hoeveel Theodor hem voor het perceel bij Neufahrwasser heeft gegeven. Ze vleit hem echter net zo lang tot hij toegeeft. Ze zijn het eens geworden over een bedrag van achthonderdvijftig taler. Dat is minder dan ze had gevreesd. Toch is ze ervan overtuigd dat ze nog wel honderd taler hadden kunnen afdingen. Het is jammer omdat er geld nodig is voor de opbouw van de werf.

'Hebben we nu helemaal geen spaargeld meer?' vraagt ze bezorgd.

'Daar is niet veel meer van over,' geeft hij toe. 'Maar de nieuwe boot is bijna klaar, dan zal Drews de laatste termijn betalen. Ik heb ook twee opdrachten voor reparaties gekregen. Zolang ik genoeg werk heb, spelen we het wel klaar.'

'Enkel klaarspelen?' zegt ze hoofdschuddend. 'Beneden bij de Strohdijk is plaats genoeg om grote schepen te bouwen en het is gemakkelijk om ze daar te water te laten. Wanneer je eenmaal je werkplaats daarheen hebt verhuisd, zul je er veel plezier aan beleven.'

'Dat is nooit mijn ambitie geweest. Ja, als ik een zoon zou hebben die het werk van zijn vader op waarde zou schatten en het zou willen voortzetten. Maar die heb ik niet en daarom is dat stuk grond voor mij niet van belang.'

Altijd weer die Pawel. Die jongen is een vader als Berthold Forster totaal niet waard. Komt na vijf jaar het huis binnenwaaien, gaat tekeer als een wildeman, beledigt zijn vader en loopt witheet van woede weer weg. Hij kan de pot op. Ook zonder zoon kan Berthold een werf vestigen, ze moet het alleen aanlokkelijk voor hem maken.

'Ooit zal Pawel zich bedenken,' zegt ze voorzichtig. 'Dan komt hij terug en zal vol verbazing zien wat zijn vader op poten heeft gezet.'

Forster wuift met zijn hand. 'Als hij echt spijt zou hebben en vrede wilde sluiten, dan had hij dat allang gedaan,' zegt hij verbitterd. 'Het is nu tien dagen geleden dat hij hier was en hij heeft zich sindsdien niet meer laten zien, de stijfkop. En ik denk dat hij nu ook niet meer zal komen.'

Hij heeft dus elke dag gewacht en gehoopt dat zijn Pawel terug zou keren. Dat gaat haar aan het hart en het maakt haar nog bozer op Pawel. Welke reden heeft hij om zijn vader verwijten te maken? Omdat hij met een jonge vrouw is getrouwd? Wat gaat hem dat aan? Moet zijn vader ter wille van hem tot aan zijn dood weduwnaar blijven?

'Wat zijn nu tien dagen?' zegt ze om hem op te fleuren. 'Ooit komt hij terug, dat weet ik zeker. Maar ondertussen kun je niet stil blijven zitten. We hebben het land nu eenmaal gekocht en we kunnen het niet braak laten liggen, dat zou zonde zijn.'

'Laten we naar bed gaan, lieve Johanna,' onderbreekt hij haar. 'Het is al laat en er is morgen veel werk te doen.'

Hij wil niet, denkt ze bedrukt. Het hoeft ook niet op stel en sprong. Ik laat er wat tijd overheen gaan, dan gaat hij er wel anders over denken. 's Nachts wordt ze steeds wakker en hoort hoe Berthold ligt te woelen en zachtjes kreunt. Ze begint zich zorgen om hem te maken. Heeft ze te veel van hem gevraagd? Zal hij ziek worden van verdriet als hij de werkplaats waar hij zo aan gehecht is moet achterlaten? Het is niet mogelijk twee werkplaatsen aan te houden. Wanneer hij beneden bij de Strohdijk zijn werf vestigt, moet hij het huis aan de Paradiesstraat opgeven. Dan zullen ze bij de Strohdijk een woonhuis bouwen, net zoals de andere werfbezitters hebben gedaan.

Ja, als zijn zoon hem terzijde zou staan, denkt ze geïrriteerd. Dan zou hij zijn best doen. Ik kan nog zo veel moeite doen, zorgen dat hij het land koopt, hem aanmoedigen, me met een banklening bezighouden. Het telt allemaal niet. Een zoon is nu eenmaal een zoon.

Wanneer ze de volgende ochtend wakker wordt, is ze alleen. Hij is in alle vroegte opgestaan en al aan het werk. Vandaag wil Ernst het geld voor het eerste nummer van zijn tijdschrift hebben, maar waar moet ze dat vandaan halen? Het is het einde van de maand, ze kan het in geen geval van het huishoudgeld afnemen. Er blijft maar één mogelijkheid over. Ze gaat naar haar kamer en maakt haar secretaire open, pakt het rode doosje met Andrzejs afscheidsgeschenk uit de la en bekijkt nog één keer het kleine gouden hart met de diamantjes erin. 'Mon amour' is in het hart gegrafeerd. Hij heeft vast soortgelijke geschenken aan andere vrouwen gegeven, het is niet belangrijk. Ze stopt het in haar handtas, doet een omslagdoek om en gaat op weg.

Ze probeert als eerste een zaak in de Heiligen-Geist-straat. De eigenaar bekijkt de diamanten door een loep, tuit zijn lippen en biedt haar wel vier taler.

'Twintig taler,' eist ze.

'Vijf, en dan leg ik erop toe.'

Ze worden het niet eens en ze verlaat de winkel om het in een andere te proberen. Drie winkels en hopeloze woordenwisselingen en onderhandelingen later verkoopt ze het gouden hart voor twaalf taler aan een Joodse koopman. Het is minder dan waar ze op had gehoopt, maar ze moet verkopen, ze heeft Ernst het geld beloofd. Thuis doet ze er nog één taler van het huishoudgeld bij, meer kan echt niet, ze heeft gedaan wat ze kon.

Ernst zit al in de woonkamer op haar te wachten. Hij ziet er moe en nerveus uit. Theodor heeft hem die ochtend weer mee naar de Artushof genomen, waar Blott hen heeft aangesproken en hun over de fortuinlijke verkoop heeft bericht. Daarna was Theodors humeur gekelderd. Hij verdenkt Ernst ervan meegewerkt te hebben aan deze handel en heeft hem verboden zijn zus nog langer te bezoeken.

'Gelukkig is hij nu naar zijn hal in Neufahrwasser en kon ik wegglippen.'

Als Johanna de dertien taler op tafel uittelt, trekt hij geen blij gezicht. 'Meer niet? De eerste aflevering moet er goed uitzien. Auguste heeft een kunstenaar ontdekt die een van zijn tekeningen wil bijdragen. Dat zal niet goedkoop zijn.'

'Dan druk je maar een pagina minder. Meer heb ik niet.'

Hij zwaait met zijn armen in de lucht. 'Hoe stel je je dat voor? En bovendien, dertien is een ongeluksgetal.'

'Dan pak je maar twaalf taler,' reageert Johanna onaangedaan. 'Als je zo slim zou zijn advertenties in je blad op te nemen, zou het zichzelf financieren.'

Maar dat wil hij niet. Reclames voor rookworst, haarpommade of korsetten voor stevige dames hebben in zijn tijdschrift niets te zoeken.

'Goed dan,' bromt hij ontevreden en hij steekt de dertien taler bij zich. 'Voor het volgende nummer moet ik de oplage verhogen, dan heb ik minstens vijftien taler nodig. Nu Forster het stuk grond heeft gekocht zul je wel snel rijk zijn.'

Het afscheid is kort. Hij zet zijn muts op, knikt haar toe en stommelt de trap af. De kostbare kopij die hij wil laten drukken, heeft hij in de voering van zijn jas verborgen. Theodor mag in geen geval te weten komen dat zijn kleine broertje een literair tijdschrift uitgeeft. Wat onnozel, denkt Johanna. Vroeg of laat komt hij er toch wel achter. Dan krijgt de arme Ernst het nog zwaar te verduren.

Tijdens het middageten vraagt ze Berthold om samen met haar naar de Strohdijk te gaan om het perceel te bekijken. Hij weigert. 'Ik heb het druk. Het bezoek aan het stadhuis kost me al meer dan genoeg tijd. Ik ken het stuk grond, daar hoef ik niet nog een keer heen te lopen.'

Wat is hij knorrig. Ze vertelt dat ze al een ontwerp voor de nieuwe werf heeft getekend, dat ze die avond met hem wil bespreken. 'Dat kan wachten, Johanna. We hebben veel werk en ik wil vroeg naar bed.'

Ze boekt geen enkele vooruitgang. Hij begraaft zich in zijn werkplaats en schuift de vestiging van de werf op de lange baan. Terwijl het nu de beste tijd is om een verhuizing naar de Strohdijk voor te bereiden. Het belangrijkste grondwerk moet in de lente, of uiterlijk in de zomer afgerond zijn. Wanneer de herfst en later de winter aanbreken, hoef je daar niet meer mee te beginnen. Bovendien moet Berthold de vestiging van de werf bij de gemeenteraad aanmelden en laten goedkeuren. Dat onderwerp durft ze echter niet aan te snijden. Dat is iets officieels, dan zit hij eraan vast. Dan zal hij meteen weer over zijn Pawel beginnen en haar vertellen dat hij niet weet waarom hij een werf zou moeten vestigen zonder zoon om die voort te zetten.

'S Avonds zit ze alleen op haar kamer en staart naar de houten dekenkist, waar ze Andrzejs zijden sjaals en een paar aandenkens in heeft gelegd. Pawels moeder had de hemdjes en kieltjes van haar kleine zoon erin bewaard. Tot aan haar dood heeft ze geen afscheid willen nemen van die dingen. Wat moet ze veel van haar enig kind hebben gehouden. Ze zou vast en zeker verdrietig zijn over deze ruzie tussen vader en zoon, denkt Johanna. Als ik over mijn eigen schaduw spring en een poging doe die twee te verzoenen, doe ik ook haar een plezier. Ze heeft moeite om aan deze gedachte te wennen, maar hoe langer ze erover nadenkt, hoe zekerder ze weet dat ze de werf zonder Pawels medewerking nooit van de grond krijgt.

Wat riskeer ik nu helemaal, denkt ze. We gaan beneden aan de Strohdijk een nieuw huis bouwen. Hij krijgt een deel voor zichzelf en wij bewonen de andere helft. Vader en zoon zullen het niet altijd met elkaar eens zijn, want Pawel heeft veel gezien en geleerd en zal zijn vader nieuwe inzichten willen bijbrengen. Uiteindelijk is dat alleen maar goed voor het werk. De twee mannen zullen zich met het bedrijf bezighouden en schepen bouwen, dat is hun afdeling. De zakelijke aangelegenheden laat ik me echter niet uit handen nemen. Ik zal opdrachten binnenhalen, de financiën beheren en de boekhouding doen. Van die dingen heb ik verstand en dat zal de werf en ons allemaal van pas komen.

Een verzoening tot stand brengen zal zeker niet eenvoudig worden. Pawel lijkt een opvliegende, onbehouwen man te zijn, ze moet er op voorbereid zijn dat hij haar onvriendelijk zal afschepen. Maar ze zal zich niet laten intimideren en hem met slimme argumenten overtuigen. Dan moet ze hem wel eerst vinden. Als hij met de noorderzon is vertrokken, is het mogelijk dat hij zich allang op een schip naar Engeland, Nederland of zelfs naar de overkant van de oceaan heeft ingescheept. In dat geval kan ze voorlopig niets doen. Een andere mogelijkheid is dat hij naar Hamburg, Bremen of Papenburg is gegaan. Hij is scheepstimmerman, dus hij zou ergens op een werf kunnen werken. Ze heeft informatie nodig.

De volgende ochtend zit ze in alle vroegte met haar man aan tafel en werkt hem op de zenuwen met een stortvloed aan vragen.

Berthold geeft alleen eenlettergrepige antwoorden. Hij wil net zomin over zijn zoon als over de vestiging van de werf praten.

'Waar kan hij heen gegaan zijn?'

'Hoe moet ik dat weten?'

'Heb je het aan niemand gevraagd? De gezel, de leerjongens? De vissers die bij jou hun boten laten repareren? De buren?'

'Nee!'

'Maar waarom dan niet?'

'Moet ik hem achternalopen?'

Ze geeft het op. Als Pawel een stijfkop is, dan weet ze inmiddels wel van wie hij deze eigenschap heeft geërfd. Ze moet iets anders verzinnen. Allereerst gaat ze bij de gezel en de leerjongens zitten wanneer die hun maaltijd gebruiken en vraagt of ze iets van Pawel gehoord hebben.

'Hij is vast weer naar Engeland,' zegt Stefan met verlangende ogen. 'Daar wil ik ook heen als ik eenmaal gezel ben. Daar bouwen ze de beste schepen en kun je wat leren...'

'Of naar Amerika,' valt zijn broer Marek hem in de rede. 'Daar komen die slanke klippers vandaan, die over de oceaan vliegen. In Amerika kun je je geluk vinden.'

'Zorg liever dat je hier in de werkplaats iets fatsoenlijks leert,' zegt gezel Karl Anton geërgerd. 'Oost west, thuis best. Je hebt gezien wat er van iemand wordt die jarenlang in de wereld rondzwerft en vervolgens thuis geen plaats meer vindt. Pawel komt niet terug. Die trekt eropuit. Waarheen dan ook.'

De informatie is niet erg bemoedigend. Johanna bedenkt dat ze het bij de haven kan proberen. Als Pawel zich op een boot heeft aangemonsterd, heeft iemand dat misschien gezien.

De volgende morgen gaat ze nog voor zonsopgang naar de vismarkt om bij de koopvrouwen te informeren. Johanna kijkt om zich heen, koopt een paar haringen en een kleine paling en wacht tot de eerste drukte voorbij is. Pas als het grootste deel van de vangst verkocht is, nemen de visvrouwen de tijd om met haar te kletsen.

'Forsters Pawel? De zoon van Stanislawa? Ja, die heeft hier rondgehangen. Hij heeft op die bolder daar gezeten en over het water gestaard.'

Een ander weet te vertellen dat Pawel Forster op een Nederlands schip wilde aanmonsteren. Weer een andere vrouw spreekt haar tegen. Het zou een Russisch schip geweest zijn. Een vierde beweert dat hij zich op een goederenzeilschip naar Neufahrwasser bevindt en nu misschien al op weg naar Denemarken is.

'Hij heeft dagenlang in Herberg Zum Grünen Anker gezeten en bier gedronken,' vertelt een visser. 'Dat heeft Hanno me verteld. Hanno is nu weer de zee op, omdat hij geen geld meer had. Hij heeft zijn hele gage verzopen, de stomkop.'

Hij heeft dus in Herberg Zum Grünen Anker gelogeerd. Dat is een spoor. Johanna gaat op weg.

De herberg bevindt zich niet ver van de haven. Een klein huis, ingeklemd tussen andere gebouwen. Aan een verroeste ketting hangt een gesmeed anker, dat ooit groen moet zijn geweest. Als Pawel hier heeft gelogeerd, had hij of geen geld of hij is een uitgesproken krent.

Johanna haalt diep adem en gaat dan moedig de treden op en stapt de gelagkamer binnen. Het is er klein en donker, het houten plafond is zo laag dat een volwassen man er nauwelijks kan staan. De stank van jenever en tabaksrook walmt haar tegemoet. Bij de tapkast staat de fors gebouwde waardin met haar handen op haar heupen. Ze kijkt haar wantrouwend aan.

'Je vis kun je weer meenemen, die koop ik niet van je.'

Johanna probeert innemend te glimlachen. 'Ik wil geen vis verkopen, mevrouw. Ik wil naar een gast informeren. Pawel Forster heet hij.'

Haar glimlach heeft geen effect, de waardin kijkt nog wantrouwiger. 'Wat wil je van hem?'

Aha, ze lijkt hem in elk geval te kennen.

'Mijn baas zoekt hem, omdat hij hem nog geld schuldig is.'

'Kijk aan,' zegt de waardin. 'Hij is geld schuldig. En hij leek nog wel een van de fatsoenlijke soort te zijn, hij heeft hier twee nachten geslapen en alles betaald.'

'Heeft hij gezegd waar hij heen ging?'

De waardin knijpt haar ogen samen en krabt uitvoerig op haar hoofd. Ze haalt haar schouders op. 'Ik kan kerels die hun drank niet betalen en een ander hun inkomen ontzeggen niet uitstaan. Dus luister, Pawel Forster heeft met een ambachtsleerjongen gepraat. Hij wilde naar Elbing, zei hij. Meer weet ik niet.'

Naar Elbing! Daar heeft Schichau een grote werf. Dat kan kloppen. Hij zal proberen om daar werk te vinden. Ze heeft hem gevonden. Hoera! Ze heeft hem gevonden!

'Heel hartelijk bedankt,' zegt ze vriendelijk.

'Geen dank,' zegt de waardin. Ze graait naar een smoezelige doek om de tafel mee af te nemen. 'Als je ooit een baan zoekt, we kunnen een meidje gebruiken. Voor het huis en de keuken. En om de gasten te bedienen.'

'Dat is goed om te weten,' zegt Johanna en ze maakt dat ze wegkomt.

Luise

LUISE VOELT ZICH ONEINDIG VERNEDERD. Ze heeft het vermoed, aangevoeld en het toch niet willen weten. Maar het lag voor de hand. Het is zijn kind. Danuta, de slang, heeft haar echtgenoot niet alleen naar haar kamer gelokt en allerlei onzedelijkheden met hem bedreven. Nu is ze ook nog zwanger van hem. O, wat zal ze zich triomfantelijk voelen, want Theodor stuurt haar niet weg. Hij houdt zelfs zijn beschermende hand boven haar. Elke dag verschijnt ze met een vals onderdanig gezicht, maakt een kniebuiging en vraagt schijnheilig wat mevrouw wenst. Maar in haar buik groeit een kind. Theodors kind, dat hij bij haar verwekt heeft en dat ze hier in huis ter wereld zal brengen. Ik ben niet ziekelijk zoals jij, lijken haar blikken te zeggen. Ik kan iets wat jij nooit in je leven voor elkaar zult krijgen. Ik zal hem een zoon geven.

Luise heeft twee dagen met hevige migraine in bed gelegen. Maar vandaag is het zondag en ze heeft besloten de mensen geen aanleiding tot geroddel te geven en aan de zijde van haar man en haar zwager naar de kerkdienst te gaan. Onder de hoge gewelven van de Marienkerk kijkt ze naar de afbeelding van de kruisiging, die boven de apsis hangt, en die aanblik geeft haar kracht. Net als onze Heer Jezus Christus moet ook zij lijden. Ze moet vernedering verdragen om later verheven te worden en weer op te staan.

Na de dienst gebruikt ze samen met haar man en haar zwager het middagmaal in de eetkamer en ze doet haar best de aanwezigheid van Danuta kalm en waardig te verdragen. Het valt haar niet gemakkelijk, want het valse kreng gedraagt zich onderdanig, slaat bescheiden haar ogen neer en zet de gerechten zwijgend op tafel. Theodor keurt het meisje geen blik waardig, alleen Ernst, die nu eenmaal graag praat, zegt vriendelijke dingen tegen Danuta en beweert dat haar wangen ronder zijn geworden en dat ze eruitziet als een lentebloem.

'Je romantische uitlatingen zijn meer dan ongepast,' wijst Theodor hem nijdig terecht als Danuta weg is. 'En waar was je gisteren zo lang? Ik heb je gemist op kantoor.'

'Gisteren? Toen ben ik bij verscheidene boekhandelaren langs geweest. Helaas zonder succes, beste broer. Ik denk dat ik de boeken moet houden.'

'Jij hebt altijd wel een smoes.'

'Help me, lieve Luise,' zegt Ernst glimlachend tegen haar. 'Jouw echtgenoot is veel te streng voor me. En ik doe nog wel zo mijn best zijn wensen uit te voeren en heb in dagen geen woord meer op papier gezet.'

'Wel, ik wil me niet met zakelijke kwesties bemoeien,' zegt ze. 'Maar ik weet dat Theodor in alles wat jou betreft, lieve Ernst, het beste met je voorheeft.'

Daarvoor schenkt Theodor haar een vriendelijke blik, want ze laat hem zien dat haar boosheid is weggeëbd. Na het middageten wacht hij tot Ernst de kamer heeft verlaten. Dan pakt hij haar hand en drukt er een vluchtige kus op. Dat doet haar plezier, vooral omdat Danuta op dat moment de kamer binnenkomt om de tafel af te ruimen en ze er niet aan ontkomt om het tedere gebaar te zien.

'Als je het goed vindt, lieve Luise, wil ik graag met je praten,' zegt Theodor tegen haar. 'Laten we vrij en open met elkaar spreken, zoals het gebruikelijk is onder echtelieden, en alles wat er tussen ons gekomen is uit de wereld helpen.'

Daar is ze het mee eens. Ze gaan naar de woonkamer, waar ze op de bank gaat zitten, en hij trekt een leunstoel bij om haar hand weer te kunnen pakken. Luise laat hem begaan. Het is lang geleden dat hij zo teder voor haar was en ze zou er blij mee zijn, als ze niet had geweten dat hij het alleen maar doet omdat hij haar zijn gezag wil opleggen.

'Allereerst, mijn lieve vrouw, wil ik je zeggen hoezeer het me verheugt dat we hier zo eendrachtig bij elkaar zitten en je me met je mooie, heldere ogen zo vol vertrouwen aankijkt.'

Zo opent hij het gesprek en glimlacht daarbij naar haar. Denkt hij nou echt dat een paar vriendelijke woorden en een complimentje kunnen wegwissen wat hij haar heeft aangedaan?

'Laten we niet om de hete brij heen draaien, Theodor,' zegt ze koeltjes en ze trekt haar hand terug. 'Ik weet heel goed dat je Danuta stiekem in haar kamer hebt opgezocht en dat ze nu een kind van je verwacht. Dacht je dat voor mij verborgen te kunnen houden?'

Hij weet dat hij niet meer kan liegen. Hij moet kleur bekennen, want alles is maar al te duidelijk.

'Ik wil het niet ontkennen, Luise,' zegt hij bedrukt. 'Het was een moment van zwakte, ik heb de verleiding niet kunnen weerstaan, wat ik nu ten diepste betreur. Het enige wat me overblijft is je dringend om vergeving te vragen en op de goedheid van je hart en je christelijke instelling te hopen.'

Dat klinkt tenminste oprecht. Nooit eerder heeft hij haar voor iets om vergeving gevraagd en dat hij het nu doet, ontroert haar en schenkt bevrediging. 'Hoe kon je me dat aandoen?' kreunt ze beschuldigend. 'Het kan toch niet waar zijn dat mijn echtgenoot een pleziertje beleefde met een bediende, terwijl ik met de dood vocht.'

Hij fronst ontstemd zijn voorhoofd. Hij heeft natuurlijk verwacht dat ze hem ter plekke zou vergeven en daarmee alles van tafel zou zijn. Maar hij accepteert haar verwijt en spreekt haar niet tegen.

'Ik zei het toch, Luise. Ik was mezelf niet. De duivel heeft me verblind.'

'Dan verwacht ik van je dat je deze zonde niet opnieuw zult begaan,' eist ze.

'Dat beloof ik je bij alles wat me heilig is. Verder is de hele toestand niet belangrijk. Danuta laat me meer dan onverschillig. Ze is een dienstmeisje, meer niet.'

'Dan vraag ik me af waarom je haar met alle geweld hier in huis wilt houden.'

Hij pakt opnieuw haar hand en drukt die zacht. 'Het gaat niet om Danuta, liefste. Begrijp je dan niet dat ik alleen aan jou en onze familie denk? Ze krijgt een kind, misschien zelfs een zoon. Dat is voor ons allebei een groot geluk, Luise.'

'Een geluk? Waarom?' zegt ze kwaad. 'Moet ik soms blij zijn dat je haar hebt bezwangerd?'

'Probeer het met mijn ogen te zien, mijn hartje,' eist hij. 'Het is nu eenmaal gebeurd en uiteindelijk komt het ons goed uit. Je weet wat dokter Sternberg heeft gezegd. Een nieuwe zwangerschap kan jouw dood betekenen. Ik maak me zorgen om jouw leven, Luise. In het geval dat Danuta een zoon ter wereld brengt ben ik vastbesloten dit kind bij ons op te nemen.'

Zo stelt hij het zich dus voor. Wel, het komt niet als een verrassing, zoiets heeft ze al gevreesd. Hij wil een zoon. Als het niet van haar is, dan maar van Danuta. O, hoezeer kwetst dit haar vrouwelijke eer.

'Je verwacht dus van mij dat ik Danuta's kind grootbreng? Dat is veel gevraagd, Theodor.'

'Dat weet ik, liefste,' zegt hij teder. 'Maar ik weet ook dat je een verstandige vrouw met een groot hart bent, die mijn beslissing kan begrijpen en goedkeuren. Zie je dan niet dat ik alleen uit liefde en zorg voor jou handel?'

Nee, dat ziet ze echt niet. Ze begrijpt alleen dat hij geen vertrouwen in haar heeft, dat hij gelooft dat ze geen gezond kind kan baren. Het maakt haar razend.

'Goed dan,' zegt ze met bevende stem. 'Als je het dan per se wilt, kan ze hier haar zwangerschap uitdragen en het kind ter wereld brengen. Maar daarna moet ze vertrekken.'

'Natuurlijk,' haast hij zich in te stemmen. 'Zodra het kind geboren is, sturen we haar weg. Als het een meisje is, kan ze het meenemen. Maar als het een jongen is, dan blijft hij hier. We huren een voedster in en zeggen dat het de zoon is van een familielid dat bij de bevalling is gestorven.'

Ze weet net zo goed als hij dat niemand zo'n sprookje zal geloven. Men zal de waarheid snel op het spoor komen, daar zorgen de bedienden wel voor. Maar dat lijkt hem niet uit te maken, hij neemt het op de koop toe.

'Als je het per se zo wilt, Theodor,' verzucht ze. 'Dan zal het zo gebeuren.'

'Ik wist het,' zegt hij liefdevol. 'Deze ruimdenkende concessie is een bewijs van jouw onverbrekelijke liefde voor mij, mijn Luise. Ik voel me beschaamd en ben je voor eeuwig dankbaar.'

Hij drukt een kus op haar hand en leunt dan opgelucht in zijn stoel achterover. Ze kan aan hem zien hoe tevreden hij is dat hij zijn zin heeft gekregen.

'Ik stel echter een voorwaarde,' zegt ze zacht.

'Die is al vervuld, lieve Luise. Wat het ook is.'

'Ik wil zwanger worden.'

Dat heeft hij niet zien aankomen. Ze eist haar rechten op. Ze is zijn echtgenote en zal er geen genoegen mee nemen de zoon van een dienstmeid als stamhouder van huize Berend op te voeden.

Hij is ontzet. 'Ik smeek het je, Luise. Je weet niet wat je zegt. De dokter heeft toch duidelijk genoeg...'

'Dat is zijn mening, Theodor. Wie zegt dat hij gelijk heeft?' roept ze opgewonden. 'Ik zal mijn plicht als jouw echtgenote vervullen, zoals ik het voor het altaar met God als mijn getuige heb beloofd. Daar kan het geklets van een arts me niet van afhouden.'

Hij schudt vertwijfeld zijn hoofd en steekt zijn handen in de lucht. 'Dat kun je niet menen! Verwacht niet van mij dat ik je aan de dood uitlever.'

'Als God het wil, zal ik in leven blijven en een gezonde zoon ter wereld brengen,' houdt ze vol. 'Ik vertrouw op de Heer en ben vastbesloten nog een keer zwanger te worden.'

'Nee,' zegt hij beslist. 'Ik wil het niet en het zal niet gebeuren.'

Ze voelt hoe het in haar omhoogschiet. Haar eer, haar zelfrespect, haar hele levensgeluk staan op het spel. Ze trilt over haar hele lichaam. 'Het is je plicht als mijn echtgenoot,' schreeuwt ze met schrille stem. 'Als je me dat weigert, verlaat ik je. Dan zorg ik voor een schandaal. Dan wil ik niet meer leven.'

'Alsjeblieft, kalmeer, Luise,' fluistert hij geschrokken. 'De bedienden kunnen ons horen.'

'Ik wil dat je nog deze nacht met me slaapt,' roept ze. 'Als je het niet doet, pak ik een mes en snij mijn polsen door.'

'Je bent niet bij zinnen.'

Hij springt op uit zijn stoel, pakt haar ruw bij de schouders en schudt haar boos door elkaar. Ze verzet zich niet, haar tanden klapperen, haar kap glijdt van haar hoofd.

'Ik zweer dat ik het zal doen, Theodor,' houdt ze vol.

'Ga liggen en rust uit,' beveelt hij. 'Vanavond zul je bij je verstand zijn gekomen.'

Hij laat haar los en staart haar even zwaar ademend aan. Dan draait hij zich abrupt om en verlaat de kamer.

Ze blijft als verdoofd achter en begint dan schokkend te huilen. Ze kruipt in elkaar en smoort haar snikken in haar rok. O, hij zal er spijt van krijgen haar zo behandeld te hebben. Vanavond nog zal ze zich het leven benemen. Wanneer hij de slaapkamer binnenkomt, zal hij haar badend in het bloed op het bed aantreffen. Dan zal hij zich wanhopig op haar storten, huilen en jammeren, zich gruwelijke verwijten maken. Maar dan is het te laat. Koud en stijf zal ze in de kussens liggen, een stille aanklacht die hij voor eeuwig met zich zal moeten meedragen.

'Mevrouw… U mag zich niet zo opwinden. Ik smeek u…'

Ze schrikt op en stopt met huilen. De stem van Danuta. Ze is ongevraagd de kamer binnengekomen, komt op haar af en steekt vol medelijden haar hand naar haar uit.

'Verdwijn,' zegt Luise hees. 'Maak dat je wegkomt, hoer!'

Danuta laat haar hand vallen, draait zich om en verlaat langzaam de kamer.

Het is niet te verdragen, denkt Luise. Ik ga dood bij haar aanblik alleen al. Hoe ze aan komt lopen, zo ongedwongen, zo gezond en opgewekt. Ze is zichtbaar opgebloeid sinds ze weet dat ze mag blijven en hier haar kind ter wereld mag brengen. Geen wonder, ze krijgt te eten en wordt met zorgen omringd. Theodor heeft de huishoudster opgedragen Danuta alleen licht werk te geven. Ze mag ook niet meer naar de put, Oskar haalt nu het water. Wat zei Ernst ook alweer? *Als een lentebloem.* De zwangerschap maakt haar niet lelijk, ze wordt alleen maar mooier. Waarom gaat het er in de wereld zo onrechtvaardig aan toe? Waarom schenkt de natuur de een jeugd, schoonheid en een gezond lichaam, terwijl de ander door ziektes wordt geplaagd, verdriet heeft en elke dag onaantrekkelijker wordt?

Ze veegt haar tranen weg en ziet dat er donkere vlekken in haar rok zitten. Moeizaam staat ze op en neemt de trap naar haar slaapkamer, waarna ze in haar kledingkast een andere jurk uitzoekt en zich omkleedt. Nee, ze zal geen zelfmoord plegen. Het zou dom zijn dat te doen. Dan zou Danuta vrij baan hebben, in alle rust haar kind ter wereld brengen, en het is nog maar de vraag of Theodor haar dan nog zou wegsturen. Waarschijnlijk zou hij haar veel liever hier houden, zodat hij de nachten in haar kamer kan doorbrengen.

Wat is het waardoor haar man zich zo tot deze vrouw voelt aangetrokken? Haar blozende wangen? De volle borsten? De brede heupen? O, alle mannen zijn wellustelingen, daarop is Theodor geen uitzondering. Ze willen een deugdzame echtgenote, maar zelf verlangen ze naar zondige wellust. Ze maakt de haakjes van haar jurk dicht en bekijkt zichzelf in de spiegel. Nee, daar is niets te zien wat een man kan verleiden. Dat heeft ze ook niet nodig. Ze is zijn echtgenote, ze hoeft hem niet te verleiden, zij is rechtschapen en fatsoenlijk. Maar het is niet goed dat haar gezicht zo rood en opgezwollen van het huilen is. Ze doopt een zakdoek in de waskom, houdt die tegen haar voorhoofd en koelt haar warme wangen. Veel helpt het niet, het zal even duren voordat de zwelling wegtrekt. Maar ze zou haar haar kunnen kammen en er misschien een lint doorheen kunnen vlechten, zodat het er voller uitziet. Dat heeft niets met ijdelheid te maken. Ze heeft als meesteres van het huis de plicht zich passend te kleden en te kappen. Tenslotte kan er altijd bezoek komen. Ze maakt haar haar los en borstelt het uit, zoekt een lint uit dat bij de kleur van haar jurk past en vlecht het door het kapsel. Het lukt pas bij de tweede poging, maar dan is ze tevreden. Nee, ze is niet lelijk. Ze heeft een zachte huid en mooie, sprekende ogen. Wanneer ze glimlacht is ze zelfs aantrekkelijk.

Misschien heb ik het verkeerd aangepakt, denkt ze. Ik wilde hem dwingen en nu is hij boos op me. Maar hij is een man en hij heeft zijn behoeften. Hij heeft me beloofd zich verre te houden van Danuta. Hij ligt elke nacht naast me in bed, ooit zal hij zwak worden en zijn dwaze bezwaren overboord zetten. Het is slechts een kwestie van tijd.

’s Avonds verschijnt ze zorgvuldig gekleed en elegant gekapt in de eetkamer en constateert dat Theodor dit met grote opluchting opmerkt. Ook Ernst lijkt de verandering op te merken, want hij bekijkt haar glimlachend en zegt: ‘Wat zie je er mooi uit, lieve schoonzus. Dat lint in je haar staat je betoverend.’

Ach, die losbol met zijn overdreven gezwets. Maar juist vandaag doet het compliment haar veel goed en ze zou hem ervoor willen omhelzen.

‘Je probeert me verlegen te maken,’ zegt ze en ze slaat bescheiden haar ogen neer.

‘Nee, niet waar,’ roept hij. ‘Ik zeg alleen maar de waarheid. Heb ik niet gelijk, Theodor?’

Haar echtgenoot dwingt zichzelf te glimlachen. ‘Bij wijze van uitzondering. Heel charmant, dat lint, lieve Luise.’

'Dank je,' zegt ze en ze schenkt hem een vriendelijke blik.

Na het eten gaat ze in de woonkamer zitten, geeft Danuta opdracht om thee en gebak te brengen en pakt een handwerkje. Hoewel ze helemaal geen zin heeft in zoetigheid, wil ze in elk geval aankomen om aantrekkelijker te worden voor haar man.

Zoals ze al heeft gehoopt, doet hij na een poosje de kamerdeur open en als hij haar rustig bij de lamp ziet zitten, durft hij binnen te komen.

'Het lijkt erop dat je weer tot jezelf bent gekomen,' merkt hij op.

Ze tilt haar hoofd omhoog en glimlacht teder naar hem. 'Vergeef me, Theodor. Ik was overstuur en heb onzinnige dingen gezegd.'

Hij raakt de gebakschaal met een verbaasde blik aan en komt bij haar zitten.

'Onzinnig was het in elk geval,' zegt hij met gefronst voorhoofd. 'Daarbovenop heb je me danig aan het schrikken gemaakt en ik heb me de grootste zorgen gemaakt. Zo'n daad is een grote zonde in de ogen van God, Luise.'

'Ik heb nooit serieus overwogen mezelf zoiets aan te doen,' bekent ze. 'Maar ik was wanhopig en had mezelf niet meer in de hand. Je kent mijn diepste wens, waar ik totaal van ben vervuld.'

Geïrriteerd fronst hij zijn wenkbrauwen. 'Hoe kun je zo kinderachtig zijn? Juist uit liefde voor jou moet ik je deze wens ontzeggen. Dat weet je heel goed.'

Ze richt haar blik op haar handwerk. 'Toch doet het me pijn dat je me nooit meer zult aanraken en ik je geen kind mag geven. Begrijp je dat niet?'

Hij zwijgt even en ze kan wel raden waaraan hij denkt. Ze heeft nooit enig genoegen beleefd aan hun echtelijke betrekkingen. Vaak heeft ze hoofdpijn of een vrouwenkwaaltje voorgewend om eraan te ontkomen.

'Wel, we blijven samen een slaapkamer delen,' zegt hij. 'Wanneer het zo uitkomt kunnen we intieme gesprekken voeren of, als je wilt, kleine tederheden uitwisselen. Maar ik zal alles vermijden wat tot een nieuwe zwangerschap kan leiden. Daarmee moet je je tevreden stellen, Luise.'

Ze zucht diep. 'Ik zal me naar jouw wil moeten schikken, Theodor. Ook wanneer het mijn hoop vernietigt om voor jou een goede vrouw en een moeder voor je kinderen te zijn.'

'Het moet voldoende voor je zijn mijn echtgenote te zijn, die overal in de stad respect is verschuldigd. Vergeet niet dat de naam Berend in Danzig van betekenis is.'

'Dat is zeker waar,' bevestigt ze glimlachend. 'Wil je wat gebak, liefste?'

'Nee, dank je, ik heb het druk. Maar het doet me deugd dat je goed eet.'

Ze doet haar best en verorbert twee beignets, maar dan wordt ze misselijk en laat de rest staan. Ze zal dit dieet volhouden tot haar heupen ronder worden en haar schouders minder knokig. Hij houdt nu eenmaal van ronde vormen, en magere vrouwen bekoren hem niet.

Ze heeft weinig ervaring in de kunst een man te verleiden. Haar moeder zaliger hechtte er veel waarde aan dat haar dochter zich in gezelschap wist te gedragen en jonge mannen terughoudend en goed opgevoed tegemoet trad. Verliefdheid was ongepast, dus ze deed het voorkomen dat ze aan de wensen van haar ouders, wat betreft haar huwelijk, tegemoetkwam. In werkelijkheid was ze tijdens haar verlovingsjaar vervuld van een dweperige verliefdheid voor Theodor. Ze vond het fijn als hij haar hand pakte, naar haar glimlachte of zelfs zijn arm om haar heen sloeg. Dit romantische gevoel verdween echter totaal in de huwelijksnacht. Niemand had haar verteld wat voor weerzinwekkende dingen een echtgenoot van zijn vrouw mocht verlangen. Pas later is ze erachter gekomen dat het juist deze zondige dingen zijn die tot een zwangerschap leiden.

Ze heeft er alles voor over. Danuta's aanbod om mevrouw bij het uitkleden behulpzaam te zijn wijst ze resoluut af. Dat valse mens heeft in haar slaapkamer niets te zoeken. Voor het naar bed gaan bekijkt ze haar nachtponnen, die allemaal tot op de grond komen, hooggesloten zijn en lange mouwen hebben. Ze kiest er een uit en ze besluit ondanks aanzienlijke bedenkingen de twee bovenste knoopjes af te knippen. Ze zal zeggen dat ze eraf gevallen zijn en dat Danuta is vergeten ze weer aan te naaien. Daardoor kan ze haar nachtpon niet dichtdoen. Ze kamt haar haar nog een keer, vlecht het zorgvuldig en zet haar nachtkapje op. Ten slotte kruipt ze in bed, laat de lamp branden en verdrijft de tijd door een tijdschrift te lezen.

Hij komt laat naar boven. Ze is al twee keer bijna in slaap gevallen, maar haar innerlijke onrust is zo groot dat ze steeds weer wakker schrikt.

'Ben je nog wakker?' vraagt hij fronsend. 'Het is al bijna middernacht.'

'Ik kon niet slapen en heb nog wat gelezen.'

Ze kijkt toe hoe hij zich uitkleedt en het maakt haar nerveus. Hij lijkt zich ook te storen aan haar indringende blik. Hij keert zich af als hij zijn broek uitdoet, gaat dan op het bed zitten om zijn overhemd over zijn hoofd te trekken en zijn nachthemd aan te doen.

'Doe de lamp maar uit.'

Hij kijkt niet één keer naar haar, ze heeft de twee knoopjes helemaal voor niets afgeknipt. Gehoorzaam blaast ze de lamp uit en wacht tot hij is gaan liggen.

'Het is fris,' merkt ze zachtjes op. 'Ik heb het koud.'

'Moet ik een deken voor je halen?' bromt hij.

'Dat is niet nodig, liefste. Ik krijg het zo wel warm.'

Ze kruipt wat dichter naar hem toe en voelt zijn lichaamswarmte.

'Je zou een warmere nachtpon aan moeten trekken,' zegt hij. Hij schuift van haar weg naar de rand van het bed. 'De nachten zijn in het voorjaar soms nog koel.'

'Ach ja,' verzucht ze. 'Vooral nu ik mijn nachtpon niet helemaal dicht kan doen, er ontbreken twee knopen.'

Hij zegt niets. Ze weet niet wat ze verder nog moet doen. Waarom is ze ook zo onhandig? Hoe kan ze hem zover krijgen dat hij haar tenminste aanraakt?

'Theodor?'

Slaapt hij al? Hij antwoordt niet, ze hoort alleen zijn geïrriteerde gegrom. 'Wat is er?'

'Mag ik je hand vasthouden? Ik voel me zo alleen.'

Ze hoort een diepe, onwillige zucht, maar voelt dan hoe hij zijn arm uitsteekt en haar heup beroert. Ze krimpt in elkaar. Zachtjes tast ze naar zijn hand en legt de hare erin.

'Beter?'

'Veel beter. Je hebt heerlijk warme handen.'

'Hopelijk kun je nu eindelijk slapen.'

Ze antwoordt niet. Ze schuift nog een beetje dichter naar hem toe, zodat zijn hand op haar buik ligt. Nu kan hij haar voelen ademen. Ze ligt een poosje stil, voelt de zwaarte van zijn hand op haar lichaam en wacht met een snel kloppend hart.

Er gebeurt niets. Hij slaapt.

Pawel

DE SCHICHAU-WERF IS STERK UITGEBREID. Pawel is verrast wanneer hij bij Elbing aankomt en het bedrijf vanuit de verte bekijkt. Opslaghallen, kantoorgebouwen, een drijvend dok. Dat zag er vijf jaar geleden nog heel anders uit.

Hij heeft besloten voorlopig in de buurt van Danzig te blijven. Om geld te besparen is hij te voet naar Elbing gegaan, heeft daar goedkoop onderdak gevonden en informatie ingewonnen bij de werfarbeiders. Wat hij te horen kreeg, klonk gunstig. Net als Klawitter bouwen ze schepen van ijzer en hout, niet alleen zeilboten, maar ook schepen die door een stoommachine aangedreven worden. De stomers hebben de toekomst, daar kan geen enkele grotere werf omheen. Pawel geeft de voorkeur aan zeilboten. Die hebben geen kolen nodig, hebben geen vieze rooksliert achter zich aan hangen en zijn bij een gunstige wind veel sneller en wendbaarder dan de snuivende, logge stoomboten.

Ze hebben hem direct aangenomen. Het is blijkbaar een voordeel dat hij in Nederland en Engeland opgeleid is. Met zijn meesterdiploma moet hij geduld hebben, hij zal zich eerst op de werf moeten bewijzen. Hij heeft niets anders verwacht.

Aan het werk op een grote werf is hij gewend. Veel nieuws valt er niet voor hem te leren, maar het loon is redelijk en het werk gaat hem goed af, hij zou tevreden kunnen zijn. Dat is hij echter niet. Dat kan hij niet zijn vanwege de situatie thuis in Danzig. Hij verkeert in een tweestrijd. 's Nachts ligt hij urenlang wakker, neemt dan het ene, dan het andere besluit en voert ze vervolgens niet uit.

De ruzie met zijn vader zit hem het meeste dwars. Die moet opgelost worden. Hij weet dat hij zijn excuses moet aanbieden en dat vindt hij niet erg. Een paar dagen geleden is hij na het werk met de postboot naar Danzig gegaan om de zaak eindelijk de wereld uit te helpen. Toen hij echter eenmaal op de Radaunebrug stond, zag hij de jonge vrouw van zijn vader, Johanna, in het verlichte raam boven de werkplaats staan. En zij heeft hem ook gezien, dat weet hij zeker. Ze deed opeens haar hoofd omhoog en staarde naar hem. Toen is hij in paniek geraakt, heeft zich omgedraaid en is weer terug naar Elbing gegaan.

's Ochtends was hij geradbraakt. Hij heeft de werkdag alleen met een ijzeren wil kunnen volbrengen en zichzelf wel duizend keer een ezel genoemd.

Wat is er met hem aan de hand? Waarom gaat hij als een haas op de vlucht voor die vrouw? Goed, ze is zijn stiefmoeder, dat is moeilijk te verkroppen, maar het is nu eenmaal zo en hij heeft geen reden haar verwijten te maken. Dus waarom dan? Omdat hij een vervelende ervaring met een knappe, jonge vrouw achter de rug heeft? Het is mogelijk dat dat meespeelt. Maar uiteindelijk heeft hij niets met Johanna te maken. Zijn vader is met haar getrouwd en moet maar zien wat hij ervan maakt met haar. 's Avonds was hij bijna zover om Barbara's domme geklets serieus te nemen. Een heks, een duivelin. Natuurlijk is dat volslagen onzin, hij is niet iemand die in heksen gelooft. Magie zou echter beslist een rol kunnen spelen. Hij kan zijn huidige gemoedstoestand niet anders verklaren.

Omdat hij niet veel verder komt, besluit hij het voorlopig op de lange baan te schuiven. Misschien heeft hij tijd nodig om aan de gedachte dat hij een jonge stiefmoeder heeft te wennen. In de zomer zal hij er kalmer onder zijn en kan hij zich nog altijd met zijn vader verzoenen.

De dag dat hij kleur moet bekennen komt echter sneller dan gedacht. En als hij er achteraf goed over nadenkt, vindt hij dat hij zich niet goed heeft gedragen.

Het is middagpauze, zijn collega is in de werkplaats, waar de maaltijden worden verstrekt, en heeft Pawels blikken bord meegenomen om hem vol te laten scheppen. Dat doen ze afwisselend, de een haalt het eten, de ander het bier. Juist als hij met de twee bekers op de tap wil afgaan, komt zijn baas naar hem toe en zegt dat er bezoek voor hem is bij het huis van de beheerder.

Hij schrikt vreselijk. Is zijn vader dan toch gekomen? Of de oude Barbara? Maar die weten niet dat hij bij Schichau in Elbing werkt, hij heeft het aan niemand verteld.

'Wat voor bezoek?' vraagt hij knorrig.

'Dat zul je wel zien,' zegt zijn baas. 'Als ik jou was, zou ik erheen gaan.'

De meestertimmerman is een grijsaard en ook een ouwe vos. Hij knijpt zijn linkeroog dicht en grijnst veelbetekenend, zodat Pawel bijna gelooft dat hij hem voor de gek houdt. Dat gebeurt op veel werkplekken met een nieuwe werknemer. Een akelige gewoonte waar iedereen vreselijk veel lol om heeft. Behalve het slachtoffer natuurlijk. Er is niets aan te doen, hij moet het doorstaan. Hij zet de kroezen op een kist en loopt vol bange voorgevoelens naar het huis van de beheerder. Wat hem daar te wachten staat, overtreft echter zijn ergste vermoedens.

Ze heeft zich arglistig in het portiek van het huis verstopt, anders zou hij haar van verre hebben herkend en waarschijnlijk rechtsomkeert hebben gemaakt. Dus staat hij opeens tegenover haar. Het weerzien treft hem als door de bliksem getroffen en het lukt hem slechts met veel moeite haar vriendelijke groet te beantwoorden.

'Ik wilde u niet laten schrikken,' zegt Johanna. 'Integendeel, ik kom met vredelievende bedoelingen. Ik ben speciaal met de postboot naar Elbing gekomen om met u te praten.'

De voorjaarsbries heeft een paar lokken uit haar kapsel losgemaakt. Hoe ze hem aankijkt met haar grijze ogen. Nu beseft hij eindelijk wat er met hem aan de hand is. Hij heeft dit al een keer eerder meegemaakt, en het is niet goed afgelopen.

'U bent er nu toch,' zegt hij langzaam en hij moet zijn keel schrapen. 'Laten we daar op dat muurtje gaan zitten.'

'Goed idee.'

Ze straalt van blijdschap, veegt met haar hand het stof van het muurtje en gaat zitten. Hij neemt op gepaste afstand plaats en constateert onzeker dat haar grijze ogen heel ongedwongen over zijn lichaam dwalen. Hij is gekleed in werkkleding, zijn overhemd staat open, de mouwen zijn opgestroopt. Ze krijgt wel wat te zien.

'Weet u,' zegt ze vertrouwelijk. 'Het is toch triest als vader en zoon voor altijd en eeuwig in conflict zijn. Ik maak mezelf de vreselijkste verwijten, want het schijnt dat ik de aanleiding ben…'

'Dat is onzin,' onderbreekt hij haar stuurs. 'Het heeft niets met u te maken. Het gaat om andere dingen die tussen mij en mijn vader opgehelderd moeten worden.'

Wat kletst hij nou? Hij weet heel goed dat het leugens en smoesjes zijn. Maar hij kan haar niet de waarheid vertellen. Vooral niet als ze hem zo hoopvol aankijkt. Nu begint ze heel vrijmoedig te vertellen dat ze een stuk grond bij de Strohdijk hebben gekocht, dat heel geschikt is voor de vestiging van een werf. En het zou toch mooi zijn als vader en zoon samen aan zo'n project zouden beginnen. Vooral omdat hij veel heeft gereisd en het vak zo grondig heeft geleerd. 'Dan is het toch jammer als u het geleerde en uw ervaring aan een andere werf geeft, in plaats van iets voor u zelf op poten te zetten.'

Wat ze zegt, klinkt heel verstandig. Hij heeft ook al over iets dergelijks nagedacht, omdat hij de werkplaats van zijn vader eigenlijk te klein vindt. Een werf vestigen zou ook zijn doel zijn geweest. Niet op stel en sprong, zoals zij het zich voorstelt, zoiets moet goed overdacht en gepland worden.

'Hoe wist u eigenlijk dat ik hier bij Schichau werk?' vraagt hij ter afleiding.

Ze kan schalks lachen, de koopmansdochter. Ze is sowieso robuuster dan hij eerst heeft gedacht.

'Ik heb inlichtingen ingewonnen,' zegt ze.

'O ja? Waar?'

'In Herberg Zum Grünen Anker heeft men me verder geholpen.'

'Daar bent u naar binnen gegaan?' zegt hij fronsend. 'Die kroeg in?'

'Ik zou overal naar binnen zijn gelopen om u te pakken te krijgen,' zegt ze en ze kijkt hem recht aan.

Er ligt vastbeslotenheid in haar blik. Hij beseft dat ze niet gemakkelijk opgeeft als ze iets eenmaal in haar hoofd heeft. Dat maakt indruk op hem. Wat niet wil zeggen dat hij al bereid is om op haar wensen in te gaan.

'Een werf vestig je niet van de ene op de andere dag,' zegt hij belerend. 'Daar moet goed over worden nagedacht.'

Ze slaakt een ongeduldige zucht, die hem bijna amuseert. Zijn vader heeft vast en zeker hetzelfde gezegd, ze is echter koppig en wil niet luisteren.

'Daar hebt u volkomen gelijk in. Maar je moet ook een keer beginnen, anders denk je na tot sint-juttemis en komt er niets van de grond.'

'Ook waar,' geeft hij toe. 'Hebt u er bijvoorbeeld over nagedacht waar het geld voor een loods, gereedschap en de helling vandaan moet komen?'

'Dat heb ik,' beweert ze. 'Daarover moeten we in Danzig praten. Samen met uw vader.'

Ha, ze denkt dat ze al heeft gewonnen. Dan vergist ze zich, zo snel loopt hij niet in de val.

'Daar kan voorlopig niets van komen,' zegt hij. 'Ik heb hier mijn werk en dat bevalt me.'

Nu kijkt ze hem met zulke grote, smekende ogen aan dat hij zichzelf moet vermannen om niet alsnog toe te geven.

'Als dat het geval is, kan ik er niets aan veranderen,' zegt ze bedrukt. 'Maar één ding wil ik u vragen, Pawel. Geef uw hart een duwtje en maak het goed met uw vader. Ik weet dat hij lijdt onder deze ruzie en het doet me pijn het te moeten aanzien.'

Daar heeft ze zijn kwetsbare plek te pakken. Natuurlijk ligt de ruzie met zijn vader hem zwaar op de maag. Maar het staat hem niet aan dat uitgerekend zíj hem dat verwijt.

'Als hij er zo onder lijdt, had hij toch zelf hierheen kunnen komen,' zegt hij koppig en tegen beter weten in. Hij is nu eenmaal een stijfkop en wil niets toegeven.

Het antwoord maakt haar boos. Hij ziet het aan de frons die tussen haar ogen ontstaat. 'En zelfs als dat zo zou zijn,' zegt ze verwijtend. 'Hij is een man die respect en liefde verdient. Niet iedereen heeft zo'n vader. Kan de zoon niet over zijn eigen schaduw springen en de eerste stap zetten? Is dat zo moeilijk?'

'Dat is mijn zaak, niet de uwe,' bromt hij onverzoenlijk.

'Dan spijt het me dat ik de lange reis hiernaartoe heb ondernomen,' snauwt ze en ze springt van het muurtje af. Nijdig klopt ze haar jurk af en komt dan zo dicht bij hem staan dat de neuzen van zijn schoenen de zoom van haar rok beroeren.

'Is dat uw laatste woord?'

'Ja.' Het klinkt koppig en ruw.

'Dan hoop ik voor u dat u er geen spijt van krijgt, meneer Pawel Forster.'

Ze draait zich om en loopt naar de aanlegsteiger van de postboot. Hij blijft nog even zitten en kijkt hoe ze fier rechtop en met boze stappen wegloopt. Hij vecht met het verlangen haar achterna te gaan en haar hand te pakken.

Wanneer hij terugkomt op zijn werkplek, heeft zijn collega al gegeten en ook het bier voor hen beiden gehaald. De baas doet alsof hij naar een paar planken moet kijken, maar in werkelijkheid is hij nieuwsgierig, want hij heeft Johanna wel gezien.

'Gefeliciteerd,' zegt hij glimlachend. 'Voor zo'n knappe bruid ben je te benijden. Wanneer is de bruiloft?'

'Nooit,' zegt hij kortaf en hij valt op zijn eten aan.

Pawel is blij als de baas weggaat. De rest van de werkdag zaagt hij als een wilde en plaatst de planken in een tempo alsof het schip morgen al te water wordt gelaten.

'Neem een beetje gas terug,' zegt zijn collega, die hem amper bij kan houden. 'Anders gaat de motor nog kapot.'

Hij wijst daarbij naar zijn borst en glimlacht vaderlijk naar Pawel.

'Ach wat,' zegt Pawel en hij lacht. 'Die motor kan wel wat hebben.'

Na het werk zit hij op zijn kamer en kan geen rust vinden. De hele tijd spookt het gesprek met Johanna door zijn hoofd. Hoe helderder hij het zich herinnert, hoe slechter hij zich erbij voelt. Hij heeft had zich als een schoft en een leugenaar gedragen. Hij heeft het doen voorkomen alsof zijn vader hem onverschillig laat, alleen maar om haar niet haar zin te hoeven geven. Dat is laf van hem. Kinderachtig.

Hij houdt het niet meer uit, steekt geld bij zich en zoekt een kroeg op. Daar gaat hij in een hoek zitten, omdat hij geen zin in het luidruchtige gedoe van de anderen heeft en liever alleen wil zijn. Het bier dat hij heeft besteld is lauwwarm en smaakt naar zweetvoeten. Ook de jenever die hij achteroverslaat doet hem geen goed, omdat hij terug moet denken aan de woorden van zijn collega. Nee, zijn hart is gezond, dat kan wel wat hebben, ook als hij van verdriet als een gek met zaag en hamer tekeergaat. Hij weet dat zijn vader net zozeer onder de ruzie lijdt als hij, misschien zelfs nog meer. En zoals hij hem kent, zal hij zijn verdriet afreageren in de werkplaats, daarin zijn ze hetzelfde. Jammeren en klagen is niet hun stijl, ze houden hun zorgen liever voor zichzelf en storten zich op het werk om zich te verdoven.

Zijn vader is achter in de vijftig, denkt hij zorgelijk. Op die leeftijd is het mogelijk dat zijn hart het niet meer volhoudt. Wat moet ik doen als hem iets overkomt? Dan zijn we met ruzie uit elkaar gegaan en kan ik het nooit meer goedmaken. Verdomme, wat kan mij die Johanna schelen? Ze is zijn vrouw en ik heb niets met haar te maken. Laat haar maar glimlachen en vleien, me met haar grote grijze ogen aankijken en haar magie uitoefenen. Ik weet waar dat toe leidt en zal goed oppassen. Morgen zeg ik tegen de baas dat ik voor een dringende familieaangelegenheid naar Danzig moet en dan ga ik vrede sluiten met mijn vader.

Dit besluit geeft hem rust. Hij drinkt zijn borrel op, betaalt en gaat terug naar zijn kamer, waar hij op zijn bed neervalt en meteen in slaapt valt.

De volgende ochtend dist hij bij de meestertimmerman zijn verhaaltje op. Die krabt op zijn voorhoofd, omdat het werk onder druk staat en hij elke hand nodig heeft.

'Het gaat van je loon af,' bromt hij.

'Is goed, baas.'

'Ze is het niet waard, knul.'

'Tot morgen, baas.'

Hij heeft geluk en wordt door een kustzeiler meegenomen, die een lading zout naar Danzig brengt. Bij Neufahrwasser gaat het op de Weichsel stroomopwaarts en steekt hij zijn handen uit de mouwen. Hij helpt de schipper met de zeilen en het roer, maar hij heeft tijd genoeg om bij het binnenvaren van de Mottlau naar de Strohdijk te kijken. Het water heeft zich teruggetrokken, er zijn alleen wat hoopjes wrakhout op de oever achtergebleven, het land is stevig en droog. Het was een goede aankoop, denkt hij. Ze is niet dom en ze heeft lef.

Hij draait zijn hoofd weg en kijkt er niet meer na. Bij de haven helpt hij met uitladen, dat hoort zo als je gratis meevaart. Daarna zegt hij de schipper gedag en begint aan zijn moeilijke opdracht. Van zijn rust en vastbeslotenheid van gisteravond is vandaag weinig over. Terwijl hij de weg door de Johannisstraat langs de kerk naar de Radaune volgt, begint hij steeds langzamer te lopen. Hij ziet opeens duizend obstakels en moeilijkheden opdoemen die zijn goede bedoelingen in de weg staan. Hoe zal zijn vader hem ontvangen als hij zo ineens voor hem staat? De leerjongens en de gezel kunnen hem weinig schelen, maar de oude Barbara zal naar hem toe komen en tranen vergieten. Het grootste probleem is echter Johanna. Ze staat vast weer boven voor het raam en zo gauw ze hem ziet zal ze naar de werkplaats komen om hem heel tevreden te begroeten. Hij moet zich daartegen wapenen, rustig blijven, nergens op ingaan. Alleen dan kan hij het goedmaken met zijn vader.

Hij neemt een omweg, omdat hij de brug over de Radaune wil vermijden, vanwaar zij hem laatst 's avonds in het oog had gekregen. Voor de werkplaats blijft hij staan en hij zegt tegen zichzelf dat hij in geen geval naar boven zal gaan, waar zij zich ophoudt. Dan repeteert hij nog een keer in gedachten wat hij tegen zijn vader wil zeggen, vermant zich en duwt de deur open. Meteen begint de hond tegen hem te blaffen. Het dier kent hem nog niet, want toen hij wegging hadden ze nog de oude Pluto. Een van de leerjongens staat aan de werkbank het hout erbarmelijk te mishandelen en stopt met zijn werk als hij hem ziet. Herkent hij hem? Het ziet er niet naar uit, want hij zegt enkel: 'De meester is buiten op de binnenplaats.' Hij wijst met zijn duim over zijn schouder en schaaft verder aan de kromme lat.

Op de binnenplaats zijn ze een sloep aan het bouwen, een vissersboot. Het zal weer moeilijk worden de boot over het pleintje naar de Radaune te brengen. Zijn vader plaatst met de gezel Karl een spant in de kiel. Hij is zo druk bezig dat hij Pawel niet opmerkt, maar Karl krijgt hem in het oog en trekt een verbluft gezicht. Zijn vader stopt nu ook en kijkt op, maar hij zegt niets en gaat verder met zijn werk.

Pawel haalt diep adem. Hij gaat hij naar ze toe en zegt wat hij moet zeggen. 'Daar ben ik weer, vader. Het spijt me.'

'Het is goed.'

'Ik was boos. Dat was niet juist van mij, dat heb ik ingezien,' vervolgt hij, omdat zijn vader verder niets zegt en zich weer op zijn werk richt. 'Vergeef me.'

'Help eens mee,' beveelt zijn vader. 'Het is krap, maar het zou moeten passen.'

Hij pakt de spant, die uit een gebogen lat bestaat, en begrijpt dat hij vergeven is. Zonder boosheid, zonder veel woorden, zonder voorwaarden. Het is goed. Ze zetten de spant er samen in, de een weet wat de ander doet. Hij houdt de spant vast, terwijl zijn vader zacht en handig de hamer gebruikt tot het hout op zijn plek zit. Karl Anton trekt een scheef gezicht, omdat de zoon van de meester het werk duidelijk beter verstaat dan hij.

'Ben je gekomen om te blijven?' vraagt zijn vader hem.

Hij bijt op zijn lippen, omdat het antwoord niet gemakkelijk is.

'Ik werk bij Schichau in Elbing, vader.'

De teleurstelling op het gezicht van de oudere man doet hem pijn. 'Ik zal erover nadenken,' mompelt hij.

'Denk niet te lang,' maant zijn vader. 'Ik zou je goed kunnen gebruiken, Pawel.'

Theodor

THEODOR IS GEÏRRITEERD. SINDS ENKELE dagen, of beter gezegd, nachten, kent hij zijn vrouw niet meer terug. Hoewel ze de echtelijke betrekkingen vroeger eerder koel en onverschillig over zich heen liet komen, gedraagt ze zich nu opeens vol toewijding. Ze wacht 's avonds, teder glimlachend, op hem, verwikkelt hem in gesprekken en wenst dat hij haar aanraakt. Er is iets kinderlijks aan haar, wat hem altijd bekoord heeft en hem ook nu weer aantrekt. Die hulpeloze blik in haar grote blauwe ogen. Haar slanke vingers. De kleine voeten en sierlijke enkels die ze hem bereidwillig laat zien. Natuurlijk weet hij wat erachter steekt. Ze wil zwanger worden. Een wens die hij in geen geval zal vervullen. Dokter Sternberg is een ervaren arts en geeft een dergelijke waarschuwing niet zomaar. Ze is te zwak om een kind te baren. Theodor houdt van zijn vrouw, hij heeft haar nodig en wil haar niet verliezen. Helemaal nu de mogelijkheid er is een eigen zoon in huis op te nemen en hem tot zijn opvolger en erfgenaam op te voeden. Luise zou hem dankbaar moeten zijn, de levensgevaarlijke bedoening van een zwangerschap en geboorte blijft haar bespaard. Ze zal een kind in de armen gelegd krijgen en hoeft het alleen maar groot te brengen.

Natuurlijk alleen als het een jongen is.

Maar vrouwen zijn vreemde wezens. Nee, zijn Luise wil niet het kind van een ander grootbrengen. Ze wil een eigen kind. Dat ze tijdens de zwangerschap zou kunnen overlijden, schijnt haar onverschillig te laten. 'God zal me bijstaan,' zegt ze. In het begin amuseerden haar onhandige verleidingspogingen hem, later vond hij ze ontroerend. Hij heeft haar in zijn armen genomen, haar gekust en een beetje gestreeld. Meer niet. Hij is zich bewust van zijn verantwoordelijkheid als echtgenoot en kan zich beheersen. Helaas wil Danuta hem in geen geval in haar kamer toelaten en dreigt ze herrie te schoppen als hij het met geweld zou proberen. Hij heeft het inmiddels opgegeven, ook omdat hij besefte dat het misschien het kind zou kunnen schaden. Het is allemaal uitermate vervelend, omdat hij nu gedwongen is elders te zoeken wat hij thuis niet kan krijgen. Af en toe, als de gelegenheid zich voordoet, gaat hij naar een etablissement in een achterafstraat. Ze kennen hem daar. Men is discreet, de meisjes zijn gewillig, al zijn ze niet naar zijn smaak, en de prijs bescheiden. Voor hij zich 's avonds op het slechte pad begeeft, zit hij graag een poosje bij Luise in de woonkamer om met haar te praten en toe te kijken hoe ze ijverig nutteloze borduurwerkjes en gehaakte kleedjes fabriceert. Zo ook vanavond. Ze heeft gisteren de salon van mevrouw Von Kleiwitz bezocht en daar allerlei geroddel opgevangen, dat ze natuurlijk niet voor zich kan houden.

'Stel je voor, Annemarie Jonkers heeft weer een aanzoek afgewezen. Het is al de vierde of vijfde kandidaat met wie ze niet wil trouwen.'

'Echt? En wie is het deze keer?'

'Paul Otto Becker, de zoon van reder Johann Becker.'

'Niet te geloven,' zegt hij hoofdschuddend. 'Dat zou een schitterende partij geweest zijn. Je zou nog medelijden met Jan Jonkers krijgen.'

'Ja, precies,' zegt ze instemmend en ze trekt een draad door haar borduurwerk. 'En dan kun je er nog aan toevoegen dat Jan Jonkers totaal niet van een welgestelde schoonzoon afhankelijk is. Zei jij niet dat hij het uitzonderlijk goed doet in de graanhandel?'

Daar heeft ze geen ongelijk in. In tegenstelling tot hemzelf heeft deze Nederlandse parvenu de economische opleving goed benut, waarbij hij ook het voordeel heeft dat een van zijn broers in Amsterdam woont en met hem samenwerkt.

'Wist je dat Ernst een kaartje van Cäcilie Jonkers heeft gekregen met een uitnodiging?' praat Luise glimlachend verder.

'O ja? Heeft hij je dat verteld?'

Dat heeft Ernst natuurlijk niet gedaan. Luise weet het doordat mevrouw Döppel haar het kaartje heeft gegeven om aan haar zwager door te geven.

'Ik vind dat hij erheen moet gaan,' zegt ze ernstig. 'Het meisje schijnt een zwak voor hem te hebben en een relatie met huize Jonkers is voor ons niet verkeerd, toch?'

Hij moet lachen. Vrouwen zijn altijd maar bezig huwelijken tot stand te brengen. Nou ja, ze hebben verder ook niets belangrijks om handen.

'Ik heb niets tegen Jan Jonkers en zijn graanhandel. Maar op een recalcitrante schoonzus als deze Annemarie zit ik niet te wachten. Daarnaast is Ernst nog niet meerderjarig. Hij is pas twintig en hij heeft in zijn leven nog niets gepresteerd. Hij moet zich eerst maar eens bij mij in de zaak bewijzen, voordat hij aan een huwelijk gaat denken.'

'Je hebt vast gelijk, liefste,' zegt ze en ze schenkt hem een tedere blik. 'Doet hij echt zijn best? Ik heb vaak het idee dat hij heel andere interesses heeft dan de belangen van ons handelshuis.'

'Zijn belachelijke schrijverij? Dat heb ik hem inmiddels afgeleerd.'

Hij pakt zijn wijnglas en neemt een slok van de Spaanse rode wijn die een handelaar hem heeft verkocht. Geen slecht spul. Maar zwaar. Twee glazen en je vergeet alles om je heen van vermoeidheid.

'Echt waar?' zegt Luise met een vragende blik. 'In Augustes salon werd het eerste nummer van een literair tijdschrift verkocht dat, zoals ik tot mijn verbazing hoorde, door onze Ernst wordt uitgegeven. *Die Literarischen Fackel* of zoiets.'

Hij verslikt zich in zijn wijn. Een literair tijdschrift?

‘Weet je dat zeker?’ vraagt hij ongelovig. ‘Ik denk dat je het verkeerd hebt begrepen, Luise.’

‘Nee hoor, Theodor. Auguste heeft er zelfs geld in geïnvesteerd. En ze is niet de enige. Blijkbaar is het geld goed terechtgekomen, want het tijdschrift verkoopt heel goed in Danzig.’

Zijn kleine broertje heeft een tijdschrift uitgegeven. Dat is ongehoord! Achter zijn rug om houdt hij zich bezig met de uitgifte van een tijdschrift. Wat zal erin staan? Natuurlijk zijn eigen schrijfsels. En Auguste von Kleiwitz is zo naïef om goed geld aan zo’n waardeloze zaak te geven. Omdat het zo goed verkoopt! Wie wil dergelijke onzin lezen? Geen enkel verstandig mens.

‘Ik heb Auguste dringend gewaarschuwd, maar ze wil niet luisteren,’ vervolgt Luise en ze buigt zich voorover om een nieuwe draad uit de kleurige bundel te trekken. ‘Aan de andere kant is het altijd nog beter dat ze haar geld aan Ernst geeft, dan het aan Johanna te verspillen. Je weet dat Forster dat stuk grond bij de Strohdijk heeft gekocht.’

Hij is met zijn gedachten nog bij zijn achterbakse broer en luistert maar met een half oor naar wat ze vertelt. Pas als de naam Johanna valt, spitst hij zijn oren. Hij neemt het zichzelf kwalijk dat hij het perceel bij de Strohdijk niet zelf heeft gekocht om het met winst aan Forster door te verkopen. Daarmee heeft hij een goed handeltje door zijn vingers laten glippen en Forster zou zich nog meer in de schulden hebben moeten steken om de wensen van zijn echtgenote te vervullen. Theodor weet wat hij Forster voor het stuk grond bij Neufahrwasser heeft betaald. Dat bedrag kan nooit genoeg zijn geweest voor het perceel bij de Strohdijk.

‘Heeft Auguste Johanna daar geld voor geleend?’ vraagt hij voor de zekerheid.

‘Nee, liefste. Ik zei toch net dat ze dat niet heeft gedaan. Het verbaasde me, omdat ze zo dik bevriend is met Johanna. Maar het idee om een werf bij de Strodijk te beginnen leek ook Auguste een beetje al te gewaagd.’

'Een... werf?'

'Dat zei ze. Forster schijnt plannen te hebben om zijn bedrijf uit te breiden. Wat een onzinnig idee. Op zijn leeftijd. Ik denk zelf dat Johanna erachter zit.'

'Wie anders?' mompelt hij.

Forster is geen slecht zakenman, maar hij is een ambachtsman zonder ondernemingsgeest. Het kan alleen maar zo zijn dat Johanna hem deze idioterie heeft aangepraat. Om een werf te beginnen heb je meer nodig dan een stuk land en een helling. Vooral als iemand tot nu toe alleen maar roeiboten heeft gebouwd. Dan zal het niet gemakkelijk zijn opdrachten voor grotere schepen te krijgen. Welke reder heeft er nou vertrouwen in een onervaren botenbouwer op leeftijd als het erom gaat een volwaardig schip af te leveren? Dan kun je beter naar Klawitter of Schichau gaan om er zeker van te zijn een solide, zeewaardig schip voor je geld te krijgen. Forster zal zijn huis financieel moeten belasten om de werf op poten te zetten en als hij naar verwachting faalt, vervalt zijn bezit aan de bank.

Deze gedachte bevalt Theodor buitengewoon. Hij gunt het zijn zus dat ze in armoede ten onder gaat. Na alles wat ze hem aangedaan heeft, verdient ze niet anders. Hij wil haar onder torenhoge schulden bedolven zien, zodat ze wanhopig aan zijn deur moet kloppen en hij de genoegdoening krijgt om haar koud en zonder medelijden weg te sturen.

De volgende ochtend is hij, zoals zijn gewoonte is, vroeg op en opent de deur van het kantoor om Korbitz binnen te laten. Ernst is nergens te bekennen. Ook als hij kort daarna de eetkamer in loopt om te ontbijten, blijft de plaats van zijn broer leeg.

'Stuur mevrouw Döppel naar boven om mijn broer wakker te maken,' beveelt hij Danuta.

'Natuurlijk, meneer.'

Hij kijkt haar na als ze de kamer verlaat. Is er al iets te zien van de zwangerschap? Hij merkt alleen op dat ze wat zwaarder loopt, verder is alles verborgen onder haar wijde rok. Hij heeft uitgerekend dat het kind op zijn vroegst over drie maanden geboren wordt. Dat zou in juli zijn. Als alles normaal verloopt, wat meestal het geval is bij meisjes van het platteland, zal ze na twee of drie dagen weer kunnen werken. Wat er daarna met haar gebeurt, zal hij aansluitend beslissen. Hij heeft weinig zin haar helemaal kwijt te raken. Misschien moet hij ergens in de buurt een kamer voor haar huren en haar wat geld geven? In de benedenstad of in Neugarten. Beter nog bij Neufahrwasser, dan kan hij bij haar langsgaan als hij daar bezigheden heeft.

Wanneer hij merkt dat Luise zijn blik fronsend volgt, draait hij zich snel met een glimlach naar haar toe.

'Ze loopt nogal lomp, nietwaar, mijn schat?'

'Ze loopt als een eend die een ei moet leggen.'

Nu en dan kan zijn Luise heel ad rem zijn. Hij grinnikt naar haar en werkt zijn ontbijt snel weg.

Tot zijn ergernis is Ernst niet op kantoor, terwijl het al na achten is en hij allang op zijn plaats had moeten zitten.

'Hebt u mijn broer al gezien?' vraagt hij aan Korbitz, die over een document gebogen zit.

'Uw broer? O ja... hij was hier en is toen weer naar boven gegaan omdat hij iets was vergeten.'

'Zozo.'

Hij is wantrouwig. Korbitz is hem weliswaar toegewijd, maar hij heeft gemerkt dat zijn medewerker de smoesjes van zijn kleine broertje ondersteunt en probeert hem te dekken. Ernst heeft een duivels talent om andere mensen voor zich in te nemen. Hij zou deze vaardigheid beter in dienst kunnen stellen van het handelshuis, in plaats van zijn klerk er toe aan te zetten zijn baas voor te liegen.

'Wat is dat voor gekriebel? Overschrijven. Waarom is de goederenlijst nog niet klaar? Waarvoor betaal ik u eigenlijk?'

Korbitz krimpt onderdanig in elkaar, mompelt een verontschuldiging en gaat haastig aan het werk. Hij knikt alleen beleefd wanneer Ernst met een verhit gezicht het kantoor binnenkomt en een vrolijk 'Goedemorgen, samen' de kamer in roept.

'Het is al bijna middag,' reageert Theodor koud. 'Ik hoop dat je een lekker dutje hebt gedaan.'

'Je vergist je, Theodor,' protesteert zijn broer. 'Ik was al op kantoor toen ik merkte dat er in de hiel van mijn linkersok een gat zat. Dat zou toch pijnlijk zijn als er een klant of een zakenrelatie zou komen, nietwaar?'

'Ga zitten, ik moet met je praten.'

Nu verdwijnt de onbevangen, vrolijke uitdrukking van het gezicht van zijn broer. Zonder twijfel voelt hij aan wat er op hem afkomt.

'Het kwam mij ter ore dat je een literair tijdschrift hebt uitgege ven,' begint Theodor op strenge toon. 'Ik hoop ten zeerste dat dit enkel praatjes zijn.'

'Nou...' begint Ernst met een poging tot een verzoenend glimlachje. 'Ik ben inderdaad samen met Auguste von Kleiwitz aan zo'n project begonnen. Het zijn alleen maar oude teksten die ik jaren geleden heb geschreven. Wat dat betreft hoef je je geen zorgen te maken dat ik mijn tijd aan het schrijven van literatuur besteed...'

'Waarom ben ik hier niet over ingelicht?' onderbreekt Theodor hem.

'Dat wilde ik juist vandaag doen, beste broer,' verzekert Ernst hem met een eerlijk gezicht. 'Je bent me voor geweest.'

Hij probeert zich eruit te praten. Hij dacht natuurlijk dat als hij zijn broer voor een voldongen feit zou stellen, die niet anders kon dan het accepteren. Hij zal hem meteen duidelijk maken dat dat niet het geval is.

'Het was je plicht de kwestie van tevoren met mij te bespreken. Je bent nog geen vierentwintig en dus nog niet bevoegd om zaken te doen. Hoe is het mogelijk dat je daar niet aan hebt gedacht?'

Ernst kijkt hem verbluft en ongelovig aan. Het lijkt erop dat hij zich dit feit inderdaad niet heeft gerealiseerd. Dat is zijn kleine broertje aan te zien.

'Nou...' stottert hij. 'De zakelijke kant neemt Auguste von Kleiwitz voor haar rekening. Ik hou me alleen maar bezig met de teksten en het drukwerk.'

Natuurlijk heeft die Auguste von Kleiwitz weer een vinger in de pap. Toch is Theodor argwanend.

'En de financiering? Naar ik gehoord heb zijn er donateurs gevonden. Wie beheert dat geld? Jij soms?'

'Ik? Nee, nee... Alle inkomsten uit de verkoop van het eerste nummer zijn in handen van Auguste von Kleiwitz. Daar heb ik niets mee te maken. Je zou je verbazen hoe goed de eerste aflevering van mijn tijdschrift verkoopt. De gasten in de salon van mevrouw Von Kleiwitz hebben me het letterlijk uit handen getrokken. We overwegen nu om bij te drukken. Ik denk dat *Die Literarischen Fackel* binnen de kortste keren...'

Theodor onderbreekt hem met een ongeduldige beweging.

'Ik heb het niet over de inkomsten die door de verkoop van het eerste nummer zijn binnengestroomd. Ik heb het over het kapitaal dat door verscheidene donoren aan de uitgever is betaald. Hoe hoog is dat bedrag en waar is het geld?'

Nu kan hij heel duidelijk zien dat zijn broer een slecht geweten heeft. Hij maakt zich zorgen. In het geval dat zijn lichtzinnige broer zich aan verduistering schuldig heeft gemaakt, zal men hem, de oudere, daarvoor ter verantwoording roepen.

'Dat geld... dat geld... dat heb ik niet meer,' stottert Ernst. 'Er zijn uitgaven geweest. Voor het drukwerk. En de verspreiding. En voor andere noodzakelijke dingen...'

Theodors bezorgdheid neemt toe. Hij kent zijn broer. Wanneer Ernst zo hulpeloos stottert, is er iets mis. Waarschijnlijk heeft deze onevenwichtige verspiller het geld aan iets waardeloos uitgegeven.

'Het bedrag wil ik weten,' eist hij streng. 'Vertel op.'

Ernst spreidt zijn armen en beweert het zich niet precies te kunnen herinneren.

'Moet ik de kwestie met mevrouw Von Kleiwitz bespreken?' dreigt Theodor. 'Bij die gelegenheid zal ik haar ook mededelen dat het jou van nu af aan verboden is nog verder aan dit tijdschrift mee te werken.'

Dat dreigement komt aan. Ernst wordt zichtbaar bleker en strijkt met onrustige vingers zijn volle lokken van zijn voorhoofd. 'Waarom zou je zo'n drukte maken? Het schiet me net weer te binnen. Het waren negenennegentig taler, achtentwintig silbergroschen en drie pfennig.'

'Dat is een niet onaanzienlijk bedrag.'

'Ja hè?' zegt zijn broer met een dwaas glimlachje. 'Ik was er zelf verbaasd over dat zo veel literair geïnteresseerden aan mijn tijdschrift wilden bijdragen...'

Niet te geloven. Hij is er nog trots op ook de mensen voor dergelijke onzin het geld uit de zak geklopt te hebben.

'Ik wil een nauwkeurige verantwoording van de kosten,' valt Theodor hem in de rede. 'Elke pfennig wil ik geboekt zien.'

'Vanzelfsprekend, beste Theodor. Daar zal het niet aan ontbreken...'

'En de rest van het geld moet je aan mij overhandigen.'

'Ja, natuurlijk. Ik zal ervoor zorgen. In de komende dagen...'

'Nu. Ik verwacht van je dat je het geld ter plekke hier op tafel legt, zodat ik het in de kluis kan stoppen.'

Zijn vermoeden is juist geweest. Zijn broer is in grote verlegenheid gebracht.

'Dat zal niet gaan, Theodor,' zegt hij met een hulpeloos gebaar.

'Waarom niet?'

'Omdat... omdat ik het momenteel niet tot mijn beschikking heb.'

Theodors geduld is op. In wat voor onverkwikkelijke toestand heeft deze dromer zich verwikkeld? Woedend staat hij op en grijpt

Ernst bij de revers van zijn jasje, trekt hem overeind en houdt hem vast.

'Is het je duidelijk dat je voor verduistering naar de gevangenis gaat als ik niet voor je insta?' sist hij hem toe. 'Nou, vertel op, wat heb je met het geld gedaan? Het aan iets onzinnigs verspild? Nutteloze boeken gekocht? Dure laarzen laten maken? Het aan een of ander meisje uitgegeven?'

Ernst probeert aan zijn greep te ontsnappen, maar hij maakt geen kans. Theodor is sterker, dat is altijd zo geweest en daar is tot nu toe niets aan veranderd.

'Nee, nee,' steunt hij. 'Ik heb alleen de drukker betaald. De rest is er nog…'

'Waar?'

Hij schudt hem zo hard door elkaar dat een naad van Ernsts jasje scheurt.

'Ik heb… ik heb het uitgeleend…'

'Uitgeleend? Aan wie?'

Hij laat hem los. De twee staan zwaar ademend tegenover elkaar. Ernst strijkt met bevende vingers zijn jasje glad.

'Ik dacht dat je zo'n kapitaal niet zomaar moet laten liggen,' kletst hij. 'Daarom heb ik het uitgeleend, zodat het rente oplevert. Dat is toch heel zakelijk gedacht, nietwaar?'

Theodor gelooft er geen woord van. 'Aan wie heb je het uitgeleend? Op welke voorwaarden? Welke termijnen?'

'Dat zeg ik liever niet, beste broer. Het is een discrete kwestie. Maar ik verzeker je dat ik morgen al…'

Opeens schiet Theodor een gedachte door het hoofd. Natuurlijk. Waarom heeft hij daar niet eerder aan gedacht?

'Je hebt het geld toch zeker niet aan Johanna gegeven?'

Als hij de schrik in Ernst zijn ogen ziet, weet hij dat zijn vermoeden juist is.

'Johanna, nee, nee…' liegt zijn kleine broertje. 'Waarom zou ik haar geld lenen?'

'Omdat zij het nodig had om dat stuk land bij de Strohdijk te verwerven.'

'Daar heb ik niets mee te maken, Theodor. Ik zweer...'

'Laat dat zweren maar achterwege. Ik weet nu hoe het zit.'

Hij draait zich om en gaat terug naar zijn bureau. Johanna heeft geld van haar broer geleend. Dat maakte het Forster mogelijk de koop te sluiten. Dat geld moet ze onmiddellijk terugbetalen. Het is niet van zijn broer, het werd voor een specifiek doel geschonken, namelijk om een tijdschrift te financieren.

'Heeft ze een schuldbekentenis geschreven?' wil hij van Ernst weten.

Die schudt zijn hoofd.

Dat compliceert de zaak. In principe kan Forster beweren nooit geld van Ernst Berend geleend te hebben. Maar dat zal hij niet doen. Zoals hij Forster inschat is hij dom genoeg om eerlijk te zijn.

'Ik zal een tekst opstellen die je moet ondertekenen,' kondigt hij aan. 'Als je weigert, zal ik maatregelen nemen. Vergeet niet dat je je schuldig hebt gemaakt aan verduistering.'

Ernst geeft geen antwoord. Hij staat bij het raam, laat zijn schouders hangen en staart ongelukkig voor zich uit.

Terwijl hij de tekst formuleert, begint Theodor lol te krijgen in deze onplezierige kwestie. Hij zal het geld, inclusief rente, uit naam van zijn broer op stel en sprong terugeisen. Hij zal flink overdrijven en met gerechtelijke stappen dreigen, dat zal de brave ambachtsman intimideren. Daarmee slaat hij twee vliegen in één klap. Ten eerste is Forster gedwongen het geld van vandaag op morgen terug te betalen. Hij zal zich dus nog verder in de schulden moeten steken. In de tweede plaats zal dit gedoe vast voor onenigheid in het prille huwelijk zorgen, wat hij hun allebei van harte gunt. Eigenlijk heeft zijn kleine broertje hem een dienst bewezen, want het geeft hem de gelegenheid Johanna een loer te draaien.

Johanna

ZE ZIT BOVEN IN HAAR kamer om een scheur in een jurk te repareren als ze de hond hoort blaffen. Dat zal wel weer die Drews zijn, die naar zijn boot wil kijken, denkt ze. Ze overweegt naar de werkplaats te gaan, want naar haar mening moet Drews nu eindelijk de tweede termijn voor zijn boot betalen, maar dan stormt Barbara de kamer binnen.

'Ga niet naar beneden,' zegt ze opgewonden. 'Ik smeek u bij alles wat u heilig is. Blijf hier en verstoor de verzoening niet.'

Johanna snapt het al. Pawel is beneden in de werkplaats. Hij is echt tot inkeer gekomen. Dus heeft haar reis naar Elbing, waarvan ze zo moedeloos was teruggekeerd, toch iets opgeleverd.

'Waarom zou ik naar beneden gaan?' zegt ze glimlachend tegen Barbara. 'Dat is iets tussen vader en zoon, dat gaat mij niet aan.'

'Mijn oprechte dank,' antwoordt Barbara opgelucht.

Het is de eerste keer dat Johanna het woord 'dank' uit haar mond hoort. Barbara doet de deur dicht en Johanna kan horen hoe ze de trap af sluipt. Ze wil hen afluisteren, het nieuwsgierige oudje. Johanna beheerst zich en gaat met haar verstelwerk verder. Van beneden zijn hamerslagen te horen, ze zetten de spanten in de kiel. Dit werk doet Berthold samen met de gezel Karl Anton, omdat de leerjongens daar nog niet aan toe zijn. Ze zucht ongeduldig. Zolang Berthold met de gezel de spanten plaatst, kan er geen verzoeningsgesprek plaatsvinden. Staat hij beneden in de werkplaats en heeft hij niet de moed zijn vader aan te spreken? Of is hij weer weggegaan omdat zijn vader het werk belangrijker vindt en geen tijd voor hem heeft? Hemel, waarom stellen volwassen mannen zich zo belachelijk aan als het erom gaat elkaar de hand te reiken?

Ten slotte wordt het stil beneden en ze houdt haar adem in, omdat ze gokt dat vader en zoon nu eindelijk met elkaar praten. In plaats daarvan hoort ze de zware stappen van haar man op de trap. O god, denkt ze. De domkop. Hij is weggerend.

Maar dan trekt Berthold de deur van haar kamer open, lacht haar toe en neemt haar teder in zijn armen.

'Ik heb de juiste vrouw gekozen,' zegt hij en hij kust haar. 'Je hebt hem in Elbing opgespoord en bij mij teruggebracht. Nu is mijn geluk compleet.'

'Hebben jullie… hebben jullie je verzoend?'

'Ja, Johanna. Tussen mij en Pawel is geen ruzie meer.'

'Kan ik dan naar beneden komen en hem welkom heten?'

'Helaas niet,' zegt hij en hij veegt zijn vreugdetranen met de rug van zijn hand weg. 'Hij is terug naar Elburg. Maar wees gerust, ik weet zeker dat hij daar niet lang zal blijven. Hij zal thuiskomen, omdat hij weet dat ik hem nodig heb.'

'Heeft hij dat gezegd?'

Hij glimlacht naar haar en drukt haar nog een keer dicht tegen zich aan. 'Ik weet het zeker, Johanna. Ik ken mijn Pawel.'

Nou ja, denkt ze. Rome werd ook niet in één dag gebouwd. Pawel Forster is, zo lijkt het, niet ongenegen in het bedrijf van zijn vader te komen werken, maar hij neemt de tijd. Intussen loopt het al tegen de zomer en op de Strohdijk zijn nog niet eens de struiken en bomen gerooid.

Ze oefent geduld. Op de eerste plaats is het fijn dat Berthold gelukkig en tevreden is. Haar man is inderdaad van een zware last bevrijd. Het doet hem plezier wanneer ze in de werkplaats opduikt, lacht gemoedelijk om haar vragen en laat haar zelfs af en toe zien hoe ze met het breekijzer moet omgaan of de dissel gebruiken. 's Avonds blijft hij lang bij haar aan de tafel zitten en vertelt over zijn Pawel, die al als kleine jongen graag bij hem in de werkplaats rondscharrelde en later bij hem in de leer was gegaan.

'Die jongen is geboren om botenbouwer te worden,' beweert hij trots. 'Dat hij zo lang is weggebleven, is uiteindelijk juist. Een scheepstimmerman moet op zee zijn geweest, dat hoort zo. En het lukt niet iedereen om in Engeland en Nederland het ambacht te leren. Om zo'n gezel zal elke werf me benijden.'

Dat zal allemaal wel, denkt Johanna. Als hij nu eindelijk eens zou komen. Ze heeft bij Klawitter gespioneerd en een tekening van de toekomstige werf bij de Strohdijk gemaakt. Haar man heeft er slechts een korte blik op geworpen en die toen opzijgelegd.

'Daar praten we wel over als Pawel er is,' zei hij glimlachend. 'Ik kan me indenken dat mijn zoon zo zijn eigen ideeën heeft.'

Altijd maar Pawel, denkt ze mokkend. Dat hij zich heeft misdragen, is hij vergeten. Pawel weet alles, kan alles. Pawel is de zoon uit duizenden, de grote trots van zijn vader. Ik moet nog zien wat er voor mij overblijft.

De dagen vliegen voorbij. Het is al mei. De velden en bossen rondom de stad hullen zich in een zacht groen, op de pleinen en in de brede straten staan de acacia's en de kastanjes al vol in blad. Ook de vissersboot voor Herrmann Drews boekt vooruitgang, de buitenplanken zijn vastgetimmerd en de mast staat. Johanna heeft uit voorzorg haar man overgehaald dat zij van nu af aan de boekhouding van de werkplaats bijhoudt. Ze noteert nauwgezet de arbeidsuren, de materiaalkosten, de voortgang van het werk aan de boot en ze dringt erop aan dat Drews de volgende termijn betaalt, zodat ze de gezel en de leerjongens hun loon kan uitbetalen. Haar echtgenoot beweert algauw dat ze nog pietluttiger is dan een Pruisische belastingambtenaar. Hij heeft dertig jaar zijn boekhouding gedaan, maar nooit elke kleinigheid opgeschreven.

'Wie rijk wil worden moet op de kleintjes letten,' verdedigt ze zich lachend. 'Was en lijm kosten ook geld. En het houtafval inclusief de spaanders kunnen we als brandhout aan de buren verkopen.'

Haar zakelijke instinct werkt op volle toeren. Er moeten relaties aangeknoopt worden waar later grotere opdrachten uit kunnen voortkomen. Daarvoor moet de nieuw te vestigen werf overal ter sprake komen, en vooral moet bekend worden dat Pawel Forster met zijn vader gaat samenwerken. Dat zal vertrouwen wekken. Dus zal ze haar lieve vriendin Auguste weer eens opzoeken en er niets van laten merken hoezeer ze zich aan haar heeft geërgerd, omdat ze haar geen geld voor de koop van het perceel wilde lenen. Ze zal een beetje flemen, zich ervoor verontschuldigen dat ze helaas een van haar salons heeft gemist doordat ze het zo druk had en haar het grote nieuws vertellen dat de werf Forster & Zoon bij de Strohdijk binnenkort wordt geopend. Bij die gelegenheid kan ze ook het knoeiwerk van haar broer aanschaffen, aangezien deze het niet nodig heeft gevonden een exemplaar van zijn tijdschrift langs te brengen. Sowieso laat Ernst zich zelden of nooit zien, het lijkt erop dat Theodor hem stevig aan de riem houdt.

Ze heeft pech deze ochtend. In de Heiligen-Geist-straat hoort ze tot haar irritatie dat mevrouw Von Kleiwitz visites aflegt en pas tegen de middag terugkomt.

'Ach, wat jammer. Doe haar de hartelijke groeten en laat haar weten dat ik een andere keer langskom. Is al bekend wanneer de volgende salon zal plaatsvinden?'

'Volgende week donderdag, mevrouw.'

'Zeg maar tegen haar dat ik in elk geval aanwezig zal zijn en me erop verheug.'

'Zeker, mevrouw.'

Onverrichter zake gaat ze weer weg en vraagt zich af of Auguste echt op pad is of gewoon geen zin heeft haar te ontvangen. Maar nee, zo wil ze niet denken. Auguste is misschien een beetje boos, maar aan haar oprechte vriendschap mag Johanna niet twijfelen.

Op de Holzmarkt blijft ze staan en verheugt zich over de kleurige viooltjes die de bloemenverkoopster tot aanlokkelijke bosjes heeft samengebonden.

'Goedemorgen, Johanna,' hoort ze opeens. 'Zijn die frisse kleuren niet allerliefst? Ach, mei is toch de mooiste van alle maanden, nietwaar?'

Achter haar staan Annemarie Jonkers en haar moeder, gevolgd door hun dienstmeisje, die een mand vol boodschappen meezeult. Johanna is verbaasd over deze ongedwongen, vriendelijke toenadering. Toen ze elkaar een paar weken geleden tijdens de salon van Auguste tegenkwamen, wilde haar voormalige vriendin Annemarie niets van haar weten.

'Een heel goede morgen, dames,' zegt ze beleefd. 'Ja, ik vroeg me net af of in mijn kamer niet een kleurige bos bloemen ontbreekt.'

'Ik zou de viooltjes nemen,' zegt Annemarie enthousiast. 'Wij kopen ook een bosje, toch, mama?'

Mevrouw Jonkers is niet zo spraakzaam als haar dochter. Ze knikt instemmend en neemt Johanna daarbij van top tot teen op. Ergert ze zich aan de eenvoudige jurk die de echtgenote van Berthold Forster draagt? Of probeert ze erachter te komen of Johanna zwanger is? Nou, dan kan ze lang kijken.

'Je kunt echt trots op je broer zijn, lieve Johanna,' zegt Annemarie terwijl ze een bosje bloemen uit de emmer trekt, het onderzoekt en dan weer terugstopt. 'Ernst is zo'n geweldige kunstenaar en auteur, we zijn allemaal helemaal in vervoering.'

Kijk aan! Haar knappe broer heeft de dames van Augustes salon veroverd. Johanna kan zich nog goed herinneren dat Annemarie vroeger echt gemeen tegen haar broer was. Nu is ze helemaal weg van hem, wat overigens niet veel zegt, omdat Annemaries smaak snel verandert.

'Ja, hij is heel begaafd,' zegt ze. 'Dat was al vroeg duidelijk en ik heb hem altijd aangemoedigd zijn talent te ontwikkelen.'

'Daar heb je goed aan gedaan,' prijst haar vriendin. 'Helaas laat Ernst zich zelden zien. In de stad zien we hem alleen in gezelschap van Theodor en 's avonds zit hij op kantoor, gebogen over allerlei documenten en contracten.'

'Ja, hij gaat heel weinig uit,' reageert Johanna voorzichtig.

Nu mengt Annemaries moeder zich in het gesprek. 'Het is heel bewonderingswaardig als een jonge man vlijtig en ambitieus aan het werk is, Annemarie,' zegt ze verwijtend.

'Ik heb er ook niets op tegen dat hij ijverig is, mama,' verdedigt haar dochter zich. 'Maar dat hij zich zo volkomen voor sociale activiteiten afsluit en goedbedoelde uitnodigingen niet aanneemt, is niet juist van hem. Nietwaar, Johanna?'

Waar is ze op uit? Het is Johanna inmiddels duidelijk dat Annemarie zekere bedoelingen met betrekking tot haar broer Ernst koestert. O god. Dan zal ze weinig geluk hebben, want Ernst is haar kleine hatelijkheden van vroeger zeker niet vergeten.

'Daar kan ik weinig over zeggen,' antwoordt ze. 'Mijn broer is oud genoeg om zelf te beslissen wat hij doet.'

'Weet je, lieve Johanna. Ik dacht, omdat je zo'n warme relatie met je broer hebt, kun jij hem vast overhalen om overmorgen naar onze soiree te komen. Je hebt de uitnodiging toch ontvangen?'

'Uitnodiging? Dat kan ik me niet herinneren.'

Wat is Annemarie voor leugentjes aan het opdissen? Ook Annemaries moeder lijkt verbluft, er is zeker geen uitnodiging aan Johanna gestuurd.

'Lise!' Annemarie draait zich ontstemd om naar het arme meisje dat achter hen wacht en de zware boodschappenmand niet neer durft te zetten. 'Heb je het kaartje niet bij huize Forster afgegeven?'

'Het... kaartje?' stottert het meisje. 'Ik weet niet...'

'Ach, wat irritant,' verzucht Annemarie en ze wendt zich weer tot Johanna. 'Ik had er nog een hartelijke groet bijgeschreven voor jou. Nou, goed dat we elkaar zijn tegengekomen. Het zou ons een groot genoegen doen, lieve Johanna, jou en je broer Ernst overmorgen tegen zes uur 's avonds bij ons thuis te verwelkomen. Doe ons dat plezier! Vanwege onze oude vriendschap.'

Niet te geloven. Ze wordt nadrukkelijk uitgenodigd, zodat ze haar broer meeneemt. Annemarie neemt de gecompromitteerde, voormalige vriendin op de koop toe, alleen als ook de geweldige auteur Ernst Berend op het avondje zijn opwachting maakt. Wat een brutaliteit. Het kost Johanna moeite haar mening over dit beledigende optreden niet te laten blijken. Maar ze beheerst zich. Jan Jonkers is reder. Een betere gelegenheid om de nieuwe werf ter sprake te brengen krijgt ze niet. Ze moet alleen Ernst ertoe overhalen haar daarbij te ondersteunen. 'Ik zal zien wat ik kan doen,' zegt ze beleefd.

'Je bent een schat, Johanna. Weet je nog hoe vaak jullie twee bij ons kwamen toen we nog kinderen waren? Ach, die mooie herinneringen...'

'Laten we gaan,' zegt Annemaries moeder streng. 'We moeten nog meer boodschappen doen en de kokkin vindt het vervelend als we te laat voor het middageten zijn.'

Ze zeggen elkaar gedag en Johanna koopt een bosje viooltjes bij de bloemenverkoopster, die de hele tijd hoopvol naar hen heeft gekeken. Terwijl ze terug naar de Paradiesstraat loopt, denkt ze erover na hoe ze Ernst kan bereiken en hem overhalen om naar de soiree van de Jonkers te gaan. Hij wil vast niet. Waarschijnlijk is hij elke avond bezig zijn literaire bijdragen voor het volgende nummer van zijn tijdschrift te schrijven. O god, ze moet het geld voor de volgende aflevering ergens vandaan zien te halen...

Op de Radaunebrug blijft ze staan en kijkt over het kleine plein naar de werkplaats. Iets is anders dan anders. De deur staat wijd open, maar er lijkt binnen niemand aan het werk te zijn. Is het dan al twaalf uur? Nee, de kerktorenklok geeft elf uur aan. Ze gaat de brug over en de werkplaats binnen, waar Sultan haar tegemoet komt lopen en zijn kop vriendschappelijk tegen haar rok wrijft. Naast de werkbank staat een onbekende kist, versierd met houtsnijwerk en voorzien van een slot. Iedere scheepsbouwgezel bezit zo'n kist. Daarin bewaart hij het gereedschap dat zijn eigendom is en de kist gaat mee op zijn reizen.

Pawels werkkist.

Inderdaad. Op de binnenplaats, naast de bok met de half afgewerkte vissersboot, ziet ze hem bij zijn vader staan. De gezel en de leerjongens zijn er ook. Ze blijven echter op respectvolle afstand, omdat vader en zoon blijkbaar iets met elkaar te bespreken hebben. Johanna ziet de twee voor de eerste keer naast elkaar staan. Pawel is een halve kop groter dan Berthold. Hij is slank, maar heeft gespierde armen. Zijn haar is donker, bijna zwart. Zijn gezichtstrekken lijken niet erg op die van zijn vader, bij hem ontbreekt het goedmoedige, bedaarde, de vriendelijke zelfvoldaanheid die Berthold eigen is. Pawel lijkt gespannen, alsof hij elk moment kan weglopen. Als hij praat, gebaart hij met zijn handen om het gezegde te benadrukken. Hij is het ook die Johanna als eerste in de gaten krijgt. Hij staart haar met vernauwde ogen aan en zegt iets tegen zijn vader.

'Kom bij ons, Johanna, mijn lieve vrouw,' zegt Berthold en hij strekt een arm naar haar uit. 'Nu kun je eindelijk mijn Pawel begroeten. Vanaf vandaag is hij weer mijn gezel. Maar hij zal algauw meester worden en zijn vader overtreffen.'

Een vreugdevolle begroeting is het echter niet. In reactie op haar glimlach vertrekt Pawel alleen ietwat zijn gezicht en als ze hem haar hand reikt, pakt hij die heel voorzichtig, alsof ze aan een besmettelijke ziekte lijdt.

'Welkom terug,' zegt ze. 'Ik moet het hebben voorvoeld, want ik heb bloemen gekocht. Neem ze aan als een klein welkomstcadeautje, Pawel.'

Ze steekt het bosje bloemen naar hem uit en moet bijna lachen omdat hij eerst haar verbluft aankijkt, dan naar de bloemen staart om uiteindelijk het kleine bosje onhandig aan te pakken.

'Dank u,' zegt hij. 'Tot nu toe heb ik nog nooit bloemen gekregen bij een indiensttreding. Dus op goed werk en frisse moed, mevrouw de meesteres.'

'Moed hebben we zeker nodig,' antwoordt ze ernstig. 'Maar ik geloof dat ons voornemen een goede zaak is en snel winst zal opleveren.'

Hij geeft geen antwoord, staat alleen onbeweeglijk voor haar en houdt verlegen het bosje bloemen vast. Wil hij niet met haar praten?

'Mijn lieve Johanna,' komt Berthold tussenbeide. 'Wij mannen hebben nog het een en ander te bespreken wat het land bij de Strohdijk betreft. Ga alvast naar boven en maak het je gemakkelijk. Barbara verzorgt het middageten voor ons, we komen zodra we tijd hebben.'

'Als het over de werf gaat, wil ik...' brengt ze ertegen in.

'Wees zo lief, mijn hartje,' verzoekt haar man haar. 'Ik zal je vanavond getrouw alles vertellen wat we hebben besloten.'

Ze kijkt van de een naar de ander en het besef dringt door. Ze is maar een vrouw, ze heeft zich er niet mee te bemoeien. De heren bekokstoven alles alleen. Ze maken plannen, nemen alle beslissingen, gaan met elkaar aan het werk en brengen haar daarna op de hoogte. Dat krijg je er nu van. Zij heeft het idee geopperd, het stuk grond gekocht, Pawel erbij gehaald en daarmee alles wat die twee nu samen uitknobbelen mogelijk gemaakt. Maar ze laat zich niet naar het poppenhuis verdringen. Al helemaal niet door deze jaloers kijkende knaap die gewichtig loopt te doen met zijn oude werkkist. Wanneer ze zo meteen met elkaar aan tafel zitten, zal ze hem duidelijk maken dat zij ook een woordje wil meepraten.

De jonge man verschijnt echter niet bij het middagmaal dat Barbara liefdevol voor haar Pawel heeft bereid. Berthold verklaart spijtig dat Pawel helaas geen tijd heeft, omdat hij zich met zijn onderkomen moet bezighouden. Hij wil in geen geval in huis wonen en heeft daarom bij schoenmaker Grauholm in de Böttcherstraat een kamer gehuurd en zal daar ook eten.

'Geen wonder,' merkt Barbara treurig op. 'Er is hier in huis ook geen plaats meer voor hem.'

'Boven op zolder is plaats genoeg,' reageert Berthold ontstemd, want hij weet heel goed waar Barbara op zinspeelt. 'Daar had hij een goede plek voor zichzelf kunnen maken. Hij heeft echter anders besloten en daar heb ik vrede mee.'

Johanna ontvangt dit nieuws met gemengde gevoelens. Aan de ene kant is ze bij dat ze niet met de onvriendelijke gezel onder één dak hoeft te wonen. Maar aan de andere kant vindt ze het merkwaardig dat hij niet eens samen met hen wil eten. Waarom doet hij zo moeilijk? Terwijl tijdens het eten juist zakelijke aangelegenheden kunnen worden besproken. Nu wordt ze des te meer van alle plannen en activiteiten buitengesloten. Ze vindt deze Pawel Forster steeds onsympathieker worden. Ze zou bijna wensen dat hij in Elbing was gebleven, in plaats van zich hier te nestelen en haar aan de kant te schuiven.

Berthold blijft niet lang. Hij heeft zijn bord amper leeggegeten of hij loopt alweer naar de werkplaats. Zijn Pawel zal zo meteen terugkomen en ze willen samen de boot van visser Drews afbouwen.

Bouwen jullie maar je belachelijke vissersbootje, denkt Johanna geërgerd. Ik zal er wel voor zorgen dat de werf betere opdrachten krijgt. Dan zullen ze merken dat ze het zonder mij niet redden.

De dag brengt ook iets goeds met zich mee. De oude Barbara is veranderd sinds Pawel terug is. Ze glimlacht voor zich heen en neuriet zelfs een oud kinderversje terwijl ze de tafel afruimt.

'Hij is altijd een brave jongen geweest,' zegt ze tegen Johanna. 'Druk was hij wel en hij vocht graag met zijn kameraden, maar hij was altijd gehoorzaam aan zijn moeder.'

'Zozo,' zegt Johanna onverschillig.

Een moederskindje. Net wat ze dacht.

'U zult al snel merken dat hij een goed en fatsoenlijk mens is,' vervolgt Barbara. 'Het is een groot geluk dat hij niet in het buitenland is gebleven.'

Daar is Johanna intussen niet meer zo van overtuigd. Maar wat

Barbara dan zegt, brengt haar totaal van haar stuk. 'Ik wil u daarom in mijn gebeden opnemen, meesteres, want ik weet heel goed dat u het bent geweest die Pawel naar ons heeft teruggebracht.'

Ze glimlacht naar Johanna en verlaat met het serviesgoed de kamer. Johanna heeft even tijd nodig om deze ommezwaai van de oude vrouw te verwerken. Meent ze het echt? Tot nu toe heeft Barbara haar alleen met onwil en hatelijkheid benaderd en nu wil ze opeens voor haar bidden? Nu, het zal wel blijken of het haar ernst is met haar dankbaarheid of dat er iets listigs achter zit.

Ze besluit deze middag niet naar de werkplaats te gaan. Ze zou Pawel weliswaar graag met zijn werk zien knoeien, maar het is te verwachten dat vader en zoon elkaar steunen en ze op haar nummer wordt gezet. Ze moet het slimmer aanpakken. Eerst maar eens horen wat ze van plan zijn. Ongeduldig wacht ze tot Berthold bovenkomt voor het avondeten en haar zoals beloofd vertelt wat ze hebben afgesproken.

'We zijn het eens geworden, lieve Johanna,' zegt hij met een tevreden gezicht. 'Mijn Pawel zal zich vooral bezighouden met de opbouw van de nieuwe werf, terwijl ik hem alleen nu en dan een handje help en verder mijn werkplaats voortzet.'

Ze krijgt te horen dat Pawel zijn vader zover heeft gekregen een krediet op het huis te nemen. Er is rooi- en grondwerk te doen aan de Strohdijk, er moeten twee scheepsbokken opgericht worden en daarnaast moeten er glijbanen naar de Weichsel komen om de voltooide schepen te water te laten. Eén hefkraan is voorlopig voldoende, een schuur voor het gereedschap en een bak om het hout te stomen.

'Later wil hij daar een woonhuis bouwen waarin ook een meubelmakerij ondergebracht wordt. Maar daar wil hij pas mee beginnen als de eerste schepen gebouwd en betaald zijn.'

'En hoe willen jullie aan opdrachten komen?'

'Laat dat onze zorg zijn, lieve vrouw. Pawel kent veel mensen en ik zal ook mijn oor te luisteren leggen.'

Om te beginnen willen ze kleine boten bouwen. Zo gauw er een grote opdracht binnenkomt, zullen ze hout inkopen en mensen aannemen. Dat moet gefinancierd worden van de eerste termijn die de opdrachtgever betaalt. Een krappe calculatie, maar wie niet waagt, die niet wint. Johanna is tevreden, ze heeft het zelf precies zo bedacht. Het is toch verbazingwekkend, denkt ze, welke risico's mijn man bereid is te nemen wanneer zijn lieve zoontje het voorstelt.

'Er is nog iets, lieve Johanna,' zegt hij en hij zucht. 'Dit kwam vandaag met de post.'

Langzaam trekt hij een geopende envelop uit zijn jaszak, neemt er een brief uit en vouwt hem open.

'Je broer Ernst wil zijn geld plus rente per omgaande terug,' zegt hij, terwijl hij zijn bril opzet. 'Hij dreigt zelfs met het gerecht.'

'Wat?'

Ze leest de paar regels en begrijpt meteen dat Ernst dit niet kan hebben geschreven. Hier zit Theodor achter. Hij moet er op de een of andere manier achter zijn gekomen dat Ernst haar het geld geleend heeft en natuurlijk heeft hij niets belangrijkers te doen dan haar een hak te zetten.

'Daar begrijp ik niets van,' zegt ze woedend. 'Ernst was het ermee eens dat ik hem het geld in termijnen zou terugbetalen.'

Hij glimlacht vaderlijk en legt kalmerend een hand op haar arm. 'Mijn lieve Johanna, het is nu eenmaal zo dat vrouwen geen financiële transacties moeten afsluiten. Maar maak je geen zorgen, we zullen de kwestie uit de wereld helpen. Ik heb Pawel de brief laten zien en hij is bereid de schuld van zijn spaargeld te betalen.'

'Pawel?' kreunt ze. 'Dat vind... dat vind ik helemaal niet prettig.'

Hij lacht vrolijk. 'Je kunt het gerust aannemen, lieve Johanna. Hij heeft gezegd dat je juist hebt gehandeld, want het perceel is het waard.'

'Heeft hij dat echt gezegd?' vraagt Johanna ongelovig.

'Dat waren zijn woorden.'

Verbazingwekkend! Misschien heeft ze Pawel verkeerd beoordeeld? Is er onder de harde schil een goede kern te vinden?

Pawel

'ACH, WAT EEN MOOIE VIOOLTJES,' roept Lene Grauholm wanneer Pawel het huis binnenkomt om zijn kamer te betrekken.

'Viooltjes?' vraagt hij verstrooid.

Dan beseft hij dat ze het bosje bedoelt dat hij in zijn hand houdt. Verlegen steekt hij het naar haar uit.

'Voor jou, Lene. Omdat het zo'n mooie dag is.'

Hij ziet meteen in dat dit geen slimme zet is, want Lene wordt rood van blijdschap en bedankt hem met een gelukkige oogopslag.

'Je bent een bloemencavalier geworden,' schertst ze. 'Ja, wanneer iemand gereisd en de wereld gezien heeft, ken je hem niet meer terug. Heel hartelijk bedankt.'

Ze gaat met hem naar boven om hem de kamer te laten zien die hij wil huren. De kamer is klein. Een bed, een kleine kast en een stoel, meer kan er niet in. Op de stoel staat de waskom, de bijbehorende kan heeft een plekje gevonden op de vensterbank. Er liggen twee handdoeken bij en een stuk zeep.

'Water vind je op de binnenplaats,' vertelt ze trots. 'We hebben een eigen put. De maaltijden zal ik bovenbrengen, Pawel.'

Dat hoeft voor hem niet. Hij zal gewoon naar de keuken gaan, hij is geen fijne meneer die bediend moet worden.

'Het raam klemt een beetje, maar is nu dicht,' legt ze uit.

'Ik zal ernaar kijken.'

'Natuurlijk, je bent een timmerman,' zegt ze lachend. 'We hebben geluk. Ik vind het fijn dat je nu bij ons woont, Pawel.'

Hij knikt naar haar en gooit zijn bundel op het bed.

'Heb je nog iets nodig?' vraagt ze hoopvol.

'Nee, ga maar, ik wil je niet van je werk afhouden.'

Hij is blij als hij eindelijk alleen is. Hij legt zijn overhemden, broeken en ondergoed in de kast, hangt zijn jas aan een haak op de deur en werpt zijn hoed eroverheen. Hij gaat op het bed zitten en wrijft met zijn handen over zijn gezicht.

Het is toch moeilijker dan hij had gedacht. Als hij tegenover Johanna staat, gedraagt hij zich als een idioot en weet niet wat hij moet zeggen. Dat moet veranderen. Hij moet eraan werken, anders kan hij net zo goed het volgende schip nemen. Maar dat gaat hij niet doen. Hij wil zich er door dergelijke stommiteiten niet van laten weerhouden datgene te doen wat hij zich voorgenomen heeft: naar huis gaan en iets voor zichzelf beginnen.

Ze is echt een verbazingwekkende vrouw. Hij had steeds geloofd dat hij alleen met heel veel moeite zijn vader zou kunnen overhalen om de kleine werkplaats op te geven en iets groters te beginnen. Nu is hij thuisgekomen en is het zijn vader die het voorstelt. En waarom? Omdat zijn jonge echtgenote er al maanden op aandringt en hem zelfs heeft aangespoord een geschikt stuk land voor een werf te kopen. Hij kan haar dankbaar zijn. Ja, dat is hij ook en hij zou het haar maar al te graag willen zeggen.

Ooit zal ik dat doen, denkt hij. Alleen nu nog niet. Pas als ik zover ben dat ik haar onbevangen tegemoet kan treden.

Voorlopig is het beter afstand te bewaren. De kamer is klein, maar hij heeft slechtere behuizingen gehad. De hoofdzaak is dat hij een goed onderkomen en zijn privacy heeft. Hij zal toch de meeste tijd buiten aan het werk zijn, vooral nu het zomer wordt en de dagen lengen. Hij gaat op de Strohdijk aan de slag, dat heeft ook het voordeel dat hij Johanna niet vaak zal tegenkomen. Hij loopt naar beneden, naar de keuken, telt het geld voor de eerste week uit op de tafel en zet zich aan zijn middagmaal: kool met stooflap en aardappels. Hij is niet veeleisend, het vult de maag en smaakt niet vies. De oude Barbara zal echter iets beters hebben klaargemaakt. Ze was buiten zichzelf van vreugde toen ze hem die ochtend zag. Ze kwam de werkplaats binnenlopen en heeft lang zijn hand vastgehouden. Het spijt hem voor haar, maar hij zal de komende tijd zo min mogelijk naar de werkplaats van zijn vader gaan.

Die middag is hij met zijn vader naar de Strohdijk gegaan, waar ze gezamenlijk hebben overlegd welke werkzaamheden als eerste moeten worden aangepakt. Zijn vader heeft hem een getekend ontwerp laten zien dat Johanna heeft gemaakt. Hij moest een beetje lachen omdat ze zulke mooie versieringen en sierlijke huisjes heeft getekend, maar in principe is het niet verkeerd wat ze heeft bedacht.

'Ze heeft het bij Klawitter afgekeken,' zegt zijn vader grijnzend. 'Al maanden praat ze over niets anders dan deze werf.'

'Je bent met een slimme vrouw getrouwd,' zegt hij. 'Dat stuk grond kopen was een goede zet.'

'Dat zou je zeggen. Kijk wat er met de post gekomen is.'

Hij laat hem een aanmaning zien. Ontdaan leest Pawel de brief door en komt te weten dat ze geld van haar broer heeft geleend, die dat nu op stel en sprong terug wil hebben. Een fijne familie, die rijke patriciërs. Eerst leent hij haar geld, vervolgens dreigt hij met het gerecht.

'Zeg maar tegen haar dat ik het betaal.'

Het zal hem ruim een derde deel van zijn spaargeld kosten, maar dat is het hem waard. Ze heeft lef getoond en daarvoor mag ze niet worden bestraft. Hij vindt het prettig dat hij zich tegenover haar edelmoedig kan opstellen. Hij heeft veel aan haar te danken, ze moet weten dat hij dat waardeert. Vriendschap en wederzijds respect, zo moet hun relatie zijn.

Zijn tactiek werkt voor een paar dagen. Hij heeft een paar mensen aangenomen om de plek voor de werf te rooien. Het hout wordt netjes in blokken gehakt en opgeslagen, de bodem van wortels ontdaan en gladgemaakt. Vervolgens graven ze de helling die schuin naar het water moet aflopen, waar ze wel even mee bezig zijn. Er moeten planken worden gezaagd voor de schuur, daarvoor zal hij kijken wat zijn vader nog aan hout in voorraad heeft, en misschien moet hij wat bijkopen. Hij heeft plezier in het ongewone werk, vooral omdat hij iets voor zichzelf aan het opbouwen is en aan niemand verantwoording hoeft af te leggen. Zijn vader laat hem begaan, komt af en toe langs om de voortgang van het werk gade te slaan, geeft advies en pakt zelf ook mee aan.

Op zondag gaat hij met de oude Barbara in de Nikolaikerk naar de mis. Hij is katholiek opgevoed, omdat zijn moeder dat wilde, maar hij is niet echt religieus en gaat alleen mee om Barbara een plezier te doen. Na de mis bezoeken ze samen het graf van zijn moeder op de oude begraafplaats bij de Hagelsberg, dat nu het mei is door hoge bomen wordt beschaduwd.

'Je hebt het mooi beplant,' zegt hij glimlachend tegen Barbara als ze al van verre kleurige bloemen tussen de klimop zien oplichten.

'Ja,' zegt ze. 'Maar die kom met lelietjes-van-dalen en ranonkels moet je vader er hebben neergezet.'

'Vader?' vraagt hij zich verwonderd af. 'Die brengt geen bloemen. Hij legt hoogstens een krans neer.'

Barbara is al bezig de aarde bij de grafsteen los te maken en het onkruid tussen de bloemen uit te trekken.

'Dan moet het iemand anders zijn geweest,' zegt ze hoofdschuddend. 'Wat mooi. Je moeder hield erg van lelietjes-van-dalen.'

Op de terugweg maakt hij zich zorgen over deze geheimzinnige gift, maar uiteindelijk laat hij het gaan. Het zal iemand uit de buurt zijn geweest. Misschien Lene Grauholm of haar moeder.

'Kom je dan in elk geval vanmiddag bij ons eten?' vraagt Barbara en hij ziet in haar blik een stil verwijt.

Hij haalt diep adem, want hij vindt het moeilijk de oude vrouw teleur te stellen. Maar hij is nog niet zover dat hij ongedwongen tegenover Johanna aan tafel kan zitten.

'Volgende week zondag,' belooft hij.

Wanneer hij echter de Böttcherstraat in loopt, staat Johanna voor het huis van schoenmaker Grauholm en wacht op hem. Het is te onverwacht, hij is er niet op voorbereid en behelpt zich met een nors gezicht.

'Een heel goede zondag gewenst, Pawel,' zegt ze en ze knippert tegen de zon in. 'Ik wil u graag bedanken.'

'Bedanken? Waarvoor?' vraagt hij verward.

Natuurlijk weet hij wel waar ze het over heeft. Het doet hem plezier dat ze het waardeert en hem dankbaar is. Maar juist op dat moment speelt de zon met haar blonde haar en ziet hij enkel gouden vonken.

'U hebt me uit een heel gênante situatie gered,' legt ze uit. 'Ik begrijp niet wat er in mijn broer Ernst gevaren is. Gelukkig is de kwestie goddank in orde gekomen en dat heb ik aan u te danken.'

'O ja,' zegt hij, alsof hij het zich nu pas herinnert. 'Dat heb ik voor onze gemeenschappelijke zaak gedaan. Hopelijk is uw broer nu tevreden?'

Ze knikt en ze komt dichter bij hem staan om zachter te kunnen praten. Er zijn tenslotte dingen die je liever niet op straat bespreekt, waar alle buren je kunnen horen.

'Mijn broer Ernst,' zegt ze zacht, 'is een fatsoenlijk en beminnelijk mens. U zult hem nog wel leren kennen. Er steekt iemand anders achter dit schrijven. Dat is mijn oudere broer, Theodor.'

Hij weet niet veel over haar familie. Ze heeft dus twee broers. Eén fatsoenlijke en één die met het gerecht dreigt. Nou ja, je hebt je familie niet voor het uitkiezen.

'Hoe dan ook,' zegt hij. 'We zullen niemand iets schuldig zijn. Onze werf zal op een eerlijke manier worden gegrondvest.'

Nu glimlacht ze. Dat is verwarrend. Maar hij houdt zich goed. Hij blijft voor haar staan en komt langzaam weer bij zinnen.

'Dat vind ik ook,' zegt ze. 'Ik ben heel blij dat de zaak nu eindelijk gestalte krijgt. De werf Forster & Zoon is heel belangrijk voor me en ik zou graag met mijn bescheiden kwaliteiten een bijdrage willen leveren. Intussen hou ik al de boekhouding van de werkplaats bij en dat zou ik ook graag voor de werf willen doen.'

Hola. Ze is dus niet alleen gekomen om hem te bedanken, ze heeft ook nog andere plannen. De boekhouding wil ze doen. Dat zou hij in principe niet erg vinden, want hij beleeft weinig plezier aan de vervelende papierwinkel. Maar het zou betekenen dat ze veel met elkaar moeten bespreken en dat ze ook op de Strohdijk zou rondhangen. Hij besluit ter afleiding over iets anders te beginnen.

'Forster & Zoon,' zegt hij en hij moet ondanks zichzelf glimlachen. 'Dat hebt u bedacht, nietwaar? Mijn vader heeft het zo laten registreren.'

'Dat weet ik,' zegt ze. 'Ik denk dat het belangrijk is dat de mensen meteen weten dat u er ook aan deelneemt. Het is jammer dat u zo zelden bij ons eet, Pawel. Er is zo veel waar we het met elkaar over moeten hebben. En Barbara is verdrietig, omdat ze zo graag voor u wil koken.'

Ze houdt haar hoofd een beetje schuin en kijkt naar hem op. Hij kent deze blik. Vragend, schalks en tegelijk zeker van de overwinning. Hij doorstaat het en glimlacht terug.

'Volgende week zondag. Dat heb ik Barbara al beloofd.'

'Dat is goed nieuws,' zegt ze blij en ze steekt haar hand uit. 'Nogmaals mijn hartelijke dank, Pawel. Tot gauw.'

Ze heeft kleine, stevige handen en haar handdruk heeft iets wilskrachtigs. Ze is de dochter van een koopman, niet een van die opgedofte dames in hun wijde hoepelrokken die een handkus verwachten. Hij drukt haar hand zacht. Niet te hard, want hij wil haar geen pijn doen.

'Tot gauw,' zegt hij met een ernstig gezicht.

Wanneer hij het huis binnenkomt, staat mevrouw Grauholm in de gang en doet alsof ze de olielamp inspecteert die aan de muur hangt.

'Wat een prachtige zondag,' zegt ze. 'Mijn Lene wil per se met me naar de Bischofsberg wandelen, omdat de natuur op het moment zo mooi is. Hebt u geen zin om mee te gaan?'

'Het spijt me. Ik wil vanmiddag uitrusten. Er is veel werk te doen de komende weken.'

'Natuurlijk, de nieuwe werf. Iedereen heeft het erover. Men zegt dat jullie brikken en driemastschoeners willen bouwen.'

'Dat willen we ook. Maar we beginnen met viskotters en sloepen.'

'Ik wens u veel succes. Mijn Lene zegt dat er beneden bij de Strohdijk al gewerkt wordt...'

'Een fijne zondag, mevrouw Grauholm,' onderbreekt hij haar en hij gaat de trap op naar zijn kamer.

Hij ervaart de nieuwsgierigheid van de schoenmakersvrouw als vervelend. Haar echtgenoot is een goede man die dag in, dag uit in zijn kleine werkplaats zit en het leer op de leesten spant. In huis zijn moeder en dochter de baas. Dat zou hem niet bevallen. Het is beter om vrijgezel te blijven. Misschien is het maar goed dat ik niet in Engeland ben blijven plakken. De liefde is van korte duur, maar een huwelijk duurt lang.

Voor de eerste keer doet het geen pijn als hij aan zijn ongelukkige liefde terugdenkt. Dat lucht hem op. Nu begint er iets nieuws, denkt hij. We vestigen een bedrijf. Ik werk niet meer voor iemand anders, ik geef mijn kracht aan mijn eigen zaak. Dat helpt me vooruit en doet me het verleden vergeten.

Die maandag gaat hij vastbesloten naar de werkplaats van zijn vader om te kijken of in het magazijn nog hout ligt dat hij voor de bouw van een schuur kan gebruiken. Zijn vader is blij hem te zien en toont hem een stapel planken die hij voor dat doel al opzij heeft gelegd.

'Mijn lieve Johanna heeft gezegd dat je zondagmiddag bij ons komt eten,' zegt hij. 'Ik besef dat het niet gemakkelijk voor je is dat er een andere vrouw op de plaats van je moeder zit.'

'Dat weet ik nu, vader,' antwoordt hij verlegen. 'En ik heb me erbij neergelegd. Je hebt geen slechte keus gemaakt en ik denk dat we wel met elkaar overweg zullen kunnen.'

Zijn vader legt dankbaar een hand op zijn schouder.

'Ik heb altijd geweten dat ik een goede zoon heb,' zegt hij opgelucht. 'Je zult Johanna vast gauw gaan mogen, want ze is een sympathieke en slimme vrouw. Ze hebben haar slecht behandeld, Pawel. Ze heeft moeilijke tijden achter de rug. Maar ik heb haar in mijn hart gesloten en zij houdt ook van mij.'

Daar weet Pawel niet veel op te zeggen. Het is goed zo. Het moet en mag niet anders zijn. Hij wil dat zijn vader gelukkig is. Niets anders.

Hij krijgt in een paar zinnen te horen hoe zwaar Johanna het te verduren heeft gehad, nadat ze van haar misstap naar huis terugkeerde en vernam dat haar vader inmiddels was gestorven.

'Ze hield veel van hem en het is moeilijk voor haar dat ze hem voor zijn dood niet meer om vergeving heeft kunnen vragen.'

Dat begrijpt Pawel heel goed. Hij kan zich indenken hoe vertwijfeld ze geweest moet zijn, want hijzelf heeft ook gevreesd in zo'n situatie terecht te komen.

'En die Theodor Berend? Wat is dat er voor een?'

'Die kun je maar beter van achteren zien,' zegt zijn vader grimmig. 'Een walgelijke gierigaard, die haar wreed behandeld heeft. Ze hebben haar zo goed als niets meegegeven en daarbovenop moest ik hem dat stuk grond bij Neufahrwasser verkopen.'

Zo'n figuur is dat dus, die broer. Dat had hij al gedacht. Ze zullen voor hem op moeten passen, want het ziet ernaar uit dat hij er plezier in heeft zijn zuster problemen te bezorgen.

'Daarbij heeft ze een goed hart,' vervolgt zijn vader. 'Afgelopen week is ze met me meegegaan naar het graf van je moeder en ze was niet tevreden voor ik bloemen had gekocht die ze daar in een schaal geplant heeft.'

Dus toch. Hij weet niet goed wat hij daarvan vindt. Het toont echter wel aan dat ze zijn moeder respect wil betuigen. Weer een nieuwe kant van haar waarvan hij niets had heeft geweten.

Hij bekijkt de bijna voltooide boot van Drews, beoordeelt hem met een vaktechnische blik en prijst zijn vader met zijn goede werk. Ook gezel Karl en de leerjongens krijgen een waarderend woord.

Pawel wil nog snel met zijn vader overleggen om een paard-en-wagen te huren, die het hout voor de schuur naar de Strohdijk kan brengen, als hij ziet dat hij al te laat is. Johanna is de werkplaats binnen komen lopen, staat nu bij de werkbank en kletst met een van de leerjongens, terwijl de hond Sultan vertrouwelijk tegen haar rok wrijft.

'Wat doet zij hier?' wil hij fronsend van zijn vader weten.

Die haalt goedmoedig zijn schouders op. 'Ze kijkt om zich heen, vraagt me van alles en probeert met de zaag en de boor te werken.'

'En jij laat dat toe?'

'Waarom niet?' zegt Berthold lachend. 'Ze heeft er plezier in, ze doet haar best. Als ze zo doorgaat heb ik een leerjongen minder nodig.'

Pawel schudt zijn hoofd over zulke gekkigheid. Het ambacht van scheepstimmerman is hard. Je hebt een ijzeren gezondheid en veel lichaamskracht nodig om het zware hout te tillen. Dat is niets voor een vrouw.

Ze kijkt een beetje verbaasd als ze hem ziet, komt dan naar hem toe en steekt haar hand uit. Haar glimlach heeft deze keer niet de betovering die hij zo vreest. Ze lacht vriendelijk maar vrijblijvend, zoals ze een goede vriend zou begroeten.

'Welkom, Pawel. U komt vanwege het hout voor de schuur, nietwaar?' vraagt ze ter zake kundig. 'Dat ligt klaar en is genoteerd. Ik heb al naar een paard-en-wagen geïnformeerd. Kamrau Jörg, die voor de brouwerij rijdt, zou het kunnen meenemen. Hij rekent een voordelige prijs, omdat hij een roeiboot heeft die gerepareerd moet worden.'

Pawel wisselt een verbaasde blik met zijn vader, die nu vol trots een arm om zijn jonge vrouw heen slaat. 'Zo zie je, Pawel. Ze denkt mee, vraagt rond en ze is met veel dingen sneller dan ik. Ik zou alleen willen dat ze er wat meer plezier aan beleefde om zich mooi te kleden. Maar dat genoegen wil ze haar echtgenoot niet doen.'

Johanna fronst vrolijk haar wenkbrauwen, steekt haar armen in de lucht en draait een keer in het rond. Pawel staart naar haar, hij wordt duizelig.

'Ik vind dat ik ook in deze kleren mooi ben,' zegt ze en ze doet alsof ze beledigd is. 'Maar mijn man wil dat ik me in fluweel en zijde kleed om hem te bekoren. Wat vindt u daarvan, Pawel?'

Hij moet slikken en dwingt zich dan om een adequaat antwoord te geven.

'Je kunt er trots op zijn, vader, dat je zo'n bescheiden vrouw hebt. Andere mannen moeten voor kleren en overbodige prullaria veel geld uitgeven en dan nog is de echtgenote niet tevreden.'

Johanna kijkt hem geamuseerd aan. Waarschijnlijk heeft ze een complimentje verwacht, zover is hij echter nog niet. Ja, ze is mooi. Juist in deze eenvoudige kleren bevalt ze hem. Ze bevalt hem veel te goed.

'Dat is het probleem,' verzucht zijn vader. 'In plaats van dat ze een nieuwe jurk van me wil, noteert ze alle uitgaven en inkomsten, rekent uit wat er overblijft en welke openstaande schulden ik moet innen.'

'Ik ben nu eenmaal de dochter van een koopman,' zegt ze glimlachend. 'Ik kan rekenen en de boekhouding doen. Berthold is van mening dat ik dat ook voor onze nieuwe werf voor mijn rekening zou moeten nemen.'

Verdorie, ze houdt eraan vast. Nu moet hij zich erover uitlaten en hij heeft weinig zin een ruzie te ontketenen waarin hij het oneens is met zijn vader.

'Waarom niet? We kunnen het in elk geval proberen,' zegt hij voorzichtig.

'Geweldig,' zegt ze blij. 'Dan maak ik meteen de loonlijsten voor de mensen die u hebt aangenomen. U kunt dan elke avond de gewerkte uren en het loon noteren.'

Wat heeft hij zich op de hals gehaald? Van nu af aan wil ze ook elke dag een maaltijd klaarmaken en met een handkar naar de Strohdijk brengen. Daarnaast wil ze weten wat hij aan drankjes, gereedschap en andere dingen heeft uitgegeven, zodat ze het in de boekhouding kan opnemen.

'Orde is nodig,' zegt hij. 'U hoeft echter niet elke kleinigheid op te schrijven. Dat zou bekrompen zijn.'

'Nauwkeurig rekenen, maar groot denken,' zegt ze met nadruk en ze kijkt hem in de ogen. 'En doorzetten als het krap wordt. Zo moeten we het doen, Pawel,' zegt ze vastbesloten.

Daar is niets tegen in te brengen. Vooral niet als ze hem daarbij zo diep in de ogen kijkt.

'Zo zullen we het doen, meesteres,' zegt hij net zo vastbesloten.

En dan maakt hij dat hij wegkomt.

Ernst

HIJ STAAT OP OMVALLEN, ZO moe is hij. Elke nacht zit hij urenlang bij lamplicht te schrijven, maar 's ochtends moet hij stipt op tijd aan de ontbijttafel verschijnen, er fris en uitgeslapen uitzien en voor een opgewekte stemming zorgen. De rest van de dag jaagt zijn broer hem op, stuurt hem naar de haven van Danzig of naar Neufahrwasser, neemt hem mee naar de Artushof of laat hem op kantoor de zaken waarnemen. In het laatste geval kan Ernst in elk geval de nodige dutjes doen, terwijl Korbitz vervelende klanten opvangt.

Hij moet opschieten, het tweede nummer van zijn tijdschrift staat op stapel en hij wil per se nog twee of drie korte teksten schrijven die hem na aan het hart liggen. Het vervolg van het feuilleton is gelukkig al geschreven. De dames vragen hem voortdurend hoe het het liefdespaar verder zal vergaan, want hij heeft aan het eind van de eerste aflevering al op een tragische wending gezinspeeld. Wel, ze zullen wat traantjes moeten laten, want hij zal zijn hoofdpersonen laten lijden, zodat het verhaal emoties losmaakt. Hij heeft besloten de vrijheidsidealen van de grote filosofen subtiel in de roman te verwerken. Zijn held zal een vrijdenker worden, wat uiteindelijk ook tot de breuk met de familie van zijn geliefde zal leiden.

Helaas is hij gedwongen de gedichtjes van enkele dames op te nemen die zich met Auguste von Kleiwitz verenigd hebben en natuurlijk enthousiaste afneemsters van het tijdschrift zijn.

'We moeten economisch denken,' zegt mevrouw Von Kleiwitz, die intussen als mede-uitgeefster werkzaam is en alle teksten kritisch corrigeert. 'Anna Ernestine heeft al tien exemplaren gereserveerd en Maria Gebauer wil er zelfs twintig hebben. Daarnaast wil ook Cäcilie Jonkers ettelijke exemplaren afnemen als we twee tekeningen van haar dochter Annemarie afdrukken, waarbij ik wel moet zeggen dat ik ze niet echt geschikt vind.'

Ernst is een andere mening toegedaan. Annemarie Jonkers tekent verbazingwekkend scherpe karikaturen die niet alleen de burgers van Danzig op de korrel nemen, maar ook de Pruisische ambtenaren en officieren. Auguste voorziet terecht dat sommige lezers zich beledigd zullen voelen. Dat bevalt hem echter juist. Hij is vastbesloten de tekeningen in het volgende nummer op te nemen, ook als het tegen de wil van zijn beschermvrouwe is. Tja, zo heeft hij zich het werk aan zijn tijdschrift niet voorgesteld. Voor elke tekst, elke tekening moet hij vechten. De lieve Auguste von Kleiwitz stuurt zijn artikelen met correcties terug, eist veranderingen en doet voorstellen. Het is dat Danuta aan zijn kant staat en de correspondentie met Auguste stiekem op zijn kamer legt, anders zou Theodor dit uit de hand lopende, extra werk allang verboden hebben.

Gelukkig heeft zijn broer het momenteel druk met andere dingen. Het gaat bergopwaarts met de zaken. De opslaghal in Neufahrwasser is klaar en al gevuld met Russisch hout, dat Theodor slechts gedeeltelijk in de Artushof wil verkopen. Het grootste deel moet naar Engeland en Nederland verkocht worden. Ernst heeft het twijfelachtige genoegen zijn broer drie keer per week naar de beurs in de Artushof te moeten vergezellen, zodat hij, zoals Theodor altijd beweert, eindelijk leert een goede koopman te worden.

'Waarom heb je anders al die semesters aan de juridische faculteit gestudeerd?' houdt zijn broer hem voor. 'Nu kun je de verworven kennis in de praktijk brengen.'

In elk geval is de pijnlijke geschiedenis van het geleende geld goed afgelopen. Ernst heeft zichzelf en Johanna al in de gevangenis zien belanden, maar Forster heeft het bedrag, met aftrek van de dertien taler voor de eerste uitgave, terugbetaald. Weliswaar zonder rente, waar Theodor zich hogelijk aan had heeft geërgerd, maar het heeft hem er niet toe aangezet naar de rechter te gaan.

'Laat dit een les voor je zijn,' heeft hij te horen gekregen, nadat zijn broer het bedrag geïncasseerd en in zijn kluis had opgeborgen. Daar ligt het nou, dat fijne geld, en het wordt door zijn broer beheerd, terwijl de inkomsten uit de verkoop van het tijdschrift bij mevrouw Von Kleiwitz binnenkomen.

Zijn ambitieuze beschermvrouwe heeft hem uitgelegd dat ze graag bereid is deze vervelende geldaangelegenheden van hem over te nemen.

'U bent een begenadigd schrijver, beste meneer Berend. U mag uw kostbare tijd niet met zorgen om de snode mammon verdoen.'

Ze heeft hem uit de inkomsten van het tijdschrift een schrijvershonorarium van wel tien taler uitgekeerd. Die heeft hij bij zich gestoken en er met geen woord tegen Theodor over gerept. Tenslotte heeft hij ook zijn wensen in het leven en het zakgeld dat Theodor hem eens per week geeft, is erg karig.

Toch is hij vol goede moed. Zijn literaire succes in Danzig is niet te negeren en als het zo doorgaat, zal hij binnenkort ook over de grens gelezen worden, misschien zelfs wel in Berlijn. Zodra hij vierentwintig is en dus meerderjarig en tot zakendoen bevoegd, kan hij zelf over zijn vermogen beschikken. Dan zal hij tegen Theodor zeggen dat hij naar de hel kan lopen en zal hij zelf van zijn inkomsten als zelfstandig auteur leven.

Vannacht heeft hij eindelijk het laatste artikel afgerond, dat zal hij bij de eerste de beste gelegenheid naar Auguste brengen, hartgrondig hopend dat ze er niets op aan te merken heeft. De volgende ochtend voelt hij zich lichamelijk geradbraakt, maar het lukt hem enigszins op tijd op te staan. Nog een beetje slaapdronken gaat hij de trap af en blijft voor de deur van de eetkamer even staan om nog snel zijn haar glad te strijken en het bovenste knoopje van zijn overhemd dicht te doen.

'Je moet jezelf geen verwijten maken, liefste,' hoort hij Luise binnen zeggen. 'Het is nu eenmaal gebeurd en ik ben er erg blij mee.'

Zijn schoonzuster is de laatste tijd in positieve zin veranderd. Haar gezicht heeft niet meer de eeuwig lijdzame uitdrukking en ze maakt een meer ontspannen en ook vrouwelijker indruk. Als ze glimlacht is ze bijna knap. Hij is er blij om, want nadat ze zich in de Weichsel gestort had, heeft hij zich zorgen gemaakt of er misschien niet een draadje los is bij haar.

Zijn broer antwoordt niet. Ernst haalt nog een keer zijn vingers door zijn haar voordat hij naar binnen gaat. Theodor lijkt vandaag bijzonder slechtgehumeurd te zijn. Hij kijkt maar heel even op met boos fonkelende ogen. Luise begroet hem daarentegen hartelijk.

'Goedemorgen, beste zwager. Heb je slecht geslapen, arme ziel? Je ziet er een beetje verfomfaaid uit. Ik denk dat je een foutje hebt gemaakt met je overhemdknopen.'

'Goedemorgen, lieve Luise, beste Theodor,' groet hij terug en hij kijkt naar beneden. O god, hij heeft in de haast de knoopjes verkeerd dichtgedaan.

'Weer te laat uit bed gekomen, zeker?' merkt Theodor honend op. 'Denk je dat ik niet in de gaten heb dat je 's nachts kunstzinnige traktaten schrijft?'

'Ik?' vraagt hij met een gespeeld onschuldig gezicht, terwijl hij aan zijn knoopjes frummelt.

'Wie anders? Het schijnsel van de lamp vanuit jouw kamer valt op de binnenplaats. Denk je dat ik blind ben?'

'Ach, laat hem toch, Theodor,' zegt Luise vergoelijkend. 'Zolang hij je ijverig terzijde staat, kan het ons niet schelen hoe hij zijn nachten doorbrengt.'

Bij wijze van uitzondering laat Theodor zich sussen. Hij werpt Ernst een waarschuwende blik toe en bijt in het broodje dat Luise voor hem heeft gesmeerd. Terwijl Ernst zich de koffie inschenkt die hij zo hard nodig heeft, kauwt Theodor in gedachten verzonken, om vervolgens met een onaangename vraag op de proppen te komen.

‘Ben je eigenlijk de laatste tijd nog bij je zus Johanna geweest?’

‘Johanna? Nee.’

Het is de waarheid. Sinds hij zo dom was geweest haar het geld te lenen is hij uit ergernis daarover niet meer in de Paradiesstraat geweest. En dat ze het geld heeft moeten teruggeven, maakt het er niet beter op. Nu zal ze ter overmaat van ramp ook nog eens boos op hem zijn.

‘Je weet er dus ook niets van dat Forster intussen samen met zijn zoon een werf aan de Strohdijk heeft gevestigd?’

‘Heeft hij dat?’ kreunt Ernst.

‘Je zou de krant moeten lezen in plaats van je neus in de filosofische geschriften van Franse oproerkraaiers te steken.’

Theodor roept Danuta om de krant uit de woonkamer te halen en wijst op een annonce.

Forster & Zoon
Scheepsbouwers – Shipwright – Constructeur de navires
Danzig
Strohdijk

Eronder is een mooie tekening opgenomen, die de Strohdijk vanaf de Weichsel gezien toont. Twee gebouwen zijn te herkennen, een grote scheepsromp waar meerdere timmerlui aan werken, opgestapeld hout en een kraan. Op de achtergrond tekent zich de weelderig begroeide Milchpeter af. Op de Weichsel vaart een mooie driemaster onder vol zeil. De tekening is vast en zeker door Johanna gemaakt, daar heeft ze altijd al talent voor gehad. Bliksems! Dus haar echtgenoot heeft daadwerkelijk een werf op poten gezet. Dat zou hij nooit van die ouwe hebben gedacht.

‘Je weet er dus niets van af? Ook niet hoe het met die zoon zit?’ dringt Theodor aan.

Ernst beseft dat Theodor zich enorm aan deze advertentie ergert, omdat hij Johanna deze werf niet gunt. Het zal hem vooral dwarszitten dat hij heeft verzuimd het perceel aan de Strohdijk voor haar neus weg te kapen.

'Ik weet alleen dat Berthold Forster een zoon uit zijn eerste huwelijk heeft,' zegt hij tegen Theodor en hij laat de krant zakken. 'Hij heet Pawel. Hij zou in Engeland zijn geweest om daar het vak te leren.'

'Engeland,' mompelt Theodor afgunstig. 'Dan is hij blijkbaar teruggekomen en pakt het groots aan. Meteen een werf. Dan moet hij geld en betalende opdrachtgevers hebben, het hout voor de scheepsbouw is duur.'

Dat weet Ernst inmiddels ook. Overal aan de kust worden schepen gebouwd en goed hout is schaars. Daarom is de zakelijke relatie met de vertegenwoordiger van de Russische groothertog, die Theodor uiteindelijk aan hem te danken heeft, zo belangrijk voor hun firma. Met het voordelig ingekochte hout zal Theodor een vermogen verdienen. De scheepsbouwers en timmerlieden trekken het hem letterlijk uit handen.

'Als je weer eens in de Paradiesstraat wilt langsgaan, dan heb ik daar niets op tegen,' gaat Theodor verder en hij kijkt hem streng aan. 'Ik verwacht wel dat je geen vertrouwelijke informatie wat betreft de familie of de zaak prijsgeeft. Maar het zou interessant zijn om te weten te komen wat voor figuur die Pawel is en hoe hij zich de vestiging van de werf voorstelt.'

Ernst jubelt vanbinnen. Hij mag Johanna opzoeken. Weliswaar niet vanuit broederlijke liefde of familiegevoel, dergelijke sentimenten zijn Theodor vreemd. Hij moet voor hem spioneren. Nee, daar laat hij zich niet voor lenen. 'De komende tijd liever niet. Ze is boos op me vanwege die geldkwestie en ik heb geen zin haar op te zoeken.'

Daar laat Theodor zich helaas niet mee afschepen. 'Luister, Ernst,' zegt hij geïrriteerd. 'Als je zaken wilt doen, moet je niet te teergevoelig zijn. De zaak is geregeld. Ik was zo grootmoedig om van de rente af te zien, daar kan ze ons dankbaar voor zijn. Dus staat niets een verzoening in de weg.'

Zijn schoonzus haast zich om haar man bij te vallen en verklaart dat de vergeving van zonden een christelijk gebod is en hij het goede voorbeeld moet geven.

'We weten toch dat Johanna een moeilijk karakter heeft, beste Ernst,' beweert ze. 'Maar jij hebt die prachtige gave om mensen voor je in te nemen. Ook je zus zal zich niet voor je kunnen afsluiten.'

Het hypocriete gedoe van die twee ergert hem enorm. Denken ze dat hij dom is? Zijn zus Johanna heeft haar lastige kanten, maar hij heeft haar duizendmaal liever dan Theodor en zijn vrome Luise, die de christelijke geboden altijd zo verdraait dat het haar uitkomt. Wel, hij kan ook huichelen.

'Ik zal zien wat ik kan doen,' zegt hij vriendelijk en hij schenkt zijn derde kop koffie in.

'Uitstekend,' zegt Theodor tevreden. 'Ik ga zo meteen naar Neufahrwasser. Jij moet de zaken waarnemen op kantoor tijdens mijn afwezigheid. Mocht Gropius opduiken en om barnsteen vragen, gooi hem eruit. Johann Becker komt vanmiddag weer langs. Ik betaal pas als hij een fatsoenlijke rekening voor me heeft, zoals afgesproken is.'

'Komt in orde.'

Ernst is dolblij dat hij niet mee naar Neufahrwasser hoeft, nu kan hij op kantoor een dutje doen.

'Goedemorgen. Wat ben je ijverig, Oskar!'

'Juffrouw... ik bedoel, mevrouw... Goedemorgen.'

'Ik zal je niet van het werk afhouden, ik wil even snel naar het kantoor.'

Iemand klopt op de deur vanaf de binnenplaats. Ernst stoot bij het wakker worden per ongeluk een stapel papieren van tafel, die zich over de vloer verspreiden. Buiten staat Johanna... Steunend haalt hij zijn voeten van het bureau en doet de deur open.

'Wat moet jij nou hier?' vraagt hij ontsteld.

'Ik moet je spreken.'

'En dan wandel je simpelweg het hol van de leeuw binnen?'

'De leeuw is niet thuis, ik heb hem naar de haven zien lopen.'

Zijn sluwe zus heeft het huis in de gaten gehouden. Komt ze om hem verwijten te maken over de dreigbrief die hij moest ondertekenen?

'Kom binnen dan,' bromt hij. 'Maar dat je het maar weet, ik heb met dat schrijven niets te maken. Theodor heeft...'

'Dat weet ik toch,' zegt ze en ze glimlacht naar hem. 'Ik kan één en één bij elkaar optellen, broertje. De zaak is afgehandeld, laten we het vergeten.' Ze gaat onuitgenodigd aan Theodors bureau zitten en kijkt hem met zo'n schalks glimlachje aan dat de schrik hem om het hart slaat. Wat voert ze nu weer in haar schild?

'Ik heb je mannelijke bescherming nodig.'

'Werkelijk? Ik meen te weten dat je een forsgebouwde echtgenoot hebt en inmiddels ook een stiefzoon die vast geen zwakkeling is.'

'Die kunnen me niet helpen,' beweert ze. 'Dat kan alleen jij, kleine broer. Ik wil graag dat je morgenavond met me meegaat naar een ontvangst.'

'Waarom juist ik?'

'Omdat jij in heel Danzig hogelijk gewaardeerd wordt als schrijver. Cäcilie Jonkers heeft me voor een avondje uitgenodigd en ze hoopt heel erg de beroemde Ernst Berend aan mijn zijde te zien.'

Ah, uit die hoek waait de wind. Ze probeert in de betere kringen weer voet aan de grond te krijgen en hij moet haar daarbij helpen. Nou ja, in principe heeft hij daar niets op tegen, maar in dit geval...

'Ik vergezel je waarheen je maar wilt, zusje. Maar niet naar Jonkers.'

'Waarom niet? Ze hebben je een extra uitnodiging gestuurd.'

Dat klopt helemaal. Eerst een formele uitnodiging, daarna een kaartje dat op een haar na bij Theodor terechtgekomen was, als Danuta niet had opgelet. Hij heeft ze allebei in de kachel gegooid, omdat hij zich ongemakkelijk voelt bij de avances van Annemarie.

'Daar ga ik niet heen,' zegt hij met nadruk. 'Anders ben ik voor ik het weet met Annemarie verloofd en zit ik aan haar vast.'

Ook Johanna moet inmiddels gehoord hebben dat Jan Jonkers wanhopig op zoek is naar een echtgenoot voor zijn dochter. 'Maak je geen zorgen, ik zal goed op je passen,' zegt ze lachend. 'We zullen lekker eten, converseren en dan zullen ze je vragen iets uit eigen werk voor te lezen. Dat zal de dames betoveren en geeft mij de gelegenheid met Jan Jonkers over onze werf te praten.'

'Ik snap het,' zegt hij mokkend. 'Ik moet me als lokaas in levensgevaar begeven, zodat jij het over zaken kunt hebben. Weet je, zusje? Je bent niet veel beter dan Theodor.'

Nu kijkt ze hem met van boosheid fonkelende ogen aan, want de vergelijking bevalt haar helemaal niet.

'Je overdrijft. Vraag ik je soms om van de toren van de Marienkerk te springen? Integendeel. Je kunt je laten bewonderen en ophemelen, abonnees werven voor je tijdschrift en daarbovenop met Jan Jonkers over zijn graanhandel praten. Ik zou zo denken dat dat Theodor een plezier zou doen.'

Hij is te moe om nog langer met haar te bekvechten. Misschien heeft ze gelijk. Theodor heeft er al vaker bij hem op aangedrongen een uitnodiging van de Jonkers aan te nemen. Hij kan punten scoren en zijn broer bewijzen hoezeer hij hem nodig heeft. Buiten dat is Annemarie echt aantrekkelijk en hij houdt van haar tekeningen. Het probleem is haar karakter. En haar moeder, die zich als een hongerige spin op elke potentiële huwelijkskandidaat stort.

'Goed dan,' verzucht hij. 'Maar zorg ervoor dat je iets fatsoenlijks aantrekt. In deze jurk neem ik je niet mee.'

'Maak je geen zorgen,' straalt ze en ze springt op om hem dankbaar te omhelzen. 'Wanneer je me morgen komt ophalen, zal deze assepoester in een stralende prinses zijn veranderd. Zes uur is vroeg genoeg. Je weet het, de belangrijkste gast verschijnt altijd als laatste.'

Ze zoent hem op zijn wangen, strijkt teder een lok haar terug, die over zijn voorhoofd is gevallen, en loopt vanuit het kantoor de binnenplaats op.

'Tot morgen,' roept ze nog vrolijk.

Ze zwaait nog een keer en dan is ze weg.

'Uw zuster is net een zonnestraal,' verzucht Korbitz. 'Dat zei uw vader ook altijd. Het is jammer dat ze niet meer in dit huis woont.'

'Misschien,' mompelt Ernst. 'Hoe dan ook, we laten ons niet bij het werk storen, meneer Korbitz.'

Hij gaat weer aan zijn bureau zitten, gaapt en sluimert in, terwijl Korbitz de gevallen papieren opraapt.

Tijdens het middageten verkondigt hij trots twee vliegen in één klap te kunnen slaan door de volgende avond samen met Johanna naar een ontvangst bij de Jonkers te gaan.

'Met Johanna? Is ze dan uitgenodigd?' vraagt Theodor niet erg enthousiast.

'Jazeker. Het zijn tenslotte oude vrienden van onze familie. We hebben al als kinderen met elkaar gespeeld.'

Theodor hoort dit met een somber gezicht aan. Zelf heeft hij zo goed als nooit contact met andere kinderen gehad, wat nu nadelig voor hem uitpakt. Vooral Jan Jonkers houdt hem hardnekkig op afstand.

'Dan verwacht ik van je dat je je verstand gebruikt. Hou je oren open, zeg geen onnodige dingen en laat Jan Jonkers weten dat ik goede schepen nodig heb voor de houthandel. De ene hand wast de andere. Ik charter zijn schepen, hij betrekt me bij de graanhandel.'

Ernst knikt bereidwillig. Als ik eenmaal een beroemd journalist en auteur ben, denkt hij, dan kunnen jullie allemaal het dak op. Jij, je valse Luise en ook Johanna, die mij voortdurend voor haar eigen doelen misbruikt. Hij troost zich ermee dat hij ook zijn eigen belangen zal behartigen. Hij zal de laatste drie exemplaren van zijn tijdschrift meenemen en een van zijn nieuwe artikelen voorlezen.

De volgende avond verkleedt hij zich om uit te gaan, klemt zijn schriften onder zijn arm en gaat op weg naar de Paradiesstraat om Johanna op te halen. Het is nog licht, de stad is vol leven en op de oever van de Radaune bloeit en groeit van alles onder de oude wilgen. Wanneer hij de brug overgaat, peddelt een eendenmoeder, gevolgd door haar kuikens, voorbij en op de oever zit een zwanenpaar, dat hem wantrouwig bekijkt.

Johanna komt al uit de werkplaats het pleintje op lopen als hij nog maar net de brug over is. Ze heeft de jurk aan die ze op haar trouwdag droeg en ziet er daarin verbluffend knap uit.

'Tevreden?' vraagt ze en ze kijkt hem met half geloken oogleden triomfantelijk aan.

Hij grijnst. 'Het gaat wel.'

'Hoezo, het gaat wel?' protesteert ze. 'Ik verwacht complimentjes, broertje.'

'Die krijg je bij de Jonkers wel.'

Ze geeft hem een arm en verkondigt hoe dankbaar ze hem is dat hij dit uitstapje mogelijk heeft gemaakt.

'Graag gedaan, zusje. Vertel me nu liever eens over je stiefzoon, die Pawel. Tot nu toe heb ik nog niets over hem gehoord.'

Ze lacht vrolijk. 'Hij was in het begin een beetje opstandig, omdat het hem niet aanstond dat zijn vader met een jonge vrouw is getrouwd. Maar intussen laat hij zich kennen als een prima vent, die voor onze werf van groot belang is.'

'Kijk aan,' zegt hij verbaasd. 'Waar woont hij? Kan ik hem leren kennen?'

'Hij woont niet bij ons in huis. Hij heeft een kamer gehuurd bij schoenmaker Grauholm in de Böttcherstraat.'

'Hij woont bij een schoenmaker?' zegt Ernst met opgetrokken neus. 'Nou ja, hij is ook maar een ambachtsman.'

Dat valt niet goed bij zijn zus. Ze blijft staan om hem een verontwaardigde preek te geven. 'Er is geen reden om op iemand neer te kijken die een ambacht verstaat. Een schip bouwen is een hele kunst, waarbij je aan ontelbaar veel dingen moet denken en heel veel kennis moet bezitten.'

Sinds ze met die ambachtsman getrouwd is, begint ze ook steeds meer te praten als een ambachtsman, denkt hij ontstemd.

'En bovendien is er ooit een schoenmaker geweest die ook een groot dichter was. Hans Sachs uit Neurenberg,' beëindigt ze haar les.

'Jaja, al goed,' bromt hij.

Jan Jonkers bewoont een huis in de Frauentorstraat, niet ver van het huis dat eigenlijk Johanna's erfenis was en dat nu van Theodor is. Hij heeft het verhuurd aan een Pruisische officier, die er met zijn familie woont. Johanna kijkt er kort naar en perst haar lippen op elkaar.

In huize Jonkers wordt al verlangend naar hen uitgekeken. Het dienstmeisje maakt een diepe kniebuiging en Annemarie staat in de hal op de trap en neemt minzaam de bos bloemen in ontvangst die Johanna heeft meegenomen. Hij heeft totaal niet gedacht aan een dergelijke attentie, maar Annemarie wuift het lachend weg. 'Een kunstenaar brengt zichzelf als geschenk,' beweert ze met een tedere blik.

'Ja, mijn broer is een gelukkig mens,' zegt Johanna.

'Een uitverkorene van de goden,' dweept Annemarie.

'Zeker.'

Hij moet wel bewondering hebben voor hoe zijn zus zich houdt. Ze wordt door de vrouw des huizes slechts terloops begroet en ook Jan Jonkers, die de gasten welkom heet, blijft op beleefde afstand. Het is duidelijk dat ze alleen zijnentwege is uitgenodigd. Het ergert hem en hij neemt zich voor haar zo goed als hij kan bij te staan. Ook al is hij het niet altijd met haar eens, Johanna is zijn zus en het doet hem pijn als ze minachtend wordt behandeld.

Omdat ze als laatste verschenen zijn, wordt hun nog haastig een glas wijn als welkomstdrankje aangereikt, dat ze nog maar amper in handen hebben wanneer de gastvrouw iedereen aan tafel nodigt. Zoals te doen gebruikelijk is de tafel met blinkend zilverwerk en fonkelende kristallen glazen gedekt. De tafelschikking is met kleine kaartjes aangegeven en hij stelt vast dat hij van Johanna wordt gescheiden. Hij zelf krijgt de ereplaats tussen de gastvrouw en haar dochter, terwijl Johanna aan het andere eind van de tafel wordt gezet met Eugen Albertus als tafelheer. Ook Auguste von Kleiwitz en haar man worden daar geplaatst, wat hij ten zeerste betreurt, omdat hij nu hulpeloos aan moeder en dochter Jonkers uitgeleverd is.

Tussen de gangen door wordt hij door de familie Jonkers en Anna Ernestine Becker met complimenten en nieuwsgierige vragen overstelpt, wat hem voldoende gelegenheid geeft om het volgende nummer van *Die Literarischen Fackel* aan te bevelen. Algauw voelt hij zich aangenaam voldaan en vrolijk door de alcoholische drankjes. Hij kletst ongedwongen met de dames, is gul met zijn charme en oogst verrukte blikken. Als de heren zich na de maaltijd in de aangrenzende kamer terugtrekken om te roken, voelt hij niet de minste aandrang hen te vergezellen. In plaats daarvan laat Annemarie hem haar tekeningen zien, waarvan ze een hele map bezit en die hij geweldig goed vindt.

'Boosaardig en trefzeker,' prijst hij haar. 'Ik wist niet dat je zo goed kon tekenen.'

'O, je weet veel te weinig over mij,' zegt ze en ze kijkt hem ondeugend aan.

'Ik kan me in elk geval nog goed herinneren dat je vroeger altijd mijn hoepel met je voet liet omvallen.'

'Dat is lang geleden, Ernst. Sindsdien zijn we alle twee veranderd. Jij bent een schrijver geworden en ik breng mijn tijd door met het tekenen van onzinnige dingen.'

Daar moet hij om lachen en ze doet mee. Het bevalt hem dat ze zich niet voordoet als 'kunstenares', zoals de poëtische dames die hem onder hun gedichten bedelven. Ze was oprecht verheugd toen hij zei dat hij haar tekeningen wil publiceren, maar ze maakt er geen grote ophef over.

Later wordt hij verzocht voor te lezen, waar vooral de dames enthousiast over zijn, terwijl de heren zich terughoudend opstellen. Ze zitten nog een tijdje bij elkaar, er worden drankjes uitgedeeld,

Auguste von Kleiwitz verkoopt de laatste exemplaren van het eerste nummer en noteert bestellingen voor de volgende aflevering van het tijdschrift, dat het eerste in omvang, inhoud en opmaak zal overtreffen. Ook Johanna, die hij een poosje uit het oog heeft verloren, duikt weer op. Ze is geanimeerd in gesprek met Jan Jonkers en Heinrich Gebauer, de vader van de mollige Maria, die vervelend genoeg niet van Ernsts zijde wil wijken.

Het is al elf uur als ze met hartelijke dankbetuigingen en de allerbeste wensen afscheid nemen van hun gastvrouw en -heer. Ernst voelt zich een beetje mat na al de culinaire en innerlijke weldaden van de avond, terwijl Johanna opgewekt naast hem loopt.

'Een zeer geslaagd bezoek,' zegt ze als ze door de smalle Nebenstraat lopen. 'Jan Jonkers was erg aardig tegen me. Hij heeft papa altijd graag gemogen en wenst mij alle succes toe met onze werf.'

Met een schok schiet het Ernst te binnen dat hij eigenlijk met Jan Jonkers over samenwerking met de firma Berend had moeten praten. Dat is hij door zijn literaire aspiraties helemaal vergeten.

'Eh. Hebben jullie misschien ook over de graanhandel gesproken?' vraagt hij aan zijn zus.

Hij hoort haar zachtjes giechelen. 'Alleen terloops. Jan Jonkers kan Theodor niet uitstaan, omdat hij zo'n krent is en het reder Johann Becker elke keer weer moeite kost zijn overeengekomen chartergelden betaald te krijgen. Ik denk niet dat hij met Theodor zaken wil doen.'

'Echt? Nou ja, hij heeft niet helemaal ongelijk.'

Hij weet nog niet hoe hij dit slechte nieuws aan zijn broer moet overbrengen. Maar hij heeft zijn plicht gedaan. En zoals nu blijkt heeft ook Johanna haar belofte gehouden.

'Ik heb Jan Jonkers verteld dat je een kunstenaar bent en nooit zijn rederij zou overnemen. Ik geloof dat jij voor hem nu niet meer als schoonzoon in aanmerking komt. Die zorg ben je kwijt, broertje.'

Als ze gedacht had dat hij haar dankbaar zou zijn, heeft ze zich vergist.

‘Die ouwe geldtas,’ scheldt hij. ‘Is een kunstenaar dan niets waard?’

‘Natuurlijk is een kunstenaar iets geweldigs,’ verzekert ze hem. ‘Waarom wind je je zo op? Ik dacht dat je bang was dat ze je als toekomstige schoonzoon aan de haak zou slaan.’

‘Ach, laat maar,’ bromt hij.

Voor het huis in de Paradiesstraat nemen ze afscheid. Hij omhelst Johanna en ze geven elkaar een zoen. Maar het is niet meer zoals vroeger, toen ze nog onafscheidelijk waren. Al heel lang niet meer.

Theodor

HIJ IS HET EENS GEWORDEN met reder Johann Becker en heeft betaald. Hij heeft concessies moeten doen waar hij niet op had gerekend, maar de omstandigheden maken het noodzakelijk. Als het klopt wat Ernst hem heeft verteld, dan komt er voorlopig niets van zakendoen met Jonkers en is hij op Becker aangewezen. Die heeft inmiddels in de gaten hoe lucratief de handel in het Russische hout is en heeft dienovereenkomstig zijn charterkosten verhoogd. Dat is vervelend, maar er is niets aan te doen. Als hij het hout dat in Neufahrwasser opgeslagen ligt naar Nederland en Engeland heeft verscheept, zal de winst nog steeds de moeite waard zijn. Daar vecht men om goed hout voor de scheepsbouw, de aanvragen volgen elkaar snel op.

Tijdens het gesprek met Johann Becker heeft hij heel terloops meegekregen dat het Johanna inderdaad is gelukt om een opdracht binnen te halen. Niets buitensporigs, maar toch onuitstaanbaar. Jan Jonkers laat een koopvaardijschip bij Forster bouwen. Een bark, een driemaster met razeilen. Dat is heel wat anders dan een roeiboot. Hij heeft de gelegenheid aangegrepen om Johann Becker te waarschuwen geen schip bij Forster & Zoon te laten bouwen. De zoon is een zwerver en gaat vast snel weer op de grote vaart en de vader heeft hoogstens één keer een kleine vissersboot gebouwd.

'We zullen zien,' had Becker gezegd. 'Jonkers is niet dom. Als hij Forster vertrouwd, zit er misschien iets in.'

'Hij zal op zijn neus kijken. Dat is net zo zeker als het amen in de kerk,' had Theodor geantwoord.

Daar zal hij voor zorgen. Als Forster deze opdracht wil uitvoeren, heeft hij hout nodig. Goed hout. Dat zal hij bij hem moeten kopen en daarmee kan hij hem een loer draaien. Hij zal een vette vooruitbetaling eisen, de levering onder allerlei voorwendsels op de lange baan schuiven en uiteindelijk slechts minderwaardig hout leveren. Zelfs als hij het hout moet terugnemen, werkt de tijd in zijn voordeel. Forster zal elders hout moeten inslaan, wat hem opnieuw veel geld zal kosten. Ondertussen valt het werk op de werf stil, maar hij moet de lonen doorbetalen. Op deze manier zal hij Johanna's belachelijke werf failliet laten gaan en zullen ze bovendien hun huis verliezen.

Deze gedachte doet hem goed en helpt hem over allerlei zorgen heen die zich helaas in zijn huis opstapelen. Zijn grootste zorg betreft zijn vrouw Luise. Hij weet niet meer hoe hij zichzelf zo heeft kunnen vergeten, maar het is gebeurd, ze heeft haar doel bereikt. Of dit ondoordachte moment tot een zwangerschap heeft geleid, is tot dusverre onzeker, maar hij is voorzichtigheidshalve twee opeenvolgende avonden naar de voornoemde straat gegaan, zodat zoiets niet nog eens gebeurt in het huwelijksbed. Het is allemaal de schuld van Danuta, die hem niet in haar kamer wil laten. Ze is intussen zo rond als een tonnetje en ze hebben een nieuw meisje moeten aannemen om Danuta's werk over te nemen, want er doen allerlei verhalen de ronde. Luise heeft vanavond opnieuw de salon van Auguste von Kleiwitz bezocht en heeft hem in geuren en kleuren beschreven hoe Ernst voor de verzamelde dames en heren liep te pronken, hoe charmant hij converseerde, hoe indrukwekkend hij zijn teksten voordroeg en hoe hij alle dames betoverde. Intussen is het tweede nummer van zijn dwaze tijdschrift verschenen, dat de dames hem, zo heeft Luise bericht, letterlijk uit zijn handen hebben gegrist.

Theodor vindt het maar niets dat zijn broertje zo succesvol is met die literaire onzin. Als hij zich op deze manier voor het handelshuis Berend zou inzetten, hadden ze allang een ingang tot de grote graanhandel gevonden. In elk geval moeten de inkomsten binnenstromen, al blijven die echter duidelijk bij mevrouw Von Kleiwitz. Hij zal het moeten nagaan. Het kan niet zo zijn dat hij de uitgaven moet dragen en de inkomsten ergens anders worden gehamsterd. Ze vragen inmiddels een silbergroschen voor een exemplaar van het tijdschrift.

Helemaal aan het einde van haar verslag doet Luise haar beklag. 'Waar ik al lang bang voor ben is vanavond gebeurd,' zegt ze op haar zachte, onderdanige toon. 'Er werden mij pijnlijke vragen gesteld over Danuta. Of we weten wie de vader van het kind is. Of het uiteindelijk toch Oskar is, die men enkele maanden geleden met haar op straat heeft gezien.'

'En wat heb je gezegd?' vraagt hij fronsend.

'Wat we hebben afgesproken. De vader is een matroos, die ervandoor is gegaan. We hebben haar uit christelijke gezindheid en met het oog op haar toestand voorlopig bij ons gehouden.'

'Goed.'

Maar ze is nog niet gerustgesteld en kijkt hem indringend aan.

'Je weet wat je me hebt beloofd, Theodor. Zo gauw ze het kind ter wereld heeft gebracht, moet ze het huis uit.'

'Ja, natuurlijk.'

'Dan is alles in orde, liefste,' zegt ze glimlachend. 'Je zult het zien, al deze moeite is nergens voor nodig. God zal ons tweeën een eigen zoon schenken.'

Hij doet er het zwijgen toe en bidt stiekem dat ze niet zwanger is. Als hem dat bespaard blijft, zal hij voor de toekomst voorzorgsmaatregelen treffen. Vooral wat Danuta betreft.

De volgende ochtend gaat Luise naar het atelier van de naaister in de Holzstraat. Ze wordt vergezeld door het nieuwe meisje, dat is aanbevolen door een van Luises vriendinnen en de naam Traude draagt. Traude is noch jong, noch aantrekkelijk. Ze is een magere vrouw met een platte boezem die een zedige indruk maakt en al haar taken vaardig en bijna onhoorbaar verricht. Vooral dat laatste ervaart Theodor als onaangenaam. Het meisje sluipt muisstil door de gangen en als ze een kamer binnenkomt, merk je dat pas als ze voor je staat. Hoe ze dat voor elkaar krijgt is hem een raadsel. Het bevalt hem echter helemaal niet, omdat hij de hele tijd het gevoel heeft in de gaten te worden gehouden. Als Luise van plan is deze Traude aan te houden, moet hij iets verzinnen om haar kwijt te raken.

Hij maakt van Luises afwezigheid gebruik om naar Danuta te gaan, want hij moet absoluut een paar dingen met haar bespreken voordat het kind ter wereld komt. Ze blijft tegenwoordig overwegend op haar kamer en de maaltijden worden door de huishoudster bovengebracht. Het nieuwe meisje moet zo min mogelijk met deze kwestie te maken hebben.

Terwijl hij de trappen op loopt, merkt hij dat het op de bovenste verdieping ondraaglijk heet is. Het is half juni, eigenlijk nog geen zomer, maar er ligt een broeiende hitte over de stad, die intussen door de muren ook de huizen binnengedrongen is en 's nachts het slapen bemoeilijkt. Doordat de kamertjes van het personeel vlak onder het dak liggen, hebben zij het meest onder de extreme temperaturen te lijden.

De huishoudster en Traude zijn in de keuken, desondanks klopt hij zachtjes op Danuta's deur.

'Doe open, ik moet met je praten,' fluistert hij.

'Ga weg alstublieft,' antwoordt ze zachtjes.

'Ik raak je niet aan, Danuta. Ik zweer het. We moeten het over je toekomst hebben. En over die van je kind.'

Hij hoort haar zachtjes kreunen, en de strozak waarop ze ligt knispert. Dan hoort hij haar blote voeten op de houten planken. De grendel wordt teruggeschoven en Danuta's blozende, verhitte gezicht verschijnt in de kier van de deur. Ze draagt een van haar lange hemden, haar haar is los en hangt over haar schouders. Hij moet zich beheersen, omdat ze hem verleidelijker dan ooit toeschijnt.

'Als u me vastpakt, ga ik schreeuwen,' dreigt ze.

'Dat ben ik niet van plan.'

In haar kleine kamertje is het zo benauwd dat hij zich afvraagt hoe iemand het daar kan uithouden. De waterkan is half leeg, op een bord ligt een snee droog brood.

'Is dat je middageten?'

'Het ontbijt. Ik moet het over de dag verdelen, ze brengt me maar één keer per dag iets.'

'Dat is ongehoord. Waarom protesteer je niet?'

'Bij wie moet ik protesteren? Bij de huishoudster? Ze doet het met opzet. En mevrouw wil me niet zien.'

Wil Luise op deze manier voorkomen dat Danuta een gezond, sterk kind ter wereld brengt? Dat is net iets voor haar. Woede welt in hem op.

'Ik ga erachteraan. Ik heb opdracht gegeven dat het je aan niets mag ontbreken.'

Ze zegt niets. Het is moeilijk zo dicht bij haar te staan, de aantrekkingskracht van haar lichaam is buitengewoon sterk. Om zich van de drang te bevrijden wendt hij zijn blik af en ontdekt daarbij iets op haar bed wat hij daar niet had verwacht.

'Wat zijn dat voor boeken?'

Ze lijkt niet verbaasd te zijn over zijn vraag.

'Die boeken? Die heeft uw broer me gegeven. Hij zei dat ik nu zo veel tijd had dat ik wel een beetje kon lezen.'

Ernst, die achterbakse kerel. Hij heeft zijn kostbare boeken bij Danuta verstopt, zodat zijn grote broer ze niet te pakken krijgt.

'Je leest dus boeken?' vraagt hij ironisch.

'O ja, ik heb er al twee gelezen. Er staan veel dingen in waarvan ik nooit iets heb geweten.'

Hij glimlacht neerbuigend. Rousseau en Kant zal ze zeker niet hebben begrepen. De roman *Lichtenstein* van Wilhelm Hauff zou misschien wel naar haar smaak kunnen zijn. In elk geval zal haar leesvaardigheid niet ver reiken. Ze is alleen maar op de dorpsschool geweest en heeft leren lezen, rekenen en een beetje schrijven.

'Hoe dan ook,' zegt hij. 'Ik ben gekomen om je te vertellen dat je je geen zorgen over de toekomst hoeft te maken. Ik zal voor je zorgen.'

Ze kijkt hem ongelovig aan. 'Hoe wilt u dat doen? Mevrouw heeft aangekondigd dat ik het huis moet verlaten zodra het kind er is.'

'Ik zal zorgen voor een kamer waar je met je dochter kunt wonen en ik zal je maandelijks geld geven, zodat jij en je dochter...'

'En als het een zoon is?' onderbreekt ze hem.

'Als het een zoon is, zal ik hem bij me opnemen en laten opvoeden. Hij zal mijn naam dragen en ooit mijn opvolger worden. Je kunt trots zijn, Danuta. Je zoon zal een jongeheer worden.'

Ze kijkt hem met haar donkere ogen aan. Haar blik is verrassend standvastig. 'Ik geef mijn kind niet weg. Niet mijn zoon en ook niet mijn dochter.'

Wat kletst dat domme mens nou? Heeft ze zijn gulle aanbod niet begrepen?

'Wil je het geluk van je zoon in de weg staan?' vraagt hij boos.

'Ik ben zijn moeder. Mijn zoon is van mij!'

Wat is ze koppig en wat kijkt ze hem vijandig aan. Ze heeft haar armen om haar buik geslagen, alsof hij het kind nu al van haar wil afpakken.

'Luister, Danuta,' zegt hij zacht, omdat er geluiden op de zoldertrap te horen zijn. 'Ik bied je zoon een voortreffelijke opvoeding, een goed leven en een rijke erfenis. Wat kun jij daartegenover stellen? Moet hij als een bastaard opgroeien, honger lijden, het koud hebben en een dagloner of fabrieksarbeider worden? Wat wil je tegen hem zeggen als hij er later achter komt dat je hem een gelukkig lot hebt onthouden?'

'Het is geen gelukkig lot zonder moeder op te groeien,' houdt ze vol.

'Mijn vrouw zal een goede moeder voor hem zijn, dat heeft ze beloofd.'

Danuta gooit haar haar achterover en lacht. 'En dat gelooft u?' zegt ze honend. 'Ik weet wel beter. Ze zal mijn zoon haten. Ze zal er alles aan doen hem al als kind te laten sterven. En zelfs als hij volwassen wordt zal ze hem tegen zijn vader opzetten en ervoor zorgen dat hij met ruzie het huis uit gaat. Hij zal nooit uw opvolger worden. Maar op een dag zal hij te weten komen wie zijn echte moeder is. Dan zal hij naar me toe komen en me verwijten dat ik hem heb verlaten en aan een dergelijke stiefmoeder heb uitgeleverd.'

'Wat een onzin!' zegt hij. 'Vergeet niet dat hij ook mijn zoon is en dat ik hem als mijn oogappel zal beschermen.'

Ze gelooft hem niet. Ze schudt hardnekkig haar hoofd en beweert dat hij er niets aan kan veranderen.

'Net zoals ze mij nu wil laten verhongeren, zo zal ze ook proberen mijn kind uit de weg te ruimen. Nee, het blijft zoals we het hebben afgesproken. Zodra het kind geboren is, ga ik met hem weg.'

Hij kan het niet bevatten. Ze verzet zich. Ze wil de zoon die hij zo nodig heeft van hem afnemen.

'Waar wil je heen? Helemaal alleen met een baby?'

Ze kijkt hem aan en haar ogen vernauwen zich tot spleetjes.

'Ik ben niet alleen. Oskar gaat met me mee en zal voor ons zorgen. Dat heeft hij beloofd en ik weet dat hij woord zal houden.'

Het wordt steeds mooier. Die achterbakse kerel heeft zich aan haar opgedrongen. Een wilde jaloezie krijgt hem te pakken. Heeft Oskar haar ook 's nachts bezocht? Heeft ze hem daarom zo hardnekkig afgewezen? Omdat Oskar al bij haar in bed lag als hij bij haar aanklopte? De gedachte maakt hem bijna krankzinnig.

'Oskar?' lacht hij boos. 'Aan hem wil je je lot toevertrouwen? Hij heeft niets en hij kan niets. Hoe moet hij je te eten geven? Een dak boven jullie hoofd vinden? Jullie zullen alle drie te gronde gaan.'

'God zal ons beschermen,' beweert ze. 'Hij zal zijn sterke hand boven ons houden, net zoals hij de heilige familie op hun vlucht tegen al hun vijanden heeft beschermd.'

Zo rap als die vrouwen erbij zijn om Bijbelverhalen voor hun eigen doeleinden te misbruiken.

'Dat zullen we nog weleens zien,' sist hij tegen haar. 'Knoop het in je oren dat ik mijn zoon aan niemand anders dan mezelf zal overlaten.'

'Dan hoop ik dat ik een dochter ter wereld zal brengen,' zegt ze rustig.

Hij doet de deur harder dicht dan zijn bedoeling was, haast zich de zoldertrap af en ziet nog net hoe een schaduw Luises kleedkamer binnenglipt. Verdomme. Die geluidloze stiekemerd heeft hen afgeluisterd. Hij kan alleen maar hopen dat ze niet op het idee komt wat ze heeft gehoord aan haar mevrouw te vertellen. Mocht ze dat doen, dan zijn haar dagen hier in huis geteld.

Eerst heeft hij iets anders te doen. Hij rent naar het kantoor, waar hij Ernst braaf aan de voor hem ingerichte schrijftafel vindt. Het onschuldige gezicht waarmee zijn broer hem aankijkt, maakt hem meteen wantrouwig.

'Laat zien wat je daar schrijft.'

'De lijst van de nieuwe levering hout die gisteren binnengekomen is,' zegt Ernst ijverig. 'Hoeveelheid, kwaliteit, prijs, zoals we het gecontroleerd hebben.'

'Goed... En wat is dit?'

Hij trekt van onder de archiefmap meerdere beschreven vellen tevoorschijn, neemt ze vlug door en leest ze dan hardop met een spottende toon voor.

... stond aan de reling van het zeilschip en keek met starende ogen naar het verdwijnende land. Daar moest hij zijn geliefde achterlaten die nog maar een paar uur geleden huilend in zijn armen had gelegen. Nog voelt hij haar tranen op zijn lippen...

Hier houdt hij op en snauwt woedend tegen zijn broer: 'Schaam je je niet dergelijke onzin te verkopen? Dat noem je literatuur? Een onnozele smartlap is het. Sentimentele verhaaltjes voor dienstbodes en ouwe wijven. En daarmee verdoe je de tijd die je eigenlijk aan ons bedrijf moet besteden.'

'We hebben meer dan vijftig tijdschriften verkocht,' verdedigt Ernst zich.

'En waar is het geld?'

'Bij mevrouw Von Kleiwitz. Zij verkoopt de tijdschriften voor me.'

'Zo gaat dat niet langer. Zeg tegen haar dat ik haar wil spreken.'

'Maar...'

'En ga nu Oskar voor me halen. Hij moet ogenblikkelijk naar het kantoor komen.'

'Heeft hij iets uitgehaald?' wil Ernst verwonderd weten.

'Vraag niet zo veel! Doe wat ik zeg.'

Theodor is woedend. Hij wordt van alle kanten omringd door verraders. Maar hij is eraan gewend. Zijn leven lang heeft hij gevochten tegen minachting en achterstelling. Hij zal ze weleens wat laten zien. Hij gaat achter zijn bureau zitten en schrijft een getuigschrift voor Oskar, waarmee hij noch in Danzig, noch ergens anders een betrekking zal vinden. Niet loyaal, onbetrouwbaar, achterbaks, simpel, lui... Hij schrijft alles op wat een werkgever zal afschrikken. Op die manier kan Oskar zich hoogstens als dagloner verhuren of als scheepsjongen naar zee gaan. Dat laatste zou sowieso de beste oplossing zijn.

Oskar schijnt aan te voelen wat hem te wachten staat. Hij loopt langzaam achter Ernst aan, heeft zijn ogen samengeknepen en houdt zijn hoofd gebogen.

'Pak je spullen en laat je hier niet meer zien,' zegt Theodor kortaf tegen hem.

'Waarom?'

'Moet je dat nog vragen?' snauwt hij woedend tegen de jongen. 'Wees blij dat ik je niet bij de politie aangeef. Hier is je getuigschrift. En nu eruit!'

Oskar maakt geen aanstalten het papier aan te pakken dat Theodor hem voorhoudt. Hij staat voor hem en kijkt naar de vloer. Zijn gezicht is gesloten. 'U mag het houden,' zegt hij. 'Ik wil het niet hebben.'

Hij verlaat het kantoor. Ook goed, denkt Theodor. Hij gaat nu naar boven om zijn spullen te pakken en Danuta te vertellen dat hij weg moet. Dan zal ze erachter komen dat Oskar niet te vertrouwen is en als ze slim is zal ze zich bedenken.

Hij stelt vast dat zowel kantoorklerk Korbitz als zijn broer hem vanwege dit optreden met ontzette ogen aanstaren.

'Wat heeft hij in hemelsnaam gedaan?' vraagt Ernst. 'Hij is altijd een geschikte en aardige jongen geweest.'

'Ik heb mijn redenen,' zegt Theodor. 'We hebben het er later wel over.'

Ernst laat het voorlopig rusten. Hij weet ook wel dat je sommige dingen niet in aanwezigheid van de klerk kunt bespreken. Hij wijdt zich weer aan zijn lijst, die na voltooiing met de opdracht en de rekening vergeleken moet worden, zodat ze niet iets betalen wat ze niet hebben ontvangen. Theodor stelt een aanbieding op.

'Na het middageten zou je naar Forster kunnen gaan,' stelt hij na een poosje voor.

'Naar Johanna?' verwondert Ernst zich.

'Naar Forster. En naar de jonge Forster, die Pawel.'

Theodor glimlacht minzaam en reikt Ernst het vel papier aan dat hij zojuist heeft beschreven. 'De werf zal hout nodig hebben,' zegt hij op een onschuldige toon. 'Ik heb een vriendschappelijk aanbod opgesteld. Uitstekend eikenhout, tien jaar opgeslagen, goed gerijpt sparrenhout en lariks. Uitsluitend gezonde stammen van verschillende omvang.'

'Je wilt hout verkopen aan de werf van Forster?' zegt Ernst verbaasd. 'Dat is heel geschikt van je.'

Er klinkt iets van wantrouwen door in zijn stem en Theodor haast zich het te ontzenuwen.

'Waarom zouden ze niet bij ons kopen? Dat is beter dan dat ze naar de concurrentie gaan, toch?'

'Natuurlijk,' zegt Ernst langzaam. 'Al is er hier in Danzig op het moment weinig concurrentie.'

'Ach wat. De jonge Forster heeft veel gereisd. Die zal vast wel een paar handelaren langs de kust kennen die hem hout kunnen verschaffen. Dus moeten we zorgen dat we als eerste zaken met hem kunnen doen.'

'Als je het zo bekijkt,' zegt Ernst schouderophalend. 'Voor mijn part. Ik ga er graag heen om het hem te brengen.'

Goed. De val is gezet. Nu moet Pawel Forster er ook nog in trappen. Tevreden wijdt Theodor zich weer aan de rekening van de Russische vertegenwoordiger en hij kijkt alleen heel even op van zijn bureau als een rode flits over de binnenplaats lijkt te vliegen. Het is Oskars rode bos haar, die door de zon oplicht als hij met zijn bundel aan een stok over zijn schouder voorbijkomt. Hij verlaat het huis via de dienstingang onder het bordes om niet nog een keer door het kantoor te moeten.

Johanna

HET IS LANG GELEDEN DAT Johanna zo gelukkig is geweest. Alles waarnaar ze heeft gestreefd en waarvoor ze heeft gevochten, wordt nu werkelijkheid. Berthold lijkt een ander mens. Hij pakt alle noodzakelijke dingen met elan en plezier aan. Hij heeft een krediet op zijn huis genomen en twee opdrachten voor de werf Forster & Zoon verworven. Kleine vissersboten die goed te gebruiken zijn voor de kustvangst, maar die ook een ruwe zee aankunnen. Niet slecht voor een begin. De grootste vis heeft zij echter binnengehaald. Jan Jonkers is naar de Strohdijk gekomen, heeft naar het werk in uitvoering gekeken en met Pawel gepraat. Die heeft hem heel duidelijk gemaakt dat ze een jong bedrijf zijn en dat de bouw van een schip tijd zal kosten. Toch heeft hij indruk op Jonkers gemaakt met zijn kennis en ideeën en hem uiteindelijk voor zich ingenomen. Het ziet ernaar uit dat hij hun de opdracht voor een bark met drie masten zal geven, een zeewaardig koopvaardijschip.

Pawel heeft daarvoor al meerdere bouwtekeningen gemaakt en op basis van zijn plattegronden en schetsen de hoeveelheid en dikte van het benodigde hout berekend. Omdat er voor dit werk in zijn kamertje in de Böttcherstraat niet genoeg plaats is, heeft hij besloten de tekeningen in de woonkamer boven de werkplaats te maken, waar hij de vellen papier over de tafel kan uitspreiden. Vader en zoon discussiëren druk en maken berekeningen. Ze zijn het niet altijd met elkaar eens, omdat Berthold de ideeën van Pawel of te duur of te buitensporig toeschijnen. Ten slotte voegt hij zich echter steeds naar de mening van zijn zoon.

'Jij hebt meer gezien en geleerd dan ik, mijn jongen, dus ik hoop dat je goed hebt opgelet en alles juist hebt berekend.'

'Als je wilt, vader, reken ik alles nog eens door,' zegt Pawel. 'Maar ik denk dat het zo goed en haalbaar is.'

'Mag ik het opschrift schrijven?' vraagt Johanna.

'Als je daar plezier in hebt, lieve Johanna,' zegt Berthold glimlachend en hij geeft haar het potlood.

Ze schrijft sierlijk:

Driemastbark Cäcilie
Gebouwd op de werf Forster & Zoon
Eigenaar: Jan Jonkers

Wanneer ze klaar is en haar werk trots naar hen toe schuift, ziet ze Pawel glimlachen.

'Heel mooi, zulke kunstige krullen zou ik nooit voor elkaar hebben gekregen.'

'Mijn Johanna is ook een begaafd tekenares,' verklaart Berthold, terwijl hij liefdevol haar schouder streelt.

'Dat weet ik,' zegt Pawel. 'Je vrouw heeft heel gevarieerde talenten en zal al snel onmisbaar voor ons zijn.'

'Ik dank u voor deze lof, Pawel,' antwoordt ze en ze buigt haar hoofd.

Berthold fronst zijn voorhoofd en zegt dat het toch raar is dat ze nog steeds zo formeel met elkaar omgaan.

'We zijn eenvoudige mensen, lieve Johanna. Familieleden zeggen in onze kringen "jij" tegen elkaar. Nietwaar, Pawel?'

Tot haar verrassing begint Pawel hevig te blozen. Hij probeert zijn verlegenheid weliswaar onder een gelijkmoedige uitdrukking te verbergen, maar dat lukt hem slecht. Voor de eerste keer schiet Johanna de gedachte te binnen dat zijn aanvankelijke norse gedrag misschien gewoon schuchterheid is geweest. Dat amuseert haar. Pawel is een beste kerel en een geweldige scheepstimmerman. Ze heeft er niets op tegen als hij een beetje met haar dweept.

'Aan mij zal het niet liggen,' zegt ze en ze kijkt ondeugend naar haar stiefzoon. 'Bent u het ermee eens, Pawel Forster, dat ik jij tegen u zeg?'

'Natuurlijk, heel graag,' antwoordt hij. Hij laat van verwarring het potlood uit zijn hand vallen. De houtskoolstift rolt over de tekening en zou over de rand van de tafel in Johanna's schoot zijn gevallen als ze hem niet snel had opgevangen.

'Daar zullen we op drinken,' verheugt Berthold zich. Hij staat op om drie glazen en de fles rode wijn uit de kast te pakken.

'Op mijn lieve vrouw Johanna en mijn zoon Pawel.' Hij heft zijn glas.

'En op het succes van onze werf,' vult Johanna aan en ze klinkt met Berthold.

Pawel brengt geen toost uit, maar als Johanna hem glimlachend haar glas toesteekt om te proosten, denkt ze een vonk in zijn donkere ogen te zien, net als een oplaaiende vlam.

Het licht van de lamp weerspiegelt, denkt ze. Wat vreemd, hij heeft bijna zwarte irissen. Net als Danuta. Ook Andrzej Zalewski, haar minnaar, heeft zulke donkere ogen...

Pawel neemt deze avond vroeger dan gewoonlijk afscheid. Hij is erg moe en heeft slaap nodig. Berthold begeleidt hem naar beneden om tegelijkertijd de hond nog een keer naar buiten te laten en ze hoort vader en zoon nog even met elkaar kletsen voor de werkplaats. Daarna komt haar man weer naar boven en hij verklaart lachend dat zij drieën echte nachtbrakers zijn geworden en dat hij in de bosjes op de oever van de Radaune de glimwormen heeft zien rondzwermen.

Als ze samen in bed liggen, neemt Berthold haar teder in zijn armen en zegt dat hij nu pas inziet met wat voor een geweldige vrouw hij is getrouwd.

'Ik heb steeds gedacht dat ik je als een voorname dame moest behandelen en verwennen. Maar nu weet ik dat je alleen maar gelukkig bent als je ons als een echte ambachtsvrouw terzijde kunt staan en een aandeel hebt in ons werk.'

'Je bent slim,' fluistert ze en ze kruipt tegen hem aan. 'O, het zal je nog verbazen wat ik tot stand zal brengen.'

Hij drukt haar nog een keer tegen zich aan en dan hoort ze zijn ademhaling langzamer en rustiger worden, tot hij in slaap valt. Ja, ik heb het goed getroffen, denkt ze. Ik heb een man die van me houdt en een werf die ons welvaart en aanzien zal brengen. Daarbij heb ik een stiefzoon die zich als een geweldige ambachtsman en een eerzaam mens heeft ontpopt. Hij is misschien een beetje vreemd en lijkt in de aanwezigheid van vrouwen verlegen te zijn. Maar dat is prima. Hij moet niet te snel trouwen. Eerst moet hij met Berthold en mij de werf tot bloei brengen, en dan loopt een jonge echtgenote alleen maar in de weg.

De volgende dag bereidt ze samen met Barbara de middagsoep in de keuken, iets waar ze inmiddels veel plezier in heeft. De eerste keer dat Johanna in de keuken verscheen was de oude vrouw erg geschrokken. Haar bazin is tenslotte een koopmansdochter uit de Lange straat en in de keukens van de grote huizen komt alleen het personeel.

'Ik wil je helpen,' zegt Johanna. Ze gaat aan de keukentafel zitten, waar de aardappels in een emmer water klaarstaan om geschild te worden. 'We moeten vandaag acht mannen te eten geven. Dat krijg je in je eentje niet voor elkaar.'

'Wees voorzichtig met het keukenmes,' waarschuwt Barbara. 'Het is net geslepen.'

Johanna komt er algauw achter dat aardappels schillen een moeizaam, saai werkje is, vooral als je de schillen uit zuinigheid zo dun mogelijk wilt houden. Wortels schrappen en prei kleinsnijden gaan haar beter af. De uien en het vette rookvlees laat ze aan Barbara over. De bereidingswijze is simpel: de grote ketel met water boven het vuur hangen, rookvlees erin, de uien erbovenop, dan de rest van de groenten en alles laten koken. Zout is niet nodig, het rookvlees is zout genoeg. Ze verfijnt het recept met een handvol gesnipperde peterselie. Dat ziet er leuk uit en maakt de smaak pittiger, vindt ze.

Johanna vult een pan met vier ruime porties en zet deze samen met twee grote kroezen bier op een handkar. Vervolgens bindt ze een doek om haar hoofd, trekt stevige schoenen aan en gaat op weg naar de Strohijk. Doordat ze de veerpont over de Mottlau moet nemen, is het een omslachtige wandeling, maar de mannen van het veer kennen haar inmiddels en wachten omstreeks twaalf uur tot ze gearriveerd is voor ze afvaren. Op de Strohdijk komt een van de drie timmermansgezellen haar al tegemoet om de kar te trekken. Ze wisselen elkaar af, omdat ze het alle drie leuk vinden om te doen. Pawel komt haar daarentegen nooit helpen.

Vandaag ziet ze al vanuit de verte dat aan de Strodijk niet vier, maar vijf mannen aanwezig zijn. Twee zijn druk aan het werk, twee andere mannen staan bij elkaar. Een van de mannen herkent ze meteen aan zijn donkere haar en lichaamslengte. Dat is Pawel. De andere man is kleiner, slank en heeft blond haar. Hoe is dat mogelijk, denkt ze verbluft. Wat heeft mijn broer Ernst op de Strohdijk te zoeken?

De gezel die haar tegemoetkomt vertelt opgewonden dat het om een levering hout gaat.

'Dat komt precies op tijd,' zegt hij. 'Voor de boot waar we nu mee bezig zijn hebben we genoeg, maar daarna hebben we goed hout nodig, anders kunnen we wel inpakken.'

Vol slechte voorgevoelens haast ze zich naar beneden om haar broer Ernst te begroeten.

'Hallo, Johanna,' zegt hij verrast. 'Wat zwerf jij hier op de Strohdijk rond?'

'De meesteres brengt het middageten,' antwoordt ze. 'En wat brengt jou hier? Wil je je literaire tijdschrift hier verkopen?'

Hij trekt een gewichtig gezicht. 'Ik ben aan het werk. Theodor heeft een aanbod voor jullie.'

‘Werkelijk?’ Ze trekt haar wenkbrauwen op.

Pawel heeft het korte gesprek tussen broer en zus gevolgd. Hij reikt Johanna het papier met het aanbod aan en vraagt Ernst luidruchtig of hij een biertje met hem wil drinken.

‘Daar hoef ik niet lang over na te denken,’ antwoordt Ernst op zijn opgewekte manier. ‘Werk is werk, maar een lekker biertje is een lekker biertje.’

Hij gaat op een blok hout zitten en laat zich inschenken, drinkt op het succes van de nieuwe werf en verkoopt allerlei onzin, waarmee hij de jongens aan het lachen maakt. Kijk aan, denkt Johanna. Hij heeft zijn verwaandheid overwonnen en mengt zich heel ongedwongen onder de arbeiders. Heeft hij zich mijn preek aangetrokken? Of wil hij een goede indruk op Pawel maken?

Ernst blijft nog een tijdje hangen. Hij klaagt over de hitte, drinkt zijn bier op en neemt dan afscheid met goede wensen voor de rest van de dag. Johanna loopt met hem mee naar de steiger van het veer.

‘Wees eerlijk tegen me,’ zegt ze als ze buiten gehoorsafstand zijn. ‘Wat wil Theodor met dit aanbod bereiken?’

‘Ik weet het niet. Hij wil zogenaamd met de werf zakendoen voordat jullie bij de concurrentie gaan inkopen.’

‘En jij gelooft dat?’

Het veer is nog bij de andere oever. Ze blijven staan bij de steiger en wachten.

‘Slechts ten dele,’ geeft hij toe. ‘Iedereen weet dat momenteel alleen bij Berend goed hout voor een redelijke prijs te krijgen is.’

Dat is ook Johanna duidelijk. Pawel heeft weliswaar contact met andere leveranciers, maar die zitten verder weg en het transport loopt in de papieren.

‘Zou je ons aanraden Theodors aanbod aan te nemen?’

Ernst haalt diep adem. Dan kijkt hij haar ernstig aan. ‘Jullie zullen verdomd voorzichtig moeten zijn, Johanna.’

‘Dank je,’ zegt ze opgelucht. ‘Dat denk ik ook.’

'Nu we toch zo bij elkaar staan,' verandert hij van onderwerp. 'Je zou me een plezier kunnen doen, zusje.'

'Natuurlijk. Waar gaat het om? Je tijdschrift?'

Hij schudt zijn hoofd en kijkt haar dan een beetje verlegen aan.

'Klopt het dat jullie een opdracht van Jonkers hebben gekregen?'

'Ja, dat klopt.'

'En het schijnt dat Jan Jonkers nogal ingenomen is met je stiefzoon. Dat wil zeggen dat jullie op het moment in een goed blaadje bij hem staan, toch?'

'Ik denk het... Waar wil je heen?' vraagt ze wantrouwig.

Hij schuift met de punt van zijn schoen een steentje heen en weer.

'Weet je, Annemarie is eigenlijk een heel geschikt meisje. En ze tekent fantastische karikaturen.'

Johanna zet grote ogen op. Het zal toch niet waar zijn. Annemarie heeft haar broer weten te charmeren. Vroeger heeft ze hem geplaagd en dwarsgezeten zo gauw ze de kans kreeg, maar nu de dames aan zijn voeten liggen is hij opeens interessant geworden in haar ogen. O god, dat kan nooit wat worden met die twee.

'Ik dacht dat jij en je stiefzoon misschien terloops kunnen vermelden dat ik ook een goede zakenman ben,' komt hij met zijn verzoek op de proppen. 'Omdat Jonkers denkt dat ik niet geschikt ben voor zijn dochter.'

De pont komt dichterbij, ze hebben niet veel tijd meer. Johanna denkt razendsnel na hoe ze haar broer van deze dwaasheid kan weerhouden.

'Wat zal Theodor ervan zeggen?'

'Die zal enthousiast zijn, denk ik.'

Dat is heel goed mogelijk, denkt Johanna. Hij mag Annemarie dan wel niet, maar een verbintenis met huize Jonkers is voor hem gunstig.

'Denk er goed over na, Ernst,' waarschuwt ze. 'Je weet dat Annemarie al haar voorgaande aanbidders heeft afgewezen.'

Ernst glimlacht met onschuldige trots. 'Ze heeft tegen me gezegd dat ze dat deed omdat ze altijd al verliefd op mij was en op me heeft gewacht.'

'En jij gelooft dat?'

Hij kijkt haar verbaasd aan. 'Natuurlijk. Waarom zou ze liegen?'

De aankomst van het veer belet Johanna te antwoorden. Er schiet haar ook weinig te binnen wat haar goedgelovige broer ervan zal kunnen weerhouden zich uitgerekend met Annemarie Jonkers te verloven.

'Tot gauw, zusje.'

'Pas op jezelf, Ernst.'

'Zeker.'

Hij zwaait naar haar als het veer zich van de oever verwijdert en ze zwaait terug. Ze zucht eens diep en gaat terug naar de Strohdijk, waar de mannen intussen hun middagpauze hebben beëindigd.

'Aardige kerel, uw broer, mevrouw,' zegt een van de timmermannen grijnzend.

Ook Pawel glimlacht en zegt dat het hem plezier heeft gedaan haar broer Ernst te leren kennen.

'Tot vanavond,' zegt ze veelbetekenend en ze gaat met de handkar op weg naar huis.

Pawel verschijnt zoals gewoonlijk nadat hij heeft gegeten in de Böttcherstraat. Het is nog licht. Johanna heeft het raam opengedaan om de avondkoelte binnen te laten en ze ziet hoe hij met afgemeten passen aan komt lopen. Hij lijkt haar blik te hebben gevoeld, want hij tilt zijn hoofd op en blijft staan.

'Goeieavond,' roept ze naar beneden.

De manier waarop hij haar aankijkt! Zo ernstig en niet erg vriendelijk.

'Goeieavond, Johanna,' antwoordt hij langzaam en hij loopt verder naar de ingang van de werkplaats.

Barbara heeft theegezet. Ze gaan aan tafel zitten en Johanna schenkt in. Pawel maakt een kalme indruk. 'We hebben een aanbod voor Russisch hout ontvangen,' steekt hij van wal. Hij legt het papier op tafel.

'Van Berend?' zegt Berthold wantrouwig en hij zet zijn bril op. 'Dat zou wat moois zijn.'

Pawel lijkt eveneens onzeker. 'De prijs is goed. We zullen het nergens goedkoper krijgen. Natuurlijk moet ook de kwaliteit in orde zijn, anders is het duur betaald.'

'Dat is waar,' zegt Berthold. 'Russisch hout is niet altijd van de beste kwaliteit, er zit ook rommel bij, je moet goed uitkijken.'

'Dat spreekt vanzelf,' zegt Pawel knikkend. 'Voor ik het koop wil ik het hout zien en ik wil zelf de stammen uitkiezen. Anders worden er geen zaken gedaan.'

'Klawitter heeft hout bij hem gekocht,' vertelt Berthold. 'En naar verluidt is hij tevreden.'

'Dat spreekt in zijn voordeel,' zegt Pawel. 'Ik denk dat ik een afspraak met hem maak bij zijn magazijn om te kijken wat hij te bieden heeft.'

Johanna heeft zwijgend naar het gesprek geluisterd, maar nu vindt ze dat het tijd wordt zich ermee te bemoeien. 'Ik ben van mening dat we in geen geval bij mijn broer moeten inkopen,' zegt ze nadrukkelijk. 'Daarvoor heb ik mijn redenen.'

'En die zijn?' wil Pawel weten.

'Hij zal proberen ons een hak te zetten, zo veel is zeker.'

Berthold zucht en zegt dat hij haar wantrouwen beslist goed kan begrijpen. 'Ik ken je broer Theodor aardig goed. Hij is geen sympathiek mens en hij zal hard onderhandelen. Maar dat hij ons opzettelijk wil bedriegen, geloof ik niet.'

'Hij haat me,' zegt Johanna. 'En daarom zal hij er alles aan doen om mij schade toe te brengen. Zelfs mijn broer Ernst is van mening dat we voorzichtig moeten zijn.'

'We zullen de voorzichtigheid niet uit het oog verliezen,' zegt Pawel. 'Ik zal niet alleen zelf de stammen uitkiezen, maar ook bij het verladen aanwezig zijn, zodat we krijgen wat we hebben besteld. De prijs wordt contractueel vastgelegd. Wat kan er misgaan?'

Het klinkt overtuigend. Ook zij heeft geen idee waar Theodor een gaatje zou kunnen vinden om hen erin te laten lopen. Toch heeft ze er een slecht gevoel bij.

'Alleen al het feit dat hij ons een aanbod doet is verdacht,' probeert ze de mannen te overtuigen. 'Ik weet zeker dat Theodor ons nog geen stammetje vrijwillig zou willen verkopen. Er zit iets achter.'

De twee mannen wisselen een blik. Pawel leunt achterover in zijn stoel en lijkt besluiteloos, maar Berthold legt een kalmerende hand op haar arm.

'Mijn lieve Johanna, je doet de boekhouding, maakt folders en krijgt het zelfs voor elkaar grote opdrachten voor de werf binnen te slepen. Dat is prijzenswaardig en verdient respect. Maar alles wat met de scheepsbouw te maken heeft, zoals ook het inkopen van hout, is onze zaak. Omdat je een vrouw bent en niets van ons ambacht afweet.'

'Ik wil me geenszins met jullie ambacht bemoeien,' weerlegt ze. 'Maar ik ken mijn broer Theodor al mijn hele leven en ik weet beter dan jullie wat je van hem kunt verwachten.'

Pawel kijkt haar nadenkend aan en wendt dan snel zijn blik af, zoals hij meestal doet, en zegt dan tegen Berthold: 'Laten we er een nachtje over slapen, vader. We hoeven het niet vanavond te beslissen. Morgen is er ook nog een dag.'

'Dat is waar,' antwoordt Berthold. 'Maar hoe eerder we bestellen, hoe eerder we zeker zijn van het hout. Er wordt gezegd dat hij het meeste naar Nederland en Engeland wil doorverkopen. We mogen niet te lang aarzelen.'

Pawel knikt en hij staat op om naar de Böttcherstraat terug te keren. Als Berthold hem wil uitlaten, pakt Johanna hem zacht bij de arm.

'Vanavond vergezel ik Pawel naar beneden. Blijf rustig zitten, Berthold, ik ben zo terug.'

'Ook goed,' zegt hij schouderophalend. 'Vergeet niet Sultan nog even naar buiten te laten.'

Pawel verzet zich niet tegen haar begeleiding, maar ze voelt aan dat hij het er niet mee eens is. Hij gaat zo snel de trap af dat ze hem amper bij kan houden, loopt de werkplaats door en blijft pas bij de deur staan om op haar te wachten.

'Goedenacht,' zegt hij en hij wil weggaan.

'Ik moet de hond nog naar buiten laten en wachten tot hij terugkomt. Blijf je zolang bij me?'

'Ben je bang?' vraagt hij. 'Het is nog niet donker.'

Sultan schiet hen haastig voorbij, draaft het pleintje over en verdwijnt in de bosjes op de oever van de Radaune. Pawel blijft onzeker bij haar staan.

'Wilde je nog iets tegen me zeggen?' vraagt hij. 'Me nogmaals waarschuwen voor de oneerlijke praktijken van je broer? Dat is niet nodig, Johanna. Ik ben op mijn hoede.'

'Ik weet dat je niet iemand bent die gemakkelijk voor de gek te houden is,' zegt ze zacht. 'Maar hij zal het proberen. Neem me mee naar de ontmoeting in Neufahrwasser.'

'Dat gaat niet, Johanna.'

'Waarom niet? Ik doe de boekhouding, dan moet ik ook van de prijs en betalingsvoorwaarden op de hoogte zijn.'

'Nee, Johanna.'

Hij spreekt haar naam uit met een zachte stem. Ze kijkt in zijn ogen en opeens ontdekt ze daar iets wat haar in de war brengt. Zijn ogen spreken. Ze lijken dingen te zeggen die tussen hen niets te zoeken hebben.

'Ik... ik smeek het je, Pawel,' fluistert ze. 'Laat me met je meegaan.'

Hij schudt zijn hoofd. 'Het gaat niet, Johanna. Het is echt onmogelijk.'

Hij draait zich om en gaat er zo snel vandoor dat hij het volgende moment in de schaduwen van de straat is verdwenen.

Auguste

'MIJN BESTE CÄCILIE,' ZEGT AUGUSTE von Kleiwitz langzaam. 'Ik begrijp je moederlijke gevoelens heel goed. Denk je echter ook niet dat Ernst Berend misschien nog een beetje te jong is voor een huwelijk?'

Cäcilie Jonkers wuift met haar hand en lacht klaterend. 'Maar beste Auguste, je kent toch het spreekwoord: jong getrouwd, zelden berouwd. Mijn kleine Annemarie is buiten zichzelf van geluk. Ze heeft me toevertrouwd dat Ernst Berend altijd al een plekje in haar hart had. Al als kind was ze verliefd op hem.'

Auguste fronst haar voorhoofd. Ze heeft van Johanna en ook van Ernst Berend iets heel anders gehoord. Zelf is ze van mening dat een huwelijk voor de jonge kunstenaar helemaal geen goede zaak zou zijn, vooral niet als er ook kinderen komen. Voorbeelden genoeg in haar kennissenkring. Of de kunst gaat ten onder of het huwelijk. Soms zelfs allebei.

'Wel, ik ben blij dat Annemarie gelukkig is,' zegt ze met een diplomatieke glimlach. 'Je weet, beste Cäcilie, hoezeer ik op je dochter gesteld ben. Eerlijk gezegd hou ik van haar als van een eigen kind. En juist daarom moet ik je tot voorzichtigheid manen. Een jeugdliefde is niet altijd een garantie voor een goed huwelijk.'

Cäcilie Jonkers veegt met een zakdoek over haar voorhoofd en wangen. Het is vandaag opnieuw ondraaglijk heet.

'Je stelt me teleur, Auguste,' zegt ze verwijtend. 'Mijn kind en ik hadden gehoopt bij jou steun te vinden. Je weet dat mijn echtgenoot zo zijn eigen ideeën over een schoonzoon heeft.'

Jan Jonkers is een verstandige man, denkt Auguste. Dat hij de werf van mijn lieve Johanna een opdracht wil geven, kan ik ten zeerste waarderen. Ook in dat geval kan ik hem feliciteren met zijn mensenkennis. Maar ze wil natuurlijk ook geen onenigheid krijgen met Cäcilie, die een enthousiaste aanhangster is van kunst en literatuur en regelmatig haar salon bezoekt.

'Ach, lieve Cäcilie,' verzucht ze en ze grijpt haar hand. 'Je weet toch dat ik jou en jouw kleine Annemarie altijd en in elke situatie zal ondersteunen. Natuurlijk ben ik graag bereid om in het gezelschap van je man lovende woorden over Ernst Berend te zeggen. Ik zelf ben de jongeman uitermate goedgezind en wens alleen het beste voor hem.'

'Dat doet me deugd, lieve Auguste,' zegt Cäcilie, die zich nu met haar zakdoek koelte toe wappert. 'O, die vreselijke hitte. We gaan vanmiddag met de koets naar de Bischofsberg om daar in de schaduw van de bomen van de natuur te genieten.'

'Een goed idee. In de stad is het nauwelijks uit te houden. Al die viezigheid die zich in de gaten van de straten verzamelt. De stank! En het water van de Mottlau heeft nog niet vaak zo laag gestaan.'

'Ja, dat zei Ernst Berend ook al. Hij zal ons op ons uitstapje vergezellen om ons een leuk plekje te wijzen waar we kunnen picknicken.'

'Nou, dan krijgt je man de gelegenheid om zich van de voortreffelijke eigenschappen van de jongeman te overtuigen.'

'O, mijn lieve Jan zal niet van de partij zijn,' verkondigt Cäcilie glimlachend. 'We gaan met z'n drieën. Annemarie, ik en meneer Berend.'

'Ach,' ontglipt het Auguste.

'Je kent het toch, Auguste. De eenzaamheid van de natuur en een gelukkig jong paar. Wat is er mooier dan dat? Ach, liefste vriendin, wij zijn toch ook ooit jong en verliefd geweest, nietwaar?'

'Zeker...'

Wanneer Cäcilie eindelijk het veld geruimd heeft, wijdt Auguste zich aan haar correspondentie. Ze heeft een aantal exemplaren van

Die Literarischen Fackel opzijgelegd om aan goede vriendinnen en andere bekenden te sturen. Aangezien haar kennissenkring heel uitgebreid is, gaan de tijdschriften niet alleen naar Berlijn en omgeving, maar ook naar Königsberg, Lübeck, Hamburg, Kassel en zelfs naar Frankfurt am Main. Elke zending wordt voorzien van een uitgebreid schrijven, waarin ze het tijdschrift van harte bij haar vriendinnen aanbeveelt. Ze stelt zich er veel van voor. De welwillende lezeressen zullen het tijdschrift zonder enige twijfel prijzen en doorgeven, zich er misschien zelfs op abonneren. Alleen al vanwege het feuilleton, waarvoor twintig afleveringen zijn gepland. Het is zo meeslepend geschreven dat iedereen verlangend naar het vervolg uitkijkt. Zijzelf ook, want Ernst heeft haar niet verteld hoe het verhaal verder zal gaan.

Uitgerekend bij dit inspannende schrijfwerk wordt ze door Grete gestoord. Het meisje is een lief ding, maar soms is ze nogal opdringerig.

'Mevrouw? Neem me niet kwalijk, alstublieft...'

'Wat is er, Grete?'

'Ik wilde u echt niet storen... Het is alleen... Ik heb een vraag... of eigenlijk een verzoek.'

Met een geërgerde zucht legt Auguste haar pen neer en draait zich om. 'Hou het alsjeblieft kort, Grete, ik heb het erg druk.'

Grete maakt verlegen een kniebuiging en verstrengelt haar vingers alsof ze wil gaan bidden.

'U weet toch dat ik gisteren vrij had...'

'Natuurlijk, ik hoop dat je een fijne dag hebt gehad.'

'O ja, mevrouw. Ik ben bij mijn moeder op bezoek geweest en ik heb een paar boodschappen voor haar gedaan. Ze is niet meer zo goed ter been, weet u? Ja, en toen ik langs de haven liep zag ik daar opeens Oskar op een bolder zitten.'

'Welke Oskar?' vraagt Auguste opeens nerveus.

Heeft ze soms een vriend en wil ze met hem trouwen? Grote god, dat ontbreekt er nog maar aan.

‘Oskar, die bij Berend in het magazijn werkte. Hij heeft rood haar en flaporen, mevrouw.’

Juist, hij is haar weleens opgevallen. Een onschuldige jongen naar het zich laat aanzien. Nog een half kind, hij kan hoogstens zestien of zeventien jaar zijn. Veel te jong voor Grete, die al in haar beste jaren is.

‘Moet u zich voorstellen, mevrouw. Berend heeft hem van de ene op de andere dag ontslagen.’

‘O ja? Waarom?’

‘Dat heeft hij niet gezegd. Hij heeft hem gewoon weggestuurd.’

Grete is echt verontwaardigd en wringt haar handen. Ook Auguste vindt een dergelijk gedrag niet juist. Natuurlijk weten ze niet wat er gebeurd is, maar van Theodor Berend kun je alles verwachten. Ook dat hij een arme, trouwe knaap eenvoudigweg op straat zet, omdat hij een slechte bui heeft.

‘Ik dacht, mevrouw, dat u hem misschien in dienst zou willen nemen,’ vervolgt Grete. ‘Omdat hij niemand op de wereld heeft en niet weet waar hij naartoe moet. Hij is een fatsoenlijke en ijverige jongeman. Hij zou Anton kunnen helpen, die vaak pijn in zijn rug heeft.’

‘Nee, echt, Grete... Ik geloof niet dat we nog een bediende nodig hebben. Maar als hij zo geschikt is, dan vindt hij binnenkort vast wel iets.’

Grete slaakt een diepe zucht en trekt een droevig gezicht. ‘Ik weet het niet, mevrouw. Hij kwam heel ongelukkig en wanhopig op me over. Als hij zichzelf maar niets aandoet, de arme jongen.’

Auguste schudt haar hoofd. Waarom wordt zij in hemelsnaam met dergelijke toestanden lastiggevallen? Ach, het gaat haar aan het hart en stoort haar bij het schrijven van haar brieven.

‘Wanneer je hem nog een keer ziet, zeg maar tegen hem... nou ja... zeg tegen hem dat hij bij ons in dienst kan komen. Op proef natuurlijk. Voor kost en inwoning. Als hij zich bewijst, zullen we verder kijken.’

Grete maakt nog een kniebuiging. 'O, beste mevrouw,' zegt ze blij. 'Ik wist wel dat ik bij u hulp zou vinden voor die arme jongen. De hemel zal u rijk belonen voor uw barmhartigheid...'

'Het is al goed, Grete,' onderbreekt Auguste haar ongeduldig. 'Over een half uur gaan we naar het postkantoor en daarna wil ik een bezoek afleggen. Leg de lichte katoenen jurk voor me klaar en de strooien hoed met de vergeet-me-nietjes. En de parasol, dat spreekt voor zich.'

'Natuurlijk, mevrouw.'

Ze moet zich haasten om Ernst Berend nog vanochtend te treffen en hem dringend te waarschuwen dat hij bij dat uitstapje niet in een compromitterende situatie terechtkomt. Daarnaast is er een vervelende kwestie te regelen met zijn broer Theodor, die haar heeft geschreven en om opheldering over de financiering van het tijdschrift heeft verzocht. Nou, ze heeft zichzelf niets te verwijten. In plaats daarvan zal ze van Theodor Berend de teruggave van de giften eisen. Dat geld is bestemd voor het drukken van het tijdschrift en hoort dus in handen van de uitgever te zijn. Dat heeft haar lieve Klaus gisteravond ook gezegd.

De witte parasol die Grete boven haar hoofd houdt is een zegen.

'We gaan eerst naar de Berends en daarna naar het postkantoor, Grete,' zegt ze tegen haar meid, die behalve de parasol ook de tas met correspondentie moet dragen.

Grete is teleurgesteld. Ze had gehoopt Oskar tegen te komen op weg naar het postkantoor om hem het goede nieuws te vertellen.

'Ik heb tegen hem gezegd dat ik vandaag weer zou komen,' zegt ze bezorgd. 'Als hij nu maar niet weggelopen is.'

'Lieve hemel,' zegt Auguste geïrriteerd. 'Als hij niet kan wachten, is het zijn eigen schuld.'

Aangekomen bij huize Berend wordt de voordeur geopend door een mager, lelijk mens dat haar met koele ogen opneemt en naar haar naam vraagt.

'Jij bent zeker nieuw hier?' vraagt Auguste geërgerd.

Het dienstmeisje maakt een kniebuiging zoals het hoort en verkondigt dat ze Traude heet en hier sinds een paar dagen in dienst is.

'Nou ja, hier is mijn kaartje. Ik zou meneer Ernst Berend graag willen spreken. Het is dringend.'

'Natuurlijk, mevrouw. Als u hier wilt wachten, dan zal ik kijken of meneer Berend aanwezig is.'

'Wat een onaangenaam mens,' zegt ze tegen Grete. 'Waar is Danuta? Heeft ze soms haar kind al gekregen?'

'Ik weet het niet, mevrouw.'

Vrolijk kindergelach zou dit huis goeddoen, denkt Auguste. Alles is hier zo donker en stil. Het ruikt naar glansmiddel en boenwas en deze enorme donkere kast is bijna angstaanjagend.

De magere Traude is sneller terug dan verwacht.

'Het spijt me, mevrouw. Meneer Ernst Berend is niet thuis en wordt pas vanavond terugverwacht.'

Wat irritant. Ze had beter haar correspondentie kunnen uitstellen en meteen hiernaartoe moeten gaan. Nu kan ze alleen maar hopen dat de jonge Berend nog een beetje gezond verstand overheeft. O, die kunstenaars. Als je ze niet voortdurend in de gaten houdt, vallen ze van het ene ongeluk in het andere.

'Dan zou ik graag meneer Theodor Berend willen spreken. Hij heeft me een bericht gestuurd.'

'Een ogenblik alstublieft, mevrouw.'

Traudes gezicht blijft onbewogen. Waarschijnlijk glimlacht ze niet, omdat ze slechte tanden heeft. Auguste mist de keurige, vriendelijke Danuta, die altijd met een hartelijke glimlach klaarstaat.

'Meneer Berend verzoekt u in het kantoor te komen,' wordt haar medegedeeld.

'Dank je, Traude,' antwoordt ze koeltjes.

In het kantoor is het onaangenaam warm en benauwd. De zon staat op de grote ramen en verhit de kleine ruimte. De klerk zit in hemdsmouwen aan zijn lessenaar. Theodor Berend heeft zijn jasje aangehouden en alleen zijn stropdas en boord afgedaan. De bleke huid van zijn hals is geen prettig gezicht.

'Ik ben blij dat u zo snel op mijn uitnodiging bent ingegaan, mevrouw Von Kleiwitz. Neem plaats, alstublieft,' zegt hij. Hij staat beleefd op van zijn bureaustoel, terwijl de klerk een stoel voor haar neerzet.

'De kwestie is voor ons allemaal van het grootste belang,' zegt ze vinnig en ze steekt haar kin naar voren. 'Uiteindelijk gaat het om de financiering van een nieuw tijdschrift, dat al een grote populariteit geniet en daarmee aanleiding tot hoge verwachtingen geeft.'

'Daarom ben ik juist heel benieuwd welk bedrag de verkoop heeft opgeleverd. Ik ga ervan uit dat u een nauwkeurige verantwoording van de inkomsten voor mij gereed hebt.'

'Vanzelfsprekend, beste meneer Berend,' zegt ze vleierig. 'Waarbij ik van u als tegenprestatie een nauwkeurig overzicht van de drukkosten en de overgebleven gelden verwacht.'

Hij moet niet denken dat hij haar de wet kan voorschrijven. Als zij haar overzicht ter inzage geeft, moet hij hetzelfde doen. Dat heeft haar lieve Klaus haar gisteravond nog ingeprent.

Het blijkt dat Berend alles heel precies heeft bijgehouden. De rekeningen van de drukkosten zijn bijgevoegd en de overgebleven gelden nauwkeurig genoteerd. Ze kan geen enkele onregelmatigheid ontdekken. Theodor daarentegen kijkt haar overzicht kort na en heeft het een en ander aan te merken.

'Waarom is maar een deel van de exemplaren betaald?'

'Dat betreft de noodzakelijke presentexemplaren.'

'Waarvoor?'

Natuurlijk kan ze niet toegeven dat enkele van haar vriendinnen het eerste nummer van *Die Literarischen Fackel* nog steeds niet hebben betaald. Dat ligt niet aan haar, maar aan de lichtzinnige praktijken van enkele van haar relaties.

'Voor promotionele doeleinden,' legt ze uit. 'Elk verkooppunt ontvangt een presentexemplaar en verder verstuur ik ettelijke tijdschriften naar Hamburg, Königsberg, Kassel en Berlijn om de bekendheid van het tijdschrift te verhogen en abonnementen te werven.'

Dergelijke acties vindt Theodor Berend niet nodig. 'Dit tijdschrift wordt zeker niet buiten Danzig gelezen, het is dus overbodig dergelijke portokosten te maken,' stelt hij.

'Daar denk ik heel anders over!'

'Geachte mevrouw Von Kleiwitz,' zegt hij neerbuigend. 'Ik ben een zakenman. Een product vindt alleen afzet waar het gewenst is. Zo is dat nu eenmaal. Daarom ben ik niet bereid voortaan zulke onnodige uitgaven toe te staan.'

Auguste gelooft haar oren niet. Hij wil het niet toestaan? Wat heeft hij over haar te zeggen? Helemaal niets. Hij moet het geld teruggeven.

'Mag ik u eraan herinneren dat ik mede-uitgeefster ben van het tijdschrift en daarom beschikkingsbevoegd over het gehele bedrag?' brengt ze ertegen in.

Ze oogst alleen een vermoeide glimlach. 'Mag ik u er mijnerzijds aan herinneren dat mijn broer auteur en uitgever van het tijdschrift is? Aangezien hij nog niet meerderjarig is, ben ik zijn wettelijke vertegenwoordiger en heb daarom medezeggenschap over alles wat het tijdschrift betreft.'

'Over... alles?'

'Zo is het, mevrouw,' zegt hij op een manier alsof hij een kind zijn huiswerk moet uitleggen. 'Ik heb het recht de teksten te controleren en zo nodig bezwaren te uiten. Ik beslis mee over de oplage en de drukkosten en zal ingrijpen, mocht het tijdschrift in de rode cijfers geraken, want ik ben niet bereid voor eventuele schulden op te draaien. Momenteel kost het tijdschrift meer dan het opbrengt en daarom zal ik de afrekeningen scherp in de gaten houden en de reserves beheren.'

Ze is sprakeloos. Hij wil zich ermee bemoeien. Natuurlijk met maar één reden: hij wil *Die Literarischen Fackel* doven, de teksten verminken, het verschijnen verbieden, omdat het hem niet uitkomt dat zijn begaafde broer zich met literatuur bezighoudt. O, deze weerzinwekkende, hypocriete, prozaïsche…

'De reservegelden bestaan uit de giften die ik persoonlijk tijdens mijn salon heb ingezameld. Daarom heb ik het recht dat geld te beheren.'

'De giften waren niet aan u persoonlijk. Ze zijn bestemd voor het tijdschrift en ik beheer ze als wettelijke vertegenwoordiger van mijn broer,' reageert hij koeltjes.

Hoe superieur hij zich voordoet! Hoe hij haar afscheept! Auguste barst bijna van woede. Dit pikt ze niet.

'Dan lijkt het me beter dat u deze kwestie met mijn echtgenoot bespreekt,' zegt ze en ze staat op. 'Gezagvoerder Klaus von Kleiwitz is mijn wettelijke vertegenwoordiger en hij is het met uw opvattingen absoluut niet eens.'

Ha, nu heeft ze hem eindelijk geïntimideerd. Zijn uitdrukking verraadt niets, maar ze ziet hoe hij zijn lippen op elkaar perst en zijn mondhoeken naar beneden gaan.

'Met het grootste plezier,' beweert hij en hij staat eveneens op. 'Ik wacht het bezoek van uw echtgenoot met ongeduld af om deze vervelende zaak eens en voor altijd met hem te regelen. Als u me nu wilt excuseren, mevrouw. Er wacht een klant op me in Neufahrwasser en ik ben al laat.'

'Laat u zich door mij niet ophouden, meneer Berend,' roept ze woedend en ze stormt het kantoor uit.

'Kom, Grete,' roept ze in de hal naar haar meid. 'Ik stik als ik nog langer in dit huis blijf.'

Grete klapt de parasol open. 'Ja, mevrouw.'

Pas als ze buiten op de straat zijn, vertelt ze haar bazin dat ze voorzichtig moet zijn.

'Ze staat bovenaan de trap, mevrouw. Je ziet haar niet, omdat ze zich achter de meubels verstopt. Je hoort haar ook niet, omdat ze vilt onder haar schoenzolen heeft geplakt. Ze is net een boze geest, ik ben blij dat we buiten zijn.'

'Je bedoelt die Traude?'

'Ja, mevrouw. Ik heb over haar horen praten. Ze wordt overal ontslagen. Er wordt gezegd dat ze ongeluk brengt...'

'Wat mij betreft kan ze haar gang gaan,' zegt Auguste, nog steeds vol woede. 'We gaan naar het postkantoor, Grete. En daarna naar Langlau, ik wil horen hoeveel tijdschriften hij heeft verkocht.'

Bij het postkantoor komt ze er tot haar ergernis achter dat de portokosten hoger zijn dan ze in haar overzicht heeft aangegeven. Toch besluit ze de tijdschriften te versturen.

Als je een bedrijf op gang wilt brengen, moet je nu eenmaal investeren. Dat weet iedere koopman. Alleen Theodor Berend, die vrek, denkt dat een tijdschrift vanzelf bekendheid krijgt.

Helaas is Oskar bij de haven niet te vinden, ook op de Buttermarkt is hij nergens te bekennen en Gropius, bij wiens barnsteenwinkel ze tussendoor langsgaan, heeft ook geen nieuws. En hij is nog wel de beste bron voor elke roddel in Danzig. Boekhandelaar Langlau heeft van zijn twintig exemplaren er al vijftien verkocht, drie zijn gereserveerd en worden de volgende dag opgehaald.

Opeens is buiten op straat geschreeuw te horen.

'Help! Brand! Brand!'

'Brand,' kreunt Langlau ontzet. 'Toch niet hier in de Hinterstraat? Mijn boeken!'

Auguste loopt geschrokken de straat op, waar Grete op haar staat te wachten. Meer mensen zijn hun huizen uit gekomen, er wordt opgewonden gediscussieerd en met vingers in verschillende richtingen gewezen.

'Er is brand, mevrouw,' roept Grete. 'De torenwachter op de Marienkerk heeft het gemeld.'

'Maar waar dan? Toch niet in de Heiligen-Geist-straat?' vraagt Auguste in hevige paniek.

'Nee, mevrouw. Ze zeggen dat er brand is in Neufahrwasser. Men kan vanaf de toren de rook zien opstijgen.'

Auguste moet van opluchting steun zoeken tegen Langlau's winkelraam. In Neufahrwasser! God zij geloofd. Dat is op zeven kilometer afstand van Danzig.

'Wat kan er daar branden?' vraagt ze. 'Toch niet een van de koopvaardijschepen die daar aanmeren?'

'Ik weet het niet, mevrouw,' zegt Grete. 'Het zal iets zijn wat van hout gebouwd is, denk ik.'

Johanna

DE STOOMBOOT VAART ZO LANGZAAM dat je er gek van zou worden. Johanna heeft er spijt van dat ze geen rijtuig heeft gehuurd, dan zou ze sneller in Neufahrwasser zijn geweest. Maar de stomer stond op het punt te vertrekken en er was nog net één plaats vrij. Dus is ze impulsief aan boord gegaan om zich vervolgens vreselijk te ergeren.

Toen ze het eten naar de Strodijk bracht, hoorde ze dat Pawel naar Neufahrwasser was vertrokken. Natuurlijk wist ze meteen dat hij daar met Theodor moest hebben afgesproken om het hout te bekijken en eventueel een koop af te sluiten. Gisteravond is hij slechts kort in de werkplaats geweest en heeft met Berthold gepraat. Hij moest hem hebben verteld wat hij van plan was. Berthold heeft echter helemaal niets losgelaten. Zo zijn ze, de mannen. Ze staan elkaar bij, weten alles beter en denken dat zij sprookjes vertelt. Maar ze weet heel goed dat Theodor niet te vertrouwen is. Dus heeft ze de handkar laten staan en is halsoverkop op de stoomboot gestapt om bij de onderhandelingen aanwezig te kunnen zijn.

Naast haar zitten twee lange, dunne reizigers. Zonder twijfel Engelsen, die opgewonden over het landschap praten en daarbij hun hoed vasthouden, die de wind van hun hoofd wil rukken.

'*There must be another steamer*,' zegt een van hen. '*You can see the smoke*.'

'*O, really. There is a lot of smoke. This must be a big one*.'

Smoke? Rook? Er vaart maar één stoomboot op de Weichsel. Wat kan er daar verderop roken? Ondanks het loopverbod springt ze op en strekt haar nek. Inderdaad. In de verte stijgen donkere rookwolken op, die door de wind uiteengerafeld en landinwaarts worden geblazen. Er is brand. O god, er is brand in Neufahrwasser. Het zal toch niet Theodors opslaghal zijn, die vol met hout ligt?

Nu zijn op de oever van de Weichsel hier en daar mensen te zien die opgewonden roepen en schreeuwen, met hun handen naar het noorden wijzen en gebaren maken naar de kapitein. Een binnenschip komt naar hen toe gezeild en de schipper roept iets naar hen.

'Er staat een hal in de fik. U kunt beter in de monding van de Weichsel aanleggen en daar blijven liggen.'

De passagiers van de stomer zijn daar echter pertinent op tegen. Er ontstaat ruzie. Men heeft de tocht betaald en wil zijn bestemming bereiken. Dat zou wat moois zijn als ze eerder zouden moeten uitstappen.

'Als er daar brand is, moeten we helpen blussen,' roepen een paar Danzigers. 'Dat is onze burgerplicht. Dat mag u ons niet verhinderen.'

Ook de twee Engelse mannen willen in elk geval in Neufahrwasser aan land gaan om te helpen bij het blussen. Twee koopvaardijschepen zeilen de stomer voorbij. Ze laten zich door de brand niet weerhouden om bij de voor hen liggende haven aan te meren. De stomer legt in de monding van de Weichsel aan, waar slechts weinig opvarenden aan land gaan.

'Wilt u niet liever hier uitstappen, jongedame?' vraagt de kapitein aan haar. 'Daar verderop wordt het misschien gevaarlijk.'

Ze weigert ongeduldig. De lucht is hier al grijs en vol rook, doordat de wind de walm vanaf de kust meevoert. De rest van de reis staat ze tussen de andere passagiers aan de reling en staart naar de onheilspellende donkere wolken die naar de hemel opstijgen. In Neufahrwasser staan inmiddels al meerdere opslaghallen. Men heeft het belang van de haven als overlaadplaats voor goederen van overzee ingezien. Welk magazijn in brand is gevlogen, is niet te zeggen.

Als het Theodors hout is wat nu verbrandt, denkt Johanna, dan spijt me dat weliswaar voor hem, maar ik zal niet omvallen van verdriet.

Er liggen meerdere boten in de haven van Neufahrwasser. Vissersboten vol mensen zijn onderweg naar de monding van de Weichsel en de plek waar de opslaghallen staan. De paard-en-wagens van de brandweer van Danzig zijn te herkennen aan het heldere geluid van de bellen. Ze rijden langs het kanaal en moeten boven bij het havenbekken een omweg maken om de andere kant te kunnen bereiken. Johanna gaat met de andere passagiers aan land en het schiet haar te binnen dat ook Theodor en Pawel vast en zeker bij de hal zijn om te blussen. Ze laat zich meevoeren door de opgewonden menigte, ademt de bijtende rook in, die hier al zo dicht is dat je ervan moet hoesten, en springt geschrokken opzij als een bellende wagen van de brandweer voorbijrijdt.

Al uit de verte ziet ze dat het inderdaad Theodors hal is waar zwarte rook uit opstijgt. Het dak is in het midden ingestort, er zijn flikkerende gele vlammen te zien die door de wind worden aangewakkerd. Helpers zijn met emmers onderweg, halen water uit het havenbekken en gooien het tegen de muur van de hal, wat volledig zinloos lijkt te zijn, want het vocht verdampt al sissend zodra het de stenen fundering raakt. Het bovenste deel van de hal is van hout gemaakt, dat is sowieso al verloren. De brandweermannen in hun Pruisische uniformen hebben hun spuiten opgesteld, de slangen zijn naar het havenbassin uitgerold en op commando wordt er ijverig gepompt. Het is op alle fronten een verloren zaak, tegen de laaiende vlammen is niets te beginnen.

Hitte en stank waaien Johanna tegemoet als ze dichter bij de plaats des onheils komt. Ze moet haar zakdoek voor haar mond houden, de bijtende rook is ondraaglijk. Er heeft zich een massa toeschouwers verzameld om het gebeuren met ingehouden adem te volgen. Ze staan zo dicht op elkaar dat de mannen die met emmers water proberen te blussen er amper door kunnen.

'Ga weg daar,' snauwt een havenarbeider tegen haar. 'Loop ons niet voor de voeten, jongedame.'

Waar is Pawel? Bevindt hij zich onder de mannen die met emmers en vaten rondrennen? En Theodor? Ze knijpt haar ogen tot spleetjes om beter te kunnen zien, maar ze kan geen van beiden ontdekken. Dan hoort ze een hese kreet.

'Ben je gek geworden? Blijf staan. Die is niet meer te redden.'

De poort van de hal staat wijd open, grijze walmen komen naar buiten. Je kunt de rode gloed zien van de brand die binnen woedt. Een stapel korte stammetjes ligt voor de poort, ernaast staat een groepje mannen op zekere afstand. Ze ziet ze gebaren maken en hoort hun opgewonden geschreeuw.

'Water, hierheen met die slangen. Iemand is naar binnen gegaan.'

Twee geüniformeerde brandweerlieden komen aanrennen. Er ontstaat tumult. Ze richten een spuit op de poort. Johanna kan zien hoe de dunne straal nutteloos verdampt bij de ingang.

'Zet hem op. Op en neer. Op en neer. Hou vol,' commandeert een brandweerman met een hese, overslaande stem.

De mannen aan de spuit zijn uitgeput, anderen haasten zich erheen om hun plaats in te nemen. Dan stormen meerdere helpers naar de halpoort, trekken twee bewegingloze lichamen over het zand en gooien water over hen heen. Iemand roept om een dokter.

Dat is Pawel, schiet het door haar heen. Doodsbang probeert ze zich tussen de omstanders door te dringen, maar men houdt haar tegen.

'Bent u levensmoe?' schreeuwt iemand tegen haar. 'Blijf waar u bent.'

'Laat me erdoor. Dat is een bekende van me.'

'Hij is niet meer te helpen.'

Harde knuisten houden haar vast aan armen en schouders. Ze schreeuwt wanhopig, probeert zich te bevrijden, maar het enige wat ze bereikt is dat haar blouse bij de schouder scheurt. Dan ziet ze dat een van de twee op de grond liggende mannen rechtop is gaan zitten. Zijn witte overhemd is grijs geworden en zit vol brandvlekken. Hij hoest, ademt diep in. Men geeft hem een natte lap die hij voor zijn gezicht houdt. Ten slotte gaat hij moeizaam staan, wankelt en zet langzaam een paar passen, waarna hij zich vooroverbuigt en hoest. Nu kan ze zijn zwarte haar zien, dat aan de zijkant geschroeid is.

'Pawel!'

Hij moet haar kreet gehoord hebben, want hij tilt zijn hoofd omhoog en kijkt in haar richting. Plotseling beschikt ze over onvermoede krachten, rukt zich los uit de handen die haar vasthouden, stort zich tussen de rondlopende mensen door en rent naar hem toe.

'Pawel. Hoe kun je… Hoe kun je nou…'

Hij kijkt haar aan alsof hij uit een andere wereld terugkomt op aarde. Alles is ineens onwerkelijk, de sissende, huilende brand die in de hal woedt, de lawaaierige mensen, de bijtende rook die haar omhult. Ze vindt zichzelf terug in zijn armen, voelt zijn lippen heet en droog op haar mond, voelt hoe hij ademt, haar omhelst, haar hoestend tegen zich aan drukt.

'Johanna… Johanna… Johanna…' Het klinkt als een melodie vol verlangen.

Ze weet amper wat ze doet. Wild beantwoordt ze zijn kussen, omklemt zijn nek, begraaft haar vingers in zijn haar. Ze hoort hoe hij mompelt: 'Ik hou van je, Johanna. Ik hou van je als een waanzinnige.'

Dan schokt een hoestaanval door zijn lichaam. Hij krimpt ineen en ze moeten elkaar loslaten.

'Kom mee,' zegt iemand vlak bij hen. 'Ik ben arts. We brengen de gewonden met de boot naar het stadshospitaal. Uw vrouw kan meevaren.'

Ze staat er als verdoofd bij, niet in staat te bevatten wat er zojuist is gebeurd. Heeft hij haar gekust? Tegen haar gezegd dat hij van haar houdt? Of was het slechts een waanvoorstelling, veroorzaakt door het vuur? Twee helpers nemen Pawel tussen zich in. Het zijn de Engelse mannen, die inderdaad naar de plaats van de brand zijn gekomen om te helpen. Twee anderen dragen het bewegingloze lichaam van een man. Jasje en broek zijn zwart, zijn haar is verbrand, zijn gezicht grijs van de rook. Maar ze herkent haar broer Theodor en slaat van ontzetting haar handen voor haar gezicht. 'Hoe is het met hem?' vraagt ze aan de arts. 'Zal hij... zal hij het overleven?'

De arts geeft geen antwoord. Ze hebben de vissersboot bereikt die bij het kanaal ligt aangemeerd en de mannen dragen de bewusteloze in het schommelende bootje. Pawel is in staat zonder hulp in te stappen, helpende handen strekken zich uit naar Johanna. Achter hen weerklinkt een enorm gekraak, dan een hevig sissen en suizen. Ze horen waarschuwende kreten, vonken en brandende stukjes hout wervelen in het rond. De rest van het dak van de hal is ingestort.

'U hebt verdomd veel geluk gehad dat u daar levend uit bent gekomen,' zegt de arts tegen Pawel, die ineengedoken op het bankje zit en versuft voor zich uit staart.

'Het vuur heeft u bij uw schouder te pakken gehad, maar dat heelt wel weer,' krijgt hij te horen. 'Hoofdpijn? Misselijkheid?'

'Het gaat wel,' mompelt hij.

Pawel houdt niet op met hoesten. Hij vertrekt zijn gezicht van pijn, de rook heeft zijn luchtwegen beschadigd. Johanna voelt zich hulpeloos. Ze bewondert de arts, een ervaren oudere man die de gewonden voorzichtig verzorgt. Zelf voelt ze niets dan koude wanhoop. O, God, bidt ze inwendig. Laat Theodor niet doodgaan. Hij heeft me veel leed berokkend, ik heb hem gehaat, hem al het slechte van deze wereld toegewenst. Maar hij is toch mijn broer. Het kind van mijn ouders. We zijn samen opgegroeid. Lieve God, laat hem in leven.

'*You are a hero*,' zegt een van de Engelsen, die de riemen hebben gegrepen. '*You saved his life*.'

Pawel staart hem niet-begrijpend aan. Vervolgens kijkt hij naar

Theodors stille lichaam, schudt zijn hoofd en zwijgt. Hij ontwijkt Johanna's blik.

'Wat is er gebeurd?' vraagt de arts.

Hij heeft Theodor een beetje overeind gehesen en laat zijn rug tegen een bankje leunen. Zijn borstkas gaat zichtbaar op en neer. Hij is godzijdank in leven.

'Ik heb tegen hem gezegd dat hij de poort niet open moest maken,' stoot Pawel uit. 'Het smeulde toen we aankwamen, er kwam rook uit de luiken bovenin...'

Hij wrijft over zijn voorhoofd, haalt zijn hand door zijn verschroeide haar, raakt de brandwond op zijn schouder aan en krimpt in elkaar.

'Maar hij heeft de poort opengemaakt?' dringt de arts aan.

'Ja, ik kon hem er niet van weerhouden. Toen kreeg het vuur lucht en laaiden de vlammen op.'

Het hout moet door de hitte van de afgelopen dagen kurkdroog zijn geweest.

'Hij was buiten zichzelf van angst,' gaat Pawel verder en hij moet weer hoesten. 'Hij pakte een bijl en wilde...'

'Stil maar,' zegt de arts. 'U kunt het later vertellen. Uw keel is aangetast, praten is er niet goed voor.'

Maar Pawel moet vertellen wat er is gebeurd. Hij kan niet ophouden en praat als een bezetene.

'Vooraan bij de ingang lagen die korte stammetjes. Die wilde hij naar buiten brengen, zodat ze niet zouden verbranden... Daar heb ik hem bij geholpen. En toen is het dak ingestort... De rook en de vlammen... Ik heb hem bij zijn jasje gepakt en wilde hem de hal uit trekken. Hij heeft me woedend weggeduwd... Ik ben weggelopen om hulp te halen...

De eerste helpers met emmers en vaten water waren al gearriveerd. Ik heb tegen ze gezegd dat er nog iemand in de hal was, maar alles stond binnen al in lichterlaaie en niemand had de moed naar binnen te gaan.

Toen zag ik hem,' zegt Pawel hees en hij wrijft in zijn roodomrande ogen. 'Hoe hij wanhopig bij de poort probeerde te komen. Hij zag eruit als een spook, de armen naar voren uitgestrekt, zwart tegen de achtergrond van de vlammen. Ik zag hem vallen. Ik heb de natte lap van het gezicht van de man naast me getrokken en ben naar binnen gegaan. Ik pakte hem vast, trok hem tussen de stammen uit en probeerde hem naar buiten te slepen...'

Inmiddels was de brandweerspuit in werking. De mannen die hem te hulp kwamen hadden zich met water overgoten en het lukte hun om hem en de bewusteloze Theodor uit de brandende hal te trekken.

Johanna huivert bij het horen van het stokkende, door hoestaanvallen onderbroken verslag. Theodor heeft waarschijnlijk veel geld in de hal en de aankoop van het Russische hout gestoken en het is mogelijk dat hij uit krenterigheid geen verzekering heeft afgesloten. Als dat het geval is, heeft hij met deze brand een vermogen verloren. Geen wonder dat hij een laatste, vertwijfelde poging deed om een paar kleine stammetjes van de vernietiging te redden.

Maar geld en goed zijn niet alles. Als hij tenminste maar in leven blijft, denkt ze ongelukkig. Ik heb hem nooit dood gewenst. Wat maakt het uit wat hij me heeft aangedaan en wat hij misschien nog gepland heeft om me schade toe te brengen, ik hoop echt dat hij het overleeft.

De mannen aan de riemen hebben het moeilijk, omdat ze tegen de stroom in moeten roeien. Het uithoudingsvermogen van de Engelsen is bewonderenswaardig. Wanneer ze het kanaal bij Danzig bereiken, nemen de visser van wie het bootje is en de arts hun plaatsen in. Maar ze komen niet ver doordat het water te laag staat. Ze moeten aanleggen. Theodor wordt de boot uit gedragen en de arts haast zich alvast naar het stadshospitaal om te berichten dat ze twee dragers met een brancard voor ziekentransport nodig hebben. Ook Pawel moet op instructie van de arts naar het hospitaal om de brandwond aan zijn schouder te laten verzorgen. Wanneer ze de poort bereiken wendt Pawel zich voor de eerste keer weer tot Johanna. Hij praat zacht en kijkt haar niet aan.

'Zeg tegen mijn vader dat het slechts een kleinigheid is. Ik kom vanavond nog terug.'

'Moet ik niet in het hospitaal op je wachten en later met je meegaan?' vraagt ze bezorgd.

'Niet nodig.'

Hij doet alsof er niets is gebeurd. Heeft ze alles dan gedroomd? De omhelzing? De kussen? Zijn woorden van liefde? Verward kijkt ze hem aan, probeert iets in zijn ogen te lezen, maar hij draait zich om en loopt richting de gebouwen van het hospitaal. De twee Engelsen hebben blijkbaar besloten hem niet alleen te laten, want ze nemen hem tussen zich in.

Haar huis is vlakbij. Ze gaat door de Jakobspoort en dan is ze al in de Paradiesstraat. Daar is iedereen heel bezorgd. Het nieuws van de brand in Neufahrwasser heeft al de ronde gedaan in Danzig. Barbara komt haar al bij de ingang van de werkplaats tegemoet. Binnen is Berthold met zijn werk gestopt en wacht met een bang gezicht op wat ze te vertellen heeft.

'Een brandwond? Aan zijn schouder? Rechts of links?' vraagt hij geschrokken.

'Links, geloof ik. Het is niet ernstig, maar het moet wel verzorgd worden. Mijn broer Theodor is er veel slechter aan toe.'

Ook Berthold betreurt het ongeluk dat zijn zwager heeft getroffen. 'Grote god, lichamelijk letsel en levensgevaar en dan ook nog de hal met al het opgeslagen hout ten prooi aan de vlammen. Wat een verschrikkelijk nieuws. Lieve Johanna, je ziet er bleek en uitgeput uit. Ga naar boven en rust wat uit.'

Ze wil echter alleen iets drinken, haar gezicht en handen wassen en een andere jurk aantrekken. Daarna zal ze naar de Lange Straat lopen om ze daar op de hoogte te brengen. Luise heeft er recht op te horen wat er met haar echtgenoot is gebeurd. Ook Ernst moet het weten, hij zal Theodor op kantoor moeten vervangen totdat die hopelijk weer zijn plaats kan innemen. Het ziet er niet goed uit voor het handelshuis Berend, dat juist op het punt stond weer tot de rijkste en belangrijkste koopmansgeslachten van Danzig te gaan behoren.

In haar ouderlijk huis wordt ze door een onbekend meisje ontvangen dat haar hooghartig van top tot teen opneemt en vraagt wat ze wenst.

'Meneer Ernst Berend is niet thuis,' wordt haar medegedeeld.

'Dan wil ik graag mevrouw Luise Berend spreken. Ik ben haar schoonzus, Johanna Forster.'

Zoals ze al heeft verwacht, is Luise niet bereid haar schoonzus te ontvangen. Dus moet ze het slechte nieuws aan dit magere, afschuwelijke mens vertellen dat haar vanwege haar eenvoudige jurk zo minachtend behandelt.

'Mijn broer Theodor is bij de brand in zijn magazijn in Neufahrwasser gewond geraakt, hij is nu in het stadshospitaal. Zeg dat tegen mevrouw Luise Berend. En breng mijn medeleven en diepste leedwezen aan haar over.'

Op de terugweg wordt ze overvallen door alle mogelijke gedachten en zorgen en in haar hoofd zoemen belangrijke en onbelangrijke dingen wild door elkaar. Ze heeft de handkar met pannen en kroezen bij de Strohdijk laten staan. Pawel is gewond aan zijn schouder en zal niet kunnen werken. Waar hangt Ernst uit? Moet hij Theodor niet vervangen als die onderweg is? Haar jurk is geruineerd, ze zal hem moeten wassen. Ze moet erachter komen of ze heeft gedroomd of dat Pawel haar echt heeft gekust.

Als ze over de Radaunebrug naar de werkplaats loopt, trillen haar knieën. Pas nu laat de doorstane verschrikking zich gelden. Ze sleept zich moeizaam het kleine plein over en moet zich bij de ingang van de werkplaats aan de deurpost vasthouden.

'Johanna!' hoort ze Berthold roepen. 'Mijn lieve meisje. Ik heb toch gezegd dat je eerst moest uitrusten?'

Dan is hij bij haar en neemt haar in zijn armen. Hij tilt haar op en draagt haar de trap op naar de slaapkamer, waar hij haar voorzichtig op het bed legt en haar voorhoofd en wangen streelt. Ze pakt zijn hand, die hard en ruw van het werk is en toch zo zacht kan strelen. Hoe geborgen ze zich bij hem voelt. Hoe teder hij met haar is. 'Mijn lieve meisje,' zei hij. Ook papa had haar vaak zo genoemd. Ja, ze houdt van hem zoals een kind van haar vader houdt. En ze was er vast van overtuigd dat deze liefde genoeg voor een heel leven zou zijn.

'Probeer een beetje te slapen,' zegt Berthold en hij staat op om weer naar beneden te gaan. 'Wanneer Pawel terug is, laat ik je dat weten, lieve Johanna.'

Ze knikt en doet haar ogen dicht. Ze hoort hoe hij zachtjes de kamer verlaat en de deur achter zich dichtdoet.

En als het geen droom was, denkt ze. Als hij het echt heeft gedaan? Als hij zo hartstochtelijk van me houdt zoals hij me heeft toegefluisterd? Wat moeten we dan doen?

Ik moet erachter komen of het een droom was of dat het werkelijk is gebeurd, denkt ze. Eerder heb ik geen rust. Dit besluit genomen hebbende wordt ze overmand door uitputting en ze zinkt in een diepe, droomloze slaap.

Wanneer Barbara de kamer binnenkomt om haar wakker te maken, schemert het buiten al. 'Pawel heeft ons gevraagd je te laten slapen. We hebben al gegeten. Nu wil hij afscheid nemen.'

Slaapdronken gaat Johanna rechtop zitten. Ze kan vanuit de woonkamer gedempte stemmen horen, vader en zoon praten zachtjes met elkaar. Ze krijgt het een beetje benauwd. Hoe moet ze hem tegemoet treden? Hoe zal hij zich gedragen? Langzaam staat ze op, kamt haar haar en trekt haar verkreukelde jurk recht voor ze naar de kamer ernaast gaat.

Pawel zit met zijn vader aan de tafel. Als ze binnenkomt staat hij op en glimlacht naar haar. Een ernstige glimlach. Wat gaat daarachter schuil? De doorstane verschrikkingen zijn hem duidelijk aan te zien. Hij is heel bleek, zijn ogen lijken nog donkerder dan anders, zijn lippen zijn vaal.

'Hoe gaat het met je?' wil ze weten.

'Goed, hoor,' liegt hij. 'Het is maar een kleine brandwond, niet groter dan een zilveren taler. De dokters hebben gezegd dat het snel zal genezen.'

'Brandwonden hebben tijd nodig,' brengt Berthold ertegen in. 'Je moet jezelf ontzien, anders duurt het alleen maar langer.'

'Dat zal ik doen,' zegt Pawel luchthartig. 'Ook als het me moeilijk valt. Ik moet nu op mijn rechterzij slapen. Dat vind ik niet prettig, ik lig het liefst op mijn linkerzij.'

Hij maakt er een grapje van. Natuurlijk, hij wil zijn vader niet ongerust maken. Ze gaat erin mee.

'Als het dat alleen is. Er zijn wel ergere dingen. Weet je hoe het met Theodor gaat?'

Pawel weet te vertellen dat haar schoonzus Luise en haar broer Ernst in het hospitaal waren.

'Hij is bij bewustzijn, hebben ze gemeld. Maar hij heeft moeite met ademhalen en hij heeft meerdere brandwonden op zijn lichaam. Je schoonzus was helemaal overstuur. Je broer moest haar ondersteunen, zo wankel was ze. Ik had met haar te doen.'

'Arme Luise,' verzucht Johanna. 'Ze heeft niet veel geluk in dit leven.'

Pawel loopt naar de deur. Hij verklaart dat hij uitgeput is en naar de Böttcherstraat wil gaan om te gaan slapen.

'Slaap lekker uit, jongen,' zegt Berthold. 'Ik loop met je mee naar beneden, dan sluit ik meteen de werkplaats af.'

'Goedenacht, Johanna,' zegt Pawel met vaste stem.

'Goedenacht, Pawel...'

Ze luistert naar de voetstappen van de mannen, hoort hoe de deur van de werkplaats in zijn scharnieren knarst, waarna iemand haastig wegloopt.

Ik moet het gedroomd hebben, denkt ze. Het vuur en de rook hebben me beneveld.

Ernst

DE MANNENZAAL VAN HET STADSHOSPITAAL is het afgrijselijkste wat Ernst ooit heeft gezien. Twintig of dertig zieken liggen naast elkaar. Doodzieke mannen en stervenden naast anderen die zittend op de rand van hun bed met elkaar kaarten. Theodor ligt te midden van hen, het vijfde bed links van het middenpad, een patiënt als alle anderen. Het interesseert niemand dat hij behoort tot een voorname patriciërsfamilie, hier is iedereen gelijk.

'Dit is toch vreselijk,' steunt Luise, zwaar aan Ernsts arm hangend. 'Die stank. Het lawaai. Ik denk dat ik ga flauwvallen.'

Het is geen bezoekuur voor de mannenzaal, maar de behandelend arts heeft hun goedkeuring verleend de heer Theodor Berend voor een paar minuten te zien.

'Je moet dapper zijn, Luise,' zegt Ernst. 'Hij ligt daar verderop.'

Hij moet haar leiden als een klein kind. Wanneer ze uiteindelijk aan het hoofdeinde van het witgelakte metalen bed staan, breekt Luise in tranen uit. Ook Ernst is diep onder de indruk. Nog nooit heeft hij zijn broer Theodor zo zwak en hulpeloos gezien. Hij ligt uitgestrekt op zijn rug, zijn hoofd zit in het verband, alleen zijn gezicht is vrij. Ook zijn handen zijn verbonden, de rest van zijn lichaam wordt door een laken bedekt. Theodors gezicht is grauw en ingevallen. Steeds opnieuw hoest hij de longen uit zijn lijf, ligt dan weer stil, knippert met zijn roodomrande ogen en mompelt voor zich uit.

'Hij is zichzelf niet,' snikt Luise. 'O, mijn god, waarom stelt u ons zo zwaar op de proef? Wat heeft hij gedaan dat hij zo moet lijden?

De meest goedhartige, goedgeefse man van de wereld...'
'Kalmeer, Luise,' mompelt Ernst. 'Hij wordt weer beter, het duurt alleen even.'
'Hij ziet er afschuwelijk uit, Ernst. O, mijn god, hij gaat dood. Mijn arme kind zal zijn vader nooit kennen.'
Ernst is nu zelf volledig in de war. Hij heeft geen idee over welk kind Luise het heeft. Hij hoopt alleen van harte dat zijn optimistische uitspraak bewaarheid zal worden. Ook al is zijn broer hem vaak een doorn in het oog, hij kan zich niet voorstellen wat er zonder Theodor van hen moet worden.
'Alstublieft, u moet nu de zaal verlaten,' zegt een verpleegster met daadkrachtige stem. 'Meneer Berend heeft zijn rust nodig.'
Ernst is dolblij deze akelige plek te kunnen ontvluchten. Luise wil Theodors ziekbed echter niet verlaten. Ze houdt het ijzeren frame krampachtig vast en hij heeft de hulp van de verpleegster nodig om zijn schoonzus de zaal uit te leiden.
'Ik zie hem nooit meer terug,' snikt ze. 'Laat me hier bij zijn bed zitten.'
'Beheers u een beetje, mevrouw Berend,' snauwt de verpleegster tegen haar. 'Als iedere bezoeker hier zo'n drama zou opvoeren, zouden we algauw een krankzinnigengesticht zijn.'
Luise verstijft en kijkt haar met wijd open, betraande ogen aan.
'Wat denkt u wel?' roept ze. 'Ik ben Luise Berend.'
'Prachtig,' zegt de verpleegster onaangedaan. 'Ga nu alstublieft naar het administratiekantoor om de formaliteiten te regelen.'
'Welke formaliteiten?'
Ernst neemt zijn schoonzus bij de arm en hij knikt de verpleegster vriendelijk toe. 'Maar natuurlijk, mijn beste. Ik dank u voor uw moeite. Een prettige dag nog verder.'
Zijn charme mist ook zijn uitwerking niet op de verpleegster, een mollige vrouw van middelbare leeftijd en vermoedelijk niet getrouwd. Ze glimlacht. Het ziet er een beetje grimmig uit, maar is vast goed bedoeld.

In het administratiekantoor zitten ze tegenover een geüniformeerde Pruisische ambtenaar, die hier zijn binnendienst vervult. Ernst heeft de grootst mogelijke moeite de opgewonden Luise te kalmeren en tegelijkertijd de noodzakelijke formulieren in te vullen. Naam van de patiënt. Adres. Burgerlijke staat. Beroep. Bloedverwanten met wie in geval van overlijden contact moet worden opgenomen. Enzovoort, enzovoort.

'Ik eis dat mijn man een eigen kamer en privéverzorging krijgt,' tiert Luise naast hem.

'Dat is helaas niet mogelijk, mevrouw.'

'De omstandigheden in dit hospitaal zijn ontoelaatbaar.'

'We zijn geen koninklijk hotel, mevrouw.'

'Wij behoren tot de voornaamste families in de stad. Knoop dat in uw oren.'

'Natuurlijk... Berend, Theodor... Als u hier uw handtekening wilt zetten, mevrouw. Daar naast de handtekening van uw zwager.'

Wanneer ze eindelijk kunnen gaan, is Luise totaal uitgeput en huilt zachtjes voor zich uit. Ernst legt zijn arm om haar heen en vreest dat ze in elkaar zal zakken als plotseling Pawel Forster hun tegemoet loopt. Hij ziet eruit als een schoorsteenveger. Zijn gezicht en armen zitten onder het roet, zijn ooit witte overhemd is vies en gescheurd, en hij heeft een verband om zijn schouder.

'Dat is Pawel Forster, Luise,' fluistert hij tegen haar. 'De zoon van Johanna's echtgenoot uit zijn eerste huwelijk. Blijkbaar was hij ook bij de hal.'

Luise knikt verstrooid en ze drukt de natte zakdoek tegen haar wangen. Een mens met de naam Forster keurt ze geen blik waardig.

'Heeft het vuur u ook te pakken gehad?' vraagt Ernst meelevend.

'Een beetje aan mijn schouder,' antwoordt Pawel. 'Hoe gaat het met uw broer?'

'Niet goed. Maar hij is in leven en zal herstellen.'

'Het spijt me heel erg,' zegt Pawel. 'Ik ben bang dat er van de hal niet veel over is. Hopelijk is uw broer goed verzekerd.'

'Dat... dat denk ik wel,' stottert Ernst. 'Beterschap en doet u de groeten aan mijn zus.'

'Dank u. Ik wens u al het goede.'

Die is ook nog onder de indruk van de catastrofe, denkt Ernst en hij kijkt hem na. Niet zo verwonderlijk, want het wordt niets met de aanschaf van het hout. Bij Berend is geen hout meer te krijgen...

Inderdaad. Al het hout schijnt te zijn verbrand. En de hal ook. Langzaam dringt het tot Ernst door wat het voor hun bedrijf betekent. Theodor heeft weliswaar met een verzekeringsfirma onderhandeld, maar hij heeft geen contract afgesloten, omdat hij de premie te hoog vond.

We zijn er geweest, denkt hij. Here God, het handelshuis Berend bestaat niet meer. We moeten faillissement aanvragen. Het huis in de Lange Straat en alle magazijnen bij de haven komen onder de hamer. Het huis in de Frauentorstraat is al met een krediet belast en de hal in Neufahrwasser is slechts nog een uitgebrande ruïne. Arme Theodor. Als je uit het ziekenhuis wordt ontslagen heb je geen dak meer boven je hoofd. We zien elkaar terug in het armenhuis.

Hij blijft kalm onder dit ontmoedigende besef en huurt een rijtuig voor de rit naar huis, want Luise kan nauwelijks nog een voet verzetten. Als we toch geruïneerd zijn, maakt het ook niet meer uit, denkt hij als hij de koetsier met zijn laatste munten betaalt. Bovendien zullen de schuldeisers niet meteen morgenvroeg de deur platlopen. Tenslotte is Theodor er er slecht aan toe en kunnen ze op medeleven hopen. Ik zeg voorlopig nog niets tegen wie dan ook, vooral niet tegen Luise, die heeft al zorgen genoeg.

Wat een afschuwelijke dag. En hij begon nog wel zo veelbelovend. Theodor had hem gelukkig het uitstapje met Cäcilie en Annemarie Jonkers toegestaan, met de waarschuwing dat hij voorzichtig moest zijn en dat hij eerst zijn sporen moest verdienen voor hij op vrijersvoeten kon gaan.

‘Wat haal je je in je hoofd? Een onschuldig tochtje met een koets, verder niets,’ heeft hij geantwoord.

‘Pas dan maar op dat de paarden niet op hol slaan.’

Zulke grapjes heeft zijn broer nog die ochtend gemaakt. En nu ligt hij met verbrande ledematen en beschadigde longen in het ziekenhuis en blaast misschien wel op dit moment zijn laatste adem uit. Wat verschrikkelijk.

In elk geval was het een heel aangenaam uitstapje. Hij zat tegenover moeder en dochter Jonkers in het open rijtuig, de dames hielden een parasol boven hun hoofd en hijzelf zweette onder zijn beste hoge hoed. Dat deed echter geen afbreuk aan het vrolijke gekletst onderweg.

Na een tijdje had hij geen idee meer waar ze waren. Gelukkig ontdekten ze een geschikt plekje onder de beuken, waar ze op grote zwerfkeien een zitplaats vonden om iets te eten.

‘Je bent een kunstenares, Annemarie,’ probeerde hij haar te provoceren.

Bloosde ze? Nee, maar ze zag er heel aantrekkelijk uit, zoals ze hem zo ernstig aankeek.

‘Daar moet je geen grapjes over maken,’ zei ze.

‘Nee, nee, ik meen het oprecht. Ik vind dat je over een heel bijzonder tekentalent beschikt.’

‘Mijn kleine Annemarie heeft tekenles gehad,’ mengde haar moeder zich in het gesprek. ‘Zulke kunstnijverheid hoort bij een goede opvoeding. We moeten het echter niet overdrijven. Het is belangrijk dat een jong meisje leert een huishouden te bestieren en zich in grotere gezelschappen passend weet te gedragen.’

‘Voor mijn part,’ riep hij. ‘Maar een dergelijk talent is een geschenk van de goden en degene die het heeft ontvangen is verplicht het op waarde te schatten en daarnaar te leven.’

Eindelijk was het hem gelukt. Annemarie bloosde, ze glimlachte zelfs verrukt. Mevrouw Jonkers daarentegen keek hem ontstemd aan.

'Dat gaat misschien op voor een man. Voor een meisje van goede afkomst geldt dat zeer zeker niet.'

Ze had ergens wel gelijk. Ook hij is in principe van mening dat een vrouw thuis moet blijven en hooguit als een mecenas voor begaafde kunstenaars kan optreden, zoals die lieve Auguste von Kleiwitz. Maar omdat Annemarie hem zo indringend aankeek, wilde hij haar niet teleurstellen.

'Waarom kan dat niet ook voor een jong meisje gelden?' zei hij lichtvoetig. 'Uiteindelijk zijn de negen muzen ook van het vrouwelijk geslacht.'

Annemarie beloonde zijn woorden met een dankbare blik en een liefdevol glimlachje. Haar moeder drong er echter op aan te vertrekken. Op de terugweg vertelde ze over het dure pensionaat waar haar dochter twee jaar een opleiding had genoten, over de royale bruidsschat die ze mee zou krijgen en dat haar kind haar nu al krachtig ondersteunde bij het voeren van hun grote huishouding. Ernst luisterde beleefd zwijgend toe en bedacht dat er niets mis was met een royale bruidsschat.

Ze waren nog maar net bij het huis van de Jonkers aangekomen toen een huisknecht haastig de straat op rende en opgewonden meldde dat meneer Berend dringend werd verzocht zo snel mogelijk naar de Lange Straat terug te keren.

'Er is een ongeluk gebeurd, meneer.'

En zo heeft deze stimulerende middag door de macht van het noodlot een abrupt einde gevonden.

Na het deprimerende bezoek aan het hospitaal laat hij Luise over aan de zorg van het nieuwe dienstmeisje en wil hij in zijn kamer een beetje uitrusten van alle inspanningen. Daar komt echter helaas niets van. Korbitz wacht hem op in de hal. Ernst moet met hem meelopen naar het kantoor, waar de klerk hem angstig over de brand uithoort.

'Ik weet dat het hout niet verzekerd was,' kreunt hij. 'Ik smeek u, meneer Berend. Ik heb deze baan nodig. Ik moet mijn familie onderhouden…'

De arme kerel maakt zich niet voor niets zorgen. Als de firma Berend failliet gaat, heeft hij geen werk meer. Ernst voelt zich genoodzaakt hem op te beuren.

'Er is nog van alles mogelijk, meneer Korbitz. We zullen de handen in elkaar slaan en de schade zo veel mogelijk beperken. Dan komen we er met de schrik vanaf…'

'Denkt u echt dat dat mogelijk is?'

'Natuurlijk.'

Hij glimlacht hem bemoedigend toe en Korbitz lijkt weer hoop te krijgen.

'Maak af wat op afhandeling wacht en maakt u zich geen onnodige zorgen,' adviseert hij en hij verlaat het kantoor.

Intussen heeft Traude de ongelukkige Luise naar bed gebracht en meldt dat mevrouw koorts heeft en ijlt. Ernst moet een beslissing nemen.

'Ga dokter Sternberg halen.'

Traude gehoorzaamt gewillig en haast zich weg. Vervolgens komt de huishoudster naar hem toe en vraagt met een onderdanige glimlach of ze het avondeten kan opdienen. Het dringt langzaam tot hem door dat hij de enige man in huize Berend is en dat iedereen op zijn aanwijzingen wacht. Wat vermoeiend. Wanneer zal hij eindelijk de tijd krijgen om op zijn kamer wat op papier te zetten? Het vervolg van het feuilleton moet worden geschreven, een artikel ter gelegenheid van het Pruisische zangfestijn wacht op voltooiing en hij wil iets satirisch schrijven over de nieuwe muurschildering in de Artushof.

Eerst laat hij het avondeten opdienen, vult zijn maag en ontvangt daarna dokter Sternberg, die zijn diepste leedwezen uitspreekt over het ongeluk dat zijn broer heeft getroffen.

'Uw schoonzuster heeft veel steun en troost nodig, meneer Berend. Ik heb haar kalmerende druppels gegeven. Ga later nog even bij haar kijken als het mogelijk is. Ik hoop echter dat ze nu een beetje kan slapen. Als het u hetzelfde is, wilt u de rekening dan meteen betalen?'

Drie taler voor een paar kalmeringsdruppels? Dan kost één druppeltje wel een hele taler. Meneer de dokter is op de levenden aangewezen. Begrijpelijk, een dode kan niets meer betalen.

'Het onderzoek, de ritkosten, want ik heb een rijtuig genomen, daarbij het late uur. Dat laat de rekening oplopen, beste meneer Berend.'

'Het is al goed.'

Zijn eigen geld is op. Waar moet hij geld vandaan halen? De sleutel van de kluis draagt Theodor altijd aan een ketting om zijn hals, maar Theodor ligt in het ziekenhuis. Wat moet hij doen? Luise bezit een geldkistje, waarin ze het huishoudgeld bewaart. Dat is ook afgesloten en hij wil zijn zieke schoonzus nu niet om de sleutel vragen. Was er niet een tweede sleutel van de kluis in het geheime vakje van het bureau in het kantoor?

'Als u een moment heeft, dokter Sternberg...'

'Met plezier, jonge vriend.'

Hij vindt de tweede sleutel helemaal achter in Theodors bureau in het geheime vakje. Wat een geluk dat hij en Johanna indertijd dit vakje in hun vaders bureau hadden ontdekt. Het was natuurlijk zijn sluwe zuster die had uitgevonden hoe je het moest openen. Maakt niet uit, het komt hem nu goed van pas. Hij pakt twintig taler van de voorraad aan contant geld van Theodor, sluit de kluis weer af en stopt de sleutel, met het oog op komende uitgaven, in zijn eigen vestzak.

'Hartelijk dank, beste meneer Berend,' zegt de arts en hij strijkt zijn honorarium op. 'Mijn beste wensen voor de genezing van uw broer.'

'Goedenacht.'

Nu is het genoeg, denkt Ernst. Ik ben ook maar een mens en ik moet nodig bijkomen van alle verschrikkingen. Hij ontdekt Traude, die als een schaduw in de hal staat, en geeft opdracht nog een keer bij haar bazin te gaan kijken.

'Als het slecht met haar gaat, moet je voor haar zorgen,' beveelt hij en hij begeeft zich vervolgens naar de wijnkelder van zijn broer om een fles rode wijn te pakken en mee te nemen naar zijn kamer. Na het derde glas is hij vastbesloten Annemarie Jonkers zo snel mogelijk een aanzoek te doen. Laat Theodor de scherven van het handelshuis maar oprapen, tenslotte is het zijn schuld dat het hout niet verzekerd was. Hij, de kleine broer, zal een rijk huwelijk sluiten en daarmee van alle zorgen verlost zijn. Met dit voornemen gaat hij slapen.

Al na een half uur is het met de zoete rust gedaan. Boven hem, waar de zolderkamertjes zich bevinden, zijn onheilspellende geluiden te horen. Iemand kreunt en steunt als in doodsnood. Hij gaat rechtop in bed zitten en overweegt of het misschien de wind is die in de dakspanten rondspookt, maar dan hoort hij gefluister in de gang.

'Ik heb daar niets mee te maken.'

'Maar mevrouw... Ze heeft weeën... We moeten de vroedvrouw halen.'

'Heb je me niet gehoord? Ik heb migraine. Verdwijn!'

Naast zijn kamer doet iemand zacht de deur van de echtelijke slaapkamer dicht.

'Wat doen we nu?' wordt er op de gang gefluisterd.

'Het is mijn zaak niet. Laat ze haar kind maar alleen ter wereld brengen...'

Dat is die Traude, die kille trut. Ernst is in één klap klaarwakker. Er blijft hem ook niets bespaard. Uitgerekend nu krijgt Danuta haar kind.

'Maar als het een jongen is en hij gaat dood omdat er geen vroedvrouw bij was, zal meneer ons ontslaan.'

Die Döppel is net zo'n kreng. Ze denkt alleen maar aan zichzelf.

'Dan moet mevrouw dat maar op haar vrome geweten nemen,' oordeelt Traude.

'Die praat zich eruit en wij krijgen de schuld,' antwoordt Döppel. 'Daar kun je vergif op innemen.'

Ernst beseft dat hij opnieuw voor een beslissing staat. Vervloekt, hij is niet geschikt om de patriarch van de familie te spelen. Kreunend kruipt hij uit bed, slaat een huisjasje om en gaat met een kaars in zijn hand naar de gang. De twee bedienden dragen omslagdoeken over hun lange nachtponnen, de kanten randen van hun nachtkapjes werpen rare schaduwen over hun bleke gezichten.

'Meneer… Ze heeft weeën.'

'Dat valt niet te ontkennen,' bromt hij. 'Haal de vroedvrouw, Traude. En u, mevrouw Döppel, kijk bij Danuta of ze iets nodig heeft.'

De twee zijn duidelijk blij van de verantwoording verlost te zijn en lopen de trap af naar beneden.

'En nu moet ik in het holst van de nacht door de stad lopen,' hoort hij Traude jammeren in de hal.

'Ja, en? Aan een vrouw als jij zal niemand zich vergrijpen,' reageert de huishoudster hardvochtig. 'Ik zit de hele tijd met Danuta opgescheept. Ik moet water koken, iets te eten maken voor de vroedvrouw…'

Opgelucht gaat hij terug naar zijn kamer, kruipt in bed en besluit dat dit uiteindelijk een vrouwenaangelegenheid is en dus ook onder vrouwen geregeld moet worden. In zoverre is hij er niet meer bij betrokken en dus kan hij zijn verstoorde nachtrust voortzetten. Helaas bewijst deze schone hoop zich als verraderlijk, want hij heeft geen rekening gehouden met het lawaai dat algauw door het hele huis klinkt. Vooral de schrille commando's van de vroedvrouw doen pijn aan zijn oren, vermengd met het geroffel op de houten trappen, het slaan van de deuren, het geschreeuw van de bedienden en ten slotte het geklaag van Luise.

'Wie heeft de vroedvrouw erbij gehaald?'

'De jonge meneer heeft daartoe opdracht gegeven, mevrouw.'

'Dan mag hij haar ook betalen.'

Schandalig! Hij kan veel begrip opbrengen voor zijn schoonzus, die geen gemakkelijk bestaan heeft. Maar haar vrome geklets over christelijke naastenliefde kan ze in het vervolg maar beter voor zich houden. Danuta is een lief meisje en als ze een vroedvrouw nodig heeft, is hij wel de laatste om haar dat te weigeren. En betalen zal hij haar ook. Van Theodors geld.

De zon komt al bijna op als de rust enigszins weerkeert in huis. Vanuit de zolderkamer is niets meer te horen. Luise lijkt weer ingeslapen te zijn, alleen beneden in de keuken zijn nog schermutselingen.

'Meneer,' roept Traude en ze klopt hard op de deur. 'De vroedvrouw wil haar geld hebben.'

Er is niets aan te doen. Hij moet weer zijn bed uit, een jasje aantrekken, pantoffels aandoen, zijn haar provisorisch in model brengen en, juist, zijn portemonnee niet vergeten.

Mevrouw Göttler wacht in de hal. Ze maakt een uitgesproken tevreden indruk. Haar wangen zijn rozig van het bier en haar lippen glanzen vettig. Hij kan ruiken dat ze haar gerookt spek en leverworst hebben voorgezet.

'Een sterke jongen,' zegt ze trots, haar hand uitstekend. 'Het gaat goed met de moeder, morgen is ze weer op de been.'

Ze vraagt zes taler en twee silbergroschen, die hij op haar uitgestrekte hand uittelt. Als ze de munten wegstopt, verklaart ze dat het niet veel geld is voor het late uur en de grote verantwoording die haar werk met zich meebrengt.

'Vanzelfsprekend, beste mevrouw Göttler. Een goede nacht.'

'Belachelijk,' zegt Döppel. 'Gevreten en gezopen heeft ze. Het kind was er allang toen ze kwam, ze hoefde alleen nog maar de navelstreng door te knippen.'

Hoe dan ook, denkt hij en hij geeuwt uitvoerig. Ik heb wel een ochtenddutje verdiend.

Hij slaapt ongestoord door tot ver in de morgen. Wanneer hij uiteindelijk in de eetkamer verschijnt om te ontbijten, treft hij daar Luise aan, die nog steeds hoofdpijn heeft.

'Eindelijk ben je daar,' kreunt ze. 'Ik wil dat je Theodor nu meteen naar huis haalt. Het mag niet zo zijn dat hij in dat afschuwelijke hospitaal zijn ogen moet sluiten. Ik wil bij hem zijn wanneer zijn laatste uur gekomen is.'

'Maak je geen zorgen, lieve Luise. Ik zal het regelen.'

Paniek overvalt hem. Als die arme Theodor inderdaad zijn laatste adem uitblaast, zal gebeuren waar hij al de hele tijd bang voor is geweest. Dan hangt het lot van de familie alleen van hem af. En dat terwijl het bedrijf zich in zo'n verschrikkelijke toestand bevindt. Hij zal zich samen met de ongelukkige Luise in de gevangenis terugvinden. Nee, zover laat hij het niet komen.

Er is nog wat geld over, dus hij huurt een rijtuig en koerst af op de Frauentorstraat, waar hij het voertuig voor het grote huis van de familie Jonkers laat stoppen. Eén enkele zin zal hem uit de ellende bevrijden: 'Meneer, ik vraag u om de hand van uw dochter.'

Hij staat al op de straat, zet zijn hoed op en wil de trap naar het bordes op gaan als opeens zijn geweten opspeelt.

Nee, het zou laf zijn nu weg te lopen om zijn eigen huid te redden. Hij is een Berend. Hij zal de situatie onder ogen zien en doen wat nodig is, dat is hij zijn ouders zaliger verschuldigd. Hij zal strijdend ten onder gaan en er later, wanneer hij eenmaal een beroemd auteur is, een boek over schrijven.

'Naar het stadshospitaal,' beveelt hij de koetsier en hij stapt weer in.

In het ziekenhuis wacht hem een verrassing. Theodor zit in een ziekenhuiskiel op het bed en probeert met zijn verbonden handen een grijze brij op te lepelen. Als hij Ernst ziet, laat hij de lepel vallen en roept hem met een hese stem bij zich.

'Daar ben je eindelijk. Bezorg me iets om aan te trekken en huur een rijtuig. Hoe eerder ik dit oord verlaat, hoe beter.'

‘Maar… maar je hebt medische zorg nodig,’ stottert Ernst.

‘Dat kan dokter Sternberg overnemen. Nou, schiet op. Moet ik hier verschimmelen?’

Gekleed in zijn half verbrande kleren loopt hij met stijve passen op het rijtuig af en sist woedend tegen de koetsier, die hem wil ondersteunen: ‘Blijf met je vingers van me af.’

Zonder hulp stapt hij het rijtuig in en wacht daar terwijl Ernst in het administratiekantoor de rekening betaalt. Ernst is blij en opgelucht over deze onverwachte ontwikkeling. Als het met het huis Berend fout afloopt, is het beter dat Theodor de verantwoordelijkheid op zich neemt en hijzelf buiten schot blijft.

Pawel

PAWEL SLAAPT DIE NACHT SLECHT. De brandwond aan zijn schouder doet zeer, maar erger nog zijn de beelden die onophoudelijk in zijn hoofd voorbijtrekken. Het suizende, oplaaiende vuur, de neerstortende balken, de dodelijke zwarte rook die hem in dikke wolken tegemoet walmt. Alle schrikbeelden bereiken echter hun hoogtepunt in zijn krankzinnige, onbezonnen daad, die hij niet meer kan terugdraaien en ongedaan kan maken. Toen ze zo plotseling voor hem stond en zijn naam riep, was het met zijn verstand gedaan en was uit hem losgebroken wat hij zo zorgvuldig voor de wereld verborgen had gehouden. Hij had haar beetgepakt en...

Wat had hij in godsnaam gezegd, terwijl hij haar als een gek had gekust? Hij breekt zich het hoofd erover, omdat hij het zich niet meer precies kan herinneren, al zal het erg genoeg zijn geweest. Hij kan alleen maar hopen dat ze zo overrompeld was dat ze niet alles heeft begrepen en dat het lawaai om haar heen voor de rest heeft gezorgd. Een zwakke hoop, maar hij houdt zich eraan vast.

Hij draait zich in bed op zijn rug, voelt een brandende pijn aan zijn schouder en gaat vloekend rechtop zitten.

In een enkel ogenblik heeft hij alles op het spel gezet wat hij zo moeizaam heeft opgebouwd. Hij had zijn vader overgehaald schulden te maken en met hem een werf te vestigen. Dat had hij na lang twijfelen aangedurfd, omdat hij ervan overtuigd was deze noodlottige verliefdheid in toom te kunnen houden. Daar had hij goede redenen voor. Ten eerste had hij slechte ervaringen met de liefde en wist hij waar zo'n domme verliefdheid op uit kon draaien. En ten tweede, iets wat veel belangrijker was, Johanna is de echtgenote van zijn vader. Zijn vader houdt innig veel van haar en ook zij was haar man oprecht toegedaan. Zo hoorde het ook. Voor zijn eigen gevoelens was hier geen plaats.

Maar nu is het naar buiten gekomen. Niet alleen Johanna moet het begrepen hebben, wat al erg genoeg is. Ook andere mensen kunnen hen gisteren gezien hebben en er het hunne van hebben gedacht. Had hij zijn vader niet eerder boos voor de voeten geworpen dat hij aanleiding gaf tot praatjes door met een veel jongere vrouw te trouwen? En nu had hij zelf een veel erger gerucht de wereld in gebracht. Als de roddel dat hij zijn vader had bedrogen met zijn vrouw in Danzig de ronde zou doen, dan zou hij van schaamte niet meer in de spiegel kunnen kijken. Dan zou hij weg moeten gaan, het maakt niet uit waarnaartoe.

De volgende ochtend staat hij op met een duf hoofd en gaat naar de keuken om te ontbijten. Daar wacht Lene Grauholm, de dochter van de schoenmaker, hem op. Ze kijkt hem bezorgd aan en valt hem lastig met allerlei nieuwsgierige vragen.

'Is de hal van Berend totaal afgebrand?' wil ze weten, terwijl ze thee in zijn beker schenkt.

'Tot op de stenen fundering.'

'Wat een ramp. En de arme meneer Berend is in zijn hal verbrand, zoals de mensen beweren?'

'Hij ligt in het stadshospitaal.'

Ze besmeert ijverig een snee brood met boter en legt het op zijn bord.

'Je moet goed eten, zodat je op krachten blijft,' zegt ze en ze schuift de pot jam naar hem toe. 'Ik zal zo meteen naar boven lopen en je bed verschonen. En ik zal je een zacht kussen geven, dan heb je minder pijn.'

Haar zorgzaamheid is bijna ontroerend. Lene is altijd al een lief meisje geweest.

'Dank je, Lene. Dat is echt niet nodig.'

'Ik doe het graag voor je,' zegt ze glimlachend. 'Neem nog een plak gerookte ham, die is van slager Raue van hiernaast, die heeft de beste ham in heel Danzig.'

Ze werkt hem een beetje op de zenuwen, maar omdat ze het goed bedoelt doet hij alsof hij dankbaar is, neemt braaf nog een plak ham en is blij wanneer ze hem eindelijk met rust laat. Hij trekt zijn jas aan, zet zijn hoed op en gaat op weg. Op de Radaune schieten snaterende eendenformaties voorbij en vogels tjilpen op de takken tussen het gebladerte. Bij de werkplaats komt Sultan hem tegemoet gelopen en begroet hem met vrolijk gekwispel.

Gezien het feit dat de wereld gisteren uit zijn voegen is geraakt, gaat het er hier heel vreedzaam aan toe, denkt hij en hij zet zijn hoed af als hij de werkplaats in loopt. Zijn vader ontvangt hem met een opgewekt 'goedemorgen', vraagt hoe zijn nacht is geweest en grijnst als hij beweert goed geslapen te hebben.

'Vertel dat Johanna maar,' zegt Berthold met een knipoog. 'Misschien gelooft zij je wel.'

'Is ze boven?'

'Ga er maar heen. Ze maakt zich zorgen om je, mijn lieve vrouw.'

Met kloppend hart gaat hij de trap op. Hij is geen goede leugenaar, dat weet hij van zichzelf. Maar in dit geval kan alleen een leugen uitkomst bieden. De waarheid zou alles overhoop gooien.

Johanna moet hem gehoord hebben, want ze is al opgestaan en pakt iets uit de kast als hij binnenkomt.

'Goedemorgen, Pawel,' zegt ze vriendelijk. 'Ga zitten, ik heb een zalf voor je wond gekocht.'

'Een... zalf,' stottert hij. 'Dat is heel aardig van je. Maar ik denk dat ik...'

'Je moet het verband regelmatig verwisselen,' verklaart ze kordaat. 'Ik heb bij de apotheker geïnformeerd en al verbanden op de juiste maat geknipt. Dus doe niet moeilijk en ga hier op de stoel zitten, zodat ik je wond kan verzorgen.'

Hij aarzelt. Haar koele zakelijkheid brengt hem in de war. Denkt ze misschien dat het voorval van gisteren een waanvoorstelling is geweest? Een daad van een gewonde die in de war was door het vuur en de rook? Hoopvol besluit hij erachter te komen en hij maakt zijn overhemd open, zodat ze het verband kan verwisselen. Ze gaat niet zachtzinnig te werk. Hij moet zich een paar keer inhouden om niet hardop te kreunen.

'Het ziet er goed uit,' beweert ze. 'Wanneer het begint te genezen kun je er beter niets meer op doen.'

'Ik wilde het ergens met je over hebben, Johanna.'

De zalf is koel en weldadig. Ze legt een stuk gaas over de wond en zoekt naar passend verband.

'Over gisteren?' vraagt ze op een schijnbaar onschuldige toon.

Hij haalt diep adem. 'Ja, ik wil je op alle mogelijke manieren mijn verontschuldigingen aanbieden, Johanna. Het was de opwinding. De rook. Dat vuur. Het heeft me volkomen in de war gebracht, zodat ik niet meer wist wat ik deed.'

Ze zegt niets. Ze rolt zorgvuldig verband af over zijn schouder, leidt het over de wond en achterlangs naar zijn andere arm, net zoals de verpleegster in het hospitaal heeft gedaan.

'Het is natuurlijk onvergeeflijk,' gaat hij verder. 'Ik weet niet wat me bezielde. Maar op dat moment hield ik je voor iemand anders. Een meisje op wie ik ooit verliefd ben geweest. Snap je? Ik heb in mijn waan echt gedacht dat zij voor me stond...'

'Zulke dingen gebeuren,' zegt ze zacht en ze knipt het uiteinde van het verband in om het vast te kunnen knopen. 'Ik begrijp je heel goed, Pawel. Ook ik ben gisteren verward geraakt. Stel je voor, ik dacht in de armen van een al lang vergeten man te liggen...'

Plotseling beseft hij dat ze zich gisteren niet heeft verzet. Hij heeft gedacht dat ze te overrompeld was, maar nu herinnert hij zich ineens dat ze zijn kussen heeft beantwoord. Hartstochtelijk zelfs.

'Het was een moment van verblinding dat ik zeer betreur.' Hij knoopt zijn overhemd dicht. 'Ik hoop heel erg dat deze ongelukkige kwestie geen aanleiding tot geroddel geeft.'

Ze glimlacht. 'O, ik denk dat vrijwel niemand het heeft opgemerkt in de chaos. Het belangrijkste is dat wij tweeën weten hoe het zit, nietwaar?'

De blik waarmee ze hem nu aankijkt, komt op hem over als vol onuitgesproken vragen en raadsels. Is er iets wat ze niet tegen hem wil zeggen? Hij wil het niet weten, staat op en maakt gebruik van de uitweg die ze hem heeft geboden.

'Dat is zo, Johanna,' zegt hij. 'Tussen ons mogen geen leugens en misverstanden bestaan.'

'Hand erop,' eist ze.

Haar handdruk is vast en stevig, zoals hij dat van haar kent. Het lukt hem haar blik even vast te houden en haar glimlach te beantwoorden, dan daalt hij de trap af en gaat hij op weg naar de Strohdijk.

Ze dacht aan haar pianist, schiet hem onderweg door het hoofd. Inderdaad, nu herinner ik me dat ze mijn kus heeft beantwoord. Ze klampte zich als iemand die aan het verdrinken was aan me vast. Natuurlijk niet aan mij, maar aan die Pool. Hoe heet hij ook alweer? Het maakt niet uit, ik wil het niet weten. Waar maak ik me eigenlijk druk over?

Op de werf zitten zijn drie medewerkers in het opslagschuurtje en roken een pijpje. Het lijkt erop dat ze weinig zin hebben om aan het werk te gaan. Als ze hem zien zijn ze echter blij en opgelucht en begroeten hem hartelijk.

'We zijn gisteren nog naar Neufahrwasser geweest,' zegt een van hen. 'We waren al bang dat het vuur u te pakken had gekregen.'

Ze hebben geholpen bij het blussen en gezien hoe hij met de boot naar het stadshospitaal werd geroeid.

'Er wordt gezegd dat u het leven van Berend hebt gered,' krijgt hij te horen. 'Maar het zag er niet naar uit dat hij het nog lang zou maken.'

Hebben ze soms ook gezien hoe hij Johanna heeft gekust? Hij bekijkt hun gezichten onderzoekend, maar hij ziet geen veelbetekenend grijzen of iets dergelijks. Dus vertelt hij dat Theodor Berend in het hospitaal ligt en het hopelijk overleeft.

'Er zijn mensen in Danzig die zeggen dat Theodor Berend geen groot verlies zou zijn,' zegt een van hen. 'Daar wil ik me niet bij aansluiten. Nu wordt het niets met het hout, toch?'

'Waarschijnlijk niet,' antwoordt hij. 'Maar we komen heus wel aan hout. Is het niet van Berend, dan wel ergens anders vandaan.'

Hij geeft aanwijzingen hoe ze met het werk verder moeten en loopt dan naar de steiger om met een van de vrachtzeilbootjes naar Neufahrwasser te varen. Enerzijds trekt de plek waar het gisteren allemaal gebeurd is aan hem, anderzijds herinnert hij zich dat hij samen met Theodor Berend een hoeveelheid korte stammetjes uit de brandende hal heeft gered. Dat hout zou hem nu goed van pas komen. Als het er nog ligt wil hij het beter bekijken en uitzoeken of hij het kan kopen.

De twee schippers van het vrachtbootje kennen hem. Ze praten over de brand van gisteren en de geruchten die de ronde doen.

'Welke geruchten?' vraagt hij geschrokken.

'Nou, zo'n hal brandt niet vanzelf af,' zegt de oudere zeeman, terwijl hij aan zijn snor draait. 'Daar heeft iemand een handje bij geholpen.'

Er wordt verteld dat de brand al 's nachts of vroeg in de ochtend is aangestoken.

'Dat is geen kunst,' zegt de jongere schipper. 'Een brandende lantaarn door een van de luiken gooien en snel weglopen.'

'De luiken zijn daarvoor te hoog geplaatst,' spreekt de oudere man hem tegen. 'Moeilijk te raken.'

'Dan heeft diegene een ladder gebruikt.'

'Waar moet hij die vandaan halen? Bij de magazijnen zit al het gereedschap achter slot en grendel.'

'Hij kan een oude loopplank meegenomen hebben.'

'Wat jij niet allemaal verzint, jongen,' lacht de oudere schipper. 'Laat niemand het horen, anders denken ze nog dat jij de brandstichter bent.'

Ook Pawel piekert erover hoe dit ongeluk heeft kunnen gebeuren. Hij gaat bij de haven aan land en begeeft zich langzaam naar de hallen. Daar staan meerdere kijkers. Ze staren naar de zwartgeblakerde ruïne en kletsen met elkaar.

'De rode demon is het geweest,' zegt een oudere vrouw. 'Ik heb 's nachts bij het raam gestaan, omdat ik niet kon slapen en zag de duivel in eigen persoon met een lantaarn in de straat rondspringen...'

'Daar heb je geen demon voor nodig,' spreekt een oudere man met een vissersmuts haar tegen. 'Er zijn genoeg anderen die Berend niet goedgezind zijn. Een afzetter is hij. Hij heeft mijn zwager bij de bouw van die verdomde hal laten werken als een boerenpaard, maar hij heeft slechts de helft van zijn loon betaalt.'

'Het is mij net zo vergaan. Het ongeluk heeft de juiste getroffen.'

'Kijk maar uit dat je geen zonde op je laadt,' waarschuwt iemand. 'Men zegt dat Theodor Berend is gestorven.'

'Dan kan hij in de hel gelijk verder branden.'

Pawel mengt zich tussen de mensen en luistert een poosje. Niemand slaat acht op hem, wat hem erg oplucht. Het lijkt erop dat de praatjes over de brand van gisteren niet in de richting gaan waar hij bang voor was. Mooi. Waarschijnlijk heeft Johanna gelijk dat in de chaos niemand iets verdachts heeft opgemerkt. En zelfs als iemand iets heeft gezien, dan zal hij gedacht hebben dat zijn stiefmoeder hem heeft omhelsd, omdat ze blij en gelukkig was hem in leven te zien, wat geheel begrijpelijk is.

De uitgebrande hal biedt een treurige aanblik. Veel bakstenen van de fundering zijn gebarsten, brede scheuren trekken door de nog hete muren. Hij herinnert zich met welke vertwijfelde woede Theodor Berend de hal is binnengestormd, hoe hij een bijl heeft gegrepen en hem met hese stem bevolen heeft mee te helpen. Ze kenden elkaar nog maar een paar minuten, waren uit verschillende richtingen naar de hal gelopen waar ze hadden afgesproken, en de eerste woorden die ze met elkaar wisselden waren geagiteerd. Niet de deuren opendoen, heeft hij gewaarschuwd. Berend heeft echter niet willen luisteren en heeft in alle haast de poort geopend, waardoor de vlammen lucht kregen en tot aan het plafond oplaaiden.

Erg vriendelijk was hij niet, denkt Pawel. De manier waarop hij tegen me schreeuwde... Maar tenslotte was het zijn hout, dat daar voor zijn ogen verbrandde. En daarbij ben ik wel de laatste die hem verwijten mag maken, ik heb zelf genoeg op mijn geweten.

Pawel bekijkt de korte stammetjes bij de ingang van de hal en ziet zijn vermoeden bevestigd. Lariks, goed hout dat praktisch voor alle delen van een boot bruikbaar is, vooral voor het dek en de planken aan de buitenkant. Het is niet veel, slechts datgene wat ze inderhaast de hal uit konden krijgen. De stammen liggen schots en scheef door elkaar, zoals ze ze hebben neergegooid. Hij schat het op zo'n vier tot vijf kubieke meter. Maar hij kan dit hout gebruiken en hij wil het graag kopen.

Hij neemt de stoomboot om stroomopwaarts terug naar Danzig te varen. Het is ingewikkeld om zijn aanbod voor te leggen, want Theodor Berend ligt in het ziekenhuis. Aan de andere kant kan het zomaar gebeuren dat iemand het hout, dat onbewaakt voor de hal ligt, in de nacht laat verdwijnen. Hout is een felbegeerd product. Hij handelt dus ook in het belang van Berend.

Hij stapt uit bij de haven van Danzig en bereikt de Lange Straat via de Groene Poort.

De deur wordt geopend door een magere, ouwelijke vrouw die zijn werkplunje wantrouwend opneemt. 'U wenst?'

'Mijn naam is Pawel Forster. Ik heb iets zakelijks met de heer Berend te bespreken.'

Haar gezicht laat duidelijk zien wat ze van hem vindt. 'Forster?' vraagt ze bits.

'Precies. Laat mijn zwager, de heer Ernst Berend, weten dat ik er ben.'

Ze laat hem op het bordes staan en verdwijnt in de schemerige entreehal. Poeh, deze prachtige patriciërshuizen zijn niets voor hem. Hoe kan iemand zich hier thuis voelen?

De onvriendelijke huisbediende is sneller terug dan verwacht. Opeens staat ze voor hem zonder dat hij haar heeft horen aankomen.

'Meneer Berend kan u ontvangen.'

Ze loopt voor hem uit en opent een deur aan de linkerkant van de gang, waarachter zich blijkbaar het kantoor bevindt. Net als in de gang zijn ook hier houten lambriseringen aangebracht en het bureau in het midden van de kamer is zo groot dat in het geval van een overstroming zeker tien mensen zich erop in veiligheid zouden kunnen brengen. Ernst Berend ziet er klein en verloren uit achter de enorme tafel.

'Wat een aangename verrassing,' zegt hij. 'Ga zitten en vertel hoe het met je gaat, beste Pawel.'

Op dit punt moet hij Johanna gelijk geven. Haar jongere broer heeft een buitengewoon vrolijke, innemende manier van doen. Iets wat je van zijn oudere broer niet kunt zeggen. Hij verneemt tot zijn opluchting dat Theodor Berend sinds vanmorgen weer thuis is uit het hospitaal.

'Breng hem mijn beste wensen over voor een spoedig herstel,' zegt hij.

'Dat zal ik doen. Zoals hij hier de scepter zwaait is hij er vast gauw weer helemaal bovenop,' antwoordt Ernst. 'Op het moment heeft hij voor niemand een vriendelijk woord en blaft iedereen af die met de beste bedoelingen naar zijn gezondheid informeert. Als hij zo doorgaat zal hij zelfs de arts die hij zo hard nodig heeft kwaad maken.'

'Hij zal pijn hebben,' zegt Pawel. 'En zorgen bovendien.'

'Niet te weinig. Al komt dat wel weer goed. Afgezien van die vervelende toestand in Neufahrwasser lopen onze zaken uitstekend.'

Pawel weet niet of hij deze grootspraak moet geloven. Zelfs als het hout verzekerd was zou Berend alleen de waarde terugkrijgen, zonder de niet onaanzienlijke winst op te kunnen strijken. Hij zegt er echter niets over. Hij geeft alleen zijn aanbod in overweging, noemt de hoeveelheid hout en de prijs die hij bereid is te betalen.

'Ik laat het je morgen weten,' zegt Ernst snoeverig. 'Het is weliswaar een kleine hoeveelheid, maar alle kleine beetjes helpen, nietwaar, beste zwager? Doe de groeten aan mijn zus, ik hoop haar binnenkort bij mevrouw Von Kleiwitz te zien.'

Die avond begeeft hij zich naar de Paradiesstraat om de kwestie te bespreken tijdens het eten. Het is de proef op de som. Nu zal blijken of hij stevig genoeg in zijn schoenen staat en haar rustig en standvastig in de ogen kan kijken. Boven heeft Johanna de tafel gedekt en samen met Barbara de maaltijd opgediend. Er is goede runderbouillon, daarna brood, boter en worst met sla, die op de markt op het moment goedkoop te krijgen is. Johanna is vriendelijk, schept hem op en schenkt cider in. Verder zegt ze niet veel en laat het aan haar man over om zijn zoon uit te horen.

'Als jij van mening bent dat we dat hout kunnen gebruiken, dan kopen we het,' zegt zijn vader.

Zoals te verwachten was, heeft Johanna bezwaren tegen deze aankoop. Pawel dwingt zichzelf haar zo min mogelijk aan te kijken wanneer ze praat, omdat haar levendige gezichtsuitdrukkingen en de bewegingen van haar handen hem onzeker maken. Ik heb het nog niet voor elkaar, denkt hij. Ik moet eraan werken.

'Hij zal een hogere prijs vragen en daarbovenop beweren dat het om minstens tien kubieke meter gaat,' waarschuwt ze.

'Waarom zou hij dat doen?'

'Jullie moeten een contract opstellen en alles heel precies regelen. En in geen geval vooruitbetalen.'

'Je broer is maar net aan de dood ontkomen en daarnaast was het hout niet verzekerd,' zegt hij verwijtend. 'Ik begrijp niet waarom je hem dit misgunt.'

'Je hebt niet helemaal ongelijk, Pawel,' geeft ze toe en ze slaat haar ogen neer. 'Ik raad alleen aan om voorzichtig te zijn en dat is nooit verkeerd. Verder moeten we proberen bij de Russische handelsvestiging in Königsberg hout te kopen. Ernst heeft me verteld dat Theodor daar zijn hout vandaan heeft.'

'Dat is veel te veel voor ons, lieve vrouw,' roept zijn vader uit. 'Zo'n groothandelaar wil het hout tegelijk in hele scheepsladingen verkopen. Nietwaar, Pawel?'

Pawel knikt en hij neemt een grote slok cider uit zijn beker. Het is te doen, denkt hij. Ze is de echtgenote van mijn vader en een slimme zakenvrouw met een vooruitziende blik. Niets anders. We zullen goed samenwerken. De kleine troebelingen krijg ik onder controle.

Hij neemt afscheid en zijn vader gaat met hem mee naar beneden om de werkplaats af te sluiten. Het is een zwoele zomernacht. Drie mannen zitten bij de kabbelende Radaune en delen een fles wijn. Het zijn de gezel Karl Anton en de twee leerjongens, die duidelijk iets te vieren hebben. Hij grijnst begripvol en wil ze niet storen. Hij vervolgt langzaam zijn weg naar de Böttcherstraat, maar dan opeens staat hij stil.

'Als een gek.'

'Dus echt... gekust?'

'Ik zeg het toch. Ik stond er vlakbij en hield de slang van de spuit vast.'

Karl Anton zit bij de vrijwillige brandweer, schiet het hem nu weer te binnen.

'Pawel Forster heeft iets met onze meesteres?' hoort hij Marek geschrokken fluisteren.

'En zij met hem,' antwoordt Karl Anton vals. 'Er zullen algauw praatjes de ronde gaan doen over onze meester.'

Meer hoort Pawel niet. Hij loopt langs de Radaune zonder op

te merken waar hij heen gaat, omdat hij er wanhopig over piekert hoe hij het ongeluk, dat zo onvermijdelijk op hem afdendert, kan afwenden. Het is al stikdonker wanneer hij beseft dat hij tot aan de Bischofsberg is gerend. Hij draait zich om naar de lichten van de stad en keert terug. Zijn hoofd is dof als hij op de deur van het schoenmakershuis klopt. Koude vertwijfeling vervult hem. Het is afgelopen, hij moet Danzig verlaten, want hij kan zijn vader nooit meer onder ogen komen.

Lene doet open. Ze heeft een lantaarn in haar hand, omdat het donker is op de gang. Ze wenkt hem haastig naar binnen.

'Je hebt geluk. Mijn ouders zijn al naar bed, maar ik heb op je gewacht om de deur voor je open te doen.'

Dan schiet het hem opeens te binnen. De oplossing die hem uit de nood kan helpen. Het is de simpelste zaak van de wereld. Een die hem zekerheid zal geven en een stokje voor alle roddels en geruchten zal steken.

'Zeg me, Lene. Wil je mijn vrouw worden?'

Ze is te overrompeld om hem meteen te antwoorden. Hij ziet hoe het licht van de lantaarn onrustig in de gang schommelt doordat haar hand trilt.

'Heb je gedronken, Pawel?' vraagt ze bedrukt.

'Geen druppel. Ik meen het serieus, Lene.'

Ze zet de lantaarn op de grond en komt dicht bij hem staan. Haar ogen glanzen in het donker alsof er tranen in staan.

'Ja, Pawel,' zegt ze met een snik. 'Met heel mijn hart. Ja.'

Theodor

HIJ IS IN DE HEL terechtgekomen. Tongen van gele vlammen grijpen naar hem, de suizende brand verdooft zijn oren verdoofd, de hete gloed verbrandt zijn handen. In het ellendige hospitaal waar ze hem naartoe hebben gebracht, wordt hij geteisterd door gruwelijke waanvoorstellingen. Hij ziet hem voor zich, de vuurduivel, de roodharige brandstichter die hem dit heeft aangedaan en met hoongelach is weggelopen. Te midden van de laaiende vlammen en neerstortende balken gaat hij hem achterna, loopt door brandende muren gelopen, klauwt naar hem, brult zijn naam, vervloekt hem duizend keer.

Pas de volgende ochtend komt hij langzaam bij zinnen. Dan dringt tot hem door dat het huis Berend de ondergang nabij is en dat hij actie moet ondernemen, wil hij het ergste voorkomen.

Hij heeft zich nog nooit zo beroerd gevoeld. Zijn handen doen vreselijk pijn, zijn maag speelt op en zijn hoofd lijkt te barsten. Nog steeds bespeurt hij de walgelijke stank van de zwarte rookwalmen. De geur hangt in zijn kleren, in het verband waarmee zijn hoofd en handen zijn omwikkeld en lijkt zich ook in zijn longen te hebben verspreid. Ieder ander in zijn situatie zou het hebben opgegeven en de dingen op zijn beloop hebben gelaten, maar niet Theodor Berend. Hoewel er slechts een verschroeid wrak van hem over is, wil hij het boosaardige noodlot niet het plezier doen zonder te vechten ten onder te gaan.

De rit naar huis in zijn naar brand stinkende kleren valt hem zwaar. Daar komt nog het geklets van zijn jongere broer bij, het geratel van de koets en de nieuwsgierige blikken van voorbijgangers als hij in de Lange Straat voor zijn huis uit het rijtuig stapt. De treden naar het bordes kosten hem zo veel kracht dat zijn maag samenkrimpt en hij moet overgeven. Een geweldig schouwspel voor alle omstanders.

Het hypocriete medeleven van de huisbedienden en de huishoudster maken het er niet beter op, en nog erger wordt het als hij uiteindelijk boven in de woonkamer in zijn leunstoel zit en uitgeput naar adem snakt.

'Theodor! O, mijn god, wat ben je er vreselijk aan toe. Ik kan het nauwelijks aanzien. Mijn arme, arme echtgenoot...'

Luises hysterische vertwijfeling is wel het laatste wat hij nu kan gebruiken. Ook al weet hij dat ze troost en hulp nodig heeft, zijn zenuwen begeven het.

'Stil!' brult hij tegen haar. 'Bespaar me je gejammer. Laat een bad voor me klaarmaken en bezorg me schone kleren. En laat dokter Sternberg komen.'

Verschrikt deinst ze achteruit, maar dan herpakt ze zich en geeft het dienstmeisje instructies.

De kleine ruimte waar zijn vader ooit een badkuip heeft laten installeren bevindt zich op de tweede verdieping en wordt maar zelden gebruikt, omdat de bedienden het water beneden in de keuken moeten verhitten en met emmers naar boven moeten dragen. Hij loopt moeizaam de trap op, gaat in de slaapkamer op het bed zitten en kijkt toe hoe Luise kleren en ondergoed voor hem klaarlegt. Op de trap zeult Döppel twee emmers water naar boven. Hij verlangt naar kalme zorg, zwijgend begrip en zachte daadkracht.

'Waar is Danuta?' wil hij van Luise weten.

'Danuta?' vraagt ze scherp. 'Wat wil je van Danuta?'

Opeens is hij bang dat ze het meisje tijdens zijn afwezigheid het huis uit heeft gegooid.

'Ik wil weten waar ze is,' snauwt hij nijdig tegen Luise.

Zijn stem is hees en slaat af en toe over. Een gevolg van de rook die zijn lichaam heeft vergiftigd.

Luises zelfbeheersing begeeft het. Ze gooit de stapel linnengoed op het bed en begint te snikken. 'Ik heb me zo'n zorgen om je gemaakt,' huilt ze. 'Ik lijd met je mee, probeer je pijn te verzachten, elke wens van je gezicht af te lezen... Maar jij denkt alleen maar aan Danuta. O, Theodor, wat ben je gemeen.'

Dat gejank ontbrak er nog maar aan. Hij staat op, laat haar alleen achter in de slaapkamer en roept het dienstmeisje.

'Danuta?' vraagt ze en ze trekt een onschuldig gezicht. 'Die is boven.'

'Ze moet beneden komen.'

'Ik zou het graag tegen haar zeggen, meneer,' antwoordt Traude. 'Ik weet alleen niet of ze zal komen.'

'Hoezo? Wat is er aan de hand met haar?' vraagt hij angstig.

'Ze heeft afgelopen nacht haar kind gekregen, meneer.'

Hij voelt zijn hart zo opgewonden bonzen dat hij steun moet zoeken tegen de muur. Het kind. Zíjn kind.

'Wat is het?' wil hij weten.

Traude glimlacht minzaam en ze maakt een kniebuiging. 'Een gezonde jongen, meneer.'

Een jongen. Danuta heeft hem zijn felbegeerde zoon gebaard. Zijn benen trillen, zijn hart gaat tekeer. Het is een teken. Here God in de hemel, het is een teken. Nu weet hij zeker dat hij deze ellende te boven zal komen, want hij heeft een zoon. Een nakomeling die zijn werk kan overnemen en afmaken.

'Het is goed, je kunt gaan,' zegt hij tegen Traude, die nog steeds voor hem staat en klaarblijkelijk op een lovend woord wacht omdat ze hem het goede nieuws heeft verteld.

Hij voelt de drang om naar Danuta te gaan en zijn zoon te zien. Maar hij wil haar zo gewond en vies niet onder ogen komen. Eerst gaat hij in bad en dan moet dokter Sternberg naar die afschuwelijke brandwonden kijken.

De arts laat niet lang op zich wachten. Al vriendelijk kletsend haalt hij het verband eraf, verdeelt zalf over de wonden en verklaart dat de heer Berend binnen een paar weken zijn handen weer zal kunnen gebruiken alsof er niets is gebeurd.

'Dat kunt u niet serieus menen,' zegt Theodor, ontzet door de aanblik van de brandwonden.

'Heel serieus, beste meneer Berend. Geen enkele vinger hoeft geamputeerd te worden. Alleen de rechterduim misschien, maar dat wordt later wel duidelijk. En het haar groeit ook weer aan. Zo niet, dan legt u gewoon een streng vanaf de zijkant over de kale plek in het midden...'

Hij laat de woorden van de man over zich heen komen. Dat hij veel geluk heeft gehad, dat God de Heer zijn beschermende hand boven hem heeft gehouden. Dan stuurt hij Ernst met de sleutel van de kluis naar het kantoor om de arts te betalen. Na de behandeling en het bad is hij zo uitgeput dat hij alleen met de grootst mogelijke moeite het bed in de logeerkamer weet te bereiken. Hij laat Traude een pot thee brengen, iets anders krijgt hij niet naar binnen.

'Zeg tegen mijn vrouw dat ik rust nodig heb. Vanavond zal ik tijd voor haar vrijmaken. En roep mijn broer, hij moet naar me toe komen.'

Zijn geweten plaagt hem enigszins. Luise is nu eenmaal zo gevoelig als een klein meisje en daarnaast is ze duidelijk zwanger. Hij was te hard voor haar. Ze zal het er moeilijk mee hebben dat Danuta een zoon heeft gekregen, dat zal ze echter moeten accepteren.

Ernst komt wat bleekjes op hem over. Nou ja, hij zal gevreesd hebben het lot van huize Berend alleen te moeten dragen, wat gelukkig niet het geval is.

'Luister,' zegt hij tegen hem. 'Geen woord over het feit dat het hout niet verzekerd was. Tegen niemand. Is dat duidelijk? Je zegt dat wij dit tragische ongeluk ten zeerste betreuren, maar dat onze zaken er verder geen nadeel van ondervinden. Heb je me begrepen?'

Ernst knikt ijverig. Hij is tot alles bereid en stelt zich niet dom aan. Wel wil hij twintig taler om het volgende nummer van zijn tijdschrift te laten drukken.

‘Heb je niets anders om je zorgen over te maken?’ snauwt Theodor tegen hem. ‘Laat mevrouw Von Kleiwitz je het geld maar geven.’

‘Maar ze heeft niets meer. We moeten helaas de reserves...’

‘Onzin. Ze moet niet zo veel brieven versturen.’

‘Maar je hebt zelf gezegd dat dat geld niet van ons is. Het is bestemd voor het drukken van mijn tijdschrift,’ vliegt Ernst op.

‘Acht taler, niet meer.’

Hij doet deze concessie alleen om verdere ergernissen met de vervelende Auguste von Kleiwitz te vermijden. Nu de firma in zo’n heikele positie verkeert, is hij gedwongen dit geld te ‘lenen’ om de noodzakelijke uitgaven voor de arts, levensmiddelen en de bedienden op tijd te betalen. Als hij dat niet doet kunnen er geruchten gaan circuleren dat hij niet solvabel is, wat een fatale uitwerking zou hebben. Dan zouden de schuldeisers in groten getale over hem heen vallen omdat ze allemaal bang zijn hun geld niet terug te krijgen en zou een faillissement onafwendbaar zijn. Zijn enige kans is de werkelijke situatie geheim te houden en de aanzienlijke vorderingen waar het handelshuis zich voor ziet staan de een na de ander discreet en handig achter gesloten deuren uit te onderhandelen. Alleen op die manier kan hij redden wat er nog te redden valt.

’s Avonds voelt hij zich wat beter en hij besluit eerst Danuta en zijn zoon op te zoeken en daarna wat verzoenende woorden tegen Luise te spreken. Hij zal haar tegemoetkomen en sussen, dat heeft ze verdiend, want ze staat altijd trouw aan zijn zijde, ook als ze op het moment meer een last dan een steun voor hem is.

Zijn goede voornemens worden echter meteen weer tenietgedaan als hij Danuta’s kamer binnengaat. Een verstikkende stank slaat hem tegemoet. Ze zit op het bed zonder enig beddengoed, in een hoek is de vuile was opgestapeld, een waterkruik en beker staan op de vloer.

‘Wat is hier aan de hand?’ vraagt hij en hij houdt zijn zijden stropdas tegen zijn mond.

'Neem me niet kwalijk, meneer… Ik zal het zo in orde maken. Ik heb geslapen en nu heeft hij honger.'

Ze voedt het kind. Hij komt dichterbij en bekijkt het kleine, rozige wezen dat uit alle macht aan de volle borst van zijn moeder zuigt. Zijn zoon spant zich zo in dat er kleine zweetdruppeltjes op zijn voorhoofd staan, zijn ogen zijn tot smalle spleetjes gesloten, zijn neus is plat, de kleine oortjes zijn rood.

'Hij moet Christian heten,' zegt Danuta.

Ze hebben haar niet eens een doek gegeven om zijn zoon in te wikkelen. De kleine ligt naakt in haar arm en hij kan zichzelf ervan overtuigen dat het inderdaad een jongen is.

Woede welt in hem op. Hij zal niet toestaan dat zijn eigen vlees en bloed in zijn eigen huis zo behandeld wordt.

'Christian is een goede naam. Daar ben ik het mee eens. Als je hem gevoed hebt, ga je met hem naar de kamer die vroeger van mijn zus was. Daar zal alles voor jou en mijn zoon in gereedheid zijn gebracht.'

Ze kijkt ongelovig. Vervolgens vraagt ze meelevend hoe het met hem gaat.

'Ik heb het overleefd. Maar ik zal waarschijnlijk kaal zijn wanneer alles genezen is.'

'Dan gaat u een pruik met mooie krullen dragen, meneer,' zegt ze glimlachend.

'Dat zou je wel leuk vinden, hè?'

'Het moet niet mij, maar uw vrouw bevallen, meneer.'

Hij blijft nog even bij de kamerdeur staan en kijkt naar moeder en kind, geniet van de aanblik van het bloeiende, groeiende leven en voelt de kracht die daarvan uitgaat.

Daarop maakt hij rechtsomkeert om zijn instructies te geven. Hij heeft geen zin in een volgende dramatische huwelijksscène, maar zijn verzoeningsgezindheid tegenover Luise is sterk gedaald. De toestand waarin hij Danuta en zijn zoon heeft aangetroffen is haar werk, dat is hem duidelijk. Hij maakt er verder geen ophef over, maar roept de huishoudster bij zich. Mevrouw Döppel heeft een paar donkere vlekken in haar verleden en dus alle reden inschikkelijk te zijn.

'Beddengoed en kleding. De wieg van zachte kussens en schone lakens voorzien. En er wordt haar zo vaak als ze wil iets te eten of te drinken gebracht.'

Zijn zoon moet in de met houtsnijwerk versierde wieg liggen die sedert generaties voor de nakomelingen van de Berends bestemd is.

'Maar mevrouw zal bezwaar maken,' kreunt Döppel. 'Ze zal me niet toestaan het beddengoed te pakken. En de wieg...'

'Je hebt alleen mij te gehoorzamen,' zegt hij en hij kijkt haar indringend aan.

'Ja, meneer.' Ze maakt een kniebuiging.

Luise wacht hem met haar gebruikelijke zure gezicht op in de woonkamer. Hij is uitgeput, voelt weer meer pijn, maar hij gaat bij haar zitten om een kop thee met suiker te drinken.

'Ik heb de Marienkerk een gift doen toekomen,' zegt ze met een vrome oogopslag. 'Om God dank te zeggen dat hij mijn geliefde echtgenoot behouden heeft.'

Omdat ze het geld al aan de dominee heeft gegeven, heeft ze nu nieuw huishoudgeld nodig. Hij geeft tandenknarsend toe en belooft haar het geld de volgende ochtend te geven.

'Ik ben bang dat de overdreven zorg die je Danuta en haar bastaard ten deel laat vallen een groot gedeelte van het budget zal opslokken,' beweert ze.

'Daar heb jij niet over te oordelen,' antwoordt hij onvriendelijk.

'Is het nou echt nodig haar als een vorstin te behandelen en dat kind in de wieg van de Berends te leggen?' vraagt ze met een huilerige stem.

'Zolang zij en het kind in mijn huis wonen, mag het hun aan niets ontbreken,' stelt hij.

'En hoe lang moet ik deze situatie verdragen?'

Het flikkert in haar ogen, zo meteen zal ze in huilen uitbarsten. Hij heeft echter niet al te veel medelijden met haar. Ze is zijn vrouw en ze heeft zich te schikken.

'Zolang als het nodig is.'

Die nacht ligt hij wakker, voelt de trekkende pijn, drinkt thee en koud bronwater en piekert voor zich heen. Rijen getallen schieten door zijn hoofd, termijnen die verlengd moeten worden, schuldeisers die hij met een deel van het bedrag tevreden zou kunnen stellen. Maar dan nog is zijn situatie wanhopig. Eén enkel ogenblik heeft alles vernietigd wat hij met slimme berekening heeft opgebouwd.

Hij staat er alleen voor, dat is altijd zo geweest. Hij heeft echter één betrouwbare hulp die hem de kracht zal geven dit dieptepunt te boven te komen. Dat is de haat.

Hij haat de onbetrouwbare verzekeringsmensen die hem met een buitensporige premie wilden afzetten, zodat hij er ten slotte van af heeft gezien. Hij haat de begerige schuldeisers die nu hun handen zullen ophouden. Hij haat de vrome dominee van de Marienkerk die zonder aarzelen de gift in zijn zak heeft gestoken. Daar zijn ze snel mee, de zwartrokken, maar als je troost en hulp nodig hebt, kun je lang wachten. Er is een hele waslijst aan tijdgenoten die hij in zijn woede opneemt, er komt amper een eind aan, omdat het er zo veel zijn. Het doet hem goed iedereen afzonderlijk met zijn haat te doordrenken en hun al het mogelijke slechte toe te wensen. Niet in de laatste plaats zijn kleine broertje. En Johanna, die nu waarschijnlijk in de Paradiesstraat in haar handen zit te wrijven.

De volgende ochtend voelt hij zich sterker. Hij drinkt thee en eet roerei, kijkt bij Danuta en stelt met voldoening vast dat Döppel hem heeft gehoorzaamd. Danuta ligt in een bed met hagelwitte lakens, leunt tegen zachte kussens en naast haar, in de wieg van de Berends, slaapt zijn zoon rozig en tevreden.

Hij is vastbesloten hem zijn naam te geven, het vaderschap te erkennen. Christian Berend, zoon van koopman Theodor Berend en bediende Danuta Kamiński, zo zal het in het kerkelijk register staan, daar zal hij voor zorgen.

Hij gaat naar zijn kantoor en begroet Korbitz, die hem met angstige ogen aangaapt. Ernst is nergens te bekennen. 'Waar is mijn broer?' vraagt hij boos.

'Voor zaken onderweg, meneer Berend. Er is een aanbod van een zekere Pawel Forster binnengekomen. Het gaat om de houtstammetjes die voor de hal liggen.'

Hij bekijkt de kriebelige notitie die zijn broer heeft gemaakt. Pawel Forster. Hij herinnert zich hem vaag. Een knappe kerel met donkere krullen, sterk, zoals een scheepstimmerman moet zijn, eigenzinnig en precies. Hij heeft hem inderdaad geholpen wat van de lariksstammen van de vernictiging te redden. Die wil hij dus nu van hem kopen. Natuurlijk, hij heeft op zijn werf dringend hout nodig. De werf Forster & Zoon, waar zijn zus Johanna achter zit.

Waarom niet? Hij zal in elk geval de voorwaarden dicteren en meteen de hoeveelheid en de prijs naar boven bijstellen. Transport op kosten van de koper, vooruitbetaling in contanten. Logisch.

Vervolgens begeeft hij zich naar het politiebureau om aangifte te doen. Hij wil de brandstichter zien hangen. De verraderlijke kerel die hem dit heeft aangedaan mag zijn gerechte straf niet ontlopen. Ook al helpt hem dat niet uit de misère, hij wil de bevrediging dat deze daad niet onbestraft blijft.

'Oskar Possert,' geeft hij op voor het proces-verbaal. 'Ik heb hem wegens een vergrijp ontslagen en het is zeer waarschijnlijk dat hij uit wraak mijn opslaghal in brand heeft gestoken.'

Men belooft de zaak te onderzoeken. In het geval de beschuldigde zich nog in Danzig bevindt, zullen ze hem arresteren en ondervragen. Het ligt echter meer voor de hand dat de rakker allang met de noorderzon is vertrokken.

Johanna

ZE HEEFT GELIJK GEHAD WANTROUWIG te zijn. Die avond komt Berthold boos de keuken binnen. Hij vervloekt de slechtheid van de wereld en zijn bedriegers en bekent haar uiteindelijk dat ze te veel hebben betaald voor het hout van Berend.

'Hij heeft de prijs opgedreven, omdat hij weet dat we het hout dringend nodig hebben. En dat terwijl Pawel het meeste ervan met zijn eigen handen van het vuur heeft gered. Als hij er niet was geweest had Berend amper iets te verkopen gehad. Alleen al daarom had je broer ons een gunstige prijs moeten rekenen...'

'Ik heb jullie gewaarschuwd.'

'Ja,' verzucht Berthold. 'We hadden naar je moeten luisteren, mijn slimme vrouw. Maar we hebben nu eenmaal anders besloten en dit is het resultaat.'

Natuurlijk. Het zijn de mannen die de beslissingen nemen. Ook als zij het beter weet, het interesseert niemand.

'Waarom is Pawel niet komen eten?' vraagt ze geïrriteerd. 'Dan hadden we gelijk kunnen bespreken hoe we de Russische houthandelaar in Königsberg gaan aanpakken.'

Berthold vertrekt zijn gezicht in een scheve grijns. 'Je weet toch hoe de jeugd is, Johanna. Er is veel te bepraten als je jong en verliefd bent.'

Ze zegt niets. Eergisteren is Pawel vroeg in de ochtend naar de werkplaats gekomen en heeft zijn vader verteld dat hij met Lene Grauholm wil trouwen. Zomaar, uit het niets, heeft hij het idee opgevat een vrouw te nemen. Het meisje is het ermee eens, haar ouders ook en ze hebben besloten komende zondag de verloving bekend te maken.

Berthold is niet erg enthousiast over het voorgenomen huwelijk. Niet in de laatste plaats omdat Pawel hem voor een voldongen feit heeft gesteld, in plaats van de kwestie eerst met hem te bespreken en zijn vaderlijke raad aan te horen.

'Lene,' zegt hij hoofdschuddend. 'Ze is een oppassend, fatsoenlijk meisje. Maar... ik weet niet of ze wel de juiste is voor mijn Pawel.'

Ook Barbara is niet blij met deze plotselinge verloving. 'Hij is nog maar net thuis,' zegt ze bedenkelijk. 'En de werf staat nog in de kinderschoenen. Moet hij dan al trouwen en kinderen op de wereld zetten?'

'Het komende jaar wordt er een woonhuis gebouwd aan de Strohdijk, daar willen ze in trekken,' zegt Berthold met een zucht. 'Maar waar wind ik me over op? Hij heeft de leeftijd om te trouwen en Lene zal een trouwe vrouw voor hem zijn.'

'Een trouwe vrouw zal ze zijn,' zegt Barbara. 'Maar niet eentje die hem sterk en slim terzijde staat.'

Johanna zegt niets en gaat verder met het snijden van de uien alsof het haar allemaal niet aangaat. In werkelijkheid heeft ze moeite de chaos aan gevoelens die door haar heen raast voor Berthold en Barbara te verbergen. Pawel wil trouwen. De man die haar nog maar een paar dagen geleden heeft omhelsd en gekust, die haar heeft toegefluisterd dat hij waanzinnig veel van haar houdt, die man heeft de dochter van de schoenmaker beloofd met haar te trouwen.

Hoe moet je zoiets begrijpen?

Nou ja, waarom niet, denkt ze en ze schudt het opkomende verdriet van zich af. Het gaat mij niet aan. Hij is mijn stiefzoon en als hij wil trouwen hoeft hij het niet van tevoren aan me te vragen. Heeft hij niet beweerd dat hij geloofde een andere vrouw voor zich te hebben toen hij me omhelsde? Een meisje dat hij van vroeger kende. Is dat dan misschien Lene Grauholm? Was Pawel al die jaren als een waanzinnige verliefd op de onbetekenende, kleine schoenmakersdochter? Wel, over smaak valt niet te twisten en over de liefde al helemaal niet. Maar Lene Grauholm? Tenslotte is Pawel een aantrekkelijke jonge man en daarbij iemand die zijn vak verstaat en de moed heeft iets nieuws aan te pakken.

'Wat ben je stil, lieve Johanna?' zegt Berthold, die nog steeds bij hen in de keuken staat. 'Dat is niets voor jou. Zeg eens, vind je ook niet dat onze Pawel overijld te werk is gegaan?'

Ze herpakt zich en trekt een opgewekt gezicht. 'Als die twee al jaren verliefd op elkaar zijn, dan is het niet meer dan natuurlijk dat hij haar tot zijn vrouw wil maken.'

'Pawel en Lene Grauholm,' zegt Berthold hoofdschuddend. 'Die zijn nooit verliefd op elkaar geweest. Of vergis ik me nou, Barbara?'

'Als kleine jongen heeft hij een bedje voor haar pop getimmerd,' herinnert Barbara zich. 'Maar later was er niets tussen die twee. Pawel heeft altijd graag naar de meisjes gekeken en als er ergens een bruiloft of dorpsfeest was, deed hij altijd mee met feesten en dansen. Waarom ook niet? Onze Pawel is een knappe kerel en geen zwartkijker. Maar Lene Grauholm? Die heeft hij nooit leuk gevonden.'

'Dan moet hij heel ineens van gedachten zijn veranderd,' concludeert Johanna.

'Wat je het minst verwacht, gebeurt vaak toch,' verzucht Barbara. Ze staat van de tafel op om het vuur op te stoken en de ketel voor de stoofpot erboven te hangen. 'Dan staat ons in het voorjaar een trouwerij hier in huis te wachten.'

Wanneer Johanna later het middageten naar de Strohdijk brengt, blijkt Pawel er niet te zijn.

'Hij is naar Königsberg met de stomer. Hij kent daar een Rus die ons hout wil verkopen,' krijgt ze te horen.

'Dan moet hij zijn stoofpot koud opeten,' zegt ze ontstemd.

De mannen zijn vol waardering. 'Hij weet wel wat hij doet, de meester. Dat moet ook wel, wil de werf vooruitgang boeken.'

Hij pronkt met andermans veren, denkt ze afgunstig. Maar dat doet er niet toe. Ik heb het idee aangedragen om het bij de Russische handelsvertegenwoordiging te proberen en hij handelt ernaar. Als de mannen nou ook eens in andere gevallen naar me zouden luisteren.

's Middags doet ze de boekhouding, noteert aanzienlijke uitgaven en kleinere inkomsten die Berthold in de werkplaats heeft verdiend en ze zucht omdat Pawel de lonen van zijn arbeiders uit de reserves moet betalen. Ze stelt een rekening op voor de tweede termijn die betaald moet worden voor de vissersboot die op de werf vorm aanneemt. Als hij klaar is en te water wordt gelaten, kunnen ze de derde en laatste termijn innen, al zal dat nog wel even duren. Voor het hout dat Pawel hopelijk in Königsberg zal verwerven, moeten ze een behoorlijke som betalen, dat is begroot. Maar met welk geld wil Pawel al het komende jaar een woonhuis bij de Strodijk bouwen? Zulke onnodige uitgaven moeten naar haar mening uitgesteld worden tot de werf geld opbrengt en ze kunnen investeren. Pawel kan met zijn liefje voorlopig wel in het huis van de schoenmaker wonen. Dat is klein maar gezellig en zal bevorderlijk zijn voor het prille huwelijk. Zoals ze haar gemoedelijke echtgenoot echter kent, zal hij bereidwillig op de wens van zijn zoon ingaan en zij kan er niets tegen doen.

Ontevreden legt ze haar kroontjespen opzij en leunt achterover. Zo heeft ze het zich niet voorgesteld. Ze mag de verliezen noteren, geld innen, de lonen uitbetalen. Maar als het om belangrijke zakelijke beslissingen gaat, wordt haar niets gevraagd. Terwijl zij de grote opdrachten binnenhaalt. Zij heeft belangrijke contacten gelegd en zij was ook degene die hen voor de bedenkelijke handel met Theodor heeft gewaarschuwd. Ze is nu eenmaal een vrouw en voor de wet niet zakelijk bevoegd, dus heeft ze niets te zeggen, ook niet als ze het beter weet.

Pawel laat zich amper zien. Ook op zondag komt hij niet bij hen eten, omdat hij bij zijn toekomstige schoonouders is uitgenodigd. Als hij iets met Berthold te bespreken heeft, duikt hij vroeg in de ochtend op bij de werkplaats en dan zitten de twee mannen op de stapels hout op de binnenplaats en steken de koppen bij elkaar. Een of twee keer is Johanna naar beneden gegaan om te horen wat ze met elkaar bespraken. Haar vriendelijke 'goedemorgen' werd echter slechts kort beantwoord en het gesprek werd meteen weer voortgezet. Zijn onverschilligheid was zo onmiskenbaar en kwetsend dat Johanna de lust is vergaan zich in het onderhoud te mengen. Berthold zal haar tijdens het middageten wel vertellen wat ze nu weer hebben bedacht en ze zal niet aarzelen haar mening te geven.

'Pawel heeft in Königsberg goede resultaten geboekt,' meldt haar man al de volgende dag. 'We moeten weliswaar een grotere partij hout afnemen dan we nodig hebben, maar dat slaan we op bij de werf. Daar is plaats genoeg.'

Wel, wel. Het goede aan de zaak is dat ze Theodor, zakelijk gezien, omzeild hebben en er geen tussenhandel is waaraan hij iets kan verdienen. Het is alleen heel ergerlijk dat ze geen woord van lof voor haar goede idee krijgt. Het is Pawel geweest die slim met de Russen heeft onderhandeld en een gunstige prijs heeft bedongen. Ze is ervan overtuigd dat zijzelf nog betere condities zou hebben uit onderhandeld.

'Het gaat de goede kant op, lieve vrouw,' zegt Berthold glimlachend tegen haar. 'Heb je eraan gedacht de rekening voor de tweede termijn van de vissersboot op te stellen? Mijn Pawel is zo druk aan het werk dat hij dergelijke dingen gemakkelijk vergeet.'

Kijk aan. Hij denkt aan Pawels inkomsten terwijl hij zelf regelmatig vergeet zijn eigen uitstaande rekeningen te innen.

'Die is allang geschreven en verstuurd,' bromt ze knorrig.

'Het is mooi dat je de boekhouding zo zorgvuldig bijhoudt,' prijst hij haar. 'Maar ik vind het maar niets dat je 's avonds zo lang aan je secretaire zit, je bederft je ogen nog. Zondag vieren we de verloving, dan moet je je mooi aankleden, naast me aan tafel zitten en je vermaken.'

Zondag dus. Men zal bij het huis van de schoenmaker een kleine borrel organiseren. Het is nog zomer, de avonden zijn mild, zodat ze buiten kunnen zitten.

Tot die tijd laat Pawel zich niet meer in de werkplaats zien. Wanneer ze tussen de middag het eten brengt, houdt hij zich afzijdig en werkt zijn stoofpot haastig naar binnen om dan meteen weer aan het werk te gaan. Ze heeft zich erbij neergelegd. Waar zouden ze ook met elkaar over moeten praten? Zaken bespreekt hij alleen met Berthold en zijn trouwplannen gaan haar niets aan.

Zondagavond gaat ze samen met haar man en gezel Karl Anton naar de Böttcherstraat. Tot de teleurstelling van Berthold heeft ze een eenvoudige jurk aangetrokken en geweigerd een strik of iets dergelijks in haar haar te doen. Wel heeft ze bij een tweedehandswinkel een verlovingscadeau gekocht. Een vaas van echt porselein die maar op één plek een klein barstje heeft. Ze heeft er water in gedaan en er bloemen in geschikt, zodat het cadeau er mooi, kleurig uitziet.

Voor het huis van de schoenmaker zijn al tafels en stoelen neergezet. Enkele buren zijn verschenen en doen zich tegoed aan het aangeboden eten en spreken gretig het bier aan. Schoenmaker Grauholm zit bij hen, maar hij lijkt zich niet op zijn gemak te voelen. Hij is zwijgzaam en heft alleen af en toe zijn kroes om met een buurman te proosten. Zijn echtgenote en dochter lopen rond, schenken de gasten in en moedigen hen aan toe te tasten. Pawel is nergens te bekennen.

Johanna voelt zich een vreemde in dit gezelschap. Weliswaar zijn ze allerhartelijkst door Lene en haar moeder ontvangen, het cadeau heeft Lene tot tranen toe ontroerd omdat het zo mooi en sierlijk is en ze krijgen de beste plaatsen aangeboden. Toch vindt ze het moeilijk zich in deze kring van ambachtslieden en eenvoudige mensen op haar plaats te voelen. Alleen al het dialect dat zo vrijmoedig wordt gesproken, is haar zo vreemd dat Berthold vaak voor haar moet vertalen wat er wordt gezegd. Maar ook het luidruchtige feestvieren, het drinken, het brullende gelach, de schuine moppen is ze niet gewend. Ook de vrouwen gedragen zich heel ongedwongen, drinken bier in grote hoeveelheden, trekken hun rokken op als ze gaan zitten en roepen obscene dingen naar elkaar. Johanna is niet overgevoelig, maar ze voelt duidelijk dat dit niet haar wereld is.

Pas na een tijd laat ook Pawel zich zien. Hij maakt de ronde langs de gasten en geeft ook haar een hand. 'Fijn dat jullie gekomen zijn...'

En dan is hij alweer bij de volgende gast. Hij kent ze allemaal. Hij is hier natuurlijk opgegroeid en heeft met veel van zijn buren de schoolbanken gedeeld. Hij komt niet als een gelukkige bruidegom op haar over terwijl hij de ronde doet en zich met zijn verloving laat feliciteren. Hij maakt eerder een gespannen indruk en lijkt een beetje gejaagd. Lene daarentegen stroomt over van vreugde, kletst met alle gasten, lacht hardop als men grapjes tegen haar maakt en gaat steeds weer naar Pawel om snel iets tegen hem te fluisteren en zich daarbij bezitterig tegen hem aan te drukken. Johanna heeft bijna medelijden met haar, omdat ze zich zo smakeloos heeft opgedirkt. Haar haar heeft ze met een krultang bewerkt. Het staat in potsierlijke krullen alle kanten op en als haar neus haar niet bedriegt, lijkt het op sommige plekken zelfs verbrand te zijn.

Dus dat vindt hij mooi, denkt Johanna. Dan heeft hij het ook zo verdiend.

Op straat wordt uitbundig feestgevierd. De gasten zijn bijna allemaal dronken, het gaat er vrolijk en lawaaierig aan toe.

'Het wordt nu een beetje te wild voor jou, mijn lieve Johanna,' zegt Berthold en hij legt een arm om haar schouders. 'Als je naar huis wilt, laat het me weten, dan gaan we samen.'

Ze is geroerd door zijn begrip en wil al zeggen dat ze zijn lieve aanbod graag aanneemt wanneer het feest abrupt wordt beëindigd. De nachtwaker komt met zijn lantaarn uit de Pfefferstraat en roept hard dat het al tegen elf uur loopt, dat iedereen nu naar huis moet gaan en zich gedeisd moet houden. Zijn terechtwijzing wordt door verschillende buurtbewoners ondersteund, die met slaapmutsen op bij de ramen verschijnen en hun ongenoegen over het lawaai duidelijk maken.

'We doen geen oog dicht.'

'Zuip je bier thuis.'

'Morgen is het weer vroeg dag.'

Even later begint het vrolijke gezelschap zich te verspreiden. Sommigen mopperen, anderen sluipen zachtjes weg, een paar zitten nog aan het bier en bezweren alleen hun kroes leeg te willen drinken. Slager Krum heeft bij het dansen een spier in zijn rug verrekt en kan niet goed lopen. Berthold pakt hem links onder de arm, de echtgenote van de man ondersteunt hem aan de rechterkant. Ze hoeven niet ver, hij woont vlakbij in de Pfefferstraat.

Johanna is blij eindelijk naar huis te kunnen. Terwijl ze op Berthold wacht, maakt ze zich nuttig door bekers en schalen naar binnen te dragen. Wanneer ze de laatste kroezen verzamelt en naar Berthold uitkijkt, staat Pawel opeens naast haar.

'Ik wil je bedanken, Johanna,' zegt hij. 'Ik weet heel goed dat je een groot aandeel hebt in het welslagen van onze werf.'

Hij kijkt haar openhartig aan en steekt zijn hand uit. Aarzelend pakt ze die vast. Meent hij het echt of heeft ze deze verrassende bekentenis alleen te danken aan het feit dat hij te veel bier heeft gedronken?

'Ieder van ons draagt zijn steentje bij,' antwoordt ze voorzichtig. 'Jullie verstaan je vak, ik heb verstand van zaken.'

Zijn vingers omstrengelen haar hand warm en stevig. Zo stevig dat het lijkt alsof hij hem niet meer wil loslaten.

'Zo willen we het houden,' zegt hij zacht. 'Op een goede samenwerking, meesteres.'

'Op succes, Pawel.'

Hij laat haar pas gaan als Bertholds stem te horen is.

'Zo is het nu eenmaal. Als iemand een zwakke rug heeft, moet hij niet wild gaan dansen.'

Langzaam laten ze elkaars hand los. Het is een afscheid. En een nieuw begin. Hoe het zal aflopen, is onzeker.

Lees ook van Anne Jacobs

1880, het noordelijkste stukje van Duitsland. De 22-jarige Charlotte droomt van avontuur en de wijde wereld intrekken, maar haar grootouders hebben liever dat ze een geschikte echtgenoot kiest. Na een lange verkering accepteert ze daarom het huwelijksaanzoek van koopman Christian. Ze is geïntrigeerd door zijn winkel met exotische specerijen, tabak en spullen uit verre streken. Niet veel later slaat het noodlot echter toe: Charlotte ontdekt dat Christian aan de rand van de financiële afgrond staat. Charlotte weet dat ze maar één kans op een gezamenlijke toekomst hebben: ze moeten Duitsland verlaten en ver weg een nieuw leven beginnen. En dat gaat niet zomaar. Ze zal heel wat obstakels moeten overwinnen voor ze haar geluk vindt…